GRITO DE GUERRA

★

LEON URIS

PLAZA & JANES EDITORES, S. A.

Título original:

BATTLE CRY

Traducción de

ADOLFO MARTIN

Portada de

TERCETO — Carlos Spagnuolo

★

Primera edición: **Junio, 1985**

Copyright © 1953, Leon M. Uris
Copyright de la traducción española: © 1985, PLAZA & JANES EDITORES, S. A.
Virgen de Guadalupe, 21-33. Esplugues de Llobregat (Barcelona)
Este libro se ha publicado originalmente en inglés con el título de
BATTLE CRY
(ISBN: 0-553-20991-4. Bantam Books. New York. Ed. original.)

Printed in Spain — Impreso en España

ISBN: 84-01-32121-2 — Depósito Legal: B. 20.625 - 1985

Este libro está dedicado a los marines de la Infantería de Marina de los Estados Unidos y, en particular, a uno de ellos, el brigada Betty Beck Uris.

AGRADECIMIENTOS

No veo cómo la persona que intente escribir su primera novela puede conseguirlo sin la simpatía, la ayuda y la fe de sus amigos. Nadie, que jamás lo haya intentado, ha tenido mejores amigos que yo.

PRIMERA PARTE

PRÓLOGO

Me llaman Mac. El apellido no importa. Como mejor podéis identificarme es por las seis sardinetas, tres hacia arriba y tres hacia abajo, y por esa fila de cicatrices. Treinta años en el Cuerpo de Infantería de Marina de los Estados Unidos.

He doblado el Cabo de Buena Esperanza y el de Hornos a bordo de un barco de transporte, con una mar tan picada que la proa permanecía la mitad del tiempo barrida por olas de diez metros. He montado guardia en las Embajadas de París y Praga. Conozco todos los malditos puertos de escala y casas de citas del Mediterráneo y el mundo que resplandece bajo la Cruz del Sur como la marca de un rifle.

He estado detrás de una ametralladora que apuntaba a través de la alambrada levantada en torno al Asentamiento Internacional cuando se suponía que el mundo se hallaba en paz, y me he visto las caras con los japoneses en la Patrulla del Yang-Tsé una década antes de Pearl Harbor.

He admirado la belleza de la aurora boreal que proyecta su fantasmal fulgor sobre Islandia y conozco los ríos y las junglas de América Central. Pocas siluetas hay que me resulten extrañas: el Pan de Azúcar, la Cabeza de Diamante, las colinas Tinokiri o las palmeras de un paraje caribeño.

Sí, conozco las lustrosas colinas pardas de Corea tal como los marines las conocieron en 1871. La lucha en Corea es una vieja historia para el Cuerpo.

Nada suena peor que un viejo lobo de mar dándose importancia. De todos modos, ése no es mi caso.

Al volver la vista atrás, sobre esos treinta años, pienso en hombres y en equipos. Calculo que habré participado en cincuenta operaciones y quizás existan cien hombres a los que yo haya llamado Patrón. Pero, aunque parezca extraño, sólo uno de ellos fue de veras mi patrón y sólo a uno de aquellos equipos lo considero como mío. Sam Huxley y el batallón que mandó durante la Segunda Guerra Mundial, «Los Putas de Huxley». ¿Qué hacía diferentes a los «Putas de Huxley»? Diablos, pues no lo sé. Era el más detestable puñado de marines que jamás me haya echado a la cara. No eran marines en realidad..., ni siquiera hombres, si vamos a eso. Una pandilla de imberbes jovenzuelos de dieciocho, diecinueve y veinte años que se emborracharían con un par de botellas de cerveza...

Antes de esa guerra había hombres entre nosotros que nunca sospecharon que existiese la vida fuera del Cuerpo; duros y curtidos, grandes bebedores y luchadores, entregados por entero a su profesión.

Luego, vino la guerra, y con ella llegaron los muchachos..., miles de ellos. Nos dijeron que los convirtiésemos en marines. Eran críos que deberían haber estado en su casa haciendo cualquier jodida cosa que hagan los chicos de dieciocho años. Bien sabe Dios que nunca creímos que podríamos lograrlo con ellos... Bien sabe Dios que nos engañaron.

¿Qué les hacía diferentes? Bueno, había en mi pelotón uno de esos críos que era todo un escritor. Ojalá estuviera aquí para ayudarme en mi explicación. Tenía una forma de razonar las cosas que las hacía parecer sencillas de verdad. Sabía hablarle a uno acerca del espíritu de lucha, y de los movimientos de los pueblos, y de los errores de los generales, y de un Congreso Americano que a veces era tan destructivo para el Cuerpo como cualquier enemigo en el campo de batalla. Él entendía esas cosas mucho mejor que yo.

Muchos historiadores lo tildan de *esprit de corps* y dejan ahí la cuestión. Otros piensan que somos unos fanáticos ansiosos de gloria; pero, cuando profundiza uno en ello, resulta que mis chicos no eran diferentes de cualquier otra persona. Poseíamos la misma fuerza y las mismas debilidades humanas que cualquier tripulación de un buque o cualquier batallón de un ejército.

Teníamos nuestros cobardes y nuestros héroes. Y había entre nosotros tipos enamorados y tan llenos de nostalgia de la patria que casi morían de ella.

Estaban el payaso de la compañía, el granjero, el vagabundo, el fanático, el muchacho con una misión que cumplir, el tejano. Los «Putas de Huxley» tenían sus jugadores, su cabo de puños duros, sus oficiales estúpidos, sus amantes, sus borrachos, sus bravucones, sus liantes.

Y estaban las mujeres. Las que esperaban y las que no esperaban.

Pero, ¿cuántos hombres había como Sam Huxley y Danny Forrester y Max Shapiro? ¿Y qué les hace dilapidar sus vidas a estos chicos que tienen los amores, odios y miedos normales, y qué llevan dentro de ellos que les obliga a considerar la retirada como algo peor que la muerte? ¿Qué fue lo que convirtió la derrota en victoria en los sombríos comienzos de Guadalcanal y en la ensangrentada laguna de Tarawa y en la Playa Roja Uno de Saipán? Atravesaron un infierno de tensión física y mental, pero nunca dejaron de dispensarse mutuamente esa maravillosa cordialidad de camaradería.

Yo no reprendo a ningún hombre que lleve un arma en la guerra, cualquiera que sea su uniforme. Pero los marines nos llevamos la peor parte en aquella guerra. ¿Cuántas veces, en la Segunda Guerra Mundial, se pidió a tropas americanas, aparte de los marines, lanzarse al ataque en aplastante inferioridad de condiciones, con el frío mar a la espalda y el violento fuego ante ellos y sólo un par de riñones para llevarlos adelante? Yo recuerdo sólo otra vez, en Bastogne.

Ésta es la historia de un batallón de muchachos invencibles. Y de mis chicos, la sección de transmisiones.

El Cuerpo sufrió humillantes derrotas después de Pearl Harbor, y cayeron muchas y excelentes unidades defendiendo avanzadillas cuyos nombres eran entonces desconocidos para el pueblo americano..., Wake Island figuraba entre ellas. Tuvimos que empezar con un par de orgullosos y resueltos, pero mal equipados, regimientos que subsistían en las dispersas y maltrechas tropas. La llegada de los nuevos muchachos duplicó y triplicó los efectivos, y comenzamos el duro camino de regreso.

El Sexto Regimiento del Cuerpo de Infantería de Marina de los Estados Unidos, conmigo incluido, se hallaba establecido en Islandia, en compañía de la aurora boreal, cuando estalló la guerra, de manera legal, quiero decir. El Regimiento era una de aquellas orgullosas unidades que habían estado tocándose las narices durante décadas.

Obtuvimos una gran reputación en la Primera Guerra Mundial, en un lugar llamado bosque Belleau, donde hicimos que el huno parase en seco. Por ello, los franceses nos condecoraron con una elegante trenza, la Fourragère, que todos los miembros del Sexto de Marines llevan en torno al hombro izquierdo.

Se dice que en Château-Thierry, cuando se estaban desmoronando las líneas aliadas, uno de nuestros oficiales gritó: «¡Y un cuerno retirarnos! ¡Acabamos de llegar!» Quizás hayáis leído esa expresión en los libros de Historia, juntamente con algunos de nuestros otros gritos de guerra.

El resto del Cuerpo está celoso del Sexto, porque da la casualidad de que somos el mejor regimiento. En sus ratos libres, discurrieron un nombre ofensivo para nosotros: nos llaman el Sexto Atrapapiojos. Se dice, sin el menor fundamento desde luego, que en 1931, en uno de los buques que nos llevaban a Shanghai, teníamos diez mil chocolatinas pero sólo dos pastillas de jabón en el almacén de nuestro barco.

No fue triste nuestra despedida de Reykjavik cuando entramos en la Segunda Guerra Mundial, porque el tiempo y las mujeres estaban a bajo cero y el whisky era un auténtico matarratas. Habíamos permanecido en nuestro campamento de Baldurshagi viviendo en medio de un aburrimiento monótono que nos volvía locos.

Cuando el Sexto regresó de la frígida monotonía de Islandia, el Regimiento fue dispersado por completo. Se dieron permisos y nuevos destinos a todo el personal; de tal modo, que los hombres se dispersaron por todo el Cuerpo para formar el núcleo de cien nuevas unidades que se estaban constituyendo. Millares de muchachos llegaban a los campos de instrucción, y en todas partes se necesitaban, con urgencia, veteranos.

Yo me tiré un mes de permiso y luego saqué billete para la Costa Oeste con mi viejo camarada, el sargento Burnside. Nos alegraba poder continuar en el Sexto de Marines para ayudar a reorganizarlo. Fui nombrado jefe de comunicaciones del batallón, con Burnside al frente del grupo de radio. Cuando llegamos a Camp Eliot, a unos kilómetros de San Diego, el lugar era poco más que una larga calle flanqueada de inmensos barracones. Estaba casi desierto, pero no lo estaría por mucho tiempo.

A Burny y a mí nos alegró saber que el capitán Huxley había sido ascendido a comandante y estaba al frente de nuestro batallón. Huxley era un tipo estupendo. Graduado en Annápolis y antiguo extremo del All-American, en Ohio, era duro y resistente como pocos. Medía 1'90 y pesaba noventa kilos. Mantenía una especie de arrogante distancia respecto a los chusqueros; sin embargo, no podíamos por menos de respetarle. Condujera como condujese a sus hombres, uno siempre se lo encontraba al frente de la columna.

Burnside y yo echamos a correr con ansia hacia el camión cuando se detuvo delante de nuestro barracón. Al fin íbamos a ponerle la vista encima a nuestro pelotón. Aparte de nosotros, sólo había otro radiotelegrafista que había llegado hacía una semana, un tipo llamado Joe Gómez.

El conductor me entregó una lista. Descargaron sus sacos. Los escruté con interés. Se me había puesto la cara tan larga que debía de haber aumentado veinte centímetros, y la de Burnside más todavía.

—Poneos en fila y responded cuando diga vuestro nombre.

Era el peor alineado y más deprimente remedo de pelotón de marines que yo había tenido jamás la desgracia de ver reunido, al mismo tiempo, en un espacio tan pequeño.

—¡He dicho que os pongáis en fila y contestéis, maldita sea!

—¡Brown, Cyril!

—Presente.

¡Santo Dios! Un tipo descalzo, recién salido de la granja.

—¡Forrester, Daniel!

—Presente.

No muy mal aspecto, pero terriblemente joven. Un pipiolo, sin duda.

—¡Gray, Mortimer!

—Yo (1).

Otro maldito tejano, Dios santo.

—¡Hodgkiss, Marion!

—Presente.

El nombre encaja, Buster. Espera a que Gunner Keats se haga cargo de esta piojosa cuadrilla.

—¡Hookans, Andrew!

—Presente.

---

(1) En castellano en el original. (N. del T.)

Un corpulento y envarado sueco con dos pies izquierdos. ¡Qué diablos me habían mandado!

Tuve que mirar dos veces el siguiente nombre de la lista. Burnside lo estaba mirando también, estupefacto.

—¿Lighttower, Shining? (1) —pregunté, por fin.

—Ugh, soy indio.

El graznido sonó detrás del corpulento sueco. Se adelantó. Allí, ante mis ojos, estaba la película *El final del camino*. Un piel roja flaco y encorvado de nariz aguileña. Me sonrió.

—¿Zvonski?

—Zvonski, Constantine. Mis amigos me llaman...

—No me lo digas, deja que lo adivine —exclamé burlonamente.

Este tipo no podía pesar más de 56 kilos con un mortero a la espalda. ¿Cómo esperan que cargue un TBY?

Se me doblaban casi las rodillas al mirarlos. Burnside estaba pálido. A Huxley le daría una hemorragia cuando intentasen entrar en acción. El artillero Keats vomitaría.

El llamado Hodgkiss se separó de la fila y cogió dos maletas que estaban junto a su saco.

—¿Qué tienes ahí?

—Un gramófono y varios discos.

Me acerqué a él y abrí un álbum. Un poco de música alegre anima los barracones. Pero aquello era horrible. Pasé las páginas: Chopin, Chaikovski, Brahms..., todo un lote de esos tipos...

—Llévalos a los alojamientos, Mac. Yo me largo —gimió Burnside.

—¿Qué quiere, jefe, huevos en la cerveza? —rió el indio.

Decir que los chicos que llegaban a Eliot eran distintos de los profesionales bebedores y camorristas de tiempo de paz resulta poco informativo. Eran críos, críos imberbes de dieciocho y veinte años. ¡Buena le esperaba al Cuerpo! Soldados de transmisiones... de risa. Un indio anémico, un melómano, un maderero con diez dedos pulgares, un tejano incapaz de abandonar sus costumbres, un granjero, un alfeñique y el muchacho del All-American. Todo esto y Joe Gómez, un renegado alborotador.

Después de nuestro primer problema de campaña, el artillero Keats pensó seriamente en renunciar o en pedir el traslado. Huxley, que rara vez manifestaba ninguna emoción, fue presa de náuseas.

Yo les busqué los trabajos más sucios y repugnantes que me fue posible. Me esforcé al máximo por mostrarme desagradable. Traspalar basura en el vertedero, limpiar letrinas, cavar zanjas, fregar los alojamientos de oficiales, limpiar todo el campamento.

¡Cristo! En el viejo Cuerpo los radiotelegrafistas eran algo. Montaban guardia en los buques..., eran respetados. Éstos..., estas *cosas* que el comandante Bolger nos enviaba tenían dificultades hasta con los aparatos de campaña más lentos. Sentí deseos de volver a Islandia.

Es difícil decir con exactitud dónde debe empezar una historia de

(1) *Lighttower*, faro; *shining*, brillante.

marines como ésta y dónde debe terminar. Los chicos estaban allí, y su presencia no nos hacía felices en absoluto. Yo no sabía de dónde venían, cómo habían llegado a aquel lugar...

I

El tejado de la fría y gris estación Pennsylvania de Baltimore, semejante por su estructura a un granero, pendía sobre los apresurados viajeros y los pequeños y cuchicheantes grupos congregados en torno a la puerta tres. En racimos de dos, tres, cuatro y más, permanecían alrededor de jóvenes de semblante grave mientras iba pasando el tiempo. Aquí una esposa y un hijo, allá media docena de amigos voceaban palabras de ánimo. En un rincón, unos padres de edad avanzada y un grupo de parientes hablaban en susurros con un muchacho de gesto fosco.

Había muchas chicas, algunas llorando y otras conteniendo las lágrimas mientras permanecían junto a sus maridos, sus amantes o sus novios. El sonido casi zumbante de sus despedidas reverberaba en las paredes de la vieja estación.

Danny Forrester se subió la cremallera de su chaqueta verde y plata con una F mayúscula y desplazó nerviosamente su peso de un pie a otro. Agrupados en torno suyo, estaban su padre, su hermano menor, Bud, su mejor amigo, Virgil y la novia de Virgil, Sally.

—¡Eh, señora, mi hermano es un marine! —gritó el pequeño Bud Forrester a una mujer que pasaba.

—Cállate, Bud —ordenó Mr. Forrester.

Kathleen Walker se hallaba al lado de Danny. Estaban cogidos de las manos, y él notó el frío sudor de las palmas de Kathleen cuando un sargento, con uniforme azul, se abrió paso por entre la muchedumbre, se dirigió a la puerta y empezó a comprobar una lista.

—Siento lo de madre. Siento que no haya querido venir.

—No te preocupes, hijo.

—Oye, Danny —dijo Virgil—, ojalá me fuera contigo.

—No, tú no —exclamó Sally.

—He hablado con el entrenador Grimes. Estaba un poco enfadado porque no te has despedido de él.

—Mira, Virg, quizás él haya tratado despectivamente al equipo y a los demás estudiantes. Yo..., yo no quería eso. Le escribiré para explicárselo.

—Claro.

—¿Tienes los emparedados y el pastel que te preparé? —preguntó Sally.

—Encima de todo. Gracias, Sally.

Henry Forrester rebuscó en su cartera y sacó un billete de diez dólares.

—Toma, hijo.

—Ya tengo veinte, papá. Es más que suficiente.

—Bueno, será mejor que te lo lleves, de todas maneras. Nunca se sabe, podría presentarse una emergencia.

—Gracias, papá.

—¿Tienes idea de lo que se está cociendo? —preguntó Virgil.

—Sé tanto como tú. Hoy he oído un millón de historias. Dicen que la Base está bien. Permaneceremos aislados durante un par de semanas en San Diego, en el campo de instrucción.

—Parece divertido.

—¿Nos escribirás cuando puedas?

—Sí, papá.

—Oye, Danny, me gustaría tener una espada japonesa. Tráeme un japonés, ¿eh, Danny?

—Creo que no veré ningún japonés durante algún tiempo, Bud. Quiero que seas buen chico y hagas lo que papá te diga..., y que me escribas.

Un agudo grito resonó en la estación. Un brazo consolador se posó en torno a los hombros de una madre. Siguió un largo y embarazoso silencio. Danny y Kathy se miraron de reojo, con timidez.

—Tal vez quieras hablar unos momentos a solas con Kathy —dijo Mr. Forrester.

Danny la llevó hasta un banco vacío, pero ninguno de los dos se sentó. La muchacha inclinó la cabeza mientras él hablaba en voz baja.

—No quieres cambiar de idea, ¿verdad, nenita? Te comprendería si lo hicieses.

—No... no.

—¿Asustada, nenita?

—Un poco.

—Yo también.

—Bésame, Danny.

Se abrazaron y permanecieron así hasta que el sistema de megafonía les hizo volver duramente a la tierra.

—Atención todos los reclutas. Preséntense de inmediato en la puerta de andenes número tres.

Se oyó un murmullo de alivio y, uno a uno, los cincuenta muchachos y sus acompañantes cruzaron la puerta y descendieron por las largas escaleras hacia la silbante y resoplante hilera de vagones que aguardaba abajo. Virgil cogió el maletín de Danny, y éste, con un brazo en torno a Kathy y otro sobre Bud, avanzó con lentitud entre la multitud, arrastrando los pies.

—Está bien —ladró el sargento—. ¡A formar!

Por décima vez, procedió a pasar lista:

—Tatum... Soffolus... O'Neill... Greenberg... Weber... Forrester... Burke... Burke, Thomas K...

—Aquí.

—Está bien, prestad atención. Soffolus tomará la lista y se hará cargo de este destacamento. Subid al primer vagón y permaneced juntos. No habrá alborotos, riñas ni bebidas, o se enviará a la Policía Militar. Rompan filas..., os quedan tres minutos.

Rompieron la defectuosa formación y corrieron hacia la multitud alineada en arco a su alrededor.

—¡Lo sentiréeeeeis! —gritó un marinero desde el borde del grupo.

—Me gustaría ser lo bastante mayor como para irme de marine. Ojalá fuese lo bastante mayor —exclamó Bud, escondiéndose detrás de su padre. Danny se arrodilló junto al lloroso chiquillo y lo abrazó.

—Buena suerte, Danny —dijo Virg, estrechándole la mano.

—Cuídate, hijo, cuídate.

—Adiós, papá..., y no te preocupes.

Sally lo besó en la mejilla y retrocedió. Él abrazó a Kathy y se volvió.

—Te quiero, Danny —sonó su voz tras él.

Subió al tren, corrió a un asiento al lado de la ventanilla y elevó el cristal. Virg levantó en alto a Bud para que lo abrazase y, luego, Danny alargó los brazos, que le cogieron su padre y su amigo.

El tren arrancó de pronto. Su poderosa máquina eléctrica lo arrastró con suavidad al principio. Luego, aumentó su velocidad hasta que el andén quedó lleno de gente que trotaba, agitaba las manos y gritaba. Los muchachos del vagón apretaban la cara contra las ventanillas. El tren fue acelerando más y más hasta que los que estaban en el andén no pudieron mantenerse a su altura y se detuvieron jadeantes y agitando la mano. Fueron haciéndose cada vez más pequeños. Y, después, el tren penetró en un largo y negro túnel, y desaparecieron.

Danny se dejó caer en su asiento, y una extraña sensación se apoderó de él. Solo ahora..., lamentó de veras haberlo hecho. Le martilleaba con fuerza el corazón. Se sintió cubierto de un sudor frío y viscoso. Solo..., ¿por qué me he alistado? ¿Por qué?

El muchacho que estaba a su lado le tendió un paquete de cigarrillos. Danny declinó el ofrecimiento y se presentó.

—Forrester, Danny Forrester.

—Jones, L. Q. No necesitas saber mi nombre de pila. Suele enfurecer a la gente. Soy de Los Ángeles, pero estaba aquí, visitando a mi tío, cuando estalló la guerra...

Sus palabras cayeron en oídos sordos al salir el tren del túnel.

Danny miró por la ventanilla. Bloque tras bloque de casas de ladrillo con escalones de mármol blanco pasaban con rapidez. Una amplia calle, flanqueada por tiras de césped, y el Johns Hopkins Hospital. Luego, cansado del largo día de esperar y formar filas y volver a esperar, se recostó en el respaldo de su asiento y cerró los ojos.

«Soy un marine..., soy un marine», se repitió al son del traqueteo de las ruedas. Todo parece irreal. Un estremecimiento le recorrió el cuerpo... Kathy me quiere.

La Escuela Superior de Forest Park... parecía ya tan lejana... Escuela Superior de Forest Park...

El partido había terminado. Los estudiantes, cantando y alborotando bulliciosos, habían salido del Estadio Municipal de Baltimore.

Tras una palmada en la espalda, dada por el entrenador Wilbur Grimes, los fatigados y abatidos jugadores del Forest Park abandonaron el vestuario y salieron al frío aire de noviembre para recibir el tributo de los hinchas leales allí presentes.

Media hora después, Danny Forrester abandonaba la ducha. La estancia se hallaba desierta, a excepción del menudo administrador, que realizaba una apresurada revisión final. Había un mezclado olor a sudor y a vapor, y el suelo estaba abarrotado de bancos torcidos y de toallas. Se vistió, calzó sus mocasines y se dirigió al espejo. Frotando con la mano, trazó un círculo en el vaho que cubría su superficie. Se peinó y, luego, apoyó un dedo en su ojo derecho, que estaba magullado y se iba hinchando con rapidez.

—Buen partido, Danny —dijo el administrador, dándole una palmada en la espalda al salir.

Él se dirigió a su armario y sacó su chaqueta verde y blanca. Se abrió la puerta, por la que se coló una ráfaga de aire fresco, y entró Wilbur Grimes, que se bajó el cuello del abrigo y acercó un banco. Sacó su pipa y la cargó.

—¿Tienes prisa?

—No, señor.

—Buenas noticias, Danny. Tengo una carta de la Asociación de Alumnos del Tecnológico de Georgia. Te han concedido la beca.

—Oh.

—Vamos, muchacho, olvídate del partido, ya ha terminado. Los chicos se sintieron decepcionados al ver que no salías con Virg y el equipo.

—Es que no veía qué había que aplaudir, entrenador. Hemos perdido. Queríamos poner la cabeza del City en una bandeja y entregársela a usted. Es nuestro último partido, y deseábamos ganarlo a toda costa.

El entrenador sonrió.

—Yo diría que lo hemos hecho bastante bien. Perder por un solo tanto frente a un equipo que no ha conocido la derrota desde hace cinco años no es, ciertamente, ninguna deshonra. En cualquier caso, los habríamos echado del campo si hubiera tenido allí diez muchachos más como tú.

Danny no levantó la inclinada cabeza ante el cumplido de Grimes, aunque era el primero que recibía del entrenador de forma individual, ya que éste siempre alababa o reprendía sólo al grupo.

Grimes dio una chupada a su pipa.

—Al menos, podrías estar un poco más contento por lo de la beca.

—No sé, señor. Georgia está un poco lejos. Estaba pensando en ir a Maryland en su lugar.

—Oh, vamos, Danny. Tenías el corazón puesto en ese curso de Ingeniería Civil. ¿Por qué este cambio repentino?

Danny se limitó a mover la cabeza.

—Virg no ha recibido una oferta..., es eso, ¿verdad?

—Verá, señor...

—De modo que es eso. Me lo olía.

—Hicimos como una especie de pacto, señor, de ir juntos a la Universidad.

El entrenador se levantó y se situó junto al muchacho.

—Escucha, has jugado tu último partido para mí, así que puedo hablarte con toda libertad. Llevo quince años entrenando en esta Escuela. Supongo que habrán pasado por mis manos unos mil muchachos. Y te puedo asegurar que en todo ese tiempo no he tenido más de media docena que fuesen tan valiosos como tú.

—Pero no lo comprendo. Virg ha marcado el doble de tantos. Lleva tres años siendo la estrella del equipo.

—Danny, me agrada Virg y, desde luego, no quiero despreciar las amistades, los pactos o lo que sea que tengáis. Pero yo prefiero tener un muchacho capaz de hacer dos yardas cuando lo necesitamos que otro que hace cincuenta cuando no lo necesitamos. Y prefiero tener un muchacho que va mejorando a cada partido y nunca comete dos veces el mismo error.

Se volvió y paseó por la estancia.

—A mí me gusta un muchacho que juegue constantemente con todo lo que tiene porque no puede hacerlo de otra manera. No voy a presionarte, Danny, pero detesto verte tirar por la borda esa carrera que tanto deseabas. Piénsalo y dime lo que decidas.

—Sí, señor.

Danny se levantó y subió la cremallera de su chaqueta.

—Y, Danny..., por supuesto, nunca se lo diré a Virgil, como es natural. Pero si él lo supiera, seguro que diría: al Tecnológico de Georgia.

El tren se detuvo en la estación de la Calle Trece de Filadelfia.

—Cuídate.

—Escríbeme.

—No te preocupes, cariño. Estaré perfectamente.

—Tráeme un japonés.

—Adiós, querido Connie.

—Susan... Susan...

—¡Contingente de Filadelfia en los coches dos y tres!

Virgil Tucker asomó la cabeza por la puerta.

—Eh, Danny, vamos, estamos esperando... Oh, disculpe. No sabía que estaba usted aquí, entrenador.

Danny se metió las manos en los bolsillos al salir al frío aire del atardecer. Virgil Tucker le pasó un brazo por los hombros y se dirigieron ambos hacia el coche. Miraron un momento al otro lado de la calle, hacia el lugar en que el Baltimore City College se alzaba en una loma como una inexpugnable fortaleza gris, erguida orgullosa sobre ellos.

—Estaba pensando —dijo Virgil.

—¿En qué?

—Tú no fallaste aquel bloqueo de la última parte. Si yo me hubiera quedado en los laterales, en vez de retroceder al centro del campo...

—¿Cuál es la diferencia? El viejo Lawrence se habría sacado algo de la manga. City habría vuelto a marcar.

—Es una pena que no tengamos un entrenador como Lawrence..., bueno, quizá Poly pueda ganarles la semana que viene.

Kathleen Walker, Sally Davis y Bud, el hermano de Danny, de ocho años, los esperaban junto al coche.

—Danny, Danny —gritó Bud—. Un partido estupendo, Danny.

Virgil se encogió de hombros.

—Tu padre se ha ido a casa con los míos y lo han dejado aquí. Quería verte.

Virgil le entregó las llaves.

—Conduce tú —dijo Danny, sonriendo a Kathy.
—No, conduce tú —insistió Virgil—. Es el coche de tu viejo.
Virg y Sally se acomodaron muy juntitos en un rincón del asiento trasero y ordenaron a Bud que se sentara delante.
—¡Chicas! —resopló Bud—. Virg tiene una chica, Virg tiene una chica.
—Siéntate y cierra el pico, renacuajo.
El coche arrancó a buena velocidad en dirección al puente de la Calle 29.
—Ojalá fuese lo bastante mayor para ir a Forest Park..., yo les enseñaría a esos mamones del City.
—Dile que cierre la boca, Danny.
—Cállate, Bud. Los muchachos del City son buenas personas.
—¡Qué van a ser!
Se revolvió en el asiento y miró enfadado por la ventanilla. Pasaron ante el Museo de Arte.
—Papá dice que parece que está sentado en un orinal —el chiquillo señaló «El Pensador» de Rodin que se alzaba sobre el césped.
—¡Bud! —y el tono de la voz de su hermano le hizo callar por fin.
Cruzaron el puente del ferrocarril. Brillaban abajo los finos trazos de los raíles. En otro tiempo, él había vivido cerca de aquel lugar y durante el verano caminaba sobre el pretil de cemento. Allí, con su cuadrilla, jugaba a «bombarderos», dejando caer sus «bolas de nieve» sobre los coches y los trenes que pasaban por debajo.
Contorneando Driud Hill Park, tomaron la Liberty Heights Avenue hacia el distrito de Forest Park.
—Virg está besando a Sally, Virg está besando a Sally...
—Danny, dile que se calle o va a ver lo que es bueno.
Se detuvieron en Fairfax Road, delante de una casa de piedra y ladrillo, exactamente igual a otras cincuenta casas de piedra y ladrillo de la zona. Todo rastro de individualidad había desaparecido hacía tiempo de las viviendas de la clase media de Baltimore. Eran simples copias, ampliadas y más confortables, de los inmuebles de ladrillo rojo y escalones de mármol que se sucedían kilómetro tras kilómetro a lo largo de otros distritos. Bud estaba dormido en el asiento trasero. Virgil había bajado para quedarse a cenar en casa de Sally.
—¿Qué ocurre? ¿Estás enfadada conmigo?
—No —respondió Kathy—. ¿Por qué?
—No has dicho una sola palabra desde que he subido al coche.
Ella le miró la hinchada mejilla.
—¿Duele mucho?
—Oh, no es nada.
—Supongo que debería sentirme orgullosa y armar mucho alboroto, como hace Sally. Pero me temo que algún día te vas a partir el cuello.
Él sonrió burlonamente.
—¿Te preocupa de veras...? Me agrada que te preocupes por mí.
—¿Te apetece ir al baile de esta noche?
—El baile de la victoria —musitó Danny—. Eso me va a matar. Siempre estamos celebrando un baile de la victoria después del partido con el City..., sólo que nunca ganamos.

—¿Por qué no vienes a casa y escuchamos la radio? Pareces cansado.

—Creía que estabas deseando ir al baile. Durante dos semanas no has hablado de otra cosa.

—Lo sé, mas...

—Sí, a mí me gustaría zafarme de ello, pero los otros dirán que estamos amartelados.

—Entonces, nos marcharemos temprano.

—Nos reuniremos luego con Virg y Sally en el Malt Palace.

Él le cogió la mano y miró el anillo.

—Le puse una cinta alrededor para que ajustase —miró hacia el asiento trasero y, viendo que Bud estaba dormido del todo, la atrajo hacia sí.

—Aquí no, Danny. Estará mirando toda la vecindad.

—No me importa.

—No seas tonto.

Se soltó y abrió la portezuela.

—Hasta dentro de una hora.

Después de unos cuantos bailes en el decorado gimnasio, se escabulleron, huyendo de felicitaciones y palmaditas en la espalda. Mientras se alejaban en el coche, los dorados cabellos de Kathy rozaban la mejilla de Danny, y éste aspiraba el suave aroma de su perfume. Ella tarareaba en voz baja la melodía del último baile.

> *Para dos que se quieren*
> *no hay obstáculos en el mundo;*
> *corazones que se abrazan*
> *todo lo pueden conseguir.*

Hizo girar la llave de ignición y sintonizó una emisora que transmitía música durante toda la noche. El automóvil se hallaba junto al embalse de Druid Lake, entre otros coches aparcados cada pocos metros en torno al lago. Ella se echó en sus brazos, se besaron y se acurrucó junto a él, recogiendo las piernas bajo el cuerpo. Danny suspiró, mientras le besaba la mejilla una y otra vez.

—¿Tienes frío, nenita?

—No —se separó y se apoyó contra la portezuela—. Estaba pensando.

—¿En qué? Te has estado portando de una forma muy rara.

—No lo sé con exactitud. Cuando estaba viendo el partido se me ocurrió que..., bueno, no sé cómo decirlo.

—¿Qué, nenita?

—Que era una especie de crisis para nosotros. Vamos a estar separados..., dentro de unos meses tú te irás a la Universidad. Ha sido muy divertido —le tembló la voz.

—Yo también he estado pensando mucho en ello. Supongo que tenemos que madurar.

—Supongo.

—Voy a echarte muchísimo de menos. Pero tendremos las vacaciones de Navidad y todo el verano. Conseguiré trabajo aquí durante ese tiempo.

—¿Estás decidido, entonces?

—Hace mucho que lo estoy. Yo quería ir al Instituto Tecnológico de Massachusetts, pero allí no dan beca de rugby, y me temo que la factura sería demasiado alta para papá.

—¿Quieres ir al Tecnológico de Georgia?

—Sí.

—¿Has hablado de ello con Virg?

—No. No quiero andar discutiéndolo..., pero nunca obtendré en Maryland el título de ingeniero..., no el que yo quiero.

—No sería tan malo si fueses allí. Yo iré también dentro de un año.

—Ésa es la cuestión. Georgia está muy lejos de ti.

—Quisiera que no tuvieses que jugar al rugby.

—Me gusta el rugby.

—A mí no. Creo que estaré mortalmente preocupada todo el tiempo cuando te hayas ido.

—¿Por el rugby?.

—Y por temor a que otra chica te conquiste.

—Tú eres mi chica, Kathy. Algún día comprenderás por qué deseo tanto ser ingeniero. Los ingenieros viajan por el mundo, lo ven todo. Hacen toda clase de trabajos..., túneles, puentes, presas. Es una gran profesión. Un buen ingeniero se hace su propio programa de trabajo.

—Sé lo mucho que lo deseas.

—¿Kathy?

—Sí.

—No me agrada separarme de ti. Intenta comprenderlo.

—Sí.

Volvió a echarse en sus brazos, y él la acarició con suavidad.

—Creo que si otro chico llegara a tocarte lo mataría.

—¿Lo harías..., de verdad?

—¿Imaginas que será lo mismo, nenita? Quiero que sigas saliendo con chicos y todo.

—No me resultará divertido.

—Será lo mejor. Cinco años es mucho tiempo antes de que podamos hacer planes reales. Yo... a veces he deseado poder decirte un montón de cosas... y que pudiéramos tener relaciones formales.

—En verdad que es un problema, Danny. No creía que la gente tuviera dificultades de esta clase.

—No me parece que pudiera ser mucho peor..., en absoluto. Desde luego, tenemos problemas.

Al amanecer, las dimensiones del contingente se habían multiplicado casi por seis. Durante toda la noche el tren había ido deteniéndose en cada estación, impaciente, mientras se desarrollaban escenas de despedida junto a sus costados de acero. Amanecer en Buffalo. Helaba cuando entraron en el Harvey Restaurant, en la monstruosa estación. Un desayuno caliente le hizo reaccionar y, por primera vez, se sintió ávido y deseoso de continuar el viaje. El radiante sol había desvanecido la conmoción inicial, y se hallaba ahora excitado por la aventura.

—Me llamo Ted Dwyer, y éste es Robin Long.

—Forrester, Danny Forrester, y éste es L. Q. Jones. No os dejéis asustar por él.

—¿Qué tal si venís a echar una partidita?

—Buena idea. El viaje a lo largo del lago Erie es criminal. No llegaremos a Chicago hasta última hora.

—El tren está hasta los topes.

—Sí.

Kilómetro tras kilómetro de monótono paisaje a la orilla del lago hicieron que la conversación decayera y se empezase a sentir un cierto desasosiego.

En el lavabo, un bullicioso individuo llamado Shannon O'Hearne había comenzado una partida de dados. Irlandés corpulento y revoltoso, se había hecho con un grupo de atemorizados seguidores, y, al mismo tiempo que la partida de dados, habían empezado las rondas de bebidas. El grupo convertía en una carrera de obstáculos el paso de entrada y salida del retrete.

La monotonía quedó rota por la nueva monotonía de hacer cola para comer. Ahora, en el tren, había cerca de cuatrocientos hombres, todos los cuales querían comer al mismo tiempo..., excepto Shannon O'Hearne y sus compañeros, que no hacían más que beber.

El tren se introdujo por fin en el laberinto de raíles que lo condujeron a Chicago. Descendieron cansados y entumecidos, contentos por la interrupción.

Henry Forrester se hallaba sentado en su sillón, con los pies apoyados en una otomana. Bud estaba echado en el suelo, con los comics dominicales extendidos ante él. La voz de un nervioso locutor que retransmitía el partido de rugby rompió la tranquilidad de la habitación.

Hacemos ahora una pausa de treinta segundos para identificación de la emisora.

—Danny —llamó desde la cocina Sarah Forrester—. Será mejor que cojas el coche y vayas a recoger a Kathy. La cena estará lista dentro de media hora.

—De acuerdo, mamá. Faltan un par de minutos para que termine el primer tiempo.

—¡Bud!

—¿Sí?

—Empieza a poner la mesa.

—Voy, mamá.

Aquí estamos de nuevo, aficionados al rugby. Os habla Rush Holloway, el viejo reportero de Wheaties, aquí, en la capital de la nación, donde 35.000 personas abarrotan el Griffith Stadium en esta hermosa tarde de diciembre para presenciar la pugna entre los Gigantes de Nueva York, de Steven Owen, y los Pieles Rojas de Washington.

El ruido de fondo que podéis oír es el sistema de megafonía llamando al almirante Parks. Durante esta segunda parte han estado llamando a diversas autoridades...

Mickey Parks acaba de sustituir a Ki Aldrich en el centro. Por cierto

que Mickey es primo lejano del almirante Parks. Goza de gran popula-
ridad entre los hinchas de los Pieles Rojas, con los que lleva ya cuatro
temporadas...

Interrumpimos esta transmisión deportiva para emitir un boletín de
noticias. Aviones identificados como japoneses han atacado la base naval
americana de Pearl Harbor. Continuad en la sintonía de esta emisora
para...

Primero y diez en su línea de cuarenta yardas.

—¿Has oído eso, papá?

—Eh... eh..., ¿qué? He debido adormilarme.

Sonó el teléfono. Bud corrió a cogerlo y, luego, pasó el aparato a
Sarah Forrester.

—Henry —dijo—, ¿dónde está Pearl Harbor?

Henry Forrester llamó con suavidad a la puerta de la habitación de
su hijo y entró. Danny se hallaba tumbado en la cama, mirando al techo.
Su padre se sentó en el borde de la cama.

Por toda la habitación colgaban banderines de la Escuela Superior
de Forest Park y de media docena de equipos estudiantiles. Sobre la
cómoda se veían una docena de fotografías de equipos, y había una más
grande en la pared, de las Oropéndolas de Baltimore... Una pelota de
béisbol con los autógrafos de Babe Ruth, Jimmy Foxx y Lefty Grove
adornaba el centro de una mesita.

—¿No quieres bajar a cenar, hijo?

—No tengo hambre.

—Tu madre está muy preocupada. ¿Un cigarrillo?

—No, gracias.

—¿No crees que deberíamos hablar de esto?

—Cada vez que intento hacerlo mamá se pone a gritar.

Henry Forrester se dirigió lentamente a la cómoda y contempló un
trofeo que había sobre ella. Danny había corrido los veinticinco últimos
metros de una carrera de relevos sobre una pista de ceniza después de
haber perdido una de sus tachuelas.

—Quizás podamos hablar entre nosotros. No me puedes negar eso.

—Ni yo mismo me entiendo, papá.

—Ayer me habló Wilbur Grimes. Te admitirán en el Tecnológico de
Georgia inmediatamente después de los exámenes de febrero.

—Pero es que no parece justo que yo vaya a la Universidad para
jugar al rugby habiendo una guerra.

—Sólo tienes diecisiete años, Danny. No te necesitan. Cuando precisen
tu ayuda te llamarán.

—Ya hemos hablado de ello cincuenta veces.

—Sí, y tenemos que poner las cartas boca arriba. Ni tú ni yo podemos
continuar con este talante fosco. Y no pienso firmar ningún papel hasta
que conozca una razón que me convenza para hacerlo.

—Como quieras.

—Podría entenderlo si no fueses feliz aquí o si fueras un chicuelo
alocado. Has deseado ser ingeniero desde que tenías la edad de Bud.
No te falta de nada, posees un hogar, amigos, te dejo conducir el coche...

Tu madre y yo hemos tratado este asunto y hemos decidido que podrías ir al Instituto Tecnológico de Massachusetts si eso te ayudase a cambiar de idea.

—No es que no sea feliz, papá.

—Entonces, ¿por qué la Infantería de Marina?

—No me sigas preguntando.

—¿Y Virgil?

—Él también quiere ir, papá, pero, con su madre tan enferma...

El hombre dio una chupada a su cigarrillo.

—Todo este maldito asunto hace que me sienta un miserable fracasado.

—No digas eso.

—Creo que no debemos intentar suavizar las cosas, Danny. Ya lo hemos hecho con demasiada frecuencia. Me siento como uno de esos padres que son huéspedes en su propia casa. En realidad, nunca os he dado a Bud y a ti la compañía que necesitabais.

—No tienes que reprocharte el que debas trabajar tanto para mantener el negocio en marcha.

—Te he envidiado, hijo. Has resultado ser todo lo que yo hubiese deseado para mí. Sí, supongo que siento envidia de mi propio hijo. No me has necesitado ni aun cuando eras muy pequeño. Recuerdo cómo volvías de vender periódicos cuando vivíamos en aquel piso de North Avenue. Llegabas ensangrentado de pelear con los chicos mayores de tu esquina. Pero siempre volvías allá y te desquitabas.

Suspiró y encendió otro cigarrillo.

—Y querías jugar al rugby. Tu madre te encerraba en tu habitación y tú te escapabas saltando desde el segundo piso. Tenías arrestos para enfrentarte a ella. Yo nunca los he tenido.

—¿Qué estás diciendo?

—Yo quería que jugases al rugby. Pero me puse de su parte...; siempre lo hago. Supongo que, en el fondo, me siento el hombre más orgulloso del mundo porque quieras alistarte en la Infantería de Marina. No creas que es fácil aceptar perder un hijo. Supongo que... esta vez, hijo..., tendré que llevar la pelota por ti.

—Papá, papá... No sé qué decir.

—¿No se lo has comentado a Kathy aún?

—No.

—Creo que será mejor que vayas a verla.

II

Constantine Zvonski se hallaba tendido en la crujiente cama, contemplando cómo se elevaba hacia el techo la nubecilla de humo azul. Desde donde estaba podía ver el llamativo anuncio de bombillas que se encendían y apagaban. HOTEL, decía el letrero, HABITACIONES DESDE 1'50 DÓLARES. Un cambio de postura hizo gemir los viejos muelles de la cama. La amarillenta luz interior disimulaba, en parte, las telarañas y la descolorida alfombra, cubierta por una capa de suciedad acumulada a lo largo de los años.

El silencio reinante afuera, en la calle, fue roto por un agudo repiquetear de tacones sobre el suelo empedrado. Se abalanzó hacia la ventana y descorrió la raída cortina. Debía ser Susan.

Dio una nerviosa chupada a su cigarrillo mientras se desvanecía el sonido y volvía luego a oírlo subiendo la escalera con rapidez. Descorrió el cerrojo y abrió la puerta una rendija. Al aproximarse la mujer al rellano, él la llamó suavemente. Entró, jadeante. El muchacho cerró la puerta y echó de nuevo el cerrojo.

La estrechó entre sus brazos. El cuerpo de Susan estaba frío a consecuencia del pungente aire de enero.

—Estás temblando como una hoja, cariño —dijo él.

—En seguida estaré bien. Hace frío afuera.

—No, estás asustada.

Ella se soltó sin brusquedad y se quitó el abrigo. Luego, se sentó en una silla de respaldo recto y sepultó la cara entre las manos.

—¿Otra vez tu viejo?

Ella asintió con la cabeza.

—Maldita sea, ¿por qué no puede dejarnos en paz?

—Estaré bien en seguida, Connie.

Él encendió un cigarrillo y se lo dio.

—Gracias, querido.

—¿Ha sido muy malo?

Susan se esforzó por serenarse pero tenía los ojos bañados en lágrimas mientras hablaba.

—Como de costumbre. Nos ha insultado. Me ha amenazado. Ahora estoy aquí y todo marcha bien.

Connie se dio un puñetazo en la palma de la mano.

—Tu padre tiene razón. Soy un inútil. Soy un maldito inútil o no te habría traído a un tugurio como éste. Él sólo intenta hacer lo que es mejor para ti. Si yo fuese como debiera...

—No me oyes quejarme...

—Eso es lo malo. Ojalá te quejaras. No..., no sé lo que digo.

Se volvió y se apoyó en la cómoda. Susan se le acercó por detrás, le puso las manos sobre los hombros y apoyó la mejilla en su nuca.

—¿No hay un beso para mí, Connie?

Él giró sobre sí mismo y la abrazó con fuerza.

—Te quiero tanto que a veces creo que voy a estallar.

Se besaron.

—Yo también te quiero, Connie —dijo Susan.

Fue hacia la cama, se quitó los zapatos con una sacudida de los pies y se sentó, apoyándose contra la cabecera, mientras inhalaba profunda y placenteramente el humo de su cigarrillo. Él se sentó en el borde, le cogió la mano y se la acarició.

—Tengo algo importante que decirte. Mira, cariño..., hemos hablado de ello cien veces. Tu viejo nunca nos dejará en paz mientras estemos aquí. Tenemos que marcharnos de Philly.[1]

_____

(1) Diminutivo de Philadelphia. (N. del T.)

Empezó un paseo agitado por la habitación, esforzándose en encontrar las palabras adecuadas.

—Piensa que no valgo para nada, quizá tenga razón. Cierto que he estado en el reformatorio y..., pero eso fue antes de conocerte, cariño. Haría cualquier cosa por ti..., tú lo sabes.

—Sí, Connie, lo sé.

—Terminé la Escuela Superior, ¿y qué? Ninguna Universidad da becas a quien sólo pesa sesenta kilos. Yo..., yo no puedo salir adelante aquí. No puedo obtener un trabajo decente..., no puedo ahorrar un maldito centavo. Y tu viejo acosándote e insultándote. ¡No puedo aguantarlo!

—No te excites, querido.

—Claro, soy un estúpido polaco..., un inútil de dieciocho años. ¿Qué le importa que mi padre muriese en un hospital de beneficencia para tuberculosos, en una apestosa ciudad minera? Ya me han jodido bastante.

—No me gusta que hables así, Connie.

—Lo siento, cariño. Ya ves, con sólo que lo digas, lo siento.

Sonrió y volvió a sentarse junto a ella.

—Susan —le pasó la mano con suavidad por la mejilla—. Susan..., estoy loco por ti, lo eres todo para mí.

Ella le besó la mano y sonrió.

—Usted también me gusta un poco, caballero.

Connie extendió el brazo en busca de un cenicero y encontró uno.

—Como he dicho, esto es importante. Tenemos que poner fin a estas entrevistas furtivas. Tú eres demasiado buena para eso..., no, déjame terminar. He estado pensando en cómo marcharme de aquí. Susan, ayer me alisté en la Infantería de Marina.

—¿Qué dices que has hecho?

—Escucha —la agarró por los hombros—. Me he enterado bien, y nos van a mandar en tren a California. A California, ¿oyes? Puedo licenciarme allí y ahorrar. Ahorraré hasta el último centavo, compraré una casa y entonces te vendrás conmigo. Podemos empezar allí, lejos de tu viejo, casados, instalados en California, cariño.

Y fue aflojando la presión que ejercía sobre sus hombros.

—¿Qué ocurre, Susan? No parece que te entusiasme la idea.

—No sé, querido, ha sido todo muy repentino.

—¿Es que no quieres venir a California?

—Déjame pensar un momento, Connie, déjame pensar, por favor.

De vez en cuando, las bombillas parpadeaban, enviando un destello y luego una sombra por la habitación. Se apreciaba un leve olor a moho.

—La Infantería de Marina —repitió ella—, la Infantería de Marina.

—Es lo mejor —adujo él—. Habrá tiempo de sobra. Ahorraré, y allí hay trabajo en abundancia.

—¿Y tu madre, y Wanda?

Estas palabras le hicieron vacilar.

—Ha firmado los papeles para dejarme ir. Mi madre está acostumbrada a sufrir. Quiere hacer lo que sea bueno para nosotros. Sabe que yo nunca saldré adelante aquí. A Wanda le queda sólo un año de escuela. Tío Ed se encargará de que tengan un techo. ¡Maldita sea! Es en nosotros en quienes estoy pensando. ¿Qué ocurre..., qué ocurre?

—Estoy asustada, Connie.

—No hay nada que temer.

—No puedo evitarlo, estoy asustada. Mi padre no se atreve a ponerme la mano encima mientras tú permanezcas aquí. Me encontraré sola..., estaré sin ti. Oh, Connie, pueden suceder tantas cosas... ¿Y si no puedes llevarme a California?

—¡Lo haré! Es nuestra única oportunidad. Me acabaría pudriendo aquí. No puedo soportarlo más.

La tomó con suavidad por los hombros y la meció en sus brazos como si fuese una niña.

—Si seguimos así, acabarás odiándome. Tú eres mi único motivo para vivir.

La besó en la mejilla y le acarició el cabello con suavidad.

—Tienes frío, cariño.

—Me da miedo tu plan..., pasará algo.

—Calla. Nada puede interponerse entre nosotros.

—No..., nada —repitió ella, y se abandonó a su abrazo.

—Ésta será nuestra última vez por algún tiempo, Susan.

A tientas, empezó a desabrocharle la blusa.

—Sí, Connie..., sí.

Constantine Zvonski salió del Harvey Restaurant en la estación de Chicago. Había una parada de cinco horas antes de que la Rock Island Line se hiciera cargo del viaje. Se quedó mirando cómo los otros muchachos iban saliendo de dos en dos y de tres en tres y se dirigían al bar o el cine más próximos.

—Eh, ¿no te he visto en alguna parte? —dijo alguien.

Zvonski se volvió y miró al muchacho que tenía delante. Se rascó la cabeza.

—Sí —respondió por fin—. Tú también me resultas muy familiar. ¿Te has alistado en Philly?

—No, yo soy de Baltimore. Ya lo tengo. ¿Jugabas con la Central?

—No me lo digas. Tú eres aquel maldito defensa de Baltimore que nos hizo pasar tan malos ratos. Me llamo Zvonski.

—Claro, aquel delantero de nombre raro. Hablando de malos ratos, creo que te pasaste todo el partido en nuestro campo.

El pequeño polaco sonrió.

—Bueno, pero nos ganasteis, ¿no? Yo hice un buen partido, ¿verdad?

—Ya lo creo. Estuvimos hablando de ello durante todo el viaje de vuelta a Baltimore. Muy bueno para ser un peso tan ligero. Me llamo Danny Forrester. Vas a San Diego, supongo.

—Sí.

—¿Cómo has dicho que te llamas?

—Puedes llamarme Ski o como quieras. Y encantado de conocerte.

—Oye, tengo un par de amigos esperando ahí afuera. Hay un teatro de variedades unas manzanas más abajo. ¿Quieres venir con nosotros?

—¿Por qué no?

Más tarde, ya de noche, el tren, con las cortinillas echadas, cruzaba las llanuras de Illinois a toda velocidad. Del lavabo llegaba el repiqueteo de los dados. Gritos de júbilo, ruido de botellas al caer y un penetrante olor a whisky. Era una suerte que Constantine Zvonski fuese tan menudo. Dos en una litera resultaban una aglomeración.

Danny trató de estirar las piernas sin darle a Ski con ellas en la cara. El tren tomó una curva y Danny rodó contra la pared.

—¿Estás dormido? —preguntó Ski.

—¿Quién es capaz de hacerlo con todo ese jaleo?

—Yo tampoco puedo. Estoy demasiado excitado.

—Me pregunto cómo se estará en San Diego.

—Pronto lo averiguaremos.

—Oye, Danny.

—¿Sí?

—¿Tienes novia?

—Sí.

—Yo también.

—Ahora estaba pensando en ella.

—También yo. Siempre la estoy recordando.

—Resulta un poco raro todo esto. La semana pasada estábamos en la bolera con la pandilla.

—Sí. Entiendo lo que quieres decir. Yo también noto una sensación rara. Pero no tengo muchas cosas de las que sentir nostalgia. Sólo de Susan.

—¿Quién ha dicho que yo tengo nostalgia?

—Puede que no la notes, pero sí te sientes solo —Ski encendió la luz y se incorporó, golpeándose la cabeza con el techo al hacerlo—. Maldita sea, siempre estoy haciendo cosas así.

Cogió sus pantalones y sacó la cartera.

—Aquí tengo una foto de mi novia.

Danny se apoyó en un codo. No era una fotografía muy buena. Miró a la muchacha menuda y morena llamada Susan Boccaccio y emitió un tenue silbido de cortés admiración.

—¿Guapa, eh? —dijo Ski, con rostro radiante.

—Mucho.

—Enséñame la de tu novia.

Ski devolvió el cumplido de Danny y, después, apagó la luz y se tendió de nuevo.

—En cuanto terminemos el período de instrucción en campamento, la haré venir. Lo tenemos todo calculado. Voy a ahorrar, la traeré aquí y nos casaremos. ¿Tú te vas a casar con tu chavala?

—Oh, no es nada de eso.

—Ya, simple diversión, ¿no?

—No creo que en estos tiempos se le deba pedir a una chica otra cosa. ¿Quién sabe adónde iremos ni qué va a ocurrir? No sería justo para Kathy. Incluso he oído a unos tíos decir que vamos a subir directamente a un barco y reconquistar Wake Island.

—Tonterías.

—De todos modos, ¿quién sabe nada?

—Con nosotros es distinto, Danny. Nosotros..., bueno, estamos ya casi como casados. Apenas si tengo nada aparte de Susan.

—Creo que te entiendo.

—Me alegra haberte conocido, Danny. Espero que vayamos a parar a la misma unidad.

—Yo también.

El tren continuaba su marcha. El griterío que llegaba desde el lavabo se hizo más intenso. Alguien dio una patada a una botella vacía y la envió rodando a lo largo del pasillo. Ski descorrió la cortinilla y se puso los pantalones.

—¿Adónde vas?

—Me pongo nervioso aquí dentro. Voy a fumar un cigarrillo.

Danny estiró sus entumecidos miembros y permaneció unos momentos tendido en la oscuridad, escuchando el repiqueteo de los dados y el fascinante sonido de las ruedas. Luego, el ruido se fue desvaneciendo y pensó en ella como lo había hecho mil veces.

Las zapatillas marrones y blancas, falda a cuadros y jersey puesto del revés. La inclinación airosa de su cabeza y el oscilar de su falda al andar. La hilera de hombres en el baile semanal en el gimnasio, la primera cita en una fiesta del barrio. La bolera después de clase. Las bulliciosas sesiones, los viernes por la noche, a los sones de discos de Glenn Miller en casa de uno de la pandilla; patinaje sobre hielo en el Carlin's Park; bocadillos después del partido en el Malt Palace y excursiones estivales en transbordador a Tolchester Beach.

La lucha consigo mismo para hacer acopio de valor y darle el primer beso. Y besarla y tropezar con las botellas de leche de su porche y caer por los escalones, rodando hasta los rosales.

Las citas de ella con otros chicos, que le producían un dolor indecible. Y sus propias citas, por despecho, con Alice, la andorrera de la escuela.

Discusiones por sus «novillos» para ir a los teatrillos frívolos. Luego, el otoño de 1941 llegó y fueron delineándose con más y más precisión sus planes para ir a la Universidad. Conducía ahora el coche familiar y, por las noches, pasaban un rato junto al pantano. Le puso el anillo en el dedo, y ella asintió con la cabeza...; por la noche estaban juntos y, casi sin proponérselo, él le tocó los pechos...

La maravillosa sensación pensando en ella..., ensayando lo que le diría el día que volviese de la Universidad y le declarase su amor.

Y el pensamiento de lo maravilloso que sería acostarse con ella. Pero, si uno sentía por una chica lo que él sentía..., eso no estaba bien.

Con mucho trabajo, Ski volvió a introducirse en la litera y Danny se apretó contra la pared.

—Cristo, ya podían callarse esos bastardos. ¿Cómo infiernos vamos a dormir?

—Sí, sí...

Marvin Walker estaba echado en el sofá, con la nariz hundida en una revista. Murmuró algo sobre impuestos. Sybil Walker se hallaba sentada en su sillón, junto a la lámpara, con un cesto de costura en el regazo. Los rayos de luz se reflejaban sobre una de las paredes de la lejana cocina, donde Kathy estudiaba sus lecciones.

—Marvin.

—Hum..., este Gobierno no es más que una pandilla de comunistas...

—¡Marvin!

—Hacerle esto a un trabajador...

—Marvin, deja esa revista.

—Oh, sí, querida, ¿de qué se trata?

—Quiero hablar contigo.

Él se sentó, estiró su cuerpo menudo y gordezuelo y se quitó las gafas.

—Dime, Sybil.

—Marvin, ¿no crees que es hora de que tengamos una conversación con Kathleen de corazón a corazón?

—Eso es cosa tuya.

—No me refiero a eso.

—Bueno, ¿a qué te refieres?

—¡Me refiero a ella y Danny!

—Oh, estás otra vez con eso.

—No tienes por qué ponerte siempre de parte de él.

—Danny me cae bien.

—A mí también. Es buen chico. Pero..., bueno, ¿no te parece que Kathleen es demasiado joven para sostener relaciones serias?

—Bah, estás haciendo una montaña de un grano de arena, mujer. Darle importancia a eso no haría más que complicar las cosas. Pareces olvidar la experiencia pasada.

—Pero ella podría estar saliendo con otros chicos. Nunca se sabe hasta qué punto van en serio.

—Oh, vamos, el chico se marcha a la Universidad dentro de un mes.

—Pues a eso me refiero. No quiero ver a Kathleen atada a él.

—Pienso que son lo bastante juiciosos como para llegar a un entendimiento en ese aspecto.

—Sin embargo, yo creo, Marvin...

—Escucha, Sybil. Si los ejemplares que Kathy traía antes a casa eran un reflejo de tus preferencias, creo que lo está haciendo muy bien por sí sola. Dios mío, casi me sacaban de quicio algunos de los cretinos con los que salía antes de conocer a Danny. Es un chico estupendo. Pulcro, esforzado y conoce sus valores. Sólo espero que no lo atrape alguna otra chica antes de que se gradúe en la Universidad. Además, los dos tendrán sus compromisos cuando él se haya ido, y creo que no sería nada aconsejable entrometerse.

—Es justo, habiendo una guerra, si él se va.

—Sólo tiene diecisiete años. No reclutan niños.

Sybil Walker suspiró y volvió a su labor. Sonó el timbre de la puerta. Marvin se abrochó la cinturilla de los pantalones, se subió los tirantes por los hombros y se dirigió hacia la puerta.

—Hola, Danny.

—Buenas noches, Mr. Walker; hola, Mrs. Walker.

Kathy se había presentado ya en la sala de estar al oír el timbre.

—Ya sé que hoy no es fiesta, señor, pero ha ocurrido algo bastante importante y quisiera poder hablar con Kathy unos momentos sobre ello.

—No te quedes ahí, pasa.

—Hola, Danny.

—Hola, Kathy. Ven conmigo al porche... quiero decirte una cosa.

—Has tenido suerte con el Tecnológico de Georgia, ¿eh, Danny?
—No la retengas demasiado tiempo —ordenó Mrs. Walker.
—No, señora —respondió él, cerrando la puerta.
—Buen chico —dijo Marvin—. Buen chico.

Kathy se abrochó el abrigo y lo siguió por el porche hasta el sofá-columpio que había allí. El muchacho permaneció unos momentos comtemplando los cubos perfectos formados por la larga fila de porches. Todos iguales y, a medida que se alejaban, producían la sensación de ser una caja dentro de otra. Todos con su lámpara en el mismo sitio. Todos carentes de vida. Se impulsó con los pies y puso en movimiento el columpio, que crujía al oscilar. Kathy, sentada a su lado, recogió las piernas bajo el cuerpo para mantenerlas calientes.

—¿Qué pasa, Danny? —su aliento formó una nubecilla de vapor.
—No sé por dónde empezar.

Se volvió y le miró a la cara. Era hermosa. Tenía las cejas fruncidas sobre sus azules ojos.

—Te vas a marchar, ¿verdad?

Él asintió.

—Te has alistado en la Infantería de Marina —su voz se fue debilitando hasta hacerse inaudible.

—¿Cómo lo sabes?

Se separó un poco de él.

—Supongo que lo he presentido desde lo de Pearl Harbor. Sabía que serían los marines... Recuerdo cómo los mirabas en aquel partido en que intervinieron... Creo que ya lo sabía cuando llegó la noticia acerca de Wake Island... Supongo que lo supe con certeza el día de Nochevieja. Me besaste... como... como si fueras a estar lejos durante mucho, mucho tiempo, y presentí que sería sólo cuestión de días hasta que me lo dijeses.

Cesó el balanceo del banco.

—¿Cuándo te marchas?
—Dentro de unos días.
—¿Y la Universidad y... todo lo demás?
—Todo y todos tendrán que esperar.
—¿Y nosotros?

No respondió.

—¿Tienes que irte, Danny?
—Sí.
—¿Por qué?
—No me preguntes por qué. Me lo he preguntado a mí mismo un centenar de veces. Sólo sé que hay algo que me consume por dentro. ¿No lo puedes comprender?

—Te vas porque eres Danny. Supongo que no serías tú mismo si no te fueses.

—Nenita.
—¿Sí?
—Yo... quiero que me devuelvas el anillo.

Kathy palideció. Se arrebujó en su abrigo.

—Escúchame bien. La Universidad es una cosa... y esto es algo completamente distinto. No sé cuánto tiempo estaré fuera. Acaso dos o tres años. Se rumorea que nos mandarán a la Costa Oeste.

—Pero... pero... yo creía que éramos novios formales.

—No quiero arrastrarte a esto, Kathy. Quizá era sólo cosa de niños. No podemos seguir haciendo planes y formulando promesas. Podría suceder algo y que cambiásemos de idea y entonces sufriríamos muchísimo.

—Yo no cambiaré de idea —murmuró ella.

—En medio de todo, cariño, no somos más que un par de chiquillos... y, en realidad, no hay nada definitivo entre nosotros.

Danny reanudó el suave balanceo del columpio y se sopló las entumecidas manos. Hubo unos momentos de silencio, roto sólo por las pisadas de un vecino al subir, con fatiga, los escalones de piedra de su casa.

—Bueno, di algo, Kathy.

A la muchacha le temblaron los labios.

—Sabía que esto iba a ocurrir, lo sabía.

Se levantó, fue hasta la barandilla y se mordió el labio inferior para contener las lágrimas. Pero éstas fluyeron de todos modos.

—Oh, por amor de Dios, no llores. Por favor, sabes que no puedo soportarlo. —La cogió con firmeza por los hombros—. Estamos fatigados..., no decidamos nada de lo que nos arrepentiríamos más tarde. Verás, yo me iré, las cosas se irán calmando..., tú saldrás con otros chicos y...

—No quiero ningún otro chico, sólo te quiero a ti —sollozó ella, volviendo a echarse en sus brazos.

—Santo Dios, vas a complicarlo todo —acarició sus suaves cabellos rubios—. ¿Qué vamos a hacer ahora?

—No te enfades, Danny.

—¿Por qué?

—Porque he llorado.

—No, si no me enfado.

—Quizá somos demasiado jóvenes... Yo, lo único que quiero es seguir siendo tu chica.

—No empieces a llorar otra vez.

—No puedo evitarlo.

—Supongo que sabes a qué te estás comprometiendo.

—No me importa.

—¿Qué dirán tus padres?

—Tampoco me importa su opinión.

—Me siento todo tembloroso.

—Yo también.

—¿Me escribirás?

—Sí.

—Te comunicaré mi dirección en cuanto pueda.

—Te esperaré, Danny. Por mucho tiempo que pase.

—Si quieres cambiar de idea..., lo digo de corazón.

—En realidad, tú no deseas que lo haga.

—No.

Le enjugó las lágrimas, mientras ella forzaba una débil sonrisa.

—Supongo que... esto es como estar prometidos.

La muchacha asintió con la cabeza.

—Me he pasado muchas noches pensando en lo maravillosa que eres, Kathy. Soñando con el día en que podría decirte todo lo que siento por ti.

—También yo he pensado mucho en ello, Danny.

—¿Piensan las chicas en eso?

—Uh-huh.

—Me refiero a si piensan en ello igual que lo hacen los chicos.

—Sí.

—Supongo... supongo que ahora es el momento de decirlo.

—Sí.

—Te quiero, Kathy.

—Yo también. Te quiero mucho, Danny.

Amanecer en Kansas City, y otro contingente de reclutas. Una trayectoria diagonal a través de un alargado trigal llenaba la monotonía del día. Rumores, chistes subidos de color, conversaciones y tensión creciente. La larga cola hasta el vagón comedor. El tren estaba abarrotado, con más de ochocientos muchachos y hombres.

O'Hearne, consumida su última botella, hizo una petición personal de refinanciación a cada uno de los que iban en el vagón. Sólo obtuvo un éxito moderado. Ocupó la tarde con una historia personal de sí mismo como boxeador, jugador de rugby, bebedor y fantástico amante. Provocó dos peleas y, al caer la noche, se reanudó la partida de dados.

Nuevo amanecer, y la permanente marcha hacia el sur, desde Tejas a Nuevo México y otra vez a Tejas para detenerse en El Paso. Una alocada carrera hacia el quiosco de tarjetas postales. Varias sábanas colgaban ahora de las ventanillas, anunciando que aquél era un tren cargado de marines que se dirigían a San Diego.

O'Hearne intentó persuadir a una joven embriagada de patriotismo para que subiera al tren. Durante varias horas, después de abandonar El Paso, calculó que podría haber vendido los servicios de la chica doscientas veces por lo menos, a cinco dólares cada una e instalarla en el negocio en San Diego.

Ardiente y pegajosa Arizona. La cuadrilla de O'Hearne empezó a causar destrozos en el tren hasta que la Policía Militar subió al convoy en Douglas. Y así, llegó la última noche.

Tensión estallante y puro espectáculo mientras dos máquinas de vapor arrastraban los vagones por las empinadas laderas de las sierras. Expectación desbocada. Maletines preparados. Una colecta para el azacaneado maletero. Rumores más desbocados aún cuando el tren franqueó la frontera mexicana y se detuvo para inspección en Tijuana.

Una turba de chiquillos corrían a lo largo del andén vendiendo cigarrillos y estafando a los buscadores de novedades. Los soldaditos de la opereta de Romberg se ponen en marcha.

—Me pregunto si nos recibirán con banda de música.

—Seguro. Al fin y al cabo, somos el primer batallón del Este que llega en tren aquí.

—Espero que tengan preparado mi uniforme azul. Quiero echar un vistazo a la ciudad.

—He oído decir que permaneceremos durante un par de semanas.

—No te preocupes, esta noche iré a San Diego.

Afuera, apareció la excitante vista de unas cuantas palmeras. Y también una larga hilera de camiones y una multitud de cabos y sargentos de uniformes verdes que se movían de un lado a otro con las listas de los soldados en las manos. Los uniformes verdes supusieron la primera nota agria para los nuevos reclutas.

—Contingente de Filadelfia y Baltimore, empiecen a cargar en el camión 68. Respondan al oír su nombre.

El convoy se puso en marcha hacia la Base de Infantería de Marina y fue recibido con gritos de «¡Os arrepentireeeéis!» por las calles.

El lánguido y caluroso día resultaba sorprendente a quienes habían abandonado el rigor invernal del Este. Pasaron ante la enorme fábrica de aviones camuflada y penetraron en la impecable base militar, atravesando el enorme patio y dirigiéndose hacia una arenosa zona de tiendas de campaña situada en un extremo alejado.

Descendieron y, de nuevo, se les pasó lista junto a un letrero en arco que decía: CENTRO DE INSTRUCCIÓN DE RECLUTAS, BASE DE INFANTERÍA DE MARINA, SAN DIEGO, CALIFORNIA

Y las piadosas puertas se cerraron tras ellos.

III

—Bien, muchachos. Tenemos mucho que hacer esta noche, así que no quiero ver a nadie zanganeando. Dejad vuestro equipaje y seguidme.

Avanzaron en fila tras él hasta el comedor.

Danny quedó estupefacto. Por antiguos recuerdos, tenía entendido que los soldados no comían nada más que galletas, judías y cosas parecidas. Constituyó para él una sorpresa ver una bandeja llena de carne guisada, patatas, ensalada, jalea y helado, y las mesas flanqueadas de tazones de café con leche. Pero, en algún punto a lo largo de la línea de servido, el helado desaparecía bajo las patatas y la salsa.

Después de comer, fueron divididos en grupos de sesenta hombres y conducidos a los grandes barracones de recepción. Danny, L.Q. y Ski gimieron al ver que O'Hearne había caído en su grupo. El agudo sonido de un silbato les hizo acudir con rapidez al centro de la estancia y congregarse en torno a un estirado cabo.

—Bien, muchachos. Que nadie salga de los barracones. Volveré a buscaros cuando estén listos para recogeros. Y el primero que me vea entrar tiene que gritar «Atención».

—¿Va a ser usted nuestro instructor?

—Conoceréis a vuestro instructor por la mañana.

Antes de que pudieran soltarle una andanada de preguntas, el cabo giró sobre sus talones y salió, diciendo con sequedad:

—No tardaréis en conocer todas las respuestas.

Danny y Sky se acercaron a varios carteles que colgaban de la pared. Uno decía: *Bajíos y Arrecifes: Reglas y Costumbres vigentes en la Marina de los Estados Unidos.* Estaba impreso en letra menuda y contenía demasiadas palabras largas y complicadas como para retener su atención. Otro cartel mostraba los grados e insignias de la Armada y sus equivalentes en la Infantería de Marina. Un tercer cartel resultó más interesante: *Expresiones comunes navales y de la Infantería de Marina.*

BLUSA	guerrera
CUBIERTA	suelo
ESCALA	escalera
ESCOTILLA	puerta
GALERA	cocina
GURIPA	recluta
I.M.	instructor militar
JARDÍN	letrina
MAMPARO	pared
RANCHO	comida (y seguía la lista)

Captando en seguida la idea, Ski anunció de forma orgullosa:
—Tengo que ir al jardín.

A los pocos momentos, volvió corriendo, agarró a Danny del brazo y lo llevó hasta los lavabos. Pasó ante una larga hilera de retretes hasta llegar al último y señaló un cartel. Decía: *Enfermedad venérea sólo.*

Contuvieron una exclamación y se retiraron del lugar. Danny miró su reloj. Eran las diez menos cuarto. Salió por la puerta a un pequeño porche y se subió la cremallera de la cazadora. Hacía frío pero el cielo estaba despejado y lleno de estrellas. Una gran diferencia con el helado enero de Baltimore. En ese momento, vio un extraño espectáculo: contó hasta sesenta muchachos de rapadas cabezas que corrían en la noche, vestidos con ropa interior nada más y seguidos por un cabo que lanzaba juramentos tras ellos.

Comprendió, poco a poco, que también él iba a perder su pelo. Se pasó los dedos por entre los cabellos con una punzada de pánico. Había algo extraño en aquel lugar. Divisó la figura de un cabo que se acercaba por el asfaltado camino y se precipitó delante de él al interior, gritando:
—¡Atención!
—Formad filas y seguidme. Dejad aquí las maletas. Ya no las necesitaréis.

El grupo de Danny formó en el centro de los otros 740 hombres que componían el nuevo batallón. Corrieron a lo largo de casi un kilómetro hasta el dispensario y permanecieron firmes durante más de una hora.

—Desnudaos de cintura para arriba —ordenó un marinero mientras recorría la fila con un cubo de mercurocromo en una mano y un pincel en la otra. Iba pintando un número en cada pecho y un compañero que lo seguía apuntaba el nombre.

A medianoche, llegaron a los peldaños de acceso al dispensario.

—Oh —gimió L.Q.—, mi papaíto me dijo que no abandonase nuestra plantación de magnolias. ¡Oh, cuánto me gustaría estar tomándome un julepe de menta...!

—¡Silencio ahí, maldita sea! —el humor de los cabos iba empeorando en proporción a cada minuto que pasaba.

Por fin entraron en el edificio. En rápida sucesión, se les aplicó un pinchazo en el dedo para una muestra sanguínea, se les extrajo sangre del brazo para un Wassermann y fueron sometidos a un examen de ojos, oídos, nariz, corazón y reflejos musculares. Siguió una revisión de hernia, presión sanguínea, equilibrio y una radiografía de tórax. Cuando el último hombre salió, fueron conducidos a otro edificio.

—Al entrar, quitaos toda la ropa.

—Oh..., oh —gimió Jones—. Oh..., oh.

Les estaba esperando una batería de hombres provistos de agujas: Vacunación, antitetánica en el brazo derecho, otras dos inyecciones en el izquierdo y una gran final en las nalgas.

Un equipo, conjuntado a la perfección, trabajaba para la última inyección. Un soldado daba un brochazo en la nalga y clavaba en ella una aguja como si estuviera lanzando dardos. El soldado siguiente, con precisión impecable, llenaba la jeringuilla, la introducía en la aguja, inyectaba, retiraba la aguja y la echaba en un recipiente con agua hirviendo.

Un exhausto Shannon O'Hearne se agitaba nervioso en la fila. Al penetrar la aguja en el hombre que iba delante de él, una gota de sudor se formó en la frente de O'Hearne, que sintió cómo se le revolvía el estómago. El soldado aplicó la jeringuilla e inyectó el suero. Al disponerse a retirar la aguja, ésta rozó la carne del muchacho, dejando rezumar una lenta gota. O'Hearne se desmayó y tuvo que ser llevado de nuevo a la fila por dos compañeros con más presencia de ánimo que él.

Dos y media de la madrugada. Entraron renqueando en los barracones y se desplomaron en sus literas. Danny intentó tenderse de espaldas y, después, de un costado y de otro. Pero tenía el cuerpo hinchado a consecuencia de las agujas despuntadas y las dudosas técnicas. Encontró alivio echándose de bruces y cerró los ojos, demasiado fatigado para compadecerse a sí mismo.

—¡Todos arriba!

Se encendieron las luces. Danny se dio la vuelta. Debía de ser una broma. Acababa de dormirse. Forcejeó por abrir los ojos. Le dolía todo el cuerpo. Enderezó la cabeza el tiempo suficiente para ver la hora: las cuatro y media. Se aplicó el reloj al oído, se cercioró de que funcionaba y volvió a tenderse.

El aullido de un silbato rasgó sus oídos y comprendió que no se trataba de un sueño ni de una broma. Estaba oscuro todavía y el cielo continuaba inundado de estrellas. Descendió trabajosamente de la litera superior y echó a andar, tambaleándose, detrás de los otros hombres, que, desgreñados y medio dormidos, maldecían y murmuraban camino de los lavabos. Se detuvo detrás de Jones ante una de las pilas, donde había ya seis hombres esperando.

—Mi mamaíta me decía... —gimió L.Q.

El chapoteo del agua fría no logró eliminar las telarañas de sus ojos, pero sí lo consiguió otro estridente toque de silbato. A medio vestir, formaron afuera, en la oscuridad. Desayuno, pero estaban demasiado cansados y doloridos como para acordarse de comer; después regresaron a los barracones, cogieron sus cosas y volvieron a salir.

Con ojos soñolientos, y desgreñados, esperaron nuevos acontecimientos. La espera no fue larga. Un cabo alto, pelirrojo y de aspecto rudo, vestido con uniforme caqui, gorro cuartelero y botas relucientes, se situó ante ellos con una lista en la mano.

—¡Atención! —rugió.

El sol comenzó a iluminar a los abigarrados reclutas. El cabo tenía la cara llena de pecas y sus ojos brillaban con un fulgor azul, acerado y cortante. Recorrió la fila con las manos en las caderas. De una mano colgaba una porra de 75 centímetros de largo con una correa en el extremo.

—A partir de ahora, éste es el pelotón Uno Cuarenta Tres. Mi nombre es cabo Whitlock. Odiaréis el día en que me conocisteis.

—Eh, cabo. ¿Qué tal dejarnos dormir un poco?

—¿Quién ha dicho eso?

—Yo —respondió Dwyer.

Se abrió un camino mientras el cabo avanzaba hacia Dwyer. Durante todo un minuto, Whitlock clavó en él una gélida mirada.

—¿Cómo te llamas, hijo?

—Ted Dwyer.

—Me llamo soldado de segunda Theodore Dwyer, señor —lo corrigió Whitlock.

—S... soldado de s... segunda... Theo... dore Dwyer..., señor.

—¿Estás mascando chicle?

—Sí, señor.

—Trágatelo.

Glup.

Paseó ante el nuevo pelotón, que permanecía como petrificado.

—Malditos yanquis —dijo, con voz sibilante—. *Malditoyanqui* es una sola palabra en mi libro. Bien, me llamo Whitlock..., cuando os dirijáis a mí me llamaréis señor. Sois unos hijos de puta que habéis dejado ya de ser humanos. Y no quiero que ninguno de vosotros, bastardos cobardes, imaginéis tampoco que sois marines. ¡Sois guripas! ¡Basura! La forma más baja, vil y apestosa de vida animal que existe en el Universo. Tengo que intentar convertiros en marines durante los tres próximos meses. Dudo que lo consiga. Vosotros, malditos yanquis, sois los más hediondos ejemplares de fango en que jamás he puesto la vista encima... Recordad bien esto, hijos de puta, vuestra alma tal vez pertenezca a Jesús, pero vuestro culo me pertenece a mí.

La cordial bienvenida al Cuerpo del instructor los dejó estupefactos. Ya estaban despiertos por completo. Y el alba llegó como un rayo desde Coronado a través de la bahía.

—Responded cuando oigáis vuestro nombre.

Pasó los ojos por la lista que tenía en la mano.

—O'Hearne... ¡O'Hearne!

—Aquí —susurró una voz.

Whitlock avanzó hacia el irlandés de pelo rizado.

—¿Qué pasa? ¿Has perdido la voz, escoria?

—He estado bebiendo..., me he quedado ronco —tiró una colilla al suelo.

—Coge esa colilla, escoria.

—No me llame escoria.

O'Hearne cerró los puños. Whitlock colocó la punta de su bastoncito bajo la barbilla del muchacho.

—Tenemos un tratamiento especial para tipos duros como tú. Coge esa colilla.

El bastón levantó la barbilla de O'Hearne lentamente. Shannon abrió los puños y se agachó hacia el suelo. Mientras lo hacía, la reluciente bota de Whitlock le golpeó de lleno y lo tiró al suelo, despatarrado. Shannon se levantó y empezó a cargar contra él; luego, se detuvo en seco y volvió con mansedumbre a la formación.

El cabo lanzó otra andanada verbal. Maldijo durante diez minutos más, sin repetir casi ninguna obscenidad. Disertó sobre el *status* futuro de aquel grupo en la vida. Aislamiento del mundo exterior... Pérdida de todo rastro de individualidad... Prohibidos los dulces..., prohibido el chicle..., prohibidos los periódicos..., prohibidas las radios..., prohibidas las revistas... Hablar sólo cuando le dirijan la palabra a uno... Saludar... Dar el tratamiento de señor y obedecer a todos los hombres existentes dentro de los límites del campo de reclutas con graduación superior a la de soldado de segunda.

A cada nueva palabra, se hundían en una creciente aceptación de la trampa en que ahora comprendían que se hallaban atrapados sin remisión. Jamás habían oído una tal colección de palabras pronunciadas todas juntas. De modo que esto era el San Diego de esbeltas palmeras y uniformes azules.

El cabo los condujo por delante de las estructuras permanentes hasta sus nuevos alojamientos. Se trataba de una ciudad de tiendas de campaña, bordeada a un lado por un terreno de grava para desfiles y al otro por grandes extensiones de arena calcinada por el sol que llegaban hasta la bahía. Danny, Ski y L.Q. Jones recibieron una tienda de tres plazas. Poco después fueron presentados al sargento Beller, tejano también y no menos energúmeno que el cabo.

Beller los maldijo durante otros diez largos minutos y, luego, los sometió a un vertiginoso procedimiento de apresurarse y esperar. Paso ligero y, después, formar en fila.

Cogieron unos macutos y pasaron junto a mostradores abarrotados de prendas de vestir. Éstas les eran arrojadas a la cabeza. Todo el mundo estaba enfadado y, a cada momento, los reclutas captaban un nuevo juramento que añadir a un vocabulario que iba en rápido crecimiento.

Los macutos fueron llenándose con toda una serie de mudas, calcetines, capote, cinturones, botas de instrucción, botas de paseo, pañuelos de campaña y el resto del guardarropa de un marine. Todo era suministrado de manera apresurada y con una indiferencia evidente por la talla del correspondiente hombre. El equipo nuevo estaba señalado con pegatinas y etiquetas blancas.

Para el calzado, el recluta subía a una plataforma y sostenía en las manos un par de pesas de nueve kilos. Cuando sus pies se hundían en la medida adecuada, un suboficial le arrojaba las botas.

Paso ligero. Recoger colchonetas, almohadillas, cananas, mantas y el resto del equipo de campaña. Se tambaleaban bajo el peso del material mientras intentaban mantener una figura airosa.

Después, a la cantina, donde se les entregó un talonario de vales cuyo costo les sería deducido de la primera paga. Era preciso realizar compras reglamentarias. Al poco tiempo, llevaban un cubo cargado con un cepillo de fregar, jabón, artículos de afeitar y un alfiler de combate, objeto que en otro tiempo era conocido con el simple nombre de broche de cuello. Se añadieron luego un estropajo metálico, bayetas, cepillo de dientes, cigarrillos, espejo de acero, cepillo para el calzado, una caja de betún «Kiwi» y, finalmente, un libro de pastas azules titulado *El manual del marine*. Después, regresaron a su alojamiento haciendo oscilar los cubos.

Terminado el rancho, sonó el silbato.

—Bien, muchachos. El uniforme de diario a partir de hoy será: botas, pantalones verdes, camisa caqui, pañuelo de campaña y alfiler de combate... y gorro cuartelero. Hay un par de planchas estupendas en la tienda de planchado y vais a utilizarlas, malditos bastardos. Quiero que parezcáis algo mañana cuando forméis. Poneos el uniforme y guardad vuestra ropa de paisano..., dos minutos para vestiros y un minuto para despediros de vuestras prendas civiles... ¡rompan... filas!

Tras una apresurada zambullida en sus macutos, emergieron con atuendos que distaban mucho de asemejarse a la figura que aparecía en los carteles de reclutamiento. Etiquetas olvidadas, botas tan rígidas como si fuesen de hierro, uniformes demasiado largos o demasiado cortos, demasiado flojos o demasiado ajustados. Cinturones de tela lo bastante grandes como para rodear a un cachorro de elefante. Los gorros o se erguían tiesos o caían sobre los ojos.

Whitlock los miró. Alzó los ojos al cielo.

—¡Dios! —exclamó con angustia—. ¡Dios! —volvió a exclamar—. ¡Ponte bien ese gorro!

De un puñetazo, aplastó el gorro sobre las orejas y los ojos de O'Hearne, corrigiendo su garboso ángulo. A todo lo largo de las filas hubo un rápido movimiento para enderezar los gorros.

—¡Dios!

Tras despedirse de sus ropas civiles, recogieron unos rotuladores y se pasaron el resto de su primer e importante día marcando todas y cada una de sus pertenencias.

—¡Os doy hasta las seis para arreglar vuestro uniforme! ¡Rompan filas!

—Yo no he cosido jamás en toda mi vida —gimió L.Q., clavándose una aguja en el dedo.

—¡Qué bien me vendría ahora mi madre! —exclamó Ski.

—No sé por qué, pero tengo la ligera impresión de que no me va a gustar este sitio.

—Cristo..., dos meses y medio.

—¿Qué opinas de ese tejano?

—Oh, es un gran muchacho. Recuerdo dónde le vi por primera vez. Su foto estaba colgada en una oficina de Correos. ¿En qué lugar encontrará la Infantería de Marina esas joyas?

—¡Maldita sea!

—¿Qué ha pasado?

—Me he vuelto a pinchar.

—¿En qué estaría pensando ese cabo de Intendencia? —Ski se abrochó los pantalones y contempló cómo le caían las perneras sobre los zapatos y el suelo, arrastrando más de 25 centímetros.

—Yo creo que ya he terminado —dijo Danny, frotando su alfiler de campaña con la bayeta—. Será mejor que me ponga en la cola de la plancha.

Sonó el silbato.

—¡A formar! ¡Traed los capotes! Está bien, alinearse. Intentad conseguir que esto parezca una formación. Vamos a ir al cine.

—Cabo Whitlock..., señor.

El larguirucho tejano se acercó con grandes zancadas a Jones.

—Señor, el soldado de segunda Jones solicita permiso para hablar con el instructor —dijo con voz sibilante, aplastándole a L.Q. el gorro sobre los ojos.

—Se... señor, el soldado de segunda Jones solicita permiso para hablar con el instructor, majestad.

—No se habla en la formación, maldito imbécil; pero, ¿de qué se trata?

—Señor, he entendido que ha dicho que vamos a ir al cine.

—Exacto.

—Bien, señor, ¿puede uno quedarse en la tienda, señor?

—Deben tener ustedes un poco de diversión —explicó a los hombres, que no podían imaginar nada más divertido que dejar reposar sus fatigados cuerpos en un catre—. Es bueno para su moral. No obstante, soldado Jones, si usted prefiere quedarse, por mí no hay inconveniente.

—Oh..., gracias, señor, gracias, señor.

—Sargento Beller —tronó el instructor.

Beller, robusto y sólido como un tanque, salió ruidosamente de su tienda.

—Sargento, el soldado Jones no quiere ir al cine.

—¿Es eso cierto, soldado Jones?

—Oh, no, señor. En absoluto, señor. Yo creo que el cine será mucho mejor.

—¿Me está llamando embustero? —escupió Whitlock.

—Oh, no, señor. La verdad es que no quería ir, pero ahora, sí. Lo siento.

—En el Cuerpo no hay que sentir nada de lo que se hace —rugió el instructor.

—Oh, no, señor, no lo siento.

—Bien, cabo, si el soldado Jones no quiere ir al cine, no es necesario que vaya.

—Tiene usted toda la razón, sargento. No creo que deba ir.

—Exacto. En su lugar, le encomendaremos una pequeña misión.

—Oh..., oh.

—¿Sabe dónde está la bahía?

—No, señor.

—Está a tres millas... nada menos.

—¿Nada menos, señor?

—Nada menos. Soldado Jones, coja su cubo y otro más y vaya a paso ligero hasta la bahía. Tráigame dos cubos de agua salada. Y que estén bien llenos, o, si no, tendrá que bebérselos.

—Sí, señor. Dos cubos de agua salada, al instante, señor.

Un puntapié le hizo dirigirse con enorme apresuramiento a la tienda y, después, salió a la oscuridad, mientras el pelotón marchaba en formación hacia el teatro.

Danny se derrumbó en el duro banco de madera y se arrebujó en el capote. Recordaba poco de la película. Sólo algo acerca de Orson Welles gritando «Rosebud». Cada vez que se adormecía, sentía el codo de Dwyer golpeándole en las costillas.

—Por amor de Dios, Danny, manténte despierto. Whitlock nos está mirando.

Una corneta tocó diana por el altavoz. Fue seguida por un disco que no tardó en convertirse en el odiado símbolo de las cuatro y media de la mañana.

Cuarenta y cinco minutos para ducharse, afeitarse, vestirse, hacer la cama, limpiar el lugar y formar para pasar lista. En la oscuridad, dirigirse al comedor para esperar en formación. Fue allí donde Danny aprendió a dormir de pie apoyándose en Ski. Las comidas eran abundantes y sustanciosas, como debían serlo para sostener a los hombres a través de la dura prueba del día.

Regreso a las tiendas y limpieza. Fregar, estrujar, recoger colillas y pedazos de papel. Los cubos de basura estaban casi vacíos siempre, y era todo un triunfo cuando un recluta encontraba una peladura de fruta sobre la que lanzarse.

—Una condenada manera de hacer la guerra.

—Sí, he recibido una carta de casa en la que me dicen lo orgullosos que están de mí. Deberían verme ahora.

—En lo sucesivo, ésta es la Biblia —dijo el cabo, levantando en una mano *El manual del marine*—. La otra quizá te salve el alma, pero ésta te va a salvar el pellejo. ¡Te necesitamos vivo! ¡Deja que el otro hijo de puta muera por su país, a ti te necesitamos vivo!

—Bien, malditos yanquis. Tenemos una cita con el barbero.

—Barbería —murmuró Chernik, el granjero de Pennsylvania—. Deberían llamarlo centro de esquilado.

—Y, encima, tenemos que pagar 25 centavos.

Sólo se utilizaba un instrumento: una maquinilla eléctrica. En grupos de cinco, pasaban de la formación a las sillas que esperaban en el interior.

—Lavar, afeitar y arreglar el cuello —suspiró L.Q. mientras se dejaba caer en la silla.

—Evita los piojos y hace iguales a todos los hombres del campo de instrucción. No importa lo que hayas sido antes. Cuando sales de la barbería, sólo eres uno más.

Por primera vez, el instructor se echó a reír al ver salir del cobertizo a los anónimos hombres. Y ellos se reían de su propio infortunio. Todo el mundo parecía ridículo. Sintiéndose desnudos y marcados, trotaban de nuevo a su zona y se alineaban en formación.

Beller tomó el mando. Recorrió la fila de hombres rapados. Resultaba difícil distinguir ahora al banquero del barquero.

—¿Cómo te llamas, hijo?

—Soldado de segunda Forrester, señor.

—¿Te has afeitado esta mañana?

—No, señor.

—¿Por qué?

—El lavabo estaba abarrotado, señor. Además, señor, en la vida civil yo sólo me afeitaba dos veces a la semana.

—¿De veras?

—Sí, señor.

Beller buscó a otro que no se hubiese afeitado. O'Hearne fue su hombre. Hizo salir a los dos al frente de la formación.

—Se les dijo a ustedes que se afeitaran. ¡El Cuerpo de Infantería de Marina dice que necesitan un afeitado diario! ¡Soldado Jones!

—Yo me he afeitado, señor, dos veces.

—Soldado Jones, vaya a los lavabos y coja dos hojas de afeitar. Quiero unas que estén viejas y oxidadas. Luego, coja dos maquinillas.

—Dos hojas de afeitar viejas y oxidadas, al instante, señor.

Danny y Shannon permanecían ante el pelotón, que se mantenía rígido y bajo la advertencia de no reír. Sin jabón ni espuma, los dos infractores se afeitaron simultáneamente el uno al otro. Las gastadas hojas rasgaban y arrancaban la piel de los rostros hasta que Beller quedó satisfecho de su suavidad.

—¡Tienen que afeitarse todas las mañanas! —volvió a gritar.

El hombre rechoncho, pulcro y estirado que se hallaba ante todo el pelotón contrastaba de manera extraña con los fatigados hombres que tenía delante.

—Tenéis mucho que aprender. Y creo que, por vuestro aspecto, os pasaréis mucho tiempo aprendiendo. Lo primero es cómo formar y mantenerse firmes. Quiero que los gordos se pongan a mi izquierda y los alfeñiques a mi derecha. Alinearse por estaturas.

Danny, O'Hearne y Chernik encabezaban las tres columnas, mientras que Ski, Dwyer y un tipo llamado Ziltch se situaban a la cola. Tras pasar revista al pelotón, Beller dijo:

—Recordad quién está a vuestra derecha y colocaos siempre en el mismo sitio.

Comenzaron las lecciones. Firmemente aprendidas. Repetidas y mil veces machacadas. Un marine en posición de firmes: hora tras hora, permanecían firmes. Talones juntos, pies formando un ángulo de 45 grados, rodillas rectas, pero no rígidas, caderas equilibradas y ligeramente echadas hacia atrás, estómago metido, pecho sacado aunque sin exagerar, cuello recto, cabeza paralela, mirada al frente, brazos a los costados, pulgares junto a las costuras de los pantalones, palmas hacia adentro, dedos flojos.

—Cristo, he encogido un dedo del pie cuando no estaba mirando.

—Maldita sea, no creía que hubiera tanto que aprender estando quietos. ¡Qué será cuando empecemos a andar!

—¡Jones!

—Sí, señor.

—¿Quién diablos se cree que es? ¿Un general prusiano? Relájese.

—¿Relajarme, señor? Sí, señor.

—¡Forrester!

—Sí, señor.

—Al frente y centro. Aquí hay un guripa que parece captar la idea. Mírenle. Se puede dejar caer una plomada desde su barbilla... Vuelva a su puesto... Está bien, vamos a intentarlo otra vez.

—Así me ahorquen —murmuraban una y otra vez los instructores a lo largo del día mientras iban corrigiendo errores—. Jones, ¿dónde diablos tiene el pecho? Las palmas hacia dentro, maldita sea..., deje de encoger los dedos.

—Ahora intentaremos en su lugar descanso.

Durante tres días, formaron, firmes, descanso, de nuevo firmes, romper filas (un paso atrás, decir «a la orden, señor»..., media vuelta), formar y otra vez firmes, para variar.

—¡Hagan la litera como indica el manual!

La inspección matutina encontró 57 camas levantadas y sacadas de la tienda para que fuesen hechas de nuevo. Una arruga, una esquina doblada de forma inadecuada o un macuto que no se ajustaba a la pared, constituían motivo suficiente para repudiar una litera. Los macutos eran volcados, su contenido esparcido y, después, vuelto a guardar. Varios reclutas hicieron sus camas nueve veces, hasta que los instructores quedaron satisfechos.

Cada día era menor el número de catres volcados; pero, una mañana se descubrió una colilla en el pasillo existente entre las literas. El pelotón estuvo evolucionando a paso ligero sobre la profunda capa de arena de los terrenos circundantes hasta que, una hora después, cuatro hombres habían caído desplomados de puro agotamiento.

> *Querida nenita:*
> *Éste es el primer momento que tengo para escribir desde que llegamos. Encontrarás mi dirección en la solapa del sobre. Nos mantienen muy ocupados aquí, y los instructores*

*son un par de tipos duros. Sería inútil intentar entrar en
detalles...*

*Hay un par de muchachos estupendos, Ski y un bromis-
ta llamado L.Q. Jones. Cariño, cada día que pasa, parezco
preguntarme un poco más por qué estoy aquí. No sé cuánto
durará esto, ni adónde iré. Si has cambiado de opinión, dímelo antes de que se compliquen demasiado las cosas.*

*Me alegro de que nos mantengan ocupados... Temo que
si pensara demasiado en ti me volvería loco...*

—Variación izquierda..., variación derecha, variación izquierda...,
variación derecha. ¡Firmes! Descansen. ¡Firmes! Media vuelta..., media vuelta...

—No puedo ponerme esta camisa.

—¿Por qué no, L.Q.?

—Nadie me advirtió que no hay que usar una caja de almidón con
un cubo de agua. Whitlock me va a matar.

—Formar y enderezar esa maldita línea. Vamos, Chernick, a ver si
espabilamos. Maldita sea, ¿es que no vais a aprender nunca? A medida
que voy pasando, mostrad vuestra ropa lavada para inspección.

Los penetrantes ojos del cabo escrutaban las prendas recién la-
vadas.

—Cinturón sucio, lavar otra vez. Calcetines sucios, camisa sucia, lavar otra vez.

—¡Jones!

—Sí, señor.

—¿Llama ropa limpia a esto?

—Oh..., oh, señor.

—Mire esas malditas manchas de nicotina en sus calzoncillos.

El cubo de ropa limpia fue volcado en el suelo y las prendas pi-
soteadas por Whitlock contra el polvo.

—A lavar todo otra vez... ¿Es que no vais a aprender nunca?

—Atención, estúpidos bastardos. No sé por qué me esfuerzo con ustedes, pero voy a intentar enseñarles a marchar. Se empieza siempre
con el pie izquierdo. O'Hearne, señálese el pie izquierdo... si sabe cuál
es. Recuérdenlo. Hay que mantener la frecuencia normal. Los pasos
son de 76 centímetros..., no de 75 ni de 77.

Se detuvo un momento.

—¡De frente! Tu otro izquierdo, maldita sea..., izquierdo... izquierdo... izquierdo, dos, tres, cuatro..., izquierdo, derecho, izquierdo. Detenerse a los números... uno... dos...

—No anticipéis la orden de ejecución. De frente...

Varios hombres se tensaron sobre las puntas de los pies, prontos
a marchar.

—Estaos quietos, estúpidos bastardos. No anticipéis la orden de ejecución.

Hora tras hora, el pelotón caminó al son del disco rayado de los
instructores.

—Cabeza variación izquierda... Esa maldita fila, más derecha... columna a la izquierda... Alto...

Otro gorro aplastado. La vara golpea una costilla...

—A contar, con ritmo.

—Uno, dos, tres, cuatro —obedeció el pelotón.

—Más alto, maldita sea, más alto... A contar, con ritmo.

—¡UNO, DOS, TRES, CUATRO!

—Así es como quiero oírlo... Contad.

—¡UNO! ¡DOS! ¡TRES! ¡CUATRO! (El maldito Cuerpo de Infantería de Marina.)

—Izquierda..., a la izquierda. (Dejaste atrás una chica cuando te fuiste.)

—Chernick, deja de pensar en esa tía. Lo más probable es que algún mamón se lo está pasando en grande con ella ahora... izquierdo, dos, tres, cuatro..., izquierdo, dos, tres, cuatro.

IV

Al cabo de una semana, los rapados reclutas del Uno Cuarenta Tres podían moverse juntos razonablemente bien. Unos pocos decidían siempre tomar otra dirección ante una orden de variación de marcha, pero la mayoría se mantenían unidos.

El final de la semana encontró también un arañazo en las frentes de todos los reclutas causado por el remache del distintivo de su gorro al serle aplastado sobre la cara. Nalgas apaleadas, costillas aguijoneadas y dedos golpeados por la vara que el sargento llevaba constituían otros útiles recordatorios de lecciones olvidadas. La vara, destinada a medir originariamente, había encontrado otros usos en el Cuerpo. Cuando no era lo bastante pesada, lo era la bota del instructor.

Los días se veían interrumpidos por conferencias. Saneamiento del campo, higiene personal, actividad sexual en San Diego y centenares de otros temas sobre los que el marine debe hallarse informado a la perfección. El *Manual* era estudiado en «ratos libres» hasta el toque de retreta y recitado, de cabo a rabo, al pie de la letra. Pero casi todo se reducía a instrucción, instrucción, instrucción.

Una hora antes de retreta, la tienda de Danny estaba llena de visitantes. Chernik, Dwyer y otro tipo llamado Milton Norton. Norton era estudioso, insólitamente silencioso y bastante mayor que los demás. Pero era muy simpático y muy popular en todo el pelotón.

Danny regresó de la tienda de Whitlock.

—¿Has pasado? —preguntó Ski al verlo entrar.

—Sí.

—¿Qué os parece eso para aprender? Cristo, recita las Once Órdenes Generales, Grados e Insignias, todo en un solo día.

—Calla —resopló L.Q.—. Estoy tratando de decidir a quién odio más, a Beller o a Whitlock.

Hojeó el Manual.

—Recorrer mi puesto de flanco a flanco y saludar a todos los bastardos de graduación superior... Las conozco, las conozco...

—Será mejor que te lo aprendas para mañana, L.Q.

Jones sacó del bolsillo un largo peine y se lo pasó por el escaso medio centímetro de pelusa de su cabeza.

—Me lo he lavado hoy, y no puedo sacar partido de él.

—He oído —dijo Dwyer— que Whitlock es uno de los instructores más suaves del campo. He estado hablando hoy con un tipo del Uno Cincuenta, y él tenía un instructor que era duro de verdad.

—Oh, sí, ese inútil..., ¿cómo se llama, Hitler?

—¿Qué opinas tú, granjero?

—Oh, no sé —respondió Chernik—. Me gusta la hora extra de sueño que consigo aquí.

Se oyó un fuerte ruido procedente de la otra tienda.

—O'Hearne —escupió Dwyer—. De todos los mamones del Cuerpo de Infantería de Marina, tenía que tocarme a mí compartir la tienda con él. Nuestro instructor se aleja del campo.

—Seguro que a mí me agarra.

—Oye, Norton, he oído decir que nos han estado echando bromuro en la comida. ¿Es verdad?

—¿Qué te hace pensar eso?

—No se me ha empinado desde que estoy aquí.

—Simple cansancio —explicó Norton.

—Ja, ja, el lascivo Ted Dwyer. Tú eras el que se iba a ir a San Diego la noche que llegamos aquí.

—Sí, Ted, ¿qué te parece tu uniforme azul?

—Oye, Norton, ¿qué eras tú en la vida civil?

—Profesor.

—Ya me parecía que eras algo especial.

—No hay nada especial en ser profesor —replicó.

—Quiero decir que no eres como la mayoría de los «pipiolos» de aquí, recién salidos de la Escuela Superior. ¿Dónde dabas clase?

—En la Universidad de Pennsylvania.

—¡En Penn! Tenemos una celebridad en la tienda, muchachos.

—Cristo, ¿qué haces aquí?

—Instrucción militar, como los demás.

—Pero..., un profesor de Penn...

—No veo ningún letrero que nos excluya —sonrió Norton.

L.Q. cogió sus ajustados pantalones verdes.

—Dentro de otra maldita semana me quedarán bien si ese tejano sigue machacándonos como hasta ahora.

—Esta noche he tenido un sueño. Soñaba que estaba en San Diego con una zorra estupenda. Me lo estaba pasando en grande con ella, y me desperté riendo a carcajadas.

—¿Por qué?

—Era la mujer de Whitlock.

—No te permitiré que hables así de mi viejo amigo.

—Lo único que yo sueño es izquierdo derecho, izquierdo derecho...,
a formar, rompan filas.

Jones se puso en pie.

—Bien, malditos yanquis... —imitó la estridente voz de Whitlock—,
¿no vais a aprender nunca, malditos guripas...? Dios..., su otro izquierdo, Jones..., el hatajo de reclutas más lamentable que he visto jamás...,
eh, Mister Christian... Mister Christian... qué le pasa a Jones... dónde infiernos tiene el pecho..., que me ahorquen..., malditos yanquis...,
¿es que no entendéis el inglés...? En pie, maldito alfeñique... a correr
hasta la bahía..., limpia el suelo con la lengua.

Los hombres se doblaban de risa y no vieron abrirse la puerta de
la tienda.

—Mister Christian, diez latigazos para los malditos yanquis.

L.Q. se volvió, y sus ojos se encontraron con los del cabo Whitlock.

—Oh... oh... *¡Atención!*

Los demás continuaron riendo, sin ver al instructor.

—¡ATENCIÓN! —aulló Jones.

Literas y macutos volcados en la precipitación por ponerse en pie.

—Todos afuera —dijo el tejano, con voz sibilante—. Y llevad los
cubos.

Formaron ante la tienda del instructor, rígidos como postes. Los demás hombres del pelotón atisbaban desde sus tiendas. El cabo paseó
ante ellos lentamente.

—¿Qué sois todos?

—Unos mierdas —respondieron al unísono.

—Malditos yanquis también —añadió L.Q.

—Seguid diciendo lo que sois.

—Soy un mierda... Soy un mierda... Soy un mierda.

—Poneos ahora el cubo boca abajo en la cabeza y seguid hablando.

—Soy un mierda —se oyó ahogadamente bajo los cubos.

—De frente..., ¡ar!

Durante una hora hizo desfilar a los siete delincuentes por todo el
campo de instrucción. Los pelotones de reclutas contemplaban la escena, boquiabiertos y algo regocijados. Con un par de varas de instructor, Whitlock comenzó a tamborilear en los cubos al ritmo de su sonsonete: «Soy un mierda.»

En la oscuridad, les hizo entrar en edificios, zanjas, zonas de ropas
tendidas y letrinas hasta que se tambaleaban como borrachos de puro
agotamiento. Entonces, el estribillo cambió a «amo a mi instructor».

Durante las horas de instrucción, las voces de Beller y Whitlock se
turnaban para marcar la cadencia y gritar correcciones. Era como si
los dos hombres tuviesen ojos en los pies, en la nuca y en ambas manos. No se les escapaba ni el más mínimo fallo.

—Enderezad esa maldita línea. No sois una pandilla de soldados.

—Deja de pensar en esa zorra.

—Cuando diga «vista al frente», quiero oír chasquear los ojos.

—Deja de balancear los brazos. No vas a salir volando de aquí.

—Al poneros «firmes», quiero oír restallar el cuero.

—Tu otro izquierdo, maldita sea.

—Formad de frente, malditos bastardos.

—¿No conocéis la diferencia entre una columna y un flanco? ¡Dios!
—Hay manchas de nicotina, lávalos otra vez.
—Tienes tres motas de polvo bajo la litera.
—Dejad de rascaros en formación. Los piojos también tienen derecho a comer.
—Enfermos, cojos y vagos a revisión médica.
—¿Qué pasa, Ski? ¿Te han hecho demasiado largos los pantalones?
—¡Malditos yanquis! ¿Es que no vais a aprender nunca?
Una voz en las filas:
—Señor, el soldado de segunda Jones solicita permiso para hablar con el...
—No se habla en formación, ¿es que no vais a aprender nunca?
—Pero, señor, tengo unas ganas terribles de mear.
—Méese en los pantalones, soldado Jones.
—En los pantalones, señor; a la orden, señor.

—¡*El correo!*
Dos palabras. Por primera vez, un mensaje del hogar, el que encabezaba a otros mil más que seguirían. Se desarrolló la ávida escena. Ni siquiera la despreciativa sonrisita de Whitlock, ante los remites y matasellos del norte, pudo apagar el venturoso fuego que ardía en el interior de los muchachos.

> *Querido Danny:*
> *Pareces desconcertado. Sé que ese campo de instrucción es más duro de lo que me das a entender...*
> *El entrenador dijo que comprendía por qué no llamabas. Imaginaba que harías algo así, como alistarte en la Infantería de Marina. Te va a escribir y te enviará el periódico de la Escuela (yo dirijo ahora una sección en él) y también una suscripción a* Esquire...
> *Me siento muy sola aquí, sin ti. A veces, me da un vuelco el corazón cuando suena el teléfono... Los viejos han sido muy comprensivos...*
> *Pero, a veces, no puedo por menos de temer que, por la forma en que escribes, no me quieres realmente. Siempre pienso en nosotros. Nunca te olvidaré, Danny.*
> *Te volveré a escribir mañana.*
>
> *Te quiero,*
> *K.*

La leyó otra vez antes de volverse al otro montón de sobres. Luego, sepultó la cara entre las manos. *Me he dicho mil veces a mí mismo que no es acertado y que no resultará. Pero, ¿cómo sería si no la tuviese a ella? Tan lejos. Sabía que sería grande la soledad, pero no tanto.*
—¿Guapa?
Jones lo sobresaltó poniéndole una fotografía delante de la nariz. Vio una muchacha de aspecto vulgar, gorda como L.Q., que sonreía mostrando ostentosamente los dientes.

Danny lanzó un silbido.

—Caray.

—Guapa, ¿eh, Ski?

—Sí, está estupenda.

—Voy a guardar esta foto en la cartera. En confianza, sé que es un petardo, pero Heddy y yo nos hemos separado.

—¿Buenas noticias, Ski?

—Sí..., sí, todo va bien. Lo lograremos.

—Eso espero.

Jones se puso a calcular cuándo terminaría la guerra mientras Danny leía el resto de su correspondencia.

—Y pensar —murmuró Jones— que he renunciado a una acogedora cama en una casa de huéspedes a cambio de todo esto...

—Pídele un vale al capellán.

—Estaba pensando —continuó L.Q.— en la mejor forma de matar a Beller. Para Whitlock ya lo tengo. Colgarle de los huevos.

—Deberías estar al extremo de la fila, como yo —dijo Ski—, e intentar mantenerte a la altura de los gordos cuando vamos a paso ligero.

La conversación terminó cuando Danny sacó de su carpeta una hoja de papel con el emblema de la Infantería de Marina en el membrete. Jugueteó unos instantes con su pluma.

> *Querida nenita:*
> *Pongamos fin a estas dudas. Te quiero, y cada hora que pasa te quiero más. La idea de perderte, ahora...*

Rompió la hoja y volvió a empezar.

> *Querida Kathy:*
> *Bueno, sólo quedan nueve semanas más de campamento, y seré...*

Cerró el sobre, puso al dorso CMCCLB (*Correo de los Marines, corre como las balas*) y fue hasta el buzón caminando por el pasillo que formaban las tiendas. Disgustado, pero contento. Oyó a lo lejos la maldición de un instructor. Sonrió al pensar, no con demasiada satisfacción, que el Uno Cuarenta Tres lo estaba haciendo mejor que los otros pelotones. Y su mente vagó de nuevo hacia Kathy. Después, corrió a su tienda para distraerse con L.Q. Cuando entró, Ski estaba tendido en su cama.

—Eh, Ski. Levántate. Ya sabes que no podemos estar acostados antes de retreta. ¿Quieres que se nos caiga el pelo?

—No se encuentra bien.

—Parece que tienes fiebre, Ski.

—Santo Dios, tenemos que ir al cine esta noche.

—Iré a ver a Whitlock.

—De acuerdo. Pero no enfurezcas al rebelde, Danny.

Danny fue hasta la tienda del instructor y se detuvo delante de ella.

—Señor, el soldado de segunda Forrester solicita permiso para hablar con el instructor.

—Descanse, Forrester, ¿de qué se trata?

—Señor, el soldado de segunda Zvonski parece estar enfermo.

Whitlock siguió a Danny hasta la tienda. Al llegar, Danny gritó:

—¡Atención!

—Échate, hijo, no te preocupes. —El cabo se inclinó y apoyó la mano en la frente de Ski—. Tienes la Fiebre del Gato, nada grave. Quédate acostado durante el cine y, si no te encuentras mejor al sonar diana, vete a la enfermería.

—Gracias, señor.

Whitlock salió.

—Puf —suspiró Jones—. Creí que nos iba a mandar a marcar el paso a los arenales. ¿Qué le has dicho?

—Que como no le dejara a mi amigo quedarse en la cama lo molía a golpes.

—Gracias, Danny. Soy tu esclavo.

Sonó el silbato.

—A formar. Ponerse los capotes.

—Aquí, nos van a levantar la moral.

Cuando sonó la corneta de las cuatro y media, Ski ya no tenía fiebre y se dirigió, tambaleándose, hacia los lavabos. Mientras avanzaba, preguntó a Jones, que estaba en la fila contigua:

—¿Qué tal fue la película?

—Estupenda —respondió L.Q.—, estupenda, Nos llevaron al teatro de la base. Había gente allí, incluso mujeres. Hasta vimos a un auténtico marine con su uniforme azul. En aquel mismo momento me dije a mí mismo que si tengo que entrar en esta guerra me alistaré en la Infantería de Marina.

—¿De qué trataba la película?

—Se titulaba *A las playas de Trípoli* —respondió L.Q., abriendo el estuche de su maquinilla de afeitar—. Hay un tío igualito que Beller y Whitlock que se alista en el Cuerpo porque su viejo era marine.

—Ya, una película sobre marines.

—Bueno, pues llega al campamento y lo primero que hace es sustituir a su instructor.

—Igual que en la vida real.

—Sí. Después de darle la contraseña al instructor, le hace sudar la gota gorda a todo el pelotón. Buen muchacho, sólo que no le cae bien a nadie. Hay en el campamento un chico que quiere ingresar en la Escuela de Marina, pero suspende y queda destrozado.

—No hay uniformes azules para ese chico.

—En la escena siguiente, está ligando con una enfermera de la Marina. Él es un soldado raso y ella una oficial.

—Como en la vida real. Lástima habérmela perdido.

—Al final, se justifica a sí mismo salvándole la vida al instructor.

—¿Y para qué quiere hacer eso?

—No interrumpas... La película termina con la guerra empezando y toda la unidad marchando a los muelles para embarcar. Tocan las bandas, la gente agita banderas y todo el mundo canta el himno de la Infantería de Marina, y suben al barco, ¿y quién crees que le está esperando?

—La enfermera.

—¿Cómo lo has adivinado?

—Igual que en la vida reál.

—Eh, vosotros, ¿por qué no os dais más prisa? Nosotros también tenemos que afeitarnos —gritó un encolerizado recluta.

L.Q. se quitó el jabón de la cara y volvió a guardar la maquinilla en su estuche.

—Mañana tengo que ponerle hoja, que no se me olvide.

4'30: Diana y el maldito disco en el altavoz. Carrera veloz a los lavabos. Oscuridad y frío. Ducha y afeitado.

4'50: Pasar lista. Hacer las camas, ordenar los macutos, limpiar la zona. Con estropajo, con escoba, con cubo, con rodillo.

5'15: Correr al comedor. El juego diario de intentar no ser el último en beber de una jarra de café o de leche para no tener que ir a llenarla de nuevo. L.Q. parece ser siempre el hombre clave en el jarro de leche. Sumergir las tazas en humeantes cubos de agua hirviendo y el lento regreso a las tiendas con un grato cigarrillo y el sol naciente. Limpiar con estropajo de aluminio cacharros y cubiertos. Los cacharros sucios producen disentería. Un repaso final a la zona.

6'00: Revisión de enfermos, heridos y vagos. Una irregular fila de enfermos reales e imaginarios. La fila formada ante la enfermería. Sus historias caían en oídos indiferentes. Un día de baja para la fiebre de gato. Un tónico abrasador para los piojos. Un tajo rápido para una ampolla y de nuevo al servicio.

Constitución de destacamentos para limpiar letrinas o conducir los camiones de basura.

Formar y ser inspeccionados. Gruñidos, maldiciones y castigos. Inspección de tiendas y una estela de literas volcadas.

6'30: Instrucción. Formar y desfilar en el área de la compañía, el terreno de desfiles o los arenales.

9'30: Conferencia: Cómo superar la inspección de macutos. Cómo explorar territorio enemigo. La forma adecuada de tomar un profiláctico después de la cópula sexual. Cómo saludar a un oficial. Cómo reconocer los buques de la flota.

10'30: Instrucción.

12'00: Rancho. El rancho de mediodía se va haciendo monótono. Tres veces a la semana, carne picada con salsa y tostadas.

1'00: Papeleo. Sacarte una foto para la hoja de servicios. ¿Cuánto seguro quieres? Toma diez mil.

2'00: Instrucción.

5'00: Rancho. El regreso es más lento a esta hora del día, pero hay trabajo que hacer. Hay que cepillar, remendar y planchar los efectos personales. Hay que lavar la ropa. Los uniformes están empezando a caer bien y a mostrar vagos indicios de perder su aire de nuevos.

6'00: Inspección de ropa lavada. Repetir.

6'45: Instrucción.

8'00: Período de descanso. Estudiar lecciones del Manual. Recitarlas al pie de la letra, o el pelotón irá a la bahía. Ayudar a un compañero.

—Vamos, Ski, vuelve a intentar esos medios pasos.

—Te digo que no puedo.

—Claro que puedes. Ese Ziltch es un alfeñique también, pero lo consigue.

—Lo intentaré.

El correo. Palabra de resonancias entrañables... «hogar»...

—A formar para el cine, tenéis que divertiros.

10'00: Un pitido. No, todavía no es la retreta. Llega Beller, borracho. Opina que una marcha a paso ligero hasta la bahía, bajo la luz de la luna, podría ser un buen ejercicio.

Domingo, gracias sean dadas a Dios por el domingo. No creían que los marines reconociesen el domingo. Creían que los instructores eran Jesús aquí. «¿No perteneces a ninguna iglesia? Bueno, pues ahora perteneces a una. Coge tu pico. El Cuerpo dice que necesitas una religión.»

Todo el día para limpiar el equipo y escribir cartas. Leer cien veces las ya recibidas. Todo el día para compadecerse a sí mismo. Para preguntarse: ¿Qué diablos estoy haciendo yo aquí?

> *Querida mamá:*
> *Todo marcha muy bien. Nos mantienen ocupados...*

Danny y Milton Norton trabajaban en la larga fila de lavabos, limpiándolos después del tropel matutino. Shannon O'Hearne estaba apoyado en el quicio de la puerta canturreando «Mother Machree».

—Profesor —dijo Danny.

Aunque el hombre insistía modestamente en que no era más que un instructor, el pelotón persistía en ascenderle. Norton era apreciado y respetado. La mayoría de sus compañeros no habían renunciado a gran cosa, profesionalmente hablando, para alistarse. La talla de Norton, como hombre instruido, les hacía sentir, a veces, que valía la pena la situación en que se encontraban.

—Sí —respondió con suavidad.

—He estado pensando, Milt..., ¿qué te indujo a alistarte?

Él sonrió a su joven amigo.

—Es una pregunta curiosa, Danny. ¿Por qué elegirme a mí?

—Sé lo de la guerra y todo eso, pero lo que quiero decir es que ¿no podías haber conseguido un cargo?

—Supongo.

—Mira, al fin y al cabo, no deberías estar pasando por todo esto. Diablos, un profesor de Economía... es alguien.

—¿Sí? No lo sabía.

—No me líes, profesor. En serio, me siento como un estúpido limpiando lavabos a tu lado. Pero si hasta dormido sabes más que lo que esos dos tejanos sabrán nunca.

—Te equivocas por completo, Danny. Estoy aprendiendo mucho de ellos.

—Eres un idealista, Milt. Un auténtico idealista. Quiero decir que eres uno de esos tipos que lo sienten muy adentro y no vacilan nunca.

—Los ideales son una cosa, Danny. Y será otra cosa muy distinta como no consigamos limpiar estos lavabos en una hora.

—¿Sabes...? Pásame el cepillo, gracias... Llevo mucho tiempo pensando en ello. Supongo que no conozco el porqué; pero, te diré una cosa, me alegro de haber caído contigo.

Regresaron de los lavabos y dieron unos toques finales a varias manchas que habían pasado por alto, antes de volverse hacia los urinarios. Danny miró de reojo a O'Hearne.

—Podríamos ir mucho más de prisa si nos echaras una mano.

—Eso no está a mi altura —respondió Shannon.

Norton tiró de Forrester para impedir que se enzarzase con O'Hearne. Danny se calmó y tornó al trabajo.

—¿Qué opinas de este campo de instrucción, profesor? Yo no lo entiendo.

—Parece que hemos ingresado en un club muy restringido y que no se nos dará el carnet de miembro hasta que hayamos pasado las ceremonias de iniciación.

—Haces que parezca muy sencillo.

—No tanto. Supongo que todos los marines acaban un poco «pirados». Eso nos da un lazo común, muy democrático.

—¿Democrático?

—Quizá no es ésa la palabra adecuada. Lo que sugiero es que todos somos iguales aquí —sumergió el cepillo de mango largo en un urinario.

—Comprendo lo que quieres decir.

—Según el libro, todo marine es fundamentalmente un fusilero. Ésa es la diferencia básica con los otros servicios.

—¿Y toda esta condenada instrucción? Aún no hemos visto un fusil.

—Un apartamiento de la vida civil. Lo primero es hacerte saber que formas parte de un grupo y que el grupo se mueve unido. Disciplina, reacción inmediata a las órdenes. Muy bueno psicológicamente.

—Quizá sea bueno, pero me gustaría que hubiese terminado.

—A mí también.

Continuaron su trabajo y terminaron con los urinarios. Luego, Danny se levantó, fue hasta donde se encontraba O'Hearne y dejó caer a sus pies el cubo y los cepillos.

—Te he reservado los retretes.

O'Hearne sonrió y empezó a cantar.

—¿Quién diablos te crees que eres *tú*? Que lo haga él, profesor. Tiene quince minutos para terminar.

—Vuelve aquí, merluzo, o te doy una somanta.

—Calma, muchachos —dijo Norton—. Ya sabéis cuál es el castigo por pelearse.

—Forrester, no me gustáis ni tú ni tus amigos. Limpia esto antes de que me enfade.

—No te gustamos porque no te lamemos el culo como los demás reclutas.

—No os acaloréis, muchachos.

—O'Hearne, eres un puñetero «guripa», como el resto de nosotros. Si te hace feliz escurrir el bulto, escúrrelo. Por lo menos, marcharás a paso ligero con nosotros por los arenales si no queda terminado este trabajo.

Shannon vaciló y Danny pasó por delante de él y salió. Después, se volvió hacia Norton.

—Supongo que tendrás que acabar tú, Shannon.

Atacar a Norton significaría ganarse el ostracismo del pelotón. Soltó un gruñido y cogió una escobilla con la promesa de resolver más tarde la cuestión.

—¡A formar!

—¡A la orden!

—Reunirse en cubierta. La lámpara está encendida.

El achaparrado sargento se situó ante el semicírculo de sudorosos reclutas.

—Hoy es el día más importante de vuestras vidas. Vais a recibir rifles. A partir de ahora tendréis una chica nueva. ¡Olvidaos de la tía que dejasteis en vuestro pueblo! Esta chica es la mujer más fiel y auténtica del mundo si sabéis tratarla. No se acostará con otro fulano en cuanto os deis media vuelta. Mantenedla limpia y os salvará la vida.

Rieron cortésmente ante la parrafada de Beller.

Éste continuó sonriente:

—Podéis enfrentaros a tanques, artillería, aviones y cualquier otro invento. El rifle va a ganar esta guerra como las ha estado ganando siempre, desde que os vencimos a los malditos yanquis en Antietam. Los marines son los mejores fusileros del mundo.

Beller se quitó el gorro y se enjugó la frente.

—Aprended a disparar con verdadero acierto y el Cuerpo os pagará una prima por ello. Pero, antes de pegar el primer tiro, tenéis que conocer todas las piezas y todos los componentes de cada parte de un rifle. Coged los cubos, poneos el mono y formad dentro de tres minutos.

—Sargento Beller, señor.

—¿Qué ocurre, Dwyer?

—¿Qué clase de escopetas nos van a dar? ¿«Springfields» o «Garands»?

El curtido rostro de Beller se convirtió en una masa de enmarañadas arrugas.

—Dwyer, ¡que Dios le proteja a usted o a cualquier otro maldito guripa que llame «escopeta» a su rifle!

Danny sintió una punzada de excitación al extender las manos hacia el arma. Se sentía poderoso. Los rifles estaban en cajas que los habían mantenido silenciosos entre dos guerras. Esperando que la mano de un guerrero volviera a empuñarlos, como sabían que debía ocurrir.

Cogió la engrasada arma y la bayoneta y se dirigió a un puesto de limpieza instalado al aire libre. Los instructores corrían de un lado a otro, repartiendo destornilladores, cepillos y latas de gasolina, al tiempo que ladraban instrucciones sobre cómo desmontar el arma. Se pasaron todo el día con gasolina hasta los codos quitando a restregones la cosmolina de las piezas. Veinte años para formarse y un día para limpiarla. Así que frotaban y frotaban bajo horribles amenazas de Beller.

—Soldado de segunda Forrester.

—Sí, señor.

—¿Cómo se llama su arma?

—Rifle de los Estados Unidos, calibre 30, modelo 1903.

—Jones.

—Sí, señor.

—¿Cuál es el número de serie de su rifle?

—1748834632..., señor.

—Soldado Chernik.

—Sí, señor.

—Describa su rifle.

—Es un arma larga, de carga lateral, con cargador y cerrojo, señor. El cargador contiene cinco cartuchos, y pesa 8'69 libras sin bayoneta.

—Soldado Zvonski.

—Sí, señor.

—¿Cuál es el alcance útil?

—Seiscientos metros, señor.

—Soldado Dwyer.

—Sí, señor.

—¿Cuál es la velocidad inicial...?

Danny dejó a un lado su Manual, suspiró y cruzó los dedos.

—¿Vas a presentarte al examen, Danny?

—Sí.

—Yo no he pasado aún de la chapa de la culata.

—Señor, el soldado de segunda Forrester solicita permiso para hablar con el instructor.

—Descanse. ¿De qué se trata?

—Desearía someterme al examen de nomenclatura del rifle, señor.

—Adelante.

Levantó el rifle, hizo una profunda inspiración y empezó a señalar las piezas.

—Cantonera de la culata, tornillo de la cantonera de la culata, culata, anilla de la correa...

Metódicamente, fue subiendo hasta el cañón, nombrando un centenar de piezas y, cuando creyó haber acabado, se cuadró.

—¿Eso es todo?

—Sí, señor.

—Ha olvidado el muelle de la banda inferior, Forrester.

Danny enrojeció.

—Coja una tira de lona, átese el rifle a la pierna y duerma con él esta noche.

—Sí, señor.

Una vez más, el pelotón empezó a aprender la instrucción con armas. Las posiciones eran practicadas tan implacablemente como las otras lecciones. Ahora, hacían ejercicios con el rifle todas las mañanas, hasta que sentían entumecérseles los brazos. Un minuto de descanso, y otra vez los ejercicios, hasta que abandonaban, tambaleándose, la formación. Y vuelta a empezar.

Un día, Dwyer dejó caer su rifle. Estuvo tres horas arrodillado en medio del terreno de instrucción, besando el arma y declarando: «Amo a mi rifle... Amo a mi rifle.»

«Arriba y sobre los hombros» era un castigo típico. Al pasar por la zona de instrucción, casi siempre se podía ver a una docena de reclutas formados ante su instructor, levantando el rifle en el aire y llevándoselo a la nuca, hasta que se desmayaban de agotamiento, pero se esforzaban por conseguir que no les cayera..., el pecado cardinal.

Castigo colectivo a todo el pelotón. En posición de firmes y con los brazos extendidos hacia delante. Palmas de las manos hacia abajo y los rifles sobre casi las puntas de los dedos. Permanecían así hasta que vibraban y temblaban todos sus músculos, con los rostros congestionados y sudorosos, rogando para que algún otro hombre dejara caer su rifle primero.

Mr. Dickey, el director de la escuela superior de Forest Park, se dirigió a la tribuna del escenario, engalanado de flores. Detrás de él, estaban los alumnos de la clase que se iba a graduar, con togas y birretes de color negro los muchachos y togas y birretes de color blanco las muchachas. Ante él, se sentaban las emocionadas madres y los erguidos padres de los alumnos del último curso. Se quitó los lentes y los agitó con aire dramático mientras hablaba al micrófono con lentitud, junto a la larga mesa cubierta por los enrollados diplomas.

Hizo una elucubración acerca de la tarea que les aguardaba y, después, se volvió hacia la silla vacía que había en el escenario.

—Él no pudo esperar. Todos lo conocíamos bien, todos lo queríamos. Estudiante, atleta, orgullo de su escuela. ¿Tendría Mr. Henry Forrester la bondad de acercarse para recibir el diploma de su hijo Danny?

Henry hizo una profunda inspiración. Kathy le apretó la mano para darle ánimos y, mientras echaba a andar por el pasillo, la orquesta interpretó el himno de la Infantería de Marina entre los aplausos de estudiantes y público. Martha se frotó los ojos.

Mr. Dickey estrechó la mano de Henry Forrester.

—Nos sentimos orgullosos, señor. Nuestros corazones..., nuestros mejores deseos, van hacia él esta noche, dondequiera que se encuentre.

—Tus ojos son como..., eh, profesor, ¿cómo se escribe insondables?

—Sin hache y con be.

—Insondables lagos, signifique lo que signifique. De todas maneras, a ella le gustará.

—No es muy original.

—No, pero tampoco ella es muy inteligente.

Danny montó de nuevo el cerrojo en su rifle y murmuró:

—Nunca conseguiré quitarle toda la cosmolina a este cacharro.

—Cristo, creía que me daba algo durante la inspección. Se me acerca el viejo Beller, y veo que la cosa está rezumando por la placa giratoria de la culata. Creo que es la primera vez que él no se da cuenta.

—Oye, ¿te has enterado de lo del tío del Uno Sesenta y Uno, que le pegó al instructor?

—Cuentos.

—De veras.

—¿Y por qué lo hizo?

—No se había duchado, así que el propio instructor le dio una ducha. Utilizó un cubo de arena y un cepillo de fregar. Tenía todo el cuerpo ensangrentado cuando terminaron con él. El caso es que le dio un puñetazo al instructor.

—Ya, ¿y dónde está ahora?

—En el calabozo.

—Eh, profesor, ¿qué te pareció la forma de castigar a aquel prisionero en el campo de instrucción?

—Es horrible lo que hicieron. Obligar a marchar a diez mil tíos y subirle a él a una plataforma con la cabeza afeitada. Treinta días a pan y agua por robar un par de camisetas.

—Casi como un linchamiento.

—Tradición —murmuró Norton, pensando en la terrible ceremonia.

—Que no te cojan, Dwyer.

De la tienda de O'Hearne llegó una retumbante voz.

> *«Ponte el viejo polisón rojo,*
> *y si no puedes lograr cinco, acepta sólo dos.»*
> *Quítate la cola y corre la calle,*
> *que mañana hay que pagar el alquiler,*
> *no te preocupes ya más,*
> *deja que se encarguen los chicos,*

—Buena persona, ese O'Hearne.

—El día que nos vayamos de aquí, quiero estar cerca de él. Jura que les va a dar una paliza a Beller y Whitlock.

—Oye, ¿dónde está L.Q.?

—Con Ski, lavando su ropa.

—Caramba —exclamó Dwyer—, creo que puedo hacer un saludo reina Ana.

—Por los clavos de Cristo, ya tenemos bastante instrucción sin necesidad de que te pongas a practicar aquí con ese maldito rifle.

—Hoy nos han salido bastante bien las marchas. El Uno Cuarenta y Cuatro ni siquiera ha aprendido aún el Manual.

—Préstame un poco de aceite de linaza para mi culata.

—¿Habrá mucha cola para planchar?

—Sí, de tres en fondo.

—Vaya, hasta el viejo L.Q. ha captado de maravilla las marchas.

—Desde luego, lo estamos haciendo de maravilla..., es decir, para ser unos malditos yanquis.

Danny accionó varias veces el cerrojo, revisó su rifle desde la culata hasta la boca del cañón y lo colocó en las tiras de lona bajo su litera. Dwyer exclamó «Bang, bang, estás muerto» e introdujo el cerrojo en el suyo.

—Cristo, mañana inspección de ropa otra vez.

Entraron L.Q. y Ski con sus cubos.

—Eh, gordinflas. Vas a echar a perder tus ropas frotándolas tanto.

—Jones les ha echado hoy una botella entera de lejía para asegurarse de dejarlas blancas de verdad.

—Oh, no.

L.Q. se abrió paso hacia su litera, esquivó a Chernik y se dejó caer en ella. Estaba pálido.

—Oye, ¿te encuentras mal?

—Estoy perdido, estoy perdido —se lamentó el gordo.

—Pero, ¿qué pasa?

—Soy un maldito guripa del Uno Cuarenta y Tres. Ay de mí, ay de mí.

—He visto a Beller hablando contigo después de la instrucción. ¿Qué ha ocurrido?

—Yo... yo..., hoy le he llamado escopeta a mi rifle.

Se hizo un mortal silencio en la tienda. Asesinato o violación, sí. Pero llamar al rifle escopeta..., ¡que el Señor tenga piedad! Lo miraron compasivamente. Estaba a punto de echarse a llorar.

—Tengo que presentarme a Beller después del lavado.

—No te preocupes, L.Q. Quizá se limite a hacerte desfilar con un cubo en la cabeza.

—O te mandará cien «arriba y sobre los hombros».

—O te enviará a la bahía.

—O te hará dormir con él.

—O te hará fregar el suelo con un cepillo de dientes.

—O te obligará a permanecer un par de horas en posición de firmes delante de la fuente y bajo el sol del mediodía.

—O te hará sostenerlo en las puntas de los dedos.

Los esfuerzos de sus amigos por consolarle tuvieron escaso éxito. Salió tambaleándose. Le dieron unas palmadas en la espalda y suspiraron mientras él se dirigía a la tienda de Beller.

—Señor, se presenta el soldado de segunda Jones.

El rechoncho sargento levantó la vista de una carta que estaba leyendo.

—Espere ahí.

Terminó de leer la carta con maligna lentitud y la volvió a guardar en el sobre.

—Tengo entendido que ha llamado usted escopeta a su rifle en la inspección de hoy.

—Sí, señor.

—Pero no es una escopeta, ¿verdad, Jones?

—No, señor, es un rifle de los Estados Unidos, M-1903, calibre treinta, arma larga de retrocarga y accionada por cerrojo, señor.

—Entonces, ¿por qué le llamó escopeta?

—Olvidé llamarlo por su verdadero nombre, señor.

—¿Cree que podrá recordarlo?

—Oh, sí, señor. Infinita y eternamente.

—Creo que podemos ayudarle a recordarlo.

—Estoy seguro de ello, señor.

Beller se levantó, se puso su cinturón de suboficial y salió de la tienda con Jones. Varias cabezas atisbaban a lo largo de la hilera de tiendas.

—Soldado Jones, desabróchese la bragueta.

—Sí, señor.

—Ésa es su escopeta.

—Sí, señor.

Condujo a Jones por toda la zona de tiendas. En cada bocacalle, tocaba su silbato, y un pelotón de reclutas salía presurosamente de sus tiendas. Jones se detenía entonces allí, sosteniendo su «escopeta» en la mano derecha y su rifle en la izquierda mientras recitaba:

> *«Éste es mi rifle,*
> *ésta es para la juerga.»*
> *ésta es mi escopeta,*
> *Éste es para la lucha*

Iban transcurriendo los días con exasperante lentitud. El Uno Cuarenta y Tres se trasladó a un barracón prefabricado en una nueva zona, a fin de dejar sitio a la creciente afluencia de reclutas. Cada día eran menos y menos importantes los errores que podían descubrir Whitlock y Beller. Desfilaban con gallardía y hacían bastante bien sus restantes trabajos. Con la disminución de errores fue produciéndose un correlativo aumento del tiempo de instrucción.

—Golpead las armas al cambiar de hombro. Si las rompéis, os compraremos otras nuevas.

Y las manos, al principio suaves, se tornaron duras y ásperas.

Decrecieron los castigos de los primeros días. Sólo O'Hearne recibió uno especialmente duro por llegar un día tarde a la lista. Fue descubierto en el lavabo, afeitándose con toda tranquilidad y cantando «Cuando sonríen los ojos irlandeses». Por este crimen, O'Hearne se pasó toda una noche en posición de firmes ante los barracones de los instructores, cantándoles baladas irlandesas. Cada vez que flaqueaba, caía sobre él un cubo de agua y la tajante orden: «¡Canta!» En general, su pérdida de voz fue bien acogida por el resto de la unidad.

Había muchas variantes que Whitlock se sacaba constantemente de la manga. Una de sus preferidas consistía en hacer que el pelotón, con el rifle terciado, desfilara de un lado a otro delante de una fuente. Bajo el ardiente sol, él tomaba un trago de agua fresca y les hacía caminar hasta que se encontraban exhaustos, con la lengua fuera y desfallecidos los brazos bajo el peso de los rifles.

Cuando estaban a punto de desplomarse, les daba tres minutos de descanso y, luego, los hacía correr a paso ligero por los arenales. Después, regresaban a los barracones a paso ligero también y llevando el rifle en la mano, paralelo al suelo.

Hacia esa época fue cuando empezaron a sentirse orgullosos de sí mismos. Estaban convencidos de que podían desfilar mejor que cualquier pelotón del regimiento. Whitlock se encargó de desinflar su vanidad.

Sucedió el día en que fueron a un extremo del campo para recibir nuevas inyecciones. Dejaron las armas en el pabellón, recibieron las inyecciones y formaron para el ejercicio siguiente. Cuando se disponían a partir, pasó ante ellos un pelotón de la Escuela de Marina que realizaba instrucción por los terrenos de la Base.

—Descansen, quiero que vean esto, muchachos.

Los alumnos de la Escuela de Marina constituían un espectáculo que admiraría a cualquier recluta. De seis pies de estatura, recios y curtidos, eran los hombres que custodiaban los acorazados y cruceros de la flota. Vibraba el aire con el color de sus uniformes azules. Su sargento marcaba la cadencia de sus pasos y balanceaba en la mano un bello sable dorado. El brillo de sus hebillas y botones dorados, el espejeo de sus zapatos y de las viseras de sus gorras, el blanco resplandor de sus guantes y sus cinturones y la espléndida unanimidad de movimientos constituían un espectáculo digno de admirar.

—¡Atención! —ladró Whitlock—. ¡Armas sobre el hombro derecho! De frente, ¡ar! Uno..., dos, tres... Coja el paso, Forrester... Enderece ese arma, Norton..., no está llevando una escoba. ¿Es que no van a aprender nunca?

—Cuando carguéis a la bayoneta, quiero oír gritar. Si no podéis ensartarles, asustadlos. Usa la culata... arráncale la maldita cabeza... Gira la bayoneta al clavarla. Si le engancha en las tripas, dispara y suéltala.

A Danny no le gustaba el aspecto de una bayoneta. Lanzó un escalofriante aullido mientras cargaba contra los maniquíes de paja...

—Agáchate, Forrester, dale en el cuello, córtale la yugular...

Se le revolvió el estómago. Creyó que iba a vomitar.

—Lánzate con fuerza sobre él... ¡Grita, Forrester, grita!

Venía luego la carrera de obstáculos. Era un dédalo de trampas. Túneles sin salida, alambradas, muros a escalar, zanjas, vallas, escalas de cuerdas, neumáticos a través de los cuales había que pasar y un enorme pozo. Tenía éste seis metros de diámetro y tres metros de profundidad. Sobre su centro colgaba una resbaladiza cuerda que conducía al fangoso fondo del pozo.

Para salvar este obstáculo, el recluta tenía que llegar corriendo a toda velocidad, saltar tres metros con el rifle y la mochila a cuestas y asir la cuerda para, colgado de ella y balanceándose, llegar al otro lado. Los que habían logrado salvar el último obstáculo se congregaban en torno al pozo para divertirse un poco.

Reían a carcajadas cuando alguien fallaba en el intento de agarrar la cuerda y caía en el barro o, aun agarrándola, resbalaba a lo largo de ella. Lo más divertido era cuando alguien se quedaba colgando. Al no llegar hasta el otro borde del pozo, el movimiento pendular de la cuerda les llevaba de nuevo al centro, donde se retorcían y forcejeaban con verdadera desesperación. Luego, resbalaban poco a poco hasta el barro y sucumbían al baño de fango. Su recompensa era seguir intentándolo hasta que lo conseguían.

No era el daño que ellos mismos se causaban lo que les importaba, sino el de sus rifles.

Un día, cinco semanas después de su llegada al campamento, Danny Forrester tuvo una extraña sensación. Miró a L.Q., y creyó observar que Jones se parecía a alguien que había conocido en un tren. Sacó el espejo de su macuto y se observó a sí mismo. Tenía medio centímetro de pelo en la cabeza. Se lo frotó una y otra vez. Y el alfeñique, Ski, estaba empezando a parecer duro y robusto.

—Vive Dios —murmuró—, nos estamos haciendo marines.

Esa tarde, durante la instrucción, experimentó la misma sensación. Mientras Beller marcaba el ritmo de los pasos, el rifle parecía un palillo en sus manos. En el silencio del remoto rincón de los terrenos podía oír el ruido que producían las manos al golpear, al unísono, los rifles al cambiarlos de hombro. Luego, la monótona cadencia de Beller empezó a parecer música. Allí había melodía... «Uno, dos, tres, cuatro..., izquierda, izquierda..., uno, dos...»

Durante un descanso, se miró las manos. Eran como cuero. Las ampollas y los entumecimientos que lo atormentaban hacía un mes habían desaparecido. *Es curioso, anoche planché mi camisa a la perfección, y hoy me he preparado para la inspección en diez minutos... y Whitlock lleva casi una semana sin decir «que me ahorquen».*

V

Habían transcurrido seis semanas, y el batallón de reclutas se preparó para la fase final de instrucción básica. Se trasladaron al campo de tiro de Camp Matthews, a varias horas de San Diego, para seguir un cursillo de tres semanas sobre manejo de armas, bajo la dirección de expertos tiradores.

Aumentaron las fricciones dentro del pelotón, centradas en torno a Danny y O'Hearne. La corpulencia y las jactancias de éste le concedían una cierta preeminencia sobre la mayoría de los hombres. En la intimidad de los barracones siempre alardeaba de su fantástica actividad sexual y de sus hazañas luchando y bebiendo. Casi todos sonreían con respeto..., excepto Danny y su grupo de amigos. Esto ponía furioso a O'Hearne. No podía soportar que se le ignorase.

O'Hearne trazó su plan con sumo cuidado. Luchar contra Norton o Ski añadiría poco brillo a su reputación. Con Chernik no quería enzarzarse. L.Q. no pelearía, se limitaría a decir algo gracioso; y Dwyer había sido llevado al hospital de la Base con un fuerte acceso de fiebre de gato. Esto dejaba sólo a Danny para defender el fuerte. El muchacho, resignado desde hacía tiempo al hecho de que O'Hearne acabaría provocándole, se encogió de hombros y decidió hacerlo de la mejor manera posible.

El asunto estalló una tarde de lluvia. Aunque Beller y Whitlock habrían disfrutado haciéndoles desfilar entre el barro, había autoridades más todopoderosas aún que los todopoderosos instructores que prohibían la instrucción bajo la lluvia. En lugar de ello, por tanto, sometieron al pelotón a seis agotadoras horas de inspecciones y recitados del libro azul. No encontrando nada más que inspeccionar, dejaron en paz a los hombres después del rancho de mediodía.

Todo el mundo estaba nervioso a consecuencia de la lluvia, del escaso espacio disponible y del excesivo trabajo de la mañana. La turbulencia de O'Hearne no contribuía en nada a aliviar la tensión. Se echó en la litera contigua a la de Danny, que estaba escribiendo una carta.

—¿Te he contado alguna vez lo del día en que me acosté con tres tías?

—La última vez que lo oí eran seis.

El corpulento irlandés sonrió y le dio a Danny una palmada en la espalda.

—He oído decir que jugabas al rugby.

—Un poco.

—Yo también. En la Superior de Bartram y semiprofesionales. Jugaba de bloqueador y de defensa, como Nagurski. Deja que te cuente el partido que jugué contra..., ¿cómo diablos se llamaba aquel equipo...? No importa. De lo que sí me acuerdo es del tanteo.

Y se lanzó a relatar cómo burló a la delantera del adversario y aplastó su defensa. En la litera superior, Ski leía sosegadamente varias cartas hasta que la retumbante voz de O'Hearne interrumpió sus pensamientos.

—Eh —exclamó—, a mí me parece que el delantero centro del otro equipo era un memo. Yo me habría lanzado como una bala contra ti, como dices que le hiciste tú a aquel otro.

Shannon guiñó un ojo y le dio a Danny un leve codazo en el costado.

—Yo jugaba al rugby —dijo Ski, incorporándose en la litera.

—Ya lo habéis oído, muchachos..., jugaba al rugby. ¿En qué Escuela Elemental?

Ski bajó de un salto de la litera. Los demás empezaron a acercarse, presintiendo una pelea.

—Jugaba en la Central.

—¿Y de qué, mequetrefe?

—Defensa.

—Oh, no me digas.

—¿Lo dudas?

—¿Dices que jugabas de defensa?

—Ya lo has oído.

—Muy bien, muchacho. Entonces, sólo para divertirnos, quiero que me cortes el paso en una jugada de ataque.

Ski miró a Danny, y éste sonrió y asintió. O'Hearne adoptó la postura de un delantero cargando. Ski advirtió el resultado de un mal entrenamiento..., suponiendo que O'Hearne hubiese jugado alguna vez. Su ángulo era demasiado abierto y estaba desequilibrado. Ski se agachó. «Vamos allá», rió O'Hearne, mientras levantaba la mano para derribar al menudo muchacho. No tuvo la menor oportunidad. El cuerpo de Ski saltó veloz hacia arriba y su hombro se hundió en el estómago del hombretón quince centímetros. O'Hearne golpeó contra el mamparo y cayó de espaldas. Oyó una estrepitosa carcajada.

Su rostro se tornó carmesí. Se puso en pie de un salto y le pegó un puñetazo a Ski en la boca. Danny se lanzó contra él y ambos cayeron sobre una litera que se desplomó bajo el impacto. Logró desasirse de Danny, justo a tiempo para recibir en la mandíbula un puñetazo propinado por Chernik y, luego, algo cayó sobre él. Era L.Q. Jones. Ski se lanzó de nuevo a la refriega y entre los cuatro inmovilizaron a O'Hearne rápidamente. Fue el sosegado Milton Norton quien habló.

—Te lo has estado buscando, Shannon O'Hearne. Que esto sea una lección para ti. Como vuelvas a repetirlo, no te dejaremos ir con tanta facilidad..., ¿está claro?

—¿Está claro? —repitió Chernik, cogiendo a O'Hearne por sus cortos cabellos y golpeándole la cabeza contra el suelo.

—Sí —gruñó.

Se puso en pie tambaleándose, congestionado y tembloroso. Por un instante, se tensó como si fuera a realizar un segundo intento; pero después renunció y se dirigió a su litera.

—¡Atención!

—Bien, bien —dijo Whitlock, con voz sibilante—, ¿qué tenemos aquí, una pequeña agarrada?

Reconoció a los transgresores y añadió:

—O'Hearne, Alfeñique, Chernik, Forrester, Norton, Jones..., vengan a mi tienda.

Fueron.

—Bien, descansen. Usted primero, Ski.

—Estábamos practicando unas jugadas de rugby, señor.

—¿Forrester?

—Es cierto, señor.

—¿Norton?

—¿Sí, señor?

—No me dirá que usted jugaba al rugby, Norton.

—No, señor, pero en Penn, en la Universidad de Pennsylvania, señor, yo solía mirar siempre los entrenamientos. El entrenador Munger es amigo personal mío, señor... Me sentía muy interesado.

—¡Creo que están mintiendo todos, Jones! Lo sé..., lo sé, estaban practicando rugby.

El pecoso cabo se volvió hacia O'Hearne. Shannon los tenía en sus manos..., calabozo para todo el grupo. Era su oportunidad. Seis a uno.

—En efecto, señor, rugby. Creo que nos hemos acalorado demasiado, señor.

Se elevó un suspiro de alivio. El cabo soltó un gruñido y les mandó salir. Cuando se hubieron marchado, el sargento Beller se volvió hacia Whitlock.

—No te habrás creído ese cuento, ¿verdad, Tex?

Whitlock sonrió.

—Parece que le han dado una buena zurra. Se lo estaba buscando.

—¿Los encerramos a todos?

—¿Por qué? ¿Por comportarse como marines? Quizás hoy hemos hecho un buen descubrimiento. Podríamos utilizar algunos irlandeses que sean buenos luchadores, como O'Hearne. ¿Sabes una cosa? Éste es un pelotón soberbio, el mejor que hemos adiestrado jamás. Apuesto a que pueden superar a cualquier pandilla de guripas del campo.

—Maldita sea, Whitlock, te estás volviendo todo un sentimental.

—En cuanto deje de llover les meto una sesión de marcha que se van a acordar —respondió Whitlock.

Los otros se acercaron a la litera de O'Hearne, donde éste llevaba ya una hora sentado en silencio.

—O'Hearne.

—Ha sido un gesto noble —dijo Norton.

Danny extendió la mano. Shannon levantó la vista con lentitud y se puso en pie. Bajó la cabeza y adelantó la mano para estrechar la de Danny. Luego, todos se echaron a reír.

—Oye, os he contado alguna vez lo de cuando iba yo por Market Street y va y se me acerca una tipa...

El campo de tiro de Camp Matthews, al igual que el de instrucción, se hallaba abarrotado por el súbito cambio de paz a guerra. Se estaban construyendo barracones a toda velocidad, y nuevos pelotones eran instalados en cualquier espacio libre que se podía encontrar. Los edificios principales estaban a un lado de la carretera. Su ya borrosa pintura parecía fundirse con el rústico marco de altos pinos y colinas y barrancas del campo.

Las cinco pistas de tiro principales corrían en dirección contraria a donde se encontraba la carretera. Se hallaban instaladas en las quebradas con el fin de que fuese mínima la influencia del viento. Las líneas de tiro se situaban a ciento ochenta, doscientos ochenta, cuatrocientos ochenta y quinientos ochenta metros de los blancos. Los blancos eran subidos por medio de poleas desde pozos de cemento. Detrás de los blancos había una colina que detenía las balas.

Los blancos estaban manejados por reclutas, y había también personal permanente para supervisar y coordinar los disparos. A ambos lados de los blancos ondeaban unas banderolas para indicar la intensidad y la dirección del viento.

Las líneas de tiro tenían unos puestos numerados que se correspondían con cada blanco. Tras la línea de tiro había recipientes con brasas que despedían denso humo para ennegrecer los puntos de mira y amortiguar el resplandor del sol, y grandes cubos para recoger los casquillos vacíos.

Suboficiales con megáfonos recorrían la línea, transmitiendo mensajes telefoneados desde los pozos. En ellos, los hombres que manejaban los blancos trabajaban en grupos de a dos, utilizando cubos de engrudo y parches para cubrir los agujeros. Largas pértigas, con números en el extremo, eran levantadas sobre los pozos para indicar, a los hombres que disparaban desde las líneas, la puntuación alcanzada. También había una bandera roja, la némesis de un fusilero. La llamaban «las bragas de Maggie», e indicaba que el disparo había errado el blanco por completo.

Cada blanco de cada línea estaba a cargo de un marine que ostentaba la categoría de *experto* en tiro. Llevaban chalecos antibala y viejos sombreros de campaña de la Marina. Aunque estos sombreros hacía tiempo que habían dejado de ser reglamentarios, constituían emblemas de honor, y a los tiradores expertos del campo se les permitía llevarlos airosamente ladeados.

Las distintas pistas contenían un número de blancos que variaba desde veinte hasta la enorme cifra de cien.

Había otras pistas en Matthews, pistas para el calibre 22, para pistola del 45, para BAR y para ametralladoras. Todo hombre que ingresaba en el Cuerpo iba al campo de instrucción de reclutas y todo recluta iba al campo de tiro. Todo hombre debía tener un profundo conocimiento de cómo disparar y desmontar cada arma básica de infantería.

Antes de que se le permitiera hacer un disparo, el recluta tenía que practicar toda una serie de ejercicios durante más de una semana para asimilar lecciones teóricas que machacaba hasta sabérselas incluso dormido. Para cuando disparaba un tiro, el recluta era consciente de lo que estaba haciendo. Su puntuación resultaba tan perfecta como podían conseguir los incansables instructores.

—El Cuerpo paga una prima a sus buenos tiradores. Al tirador de primera, tres pavos al mes; al experto, cinco.

En los tiempos de 21 dólares al mes, esto era una pequeña fortuna.

El pelotón Uno Cuarenta y Tres se instaló más allá de la pista E, el punto más alejado de Camp Matthews, en una loma que dominaba la pista de disparo, a unos 3 km. de las edificaciones principales. No había electricidad, agua corriente, lavabos ni retretes. No era necesario el toque de silencio al anochecer en la fría colina barrida por el viento.

Las condiciones de trabajo eran mucho mejores que en la Base y contrastaban, sobre todo, con los insultos, los castigos, la instrucción y las penalidades del campo de reclutas. Aunque los instructores de tiro no eran menos exigentes, sus tácticas eran diferentes. Las lecciones eran personalizadas e impartidas con palabras firmes pero amables. Su adiestramiento en el manejo del rifle se extendía a lo largo de unas semanas que eran las más importantes en la vida de un marine.

—Aprieta el gatillo, no tires de él —repetido un millar de veces.

—Bien, muchachos, venid aquí. Imaginad que habéis terminado el período de instrucción. Vais de permiso a San Diego y hacéis amistad con una rubia despampanante. Vais a su apartamento y os emporcina de licor. Para cuando queréis daros cuenta, estáis en la cama con ella. Le agarráis una teta. ¿Qué haríais, tirar de ella o apretarla?

—¡Apretarla!

—Recordadlo. Una presión igual por toda la mano derecha, estrujar como un limón.

Permanecían desde el amanecer hasta la puesta de sol practicando posiciones de tiro.

—Coloca el punto de mira en las seis en punto. Tienes mal la correa del rifle..., no pongas levantado el pulgar, o te lo meterás en el ojo.

Boca abajo, arrodillados, sentados y sobre la marcha. ¿Quién ideaba las posiciones? Tenía que estar loco. Nadie podía disparar con el cuerpo hecho un auténtico nudo. *El Cuerpo de Infantería de Marina dice que puedes, hijo.*

—Pon los tobillos contra el suelo, abre las piernas, colócate en un ángulo de 45 grados respecto al blanco, la columna vertebral recta, arrima un poco más ese codo, el pulgar hacia abajo, la mejilla contra el cañón.

Horas de instrucción y músculos tensados en la pesadilla de posiciones de un contorsionista. No es humano.

Posición de sentado, la peor de todas.

—No puedo echarme hacia delante —exclamó L.Q.—, me estorba el estómago.

El instructor se sentó sobre el cuello de L.Q. y forzó su cuerpo hacia abajo.

—Así. Yo me quedo sentado aquí, y tú disparas.

—Me muero..., me muero.

¡Munición real! Calibre 22, automáticas del 45, BARS, ametralladoras. Ya falta poco para que ocupes con tu rifle la pista grande, marine.

—El siguiente, a la línea de disparo.

Danny Forrester se abrochó la cazadora de tiro y se colocó en los oídos los tapones de algodón. Fue hasta el recipiente que humeaba, ennegreció el punto de mira de su arma y se tendió junto al sargento en la línea de disparo.

Éste se echó hacia atrás el sombrero de campaña.

—Me llamo sargento Piper, hijo. Ajusta el alza a doscientos setenta metros. Dos puntos a la izquierda por el viento y tendremos tu rifle en la posición correcta de disparo.

El director de tiro, situado en un punto medio a lo largo de la hilera de cien tiradores, se llevó al oído el teléfono de campaña. Cogió un enorme megáfono.

—¡Todos listos a la derecha! ¡Todos listos a la izquierda! ¡Todos listos en la línea de disparo! ¡Carguen! ¡Disparen a discreción, diez tiros en fuego lento, posición tumbados!

—Vamos, hijo, veamos si recuerdas tus lecciones. —Danny rechinó los dientes—. Relájate, muchacho..., tranquilo.

Lo olvidó todo.

Rígido, dio un tirón al gatillo, manteniendo levantado el pulgar. Su rifle retrocedió con malignidad y le aplastó el tenso hombro; el pulgar se le metió en el ojo. Quedó conmocionado. En el pozo, los encargados del blanco buscaron una nube de polvo en la colina situada tras ellos que les indicase que se había efectuado un disparo; en lugar de ello, fueron saludados con una ducha de barro procedente de la parte delantera. En represalia por el baño, agitaron alegremente la bandera roja. Blanco fallado.

Danny permanecía tendido, tembloroso y con el rostro color carmesí.

—¿Habías disparado alguna vez un rifle, hijo?

—No, señor.

—¿Lo has olvidado todo?

—Así parece, señor.

—Probemos otra vez. Tranquilo..., así... Enfílalo en las seis en punto..., baja ese pulgar..., aspira profundo y contén el aliento..., aprieta con suavidad.

¡BLAM!

—Un cuatro en las nueve, eso está mejor, dispara otra vez, muchacho. Otro cuatro en las nueve..., ahora estás disparando..., tira dos más.

El blanco era bajado y subido después de cada disparo; los dos últimos habían quedado en el mismo grupo.

Piper cogió el rifle de manos de su alumno, y Danny observó, intimidado, la impecable posición del maestro. El sargento hizo cinco disparos en rápida sucesión. Todos formaron un grupo en el cuatro de las nueve.

—Nueve disparos en el mismo lugar, ¿sabes lo que eso significa, muchacho?

—Creo que debemos efectuar una ligera corrección a la derecha por causa del viento, señor.

—Exacto. Medio punto; bajar, quizá, tu elevación unos nueve metros y creo que lo tenemos.

Ajustó el alza y el punto de mira y realizó cinco disparos más. Desapareció el miedo inicial... y vio el temblor de una diana fulgurar sobre su blanco. Miró el rifle, le dio unas palmaditas y sonrió de oreja a oreja.

—Una sensación magnífica, ¿verdad, muchacho?

—Ya lo creo, señor.

—Una semana más, y lo harás dormido. Bien, recoge tus casquillos y quédate por ahí. El siguiente, a la línea de disparo.

Practicaban desde el alba hasta el crepúsculo. Bajo la dirección de Piper y cien más como él, los reclutas no tardaron en convertir aquello en una competición de tiro de pichón. Más dianas, más sonrisas de satisfacción. La última fase. Limpiarlo, desfilar con él, besarlo, dormir con él, cargar con él a la bayoneta... y ahora dispararlo.

Cada día realizaban la serie completa:

Cuatrocientos cincuenta metros: diez disparos espaciados, cuerpo a tierra.

Doscientos setenta metros: Diez disparos rápidos, cuerpo a tierra.

Cinco disparos rápidos, de rodillas.

Cinco disparos espaciados, sentados.

Ciento ochenta metros: Diez disparos rápidos, sentados.

Diez disparos espaciados, sobre la marcha.

Puntuación posible de cinco puntos en cada disparo. Doscientos cincuenta puntos para el «posible perfecto». Nunca se había alcanzado.

Para obtener el Emblema de Tirador: 190 puntos. Cruz de Tirador Destacado: 215 puntos. Experto: 225 puntos.

La rivalidad se mantenía a lo largo de los miles de disparos. Al atardecer, practicaban posiciones en las tiendas hasta que caía la noche.

Después de disparar, la rutina de limpieza: agua jabonosa caliente..., estropajo metálico..., secar..., escobilla para el interior del cañón..., aceite..., linaza para el cañón... Depositarlo con manos amorosas bajo la litera.

Un día, la lluvia impidió la realización de prácticas de tiro. Cesó al anochecer, después de la cena. L.Q. Jones se acercó a la tienda del cabo Whitlock, entró en ella y se cuadró.

—Señor, el soldado de segunda Jones solicita permiso para hablar con el instructor.

—Descanse, ¿de qué se trata?

—Señor, sabemos que es demasiado tarde para disparar pero todavía hay luz. Hemos limpiado nuestros rifles... y... varios compañeros me han sugerido que hable con usted porque piensan que soy el único lo bastante loco como para formularle una petición tan extraña.

—Por los clavos de Cristo, Jones, vaya al grano. ¿De qué se trata?

—Nos gustaría practicar un poco de instrucción, señor.

—¿QUÉ?

—Verá, señor. Llevamos aquí más de dos semanas, y no hemos desfilado. Al aproximarse la graduación, nos parece que tenemos buenas probabilidades de ser el pelotón de honor; por eso, nos gustaría perfeccionarnos. Quizás alguna maniobra complicada...

—Que me ahorquen... Está bien. Dígales que formen.

—Gracias, señor.

La zona de tiendas se hallaba sumida en la oscuridad. Danny, Ski y L.Q. yacían bajo las mantas, saboreando un último cigarrillo.

—Ya queda poco. Una semana más de campamento.

—Sí, un polaco feliz va a tener la satisfacción de despedirse de este maldito lugar.

—¿Qué tal te ha ido el tiro?

—He hecho uno noventa. Cristo, tengo que conseguir el título de tirador destacado. Tres pavos mensuales más vendrán de maravilla.

—¿Qué tal te ha ido a ti, L.Q.?

—Me sigue estorbando el estómago en la posición de sentado.

—Tengo que ser tirador destacado —repitió Ski.

—Procura relajarte —dijo Danny—. No puedes disparar cuando lo único en que estás pensando es en traerla aquí. Te pone demasiado nervioso.

—Tengo que traerla aquí, Danny. Las cosas se están poniendo difíciles allá. No es que me cuente gran cosa, pero me doy cuenta.

—No podrás ayudarla mucho si antes no mejoras tu puntería.

—Sí, tienes razón. Tengo que relajarme. Lo malo es, Danny, que cada maldita cosa que hago me cuesta una barbaridad. Cuando jugaba al rugby me ocurría igual. Y es lo mismo en todo lo que hago. Tengo que entrenar hasta matarme.

—De todas formas —dijo Danny—, hemos tenido suerte de que nos haya tocado Piper como instructor. Es uno de los mejores del Cuerpo. ¡Hasta su foto figura en el libro azul!

Sacó la mano, para aplastar la colilla en el suelo, y volvió a meterla con rapidez bajo las mantas.

—Hace un frío terrible ahí afuera.

—Sí —gimió L.Q.—, llevo una hora con ganas de mear, pero no consigo reunir el valor suficiente para salir de la litera.

—¿Quieres cerrar el pico? Ahora no haré más que pensar en ello.

—¿Qué te parece ese Whitlock? Me ha vuelto a encomendar el trabajito de vaciar orinales. La tercera vez. —Jones se rascó—. Yo creo que tienen todos los piojos, menos uno. El muy bastardo me está volviendo loco.

Silencio.

—Danny —dijo Ski.

—¿Sí?

—¿Sabes una cosa?

—¿Qué?

—He tenido una gran suerte al haber caído contigo y con L.Q.

—Duérmete, anda.

—No, lo digo en serio. Si no me hubierais ayudado, no habría podido salir adelante. Lo más probable es que me hicieran empezar de nuevo. Me cuesta aprender las cosas.

L.Q. apartó sus mantas y corrió como una bala hacia la puerta de la tienda.

—¡Ya no puedo aguantar más!

Volvió, se zambulló en su litera y se acurrucó bajo las mantas, tiritando.

Pasaron unos instantes.

—Danny —dijo Ski.

—¿No te has dormido aún?

—¿Adónde crees que nos mandarán cuando terminemos el período de instrucción?

—No lo sé. Se rumorea que a Tokio directamente.

—Aunque no hay que hacer mucho caso de los rumores, me han dicho, de buena tinta, que podría ser a Wake Island.

—Tal vez.

—¿Qué vas a hacer cuando volvamos a San Diego?

—No hay mucho donde elegir en el Cuerpo. Tarde o temprano, todos acabaremos metiendo el rifle en el FMF.

—No, no hay mucho donde elegir.

—Puede que yo me presente al examen para la Escuela de Radio.

—¿Radio? ¿Por qué?

—Oh, no sé. Es algo diferente. No es que me importe cargar con el rifle. Sólo que es un poco especial.

—A mí me gustaría ingresar en la Aviación. Un cincuenta por ciento más de paga. Podría traerla aquí antes.

—Seguro que intentas ahorrar veintiún dólares al mes, Ski.

—Sí, pero pronto serán veintiocho. Cristo, yo nunca haría Aviación.
—¿Por qué no dejas de preocuparte tanto, Ski?
—No puedo evitarlo, Danny. No puedo descansar mientras ella está en aquella piojosa ciudad. Es algo que me devora continuamente. Que permanezca allí, con el viejo bastardo de su padre.
—Lo sé.
—Danny.
—¿Sí?
—¿Crees que podría entrar en transmisiones? Desde luego, me gustaría seguir contigo.
—¿Por qué no pruebas suerte?
—Los tipos de transmisiones llevan unos rayos en las mangas, ¿verdad?
—Ellos les llaman «chispas».
—Sí, me gustaría. Pero, Cristo, nunca aprobaría el examen.
Llegó una voz de la tienda contigua:
—¡Eh, muchachos, basta ya de charla! ¡A ver si podemos dormir!
—Sí —añadió otra—. ¿No habéis oído que mañana vamos a disparar con puntuación oficial?
—Creo que se refieren a nosotros —dijo Danny.
—Seguro —dijo Ski, que se acurrucó más profundamente aún y se echó las mantas sobre las orejas.
Luego, reinó el silencio.
—¡Cristo! —exclamó L.Q.
—¿Qué pasa ahora?
—¡Tengo que mear otra vez!

El pelotón acabó desmintiendo la predicción de Beller de que ninguno de ellos aprendería a disparar jamás. El día de la prueba, los malditos yanquis obtuvieron un asombroso total de 86 por ciento. Seis de ellos ingresaron en el selecto círculo de Expertos; O'Hearne y Forrester figuraban entre ellos. Incluso L.Q. se las arregló para bajar su estómago lo suficiente para conseguir el emblema que lo acreditaba como Tirador en su medalla básica.
La medalla básica que llevaban los marines indicaba la especialidad de cada hombre: BAR, pistola, bayoneta, guerra química y el todopoderoso rifle.
Al profesor le correspondía disparar en último lugar, y todo el pelotón se reunió a su alrededor para animarle. No obstante sus ideales, Norton apenas si vio más que la bandera roja. Varios de sus disparos fueron a dar en el blanco contiguo al suyo.

Felices, y con todo el engreimiento de un pelotón en su última semana, salieron de Matthews para dirigirse a la Base del Cuerpo de Infantería de Marina, luciendo casi tres centímetros de pelo.
Los exámenes ocuparon la semana final. Plazas vacantes para las pocas escuelas de especialistas. Unos se aventuraban a someterse a los exámenes; otros se limitaban a esperar a que cayera el hacha del des-

tino. Y el resto, como Milton Norton, se presentó voluntario para el Batallón de Zapadores.

Nerviosos y rebosantes de excitación, los hombres, de punta en blanco, hacían los preparativos finales para la graduación.

—Cristo, ¿adónde iré desde aquí?

—Pronto lo sabrás.

—Vamos, muchachos, no os entretengáis. Tenemos que formar dentro de un par de minutos.

—Sólo de pensarlo... Me despierto mañana, brilla el sol. Me miro a mí mismo y digo: «Eh, Jones, ¿qué eres?» Y me respondo: «Todo un marine de los Estados Unidos. Este gordo no es ya un guripa.»

—Seguro que nos da pena dejar todo esto.

—Ya puedes decirlo.

—Danny, ¿quieres ponerme el pañuelo de campaña? —preguntó Norton—. Nunca consigo hacer bien estos nudos.

—Desde luego, profesor.

Danny se aplicó a ello con la seriedad de un peluquero francés hasta asegurarse de que el nudo quedaba perfecto. Se sentaron en el borde de su litera y empezaron a fumar nerviosamente.

—La verdad es que resulta emocionante, profesor. Dios, creía que nunca llegaría este día. Supongo que algo habremos cambiado.

—Bastante más que algo, Danny —sonrió.

—Me pregunto adónde iremos.

—Oh, yo no me preocuparía. Creo que has aprobado tu examen de radio.

—Yo no estoy tan seguro. Me gustaría que lo aprobaran Ski y L.Q. En cualquier caso, espero que suspendamos juntos.

—¿Por qué?

—No lo sé en realidad. Es sólo que hace uno un amigo... y, bueno, creo que es más importante continuar unidos que salir adelante solo.

Norton reflexionó unos momentos.

—Es curioso, Danny, cómo personas de mundos diferentes, de vidas diferentes, personas que antes de la guerra ni siquiera se habrían hablado, acaban haciendo amistades tan profundas en tan poco tiempo.

—Sí, yo también pienso lo mismo a veces.

—Supongo que la palabra «amigo» dista mucho de todo cuanto hemos conocido antes. Bueno, creo que estoy divagando.

—Ojalá vinieras con nosotros, profesor.

—No creas que me agrada abandonar el grupo.

—¿Por qué te presentaste voluntario a Zapadores? Es una unidad muy dura.

—Quiero ir a mi ciudad, Danny. Quiero estar donde me sea posible conseguirlo más rápidamente.

—Comprendo, profesor.

El silbato de Whitlock les hizo congregarse por última vez. Como habían hecho ya más de mil veces, se precipitaron a través de la puerta, casi llevándose la jamba por delante. Formaron. Los instructores presentaban una apostura impecable, como unos soldados de plomo. Del reluciente cinturón de cuero de Beller colgaba un sable de plata. Él y Whitlock recorrieron las filas, ajustando un pañuelo de campaña aquí, un cordón de zapato allá, una gorra en el ángulo correcto, una insignia que se había ladeado. Escrutaron a sus hombres de arriba abajo y, luego, de abajo arriba otra vez.

—Descansen. Han sido elegidos como pelotón de honor, sólo Dios sabe por qué, malditos yanquis. Después de la inspección del coronel formaremos tras la bandera y la banda para la revista. Por los clavos de Cristo, no desfilen como una cuadrilla de monos. O'Hearne, Chernik, ¿saben llevar sus estandartes y saludar?

—Sí, señor.

—Sí, señor.

—Y, no lo olviden, cuando diga «vista a la derecha» quiero oír chasquear las pupilas.

Desfilaron por la enorme plaza de armas, erguidos como un solo hombre. Por primera vez, experimentaban toda la emoción del título que llevarían durante el resto de sus vidas. Al pasar ante la tribuna, Beller ladró: «¡Vista a la derecha!» y saludó con su sable de plata. La banda inició el himno de la Infantería de Marina. Los estandartes del batallón y el pelotón se inclinaron y el coronel correspondió al saludo. Los corazones de los hombres palpitaban, llenos de orgullo, bajo los impecables uniformes verdes. Habían pagado el nombre que tenían con sudor, con humillación y con alguna que otra lágrima. Eran ahora marines... y lo serían hasta el día de su muerte.

VI

De regreso en los barracones, dieron rienda suelta al contenido júbilo una vez que hubieron guardado la última pieza del equipo y estuvieron dispuestos a abandonar los odiados terrenos del campo de instrucción. Efusivos abrazos y palmadas en la espalda...; después, terrible inquietud cuando entraron Beller y Whitlock con las listas de destino.

—¡Atención!

—Descansen. Acercaos, muchachos —dijo el rechoncho sargento—. Sé que estáis deseando largaros de aquí lo más aprisa posible. Pero quiero deciros un par de cosas y, maldita sea, las digo de corazón. Vosotros sois el mejor grupo de reclutas que he tenido jamás. Para mí ha sido parte de la rutina normal..., pero a veces la rutina no es tan agradable. Todos hacemos lo que el Cuerpo nos dice, aunque confío en que lo que habéis aprendido aquí os sea de utilidad algún día. Supongo que ése será todo el agradecimiento que Whitlock y yo vamos a recibir. Suerte a todos..., y, si alguno de vosotros está todavía en la Base esta noche, que se venga al bar a tomar una cerveza conmigo.

Aplaudieron.

—¿Quieres añadir algo, Whitlock?

—Muchachos, llamadme... simplemente, Tex.

Por un instante, todos los ojos se volvieron hacia Shannon O'Hearne, que había jurado venganza. Éste dio un paso hacia delante y extendió la mano.

—Chócala, Tex.

Beller alivió su inquietud. La mayoría de los miembros del pelotón fueron destinados a una compañía de vigilancia. Norton, a Zapadores. O'Hearne, a Matthews, como instructor de tiro. Chernik a North Island, aviación. Unos pocos fueron asignados a Intendencia durante un mes.

—Bien, vosotros tres..., dejad de mearos en los pantalones. Forrester, Jones y Ski... ¡Escuela de Radio!

Una última ronda de palmadas en la espalda, apretones de mano y despedidas. Cogieron sus macutos y salieron de los barracones para entrar en un nuevo día.

—Estarás en la Base durante algún tiempo, profesor. Iré a verte en cuanto nos instalemos.

—Tranquilo, Danny.

—Bien, los tres de este pelotón destinados a la escuela de radio, a formar allí —ordenó un cabo.

Danny, Ski y L.Q. se dirigieron, cargados con sus rifles y macutos respectivos, hacia el grupo que esperaba. Danny dejó su macuto en el suelo y se acercó a un fornido muchacho que llevaba gafas.

—Hola —exclamó con tono amistoso el muchacho.

—Me llamo Forrester. Éste es mi compañero Zvonski. Llámale Ski. Aquél de allí es L.Q. Jones.

—Encantado. Yo me llamo Marion Hodgkiss, y éste es Andy Hookans. Procedemos del pelotón Uno Treinta y Ocho.

Se estrecharon todos la mano.

El cabo llamó a todos los de la lista, que recogieron sus cosas y se dirigieron hacia la parte que se encontraba más allá de las tiendas y de los edificios administrativos, al límite del campo de instrucción. Ante ellos, se extendían los terrenos de la Base. A todo lo largo de su parte lateral se alineaban amarillos edificios abovedados.

—¿Dónde está la escuela?

—Al otro extremo.

—Tenía que ser.

Un recluta recién ingresado pasó entre ellos. Tenía la cabeza rapada y llevaba un cubo en la mano mientras buscaba colillas por el suelo sin encontrar ninguna. Tropezó con L.Q. Jones.

—¡Eh, guripa! —ladró L.Q.

El recluta se cuadró.

—¿Qué te pasa? ¿No puedes mirar por dónde vas?

—Lo siento, señor.

—No sientas nunca nada que hagas en el Cuerpo de Infantería de Marina.

—Sí, señor.

L.Q. le aplastó el gorro sobre las orejas al recluta.

—Sigue.

—Sí, señor.

Continuaron avanzando por la interminable explanada, cambiándose el macuto de un hombro a otro.

—¿Por qué has hecho eso? —preguntó Danny por fin.
—¿El qué?
—Reñir a ese recluta.
—Sólo quería ver lo que se sentía. La sensación es estupenda... y, por la pinta que tiene, yo diría que no aprenderá nunca..., no, señor, ese recluta no aprenderá nunca.

Poco después, llegaron al otro extremo del recinto, dejaron sus macutos en el suelo y esperaron a los rezagados. El último de la larga fila de edificios tenía el letrero: ESCUELA DE TRANSMISIONES. Cerca, un grupo de tiendas de ocho plazas se hallaban situadas ante un edificio aislado que ostentaba el cartel de ESCUELA DE MÚSICA DE CAMPAÑA.

—Bien, muchachos, soy el cabo Farinsky. Permaneceréis en estas tiendas hasta que se forme una nueva clase, dentro de una semana, más o menos. Buscad un lugar vacío y ocupadlo. Cuando dejéis vuestro equipo, formad para pasar lista y recoged vuestros catres. El uniforme de diario es el mono. Para ir de permiso a la Base, llevaréis el caqui y pañuelo de campaña y deberéis ir cubiertos siempre. Tenéis permiso cada dos noches y cada dos fines de semana. Las noches de servicio podéis ir a la Base. ¿Alguna pregunta?

—Sí, señor. ¿Qué hacemos hasta que se forme una clase?
—En primer lugar, marine, no me llames señor. Ya no estás en el campo de instrucción. Sobre todo, dedicaréis unas horas al día a limpieza y otros trabajos diversos. Si os portáis bien, tendréis tiempo libre de sobra. Arrimad el hombro cuando haya trabajo y nos llevaremos bien. Buscad un sitio libre, dejad vuestro equipo y formad dentro de diez minutos.

—¿Qué tal si procuramos instalarnos juntos? —sugirió Marion a Danny.
—Estupendo.

Entraron los cinco en una tienda situada hacia la mitad de la fila. Allí, sólo había tres hombres, echados boca abajo en sus catres. Se levantó uno de ellos.

—Ah —dijo—, entrad en nuestro humilde domicilio. Arriba, golfos, tenemos visita.

—Hola —respondió Danny—, ¿hay sitio para cinco?
—Desde luego. Mi nombre es Brown, y me llaman Macutos. Os encantará esto, ya lo creo que sí. Esperad a oír el sonido de cincuenta cornetas tocando diana ante la tienda desde esa escuela de música. No se hace más que haraganear todo el día.

—Yo me llamo Forrester. Éstos son Ski, L.Q. Jones, Marion Hodgkiss y Andy Hookans. Acabamos de abandonar ese maravilloso lugar del otro extremo de las instalaciones.

—Encantado. Esa cosa que está intentando ponerse en pie es Speedy Gray. Tendréis que perdonarle, es tejano. Ése... es Faro Reluciente, orgullo del pelotón navajo. Es indio.

—Jau, hombre blanco.
—Es un poco excéntrico —explicó Brown.
—Hum.

Conforme a lo prometido, la espera hasta la nueva clase fue cómoda en extremo. Durante unas pocas horas a lo largo de la mañana realizaban diversas tareas de limpieza en las instalaciones próximas, consistentes, principalmente, en la eterna búsqueda de colillas. La mayor parte del tiempo se la pasaban descansando, y les costaba acostumbrarse al nuevo manto de respetabilidad que ahora llevaban. Las cicatrices del campo de reclutas tardaban en sanar. Andaban y se comportaban como si pisaran carbones encendidos, esperando que les fueran a arrancar la cabeza en cualquier momento. Caminaban por la base con la timidez de unos perrillos curiosos.

Todas las mañanas, los alumnos de la escuela de música formaban con cornetas y tambores ante sus tiendas para tocar diana. Los cincuenta músicos, haciendo sonar al mismo tiempo sus instrumentos, provocaban un estruendo tan terrible que parecía que las tiendas se iban a desplomar. Luego, desfilaban a lo largo de la base y regresaban al lugar de origen para tocar, durante otros diez minutos; entretanto, los destinatarios yacían temblorosos en sus tiendas.

—¡Más, más! —gritaba todas las mañanas L.Q., angustiado. Y los cornetas le hacían caso, la mayoría de las veces, mientras las tiendas amenazaban casi con derrumbarse. Pronto dejaron de pedir más.

Danny se conformaba con permanecer en la base, ir al cine, escribir cartas o pasear. Fue a ver a Beller al bar para tomar la cerveza prometida, pero regresó pronto a su tienda. La cerveza tenía el mismo gusto agrio que la última vez que la había probado, un año antes. Muchas noches, después del rancho, se ponía el reglamentario uniforme caqui e iba a visitar a Norton, que vivía en una zona de tiendas no lejos de allí.

Una noche, una semana después de haber salido del campo de reclutas, se sintió presa de un súbito acceso de soledad. La sensación se había ido intensificando a cada día que pasaba. Se duchó después de cenar, se vistió y recogió una tarjeta de permiso en el despacho del sargento 1º.

—¿Adónde vas, Danny? —preguntó Ski.

—A San Diego. ¿Vienes?

—No —se lamentó aquél—, tengo que ahorrar mi pasta. Además, allí no hay nada. Todos dicen que aquello es una porquería.

—Es que me siento nervioso. Necesito ver caras nuevas. Llevamos tres meses encerrados. Además, quiero que me acorten el capote, comprarme una gorra y sacarme alguna foto. Mis padres no hacen más que insistirme para que les mande una.

—¿Sabes una cosa, Danny?

—¿Qué?

—Me da un poco de miedo ir a la ciudad.

—¿Miedo?

—Algo así. Llevamos tanto tiempo apartados de las personas, de otras personas, quiero decir... y de las mujeres. Ya sabes, una ciudad desconocida, un uniforme nuevo.

—Sí, la sensación resulta un poco extraña. ¿Quieres algo de Dago?

—Sí, podrías traerme mi medalla básica, pistola, bayoneta y las barras de BAR. Y también una insignia de tirador distinguido.

—De acuerdo.

—Tómatelo con calma.

—¿Qué aspecto tengo?

—Espléndido. Te esperaré levantado para que puedas contarme cómo es aquello.

Danny cruzó el amplio espacio abierto, pasó ante la larga fila de edificios amarillos y bajó por las calles de césped y palmeras hasta la puerta principal. Se frotó con la manga de la guerrera la hebilla de su cinturón de cuero y se ajustó la gorra una docena de veces. Se acercó al guardia y le entregó la tarjeta de permiso.

—¿Dónde está tu alfiler de batalla, marine?

Danny dio un respingo como un cervatillo asustado, enrojeció y lo sacó del bolsillo. Se colocó el alfiler y cruzó la puerta. El corazón le latía con fuerza mientras se dirigía a una parada de autobús y preguntaba el camino a San Diego. Al pasar el autobús ante las instalaciones de aviación, se apoderó de él una extraña sensación. Aunque había varios marines en el autobús, se sentía solo, como si se hallara desnudo o vestido con un traje estrafalario y todo el mundo le estuviese mirando.

La sensación se intensificó cuando bajó del autobús. No podía entenderlo. ¿Había algo que temer? Era la misma sensación casi de tensión que experimentaba momentos antes de comenzar un partido importante.

Luces cegadoras y parpadeantes. Vendedores ambulantes. Luces tenues y música suave que salía de los numerosos bares. El mar de blancas gorras de marineros oscilando a un lado y otro, los borrachos, el ruido, la basura. Todo se mezclaba en una sinfonía de discordancia que le daba vértigo.

Dicen que es fácil distinguir a un marine novato. Tiene la mirada de asombro característica del campo de reclutas. En San Diego conocían esa mirada y se habían enriquecido con ella. Se necesita un año de uso y desgaste para que desaparezca la lanilla de un uniforme caqui de marine y para adquirir la mirada fría y penetrante de un veterano. El uniforme del recluta se arruga con facilidad y le cae mal. Es fácil ver el temor de un muchacho que no ha estado lejos de su casa nunca. Se le distingue al instante.

El buhonero que le vendió su medalla básica y su gorra cuartelera y el fotógrafo que literalmente lo asaltó en la acera tenían una gran habilidad para halagar y las palmas de las manos bien abiertas. Al cabo de una hora, una muchacha tomó sus fotografías y él se apresuró a volver a la base.

Cruzó la verja disgustado consigo mismo y con San Diego. Mientras atravesaba el amplio patio, sumido en la oscuridad, se sentía más solo y confuso que nunca. Caminó con paso vacilante hacia su tienda. Baltimore…, ella había corrido por el andén agitando la mano y se había detenido cuando el tren ganó velocidad… Danny rechinó los dientes. Se detuvo ante su tienda, hizo una profunda inspiración y sonrió a sus compañeros. Estaban reunidos en torno a la litera de L.Q. jugando al póquer.

—¿Tan pronto de vuelta?

—Sí, no hay gran cosa que hacer.

—¿Qué tal es San Diego?
—Oh, no está mal..., no está mal. ¿Puedo entrar en la partida?
—Desde luego, primo Dan. Tu dinero es bueno.
—Esto..., nunca he jugado al póquer, así que tendréis que echarme una mano.

El curso de la Escuela de Radio estaba dividido en cuatro partes: claves, procedimiento naval, teoría y práctica de campaña. La inquietud de Danny se vio aliviada cuando quedó formada la clase 34 y se trasladó a los barracones de la Escuela de Transmisiones. Las clases no eran difíciles en especial, pero él las encontraba fascinantes. Estaba ocupado durante todo el día y al anochecer se dedicaba, casi por entero, a ayudar al indio y a Ski en sus estudios.

Como en todas las escuelas de la Infantería de Marina, los profesores eran expertos radiotelegrafistas, comparables, a su manera, con los ilustres profesores de tiro de Matthews. Viejos lobos de mar de la Flota, todos eran sargentos especialistas capaces de leer y transmitir en clave, incluso dormidos. Como en el campo de reclutas y en el de tiro, las lecciones se aprendían a fuerza de largas horas de práctica y de estudio.

En la Escuela de Transmisiones del comandante Bolger se impartía un curso de menor duración que los que se daban antes de la guerra. Los veteranos eran destinados a buques y grandes estaciones terrestres que necesitaban operadores muy veloces. Los nuevos aprendían un funcionamiento lento. Tan sólo dieciocho palabras de clave y veintidós en inglés para aprobar. Al ir aumentando el número de efectivos del Cuerpo, la tendencia era que los hombres aprendieran las series que utilizarían en combate.

Acompañando a cada día repleto de actividad, una noche solitaria. Danny Forrester no tardó en conocer la soledad del servicio militar. Cigarrillos y póquer. Los hombres solitarios necesitan distraerse del trabajo y hablar de mujeres y del hogar. No podía resolver el enigma de Kathy. ¿Era amor o eran las circunstancias? ¿Hacía bien o mal en mantener su compromiso con ella? Sus cartas eran casi tan impersonales como afectuosas eran las de ella. No se atrevía a hablar del anhelo que ardía en su corazón..., ella podría alejarse de él. La idea le producía escalofríos. Su madre, su padre, su casa y sus amigos parecían algo vago y nebuloso. Sólo Kathy llenaba sus pensamientos. Se preguntaba si esta adoración no sería desproporcionada. Toque de silencio..., y hombres sin mujeres se deslizaban entre las sábanas de sus vacías camas y pensaban.

Domingo por la tarde. Permiso de fin de semana. Danny regresó del habitual rancho dominical, consistente en pollo frito, a los desiertos barracones. En la veranda, una fila de colchones se apoyaban en la barandilla, aireándose. Otros marines yacían tendidos sobre colchonetas, tomando silenciosa y perezosamente el sol, cuya luz reflejaban sus torsos musculosos. En los barracones, dos muchachos «hacían la petaca» en las camas de sus compañeros ausentes.

En un extremo de la enorme estancia, giraba el tocadiscos de Marion. La música inundaba el vacío recinto. Danny apagó un cigarrillo, lo tiró a la caja de arena junto a otros doce que ya había fumado. Se tendió en su litera y miró distraídamente al techo, sintiendo como si una ola de melancolía penetrara a través de todos los poros de su cuerpo. Una punzada de soledad casi le hizo gritar. Corrió a su taquilla, se vistió y salió de los malditos barracones. Cruzó el ardiente y desierto patio hasta llegar a las tiendas del batallón de Zapadores. Gracias a Dios, Norton estaba allí, y estaba solo.

—Hola, Danny.

—Hola, profesor. Yo..., me alegro de encontrarte.

Se sentó en un catre, se enjugó el sudor de la frente y cogió un cigarrillo.

—¿Ves algo nuevo? —dijo Norton, extendiendo, con orgullo, el brazo izquierdo.

—Que me ahorquen. Te han hecho soldado de primera.

—¿Qué te parece como ascenso?

Danny se levantó y dio a Norton una palmada en el brazo.

—Deberías ser oficial, profesor.

—¿Vas a tierra?

—Sí..., esos malditos barracones me ponen malo en domingo.

—¿Te preocupa algo, muchacho? —sonrió Norton.

Danny permaneció en silencio unos instantes.

—Cristo, Nort, no sé qué es lo que me pasa... Yo..., me siento terriblemente solo —exclamó al fin.

Norton le pasó un brazo por el hombro a su amigo.

—La soledad es algo característico de esta actividad en que estamos, Danny.

—¿Tú has sentido alguna vez lo mismo?

—A veces creo que voy a estallar, Danny.

—Debe de ser muy duro para ti, teniendo mujer y todo eso.

—Es duro para todos.

—Es curioso, Nort, nunca me había sentido así. Hay una gente estupenda en la escuela. Ya te hablé del indio, de Andy y de Marion..., los mejores compañeros que jamás he conocido. Oh, diablos, no sé.

—¿Todo bien por casa?

—Sí..., sí, desde luego. Mira, en el correo de ayer recibí una foto suya.

Norton observó la imagen de la muchacha con atención. Cabellos dorados, que le caían sobre los hombros, y ojos risueños. Piel marfileña, un cuerpo joven, rotundo, firme y delicado.

—Es muy guapa, Danny. No me extraña que te sientas solo aquí.

—Nort, ¿podrían un tipo como yo..., quiero decir, un chico de sólo dieciocho años y una chica de diecisiete enamorarse? Me refiero a enamorarse lo mismo que tú de tu mujer.

—¿Cuáles son los sentimientos de ella?

—Dice que me quiere, pero va a ser mucho tiempo, demasiado... No quiero que ese sentimiento acabe disipándose y que ella se mantenga fiel sólo por lástima..., ella es así, Nort. Me será fiel aunque ya no me quiera.

—Diablos, Danny, ¿qué sé yo? ¿Qué edad ha de tener un hombre para pasar lo que tú estás pasando ahora? Tienes la edad suficiente para estar aquí y llevar un uniforme verde.

—¿Y ella?

—Supongo que la gente madura en las guerras con mucha rapidez. La Naturaleza suele establecer una compensación a las cosas que le pide hacer a los jóvenes.

—He intentado superarlo, Nort. Si ella me abandona, no valdría la pena vivir.

—Entonces, déjate de dudas y vacilaciones y encárate de frente con la realidad. Estáis los dos en una guerra, metidos en ella hasta el cuello, y no podéis zafaros. Dile lo que sientes.

—Yo..., no sé.

—A veces me pregunto, Danny, si no seremos una manada de animales salvajes y enloquecidos. Supongo que todos nos lo preguntamos. Pero tenemos que intentar seguir viviendo y amando y odiando y sintiendo y tocando y oliendo, haya guerra o no.

—Profesor.

—¿Sí?

—¿Me prestarías tu tarjeta de identificación?

—¿Por qué?

—Quiero emborracharme.

Norton apagó su cigarrillo y se encogió de hombros.

—¿Crees que eso te facilitará las cosas?

—Tengo que hacer algo o me volveré loco. No me sermonees.

—¿Te has emborrachado alguna vez?

—No.

—¿Has tomado alcohol alguna vez?

—Una botella de cerveza, una vez.

—Oh, al diablo... Toma mi tarjeta.

Danny adoptó un aire de indiferencia al cruzar las puertas abiertas de un bar de aspecto tranquilo, situado no lejos de la calle principal. Se acodó en el mostrador, entre dos marineros, apoyó un pie en el tubo metálico que discurría por la parte inferior de la barra y clavó la vista en el espejo que tenía delante.

—¿Qué tomas, marine?

—¿Qué tienes? —preguntó él, con la inocencia de un niño preguntando por los distintos sabores disponibles en una heladería.

—Hum, enséñame tu tarjeta de identidad.

Echó la tarjeta sobre el mostrador, y el camarero prestó escasa atención al poco parecido entre él y la fotografía de Milton Norton.

—Ponme cualquier cosa. Esto... un Tom Collins —dijo—. Sí. Un Tom Collins... doble.

Quedó sorprendido..., sabía a limonada. No recordaba en absoluto el abominable olor de un camarada al regreso de un permiso de fin de semana. Metió los dedos en el vaso, sacó la guinda y revolvió el líquido

con una paja. Tres o cuatro rápidos tragos, y la bebida desapareció.
—Otro —ordenó.
—Más vale que lo tomes despacio, hijo —advirtió el camarero.
—Si tienes un buen consejo, no lo des, véndelo.
Danny estudió los títulos de los discos de la gramola automática.
Cogió una moneda de 25 centavos y pulsó cinco botones. La calma do-
minical del lugar quedó rota por el rascar de una aguja y una meló-
dica voz, Frank Sinatra, canturreando una canción por la que él y
Kathy sentían debilidad:

I'll never smile again,
Until I smile at you...

Siempre se fumaba las clases dos veces al año. Una, cuando Tommy
Dorsey iba al Hipódromo; la otra, para oír a Glenn Miller...

For tears would fill my eyes,
My heart would realize...

Bebió de un trago la segunda copa y no sintió nada. Quizás era que
tenía la resistencia de la que había oído alardear a otros durante las
interminables horas transcurridas en los barracones. Aumentó el ritmo. Seis copas, y continuaba en su posición original, manejando la
gramola automática.
No quiero prender fuego al mundo, cantaba la aguda voz de Billy
Jordan.
Sólo quiero encender una llama en tu corazón.
—¿Do... dónde está... el lavabo?
—Al final del mostrador, a la derecha.
Maldita sea, pensó, me resulta trabajoso hablar. Separó el pie de la
barra y se le dobló la rodilla. Se agarró rápidamente al mostrador y se
enderezó. Buscó un cigarrillo en sus bolsillos y le pareció que sus de-
dos habían perdido el sentido del tacto. Tras forcejear unos momen-
tos, encendió uno y emprendió la marcha.
—¡Eh, marine!
Se volvió con lentitud.
—Te dejas dinero en el mostrador.
—Oh..., claro..., qué idiota soy. —Era una estupidez decir semejante
cosa—. Será mejor que me des otra copa... una como la de ése —y señaló la copa de un soldado en la que ya se había fijado antes.
—Esto es un Singapore Sling, hijo. Más te vale que no hagas esas
mezclas...
—Dame un Singapore Sling...
Se encaramó a un taburete y se tambaleó. Diablos, no estoy borracho. Sé quién soy. Soy Forrester, 359195, USMCR..., se repitió a sí mismo. No estoy borracho..., me doy cuenta de las cosas..., no he bebido
mucho. ¿Qué estará mirando ese gilipollas...? ¡Oh, soy yo en el espejo! Será mejor que vaya al lavabo.
Muy bien, Danny Forrester, no te parezcas a uno de esos malditos
marines borrachos que detestas. Levántate, muchacho. Cuidado con esa

maldita mesa, no tropieces..., parece como si ni siquiera estuviese andando... como estar en una nube..., ahí está la puerta. Pone «Adán». ¿Quién está borracho?, puedo leer..., Adán significa hombre, no estoy borracho.

Se chapuzó la cara con agua fría y observó su imagen en el espejo. Oh-oh, estúpido bastardo..., supongo que estás borracho. Meneó la cabeza y rió. De modo que esto es estar borracho... Danny Forrester... 359... ¿he dicho 359 o 358? Forrester..., no hay ningún ocho... ése es el número de mi rifle. Rifle, no escopeta... Oh, vas bien cargado, amigo. Volvió a reír. Debería verme ahora mi madre. Soltó una carcajada. Empujó la puerta para salir y, después, retrocedió de nuevo. Olvidaba abrocharme la bragueta..., estos malditos botones que se escurren...

Entró un marinero.

—Disculpa, marine.

Pasó junto a Danny. Apuesto a que podría darle una lección a este tipo.

—Hola, muchacho —rugió Danny, dándole una palmada en la espalda al marinero—. ¿Tienes prisa?

El marinero, un viejo lobo de mar, lanzó una sonrisa despreocupada al muchacho.

—Tranquilo, marine, estás bien cargado.

Antes de que pudiera reaccionar, Danny se encontró de nuevo en el bar. Estudió el largo camino que se extendía hasta la puerta. La sala entera era una carrera de obstáculos, una carrera de obstáculos móviles. Dejóse caer en la primera silla que encontró, volcándola casi. *Danny Forrester... 35... 36... ningún ocho...*

—Será mejor que andes, marine.

—Déjame en paz.

—Vamos, muchacho, vete sin armar ruido.

—Dame una copa, no estoy borracho.

Voces débiles. ¿Dónde diablos estoy? Oh, Cristo, me estoy mareando. Hablad más alto, vosotros..., no puedo oíros...

—Habrá que llamar a la Policía Militar, Joe.

—Eh, dejadle en paz. No se está metiendo con nadie. Dejadle ahí hasta que se recupere.

—Yo soy... yo soy... un rifle... hup... hup...

—¿Ha venido con alguien?

—Dejadle en paz al muchacho.

—¡Eh, marine! ¡Despierta!

—Oh... Dios... estoy mareado.

Su cabeza cayó sobre la mesa y su gorro nuevo rodó al suelo.

—Llama a la Policía Militar.

—No, no lo hagas. Yo me ocuparé de él.

—¿Eres amiga suya?

—Sí..., sí.

—Eh, Burnside, parece que esa tipa le va a arrullar.

—Sí, McQuade. Nos hemos tirado en Islandia todos estos meses y tenemos que ver estas cosas al llegar a casa. Ven, Gunny, vamos a hablar con ella.

—Quítale las manos de encima.

—Dejaos de historias, muchachos. No es más que un chiquillo. Me da pena... ¿o preferiríais que se lo llevase la Policía Militar?
—Bueno...

Este amor mío
se mantiene,
aunque la vida está vacía,
desde que tú te fuiste...

VII

Roca de los tiempos,
hendida para mí,
déjame perderme en ti...

¡Himnos! ¡Están cantando himnos! ¡Estoy muerto...! Estoy en el cielo. Danny abrió los ojos con esfuerzo. Se encontraba en una enorme sala de techo alto llena de voces que cantaban. Pugnó por centrar su visión. Muy lejos..., casi fuera del alcance de su vista, distinguió unas formas de hombres y mujeres de pie, con libros en las manos.
—Oh, Jesús —gimió—, ven y llévame.
—¿Cómo te encuentras, marine?
Percibió el aroma de un seductor perfume y sintió la proximidad de alguien.
—¿Cómo te encuentras? —Era una voz dulce y suave. Un ángel.
Se frotó los ojos. Era una mujer alta y morena, de unos treinta años. La miró de pies a cabeza, observando su costoso vestido... y su figura. Elegante, decididamente elegante, pensó. Acicalada, airosa y encantadora.
—¿Quién es usted? —gimió.
—Mrs. Yarborough. Estás en la cantina del Ejército de Salvación.
Chasqueó los labios; tenía la garganta seca y un gusto horrible en la boca. Se incorporó, estudió el lugar y trató de recordar los acontecimientos que habían precedido a su viaje al cielo.
—¿Cómo he llegado hasta aquí?
—Te he traído yo.
—¿Por qué?
—Había entrado a tomar un refresco. Quedé fascinada al ver cómo te echabas al coleto aquellos dobles. Quería ver qué ocurría cuando quitases el pie de la barra del mostrador.
—¿Por qué?
—Me dabas pena. Sólo un impulso.
—¿Quién me pegó?
Ella se echó a reír.
—No te pegó nadie. Perdiste el conocimiento.
—Dígales que dejen de cantar. He visto la luz.
—¿Qué tal una taza de café solo?

—Solo... Vomitaré... Lo siento..., quiero decir que mi estómago ha estado un poco agitado últimamente.

La mujer cogió una silla y se sentó a su lado.

—La verdad es que has cogido una buena.

—Siempre lo hago.

—¿Te sientes mejor por eso?

—La próxima vez intentaré rezar. Es más barato y más fácil.

—¿Cuántos años tienes?

—Veinticuatro.

—¿*Cuántos?*

—Dieciocho.

Ella observó cómo pugnaba por recuperar la plena consciencia. Se compadecía de sí mismo, lo reconocía, y se sentía mejor ahora. No era necesario continuar hablando.

—Sé buen chico, y prometo no contárselo a Kathy —dijo ella, mientras se levantaba para salir.

—Oh, Cristo, ¿la he metido en esto?

—Yo diría que sí.

—Por favor, Mrs... eeeeh... eeeeh...

—Yarborough.

—Espere un momento.

—¿Qué quieres?

—Darle las gracias. Supongo que he dado todo un espectáculo. Ha sido muy amable por su parte. Podría haberme metido en un buen lío.

—De ordinario, no acostumbro entrar en bares. Todo ha sido fruto de la casualidad y del calor. Ahora, a ver si puedes divertirte; yo tengo que trabajar.

Era la primera vez en muchos meses que hablaba con una mujer. La voz, que no era áspera, encolerizada ni imperiosa, sonaba a algo que había olvidado casi por completo. Deseaba seguir hablando con ella.

—Mrs. Yarborough.

—¿Sí?

—Creo que tiene usted derecho a conocer toda la historia que ha conducido a mi caída; es lo menos que puedo hacer.

—Yo las escucho todos los días.

—Si no lo hace..., saldré y me emborracharé.

Ella se echó a reír.

—Será mejor que no lo hagas, marine.

Danny le cogió la mano con delicadeza. Era maravillosamente blanda y suave.

—Soy huérfano, Mrs. Yarborough.

—Oh.

—¿Sabe? Mi madre murió en un incendio cuando yo tenía cuatro años..., intentando salvarme. Papá hizo todo lo que pudo para criarme..., pero..., pero ya sabe, whisky. Empezó a pegarme... Yo no era más que un crío. Se arrepentía cuando estaba sereno... Yo... Lo siento.

—No, sigue —dijo ella, sentándose junto a él.

—Me escapé de casa a los catorce años. Campamentos de vagabundos, oficios de todas clases. Luego conocí a Kathy —le sujetaba la mano mientras hablaba.

—¿Sí?

—Si quiere saber la verdad de lo que sucedió, se la contaré.

—¿Quieres decir que me estabas tomando el pelo?

—Uh-uh.

—Granuja. Nunca volveré a creer a otro marine.

—Mrs. Yarborough, ¿daría usted un paseo conmigo? Me gustaría despejarme la cabeza. No me diga que está muy ocupada. Mire..., marine..., honor de *boy scout*, quiero decir. Acompáñeme hasta la estación de autobuses del Red Cross Club, póngame en el autobús y desapareceré de su vida para siempre. La verdad es que me gustaría hablar con alguien..., con una mujer. ¿Lo hará?

Era una necedad, se dijo a sí misma. Debería haberle dejado en el bar. La extraña cosa que, en principio, la había atraído, parecía ejercer ahora mayor influencia. Por un instante, empezó a alejar esta segunda disparatada idea y despedirle.

—Realmente, Danny...

Cometió el error de mirarle a los ojos. Suplicaban como un millar de ojos en la cantina; imploraban un momento de charla, un momento de posesión.

—Esto es estúpido.

—¿Dónde tiene el abrigo?

—No he traído.

La tomó del brazo y la condujo a lo largo de la amplia estancia, por delante de los cantantes, que se hallaban ahora sumidos en profunda oración. Ella se detuvo en lo alto de la escalera y levantó la vista hacia él. Resultaba muy atractivo de pie.

—Voy a coger el bolso.

Danny hizo una profunda inspiración cuando salieron a la oscurecida calle, y el aire fresco casi le hizo tambalearse.

—¿Cómo te encuentras ahora? —preguntó ella.

Sus primeros pasos no eran demasiado firmes; pero, luego, a ella le costó seguirlo con sus largas zancadas. Vernon Yarborough andaba a pasos cortos; con él era fácil caminar.

—Me siento como si acabaran de abalanzarse sobre mí un par de gigantescos delanteros.

—¿Eres jugador de rugby?

—Lo era, en la Escuela Superior. Tiene gracia lo que me pasó ayer. Recibí una carta de la Asociación de Alumnos del Tecnológico de Georgia concediéndome la beca que había solicitado. Mis compañeros casi se mueren de risa.

Elaine se echó a reír. Él la tomó despreocupadamente del brazo y le ayudó a cruzar la calle.

—Yo estuve enamorada de un jugador de rugby —dijo.

—Pero no era tan bueno como yo.

—Era mucho más guapo. Todas las chicas de la escuela estaban locas por él. Naturalmente, me guardé mis sentimientos.

—Naturalmente.

—¿Por qué dices «naturalmente» de esa manera?

—Oh, no sé. No parece usted persona que se deje llevar por los impulsos.

—¿Por ejemplo?

—Por ejemplo, quizá se está preguntando qué hace paseando conmigo por la calle. Se está diciendo a sí misma que debe de estar loca al salir con un muchacho de mi edad. A propósito, Mrs. Yarborough, no he captado su nombre de pila.

—Elaine.

—Elaine, la rubia; Elaine, la bella; Elaine, la blanca doncella de Astelot.

—Es gracioso.

—¿Qué tiene de gracioso? Tennyson, lectura necesaria... Yo sufría.

—Lo sé. Pero hace muchísimo tiempo que nadie me decía eso.

Se abrieron paso por entre un apretado grupo de marineros. Ella le apretó el brazo con firmeza. Era fuerte. Vernon también era fuerte..., de otra manera. Vernon era seguridad.

—¿Por qué me ayudaste, Elaine?

—Oh, supongo que me recordabas a mi hermano pequeño.

—¿Sabes una cosa? Apostaría a que no tienes un hermano pequeño.

—Sigue, vas bien.

—Bueno, eres alguien importante en la cantina..., quizá presidenta de un comité. Eres la esposa de un oficial, de un oficial de Marina, diría yo.

—¿Qué te hace pensar eso?

—Se te nota aire de oficial de Marina.

—¿Esnobismo?

—No, es sólo esa altiva reserva.

—Sigue, eres un joven muy interesante.

—Bien, veamos. No eres de la Marina regular, eres de la reserva. Tu marido es, lo más seguro, abogado de alguna corporación. Quizás un banquero o un ejecutivo de agencia de publicidad.

—No eres tan listo, es contable titulado.

—La misma categoría; de los que acaban con úlcera.

—¿De veras?

—Sí. —Ella empezaba a sentirse incómoda, pero Danny continuó—: A lo mejor incluso perteneces a un grupo selecto y eres una inmaculada ama de casa con doncella. Ambiciones sociales.

—¿De veras?

—Te estás repitiendo. Escucha, me estoy mostrando rudo, y tú has sido muy buena conmigo.

—Debo de llevar un cartel.

—No, se nota en tus ojos, en tu vestido, en tu forma de hablar, en la forma como eliges las palabras. Te has educado a ti misma.

Elaine cambió de tema.

Sí, me he educado a mí misma. La única de las chicas Gursky que tuvo los arrestos de salir a obtener lo que deseaba. Cinco hijas..., cuatro casadas, pobreza, miseria, fracaso. Yo me eduqué para conseguir a Vernon Yarborough y ser su esposa. A la familia no le agradaba; él no se sentaba en el porche a beber cerveza en mangas de camisa ni discutía de béisbol como los otros yernos. Yo me he cultivado..., sus clubes, sus padres. Aprender a poseer lo que se desea. Vida planeada, paso a paso. La gente tiene que saber adónde va.

—Decías, Danny, que habías solicitado el ingreso en el Tecnológico de Georgia y llegó la guerra...

Caminaron a lo largo de muchas manzanas de casas y, luego, se apartaron de la calle principal para torcer por otra silenciosa y sombreada. Mientras paseaban, Danny le habló de Baltimore, de Kathy, de Forest Park..., de su deseo de hacerse ingeniero.

—Es curioso —dijo— lo rápidamente que se puede entablar una amistad. Acabo de conocerte y ya te estoy contando toda la historia de mi vida... ¿Quieres un pitillo?

—No debería fumar... en la calle.

—Toma.

—Gracias.

—Mira, Elaine.

—¿Qué?

—Al otro lado de la calle. Una pista de patinaje sobre hielo. Entremos.

—¡Santo Dios, no!

—¿Por qué no?

—Bueno, no he patinado desde hace años.

—Ahí tienes, ya estás resistiéndote a tus propios impulsos.

—Me parece que ya me he dejado llevar por suficientes para un solo día. Además, si vas a seguir atacándome..., entonces, dime, ¿por qué estoy en San Diego?

—Muy sencillo, porque es lo adecuado.

—¿Qué quieres decir con exactitud?

—Mira, no trato en absoluto de ser desagradable. Deja de provocarme.

—Quiero saber qué querías decir con eso.

—Está bien. Abandonar tu ambiente, establecerte aquí y esperar con fidelidad la llegada de los barcos es algo que está bien considerado en tu círculo. Quizás es la misma razón por la que tu marido se alistó. Apuesto a que sopesó con infinito cuidado qué era lo mejor para él. Mira, no sé lo que me pasa. No debería estar enfadado contigo, pero lo estoy... ¿Te ha dolido esto último?

Sí, dolía. Ella era inteligente. Una anfitriona inteligente, una inteligente promotora de su obtuso marido. Respetable. Un apartamento completo, la redonda mesa de roble, el pan de centeno y la sopa de coles. Un círculo pequeño y selecto, hacer lo adecuado en el momento adecuado. No le agradaba ser desnudada por un muchacho al que conocía desde sólo hacía unas horas. ¿Por qué no le daba una bofetada y se marchaba?

—Supongo que si se queda uno durante un tiempo lo suficientemente largo cerca de las esposas de oficiales, acaba lo bastante harto como para intentar cualquier cosa, como puede ser alistarse en el USO para alejarse de él. Y averiguar que hay un montón de tipos que no llevan cordoncillo de oro pero que son excelentes personas.

—Basta, Danny.

—Antes, yo solía ir a patinar a la pista de Carlin. Durante un invierno muy frío, se heló el estanque de lanchas de Druid Hill Park. En el centro del estanque hay una islita con un cobertizo y una gran chimenea. Llegaba uno allí medio helado y se sentaba delante del fuego a tomar chocolate caliente.

—Parece... parece muy divertido.

Y, después, aquella extraña punzada otra vez. Una excitante sensación de aventura al caminar junto a él. Sus palabras audaces, sus modales desenvueltos. Sereno y seguro de sí mismo. Por primera vez en muchos años, sentía como si se hubiera descorrido un velo ante ella. Se sentía como la atrevida muchachita que había vivido en una gran casa de tejado de madera en el South Side de Chicago. Y, luego, le asustó la forma en que él la estaba desviando de lo que era su comportamiento habitual.

Se sentía cansada y, por un momento, estuvo a punto de pasarle la mano por la cintura y apoyar la cabeza en su hombro.

—Danny.

—¿Sí?

—Será mejor que volvamos. Nos hemos apartado de nuestro camino.

—Está bien... Mira, hay una feria un par de manzanas más allá.

—Tengo que volver.

—Me quedan 75 centavos. Escucha, soy un hacha tirando pelotas a las botellas. Voy a ganar una muñeca para ti. Te debo un regalo.

La llevó hasta la taquilla y penetraron en el aura de luces que giraban a una velocidad vertiginosa, de ruido y de serrín, una masa de ondulantes gorros blancos y uniformes verdes y caquis. Él le puso un cucurucho de algodón de azúcar en la mano. Ella tomó un bocado y sonrió.

—Pasen, pasen. Ah, ahí viene un marine. Vamos, gana un premio para la señorita. Tres pelotas por sólo diez centavos...

—Sosténme la guerrera —guiñó un ojo—. No en vano me llaman el certero Forrester.

Se preparó con todo cuidado y lanzó la blanda pelota contra la pirámide de botellas de hierro. Falló por más de treinta centímetros.

—Hum, es la primera vez que me ocurre.

Ella echó hacia atrás la cabeza y rió. En los tres intentos, sólo cavó una botella.

—Está trucado —susurró él—, imanes.

—Tenme esto —dijo Elaine, devolviéndole la guerrera y los dos cucuruchos.

—Muy bien, adelante, señorita, dele una lección.

Ella lanzó las pelotas y se puso a saltar, gritando:

—¡He ganado!

—Sí, señor, todo el mundo gana. Eh, tú, marinero, prueba tu puntería...

Elaine se metió la muñeca bajo el brazo y se alejó, riendo todavía.

—Hace diez años, yo jugaba en un equipo femenino. No en vano me llaman la certera Gursky... Yarborough.

—Muy gracioso, muy gracioso.

—Quiero un perro caliente.

—Estoy sin blanca.

—Es a mi cuenta.

—Oh, mira allí.

—¿Qué?

—Una noria. No..., no, pensándolo bien, es demasiado alta.

—Vamos —dijo Danny.

Subieron y, desde la parte más alta, miraron hacia abajo. Elaine agarró con fuerza la barra y se acercó a él.

—No te me eches encima —dijo Danny—. Estoy tan asustado como tú.

—Hacía años que no me divertía tanto.

—¿Qué has dicho?

—Que... que esto le quita a una el resuello.

La noria se detuvo de pronto. Estaban a gran altura por encima de la multitud. Su barquilla se balanceaba a un lado y otro. Ella contuvo una exclamación, y Danny la rodeó con su brazo. Le parecía como si pudiera alargar la mano y tocar una estrella..., reinaba el silencio y el mundo quedaba muy lejos. Un día alocado, y terminando en las nubes. Le pasó el otro brazo en torno al cuerpo, y ella levantó la cara. La noria descendió. Él la besó, y giraron en un vertiginoso círculo vertical. Elaine le clavó los dedos en el brazo. Se echó hacia atrás. Él la volvió a besar. Las luces fulgurantes... los ahogados sonidos de la gente allá abajo..., subiendo y luego bajando en un movimiento que les daba vértigo. Luego, la noria se detuvo de pronto.

Se alejaron en silencio del blanco camino. Las luces y los ruidos los ensordecían. Ella se volvió, con una gran palidez en el semblante.

—Yo... siempre he deseado besar a una chica en una noria.

—Buenas noches, Danny.

—No me arrepiento, y tú tampoco.

Ella tenía miedo... de sí misma.

—En el tablón de anuncios de la cantina he visto que hay una excursión el viernes. Yo tengo permiso..., apuesto a que estás bien con pantalones.

—No quiero volver a verte más, Danny.

—Ven, te llevaré a la cantina.

—No, no...

—Hasta el viernes, pues.

Ella giró en redondo y desapareció en la oscuridad. Danny sacó del bolsillo su última moneda de diez centavos. La echó al aire y salió de la feria, silbando.

A Elaine le sentaban bien los pantalones. La esposa de Vernon Yarborough procuraba mantener atractiva su figura.

Caminó a lo largo de la hilera de camiones llenos de paja mientras iban subiendo a ellos hombres y mujeres risueños y el sonido de motores llenaba el aire. Miró su reloj y suspiró con desaliento.

—Hola, Elaine.

Se sobresaltó y giró en redondo. Él estaba detrás de ella.

—Casi no llego.

Se miraron larga e intensamente. Danny la cogió de la mano y la llevó hasta el último camión. La mano de Elaine temblaba. Con rápido y ágil movimiento, él la cogió en brazos y la elevó hasta el camión. Se instalaron sobre la paja, y ella se acurrucó en sus brazos.

La playa de La Jolla: un fuego de campamento, canciones, perros calientes de sabor acre. Las olas rompiendo en la orilla y un manto de estrellas en lo alto. Caminaron por la orilla del mar. Ella desaparecía en la guerrera verde de Danny, que se había puesto para combatir el frío. Y apenas si cruzaron una palabra durante la velada.

Después, el coche de ella se detuvo ante su apartamento, en el pulcro patio de un motel lleno de esposas de oficiales. Danny lo aparcó en su hueco y siguió a Elaine hasta la puerta. Ella la abrió, encendió la luz, y él cerró a sus espaldas. La habitación era Elaine, pensó. Una miniatura de su casa de Arlington Heights. Costosa, rígida, fríos recuerdos de la camarilla, el círculo selecto. Una hilera de libros, bellamente encuadernados y bien elegidos. Danny se aproximó y abrió uno de ellos. Como sospechaba, en la cara interior de la portada había una etiqueta adherida: *Ex libris Vernon Yarborough.* Se preguntó si él los habría leído.

—Ha sido una noche maravillosa —dijo ella—. ¿Te preparo una copa?

—Lo he dejado por la Cuaresma —respondió él recordando su único episodio con el licor. Hojeó el libro—. *Cyrano.* Tengo un amigo, Marion Hodgkiss, que siempre está leyendo, y me ha hablado de él. Dice que en la literatura moderna no hay nada tan bello como *Cyrano.*

—A mí me gusta... Hace años que no lo leo.

—Una vez, tuve un profesor que solía leernos a Shakespeare. Nunca habrás visto cosa parecida, la forma en que podía mantener a cuarenta chicos quietos y escuchándole extasiados. Un buen maestro es como un buen médico, supongo..., en la medida en que pueda haber auténtica bondad sobre la Tierra. No sé qué es lo que me ha hecho acordarme de él.

Sus ojos se posaron en una fotografía colocada encima de la biblioteca, un oficial de Marina. Immaculado e impecable en su uniforme. Afeitado con pulcritud, bien peinado, de expresión grave, rígido, ceremonioso y aburrido. Miró a Elaine. Era la esposa de otro hombre. Resultaba extraño. Él estaba en el cuarto de estar de ese hombre... y había besado a su mujer. Danny alargó la mano y volvió la fotografía de cara a la pared.

—No tiene ninguna gracia. No deberías haber hecho eso.

—No podría soportar tenerle ahí mirándome cuando te bese.

—No.

—Lo siento.

—Danny —murmuró ella—, ¿en qué estás pensando?

—No creo que te agrade saberlo.

—Dímelo.

—Estaba meditando en cómo me representaba a mi mujer. Siempre he pensado dedicarme a un oficio relacionado con la construcción; un túnel, o quizá una carretera a través de las montañas. Alaska quizás, o los Andes. Pensaba en que caminaba bajo una tormenta de nieve y llegaba por fin a una cabaña cálida y acogedora. No es un lugar elegante, pero sí confortable, como sólo puede conseguirlo una mujer, con un gran fuego, y ella allí, de pie, con pantalones vaqueros y un grueso jersey de lana. Yo la tomaba entre mis brazos y decía: «¿No resulta estupendo no ser como los demás? El año que viene estaremos en ese trabajo de China..., después, en México o en los nuevos yacimientos de petróleo..., el mundo es nuestro, y vamos y venimos por él a nuestro antojo. Sin conveniencias sociales..., sin nada que nos vuelva rancios. Tal vez nos hagamos una casita en Baltimore y encontremos tiempo para tener unos chiquillos y, cuando tengan edad para gatear, emprender la marcha de nuevo. ¡Que aprendan a vivir en libertad!» Lo siento, Elaine, ese fuego de campamento me ha puesto melancólico.

—Parece..., parece maravilloso; es una chica con suerte.

—Es una guerra larga.

—Siento como si tuviese una bala de paja en la espalda —dijo ella—. ¿Te importa que me cambie?

—Adelante.

Continuaron hablando a través de la puerta entreabierta mientras él hojeaba varios otros libros. Por debajo de la camisa, se le estaba clavando en la piel alguna brizna de paja. Se quitó la guerrera, la camisa y la camiseta y se sacudió la paja del cuerpo. Apareció en el umbral Elaine Yarborough. Una bata fina y blanca descendía en leves pliegues hasta el suelo. Los negros cabellos caían sobre sus morenos hombros. Él tenía la camisa aún en la mano, y la miró. Cada uno oía la profunda respiración del otro, de extremo a extremo de la habitación. Ella era la esposa de otro hombre..., resultaba extraño, muy extraño. Avanzó hacia él. Danny podía ver los pezones de sus pechos a través de la fina seda.

—Tenía unas briznas de paja en la espalda... Yo...

Elaine extendió la mano, tocó con ella la desnuda piel de su hombro y la deslizó sobre su pecho con suavidad. Danny dejó caer la camisa y abrazó a Elaine.

—Eres fuerte, querido.

—No hables.

Intercambiaron ardientes besos. Elaine apoyó la cabeza sobre su pecho. Él la levantó en brazos y ella se desvaneció de pasión.

—Danny..., Danny —murmuró.

Éste se dirigió hacia la puerta del dormitorio y la abrió con el pie. La depositó con lentitud sobre la cama y, después, se tendió a su lado y volvió a estrecharla con fuerza contra su cuerpo. Violentamente, ella se arrancó la bata y le tiró a Danny de la hebilla de los pantalones. Sus cuerpos parecieron fundirse el uno en el otro; Elaine le clavó las uñas en la carne.

—Oh, Dios..., Dios..., Dios... —decía, con ritmo monótono, interminable.

VIII

Durante las semanas siguientes la clave empezó a sonar como un gemido ineludible en los oídos de Danny. Las lecciones, antes aprendidas con facilidad, se tornaron difíciles, y la fascinación de la radio se convirtió en aburrimiento. Una especie de bruma descendió sobre él. Un impulso irresistible le empujaba a los brazos de Elaine... y, al mismo tiempo, un sentimiento de culpabilidad le hacía desear romper con ella. Aquello era malo. Malo para los dos. Todo lo que conocía se lo decía así. Pero se vestía de manera automática y cruzaba la puerta principal hasta el coche que aguardaba, como un imán. Cada dos noches, Ski se acostaba en la litera de Danny para encubrirle durante la revisión nocturna. Ski trataba el asunto con pasivo silencio. Despreciaba a Danny por no tener la fuerza o la voluntad necesaria para mantenerse fiel, como hacía él con Susan. Pero eran compañeros y le daba a Danny en silencio su tarjeta de permiso y protegía sus ausencias. No había ya reuniones de grupo con los demás. No había peleas ni intercambios de insultos. Hablaba poco con los otros.

Elaine Yarborough abandonó el USO. Se endureció e hizo oídos sordos a los helados cuchicheos de las mujeres de la Marina. Dejaba que les despreciaran, a ella y a su amante. Quizás era envidia, quizás era eso. Sucumbió a él, extasiada, como la adoradora de un héroe. Poco a poco, la rígida tradición clandestina de casta edificada en su matrimonio con Vernon se marchitó en brazos de Danny. El joven marine dominaba todos sus pensamientos, todos sus actos. El pasado se desvanecía o no lograba atravesar la nube en que vivía. En un *nightclub*, en una cita al borde de la carretera, en la playa, en su apartamento, ella lo observaba, hechizada.

> *Querido hijo:*
> *Comprendo lo ocupado que debes de estar, y prometí no importunarte demasiado. Pero han pasado dos semanas desde que recibimos carta tuya. ¿Estás enfermo o te han trasladado de la escuela?*
> *Sé que tiene que haber alguna razón lógica, hijo. No me agrada insistir, pero debes comprender lo importantes que son tus cartas para nosotros.*
> *¿Por qué no nos llamas, a cobro revertido naturalmente? Estarás libre a eso de las seis de la tarde..., que serán las nueve para nosotros. El viernes por la noche esperaremos todos...*
> *Si te has metido en alguna clase de lío, me sentiría mucho mejor si quisieras confiar en mí...*

Danny se incorporó en la cama con lentitud, bostezó y se estiró. Ella estaba acurrucada bajo las mantas y entreabrió un ojo. Vio tensarse un músculo en su espalda y ronroneó como un gato.

—Santo Cristo —exclamó él—. Se me ha hecho tarde. Eh, Elaine, despierta.

—Déjame. Voy a pasarme todo el día durmiendo.

—Y un cuerno; vas a llevarme a la base. Levántate.

—Oh, ¿tengo que hacerlo? —gimió ella. Se puso de espaldas y lo miró—. Ven aquí, Danny, chiquito.

—No me llames Danny chiquito.

—Ven con mamita.

Le hizo echarse junto a ella y apoyar la mejilla en sus senos.

—No me llames Danny chiquito.

—Me gusta gastarte bromas.

Él le besó la mano y cerró los ojos. Elaine suspiró y le pasó los dedos por la dura carne. Vernon era blando y gordezuelo. Tan soso, tan desprovisto de imaginación, tan rutinario, tan cumplidor. Por las mañanas, ella yacía en la cama, fría e irritada, insatisfecha, con el sentimiento de no ser apreciada. Él era blando. Intentaba hacer ejercicio en el club, pero en la cintura se le marcaba un ostensible aro de grasa.

Danny retiró las sábanas, la hizo volverse y le dio una palmada en las nalgas.

—Vamos, mujer, levántate y prepárame algo para desayunar.

La empujó con el codo hasta hacerla caer al suelo. Ella se levantó, cogió una manta y se tapó rápidamente.

—No deberías hacer eso, Danny.

—¿El qué?

—Mirarme.

—¿Por qué no?

—Porque me azara.

—Diablos, si yo tuviese tu cuerpo, me pasearía por Broadway completamente desnudo.

—Danny, no digas esas cosas.

—Date prisa, ¿quieres? No voy a llegar a la hora de diana.

Entró en los barracones y abrió su taquilla, mientras el resto de los hombres se vestían lentamente.

—Ajá —exclamó L.Q.—. Aquí viene el gran Dan Forrester. S.O.S., el desayuno de los marines, os trae un nuevo capítulo de las excitantes aventuras del gran Dan Forrester, ¡*SUPERMARINE!*

—Muy gracioso.

Danny escupió mientras se echaba la toalla al hombro y se dirigía a grandes zancadas hacia los lavabos. Detrás de él, sonó un coro de carcajadas.

—¿Qué ocurre, Danny, te has enfadado? —Andy Hookans se situó ante el lavabo contiguo al suyo.

—No le veo ninguna gracia, eso es todo.

—No puedes reprocharles que te tengan envidia. Ése es un coche fantástico. Además, se sienten frustrados. Llevan una semana haciéndote la petaca y tú nunca llegas hasta la diana.

Danny se enjabonó la cara en silencio.

—Olvídalo, sólo están bromeando.

—Quizás un buen puñetazo en la boca le hiciera a L.Q. mantenerla cerrada.

—Yo no me enfadaría con L.Q. Contestó por ti al pasar la lista.

—¿Qué quieres decir? No pasan lista hasta dentro de veinte minutos.

—Anoche tuvimos ejercicio de alarma aérea. El sargento estaba mirando a Ski. L.Q. contestó por ti.

—Lo..., lo siento. Supongo que me he dejado llevar por la ira, Andy.

—Será mejor que bajes el pistón, Danny —continuó Hookans. Su rostro mostraba una expresión preocupada—. No queremos que te expulsen de la escuela.

—Sí..., gracias..., oh, maldita sea —se hizo un corte en la barbilla.

—Olvídalo cuando estés en clase.

—No puedo.

—Sé lo que estás pensando. Te equivocas. Bueno, si tú no te la estuvieras tirando, habría otro tipo en su cama.

—Ella no es una zorra.

—Ya, ya sé. Ninguna lo es. Pero todas tienen que joder.

—Cuando tú caigas, quiero estar allí, Andy.

—Descuida. Aún no ha nacido la tía que pueda hacerle al viejo Andy llegar tarde a la lista.

El sargento Hale se hallaba sentado en su pupitre al frente de la clase. Tenía la cabeza apoyada en un brazo mientras miraba el libro. Su mano derecha accionaba el pulsador, enviando puntos y rayas a los auriculares de los treinta hombres sentados a los pupitres que tenía delante.

ASPFK KMTJW URITF LZOCC KPZXG HNMKI LOQEI TZCOV DERAP NOWSS DEBZO

Pulsando unas quince palabras a menos velocidad de la habitual abrió los ojos para combatir la monotonía. Mientras transmitía la clave, la estancia se hallaba llena del tableteo de máquinas de escribir sonando casi al unísono. Volvió la página y miró a las filas de hombres. Uniformes caqui esmeradamente planchados, pañuelos de campaña y relucientes alfileres de combate. Jóvenes de pelo corto; una lenta recuperación del rapado del campo de reclutas.

El sargento bostezó.

—Bien, ahora practicaremos los números, seis palabras por minuto. 20034 38765 23477 88196... Sonó la campana poniendo fin a las clases del día. Se elevó un suspiro de alivio mientras los hombres se quitaban los auriculares, se frotaban las orejas y sacudían la cabeza como para borrar los puntos y las rayas. Se pusieron de pie y se estiraron.

—Zvonski y Faro, presentaos de nuevo después del rancho. Tendréis que dar una hora más de clave cada noche durante esta semana para compensar el examen.

—Maldita sea —exclamó el indio—, tengo una *squaw* preciosa en Dago, sargento.

—Si no aprendes esta clave, Faro, te enviaremos a los venturosos terrenos de caza.

Danny dio a Ski una palmada en la espalda.

—Bueno, de todas formas no ibas a ninguna parte. Vamos a lavarnos para la cena.

Marion se reunió con ellos cuando salían del edificio.

—Mala suerte, Ski.

Danny y Ski encendieron un cigarrillo mientras se dirigían a sus barracones a lo largo de los soportales.

—Yo entiendo lo que se transmite. Pero siempre que me pongo a mecanografiarlo, me equivoco de tecla o algo parecido. ¿No me expulsarán, verdad?

—Deja de preocuparte —dijo Danny—. Esta noche nos fumaremos el cine y trabajaremos en el lavabo después del toque de silencio.

—Yo colaboraré si quieres —se ofreció Marion.

Dieron la vuelta a la esquina en el extremo más lejano de la base y vieron un pelotón de alumnos de la Escuela de Marina. Los hombres, vestidos de azul, movían sus rifles como si fuesen robots. Todo el mundo se paraba a mirarlos.

—Mira esos bastardos —dijo Ski—, todos miden más de uno ochenta.

—Supongo que ahí es donde están todos los uniformes azules del Cuerpo.

—Desde luego, saben desfilar.

—Es curioso —dijo Danny, abriendo la puerta del barracón—, hasta llegar a San Diego, yo ni siquiera sabía que los marines llevaban uniforme verde.

—¿De veras? —preguntó Marion.

—Tengo que reconocerlo. Cuando yo era pequeño, en Baltimore, los marines de Quantico venían todos los años a jugar contra los bomberos. Daban permiso de fin de semana a toda la base para asistir al partido. Aquellos tipos eran auténticos gigantes. Recuerdo el aspecto que tenían, todos ataviados con sus uniformes azules..., parecían una especie de dioses, supongo. Todos los chicos solíamos quedarnos fuera del estadio y los veíamos salir, con una chica de cada brazo y media docena siguiéndoles. El Cuerpo ha cambiado, desde luego.

Ski tiró sus libros sobre la litera y se tumbó.

—Tengo que relajarme más cuando llevo puestos los auriculares.

—Yo tengo que estudiar después de cenar —dijo Danny—. Te veré después de tu última clase. Necesito unas cosas del almacén. Y... y tengo que telefonear también a Baltimore.

—Te vas a gastar toda la paga.

—Mi padre me decía por carta que pusiera la conferencia a cobro revertido.

Marion pasó por delante de ellos con sus útiles de limpieza.

—Venga, vamos a lavarnos antes de que toquen fajina.

Danny y Marion se apoyaron contra la pared exterior de la clase de Ski, esperando que terminara la sesión nocturna. Danny se acercó a una máquina expendedora, introdujo una moneda y recogió una manzana grande y jugosa. Pasó un oficial. Se cuadraron y saludaron. El oficial les devolvió el saludo.

—Este lugar es demasiado formalista —dijo Danny.

—La Base de Marina es como un lugar de exhibición —respondió Marion.

La base estaba construida en torno a una alargada edificación con arcadas de estilo español y una galería que corría a lo largo de kilómetro y medio junto al patio de instrucción. Más allá de éste, varias tiendas de campaña provisionales y los arenosos terrenos se extendían hasta la bahía. A lo largo de las arcadas, los barracones y edificios de la Base. Más allá de estos edificios estaban los terrenos reservados a los oficiales, los economatos, campos de deportes y edificios administrativos perezosamente reclinados en curvadas calles, en jardines, palmeras y céspedes inmaculadamente cuidados. En un extremo del patio de instrucción estaba la Escuela de Transmisiones y, cerca de ella, la Escuela de Música de Campaña. En el extremo opuesto, la entrada al campo de reclutas. Éste era una zona de acceso restringido, y a nadie le importaba. La base era el epítome de la costumbre y la cortesía militares. Allí un marine tenía que ir planchado, almidonado, reluciente y llevar bien cortado el pelo.

Faro y Ski salieron lentamente del edificio, sacudiéndose de la cabeza las últimas andanadas de claves.

—Cristo, estoy mareado.

—Vamos, os hemos estado esperando.

—Maldito si puedo entender la forma de este hombre blanco de enviar un mensaje. Yo y el comandante Bolger tenemos que hablar... Le enseñaré cuánto más fáciles son las señales de humo —dijo el indio.

—Vamos al economato. ¿Venís? —preguntó Marion.

—No, yo voy a ir al cine. Ponen una de indios y cowboys. —Faro empezó a cruzar el patio de instrucción—. Os veré a la luz del sol naciente, rostros pálidos.

—Me hace gracia ese tipo —dijo Ski—. Siempre procurando parecer indio.

Echaron a andar y pasearon por los soportales, atentos a la posible aparición de un oficial para saludar. Entraron en el economato, hicieron sus compras y encontraron tres taburetes libres en el puesto de refrescos.

—Pedid para mí. Voy a hacer mi llamada telefónica —dijo Danny, entrando en una cabina próxima.

Volvió al poco rato.

—Tardarán unos diez minutos en ponerme línea con Baltimore.

Bebieron sus gaseosas.

Luego, todos los ojos se volvieron hacia el hombre alto y delgado que acababa de entrar. Se hizo el silencio. Sus grises ojos dirigían penetrantes miradas en derredor mientras se dirigía al mostrador y pedía algún útil de afeitar.

—Es el coronel Coleman, el jefe de las tropas de asalto —susurró Danny.

—He oído que está formando un nuevo batallón —añadió Marion.

—Espero que no mire hacia aquí. No quiero formar parte de esos locos bastardos.

—Y que lo digas.

—Faro ha tenido suerte en no venir —reflexionó Marion—. Coleman lo habría reclutado en seguida como explorador indio.

—He oído decir que los de asalto duermen en el suelo. No les dan cama.

—La otra noche, volvía yo a eso de la una, y ellos estaban haciendo instrucción por los arenales. Y no les dan permiso nunca.

—Hombre, cuando uno de ellos camina en mi dirección, yo me hago a un lado. ¿Has visto alguna vez los cuchillos y material para estrangular que llevan?

—Hay que estar chiflado para presentarse voluntario a esa unidad.

El coronel Ed Coleman recibió su cambio y se dirigió al puesto de refrescos. Marion, Ski y Danny agacharon la cabeza sobre sus gaseosas. Se sentó en un taburete junto a Hodgkiss.

—Buenas noches, marine —dijo con lentitud.

—Buenas noches, señor —murmuró Marion—. Bueno, os veré luego, muchachos.

Salió apresuradamente del economato.

Coleman bebió una Coca-Cola y se dirigió a la cabina telefónica.

—Disculpe, señor —dijo Danny—, pero estoy esperando una conferencia por ese teléfono.

—Perdona. —Coleman se encaminó a otra cabina.

—¿Estás loco? ¿Por qué diablos hablas así?

—Lo único que he dicho...

—No hables así a ese hombre, me pone nervioso.

Sonó el teléfono. Danny entró en la cabina.

—Oiga..., sí, aquí Forrester.

—Le pongo su conferencia con Baltimore, Maryland.

Cerró la puerta.

—Hola, hijo. ¿Me oyes, Danny?

—Sí, papá.

—¿Estás bien, hijo? ¿Estás metido en algún lío?

—No, es sólo que he estado muy ocupado. Mandaré una carta esta noche.

—¿Estás bien?

—Estupendamente.

—Le hemos dejado a Bud quedarse levantado. Se me está colgando del brazo.

—Hola, Buddy.

—¡Danny... Danny... Danny!

—Hola, renacuajo. ¿Estás siendo buen chico?

—Danny, recibí la gorra que me mandaste. La llevo puesta. Consígueme pronto una espada japonesa. Le dije a mi profesor que llevaría una a clase.

—Haré lo que pueda.

—Hola, hijo. Ya vale, Bud..., está bien, sólo una palabra más.

—Buenas noches, Danny.

—Buenas noches, renacuajo. Sé bueno.

—Hola, hijo..., soy mamá.

—Hola, mamá.

—¿Te tratan bien, hijo? Soy presidenta de la Sección local de la Asociación de Madres. ¿Te hacen desfilar bajo la lluvia, hijo? He oído cosas terribles sobre la forma en que tratan a nuestros muchachos.

—Todo va de maravilla. No te preocupes, me tratan bien.

—¿Has perdido peso, Danny?

—Lo he ganado.

—Te echamos mucho de menos, Danny. Sé buen chico y escribe más a menudo.

—De acuerdo, mamá.

—Un beso, hijo.

—Buenas noches, mamá.

—Hola, Danny... Papá otra vez. ¿Cómo va todo?

—Estupendamente.

—¿Seguro?

—Sí.

—¿Alguna posibilidad de que puedas venir de permiso?

—No lo sabré hasta que haya terminado la escuela y me integre en una unidad regular, papá.

—Ánimo, muchacho, todos te apoyamos, hijo.

—Sí.

—Tengo una pequeña sorpresa...

Danny oyó ruido de gente moviéndose. Sonó el leve chasquido de una puerta al cerrarse.

—Hola..., ¿Danny?

El corazón le latió con fuerza.

—Kathy —murmuró.

—Yo..., yo..., ¿estás bien? —Él cerró los ojos y se mordió el labio—. Hace mucho que no recibo carta tuya.

—Kathy... Te quiero, Kathy.

—Oh, Danny. Te echo mucho de menos.

—Escucha, nenita... Tenía un pequeño problema..., pero ya ha terminado.

—Lo nuestro sigue, ¿verdad, Danny?

—¡Sí, sí! Tienes que saberlo, nenita. Te quiero con todo lo que tengo..., tienes que comprender la sinceridad con que lo digo.

—Yo también te quiero..., te quiero mucho.

—Ha terminado su tiempo. Por favor, indiquen el final.

—Cuídate, querido.

—No te preocupes, cariño.

—No..., ya no. Dilo otra vez, Danny.

—Te quiero, Kathy.

—Buenas noches, querido. —Él se tocó la mejilla al oír su beso.

—Buenas noches, nenita.

Ski se apoyó en la cabina y miró al interior. Vio cómo se enternecían los ojos de Danny mientras cuchicheaba en el micrófono. Se abrió la puerta; salió y se detuvo unos instantes en silencio. Luego, se volvió a su amigo.

—¿Por qué no llamas a Susan?

—¿Cuánto costará?

—Unos tres pavos.

—Me gustaría, pero... Será mejor que lo ahorre.

—Te presto yo la pasta.

—No.

—Escucha, Ski. Somos camaradas, ¿no?

—Sí.

—¿Por qué no me dejas que escriba a mi padre, como he dicho antes?

—No.

—Te digo que sólo sería un préstamo. Ella trabajará cuando llegue aquí, y me lo puedes devolver entonces.

—No quiero que sea de esa manera. Ya tendremos tiempo.

—No me gusta verte sufrir, Ski. No vas a Dago, y te pasas todo el tiempo sentado y pensando en ello.

—No comprendes, Danny.

—¡Por los clavos de Cristo! ¿Crees que me agrada verte lustrar zapatos por diez centavos, limpiar rifles y planchar camisas por unas monedas?

—Déjalo.

—Está bien, es tu vida.

—No te enfades. Es sólo que no quiero limosnas.

Danny le dio una palmada en la espalda.

—Volvamos a los barracones a estudiar.

Salieron del recinto del economato y caminaron de nuevo por los soportales. Silbaba el viento por el patio de instrucción.

—Empieza a refrescar.

—Estoy pensando —dijo Ski, mientras caminaban con paso vivo—. Quizá pueda ingresar en los paracaidistas. La paga es allí un cincuenta por ciento más.

—Quisiera que me dejases escribir a mi padre.

—No.

Marion corrió hacia ellos, jadeante.

—¡Ski, Ski! Acaba de llegar la noticia. El Congreso ha aprobado la ley de retribuciones... ¡con efectos retroactivos!

—¡Desde la indigencia absoluta hasta la opulencia de triple paga! Lo que te decía, Danny, lo que te decía. La haré venir aquí dentro de nada.

—Tengo que encontrar a L.Q. para decírselo —dijo Marion, que continuó su carrera.

—Cristo, 54 pavos al mes. ¡Somos millonarios!

Saludaron a un oficial que pasaba.

—Calcula cuánto voy a cobrar con los atrasos, Danny. Calcúlalo.

—Veamos...

—¡Danny... Ski!

Se volvieron en redondo. Era Milton Norton.

—Eh, profesor, ¿has oído lo de la ley que han aprobado?

—Sí, es estupendo, ¿eh? Os he estado buscando por todas partes. Quería despedirme. Los Zapadores van a marchar.

—¿De verdad?

—Sí, acabo de enterarme. Estamos ya en el plazo de 24 horas de disponibilidad.

—Diablos —dijo Danny—, eso podría significar una semana.

—No creo.

—Supongo que eso quiere decir que no hay permisos, Nort.

—Supongo. Así son las cosas, Danny —dijo Norton, encogiéndose de hombros.

—Bueno, buena suerte, profesor. —Ski le tendió la mano.

—Ski.

—Sí.

—Ese ofrecimiento que hice de que Susan se alojase con mi mujer, sigue en pie.

—Gracias de todas formas. Calculo que dentro de un par de meses habré ahorrado lo suficiente para hacerla venir.

—¿Tienes idea de adónde vas?

—En el Cuerpo es inútil intentar saberlo. Probablemente, ni ellos lo conocen. Tengo el presentimiento de que quizás intentemos un ataque para impedir nuevos avances hacia Australia. Radio Macuto dice que la Primera División está ya en marcha.

—Una invasión...

—Bueno, eso no nos preocupa ahora.

—Vamos, Norton. Te invito a una gaseosa.

—De acuerdo.

—Disculpadme a mí —dijo Ski—. Será mejor que me aplique con esos libros antes del toque de silencio. Buena suerte otra vez, profesor.

Se estrecharon calurosamente las manos, y Ski se alejó a lo largo de la arcada.

Danny y Nort encontraron una caseta vacía.

—¿Cómo te sientes? ¿Excitado? —preguntó Danny.

—Algo así.

—Yo..., yo esperaba que los Zapadores permanecieran aquí el tiempo suficiente para que yo saliera de la escuela. Pensaba que quizá pudiese alistarme yo también ahí.

—Creí que querías entrar en el Sexto de marines, ahora que ha vuelto de Islandia.

—Bueno, habría sido bonito estar los dos en la misma unidad, Nort —sorbió por su paja—. Si acabamos separándonos, siempre puedes encontrar mi dirección en Baltimore. Quiero que continuemos en contacto.

—De acuerdo.

Danny vació el fondo de su vaso, hundió la cuchara en el helado y tomó un poco con aire distraído.

—¿Algo marcha mal, Danny?

—Diablos, ya tienes bastante en qué pensar sin necesidad de oír mis historias.

—¿De qué se trata, muchacho?

—Nort —prorrumpió—, esta noche he hablado con Kathy. Yo estaba contento con la forma en que se han ido desarrollando las cosas durante el último par de semanas. Estaba empezando a sentir que la iba olvidando. No me gustaba emborracharme como aquel domingo en que me prestaste tu tarjeta de identidad. Pero el oír su voz me ha impresionado. Sólo estoy engañándome a mí mismo, Nort. La quiero demasiado como para poder dejar de quererla jamás.

Bajó los ojos y dio unos golpecitos sobre la mesa con la cuchara.

—Comprendo —murmuró Norton.

—No puedo seguir luchando contra ello, Nort.

—Me alegro, Danny.

—Pero esa Elaine me tiene desconcertado.

—¿Por qué?

—Podría comprenderlo si fuese una buscona. Pero, maldita sea, Nort, cualquiera se sentiría orgulloso de tener una esposa como ella. Empezó desde la nada, familia pobre, un montón de hermanas, se casó por dinero. Es fría y calculadora, desde luego..., pero tiene una cabeza sobre los hombros. Y, además, posee todo lo que una mujer podría pedir en el mundo..., dinero, belleza, ambición, posición.

—¿Y qué tiene eso que ver...?

—Todo. Podría ser Kathy o...

—¿O mi mujer?

—Sí.

Norton dio una chupada a su cigarrillo.

—Sí, podría serlo.

—Nort, ¿has pensado alguna vez en la posibilidad de que otro hombre se acueste con tu mujer?

—A un hombre no le agrada pensar en eso, pero supongo que no puede impedir que la idea cruce a veces por su mente.

—Cuando estoy con ella, pienso: ¿Y si fuese Kathy? Si puede ser Elaine, podría ser Kathy. La idea de que otro hombre..., te aseguro que puede volverle loco a uno.

—Un momento, Danny. ¿Lo crees realmente de Kathy? ¿Lo crees?

—No —respondió—. No.

—¿No puedes romper con Elaine?

—Quizá no pueda.

—No importa en absoluto cuánto dinero ganó su marido, ni a qué escuela fue ni quiénes son sus amigos. Los burdeles están llenos de universitarias. Hay un millón de esposas como Elaine Yarborough. Ha vivido en un ghetto, en un círculo de aburrimiento. Consciente o inconscientemente, quiere escapar. Algunas mujeres lo hacen a través de baratas historias de amor que publican las revistas femeninas, otras viven en un mundo de fantasía, otras ingresan en clubs femeninos, algunas presionan a sus maridos más allá de su capacidad. Es la frustración de la edad, Danny. Contemplan sus vidas estancadas y al compromiso que llaman marido. Y tienden la vista hacia los años que les esperan, seguir existiendo, desaparecidas ya las promesas de la vida..., y llega una guerra, Danny. Una mujer como Elaine Yarborough huye del círculo vicioso en el que está y llega a una ciudad llena de caos e histeria. Por un momento se siente libre... y aparece entonces el príncipe azul.

—Maldito si me siento un príncipe azul.

—Oh, muy gracioso. Un amante joven y atractivo, entonces. Y estallan todos los años de frustración. Por un momento fulgurante y arrebatado, olvida sus años de simulación y es ella misma... Diablos, muchacho, es una vieja historia. Volverá con Vernon Yarborough. Está acostumbrada a la comodidad.

—Así que sólo soy una pieza en un complejo de frustración. O, como dice Andy, algún otro tipo estaría acostándose con ella si no lo hiciese yo.

—Esta situación es sólo un intermedio. Las familias, antes estables y sólidas, están sufriendo una auténtica conmoción y mujeres como Elaine no pueden por menos de comportarse de manera alocada.

—¿Y tu mujer, y Kathy?

—Las fuertes encuentran valor. Yo ruego, y tú también, porque tengamos algo más que ofrecer. Que podamos construir, sobre el interés mutuo, algo más profundo que el dinero o el sexo. En otras palabras, amándola durante todos y cada uno de los minutos de cada día, y diciéndoselo, y haciéndole saber que ella es lo más importante en la vida de uno. Nunca des por sentado su amor, muchacho. Gánatelo. Oh, claro, yo digo que no podría pasarme a mí, aunque supongo que sí. Pero, con toda franqueza, creo que Gib y yo somos una parte demasiado importante el uno del otro como para que nuestro matrimonio pueda verse perjudicado por una cosilla como una guerra.

—Ella tendría que estar loca para herir a un tipo como tú, Nort. Así que al diablo con los Vernon Yarborough, y tres hurras por ti y por mí.

Danny sonrió, y se pusieron en pie. Pasó el brazo por los delgados hombros de Nort mientras caminaban con lentitud por el patio de instrucción hacia las tiendas de los zapadores.

—¿Cuál es el resultado, Nort?

—¿Qué es lo que intento conseguir, Danny? Es fácil, paz de espíritu.

—Paz de espíritu —susurró Danny—. Paz de espíritu. Haces que todo parezca condenadamente sencillo. Eso es lo que me gusta de ti.

—Parece sencillo, pero a veces no es tan fácil de lograr.

—¿Nort?

—Sí.

—¿Hay curso de ingeniería en Penn?

—Supongo que sí, ¿por qué?

—Oh, parece muy lejano, pero estaba pensando en que me gustaría sentarme en un aula después de la guerra y escuchar tus rollos.

—¿Cómo rollos? Has de saber que yo sólo enseño conforme a los métodos más recientes y acreditados.

Danny hizo girar su vaso, de modo que los cubitos de hielo tintinearon contra el cristal. Miró por la ventana del «Skyroom Cocktail Lounge» la panorámica de San Diego que se extendía abajo. Reinaba un ambiente silencioso, confortable y acogedor, en el último piso de aquel hotel.

—Debería estar enfadada, Danny —dijo Elaine—. He estado esperando más de una hora en la puerta.

—Telefoneé, pero ya te habías marchado. Anoche me fue imposible conseguir permiso. —Levantó una pierna sobre el asiento de cuero y continuó mirando hacia abajo.

—¿Algo marcha mal?

El joven no respondió. Ella sacó un cigarrillo con gesto nervioso y observó unos momentos a Danny.

—¿Por qué no viniste anoche?

—Tenía que estudiar...; además, estaba hecho polvo.

—Sabes que eso no supone ninguna diferencia.

—Para mí, sí.

—¿Danny?

—Sí.

—Hemos fracasado, ¿verdad? —preguntó ella, en voz baja.

Danny se volvió, miró sus ansiosos ojos y asintió con la cabeza. Elaine aplastó su cigarrillo en el cenicero y se mordió el labio.

—Eso completa el círculo. Danny Forrester, muchacho americano. Sabía que acabarías alcanzándote a ti mismo tarde o temprano.

Apuró el vaso, lo depositó con cuidado sobre la mesa y jugueteó con él.

—¿Esa chica..., Kathy?

—Sí.

—¿Qué dirías si te dijese que voy a tener un hijo?

—Eres demasiado lista para eso, Elaine. Los dos sabíamos que esto terminaría tarde o temprano. No irás a hacer una escena, ¿verdad?

—Claro que no, querido —respondió ella, con gesto seco.

—Supongo que no hay mucho que decir.

—Crees que soy una fulana, ¿verdad, Danny?

—No.

—No seas amable.

—Cualquier hombre sería afortunado de tenerte a ti por esposa. Supongo que es sólo una de esas cosas que ocurren y que nunca habrían pasado si el mundo estuviera en su sano juicio.

—¿Sabes lo que iba a hacer cuando tú me has dicho esto? Iba a empezar una pelea, Danny. Iba a hacerte una escena. Por un momento, nada me importaba, Vernon, Arlington Heights..., nada. Quería ser la chica de la cabaña de los Andes. Supongo que todas las mujeres desean esa clase de cosas...

—No, Elaine, por favor.

—¿Podrías verme en una choza cubierta de nieve en las montañas? No, supongo que ninguno de los dos puede... Yo... quiero irme a casa y esperar. Huir de esta maldita ciudad.

—¿Quieres otra copa? El camarero nos está mirando.

—No.

Él tamborileó con los dedos sobre la mesa, desasosegado.

—Danny, esta noche... ¿despedida?

Negó con la cabeza. Elaine se volvió, sacó un pañuelo del bolso y se lo llevó a los ojos.

—Quizá debiera salir y emborracharme. Quizás algún otro marine se compadeciese de mí.

Sintió en el hombro la presión de su mano, joven y fuerte. La mano lo apretó con suavidad y, aun a su pesar, sintió que un estremecimiento le recorría el cuerpo. Se enjugó los ojos y levantó la vista. Él se había ido.

SEGUNDA PARTE

PRÓLOGO

Al cabo de unas semanas, el comandante Huxley nos llamó a todos los veteranos a su despacho. Ya era hora.

Burnside, Keats y yo habíamos tenido, al principio, más esperanzas con respecto a los radiotelegrafistas. Pensábamos que obtendríamos lo mejor de la hornada, si es que había algo bueno. Aguardamos ansiosamente cuando corrió la noticia de que la Clase 34 se graduaba en la Escuela de Transmisiones, en la Base, y que esa parte iba a sernos enviada. El único radiotelegrafista de que disponíamos era Spanish Joe Gómez. Lo teníamos clasificado como buscalíos.

Bueno, pues resultaron una tremenda decepción. La tarea que se nos presentaba a los veteranos parecía imposible. Eran unos tristes remedos de marines, y mucho menos de radiotelegrafistas. Ninguno podía transmitir ni recibir a mi velocidad, y yo no era ya el del principio.

¿Qué teníamos? Un tejano de hablar pausado, un corpulento sueco, el chico Forrester, el Alfeñique, L.Q. el Payaso, Marion Hodgkiss con su estrafalaria música, Macutos, el granjero, y aquel indio. ¡Vaya pandilla! Burnside se pasó borracho toda una semana. Gunner Keats trató de conseguir un traslado. Sam Huxley gimió sin disimulos cuando los primeros problemas empezaron a complicarse.

—Es probable que estéis pensando lo mismo que yo —dijo—. ¿Cómo diablos vamos a ganar la guerra con estos inútiles?

Asentimos con un murmullo.

—No parecen marines, ni actúan como tales.

Asentimos de nuevo.

—Pero recordad una cosa. Están aquí porque desean estar aquí, lo mismo que vosotros y que yo. El Cuerpo, tal como antaño lo conocimos, ha desaparecido para siempre. Debemos aceptar ese hecho. Se está haciendo más grande a cada minuto que pasa. Habrá tres, quizá cuatro divisiones de marines antes de que termine esta guerra.

La estimación parecía imposible. ¡Eso supondría más de cien mil hombres!

—Sé a qué nos enfrentamos, tenemos mucho trabajo que hacer. Y me conocéis lo suficiente como para saber que cuando digo trabajo, quiero decir trabajo. Vosotros, los veteranos, tenéis que ayudarme. Insultadlos, llevadlos a un bar, enseñadles cómo es el interior de un burdel. ¡Haced de ellos unos marines!

»Todos teníamos camaradas en Wake, en las Filipinas, en Shanghai. No nos gusta lo que le ha sucedido al Cuerpo. No nos gusta perder. Recordad, pues, que va a ser un largo camino de vuelta y que no podemos volver sin estos chicos. Y... una cosa más. Vosotros, suboficiales, Mac, Burnside, McQuade, Paris y los demás... Lo que voy a decir ahora que quede entre nosotros. Es posible que recibamos también algunos oficiales que..., bueno, quizá sean un poco bisoños. Ayudadles desde el principio.

I

No me costó mucho descubrir que Spanish Joe Gómez era el ladrón, embustero y estafador más grande de todo el Cuerpo de Infantería de Marina. Teníamos una patata caliente en las manos. Había una veta maligna en él. La primera vez que comprendimos lo pendenciero que era fue poco después de haberse integrado en la unidad de Eliot.

Estábamos de permiso, haciendo la ronda de las tabernas de Dago, y acabábamos de entrar en el «Porthole». Yo estaba un poco mamado y tratando de ligar con una tipa, cuando Gómez me dio un codazo y dijo:

—Voy a divertirme un poco, Mac. Elige el tío más fuerte del bar.

Yo señalé a un marinero de cien kilos de peso inclinado sobre una cerveza a unos metros de nosotros. Spanish Joe fue hasta él.

—¿Tienes fuego, amigo?

La despreocupada y confiada víctima puso un mechero sobre el mostrador. Joe encendió el cigarrillo y se guardó el mechero en el bolsillo.

—Eh, mi mechero.

Joe pareció sorprendido.

—¿Qué mechero?

—He dicho que me devuelvas el mechero.

—Yo no tengo ningún mechero tuyo. ¿Me estás acusando de robo?

—¿Buscas pelea, marine?

Gómez pareció asustado. Rebuscó en los bolsillos y le entregó el mechero.

—Debería partirte la boca —dijo despreciativamente el marinero.

—Hombre..., yo..., lo siento, amigo. No estoy buscando bronca.

—Debería partirte la boca —repitió en voz alta.

Tres matones contratados para mantener el orden en el local se acercaron rápidamente a ellos.

—Aquí este tío me ha acusado de robarle el mechero —dijo Joe, con voz quejumbrosa.

—Debería...

El marinero cerró el puño. El grupo de orden le sujetó con rapidez y lo llevó hasta la puerta. Spanish Joe lo siguió, abriéndose paso entre los clientes. Una vez afuera, se acercó al irritado marinero.

—Oye, lo siento de veras...

El rostro del marinero se tornó púrpura.

—No estoy buscando pelea —dijo Joe, con tono humilde y retrocediendo un paso.

El marinero lanzó hacia delante su puño derecho. Joe lo esquivó con habilidad, dejándolo pasar a un centímetro de su mandíbula. El impulso hizo caer al suelo al hombre de azul. Gómez se inclinó sobre él y le ayudó a ponerse en pie, sacudiéndole el polvo de la ropa.

—No estoy buscando pelea.

Enfurecido, el marinero atacó de nuevo, fallando otra vez el golpe y cayendo al suelo. Joe recogió el blanco gorro del hombre.

—Te lo vas a manchar, amigo.

Una y otra vez lanzó su puño, sin lograr encontrar nada más sólido que el aire, después de pasar desesperadamente cerca de la mandíbula de su atormentador. Al fin, desistió.

—Démonos la mano, amigo, y que no haya resentimientos —ofreció Joe.

Comprendiendo la futilidad de sus intentos, el aturdido marinero extendió la mano.

En este momento, Spanish Joe lanzó un par de fulgurantes puñetazos que le hicieron al hombre desplomarse inconsciente en la acera.

—Menuda desfachatez la de este tipo..., acusarme de robarle su mechero. Sólo por eso, se lo voy a quitar.

Y lo hizo.

Se dice que, en una buena noche, Spanish Joe dejaba una estela de diez o doce cuerpos de marineros por las calles de San Diego.

Estábamos echados en las literas y escribiendo cartas después del rancho nocturno, tras haber hecho una marcha de 15 km con todo el equipo de combate. Para mi sorpresa, nadie del grupo había caído de bruces.

En un rincón apartado, Marion Hodgkiss se hallaba tendido en su litera, solo, absorto en la lectura de un libro de un tipo llamado Platón. Speedy Gray, el tejano, sacaba brillo, lentamente, a su alfiler de combate y cantaba con voz melancólica:

> *Mándame una carta,*
> *mándala por correo,*
> *mándala a mi dirección*
> *en la cárcel de Birmingham.*

Ese Hodgkiss era único para los libros. Nunca he conocido un tipo como él. Hacía bien su trabajo, pero era el único marine en cautividad que no fumaba, bebía, jugaba, maldecía ni perseguía a las fulanas. En los ratos libres, mientras los demás se divertían ruidosamente, Hodgkiss permanecía allí, leyendo aquellos libros y escuchando música clásica en su tocadiscos. En un grupo de obsesos sexuales, no es fácil mantenerse fiel a esa clase de cosas. Pero todos tenían que admirar a Marion. Cuando se producían las discusiones nocturnas y se cruzaban apuestas, Marion resultaba ser una enciclopedia viva. Él era la autoridad final sobre cualquier cuestión discutida..., la población de Kalamazoo en 1896 o el número de cabellos en la cabeza humana. Marion lo sabía todo. Y era afable, cortés y tan decente como no lo era Spanish Joe Gómez.

Joe, que le había robado a L.Q. Jones una camiseta y se la había dado a otro por abrillantarle los zapatos, se acercó a Marion con un aire que presagiaba bronca.

—Eh, tú.

Marion no levantó la vista de su libro.

—Eh, te estoy hablando a ti, Sor Mary.

—¿Qué quieres?

—He oído decir que boxeabas en la escuela.

—Un poco.

—Bueno, yo estoy aprendiendo a boxear y me gustaría practicar. Vamos al ring a hacer unos cuantos asaltos.

—Estoy cansado de la marcha. Preferiría no hacerlo.

—No tendrás miedo, ¿verdad, Sor Mary?

Marion puso la señal en la página de su libro con todo cuidado, colocó éste en su macuto, se quitó las gafas y las guardó en el bolsillo superior.

—Vamos —dijo.

Spanish Joe nos guiñó un ojo y lo siguió a la puerta. Todos dejamos lo que estábamos haciendo y fuimos tras ellos.

Le pusieron los guantes a Sor Mary, y yo le susurré al oído:

—Ese tipo ha luchado como profesional. ¿Por qué no te dejas caer a la lona la primera vez que te alcance? Nadie podrá pensar que tienes miedo.

Marion miraba con fijeza la lona del ring, sordo a mis palabras. Pero todos pudimos observar que era musculoso y de anchos hombros.

—No te ensañes conmigo, Sor Mary —exclamó Gómez desde el otro lado del ring.

—El muy bastardo —murmuré entre dientes.

Cuando L.Q. exclamó «¡tiempo!», nos acercamos todos al ring. Aquello iba a ser terrible. Lo fue. Spanish Joe era todo un campeón. Su puño derecho golpeaba a Marion cien veces desde cien ángulos distintos. El corpulento lector de libros se movía con la gracia de una elefanta embarazada. Sus alocados golpes ni rozaban siquiera la esquiva forma de Joe. Acorraló a éste en un rincón pero Joe se le escabulló y lo machacó. Ganchos, directos, *uppercuts*, pero Marion seguía avanzando. Tenía el tórax colorado, y su rostro empezaba a parecer un pedazo de hígado crudo. Recé un Avemaría, preguntándome qué era lo que le mantenía en pie. Hacia el final del asalto, la izquierda de Joe fue haciéndose más lenta, y los puñetazos de Marion más precisos.

El contenido de toda una taberna fluía por los poros de Spanish Joe.

—¡Tiempo!

Enjugué la sangre que cubría la cara de Marion. El hombre permaneció allí sentado, mirando al suelo. Joe se apoyaba en las cuerdas, respirando con fatiga.

—Supongo que ya vale por hoy, ¿eh, muchacho? Desátame los guantes, Danny.

Marion Hodgkiss se levantó y avanzó hacia Gómez.

—Sólo estoy empezando a calentarme. Sigamos.

Una sonrisa iluminó el rostro de Joe.

—Bueno, la broma ha terminado, no quiero hacerte daño. Ya es suficiente.

—¿Tienes miedo? —preguntó con suavidad Sor Mary.

Gómez pareció sorprendido. Miró por el rabillo del ojo a los hombres congregados en torno al ring. Se pasó la lengua por el sudoroso labio superior.

—Muy bien, muchacho —dijo malignamente—, sigamos.

Nos agarramos a la cuerda inferior.

—Tiempo —graznó Jones.

Spanish Joe avanzó hasta el centro del cuadrilátero poco a poco; el sudor le hacía brillar como una pantera al acecho. Hizo acopio de todas sus fuerzas, empapadas ahora de whisky y disparó su puño derecho. Éste golpeó a Sor Mary en la boca con seco chasquido. Joe bajó las manos, contorsionado el rostro en una sonrisa de vencedor, y retrocedió un paso para dejar sitio a la caída de Marion.

Marion Hodgkiss no sólo se mantuvo en pie, sino que lanzó además un *uppercut* lo bastante potente como para hundir al acorazado *Pennsylvania*. Gómez fue elevado quince centímetros del suelo y cayó en confuso montón. Saltamos todos al ring, derramando una lluvia de abrazos y besos en el hinchado rostro de Marion y lo acompañamos a los barracones. A Spanish Joe lo dejamos tendido allí.

Quince minutos después, regresó Gómez. Estábamos todavía reunidos en torno a su litera; Marion, afectando modestia, se hallaba absorto en su lectura de Platón. Vimos a Spanish Joe entrar en el barracón y le abrimos paso. Sor Mary volvió una página y se ajustó las gafas.

—Eh, muchacho.

Ninguna respuesta.

—Eh, muchacho, ha sido un golpe de suerte, tú lo sabes.

Marion sacó un pañuelo y se sonó la nariz.

—Para demostrarte que no hay resentimiento, démonos la mano.

Sor Mary dejó de nuevo su libro y se levantó. Spanish Joe extendió la mano. Marion lanzó un puñetazo que se hundió casi hasta el codo en el estómago de Joe. Gómez soltó un gruñido, se agarró el vientre y se desplomó.

—¿Por qué diablos me has hecho eso? —exclamó.

Marion se inclinó y le ayudó a incorporarse sobre sus vacilantes pies.

—Lo siento, Gómez, pero no voy estrechando la mano a las serpientes de cascabel hasta tener la seguridad de que les han quitado el veneno.

Gómez se rascó la cabeza en un intento de digerir la observación. Mary volvió a su libro, mientras Joe se sentaba al borde de la litera.

—¿Qué estás leyendo? —preguntó.

—Platón.

—¿Quieres decir que han escrito todo un libro como ése sobre el perro de Mickey Mouse? —Gómez mostró sus blancos dientes en una sonrisa—. Me caes bien, muchacho. ¿Qué opinas tú de Spanish Joe?

—Creo que eres la persona más vituperable que he conocido jamás.

—¿Qué es vituperable?

—Apestas.

Spanish Joe rodeó a Marion con sus brazos.

—Eh, muchacho, no debes hablarle así al viejo Joe. Tú y yo vamos a ser buenos amigos.

Sor Mary volvió la página.

La política y la guerra no armonizan bien. Así fue como todo empezó. La relación entre el tipo más bastardo de la creación y el tipo que iba camino de ganar la santidad. A todos nos agradaba esta naciente amistad porque Marion mantenía a Joe a raya y lejos de nuestros macutos. Hodgkiss se hacía cargo del dinero de Gómez en el momento de la paga y saldaba sus deudas acumuladas. Los dos salían juntos de permiso. Joe se dedicaba a beber y Marion solía instalarse en un compartimiento vacío para devorar los clásicos de la Literatura. Cuando Joe se ponía turbulento, Marion intervenía, evitaba el choque y se lo llevaba. Más de una vez vimos a Joe regresar tambaleándose, abatido, con la cabeza baja y las manos en los bolsillos.

—¿Qué ocurre, Joe?

—Estoy hecho polvo —respondía con humildad.

—¿Por qué?

—El indio me prestó un gorro y olvidé devolvérselo; Marion me cazó. —Resultaba difícil contener la risa—. Mary me leyó *Bajíos y Arrecifes*, y el resultado es que me quedo sin permiso de salida durante una semana y el domingo tengo que ir a la iglesia.

—Quizá deba decirle cómo hiciste ayer el maula durante la apertura de zanjas.

—Tú no me traicionarás, ¿verdad, Mac? No puedo soportar otro sermón hoy.

—Veremos.

—Cristo, la verdad es que soy mala persona.

Yo había terminado las rondas de vigilancia con Gunner Keats y volví a la tienda. Sor Mary, como cabo de la guardia, estaba al lado del saco de dormir, en cuclillas, junto a la débil luz del centro de la tienda, leyendo el *Saturday Review of Literature*.

—¿Están bien guardados todos los aviones? —me saludó.

—No sé cómo diablos no han encomendado esa piojosa tarea de proteger esos malditos cacharros. ¿No han oído hablar de radiotelegrafistas en esta maldita unidad? En el viejo Cuerpo, Marion...

—Sólo cuatro días más —dijo, riendo al ver mi ira.

—Hace un frío del carajo en esta pradera —dije, soplándome las manos, arrodillándome y encendiendo la estufa de queroseno.

—Ahí tienes un poco de café caliente, Mac.

Incliné mi cantimplora, bebí un largo trago y chasqueé los labios.

—Son ya las tres, Mary. Más vale que te acuestes.

Él dejó caer la revista al suelo, bostezó y me cogió la taza.

—No sabía que era tan tarde.

—Marion.

—Sí, Mac.

—No es asunto mío, pero ¿podrías decirme una cosa?

—Vamos a ver.

—Es..., bueno, ¿qué hay de todos esos libros?

—¿Los libros?

—Sí, los libros.

Se oía el silbido del frío viento sacudiendo la lona de nuestra tienda. Marion se soltó su cinturón de suboficial, desenganchó la pistola y la dejó sobre un catre vacío.

—Mac, algún día seré escritor. Supongo que a ti te parecerá una estupidez.

—No, diablos. Ninguna ambición es estúpida. ¿Tienes talento?

—No lo sé, Mac.

—Tú tienes algo en la cabeza. Algo que te está bullendo constantemente. Me di cuenta en seguida. Supongo que cuando se lleva tratando con hombres, durante tanto tiempo como yo, se les puede leer la mente casi.

Marion me miró y luego pareció relajarse. Yo me tendí de espaldas, contemplando las sombras que proyectaba la desnuda bombilla al oscilar en lo alto de la tienda.

—Yo soy de una ciudad pequeña —continuó Marion—. Mi padre es ferroviario jubilado. Podría decirse que nunca me ha ocurrido nada.

—¿Y has deseado ser escritor desde niño?

—Sí. Pero..., pero cuando intento hacerlo o, incluso, a veces al hablar, me siento confuso, desorientado. Ahora estoy viviendo cosas maravillosas sobre las que escribir. Pero parece que no puedo encontrar la clave adecuada. Como dice Andy cuando tienen un atasco de troncos. Hay un solo tronco que hará deshacerse el atasco y permitir que todos floten río abajo. Hay que coger la pértiga y soltar ese tronco clave... Supongo que no lo entiendes.

—Creo que sí.

—Ya ves la clase de tipo que soy. Ni siquiera puedo hablar con la gente sin tartamudear.

Se sentó y enrojeció.

—¿Tienes novia, Marion?

—No.

—¿Te has acostado alguna vez con una mujer?

—No.

—Mira, muchacho. Yo no leo a Platón, eso es algo que está por encima de mí. Pero a ti no te pasa nada que..., al carajo, es tarde ya. Vamos a dormir.

El comandante Malcowitz, el corpulento exluchador encargado de la enseñanza de judo en Eliot, nos reunió en torno a las esterillas.

—Bien, muchachos, habéis practicado ya las bellas artes de desarmar, sorprender, romper llaves de *jiu-jitsu* y aplicar vuestras propias tácticas. Quiero un voluntario para la última lección.

Nos echamos todos para atrás: Él sonrió.

—Tú —dijo, señalando al largirucho Faro, a quien Brown empujó hacia la esterilla antes de que pudiera escabullirse.

—Échate —pidió el comandante, poniéndole la zancadilla al indio y haciéndole caer con un sordo golpe en el suelo—. Gracias.

Faro yacía tendido, mirando dubitativamente al luchador, que le había colocado ahora un pie en el pecho.

—La última lección es la más importante, así que prestad atención. Una vez que vuestro enemigo está en el suelo, tenéis que acabar con él rápido y en el mayor silencio.

—Yo quiero volver a la reserva —gimió Faro.

—Lo primero es dejarse caer de rodillas sobre el pecho del japonés, aplastándole así las costillas.

Hizo una suave demostración sobre el tembloroso piel roja.

—Luego, le golpeáis encima de las orejas con la parte inferior de las palmas de las manos, rompiéndole con ello la base del cráneo.

Un sordo murmullo recorrió el pelotón.

—A continuación, le dais dos golpes rápidos con el canto de la mano, primero sobre el puente de la nariz, partiéndoselo y cegándole. Luego, en la base del cuello, rompiéndole la columna vertebral al bastardo.

El comandante paseó la vista por los atemorizados rostros.

—Para mayor limpieza, utilizad los dos pulgares, hundiéndolos en su garganta y estrangulándole. Y para redondear la labor podéis darle una patada entre las piernas, directamente en los huevos, dos o tres veces.

Malcowitz se puso en pie.

—Podéis entonces admirar vuestra obra maestra..., pero si el hijo de puta se levanta, será mejor que os larguéis a toda velocidad.

II

Spanish Joe tenía una borrachera respetable. Sor Mary lo llevó por calles secundarias desde el «College Inn» hasta la YMCA, al pie de Broadway. Llegó el autobús de Camp Eliot, y Marion echó a Gómez sobre el asiento posterior y lo dejó allí.

Cruzó la calle principal y caminó a lo largo de los muelles hasta llegar al embarcadero del transbordador a Coronado. Adquirió un billete y subió al barco. Ascendiendo rápidamente por la escala que partía de la cubierta de coches, encontró un asiento junto a la barandilla. Sonó el silbato mientras el transbordador soltaba amarras. Marion Hodgkiss apoyó los pies en la barandilla, se aflojó el pañuelo de campaña, se soltó el cinturón de cuero y se lo pasó por una hombrera. Miró el agua que chapoteaba suavemente contra el casco del transbordador mientras éste avanzaba en dirección a Coronado Island.

Allí afuera, en la oscuridad y el silencio, un hombre podía organizar mejor sus ideas. Lejos del sudor, la fatiga, los juramentos y los gemidos de las duras labores de la milicia. Lejos de la enloquecida ciudad. La calle principal en que las busconas proporcionaban licor aguado y pegajosas canciones para amortiguar la soledad de las hordas de hombres vestidos de caqui, azul y verde. Lejos de los tugurios en los que una horrible ramera era suspirado premio para hombres que cerraban los ojos y fingían que ella era otra. Lejos de las fábricas de aviones trabajando 24 horas diarias a un ritmo vertiginoso... y de los hoteles de los alrededores en los que sólo estaban solicitados los abundantes dólares de los oficiales. Alejado también de los pies llenos de ampollas a consecuencia de una marcha por Rose Canyon, del zumbido del generador y del eterno gemido de puntos y rayas latiendo en los auriculares.

Aquí afuera, pensó, sólo un agradable y viejo barco, una amable luna y el agua... Un hombre puede organizar sus ideas.

—¿Tienes fuego, marine?

El cabo Hodgkiss levantó la vista. Una chica apoyada contra la barandilla, una pelirroja. Llameantes cabellos largos y ojos azules muy pálidos ribeteados por unas leves líneas oscuras. Su piel tenía una tonalidad blanca lechosa. Era la mujer más hermosa que jamás había visto. Buscó en el bolsillo las cerillas que llevaba para Spanish Joe. La muchacha se sentó junto a él y dio una chupada a su cigarrillo, proyectando un fulgor rojizo sobre su rostro en la oscuridad.

—Gracias, marine. —El motor del transbordador pareció sonar con más fuerza—. Te he visto aquí muchas veces —dijo.

El corazón del cabo precipitó sus latidos. Intentó decir algo, pero se contuvo por miedo a que se le atragantasen las palabras.

—No creo ser una entrometida, pero sentía curiosidad. Viajo a Coronado casi todas las noches. Has llegado a ser un elemento más del viaje.

—Hay calma aquí, es un sitio donde puedo pensar —dijo él.

—¿Solitario?

—No, no realmente.

—Pensando en tu novia, supongo.

—No tengo novia.

Ella sonrió.

—Nadie tiene novia cuando está hablando con una mujer en San Diego.

—Yo no soy uno de esos tipos hambrientos que harían cualquier cosa por unos minutos de conversación, si es eso lo que insinúas. Me gusta estar aquí. Puedo descansar de las tensiones.

—Oye, apuesto a que es verdad que no tienes novia.

—Ya te lo he dicho.

—No me levante la voz, caballero. Lo único que quería era una cerilla.

Marion enrojeció.

—Lo siento, señorita. Siento haber levantado la voz. Supongo que soy un tipo aburrido, pero no hay mucho que me excite en la ciudad. Me gusta estar aquí.

La pelirroja aplastó el cigarrillo en la barandilla, lo tiró por la borda y se quedó mirando cómo caía dando vueltas hasta el agua.
—¿En qué piensas, marine?
—Estoy pensando en cuánto me gustaría escribir sobre todas las cosas que suceden a mi alrededor. La guerra, esta ciudad, mi unidad... Supongo que piensas que estoy chalado.
No sabía por qué había dicho esto pero le parecía algo natural.
—¿Cuántos años tienes?
—Diecinueve.
—Eres un muchacho muy sincero. Deberías haber dicho veinticinco, para impresionarme.
—¿Es un crimen tener diecinueve años?
El barco crujió al rozar el muelle. Ella se levantó. Marion se incorporó, tambaleándose, mientras ella se volvía para marcharse.
—Me... me llamo Marion, Marion Hodgkiss... Has... has dicho que solías venir con frecuencia en el barco..., así que..., ¿volveremos a vernos?
—Tal vez.
Se volvió y se alejó. Los ojos de Marion la siguieron hasta que desapareció en la oscuridad de Coronado.

El cabo Hodgkiss miró por quinta vez la hora cuando llegaba a San Diego el transbordador. Eran las doce y media. Se le iluminó la cara, con una sonrisa de oreja a oreja, al ver a la esbelta pelirroja acercarse por la plancha del barco.
—Hola, Rae —saludó lleno de alegría.
—Hola, Marion —respondió ella.
—Pareces cansada. Te traeré una taza de café.
—Gracias. Estoy reventada.
—Tengo dos asientos junto a la barandilla.
La chica se echó el pelo hacia atrás, por encima del hombro, y sacó del bolso un cigarrillo. Marion se apresuró a encendérselo.
—Rae.
—Sí.
—Te... te he traído una cosa. He... he pensado que tal vez te guste.
—¿Qué es?
—Un libro. ¿Te gustaría que te leyese algo?
—¿Cuál es?
Marion se agitó, inquieto.
—Sonetos de Shakespeare.
—¿Shakespeare?
—Sí, Shakespeare.
—Pero yo no entiendo muy bien esa clase de literatura.
—Si quieres, yo te lo podría ir explicando.
Rae se estiró, con el rostro hacia el cielo. Cerró los ojos y dio una chupada a su cigarrillo. Marion abrió el libro.

Durante las semanas siguientes, pasaron largas y agotadoras horas aprendiendo su nuevo trabajo. Aprendiendo que todo hombre es un fusilero y debe conocer todas las labores que se hacen en el batallón. Se arrastraron por debajo y a través de barreras dobles de alambre de espino; se adiestraron en montar y desmontar a toda velocidad sus radios de campaña; aprendieron a sajar ampollas y las artes del camuflaje, lectura de mapas, transmisión de mensajes por teléfono y telégrafo, claves, utilización de todas las armas y lanzamiento de granadas, avanzar bajo cobertura de fuego real, táctica de combate, judo, lucha cuerpo a cuerpo y lanzamiento de cuchillo.

Eran arrojados desde plataformas de tres metros de altura a la piscina llevando puesto todo el equipo y se les hacía entrar en tiendas llenas de gas lacrimógeno y cantar allí dentro el himno de la Infantería de Marina antes de salir. Cuando no estaban aprendiendo, estaban caminando.

Y el eterno estribillo en sus oídos:

—¡Paso ligero! ¡No hay sitio para rezagados en el Cuerpo de Infantería de Marina!

Macuto Brown tiró su rifle Reising sobre su litera con gesto airado.

—Asqueroso y hediondo hijo de puta. Estas malditas armas son tan inútiles como las tetas en un cerdo —despotricó el granjero.

—Sí —asintió Ski.

—Sí —añadió Andy.

—Saqué el título de «experto» en el campo de tiro —dijo Danny—, y mirad este maldito cacharro. No he hecho un blanco en todo el día, ni aun a cincuenta metros.

—Al bastardo que se los vendió a los marines tendrían que cortarle los huevos.

—Ametralladora semiautomática —continuó Danny—. Cristo, hasta el rifle de aire comprimido de mi hermano pequeño tiene más precisión que este trasto.

—Mira —dijo Brown, mostrando sus cantoneras—, oxidadas. Ayer mismo las limpié y las engrasé, y mira, ahora están oxidadas otra vez.

—¿Qué opinas, Mary?

—No son lo que podríamos llamar las mejores armas del mundo —suspiró Marion.

—Mirad el esmalte azulado del cañón —dijo Speedy Gray—. Casi lo puedo hacer saltar con la uña... y este punto de mira. ¡Cristo!, ¿cómo esperan que nos protejamos con este maldito cacharro?

—¿Y la culata? Madre de Dios, he venido a morir.

—Quizá —dijo reflexivamente Marion—, por eso es por lo que nos enseñan tanto judo.

—Me gustaría ver al tipo que puede sujetar uno de éstos disparando en automático. Ráfagas de tres, dice Mac. Pisar la correa para que el arma no salte. Y al primer disparo, el arma está apuntando al cielo y yo de culo en el suelo.

—Quizás estaban pensados para ser usados como antiaéreos.

—El mío se ha encasquillado cuatro veces hoy.

Me acerqué al grupo.

—Gunner Keats dice que será mejor que aprendáis a disparar estas armas —dije.

—¡No sirven para nada, Mac!

—¡Me importa un carajo lo que penséis! Quizá si hacemos una marcha hasta Rose Canyon para practicar el tiro al blanco consigáis afinar vuestra puntería.

—Mac —dijo Danny—, ¿qué tal has disparado *tú* hoy?

Di media vuelta y empecé a alejarme.

—Yo también necesito un poco de práctica —dije, mientras cogía mi rifle y meneaba la cabeza con tristeza.

¡Inspección de sábado! Estábamos impacientes junto a nuestras literas, mirándolas una y otra vez, sacudiendo una mota de polvo o alisando una diminuta arruga.

—¡Atención! —ladró el sargento Pucchi, y hubo un entrechocar de talones al entrar el comandante Huxley y su séquito. Pucchi le seguía con un bloc y un lápiz para tomar nota de cualquier fallo que detectasen los ojos con visión de rayos X del comandante.

Éste pasó lentamente, mirándonos de pies a cabeza... y luego a nuestras literas. Llevaba guantes blancos y los pasaba por las repisas de las ventanas en busca de polvo.

—Abra su macuto, cabo —Marion obedeció—. Muy bien, cabo.

—Gracias, señor.

Hay una forma de hacerlo todo, y está escrita en el libro. Y Huxley inspeccionaba con arreglo al libro.

—Levántese los pantalones —ordenó a Zvonski—. Sus calcetines no están enrollados de forma reglamentaria, marine.

—Sí, señor.

—Reciba instrucciones de su sargento.

—Sí, señor.

Silencio absoluto mientras avanzaba lentamente por el pasillo con la más exasperante lentitud. Los penetrantes ojos de Huxley escrutaban cada rincón. Los escasos minutos transcurridos nos parecieron horas cuando se dirigió a la puerta.

—Muy bien en general, sargento Pucchi. Ocúpese de las anotaciones que he ordenado.

Se volvió y salió. Se elevó un gran suspiro de alivio, y la tensión se relajó en una masa de cigarrillos encendidos.

Sonó el silbato.

—A formar para inspección de rifles.

Nos pusimos las guerreras, nos sujetamos los cinturones de cuero y nos encasquetamos los gorros. Cada hombre revisaba a otro hombre, enderezando un pañuelo de campaña, ajustando el ángulo de un gorro o eliminando un minúsculo hilo suelto.

Revisamos de nuevo nuestras armas y salimos a la calle de la compañía, pisando con cuidado para no echar a perder el brillo de espejo de nuestras botas.

—¡Alinearse!

Los brazos derechos se levantaron hacia un lado, y las cabezas se volvieron hacia la izquierda para enderezar las filas. Mac recorrió su pelotón y se puso luego al frente de él. Estaba satisfecho.

—¡Firmes! —Se cuadraron—. Descansen.

Intercambios de saludos, pase de lista, más saludos y una severa inspección hombre por hombre.

—Demasiada grasa en ese cañón, marine.

—Sí, señor.

—La culata parece que está bien. Levántela.

Cada oficial tenía su manera de mover el arma mientras la inspeccionaba. Los más selectos las manejaban como si fueran bastones. El marine recogía su arma de la forma militar prescrita, cerrando con golpe seco la recámara, apretando el gatillo y colocándolo al costado, con la culata apoyada en el suelo.

Después de la inspección, una hora de instrucción. Más, si la inspección había resultado mal. Luego, permiso de fin de semana.

En un libro que yo había leído una vez, escrito por un soldado de Tierra, se decía que los marines se pasaban toda la semana sacando brillo a sus cosas para un permiso de diez horas, o algo parecido. Al recordarlo tiempo después, me pareció que su observación resultaba insuficiente. El aspecto que presentaban al salir, comparado con el de la vuelta, era, por supuesto, distinto por completo.

Siempre tenía esa impresión cuando me cruzaba con un marine. Mostraba una apostura radiante, como si él fuese algo especial, y lo supiera. Muchas veces me han dado náuseas al ver a algunos de los soldados de Tierra. Yo creo que hay una cierta dignidad en un uniforme, y tiene que ser terrible pertenecer a una unidad que carece del orgullo suficiente para hacer honor a esa dignidad. Yo detestaba ver a un hombre con la cabeza baja, la gorra echada hacia atrás, necesitado de un corte de pelo, con las botas sucias...; quizás era porque tenía en tan alta estima el uniforme de *marine* que nunca se permitía ir de esa manera.

—¡Ya es suficiente! ¡Levantad vuestros malditos culos y en marcha!

Se incorporaron lentamente, maldiciendo el día en que ingresaron en el Cuerpo. La primera marcha de veinte millas siempre era dura. Yo observaba cómo les caía el sudor sobre los ojos y les empapaba la ropa. Sus rifles colgaban de la correa como pesos muertos. Los cascos de dos libras de peso producían dolores insoportables a lo largo del cuello, las lenguas estaban hinchadas a causa de la sed, las correas de las mochilas se les clavaban como machetes, las cananas pendían como cuerdas que les atraían hacia el suelo.

L.Q. Jones se situó junto a Danny.

—Yo entré borracho en este puesto de alistamiento, fíjate —resopló—. El sargento me está midiendo con una cinta de sastre y voceándole mis medidas a un cabo, que las va apuntando.

Macuto Brown y Andy Hookans cruzaron la carretera y se unieron a ellos.

—Sí, señor, dice el bastardo, cuando llegue a San Diego, Mr. Jones, le estará esperando su uniforme azul. Telegrafiaré sus medidas esta noche. Cuando se presente, dígales quién es..., y ahora, MISTER Jones, firme aquí.

Cuando L.Q. contaba algo, había que reírse.

—Os aseguro que si alguna vez le pongo las manos a ese bastardo encima, lo hago pedazos. Uniforme azul. Ja, me estoy riendo.

—Bien, muchachos —ladré—. ¡Basta de juerga y formad en fila!

L.Q. Jones empezó a cantar:

> *Oh, el sargento, el sargento,*
> *el bastardo de los bastardos.*
> *Te levanta por la mañana,*
> *antes que toquen diana,*
> *variación derecha, variación izquierda,*
> *de frente, marchen.*
> *Y, luego, el maldito hijo de puta*
> *te hará correr a paso ligero.*

El pelotón entero se unió al coro:

> *Aquí vienen, aquí están,*
> *los valientes galopines.*
> *Y su nombre cuál será,*
> *¡pues el Sexto de marines!*

Me fastidiaba reconocerlo, pero aquella pandilla de críos estaba empezando a tomar forma. Era una suerte que la Tierra estuviese compuesta en sus dos terceras partes de agua, pensé, porque antes de que Huxley terminara con ellos no les quedarían muchos caminos que pisar.

—¡Enderezad esa fila —grité—, y dejad de cantar!

Marion no había apartado los ojos de Rae en toda la noche. Llevaban navegando de un lado a otro casi cinco horas. Los primeros e indecisos rayos del sol comenzaron a asomar en el horizonte. Él tarareó una melodía suavemente.

—Así es como termina. Gilda había ocupado el lugar del duque y fue apuñalada. El viejo jorobado se inclina, sosteniéndola en sus brazos, mientras grita que la maldición se ha cumplido, y cae el telón.

—Igual que un hombre —suspiró Rae—. Es una hermosa ópera y las canciones son muy bonitas. —Le miró perezosamente—. Está casi amaneciendo, Marion; ¿no tienes que ir al campamento?

—Me queda un poco de tiempo —respondió él—. Hoy es viernes, lo que significa que nos dedicamos a la limpieza general para la inspección del sábado. El viejo Huxley inspecciona los barracones con guantes blancos.

—¿Sam Huxley?

—Sí, ¿cómo lo sabes?

—He oído hablar de él.

—Rae.

—Sí, Marion.

—Escucha, Rae..., ¿no te agradaría que nos reuniésemos en San Diego en mi próximo permiso e ir juntos a cenar y a un espectáculo o algún otro sitio así?

La pelirroja se mordió el labio.

—Me gusta estar aquí, en el barco, y a ti también. ¿No podríamos seguir viéndonos aquí y...? Oh, ahora he herido tus sentimientos.

—Yo creía que..., bueno, ha pasado más de un mes, y pensaba que yo te gustaba.

—Y me gustas, Marion. Me gustas mucho.

—Soy un chico agradable, nada más, ¿verdad?

—Santo Dios, ¿crees que estaría yo aquí sentada contigo hasta las cinco de la mañana si...? Mira, Marion, tú mismo dijiste que detestabas la ciudad. ¿No podríamos seguir viéndonos aquí?

—Si quieres hacer de ello un misterio...

—Quiero verte, de veras. Me gusta estar aquí contigo.

El barco crujió contra el muelle. Los fatigados marineros lo amarraron.

—Será mejor que me vaya.

—¿Te veré el sábado por la noche? —preguntó Rae cuando él se había alejado ya unos pasos.

Él volvió la vista hacia atrás.

—Quizá.

Conduje mi pelotón más allá de los últimos barracones, hasta las dunas de arena en que se encontraban las redes de desembarco. El artilugio consistía en una pared lisa de madera de diez metros de altura que representaba el costado de un buque. Una pesada red, que terminaba en una lancha instalada abajo, en la arena, colgaba desde la plataforma superior. Trabajosamente, los hombres avanzaban por la arena con el carro de transmisiones casi oculto bajo toda una carga de aparatos de radio.

—Si tenemos que hacer trabajo de mulas, al menos podían darnos rango de mulas. He oído que esos animales son por lo menos cabos. Creo que voy a pedir el traslado.

—Venga, cierra el pico y empuja.

—Bien, dejad ahora vuestras cosas y descansad —ordené—. Aunque no aprendáis ninguna otra cosa en este artefacto, aprended por lo menos a subir y bajar por esas redes y a entrar y salir de las lanchas de ataque.

Estaban mirando con aire turbado a la plataforma que se elevaba a diez metros de altura.

—Esto es sencillo. Esperad a estar en la red de proa de un barco de verdad y con mar gruesa.

—Yo querer volver a la reserva, mí no gustar guerra de hombre blanco.

—Debería subirle a una de esas secoyas de veinte metros —bromeó Andy, el maderero.

—Madre, he venido a morir.

—El trabajo en equipo es esencial. Si no hay cooperación se puede echar a perder todo un grupo de desembarco —salté a la lancha—. Empezaremos el problema por el final. Andy, ¡suelta el gancho y presta atención! —Se congregaron a mi alrededor—. Para salir de aquí, se ponen las manos en la borda y se salta así.

Di un salto y rodé por el suelo, llenándome la boca de arena. Rieron con estruendo.

—Otra vez —dijo L.Q.

—No tiene ninguna gracia. No te hará ningún daño mojarte los pantalones, pero si no te alejas de la lancha y ésta te golpea en una pierna, vas listo. Además, he oído que tienen nuevas lanchas de desembarco con rampas abatibles en la parte delantera. Cargad el equipo y practicaremos el desembarco y el avance por la playa.

Les tuve haciendo ejercicio hasta que ya no podían más.

—¡Moveos, bastardos! ¡No hay sitio para los vagos en la Infantería de Marina! ¡Vamos, Andy, de cabeza no! Agarra esa caja, sujétate bien..., ¡al suelo, indio! Cuando subáis la red, utilizad las piernas, no los brazos, o soportaréis demasiado peso. Dejad que las piernas lleven la carga. Mantened siempre los ojos fijos en las manos..., de cuatro en fondo red arriba, vamos.

Lo intentaron. Luego, continué:

—Si estáis en la red de proa, no podréis apoyaros en el costado del barco. La red estará oscilando de un lado a otro y vuestra impedimenta os hará quedar cabeza abajo. Si pensáis que vais a caer, sujetaos con los brazos a la red y pedid ayuda.

Los precedí a la parte de arriba, subí la barandilla hasta la plataforma y observé cómo trepaban trabajosamente al tiempo que les gritaba los errores que cometían. Ni siquiera Andy, un veterano con los maderos, se desenvolvía a gusto en las cuerdas.

El pelotón se agitó, inquieto, sobre la plataforma.

—Bien, muchachos, ya estamos en la popa del *Tuscarora*. Todo lo que tenemos que hacer es bajar a la lancha con nuestras radios.

Sonaron unas débiles risas. Les mostré cómo se ataban y se soltaban las cuerdas guía en el equipo pesado.

—Formad de cuatro en fondo junto a la barandilla y pasad la pierna derecha por encima en primer lugar. Eso es importante porque os colocará a todos en la misma posición. Soltad la correa del casco, poned los rifles con el cañón hacia abajo, desabrochaos la canana y, si caéis, tirad el equipo tal como hacíamos en la piscina. Si no lo hacéis, el peso os arrastrará rápidamente al fondo. —Me dirigí a la barandilla—. Mantened siempre las manos en las cuerdas verticales de la red para que no os las pise el hombre que está encima de vosotros.

—¿Cuál es la vertical? —preguntó Faro.

—La cuerda que baja así.

—Oh, ¿eso es vertical?

Volví a la plataforma.

—Finalmente, la fase más importante es pasar de la red a la lancha de desembarco. En mar abierta, la lancha estará danzando como un corcho. Os acercáis a un punto próximo a la lancha, esperáis a que se eleve en la cresta de una ola y saltáis. Si descendéis demasiado, y la lancha se eleva bruscamente y golpea contra el costado del barco, cogiéndoos a vosotros en medio, estáis perdidos. Andy, Mary, Joe, Tex, adelante. Cuando lleguéis a la lancha, agarrad las redes y sujetadlas con fuerza. Los dos hombres siguientes cogerán las cuerdas-guía mientras nosotros bajamos el equipo.

Esperaron un instante y, luego, pasaron por encima de la barandilla, golpeándose confusamente unos a otros.

—¡La pierna derecha primero, maldita sea!

Observé cómo descendían.

—¡Deja caer ese maldito casco!, ya te compraremos otro.

Brown lanzó un grito.

—Mantén esas manos en la vertical, y no te las pisarán. Salta al bote, agarra la red. Andy..., baja las cuerdas-guía..., ata las cuerdas a la barandilla para que la radio no les caiga encima de la cabeza... Adelante los demás.

Finalmente, empecé yo a bajar por la red y adelanté por un costado al último de los hombres. L.Q. cayó casi encima de mí, chocando estruendosamente contra la lancha. Sus jadeantes compañeros le ayudaron a ponerse en pie.

—¿Qué ha pasado? —pregunté.

—Se me enredó el pie e intenté soltarlo —gimió.

—¿Con qué mano?

—Con las dos —sonrió con humildad.

—¡Lo que hay que oír! Bien, chicos, a la plataforma otra vez.

Ansiosamente, el cabo Hodgkiss recorrió la cubierta de paseo del transbordador de Coronado. La vio tomando una solitaria taza de café en el mostrador del bar.

—Hola, Rae.

La pelirroja se volvió rápidamente al oír su voz, sonrió y, después, apartó la vista.

—No debería hablarte. Me diste plantón.

—Lo sé.

La cogió del brazo y la condujo afuera.

—Han sido dos semanas, Marion, ¿no crees...?

—Quiero enseñarte una cosa.

La arrastró casi a una silla de cubierta, la hizo sentar y se contoneó delante de ella.

—Bueno, ¿de qué se trata?

—Mira.

—¿Qué es?

—Venga, ábrelo por la primera página, ¿qué ves?

Sus finos dedos soltaron el cordón que pasaba por la solapa de un gran sobre de papel Manila. Lo abrió y leyó lentamente, deletreando casi las palabras a la débil luz:

—*El retiro de Mister Branshly, relato, por el cabo Marion Hodgkiss, de la Infantería de Marina...*, ¡oh, Marion!

Él se sentó a su lado.

—No quería verte hasta haberlo terminado. Trata sobre San Diego, la ciudad enloquecida...; sobre un banquero que se había retirado y había venido a San Diego para pasar sus últimos días bajo el sol. Y entonces estalla la guerra y trastorna sus bellas palmeras y su serena y estática existencia... y finalmente despierta y...

—Suena maravilloso, querido.

—Rae, tú me llamaste...

Se quitó el gorro y lo estrujó entre las manos.

—Cuando me separé de ti la última vez, Rae, estaba enfadado. Luego, de pronto...

—Marion, no...

—Déjame decirlo, Rae. No es frecuente que tenga el valor necesario para ello. Todas las cosas que estaban atadas parecieron soltarse. Empecé a escribir. Comprendí que estaba siendo capaz de hablar contigo como nunca había podido hablar con nadie antes... una persona que escuchaba y que se interesaba por mis sentimientos.

Se golpeó la rodilla con el gorro.

—Bueno, ya sabes lo que quiero decir.

Le miró a los ojos.

—Casi desearía que no hubieras vuelto —murmuró ella—. No quería que sucediera esto.

—¿No eres feliz con ello? ¿Qué es, Rae? Dímelo..., por favor.

Se le llenaron de lágrimas los ojos.

—Sí, soy feliz, feliz de verdad. Léemelo, Marion.

Él se aflojó el pañuelo de campaña, se quitó el cinturón y se lo pasó por una hombrera.

—*El retiro de Mister Branshly, relato, por el cabo Marion Hodgkiss, de la Infantería de Marina.*

III

Volví al barracón después del rancho de mediodía. Se estaban realizando los febriles preparativos anteriores a la primera marcha nocturna. Se me acercó Danny Forrester.

—El carro de comunicaciones está cargado del todo y listo para partir, Mac —dijo.

—¿Dijiste al pelotón de teléfonos que cargase su chatarra en el carro número dos? Ese maldito cuadro de distribución y los cables desequilibran nuestra carga.

—Ya me he ocupado de ello. Intentaron encajarnos un rollo de cable grueso, pero se lo impedí.

Me dirigí a mi pelotón e inspeccioné sus mochilas. Abrí la de Spanish Joe.

—Lo que pensaba, Joe. La tienes llena de cartón. Vamos a ver tus cargadores de munición.

—Oh, vamos, Mac —gimió.

Abrí uno de los compartimientos de su canana. Estaba vacío.

—¿Son demasiado pesadas para ti estas cosas, Gómez?

—Debí de olvidar llenarla cuando limpié los cargadores para la inspección, Mac.

—No los limpiaste muy bien. Carga la canana con el doble de municiones. ¿Qué infiernos crees que es esto, una excursión parroquial?

Abrí su macuto, cogí los 45 cartuchos escondidos allí y los tiré en su litera.

—Y carga esa mochila.

Mientras me alejaba, se me ocurrió otro detalle.

—Déjame ver tu cantimplora.

—¿Mi qué?

—¡Ponte en pie!

Lo hizo. Cogí su cantimplora y desenrosqué el tapón.

—¡Tinto de Dago!

—¿Perdón?

—Tinto de Dago —repetí, vertiéndole el vino por la pechera de la camisa—. A las cinco millas estarás suplicando un trago de agua a los demás.

—Debe de ser una broma, Mac. Yo la llené de agua.

—Gómez, marcharás inmediatamente delante de mí. Empujarás el carro de transmisiones desde aquí hasta Rose Canyon y vuelta, y será mejor que no pidas relevo, porque no lo tendrás. Y cada vez que entre en funcionamiento el TBX, tú accionarás la manivela del generador, y no olvides que tienes, además, una guardia de cuatro horas en la red del regimiento.

—¡Estás equivocado conmigo! —exclamó—. Espera a que le ponga la mano encima al cabrón que llenó mis cantimploras con tinto de Dago.

Continué revisando el pelotón. Macuto Brown estaba forcejeando con su mochila de culo. La mochila de culo es una extraña innovación destinada a los soldados de transmisiones. Tienen que llevar el grande y engorroso TBY, el *walkie-talkie*, además de su equipo de campaña normal. Con el fin de poder manejar ambos, la mochila de combate se dispone de modo que cuelga de las correas, a la altura de la rabadilla, dejando así sitio en la espalda para la radio. Mientras camina, la mochila le va golpeando en el trasero. En una marcha con comunicaciones de TBY se necesitaba un equipo de dos hombres. Uno para llevar el aparato y el otro para caminar detrás y accionarlo.

Andy Hookans estaba vaciando un bote de polvos de talco en sus botas.

—Será mejor que vayas a paso ligero a la How Company.

Mandé a los hombres de los *walkie-talkies* a sus compañías de infantería y salí para revisar de nuevo el carro.

Marion Hodgkiss y el Alfeñique, que manejaban el TBY del puesto de mando, salieron a la calle de la compañía. Ski desaparecía casi bajo la cantidad de objetos que componían su equipo: casco de acero, rifle «Reising», radio, dos cantimploras de agua, machete, botiquín, 220 cartuchos. Su mochila de culo llegaba casi hasta el suelo y estaba coronada por una herramienta para abrir trincheras y un poncho (1). Parecía triste.

Comprobé la hora.

—Bien, Marion, comprueba las comunicaciones con las otras unidades, canal 54.

Hizo volverse al Alfeñique, retiró la cubierta de la radio y accionó los mandos. Se puso los auriculares y el micrófono y los conectó al aparato.

—Fresno Blanco a Tranquilo, Fresno Blanco a Tranquilo, ¿cómo me recibes?

—Tranquilo a Fresno Blanco, a la perfección, cambio —llegó la voz de Speedy Gray desde el puesto de la Compañía E.

—Zorro a Fresno Blanco, de acuerdo, cambio —dijo Danny Forrester.

—George a Fresno Blanco, perfectamente. Al oír la última señal, oirán la voz de oro de Lamont Quincy Jones, el Sinatra del Cuerpo, que les ofrecerá a ustedes...

—Fresno Blanco a Jones. Un día de éstos, alguien va a escuchar tu actuación militar y las vas a pasar moradas.

Me acerqué a Marion.

—¿Ya está haciendo el payaso el gordo Jones?

—No, es sólo un control de escucha —mintió.

Contactó con Andy, de la How Company. El aparato de Andy era malo y la recepción deficiente, pero era lo mejor que se podía conseguir.

El silbato del sargento primero Pucchi hizo salir apresuradamente del barracón a los marines del Cuartel General.

—¡A formar!

El teniente Bryce, recientemente nombrado para el mando de la Compañía, dio la vuelta a los barracones.

—¡Atención! —ladró Pucchi.

Un seco entrechocar de talones. Pucchi saludó a Bryce. Bryce saludó a Pucchi.

—¡Informe! —ordenó Bryce.

Nuevo saludo y vuelta hacia nosotros.

—Pelotón de transmisiones presente y revisado —dije, saludando.

—Sección Dos presente y revisada —ladró el sargento Paris del 2° Batallón, mientras saludaba.

—Servicios auxiliares presentes y revisados —dijo el primer oficial farmacéutico Pedro Rojas, con el habitual cansado saludo de marinero.

—Cuarto Batallón presente y revisado —dijo el sargento Herman, jefe de intendencia y el hombre más popular de la unidad.

El sargento primero se volvió hacia el teniente Bryce.

—Todos presentes y revisados, señor.

Se saludaron.

_____

(1) En castellano en el original.

—Descansen.

Nos movimos, intentando aliviar el peso... y permanecimos allí esperando durante quince minutos.

—Maldita sea —gimió el Alfeñique, bajándose la radio de la espalda—, ¿nadie ha despertado a Huxley con un beso?

—Hay una forma correcta de hacer las cosas y una forma de la Infantería de Marina.

—Mí no gustar guerra de hombre blanco. Indios viajan sin peso.

—Fresno Blanco de George. Mi maldita radio se está haciendo pesada..., dile a ese puñetero comandante que empiece la puñetera marcha antes de que se me rompa la puñetera espalda.

—Fresno Blanco de How..., lo mismo.

Pasaron otros quince minutos. Luego, aparecieron los jeeps a toda velocidad por la calle principal y se detuvieron en seco frente a nosotros.

—Ah, ya podemos empezar la guerra. Han llegado los jefazos.

Bajaron de los vehículos el comandante Sam Huxley y su plana mayor. El reflejo del sol de la mañana en el despliegue de oro y plata nos daba en los ojos: Gunner Keats, oficial de transmisiones; capitán Marlin, operaciones e instrucción; Doc Kyser, el médico del batallón; comandante Wellman, oficial ejecutivo; el oficial de información; y el solo y único comandante Sam Huxley.

Se desplegaron ante nosotros. «Bueno..., mientras tengamos que tener oficiales para librar una guerra —pensé—, los oficiales de Infantería de Marina serán los mejores de todos.»

Recorrimos de nuevo el proceso de informar y saludar. Luego, Keats se dirigió a Marion.

—Centro de mensajes —llamó.

El cabo Banks se acercó corriendo y le entregó un bloc de mensajes. Gunner Keats escribió un mensaje y se lo entregó a Sor Mary.

—A todas las compañías de Fresno Blanco. Preparadas para partir. La Compañía George ocupa el lugar de cabeza, cambio.

—Enterado... y ya era hora..., corto.

Inmediatamente, los marines de la Compañía George pasaron ante nosotros, torcieron a la izquierda y el patrón ladró una orden.

—Segundo pelotón, tome la vanguardia..., patrulla primera, ocupe su puesto.

Los hombres del segundo pelotón se adelantaron al resto de la Compañía y se desplegaron en abanico. Más adelante, el batidor del batallón levantó su rifle para que se detuvieran, mientras el grupo de vanguardia ocupaba su puesto, formando una punta de flecha en torno al batallón. El batidor se volvió y bajó el brazo derecho en la señal de «adelante», y la Compañía George emprendió la marcha.

—Fresno Blanco a Zorro..., adelante, cambio.

—Zorro a Fresno Blanco, enterado, corto.

En formación abierta de marcha, Zorro pasó ante nosotros, precedido por el capitán, el ejecutivo y el sargento primero. Iba después el oficial del pelotón, con la mochila oscilando sobre su espalda y una automática en la cadera; junto a él, el sargento del pelotón, armado con el rifle «Reising». Luego, los cabos de cada patrulla de fusileros.

Sus tensos músculos les impulsaban hacia delante para acoplarse al
ritmo de la marcha. Estos fusileros eran hombres jóvenes, muchachos
de dieciocho, diecinueve y veinte años. Eran los marines de la Segunda
Guerra Mundial.

Pasaron las armas pesadas, la How Company. Era el apoyo artillero
que llevaba cada batallón. Morteros de 80 milímetros, ametralladoras
de calibre 50, un carro de transmisiones lleno de equipo telefónico para
establecer una línea de enlace entre los morteros y el mando del batallón. Éstos eran muchachos más corpulentos. Tenían que serlo para
soportar el peso de los cañones, las bandoleras y las cajas de munición
de las ametralladoras, las bases y cañones de los morteros.

El comandante Huxley hizo un gesto de asentimiento en dirección
a Bryce.

—Izquierda —nos volvimos—. De frente, ¡ar!

Nos alineamos y avanzamos hacia los arenales.

—Fresno Blanco a Tranquilo —llamó Marion—, cubra la retaguardia, cambio.

—Enterado, corto.

—Fresno Blanco a todas las compañías, sitúense en los flancos.

Los pies de ochocientos hombres, los putas de Huxley, se movieron
en lenta cadencia hacia la puerta que les conducía a la carretera. Se
abrió la puerta y pasó el grupo de vanguardia. Los policías militares
detuvieron la circulación de vehículos por la carretera mientras salía
la larga columna de hombres en fila de a dos. Nos situamos a ambos
lados de la carretera y, mientras la retaguardia cerraba la puerta, comenzó la marcha.

Spanish Joe lanzó una mirada esperanzada cuando llamé al primer
relevo para los carros. En vano. En esta marcha iba a tener una ración
completa.

Nos desviamos de la carretera y enfilamos una pista de tierra que
había conducido a diez mil marines antes que nosotros en una dura
marcha que terminaría veinte millas más allá, en el boscoso cañón.
No tardamos en quedar envueltos en una nube de polvo. Luego llegó
el sudor, el eterno sudor que hace adherírsenos a la cara el espeso y
blanquecino polvo. Los dos primeros kilómetros son siempre los peores. Es el momento en que uno está fresco y alerta y puede sentir el
peso y el dolor antes de que el entumecimiento lo invada todo.

Control horario. Cuarenta y seis minutos pasados, faltan catorce.
Marchábamos a unos cuatro kilómetros por hora. Una buena velocidad
para todo un batallón, en orden de marcha, con todo el equipo. Huxley
debía de estar dispuesto a averiguar quiénes eran los soldados que se
mareaban en el mar y quiénes eran los marines. Lo sentí por la retaguardia; quizás estuvieran haciendo paso ligero para poder seguirnos.

Miré a Ziltch, el ordenanza del comandante. Resultaba gracioso ver
al perrillo de 1'60 de estatura dar tres pasos por cada uno de su amo
de 1'90. Adoraba a Huxley..., podía haber elegido un ídolo peor. La
extraña relación que existía entre este hombre y este muchacho parecía algo más que la de un comandante con un soldado..., semejaba

más la de un padre con su hijo. Huxley no tenía hijos. Estando en Islandia, me contó una vez lo que había sentido cuando entró en la sala de inválidos del hospital infantil de San Francisco. Estaba participando en el torneo Este-Oeste. Los niños tenían bastante buen aspecto, aun con sus torcidos miembros y sus cuerpos escayolados. Huxley habló de su amiga adoptada, que agitaba un banderín del Ohio State. La niña había entregado a su héroe un gran pañuelo rojo en el que había bordado el nombre: Sam Huxley, Ohio State. No era ninguna obra de arte, pero sí lo mejor que sus lisiadas manos podían hacer...

Huxley consultó su reloj. Sacó su gran pañuelo rojo, su amuleto de buena suerte, y se limpió parte de la mugre que le cubría la cara.

Marion cogió el TBY que llevaba el Alfeñique y se lo cargó a la espalda. Ski casi se elevó del suelo al perder las cincuenta libras de peso. Marion se tambaleó unos momentos y volvió a coger el paso. Ski tomó los auriculares, secó el sudor que Marion había dejado en ellos y se los puso sobre su propio sudor.

Sor Mary era un hombre excelente. Teníamos la mejor combinación de *walkie-talkie* del regimiento. Las viejas, gastadas y casi inutilizadas radios parecían adquirir vida propia bajo sus manos, y cuando él estaba en la radio de mando cada compañía se hallaba en contacto con la otra.

El cabo Banks, del centro de mensajes, le entregó un comunicado. Ski leyó en voz alta la gozosa noticia:

—Fresno Blanco a todas las compañías, diez minutos de descanso.

—¡Alto! —ordené—. Transmisiones... Burnside, monte el TBX y establezca comunicación con el regimiento. Hodgkiss, ayúdeme a extender los paneles para identificación aérea. ¡Rápido! ¡Gómez, conecte ese generador!

Mientras se hacían a un lado, se elevó un crescendo de juramentos y maldiciones. Marion y yo extendimos los paneles y, después, me dirigí hacia el grupo de oficiales arrodillados en torno a Huxley. Se me acercó Ski.

—Eh, Mac. How se ha esfumado. Está usando el aparato número 52. Se ha estropeado.

—¡Maldita sea!

Saludé a Gunner Keats, el comandante en jefe.

—Paneles extendidos, señor, para la aviación. El *walkie-talkie* con la How Company está averiado.

—¿Ha probado con CW?

—No, señor, pero no creo que el conmutador funcione tampoco.

—Está bien —gimió Keats—, utilice el aparato de repuesto.

—El aparato de repuesto tampoco funciona.

—Oh, mierda. —Keats se volvió hacia Huxley—. Mi comandante, la radio con How está averiada.

—¿Puede usar el semáforo?

—No muy bien mientras caminamos, señor.

—Bien, haga que el centro de mensajes ponga a trabajar a dos mensajeros —dijo, con irritación.

—Comandante Huxley —dijo Keats—, esos TBY no valen ni la chatarra de que están hechos. Fueron diseñados por algún maldito marinero para utilizarlos sobre el agua. Cada vez que pasamos ante un árbol grueso, éste impide la recepción. Yo creo que deberíamos devolvérselos a la Marina para que los meta por el culo..., señor.

Huxley se puso en pie y se enfrentó al ardoroso oficial. Keats, un viejo mustang que había ido ascendiendo desde soldado raso, expresaba, casi siempre, sus pensamientos con toda claridad, cosa que el comandante admiraba... a veces.

—Mister Keats —dijo—, ¿se siente usted incapaz de funcionar con el presente equipo?

—Comandante Huxley, señor. Mi centralita estaba anticuada en la guerra civil. Mis hombres están haciendo rodar rollos de cien libras de cable apolillado, mientras que el Ejército tiene carretes de diez libras de cable de combate. Mi máquina de cifrado fue desechada por el general Pershing, y mis malditas radios no habrían podido ayudar a Custer en Little Big Horn.

El resto de los oficiales se mantenían a prudente distancia. Yo me estaba lavando la boca, procurando eliminar de ella la mayor cantidad de polvo posible. Escupí un buche de agua, ingerí un trago, guardé mi cantimplora y me acerqué un poco.

—¡Mister Keats! El Ejército de los Estados Unidos lleva también rifles «Garand», y nosotros llevamos 03 de la Primera Guerra Mundial. El Ejército tiene aviones P-38, y nosotros tenemos F4F. No voy a leerle ahora la lista de equipo de combate. Sin embargo, Mister Keats, tenga esto bien presente, siempre: el Cuerpo de Infantería de Marina ha sabido arreglárselas, y muy bien, con la chatarra que nosotros compramos con los créditos sobrantes de la Marina. Hasta el momento en que podamos realizar esta guerra a la grandiosa escala del Ejército, instruiremos a los hombres de tal modo que su conducta personal y su adiestramiento venzan cualquier defecto de equipamiento. Obtendremos un cien por cien de eficacia de todas y cada una de las piezas de equipo que tenemos. ¿Está claro, Mister Keats?

—Sí, señor.

—Usted es el oficial de transmisiones... ¡Empiece a transmitir!

—Sí, señor.

El teniente Bryce, que estaba al frente de la compañía, se adelantó.

—Con el permiso del comandante, ¿podría hacer una sugerencia al comandante?

—¡No!

—Disculpe, señor.

Huxley pasó por delante de él a grandes zancadas.

Keats se volvió hacia mí.

—Usted es el sargento encargado de transmisiones. Transmita —dijo.

«Que te ahorquen, Jack Keats», pensé.

—Sí, señor —dije.

Sam Huxley paseó de un lado a otro de la carretera, seguido por su perrillo Ziltch.

—Maldita sea —murmuró—, la cobertura aérea tenía que haber llegado hace quince minutos. No pueden hacer nada bien.

«Eso es cierto», pensé. El agudo sonido del silbato taladró el aire.

—¡Aviación!

Nos dispersamos por las proximidades de la ruta. A cinco mil pies de altura llegaba una escuadrilla de «Gruman F4F», en unidades de tres aparatos. Eran aviones pequeños, lentos y torpes, con escasa potencia, como los cazas. Pero los chatos Wildcats estaban tripulados por hombres, iguales a los que se encontraban en tierra, que se veían obligados a sacar el mejor partido posible a lo que tenían y que, probablemente, sabrían desenvolverse a la perfección.

Casi pudimos ver al jefe de la escuadrilla, un hombre de rostro grisáceo, desplazar la colilla de su cigarro desde la comisura izquierda de su boca a la derecha y descender. Distinguió los blancos paneles de identificación extendidos en el suelo bajo él. Viró hacia un lado y picó casi hasta el nivel del suelo; luego inclinó las alas en señal de reconocimiento de tropas amigas.

—¡Cuartel General! ¡A la carretera! ¡Levantad el maldito culo y en marcha!

—Fresno Blanco a todas las compañías. En marcha. Tranquilo, adelante en vanguardia. George, en retaguardia, cambio y corto.

Levantar un pie y bajarlo, levantar un pie y bajarlo. De nuevo en el interior de una nube de polvo. Un segundo descanso, y tomamos otro trago adicional de agua. Un tercer descanso, y bebemos dos o tres tragos.

Huxley hacía que sus «putas» se moviesen con rapidez. Y bufaba ante cualquier pequeño fallo que se producía a lo largo de la columna. Reaparece el entumecimiento, y todo empieza a hacerse más fácil...; otras tres millas, y será como andar sobre una nube.

De vez en cuando, pasábamos ante una exhausta figura tumbada en el suelo a un lado de la carretera. Meneaba la cabeza con una expresión de derrota y excusa en los ojos. Yo podía leer los pensamientos de Huxley mientras le miraba ferozmente. *No hay sitio para los rezagados en el Cuerpo de Infantería de Marina. Tiene que haber cocineros y panaderos, pero mis cocineros y panaderos deben marchar también o no me llamo Sam Huxley. Esto es sólo el principio, muchacho.*

El teniente Bryce se estaba agarrando a Doc Kyser, fingiendo una cojera. Yo habría dado cualquier cosa por ver de nuevo la expresión del rostro de Huxley cuando le dijeron que su nuevo oficial era profesor ayudante en Stanford. Bryce no encajaba en el cuadro. Llevaba sólo una semana con nosotros, pero su impopularidad se había extendido ya como reguero de pólvora. No se le puede enseñar a un puñado de reclutas los artículos de la guerra citando a Bacon y Ben Jonson. Con Sor Mary resultaba distinto. Él era sincero. Bryce estaba usando sus conocimientos sólo para demostrar lo infinitamente listo y superior que era. He visto pasar a muchos oficiales; los buenos respetaban a sus hombres y eran respetados por ellos a cambio. Los tipos como Huxley sabían que serían los soldados rasos quienes, al fin y al cabo, resolverían ésta o cualquier otra guerra.

Levantar un pie y bajarlo. El sol estaba ahora en la plenitud de su fuerza. El sudor corría a chorros. Miré con ansia hacia delante, a un bosquecillo que se alzaba frente a mí... a unos tres kilómetros de distancia, calculé. Presintiendo una hora de descanso para comer, la vanguardia se dirigió hacia aquella zona y, casi a paso ligero, llegamos allí antes del tiempo previsto.

—¡Rompan filas! ¡Hora de comer! No abusen del agua.

—¡Bien! —grité—. Vayamos con ese TBX, mantened contacto con el regimiento. ¡Gómez, al generador!

Los fatigados hombres encontraron un grupo de árboles, descargaron el peso y se dejaron caer en el suelo, estirándose y lanzando suspiros de alivio. Abrimos las mochilas y sacamos la comida. Dos latas de ración C. Una lata contenía tres galletas, dos onzas de chocolate, un terrón de azúcar y un poco de café soluble. La segunda lata tenía o picadillo de carne guisada o carne de cerdo con guisantes. El picadillo tenía un gusto infame. Sólo el cerdo con guisantes resultaba casi comestible. En teoría, una de cada tres raciones tenía que ser cerdo con guisantes, pero daba la impresión de que los dioses estaban contra nosotros. Raro era el día en que algún hombre tenía la suerte de recibir esa comida.

Spanish Joe se apoyó contra un árbol. Se abrió la camisa y dejó que una leve brisa refrescara un poco su empapado cuerpo. Abrió su lata de cerdo con guisantes y nos dirigió una sonrisa. Él siempre se las apañaba.

—¿No te parece un poco duro el jefe para la primera marcha forzada, Mac? —dijo Burnside, cogiendo una cucharada de picadillo y haciendo una mueca.

—Quizá tiene una fulana esperándole en Rose Canyon —sugirió Macuto.

—Tiene muchas más en el sitio de donde venimos.

—Cuando esa maldita vanguardia empezó a correr hacia el bosque creí que me iba a caer en redondo. Esa mochila casi me mata a golpes. —Macuto se frotó los costados—. Parece como si me hubieran azotado con un látigo. Oye, he oído que en el Ejército tienen una nueva ración. Raciones K las llaman. Vienen en una caja encerada y tienen jamón, queso y hasta chiclé y cigarrillos.

—¡Chiclé y cigarrillos! ¿De verdad? —exclamó Gómez.

—Hombre, es que los del Ejército tienen billete de primera —dijo Speedy Gray.

—Y no es eso todo —añadió Macuto—. Algunos, incluso tienen limonada en polvo.

—No puedo creerlo. ¡Limonada! Me pregunto si el general Holcomb habrá oído hablar de esas raciones.

—Creo que tenemos todo un almacén lleno de raciones C que sobraron en Belleau Wood, y el general quiere acabarlas antes de gastarse el dinero de los contribuyentes en cosas como limonada.

El farmacéutico Pedro Rojas se acercó a nuestro grupo repartiendo píldoras de sal. Dejó caer una en el regazo de Speedy.

—Dásela al nuevo oficial, parece que puede usar algo por la forma en que se le está llorando a Doc Kyser.

—Tómala, Tex. Son buenas para lo que a ti te aqueja.

—No puedo, Pedro, me hacen vomitar.

—Chúpalas despacio.

—Me hacen vomitar lo mismo.

Pedro volvió a coger la píldora de sal, se encogió de hombros y se alejó.

—Eh —exclamó Macuto—, ponme el primero para sajar ampollas esta noche.

—De acuerdo, Macuto.

—Es el mejor para las ampollas de toda la unidad, y hay que ver lo suave que es trabajando con esa aguja.

—Sí, la mayoría de los matasanos actúan como si estuvieran realizando prácticas de bayoneta.

—Un tío estupendo para ser mexicano —dijo Speedy.

—Un tío estupendo, sin más —corregí—. También es tejano, ¿sabes?

—Los mexicanos no son lo mismo, Mac...

Abandoné el tema.

Reemprendimos la marcha. Lo que perdíamos en velocidad lo compensábamos más que sobradamente en los caminos que subían y bajaban pequeñas elevaciones del terreno. El descanso para comer dio a nuestros pies una buena oportunidad de reponerse. Aunque yo, fortalecido con tres pares de calcetines, podía sentir cómo me estaba empezando a salir una ampolla. Con los desniveles y las revueltas, el carro de transmisiones comenzó a crearnos problemas. Nos esforzábamos al máximo por no disminuir nuestro ritmo de marcha y, al mismo tiempo, mantenernos en contacto con las otras unidades.

Llegamos a un claro, y sonó el silbato.

—¡Ataque aéreo!

Se oyó el zumbido de los motores de una segunda escuadrilla que hacía de «enemigo». Muy pronto, nuestra propia escuadrilla de protección y la escuadrilla enemiga se enzarzaron en un simulacro de lucha. Nosotros salimos de la carretera, nos agrupamos en pequeños círculos, de espaldas al centro de los mismos y en posición de rodillas. Parecía lógico que al vernos sometidos a un ataque aéreo procurásemos ponernos a cubierto. No obstante, el Cuerpo de Infantería de Marina decía que teníamos que disparar contra los atacantes. Un avión se separó de los demás y picó sobre nosotros simulando hacer fuego de ametralladora desde sus alas. Nosotros respondimos con los chasquidos de los percutores de nuestros rifles al caer en sus vacías recámaras. Él descendió y pasó como un relámpago sobre nuestras cabezas, proyectando un fuerte viento a través de nosotros.

—¡Maldito bastardo! ¡Casi se nos echa encima!

—No te preocupes, muchacho, ¡le he dado exactamente entre los dos ojos!

Dice la leyenda que en Pearl Harbor un marine derribó un *Zero* japonés con su rifle, así que ahora tenemos que responder al fuego enemigo y no ocultarnos jamás en una zanja. Los aviones se cansaron de su juego y se alejaron, y nosotros reanudamos de nuevo la marcha. *Levantar un pie y bajarlo.* Seguimos caminando hasta que se debilitó el fulgor del sol, aliviando un poco el aguijón de sus rayos sobre nuestros cuerpos.

—¡Rose Canyon!

—¡No os tiréis al suelo! ¡Conectad el TBX con el regimiento! Instalad el aparato de TBY. ¡El pelotón del teléfono que conecte los cables con las compañías! ¡A paso ligero, maldita sea!

Lejos de descansar, el puesto de mando se convirtió en un hervidero de actividad. Circulaban mensajes y se ladraban órdenes.

Los camiones que transportaban la comida y los sacos de dormir habían tenido problemas y venían retrasados. Había que cavar trincheras y pozos de tirador y plantar las tiendas. Mi pelotón instaló las suyas de dos plazas en la dirección inadecuada y no las cubrió con una capa protectora de tierra. Les hice repetir todo el vivac.

Por fin, el corneta tocó retreta, y nos recogimos y encendimos un último cigarrillo antes del toque de silencio. Hacía frío afuera y nos arrebujamos en nuestras mantas. El suelo era pedregoso y los guijarros se nos clavaban en la espalda a través de los delgados sacos de dormir.

—Danny.

—Duérmete.

—Estoy pensando. Mañana voy a ir a ver a los paracaidistas. Pucchi dijo que aceptarían la entrevista. Un cincuenta por ciento más de paga. Ya tengo casi doscientos ahorrados. Calculo que serán unos 150 para gastos... y, bueno, puedo ganarlo en un mes. La haré venir.

—Creo que estás loco al ofrecerte como paracaidista.

—Sí, no me gustará dejar esta unidad. Formamos un grupo estupendo. Bueno, ya lo he decidido. Necesito la pasta. Dicen que no estaremos mucho tiempo en los Estados Unidos...

Descendió un mortal silencio sobre el campamento. Hombres cansados, demasiado cansados como para pensar en el largo camino de vuelta, cayeron en profundo sueño. De vez en cuando, un ronquido o un susurro de un hombre a otro quebraban el silencio. Andy Hookans pasó ante un inmóvil centinela, cogió los auriculares de la radio y practicó la anotación en su diario.

Me gustan estos tipos, pensé. Forman una buena unidad... Y estoy en mejor forma que la mayoría..., tengo suerte. Todos estaremos endurecidos antes de que esto termine. Sólo que no me gusta San Diego. Las mujeres allí son como las demás, lo que buscan es dinero y pasárselo bien. Quizá no debiera pensar así. Algunos de estos chicos tienen novia. Quizás algún día encuentre yo una mujer con la que pueda sentir lo mismo..., diablos, ¿cómo me he metido en esta primera guardia?

El corneta se situó en el centro de la zona del puesto de mando. Se llevó el instrumento a los labios. El toque de silencio resbaló en el callado aire nocturno y reverberó en las paredes del cañón.

—Compañía, ¡rompan... filas!

Retrocedimos un paso, nos volvimos, gritamos «a la orden, señor» y desaparecimos en los barracones.

—Bien, guardemos este maldito equipo en el cobertizo de radio antes de que os pongáis a soñar despiertos.

Habían terminado casi setenta kilómetros de marcha forzada con impedimenta completa y los fatigados cuerpos se dejaban caer en los camastros, tratando de reunir la energía necesaria para tomar una ducha y limpiar el sucio equipo. El sargento Pucchi entró en el barracón y tocó su silbato.

—Prestad atención. Tenéis una hora para limpiarlo todo antes de la inspección.

—¿Inspección? Yo creía que no habría inspección a causa de la marcha.

—Ya os quedasteis sin ella ayer, ¿qué más quieres?

—¡Cristo!

—¡El muy cabrón de Huxley!

—Además —añadió Pucchi—, no habrá permiso de salida. El comandante piensa que remoloneasteis en la marcha.

—Lo que me faltaba.

—Bien, Pucchi, hurra por mí y a ti que te jodan.

—Vamos —exclamé con sequedad—. Ya habéis oído al sargento. Limpiad esas malditas piezas. Aprisa, maldita sea, aprisa. Menead el culo y poneos en pie.

IV

Ski entró en los barracones con aire abatido, se acercó al catre de Danny y se sentó.

—¿Qué tal te ha ido, Ski?

—No me admiten. Los paracaidistas dicen que soy demasiado bajo.

—Lástima. Bueno, quizá..., mira, Ski, me alegro de que te hayan rechazado. Ahora puedes quedarte aquí.

—¿Ha llegado el correo?

—Sí —respondió Danny, lentamente.

—¿Algo para mí?

—No.

El Alfeñique se puso en pie y se volvió.

—Algo marcha mal, lo sé. Hace dos semanas que no he recibido carta.

—No te preocupes, Ski. Quizá sea cosa de su viejo.

—Él no le habrá roto las manos, maldita sea.

—Tómatelo con calma. Será mejor que te prepares para la práctica de judo.

Ski se dirigió hacia su propia litera.

—¿Dónde infiernos está mi mochila?

—Ha habido cambios mientras tú estabas fuera. Han llegado tíos nuevos del transporte motorizado. He recogido tus cosas y puedes ocupar la litera que hay encima de la mía.

—Yo tenía una litera inferior —gritó Ski—, y tú me has pasado a una superior. ¡Quita tus cosas de ahí!

—Eh, Ski, tranquilo, vas a despertar a los vecinos —sonrió Andy.

—¡He dicho que quites tus cosas!

Danny se acercó con rapidez.

—Puedes ocupar mi litera, Ski. Yo tengo una inferior —dijo Danny.

—No, quiero ésta. Este maldito bastardo está intentando aprovecharse.

—¿Qué coño le pasa? —preguntó Andy.

—No se encuentra bien —dijo Danny.

—¡Vas a quitar de ahí tus cosas, o te parto el alma! —Ski se acercó al gigantesco maderero con pasos amenazadores.

—Cristo, Ski, yo no voy a pegarte. Eres sólo un pequeñajo.

—¡Cobarde bastardo!

—Eh, Danny, llévatelo. No quiero pegarle.

—Pórtate bien, Ski —dijo Danny, haciéndole volverse—. Si pegas un puñetazo a Andy, te matará...; además, tendrás que habértelas conmigo también. Venga, lárgate antes de que se compliquen las cosas.

Ski se fue aplacando y bajó las manos poco a poco, una de las cuales le tendió luego a Andy. Andy la tomó.

—Lo siento, Andy. Yo sólo... Lo siento.

Se volvió y salió de la estancia.

—Cristo, sí que tiene el genio vivo —dijo Andy.

—Es esa chica, Andy. Lleva dos semanas sin tener noticias de ella. Se está volviendo loco.

—Pobre bastardo —murmuró Andy. Echó al suelo su saco y bajó el de Ski—. Las mujeres son todas iguales... Creo que ya no quiero una litera inferior.

Speedy Gray, el tejano y Macuto Brown, el granjero, se tambaleaban precariamente en sus taburetes. Gray rompió a cantar:

> *Cansado de mi caballo,*
> *cansado de mi montura,*
> *cansado de rodear*
> *el piojoso ganado,*
> *yipi yipi yi, yipi ya, yipi ya...*

El camarero se inclinó hacia ellos.

—Ya habéis bebido bastante, muchachos. Será mejor que os vayáis.

—¿Has oído al hombre, primo?

—Ya lo creo.

—No permanezcamos por más tiempo en este antro de iniquidad.

—Sí, vámonos.

Ayudándose uno a otro, consiguieron bajar sin incidentes de los taburetes. Speedy empezó entonces a derrumbarse. Cayó contra Brown, que estaba cayendo sobre él. Se agarraron uno a otro y, cogidos del brazo, salieron tambaleándose a la calle.

El aire fresco casi les hizo caer. Se movieron hacia atrás y hacia delante, logrando avanzar unos metros hacia su objetivo, que no era ningún sitio en particular.

Macuto se apoyó contra un edificio.

—No puedo dar un paso más... Estoy hecho polvo.

Se quitó la guerrera y, dejándose caer de rodillas, hizo con ella una almohada en la acera. Luego, se tendió. Speedy se encogió de hombros y se tendió junto a él.

Un corpulento policía militar saltó de su furgoneta y se acercó a la postrada pareja. Golpeó con su porra en las costillas a Speedy.

—¿Qué estáis haciendo ahí?

El tejano lo miró por entre sus casi cerrados ojos y respondió:

—¿Qué infiernos crees que estoy haciendo? Estoy tratando de llevar a este bastardo a casa.

Eran las diez. Spanish Joe apartó los ojos de un número de baile de dudosa calidad. Sor Mary miró su reloj y volvió luego la vista a su libro. Joe alargó la mano por encima de la mesa y tiró de la manga a Marion.

—Escucha, Marion —dijo—, deja un momento el libro.

—¿Qué te propones?

—Esos cincuenta pavos que gané anoche al póquer..., ¿los tienes?

Marion sacó su cuaderno de notas.

—Debes treinta dólares y quince centavos de esa cantidad.

Gómez se echó al coleto un doble de whisky y se secó los labios con la manga.

—Mira, chico, tengo el número de un sitio... y, bueno, mira..., no me eches un sermón. Podría ir, ¿eh?

Marion cerró de golpe el libro, mencionando algo acerca de Satán. Spanish Joe se inclinó hacia él con aire suplicante.

—Te aseguro que es un sitio de categoría.

—¿No hay manera de que se te metan las cosas en ese renegado cerebro tuyo?

—Oh, vamos, Marion, sé un buen camarada. ¿No he ido dos domingos seguidos a la iglesia? Y en todo un mes no le he cogido nada prestado a nadie.

—¡No!

—Pero las chicas que hay allí son sensacionales... Cristo, no todos los tipos son como tú. Nosotros sólo somos humanos.

—Apuesto a que son sensacionales —dijo Marion con tono despectivo—. ¿Te has parado a pensar alguna vez en las posibles consecuencias? Me refiero a las distintas de las morales —agitó un dedo bajo la nariz de Gómez—. Supón que agarras unas purgaciones y te meten en el pabellón de venéreas, y encima sin paga.

—Es uno de los riesgos del juego.

Marion volvió a abrir su libro.

—La mayoría de nosotros sólo somos humanos. Venga, Marion, no seas tan inflexible toda tu vida.

—No te voy a dar cincuenta dólares, Joe, y verte metido en un buen lío.

—Diez dólares es todo lo que necesito, diez pavos nada más.

—Por lo que tengo entendido, diez dólares es demasiado.

—Sí, pero esto es Dago, Marion, y estamos en guerra. Las fulanas son difíciles de importar.

Marion observó a su suplicante amigo y sopesó los pros y los contras de las debilidades humanas. Finalmente, apuntó otro tanto al diablo.

—Tendré que ir contigo, o no volverás nunca al campamento.

Gómez estrechó con fuerza la mano de Marion.

—Eres un amigo comprensivo de verdad. Vamos.

Encontraron el establecimiento. Spanish Joe llamó a la puerta con suavidad. Al cabo de unos treinta segundos, ésta se entreabrió una rendija.

—Nos envía Moe —susurró Joe.

La puerta se abrió del todo y entraron de prisa en un cuarto de estar poco iluminado y amueblado con utensilios baratos. Les franqueó el paso una mujer de arrugado rostro.

—Esta noche sólo hay una chica trabajando —dijo con voz ronca—. ¿Quién quiere pasar primero?

Marion se había instalado en un profundo sillón y estaba ya absorto en *Decadencia y caída del Imperio Romano* de Gibbons.

—Esta noche sólo yo —respondió Joe.

La mujer se inclinó sobre Marion, haciendo oscilar sobre su rostro su collar de perlas de tres vueltas.

—¿Qué te parece, cariño? Estoy segura de que te gustará la chica.

Marion le respondió con un áspero gruñido. La mujer miró a Spanish Joe, que se limitó a encogerse de hombros.

—Siempre es así, nunca he visto nada parecido —explicó, mientras ella le hacía pasar a una alcoba situada al final del pasillo.

Marion se esforzó en leer varias páginas de su libro, mirando con frecuencia el reloj y tratando de hacer oídos sordos a los sofocados ruidos de la casa. Brotó un rayo de luz que anunciaba la apertura de una puerta. Se puso rápidamente el libro delante de la cara, pasando una página y, en seguida, otra. Entró Spanish Joe, con el brazo en torno a la cintura de la prostituta vestida con quimono y palmeándole suavemente las nalgas.

—Dale diez pavos a la señorita, Marion.

Marion sacó la cartera, extrajo de ella diez dólares y se levantó. Sus ojos se encontraron con los de la prostituta. Eran de color azul claro y mirada triste..., vio una cascada de flameantes cabellos rojos y un cuerpo menudo y tembloroso. Se agarró a la mesita, sintiendo que se le nublaba la vista. Un silencio..., tan profundo, que pudo oír el tictac de un reloj al extremo del pasillo y el latir del corazón de Rae. Salió de la habitación tambaleándose.

Una ráfaga de frío aire nocturno le hirió los humedecidos ojos. Caminó al azar, con pasos vacilantes, a lo largo, una tras otra, de las manzanas de casas hasta quedar exhausto. Entonces, se sentó en la cuneta y lloró.

Llovía intensamente. Yo tenía al pelotón en el cobertizo de la radio, haciendo prácticas de clave.

—Bueno, diez minutos de descanso.

Se levantaron de sus bancos, se estiraron y se quitaron los auriculares.

—Tienes unas mazorcas estupendas aquí —murmuró Macuto Brown, el granjero de Iowa, mirando por la ventana—. La única pega es que hay que desenrollar demasiado papel para cogerlas.

Miró la lluvia y escupió por la ventana un chorro de jugo de tabaco.

—Dios mío, está lloviendo con más fuerza que una vaca meando en una piedra lisa.

—No te limitas a silbar por el colmillo, ¿eh, Spike? —comentó Speedy.

—Anda, Mac, ten corazón y deja que nos marchemos. Me voy a volver loco con esta maldita clave —gimió L.Q.

—El gran jefe está furioso —dije—, y no se lo reprocho. Habéis estado embrollándolo todo.

—Mac —dijo Forrester—, creo que te estás preparando el camino para contramaestre.

—He oído decir que le ha estado haciendo la pelota a Bryce —dijo Macuto, dándose unos golpecitos en la oreja con el dedo en un gesto familiar.

—Vosotros no duraríais ni diez minutos en el viejo Cuerpo con esa forma de actuar.

—Cuéntanos lo buenos que erais vosotros en el viejo Cuerpo —pidió Andy, con una risita.

—Bueno, en el viejo Cuerpo... —continuó la broma Jones—. Dejadme que os diga una cosa, reclutas. Yo he gastado más mochilas que vosotros calcetines.

—Yo creo que Mac se está cebando en nosotros.

—Sí, el pobre se está derrumbando. Lo acabarán trasladando a la sección de música. —Macuto lanzó otro escupitajo por la ventana.

—Dame un clavo de ataúd —pidió L.Q. a Faro.

—¿Los rostros pálidos no compráis nunca cigarrillos?

Forrester cogió una chocolatina y quitó la envoltura.

—¿Qué le pasa a Marion? Está insoportable últimamente.

—Sí —dijo Andy—, alguien tendrá que llamarle al orden.

—¿Es cierto que le van a trasladar a Artillería? —preguntó L.Q.

Gómez se puso en pie de un salto.

—Ni se te ocurra decirlo.

—No son más que rumores, muchacho. Libertad de palabra, ya sabes.

—¡He dicho que te calles!

—No te atrevas a hablarme así, Joe...

Cambié de tema.

—Volved a esas claves. Yo tengo que irme y no quiero que ninguno de vosotros se largue hasta las cinco.

Fui a la puerta y me puse el poncho (1) y el gorro.

—Forrester, revisa los barracones dentro de quince minutos, releva a Marion en el puesto de mando y lleva a estos soldados al rancho.

Entré en los desiertos barracones y escruté la larga fila de literas pulcramente hechas. En su rincón, Marion Hodgkiss yacía tendido, con

_____
(1) En castellano en el original.

la vista perdida en el techo. El gramófono tocaba una de sus piezas de música clásica. El sonido rebotaba en los vacíos mamparos. Me sacudí el agua de la lluvia y me dirigí hacia él.

—Una pieza preciosa, ¿cómo se llama?

—Te lo he dicho cien veces —recitó con voz monótona—. El último movimiento de la Primera Sinfonía de Brahms.

—Sí, es verdad, Brahms, muy bonita. —Di una vuelta a su alrededor—. Está lloviendo, hay que ver qué manera de llover.

El disco terminó y el brazo continuó girando. Alargué la mano y lo apagué.

—¡No te he dicho que hagas eso! —exclamó Marion.

—Escucha, Marion, acabarás derrumbándote si no pones fin a esto. Incluso se rumorea que te van a trasladar a Artillería.

Él rechinó los dientes y miró por la ventana. El viento impulsaba con fuerza a la lluvia contra el cristal, haciendo volar y dispersarse en mil direcciones a las pequeñas gotas.

—La otra noche, fui a Coronado y...

—Ocúpate de tus malditos asuntos.

Este tipo de lenguaje por parte de Marion podría muy bien significar que corría el riesgo de acabar con fractura de mandíbula. Me volví para marcharme.

—Mac —murmuró Marion.

—Sí.

—Mac, lo siento. Yo..., yo...

—Venga, muchacho, ponte la ropa de agua y vamos a la cantina a charlar. Los demás estarán aquí dentro de unos minutos.

—¿Y la guardia? —preguntó.

—Forrester se ocupará de ello.

Se pasó el poncho por la cabeza, lo abrochó y se puso el gorro. Caminamos lentamente por la resbaladiza calle, rechinando nuestras botas en el agua, llegamos a la pasarela sobre la arena y entramos en la cantina. Me sacudí el agua y fui hasta la barra.

—Dos cervezas.

—Coca-Cola para mí.

—Cerveza y una Coca-Cola.

Cogimos las dos botellas y nos dirigimos a una mesa vacía.

Vimos al sargento artillero McQuade y Burnside al extremo de la barra, bebiendo cerveza. McQuade estaba rodeado por un grupo de sus muchachos de la Fox Company. Su enorme estómago le colgaba por debajo del cinturón. Se inclinó sobre el mostrador y pidió otra botella. En ese momento, me vio.

—Hola, Mac —gritó.

—Hola, Mac —respondí.

—Le llevo nueve cervezas de ventaja aquí, a este recluta.

—Pon diez cervezas —ordenó Burnside—. Me gustaría ver el día en que un maldito irlandés puede ganarle bebiendo a Burnside.

McQuade echó hacia atrás su congestionado rostro y lanzó una estruendosa carcajada. Los dos tenían una bien ganada fama de grandes bebedores de cerveza y llevaban seis años compitiendo. McQuade se volvió hacia sus muchachos.

—Bueno, yo he pasado más mástiles de barco que postes de teléfono este tipo —rugió, mientras Burnside se echaba al coleto su tercera botella—. ¿Os he hablado alguna vez del famoso barco de la Marina, el viejo *Tuscarora*? ¡Menudo barco, sí, señor! Cuarenta cubiertas de altura y un fondo de paja para alimentar a los caballos marinos. Bueno, pues íbamos una vez por el río Yangtsé, y tenía tantas curvas que el guardia de popa estaba jugando a cartas con el guardia de proa.

Se llevó una botella a los labios.

—Por el próximo hombre que muera. —Y la vació de dos tragos.

Burnside comenzó a cantar:

> *¡Gloria, gloria!*
> *Un barril de cerveza para los cuatro.*
> *Gloria a Dios que no somos más,*
> *porque uno solo se lo podría beber entero.*

Me volví hacia el cabo Hodgkiss.

—He pensado que querrías acallar los rumores, Marion.

—Me gustaría escribir algún día un relato sobre Burnside y McQuade.

—Son una pareja de novela.

—Mac —dijo—, no entiendo lo de esas mujeres.

—¿Las putas..., quiero decir, las prostitutas?

Asintió.

—No sé, Marion, es difícil de decir. Cuando estábamos en Shanghai en el 31, tenían un montón de chicas rusas blancas. Conozco a un par de tipos que se casaron con ellas. Parecían bastante felices.

—¿Puede una de ellas...? Quiero decir, Mac, bueno... Nunca le he preguntado gran cosa acerca de ella misma... Siempre creí que eran duras y crueles, como las presentan los libros.

—Son mujeres iguales que las demás. Las encontrarás de todas clases, lo mismo que hay toda clase de marines.

—Ella es tan delicada y señorial, y le gusta aprender cosas... Yo... no podía imaginarla con... No encaja, Mac. Ella es maravillosa..., ¿por qué tenía que hacer eso?

—La primera vez que fui a un burdel, Marion, yo tenía aproximadamente tu edad y era igual de inocente. La chica tenía junto a la cama un libro de calidad, ya he olvidado el título. Lo que siempre he recordado de ella es lo que me sorprendió el hecho de que leyera un libro. Resultó que era una chica muy refinada, poseía un título universitario. Tenía su historia. Todo el mundo la tiene... Como te digo, las hay de todas clases.

—¿Qué harías tú si estuvieras en mi pellejo, Mac?

—Tú eres el único que puede contestar a eso, Marion.

Encendí la lamparita y reflexioné.

—Son una clase extraña de mujeres, yo he conocido muchas de ellas. Muchas han sido maltratadas..., y los hombres, bueno..., son muchos cerdos detrás de lo mismo. Ellas conocen todos los recovecos, todas las respuestas. Quizás es por eso por lo que Rae se ha enamorado de ti. Tú eras algo nuevo para ella.

Tomé un sorbo de cerveza e hice un esfuerzo por encontrar las palabras adecuadas.

—Cuando un tipo las trata con decencia, obtiene de ellas una lealtad canina. A esas mujeres no les importa engañar y defraudar, pero su hombre es algo especial para ellas. Tienen una ternura que quizá busquemos todos, pero que sólo unos pocos tienen la suerte de encontrar. Pero uno debe pagar un alto precio por ello, tiene uno que ser grande y borrar de su mente muchas feas imágenes...

Titubeé.

—Tú has conocido a Rae, Mac —dijo.

—Rae es una dama, tiene clase... y te quiere.

—¿Te acuerdas de aquella noche en el aeródromo?

Asentí. Marion sacó una carta del bolsillo. Era de una revista que había aceptado el cuento titulado *El retiro de Mr. Branshly* y solicitaba más originales.

—No sé cómo empezó, Mac. Sólo unas pocas palabras al principio. Ella llegaba cansada al barco, y hablábamos, principalmente acerca de mí y de Literatura... y, luego, todas las cosas que yo he tenido dentro parecieron salir: Podía hablar con ella sin sentir miedo... Podía decir cosas que nunca he dicho antes, y ella cerraba los ojos y escuchaba mis ideas, y las comentábamos. Era fácil..., parecía comprender que yo estaba tratando de alcanzar algo.

—Creo que entiendo.

—Y, Mac, yo le leía..., a veces durante toda la noche.

Miré por la ventana. La lluvia estaba empezando a amainar.

—Rae es más que una mujer para mí. No es realmente mala..., lo sé. Es maravillosa, amable, dulce. Yo no podría escribir sin ella.

—¿No has respondido a tus propias preguntas, Marion?

Forzó una leve sonrisa.

—Creo que ninguna otra cosa importa, Mac.

—¿Por qué no me haces un favor, Marion? Empieza a recorrer tu red como debes hacerlo.

—Estaré bien ahora..., y gracias, Mac.

Un coro de diez marines borrachos comenzó a cantar estruendosamente.

> *Cuando nos ponemos en marcha*
> *y la banda empieza a TOCAR,*
> *podéis oírles gritar,*
> *son los marines que están desfilando.*

McQuade y Burnside se desplomaron finalmente en el suelo, terminando el duelo en otro empate.

El cabo Hodgkiss subió corriendo la plancha a las doce y media en punto. La abrazó y la apretó contra sí con tanta fuerza que casi la rompe en dos. Ella se estrechó contra él, temblando como un perrillo asustado.

—Marion, Marion, no vuelvas a dejarme.

—Te quiero, Rae.

—Mira —dijo ella, abriendo el bolso—. Tengo un regalo para ti.

Le dio un par de calcetines.

—Los he hecho yo misma. No están muy bien, es el primer par. No sabía tu número de pie ni nada.

Más tarde, Rae entró delante de él en su apartamento. Marion la siguió lentamente. Rae encendió la luz, cerró la puerta y tiró el abrigo sobre el diván. Él permaneció allí, apoyado contra la puerta, dando vueltas al gorro con aire turbado.

—¿Qué ocurre, Marion?

—Yo..., yo nunca he estado así, con una chica...

Ella sonrió, le dio unas palmaditas en la mejilla y se separó.

—Quítate la guerrera y ponte cómodo. Voy a preparar un poco de café.

Marion se acomodó en un amplio sillón y cogió un libro; era *Sonetos de los portugueses*. Ella se sentó en el brazo del sillón.

—Estaba deseando que volvieras —dijo—. Quería que me lo leyeses.

Le besó en la frente y desapareció en la cocina. Él la siguió con los ojos.

A la mañana siguiente, Rae salió de San Diego en dirección a la casa de Marion.

Querida Rae:

Me alegra que te gusten mis padres. Ellos me han escrito, y te adoran tanto como yo. Me alegra que decidiéramos tan rápidamente que te marchases, es mejor así. Uno de los compañeros ha traído a su mujer a San Diego, y ahora que estamos esperando marcharnos de los Estados Unidos, su vida es un clímax tras otro. Ella está medio loca para cuando él llega a casa cada noche. De todos modos, tendremos un recuerdo maravilloso que nos alentará. No puedo hacerme aún a la idea de que eres mía.

Estoy escribiendo mucho. Aprovecho todos los ratos libres que tengo. Un día de éstos tendremos un montón de cosas maravillosas que hacer y ver juntos un montón de sitios maravillosos..., vamos a ser muy felices.

Querida Rae, lo que decías en tu última carta..., no pienses más en ello. No importa. El pasado es el pasado, y sólo el mañana importa. Tú eres mi novia, y te quiero.

MARION

V

Se nos había dispensado de los ejercicios de instrucción y de la inspección a causa de un problema surgido durante la noche en la zona de barracones. Nos pasamos toda la noche practicando infiltraciones para aguzar los ojos y los oídos en la oscuridad. El pelotón tuvo que esforzarse de firme. Era preciso que enviáramos nuestros mensajes breve y rápidamente, porque el ruido del generador podía levantar a los muertos en medio de aquel silencio. Teníamos que movernos lo más de prisa posible después de cada transmisión para que no nos capturase «el enemigo». Después de andar dando tumbos durante ocho horas a lo largo de toda la noche, volvimos a los barracones mortalmente cansados.

—Qué mala suerte —suspiró L.Q. Jones—. Un fin de semana en tierra, con todas esas tías esperándome en El Cajón, y no puedo ni ponerme en pie.

—Ya sabes cómo le llaman a eso los marines rusos —dijo su compañero Faro—, mierdaski podridiski.

—Sí, mándale un mensaje al capellán.

—Ella me está esperando en la puerta del campamento, maldita sea, ¿qué tal si voy a decirle que me han metido en el calabozo, o algo así, indio?

—¿No la has cazado todavía, L.Q.?

—Según mis cálculos, ésta es la noche. Su viejo tiene aquí un rancho, y yo voy a pasar allí el fin de semana, pero estoy completamente hecho polvo..., creo que no tengo la energía precisa.

Se puso en pie, con el mayor trabajo.

—Bueno, tendré que mantener la moral alta. —Y se dirigió tambaleándose hacia el lavabo.

—¿Es ésa la misma que cantaba en la radio la noche en que cargó su rifle y nos hizo a todos escuchar y escribir cartas a la emisora? —preguntó Danny a Faro.

—Sí, la misma *squaw*.

—¿No ha sacado nada de ella aún?

—No, le está dando largas. Le he dicho a L.Q. que se ande con ojo con esa mujer. Es tan condenadamente fea que, si no consigue un marido con veinte mil marines alrededor, se quedará en su rancho durante el resto de su vida. Ese local de El Cajón es una trampa...

L.Q. fue retenido en la puerta del campamento y obligado a entrar en el cuerpo de guardia para cepillarse las botas. Entró en el descapotable aparcado, en medio de los silbidos de admiración de los marines que salían de permiso. El noventa por ciento de los silbidos eran para el descapotable y muy pocos para la pobre Nancy East, que se hizo a un lado cuando L.Q. tomó el volante y arrancó.

Para cuando llegaron a El Cajón, L.Q. Jones era un joven muy fatigado. El problema de la noche lo había dejado exhausto. Sin embargo, éste parecía ser el momento oportuno en el juego del gato y el ratón que había estado practicando con Nancy East. En cada uno de sus permisos de salida había ido realizando un pequeño avance hacia su objetivo.

Nancy, por su parte, permitía cada avance obteniendo de L.Q. una nueva confesión verbal. Él iba armado con un pase de fin de semana, el padre estaba fuera por asuntos de negocios y las cartas estaban encima de la mesa.

La insignificante muchacha se daba perfecta cuenta del estado físico de L.Q. Tenía formado un plan completo para quebrantarle con promesas de que las cosas mejorarían cuando llegase la noche. De este modo, razonaba, podría debilitar su estado mental y físico hasta un punto en el que fuera inútil toda resistencia ulterior. Con ayuda de su madre, podría dar el paso decisivo y conseguir así un marido. Era póquer sucio.

No había hecho L.Q. más que cambiarse de ropa cuando Nancy le puso una raqueta en la mano y le llevó a la pista de tenis. Ella se estuvo burlando de él mientras le infligía una aplastante derrota en el primer set. Bien, no tiene nada de particular gastarle bromas a un tipo por su juego defectuoso cuando está cansado y no tiene ganas de jugar. Pero insistir en que eso ejemplifica el carácter de todo el Cuerpo de Infantería de Marina es injusto. L.Q. se puso furioso. Recurriendo a las reservas que todo buen marine tiene, se convirtió en un auténtico tornado humano y se apuntó la victoria en los dos sets siguientes, defendiendo así el honor del Cuerpo.

Sin embargo, antes de poder disfrutar de un bien ganado descanso, se encontró montado en la silla de un animal de feroz aspecto que lo zarandeó a través de campos y colinas durante las dos horas siguientes. L.Q. odiaba a los caballos.

Se hizo presente el hambre. Nancy tuvo la romántica idea de una comida campestre en un lugar situado a seis kilómetros del rancho. La vigorosa hija del ranchero le llevó caminando a paso vivo, él bajo la carga de un voluminoso cesto y el termo. Siendo la primavera lo que es, Nancy insistió en que su enamorado la persiguiera por el bosque como deben hacerlo todos los enamorados en primavera por el bosque. Pero L.Q. no era lo que podría llamarse un sabueso. No la cogió. No tuvo oportunidad de luchar.

Antes de cenar, la joven amazona redondeó un día perfecto retándole a un partido de pelota y a una carrera a nado. Por una vez, L.Q. dio gracias a Dios por estar gordo y poder flotar con facilidad; si no, se habría hundido con toda seguridad.

Se dejó caer en una silla ante la mesa. Nancy y su madre hicieron desfilar ante él unos quince platos que iban desde solomillos de cinco centímetros de grosor cubiertos de setas hasta un postre de tarta de manzana y queso de Monterrey. La comida era el sueño de un gourmet, y L.Q. la persona que podía hacerle justicia. Y Nancy East parecía haberla preparado con sus propias manos en un rato libre. Nunca se le ocurrió a L.Q. que ella no había tenido un rato libre desde su llegada.

Después del festín, el cerdo cebado fue preparado para el sacrificio. Él estaba demasiado saturado de epicúreos deleites como para resistirse. Se limitó a permanecer sentado. Y escuchó el incesante parloteo de Mrs. East. Percibió entonces con claridad todo el plan. ¡ATRAPADO! La puerta, pensó. No, no lo conseguiré, ¡no puedo moverme!

Mrs. East no dejaba de hablar. Le parecía a L.Q. que ella y su fea hija le estaban mirando con gatunas sonrisas, como si se relamieran al pensar en el rollizo y sabroso ratoncito que habían acorralado.

Levantó la cabeza y oró en silencio. Luego, con la sangre latiéndole violentamente en las venas, y con renovada fuerza, como la que suele encontrar el hombre que lucha por su libertad, pronunció sus primeras palabras de la noche:

—Vamos a hacer un poco de dulce de chocolate.

Él y Nancy fueron a la cocina. Lejos, por fin, del sonsonete de la incesante charla de su madre.

Mientras estaba ella allí, junto al fogón, con el cazo en la mano, él se acercó, la hizo volverse y la besó.

—Aquí no, tonto —rió ella.

La atrajo hacia sí y vio por encima del hombro que su madre estaba atisbando por la puerta. No había alternativa. Volvieron al cuarto de estar con un plato de dulce de chocolate. Mrs. East dejó a un lado su labor de punto, cogió un trozo de pastel, diciendo que en realidad no debería y chasqueó los labios.

—¿Sabes? —ronroneó—. Mr. East y yo nos casamos durante la última guerra. Él era capitán..., pero —se apresuró a añadir— un soldado gana ahora casi tanto como ganaba entonces un capitán.

Sonrió con dulzura a L.Q., que tenía una expresión de terror en los ojos.

Las horas gravitaban pesadamente sobre el joven marine. Después de que hubieron transcurrido muchas más en agradable conversación, a cargo de Mrs. East, la mujer se excusó y se fue a la cama. Él y Nancy tomaron más pastel y, luego, siguieron su ejemplo.

L.Q. se dejó caer como un muerto en su cama. Cuando estaba a punto de quedarse dormido, sonaron unos suaves golpecitos en la puerta de su habitación. Entró Nancy East, sólo vestida con un fino camisón de encaje. L.Q. escrutó las paredes y el techo en busca de micrófonos ocultos, alarmas y artilugios explosivos. Pensándolo bien, ella no parecía tan fea, en la semioscuridad al menos.

—Te he traído otra manta —dijo ella—, hace frío.

Se sentó en el borde de la cama. El aroma de Chanel número 5 llenó sus fosas nasales. ¿Qué puede hacer un hombre? La hizo echarse a su lado y la besó.

—No, debo volver.

—Quédate un momento —suplicó él.

Ella lo besó dulcemente y se separó de pronto.

—¿Qué ocurre?

—Eres lo mismo que el resto de los marines. Todos sois iguales.

—¿Yo? ¿Como un marine? Estoy loco por ti, nena.

Ella le volvió a besar y se retiró de nuevo. L.Q. jadeaba con fuerza.

—Dime que me quieres, L.Q.

—Por los clavos de Cristo, te quiero —acezó él.

—¿No puedes decirlo con más dulzura?

—Estoy loco por ti.

—¿Cuánto?

(Ánimo, muchacho, ya está en el bote.)

—Mucho —respondió él, y la atrajo junto a sí y la abrazó con fuerza.

—¡No! Temo que seas igual que los demás.

Hubo un largo silencio. Ella se acurrucó en sus brazos. Él no se inmutó. Hay veces en que un hombre debe ser firme.

Al fin, Nancy East cedió.

—Soy tuya, L.Q. —dijo.

L.Q. Jones le respondió con un largo y sonoro ronquido. Estaba profundamente dormido.

—¡Correo!

Los hombres se arremolinaron en torno al suboficial de servicio. Mientras voceaba los nombres escritos en los sobres, podía verse una sonrisa iluminar un rostro y la ansiosa tensión de los que esperaban oír sus nombres. El Alfeñique se mantenía a un lado mientras el cabo Banks pasaba el correo a sus destinatarios. Luego, terminó, siempre demasiado pronto. Y los que habían recibido carta se dirigían a sus literas, sonriendo con ávida anticipación. Ski se alejó rápidamente, con las manos en los bolsillos. Una vez más, no había carta para él.

—No hables tanto y reparte.

Estábamos jugando al póquer en el barracón.

—El nombre de este juego, caballeros, es el de descarte quíntuple. Se empieza con diez centavos, sota o más para abrir.

—¿Qué te parece ese Bryce?

—Un perfecto imbécil, si alguna vez he visto alguno.

—¿Alguien abre?

—Yo paso.

—¿Tú, Andy?

—Abro con 25 centavos.

—Eso es lo que yo llamo un farol.

—¿Cartas?

—¿Tienes triunfo, Andy?

—Quizá.

—Veinticinco centavos.

—Veo y diez más.

—¿Qué tienes para estar tan orgulloso de ello? Quiero.

—Tres putas.

—Y luego hablarán de suerte.

—¿Qué tal una mano de póquer descubierto, caballeros?

—¿Qué opinas de Bryce, Mac, no es un gilipollas?

—Se supone que no debo expresar mis puntos de vista sobre la élite —repliqué.

—Ese cabrón será mejor que se deje de historias y nos hable como a personas.

—Pareja de treses manda.

—El precio del póquer sube..., quince centavos.

—Voy.

—El bastardo va a terminar con un agujero en la espalda, él y toda su educación.

—Siguen mandando treses.

—Veinticinco centavos.

—Paso.

—Siete... pareja de doses..., el tres gana.

—Tanto.

—Veinticinco centavos.

—Nada y nada..., mandan treses.

—Tanto.

—Veinticinco centavos.

—Veinticinco más.

—Los veo.

—¿Qué tienes?

—Doses y seises.

—Tres treses..., los tenía amarrados.

—Para que hablen de suerte..., bueno, estoy limpio. Préstame un pavo hasta el día de paga.

—De acuerdo.

Sor Mary y el Alfeñique se quedaron mirando unos momentos la partida.

—Hay un asiento libre, caballeros.

—No, gracias —dijo Marion—, no juego.

—Yo tampoco. Una paga más y la tendré aquí, muchachos —dijo Ski.

—Hay función y baile en el USO..., ¿alguien quiere venir?

—No, lo siento por esas malditas compañías del USO. Se compadecen tanto de sí mismas porque se compadecen de nosotros. Además, son bastante viejas.

—Bueno, sólo intentan fortalecer tu moral.

—Mira, yo tengo la moral muy alta. ¿Por qué no se van a un campamento del Ejército de Tierra? A ellos también les compadecen.

—Yo, la última vez que vi una función del USO, me quedé dormido como un tronco.

—Dame un porro.

—Reparte.

—Póquer descubierto a siete cartas.

—Una bala, otra bala, seis, puta, sota..., la primera bala apuesta.

—Diez centavos.

—Una vez, sólo una vez.

—Hacen baile después de la función. ¿Vais a ir alguno?

—No puedo soportar a las tías que llevan.

—Sí, como te quedes con ellas el tiempo suficiente, acaban llevándote a la iglesia.

—La parte que me hace gritar es cuando te miran con sus inocentes ojos azules y te dicen a cuántas cosas renuncian para hacer este trabajo tan duro..., cualquier cosa por nuestros muchachos uniformados.

—«De ordinario, mamá no me deja salir con soldados y marineros.»

—Sí, cualquier cosa por el esfuerzo de guerra..., as, sota, apuesta.

—Quince centavos.

—Sí, se comportan como una pandilla de puñeteras mártires.

—Reparte, muchacho, y no tendrás tantas cartas.

—¿Adónde crees que vamos, Mac? Deben de tener reservado algo especial para el Sexto.

—Se dice que a Wake Island.

—Me encantaría ir a Wake.

—Holcomb estuvo en el Sexto en la última guerra.

—¿Quieres decir en la GRAN guerra?

—Sí, el jefe le tiene el ojo echado al Sexto.

—Veinticinco centavos.

—Voy.

—Una carta.

—Bueno, escalera.

—Gana a mi doble pareja.

—Espero que Ski traiga aquí a esa mujer. Yo le ofrecí diez dólares, pero él los rechazó.

—Orgulloso bastardo. Trabaja continuamente. Creo que no ha bajado a tierra desde que llegamos a Eliot.

—Sí, yo procuro darle algún que otro trabajillo para que se gane un par de pavos.

Andy Hookans tiró sus cartas sobre la mesa y se levantó.

—Me voy a la cantina. Préstame un par de pavos, Mac.

Se los eché.

—Espero que Ski lo resista. Es demasiado buena persona. Debería desentenderse de las malditas mujeres —y Andy salió a grandes zancadas del barracón.

—¿Qué le ocurre?

—Creo que está en contra de todas las mujeres en general.

—¿Se puede jugar, muchachos? —el sargento Barry, del pelotón de teléfonos, se deslizó entre las mochilas y adquirió varias cerillas.

—Te cuesta veinte centavos entrar, Barry. Progresivo. Puta o más para abrir.

Eran casi las doce de la noche cuando volví al barracón. Había acortado mi turno en el torneo de cerveza, ya que al día siguiente llegaba otro Especial de Huxley. Dejé a McQuade y Burnside dirimiendo su competición.

Entré y me dirigí a los lavabos. Allí, vi a Ski, de pie en un extremo de la larga fila de retretes. Eché a andar hacia él, y me volvió la espalda. Ski había pedido aquel día ser dispensado de la carrera de obstáculos por no encontrarse bien. Ski no era en absoluto de los soldados que se suelen fingir enfermos. Lo que le faltaba de corpulencia lo compensaba más que de sobra con su energía. Me figuré que estaba deprimido porque no había recibido noticias de su novia. Nada destroza tanto a un hombre como la falta de noticias de casa, o tenerlas malas. Así que le dejé el día libre y no insistí sobre el asunto.

Ski me rehuyó, y pensé que su comportamiento resultaba un poco extraño.

—¿Te encuentras bien, Ski? —pregunté.

—Sí —murmuró, todavía vuelto de espaldas, y rápidamente se guardó un frasquito en el bolsillo del pantalón.

—¿Seguro que no estás enfermo?

—Déjame en paz, ¿quieres? —dijo Ski, con voz quebrada y temblorosa.

Me acerqué a él.

—¿Qué tienes en ese frasco?

—Déjame en paz.

—Te he preguntado qué tienes en ese frasco.

—Ocúpate de tus malditos asuntos —replicó con voz sibilante, y pasó de largo ante mí.

Lo agarré por los hombros y le hice girar en redondo. Antes de que pudiera decir una sola palabra, se lanzó sobre mí como un gato salvaje. Yo estaba cargado de cerveza, y me alcanzó de lleno en el estómago. Caí al suelo. Cuando se volvía para irse, le eché la zancadilla y lo derribé.

No quería cebarme en él, pero estaba golpeándome encima de la ingle. Traté de contenerle, pero estaba como loco. Le largué un derechazo en la boca, pero él seguía atacando, pateándome y golpeándome desde todos los ángulos. Me acorraló contra el mamparo y me lanzó un gancho. Mi cabeza golpeó en la pared..., quedé aturdido. Finalmente, conseguí llevarle a un rincón y empecé a machacarle a puñetazos el estómago. Dos... tres... cuatro... cinco... seis..., directamente en el vientre, con todas mis fuerzas. Ski empezó a doblarse sobre sí mismo. Entonces, le golpeé en la nariz..., luego en la mandíbula. Empezó a sangrar como un cerdo degollado. Rechinó los dientes y se lanzó de nuevo contra mí..., pero yo no le dejaba salir del rincón.

—¡Basta! —grité, golpeándole el ensangrentado rostro—. ¡Por amor de Dios, basta!

Ski me agarró la guerrera, ofuscado, pero continuó tratando de pegarme.

—¡Basta! —rogué, asestándole un puñetazo en la mandíbula.

Giró sobre sí mismo y se desplomó sobre las manos y las rodillas, sacudiendo él la cabeza. Salté sobre él, le sujeté el brazo a la espalda y, mientras él forcejeaba para desasirse, le metí la mano en el bolsillo.

—Estáte quieto o te parto el brazo —advertí.

Hizo un esfuerzo más, pero, cuando encontré el frasco, cedió. Lo solté. Cayó contra el mamparo, se cubrió con las manos el ensangrentado rostro y sollozó.

—¿De dónde has sacado esto?

Entró Andy en los lavabos.

—Cristo bendito, Mac, ¿qué te pasa? Te arrestarán por esto.

—Este pequeño imbécil ha intentado suicidarse —jadeé. Sentía una penosa opresión en el estómago—. Haz venir a Danny y Marion, rápido. Y en silencio, no despiertes a todo el barracón.

Llegaron corriendo, en ropa interior, seguidos por Andy.

—Vigila esa puerta, Marion. No dejes entrar a nadie. Dame tu camiseta, Forrester.

Danny se la quitó y yo me dirigí a un lavabo y la empapé de agua fría. Cogí del pelo al lloroso muchacho, le levanté la cara y le limpié la sangre lo mejor que pude.

—Tenía un frasco de píldoras para dormir. Debe de haberlas cogido de la enfermería.

—¡Oh, Dios! —murmuró Danny.

—Estruja esta maldita cosa y empápala con más agua fría. No quería pegarle tan fuerte, el pequeño bastardo se puso bravo.

Lentamente, hicimos que Ski se recuperase. Tenía los ojos vidriosos y se le bamboleaba la cabeza. Miraba fijamente al suelo. Danny se arrodilló a su lado.

—Soy yo, Danny..., tu compañero. ¿Puedes oírme?

Ski asintió.

—¿Por qué has intentado suicidarte?

Levantó la cabeza muy despacio y nos miró. Se le llenaron los ojos de lágrimas y trató de abrir la boca para hablar. Le temblaron los labios y exhaló un gruñido. Volvió a bajar la cabeza y la meneó con lentitud.

—¿Es por Susan?

Asintió.

—¿Has recibido carta?

Volvió a asentir.

Danny rebuscó en su bolsillo y sacó un sobre. Se incorporó y se acercó a una luz. Le temblaba la mano y un silencio mortal descendió sobre nosotros. Sólo se oía la respiración irregular del abatido muchacho. Danny se mordió el labio, cerró los ojos y miró a Ski.

—¿Qué es? —preguntó Andy por fin.

—Ella va a tener un hijo, de otro. Se van a casar..., el resto son sólo... excusas...

Estábamos demasiado conmocionados para movernos. No había gran cosa que nadie pudiera decir.

—Una carta de despedida —murmuró Andy—. Malditas mujeres, ¡zorras asquerosas!

—Tranquilo, Andy.

—Necesitaba una salida, maldita sea. La que tiene ahora.

—Eso no le servirá de ayuda, Andy —dije, arrodillándome junto al muchacho—. Ski, somos tus amigos, ya lo sabes.

—Sí...

—Si te entregamos, te mandarán al psiquiátrico. Tú quieres quedarte con nosotros, ¿verdad?

Asintió con la cabeza.

—Cuidaremos de ti —dijo Danny.

—¿Prometes no volver a intentarlo?

—Sí —dijo, con voz quebrada—, lo prometo.

—Trata de dormir un poco. —Le ayudé a ponerse en pie—. Siento haber tenido que pegarte.

—No es culpa tuya, Mac —murmuró, entrando con pasos lentos en el barracón.

—Será mejor que no le perdamos de vista —dijo Andy—. Yo haré dos horas de guardia. —Y siguió a Ski.

—Yo haré el turno siguiente —dijo Marion.

—Más vale que os acostéis —replicó Danny—. Yo no creo que pueda dormir de todas formas.

Antes de la cena del día siguiente, el sargento primero Pucchi me llamó a la oficina de la compañía.

—¿Qué pasa, Mac? Ski acaba de venir y se ha llevado todo el dinero que tenía en su cartilla de ahorros. ¿Por fin trae a esa chica aquí?

—¡Qué!

—Sí, casi trescientos pavos. Oye, ¿qué le ha pasado? ¿Ha chocado con un tanque? Tiene la cara hecha un mapa.

—Ayer recibió una carta de ruptura de su novia, Pucchi.

—Lástima, es un buen chico. Nunca se puede predecir por dónde van a salir las mujeres. Bueno, el caso es que me chocó que cogiese un pase de salida. Creo que es la primera vez que pide uno.

—Va a ir a Dago con esa pasta —dije—. Se la quitarán. Pucchi, tienes que darme un pase esta noche.

—Tienes mucha cara. No puedo darte un pase; anoche utilizaste uno.

—Escucha, Pucchi, se va a meter en un lío con toda esa pasta.

—Eso es problema para el capellán Peterson.

—Sé un buen camarada.

—Cristo, Mac, por la forma en que me vigila Bryce, se me caerá el pelo si te doy un pase. Ni hablar.

—Gracias, Pucchi —dije—, eres un verdadero amigo. De todas formas, recuerdo una vez en Reykjavik, cuando le diste la gran somanta a aquel capitán inglés y se te estaba echando encima la Policía Militar islandesa y medio ejército británico. Entonces no te importó recibir de mí un favor. Todavía tengo una cicatriz en la cabeza cuando me arrearon con una botella de cerveza.

—¿Cuántos favores vas a pedir por una pequeña pelea? Hace ya un año de eso.

—¿Cuándo te he pedido un favor?

—Oh, mira, Mac, no fastidies.

—¿Qué harías tú, Pucchi, si fuese uno de tus muchachos?

Pucchi abrió el cajón, sacó una tarjeta y se volvió hacia su máquina de escribir.

—No olvides esto, maldito bastardo. Y, por los clavos de Cristo, no te dejes coger por la patrulla costera, o nos pasaremos los dos un mes a pan y agua.

—Ya que estás en ello —añadí—, prepara también unos pases para Marion, Andy y Danny. Quizá necesite ayuda.

Seguimos a Ski por la puerta de salida. Tres autobuses se detuvieron para transportar a la primera remesa de marines con destino a Dago. Ski subió al primero, nosotros entramos en el segundo.

Llegamos a Dago 45 minutos después, echando el ancla delante de la YMCA, en Broadway. Se dirigió al primer bar que vio. Nosotros nos mantuvimos a cierta distancia por detrás de él. Fue rechazado en la puerta de los tres primeros bares cuando le pidieron su tarjeta de identidad. Era todavía menor de edad, y no le permitían la entrada.

Cambió de acera y torció por una calleja lateral. Contuvimos el aliento al verle dirigirse en línea recta hacia el *Dragon's Den*. Era el peor tugurio de una ciudad llena de tugurios. Ski había aprendido; dio un billete al portero, y éste le permitió entrar.

Reuní a los muchachos para una rápida conferencia.

—Vamos a entrar y a sentarnos en una mesa.

—No nos dejarán —aduzco Marion—. Todos somos menores de veintiún años.

—Es cierto —dije—. Bien, entraré yo, y vosotros manteneos atentos, este local tiene dos o tres salidas.

—Descuida, Mac.

Crucé la calle y entré en el *Dragon's Den*. Era un bar ruidoso y lleno de humo, abarrotado de tipos del puerto y de fornidos elementos de las fuerzas armadas. En el estrado que se levantaba a un extremo había un conjunto negro de jazz compuesto por tres músicos. Me abrí paso por entre el espeso humo y vi a Ski encaramado en un taburete, con un billete de veinte dólares puesto delante de él sobre el mostrador. Me instalé en una mesa de modo que quedaba medio de espaldas a Ski.

—Vete llenándolos a medida que los trinco, y cuando estos veinte se acaben, silba como un pajarillo. Hay muchos más en el lugar de donde han salido.

El camarero, un hombre fornido y con una cicatriz en la mejilla, lo miró detenidamente y, después, volvió la vista hacia el portero, que le hizo señas de que el marine iba bien cargado.

—Claro, marine —respondió, poniendo un vaso sobre el mostrador con un golpe seco—. Bebe.

Levanté un poco la vista para ver qué le estaba sirviendo. Nada que objetar por el momento, era sólo whisky.

Ski no tenía nada de bebedor. Si lo había sido alguna vez, llevaba demasiado tiempo sin practicar. Pedí una cerveza y la fui bebiendo mientras Ski se echaba al coleto tres tragos de whisky, meneaba la cabeza y tosía. Dio un puñetazo en el mostrador para que le llenaran el vaso. Fue atendido con rapidez.

Un marinero borracho cayó sobre mi mesa. Me disponía a tirarlo al suelo, pero lo pensé mejor. No quería empezar nada entonces. Cogí mi vaso y me fui a otra mesa.

—¡Eh, camarero, ven aquí! —dijo Ski.

Sirvió otro vaso, que Ski apuró. Era ya el quinto. Estaba dispuesto a emborracharse rápidamente. Vi cómo se le iban formando gotas de sudor en su frente. Se aflojó el alfiler y el pañuelo para respirar mejor. Bebió otro vaso.

Cuando el hombre que estaba a su lado se levantó de su taburete, el camarero hizo una seña. Al instante, una ramera de aire desaliñado se acercó contoneándose y se encaramó en el taburete contiguo al de Ski.

—Hola, cariño —dijo.

No tardaría en empezar la función. Recorrí la sala con la vista en busca de una salida rápida. Ski volvió lentamente los ojos hacia ella. Estaba tambaleándose ligeramente.

—¿Solo, marine?

—Sí, estoy solo..., estoy solo, sí.

—¿Me invitas a un trago, cariño?

—Claro..., tengo mucho, tengo mucho...

Se volvió para empujar sobre el mostrador parte del cambio de sus veinte dólares. No quedaba nada. Metió la mano en el bolsillo, separó otro billete del abultado fajo y lo dejó sobre el mostrador.

—Sírvele una copa a la señorita, y otra para mí. La mía que sea doble.

El último trago le nubló los ojos, que empezaron a **entornársele**.

—¿Tú Susan?

—¿Susan?

—Sí, Susan..., no te pareces a Susan —dijo.

—¿Quieres que yo sea Susan, marine?

—Sí..., sé Susan, ¿eh? Por favor, sé Susan.

—Claro, marine. Lo seré. Eres muy agradable. ¿Cómo te llamas?

—Ski... Ski... ¿Tú Susan?

—Claro, Ski, soy Susan, bebe.

—¿Por qué no me llamas Connie, si eres Susan? Ella siempre me llama Connie..., siempre, Connie, dice.

Vi una lágrima correrle por la mejilla. Aun estando completamente borracho le resultaba difícil a Ski fingir que aquella prostituta de aspecto indecente era la muchacha que él amaba. Sonaron risas y gritos de alegría cuando el grupo de jazz inició una animada pieza. Me daban asco aquellos hediondos buitres cebándose en la desgracia y la soledad de un desamparado muchacho. Me daban ganas de destrozar todo el local. Bebí mi cerveza y me preparé para pasar a la acción.

—¿Por qué no terminas esa copa, Connie, y te vienes a mi casa?

Ski se arrimó a ella.

—Tú... nosotros... vamos a alguna parte... solos... y apagamos las luces y podría fingir que tú eras Susan... ¿me abrazarías con fuerza y me llamarías... Connie?

—Claro, acaba tu bebida.

Hizo una seña al camarero, que cogió el vaso con rapidez. Le vi echar en él unos polvos antes de volver a dejarlo delante de Ski.

—Bueno, hermanita, el juego ha terminado —dije—. Vamos, Ski, nos volvemos al campamento.

—¡Tú no me puedes llamar eso! —me gritó la mujer, en lo que era una evidente señal para que me echaran de allí.

—Déjate de historias. Me lo llevo a casa con su dinero.

—Te he oído, marine —me gritó el camarero—. ¡Aquí no se le habla así a una señorita!

Me volví rápidamente, a tiempo para sentir que algo se estrellaba contra mi cabeza. Trabajaban bien. Yo estaba aturdido, pero no me habían dejado inconsciente. Sentí varios pares de manos agarrarme y arrastrarme por la sala. Traté de sacudir mi aturdimiento, pero todo lo que podía oír era el latido salvaje del jazz. Estaba perdiendo rápidamente el conocimiento; luego, sentí como si navegara sobre una nube...

Cuando volví en mí, Danny estaba a mi lado, abofeteándome.

—Despierta, Mac.

—¡Cristo! ¡Id a mirar a la parte de atrás, rápido!

Marion echó a correr. Al volver, dijo:

—Les he visto meterse en un taxi. Ski estaba inconsciente.

Me puse trabajosamente en pie.

—Lo he estropeado todo, maldita sea. Dejadme pensar, dejadme pensar.

Procuré mantener el equilibrio, tratando de hacer que dejara de girar todo a mi alrededor.

—Vamos a entrar en ese maldito bar y destrozarlo —dijo Andy.

—No, somos ausentes sin permiso —repliqué—. Andy, tú pareces el más viejo. Toma mi tarjeta de identidad y entra ahí. Coge por tu cuenta a ese camarero. El delgado del fondo. Averigua adónde han llevado a Ski.

Andy no perdió tiempo. Nos escondimos entre las sombras mientras él se dirigía a la puerta. Aguardamos impacientemente durante diez minutos y, entonces, él salió a toda velocidad.

—Vamos, muchachos, Hotel Ritz, Cannon y Clay.

—Sí —dije—, lo conozco de mis viejos tiempos. Vamos a coger un taxi en la esquina.

Partimos a toda velocidad hacia la zona portuaria.

—¿Cómo diablos lo has conseguido, Andy? —preguntó Marion.

—Fácil —respondió Andy, frotándose los magullados nudillos—, fácil. Uno que trafica con putas tenía que traficar con relojes robados. Lo llevé al cuarto de atrás, donde almacenan las cajas de cerveza. Se creía que iban a ver algunas joyas robadas.

—Muy astuto —murmuró Marion.

—¿No avisará a los del hotel? —preguntó Danny.

—No, no estará en condiciones de hacerlo durante algún tiempo.

—¿No lo habrás matado?

—No, sólo lo he trabajado con una pequeña somanta. Cuando recupere el conocimiento, no podrá salir del cuarto. —Andy tiró una llave por la ventanilla—. Nunca oirán los golpes que pueda dar en la puerta, con esa banda de música y todo el ruido que hay en ese bar.

Minutos después, entramos violentamente en el desierto vestíbulo de un hotel de tercera categoría. El portero de noche fue cogido por sorpresa. Lo acorralé contra la pared, sujetándolo junto a la puertecilla giratoria.

—Rápido, amigo... ¿un marine bajito y una morena?

Danny cerró el puño. El hombre empezó a temblar.

—¿Qué habitación, o empezamos a pegar?

—Yo no me busco líos, marines, sólo trabajo aquí.

—De ti depende seguir haciéndolo dentro de dos minutos. Empieza a silbar Dixie, Junior.

—Habitación dos-veinte, al final del pasillo a la derecha. Por favor, muchachos, tengo familia.

Me volví a Marion.

—Quédate aquí a hacer compañía a este caballero, Mary. Si pasa algo en ese vestíbulo, da una voz.

Marion puso una mano sobre el hombro del asustado empleado y le hizo sentarse.

—Escucha, amigo —dijo—, quisiera conocer tu opinión en la eterna controversia sobre los méritos relativos de Brahms y Wagner. Yo soy partidario de Brahms, pero siempre estoy dispuesto a escuchar una buena argumentación.

Nos precipitamos escaleras arriba, nos orientamos y nos quitamos el cinturón. Después, nos lo enrollamos en torno al puño, dejando colgar unos diez centímetros, con la pesada hebilla metálica en el extremo colgante. Nos deslizamos por el mal iluminado pasillo y nos detuvimos ante la habitación 220.

Andy nos hizo seña de que nos apartásemos. Tomó carrerilla, saltó y golpeó la puerta al estilo sueco, con los tacones de las botas. La puerta se encorvó y cedió cuando Danny la remató embistiéndola con el hombro.

Ski yacía tumbado en una cama. De pie junto a él, contando los billetes de su fajo, estaba un hombre, el chulo de la prostituta. La mujer se hallaba apoyada en la cómoda, con un vaso en la mano.

—¡Cuidado!

Una silla golpeó a Andy en la cabeza, haciéndole caer de rodillas. La mujer se lanzó hacia la puerta. Danny la agarró y la tiró al suelo, con fuerza. Ella empezó a sollozar.

—¡Atención, Mac...! ¡Tiene una navaja!

Avancé lentamente hacia el hombre, que había levantado una navaja en una mano mientras sujetaba con la otra el fajo de billetes de Ski. La hoja de acero describió un arco.

El hombre se incorporó lentamente.

—Como te decía, Danny, la mayoría de la gente ataca mal con una navaja.

Le solté una patada, lo levanté, volví a arrearle y le quité el dinero de la mano.

Andy se había levantado ya. La mujer se arrastró a nuestros pies.

—¡Piedad, marines! —exclamó, con acento extranjero.

—¡Ya te voy a dar yo piedad! —escupió Andy—. ¡Levántate, zorra!

No nos gustó la expresión del rostro de Andy. Tenía la palabra *matar* escrita en su cara. Lo calmamos.

—Ya nos hemos divertido bastante para una sola noche, sueco... Vámonos.

Agarré a la mujer y la lancé contra la pared. Se derrumbó sobre el suelo.

—Si vuelvo a ver tu cara en esta ciudad, hermanita, no saldrás tan bien librada.

Irrumpió Marion en la habitación.

—La patrulla está subiendo. Habéis armado un ruido de todos los diablos.

Andy se echó a Ski al hombro y nos escabullimos por la escalera de incendios mientras el sonido de los silbatos anunciaba la llegada de la ley.

—Pobre pequeño bastardo —dijo Andy, mientras me pasaba el cuerpo de Ski por la ventana.

VI

El progreso del batallón era lento, penoso y surcado de errores. De vez en cuando, se abría paso un rayo de luz. Poco a poco, se iba suavizando la reticente actitud de los veteranos.

Lo que realmente nos dio el empujón decisivo fue la noticia que llegó el 7 de agosto de 1942. El primer paso en el largo camino de regreso se había dado. La Primera División de Infantería de Marina y unidades agregadas había desembarcado en una isla llamada Guadalcanal, en las Salomón..., dondequiera que eso estuviese. Todos nos sentimos enormemente orgullosos de que los marines hubieran sido elegidos para realizar la primera ofensiva americana de la guerra.

Estábamos en los barracones cuando llegó la noticia. Primero por radio, después por un vendedor de periódicos, que agotó sus existencias rápidamente. Danny estaba tumbado en su litera. Tenía una torturada expresión en el rostro, que aparecía contorsionado, como si tratara de contener las lágrimas. Su periódico cayó al suelo, salió rápidamente de la estancia y fue al porche. La lista figuraba en primera plana. Allí, en una corta columna de fondo, la vio.

PRIMER INFORME DE BAJAS DE LA BATALLA DE LAS SALOMÓN

8 de agosto de 1942 (AP), Guadalcanal, BSI con la Primera División de Infantería de Marina: Aunque se han producido relativamente pocas bajas en las luchas desarrolladas en Guadalcanal, las unidades agregadas encontraron fuerte resistencia al desembarcar en las islas a lo largo del canal Skylark; en Tulagi, Gavutu, y Tanembogo. El Departamento de Marina hace pública esta primera lista de bajas americanas:

MUERTOS EN COMBATE:...

Aarons, Jacob, cabo, Newbury, Conn.
Burns, Joseph, soldado 2.ª, San Francisco, Calif.
Martinelli, Gino, cabo, Monterrey, Calif.
Nix, James B., teniente, Little Rock, Ark.
Norton, Milton, soldado 2.ª, Filadelfia, Penn.

HERIDOS EN COMBATE:...

Yo también leí la lista y vi todo muy claro. El Cuerpo de Infantería de Marina no había cambiado. La guerra seguía siendo la guerra, y ellos seguirían muriendo. Qué importa.

Reuní al pelotón en torno a mi litera.

—Vengo de la oficina del sargento primero, y ha llegado la noticia por la que me habéis estado acosando. Tenemos cuatro permisos de dos semanas para el pelotón.

Se elevó un murmullo de especial excitación.

—Sois nueve. Burnside y yo no contamos. Habrá dos turnos. Dos semanas, incluidos viajes. Sólo hay una forma justa de hacerlo, sorteándolos.

—Espera un momento —me interrumpió Andy—. No me cuentes a mí. Yo..., yo no tengo ningún sitio especial adonde ir. No me interesa.

—A mí tampoco —dijo Ski, y se alejaron los dos.

—Está bien —dije—. Escribiré siete números, del 1 al 7, en siete trozos de papel. Los números bajos ganan. El uno y el dos saldrán este sábado.

Eché los papeles doblados en mi vaso metálico y lo agité. No me gustaba el asunto, alguien tenía que quedarse fuera. Cogieron cada uno un papel y se sentaron, casi temiendo desdoblarlos.

Se le iluminó la cara a Faro.

—Volveré a la reserva —suspiró.

—Número uno —dijo L.Q.

—Iowa, ahí voy —anunció Macuto.

—Estoy dentro —dijo Speedy Gray.

—El seis —dijo Spanish Joe, se encogió de hombros y se alejó—. No importa. Yo habría vendido mi viaje.

Marion y Danny forzaron una sonrisa.

—El siete —dijo Danny—. Supongo que tú y yo estamos listos —añadió, dirigiéndose a Marion.

Mala cosa. Todo el mundo quería ir a casa. Danny y Marion fueron hacia la litera de Danny. Éste empezó a limpiar su rifle. Al cabo de unos momentos, se acercó L.Q. Jones.

—Eh, Gran Dan y Mary.

—¿Qué?

—¿Por qué no os adjudicáis uno de vosotros dos mi plaza? Yo vivo en Los Ángeles y voy a casa casi todos los fines de semana.

—No —dijo Danny—. No podría tomar tu permiso.

—Mac, Pucchi y Keats han dicho que no hay inconveniente.

Danny se volvió hacia Marion.

—Mira, Danny —dijo Marion—, sé que no lo vas a creer, pero yo no quiero volver hasta que todo haya terminado. De veras.

—Yo..., yo no sé qué decir.

—Será mejor que empieces a recoger tus cosas, Danny —dijo Marion.

—Pero..., pero...

—Di sólo que somos unos tíos grandes y estupendos —le interrumpió L.Q., dándole una palmada en la espalda.

Danny llegó a Filadelfia desde el aeropuerto. Fue directamente a la estación de la Calle Treinta, sacó un billete para Baltimore y dejó su saco de lona en un armario de consigna. Tomó un taxi en la parada existente ante el enorme monumento de mármol.

—¿Adónde, soldado? —preguntó el taxista.

—Soy marine —replicó Danny con aspereza.

—Perdona, no me había dado cuenta. Vosotros sois muy susceptibles acerca de eso. Todos somos el mismo país y ésta es la misma guerra.

—College Way, 350 —ordenó Danny.

El incesante parloteo del taxista caía en oídos sordos. Danny se sintió incómodo mientras pasaban ante los viejos edificios de ladrillo cubiertos de hiedra de lo que, evidentemente, era la Universidad de Pennsylvania. En una calle lateral, a poca distancia de la escuela, el taxi se detuvo.

Se encontró de pie en la acera, con la vista levantada hacia una estructura victoriana. Crujieron las tablas bajo sus pies al dirigirse con lentitud al porche y entrar en el vestíbulo. Examinó la fila de buzones y encontró el nombre: *Mr. y Mrs. Milton Norton*. Vaciló un instante y, después, leyó un letrero colocado bajo el timbre: *No funciona*. Empujó la pesada puerta y comenzó a subir una alfombrada escalera con una gran barandilla de caoba. Fue hasta el tercer piso y caminó a lo largo de la fila de sólidas puertas, esforzándose por distinguir los nombres de las placas. Se detuvo un momento al final del pasillo.

¿Qué puedo decir? ¿Qué puedo decirle *a ella*? Se quitó los guantes y llamó con los nudillos. Pasado un rato, la puerta se abrió lentamente. Ante él, estaba una mujer pálida y de aspecto frágil. Era fea pero pulcra e irradiaba una gran serenidad. Veintisiete o veintiocho años, pensó Danny.

—¿Sí? —preguntó ella suavemente.

—¿Mrs. Norton?

—Sí.

—Yo era amigo de su marido. Soy Danny Forrester.

—¿No quiere pasar?

Lo introdujo en el pequeño apartamento. Estaba amueblado con modestia, pero se apreciaba el buen gusto. Desordenado, pero pulcro. Con el desorden que cuadraría a un profesor. Muy propio de Milton Norton. Un gran sillón de cuero bajo una lámpara de pie, una mesa cubierta de papeles, estanterías llenas de libros, muchos de ellos con las portadas tan gastadas que no se podían leer los títulos. Una cama sin cabecera acurrucada en una alcoba. Estaba cubierta por una colcha y llena de cojines de varios colores para que sirviese de sofá durante el día. Una habitación confortable y hogareña. Grata y acogedora. Las paredes estaban cubiertas con fotografías de antiguos alumnos.

La habitación estaba llena de una paz espiritual. La pálida mujer que se hallaba de pie en medio de ella era paz de espíritu. Danny se quitó el gorro y movió nerviosamente los pies.

—¿No quieres sentarte?

—Sólo puedo quedarme un momento, Mrs. Norton. Estoy de permiso, camino de Baltimore.

—Ha sido muy amable por tu parte venir a verme. Llámame Gib.

Todos los amigos de Milt lo hacen. Voy a preparar un poco de café.

Desapareció en la cocina. Danny se acercó a una fotografía de Nort. Aparecía en ella con uniforme. A Nort no le sentaba bien esa ropa. Parecía que le colgase. El gorro lo llevaba como si fuera un cesto en equilibrio sobre la cabeza. Danny permaneció observando la fotografía hasta que ella regresó.

—La tarta es de hace dos días, pero tengo entendido que los marines tenéis estómagos de hierro.

Danny sonrió. Se había suavizado su tensión interna.

—Veamos, tú eres Danny. Me hablaba de ti en sus cartas. Te apreciaba mucho.

—Yo también apreciaba al profesor..., a Nort, quiero decir. Todo el mundo lo apreciaba, Gib. Tenía una forma serena y tranquila de mirar las cosas que le hacía a uno sentirse como..., bueno, como si estuviera hablando con su padre.

Ella encendió un cigarrillo.

—Milt era así, Danny. Esta habitación solía parecer una casa de locos, con una docena de chicos de visita cada noche. La gente siempre se sentía a sus anchas con él, sobre todo, la gente joven.

—Él... era un gran tipo. Sé la pérdida tan enorme que ha sido.

Ella forzó una sonrisa y se recostó en los cojines. Hablaba de Nort como si en aquellos mismos momentos estuviera enseñando en la Universidad y pudiera oír sus pasos subiendo la escalera, seguido por las voces y las risas de varios alumnos suyos.

«Gib, estos gandules me han seguido hasta casa, ¿crees que podríamos darles algo de comer?», decía. O bien: «Gib, estoy preocupado por la chica Weber. Tiene toda la inteligencia del mundo, pero, con sus problemas familiares, está expuesta a no poder volver a la Facultad el año que viene. Sería una pena.»

Danny, relajado ya, habló de sus divertidas aventuras en el campo de reclutas con los dos instructores tejanos. Gib rió y repitió una docena de veces: «Pobre Milt. Pobrecillo, supongo que resultaba terrible como marine.»

Luego, se quedaron sin palabras. El silencio de la habitación cayó sobre Danny como una losa. Nort estaba todavía allí, en cada libro, en cada desordenado papel.

—Milt me habló de ti, Danny, y de tu problema.

—Eres muy amable por pensar en mí en un momento como éste. Te pareces mucho a Milt. Él siempre estaba intentando animar a alguien.

Se puso en pie, fue hasta la puerta y, luego, se volvió.

—Gib —dijo—, ¿estás triste..., estás triste ahora?

—¿Tú qué crees, Danny?

Él meneó la cabeza.

Gib le cogió la mano.

—Gracias de nuevo por venir. Ha sido muy amable por tu parte. ¿Te importaría escribirme unas letras de vez en cuando, para decirme qué tal estás? Todos los amigos de Milt mantienen contacto conmigo.

—Él te amaba mucho, Gib. Ahora comprendo por qué.

Danny se dirigió hacia la puerta.

—Buena suerte, marine —dijo ella, a su espalda.

Experimentó una cálida sensación. Ella era maravillosa, como Nort. Ella era él y él era ella. Después, sintió un helado escalofrío mientras bajaba la escalera. La había dejado sola. Estaba sola en aquella habitción. Ella nunca volvería a oír la dulce voz de Nort. Nunca volvería a esperar las pisadas y las voces de los estudiantes. Noches oscuras..., noches frías y oscuras en las que ella debía permanecer despierta, temiendo dormir, y mañanas en las que debía despertar y tender la mano hacia él. Pero, se había ido. Nort estaba muerto, enterrado en una isla a ocho mil kilómetros de distancia. Nunca volvería...

Se cerró la puerta del vestíbulo y Danny se alejó con paso rápido de la casa. Deseaba coger un avión y regresar a San Diego. No debía ver a Kathy..., no, a ella no le ocurriría lo mismo. Una aterradora imagen fulguró en su mente... Mac estaba allí, en la salita, y le estaba diciendo a Kathy lo buen muchacho que había sido Danny.

Al día siguiente llegó por fin el momento en que su familia quedó convencida de que se encontraba en perfectas condiciones y pudo separarse de ellos. Sacó el coche del garaje y se dirigió, nervioso, a casa de Kathy.

La noche tenía ese calor pegajoso característico de la Costa Este. Calor húmedo. Al enfilar el coche por la Fairfax Avenue, experimentó una sensación extraña. Iban a terminar las noches de ensoñaciones, los días de espera, el incesante anhelo. Detuvo el coche junto a la cuneta y apagó el motor. Sólo la casa de ella era tal como la había recordado. Todo lo demás en Baltimore —la North Avenue, la Escuela Superior de Garrison Junior— parecía pequeño y desfigurado. ¿Sólo había estado fuera siete meses? Era extraño lo distanciados que se encontraban el recuerdo y la realidad. Descendió del coche y se puso la guerrera. Debía presentar buen aspecto.

Apagó con el tacón la colilla del cigarrillo y se quitó el polvo de los zapatos con la parte posterior de la pernera del pantalón. Hizo una profunda inspiración y subió los escalones que llevaban al porche. Tocó el timbre. La casa estaba a oscuras, con la sola excepción de una débil luz en la entrada. La soledad le dio valor para un segundo y prolongado timbrazo. No había nadie en casa. Danny consideró la situación, miró su reloj. Le asaltó una idea absurda. ¿Estará con algún chico? No, qué estupidez.

Fue hasta el banco-columpio del porche, se sentó y encendió otro cigarrillo. El calor era sofocante. Se quitó el gorro, lo depositó ante sí con cuidado y se desabrochó la guerrera. Con el pie, movió el banco en un lento y crujiente balanceo. Pasaron unos momentos que le parecieron horas. El sonido de un coche que avanzaba por la silenciosa calle le hizo sobresaltarse..., pasó de largo. Se fueron deslizando los minutos..., eran casi las diez.

Entonces, desde las sombras situadas más allá del farol de la calle, llegó el débil repiqueteo de unos pasos. Eran los de Kathy. Su intensidad fue aumentando al compás de los latidos de su corazón. Se puso en pie y la vio aparecer. Sintió un hormigueo de excitación... Podía verla..., no era ningún sueño. Hermosa Kathy..., sentía deseos de echar a correr hacia ella y abrazarla, pero permaneció inmóvil, paralizado y mudo.

La vio subir los escalones hasta la puerta. Luego, como si hubiera en la noche voces que la llamasen, ella se volvió. Sus ojos se encontraron, y ninguno de los dos habló.

—Danny —murmuró finalmente ella.

—Hola, Kathy.

—Danny..., Danny.

Continuaron mirándose uno a otro.

—Yo..., no te esperábamos hasta el martes. ¿Por qué no has telefoneado?

—Conseguí un pase de 48 horas. Cogí un avión. Quería darte una sorpresa.

—Estaba en casa de Sally. Yo..., yo...

Hubo otro período de embarazoso silencio. Una extraña tensión interna les impedía pronunciar las palabras que pugnaban por salir.

—¿Quieres..., quieres que demos un paseo? —dijo él al fin, en un susurro.

—Sí, le dejaré una nota a mamá.

El coche pareció encontrar por sí solo el camino por las familiares calles hacia Druid Hill Park.

«¿Qué es lo que me ha hecho mantenerme unida a él? —pensó ella—. «¿Sentido del deber? ¿Egoísmo? ¿Curiosidad? ¿Qué es lo que me hacía escribirle aquellas palabras en mis cartas? Le decía cosas que sabía que no debía decir, que ninguna chica decente plasmaría en un papel. ¿Y si mis padres supieran lo que yo había escrito? ¿Y si Danny supiera lo que he estado pensando? ¿Por qué no traté de sofocar esos pensamientos? Ha sido una aventura, casi como un cuento de hadas... hasta ahora. Él está aquí, a mi lado. Ha venido tan de prisa, tan pronto..., ¿por qué no me avisó?»

Circularon por las calles oscuras, flanqueadas de árboles, y subieron hacia una aislada colina frecuentada por las parejas de enamorados.

«Gib, Nort, Elaine, Eliot, Ski..., esa maldita y enloquecida San Diego..., los malditos barracones —pensó él—. He estado tratando de encontrar la respuesta correcta a todo esto, pero me he ido alejando cada vez más de ella. Quizá no sea amor, puede que yo no sepa lo que es, pero conozco el sentimiento que hay ahora en mí. Tal vez es que tengo miedo..., eso podría ser. Miedo a lo desconocido y he de llevarla allá conmigo. ¿Será amor necesitarla así? Todos los razonamientos parecen sobrar ahora..., su respiración es casi jadeante, y puedo sentirla apoyarse contra mí. Hemos estado aquí antes, pero no así...»

El ronroneo del motor enronqueció un poco al pasar a segunda. Una voz suave hablaba en la radio. Una cálida brisa susurraba entre los árboles, y una luna creciente flotaba tras una nube, proyectando una dorada luz sobre el parabrisas.

Detuvo el coche y apagó la radio.

Estaban abrazados, intercambiando en silencio besos y caricias, con las caras juntas. Danny sentía las lágrimas de ella en su mejilla.

(Es inútil. Es inútil pensar más. No puedo contenerme... no puedo decir... nada. Lo quiero... Soy incapaz de dominarme a mí misma.)

Él la apretaba con fuerza, y la única palabra que pronunciaba era su nombre, repetido una y otra vez.

(¿Por qué no puedo hablar? ¿Por qué no puedo decir que he estado pensando en esto hasta casi volverme loco? ¿Puede ser verdad que tú me desees ahora como yo te he deseado? Kathy, deténme... deténme..., no quiero causarte daño...)

Pasó el brazo sobre sus hombros y le deslizó la mano bajo la blusa. Ella cerró los ojos cuando él le tocó el pecho.

—Danny, Danny, te quiero. Por favor, cariño...

Se calmaron por un momento, tambaleándose al borde, mientras sus fulgurantes pensamientos intentaban estabilizar su creciente pasión. Después, todo asomo de razón quedó sumergido bajo una oleada de sentimiento.

Dios mío, de nada sirve luchar...

La mano de Danny siguió la línea de sus caderas, descendió por el muslo y se deslizó bajo la falda. Ella alzó su cuerpo hacia él, de tal modo que se estrecharon el uno contra el otro. Con movimientos lentos, él la echó sobre el asiento del coche.

—Kathy...

—Sí, querido, sí.

El cuerpo de Danny se puso rígido. Kathy notó cómo los músculos del muchacho se tensaban y temblaban mientras apretaba los dientes y los puños, moviendo la cabeza. Él se sentó de pronto, se agarró al volante y encendió la radio.

Tenía el cuerpo bañado en sudor. Tardó unos momentos en recobrar la respiración normal. Se había deshecho el hechizo. Sosegadamente sacó un cigarrillo.

—Lo siento, Kathy, no quería... llegar tan lejos.

Ella se apoyó contra la otra portezuela, recogidas las piernas bajo el cuerpo. Tenía los ojos húmedos.

—Crees que yo... no sirvo.

—No digas eso..., no digas nunca eso. ¿No sabes lo que siento por ti? Ha sido culpa mía. Debería darme de bofetadas. —Dio una profunda chupada a su cigarrillo—. Nos hemos dejado llevar, debemos tener más cuidado. Lo siento, Kathy.

—Yo no —murmuró ella.

Él se volvió, asombrado.

—Cuando te marchaste —continuó ella—, yo no sabía realmente lo que sentía. Supongo que era egoísta. No quería renunciar a ti. Puede que fuese el encanto de la situación. No sé..., pero cuando te fuiste, sentí en mi interior algo que no había sentido nunca. Algo que me devoraba continuamente. Lo único que sabía era que deseaba que volvieses..., no podía pensar más que en ti. Quizás... quizás éramos jóvenes en exceso, puede que no sepamos lo que es el amor. Lo que sí sé es que, cuando una chica siente lo mismo que yo..., si eso no es amar a alguien, entonces ninguna mujer ha estado enamorada jamás.

Kathy desvió la mirada. Danny deseaba tomarla entre sus brazos, pero sabía que no se atrevería a tocarla otra vez.

—¿No comprendes? No tenemos ningún derecho... Kathy, ¿crees que te quiero tan poco que haría cualquier cosa, para herirte?

Se puso rígida y lo miró de nuevo. Danny nunca la había visto mirar como lo hacía en ese momento. Había algo sombrío y ardiente, algo muy diferente de su habitual y tranquila suavidad. Su voz era madura y estaba llena de autoridad..., era la voz de una mujer, no de una muchacha.

—Te voy a decir una cosa. No me resulta fácil, pero debo hacerlo. Cuando te fuiste, ninguno de los dos sabía realmente cómo resultaría esto. Pero nos enamoramos..., tú me quieres, ¿verdad, Danny?

—Sabes que sí.

—Cuando supe que venías, reflexioné mucho sobre ello. ¿Qué iba a pasar? Hace tiempo decidí que, cuando volvieses... que... que yo no tenía nada que no fuese tuyo.

Sus palabras lo atravesaron como la hoja de un cuchillo. Debe de ser duro para ella decir esto, razonar así.

—¿Qué piensas de mí ahora, Danny?

—Creo que eres la muchacha más maravillosa que jamas he conocido, Kathy. Si las cosas fuesen diferentes, si no hubiese guerra..., ¿no comprendes?

—No, ¡no! Lo único que comprendo es que nos queremos, que dentro de dos semanas tú te habrás ido y que yo empezaré a interrogarme y a esperar y a estar despierta por las noches.

—No podemos, Kathy. Quiero ser justo contigo.

—Sé justo, entonces. Amarme es algo que me debes. Yo sólo quiero intentar hacerte feliz.

—Kathy, Kathy..., estoy confuso por completo.

—Oh, Dios mío —exclamó ella—, no sé qué es lo que me ha hecho hablar así. Es que te quiero tanto...

—¡Maldita sea! Tenemos que dominarnos. No está bien. ¿Crees que yo no lo deseo? Mira, cariño, ¿no comprendes que, si fueses cualquier otra chica del mundo...? Pero tú no, tú no.

—¿Y qué vamos a hacer? ¿Escondernos el uno del otro durante dos semanas?

Él se desplomó en el asiento y trató de pensar. Ella se le había ofrecido... En Dago había soñado con ese momento hasta casi enloquecer. ¡Lo que había anhelado con tanta intensidad! Todo aquello era una locura..., no tenía sentido que sucediera así.

—Supone, por un momento, que tienes un hijo.

—Danny, ¿me quieres, como te quiero yo?

—Sí, cariño.

—Casémonos, entonces. Casémonos mañana.

—¡No, no! —¿Por qué no volvía a San Diego? ¿Por qué tenía que mirarla y tocarla?—. Yo no tengo nada, ni casa, ni trabajo, nada... ¿Qué puedo darte?

—Dos semanas —respondió ella—. Es más de lo que mucha gente tiene.

La agarró fuertemente por los hombros.

—Kathy, pueden ser dos, tres, cuatro años. ¡Piénsalo! Yo podría no volver más..., recuérdalo. Podría no volver.

—No me importa. Estás aquí ahora y te quiero. Te quiero.

—¿Has visto alguna vez a una mujer cuyo marido ha muerto en la guerra? Yo sí, ayer mismo. Es algo que le destroza a uno. ¿Quieres tener toda una vida de dolor por dos piojosas semanas?

—Y supón que te vas, Danny..., y no nos amamos mutuamente, y no vuelves más. Y me dejas toda una vida interrogándome. Toda mi vida diré: Tuvimos dos semanas, pude haberle amado, pude haberle hecho feliz. Dame eso, Danny, tengo que tenerlo... Oh Dios, dime lo que está bien y lo que está mal. Ya no lo sé, no lo sé.

—No me mires así, Kathy. Yo no empecé esta maldita guerra.

Un muro infranqueable alrededor de ellos. Dos semanas... luego dos años..., quizá siempre. Él tenía que volver.

¿Por qué? ¿Por qué?

Estaban relajados y silenciosos después de la tensión pasada. Él la atrajo hacia sí suavemente y sintió su calor. Le rozó la mejilla con los labios. Se abrazaron, con los ojos cerrados. Él era humano, no era posible otra cosa.

—Tus padres se pondrán furiosos.

—No pueden detenernos.

—¿Te das cuenta... de que vas a ser mi mujer?

—Sí, Danny.

—Suena raro, ¿verdad?

—No nos arrepentiremos, Danny.

—Es una locura.

—No más locura que la del resto del mundo. Prometámoslo ahora. No contaremos los días. Nos comportaremos como si fueras a quedarte para siempre. No pensaremos absolutamente en nada más que en nosotros.

—Es la oportunidad de nuestra vida, Kathy.

—Podemos intentar.

—¿Kathy?

—Sí, cariño.

—Ya que hemos decidido... Quiero decir, ¿te parece bien que busquemos un sitio? Un motel...

—Sí, Danny.

Ella apoyó la cabeza en su hombro mientras circulaban desde el parque en dirección a la costa, a lo largo de Hannover Street y, luego, por las afueras de la ciudad, hasta llegar al silencioso Annápolis Boulevard.

—Mrs. Forrester —murmuró él—. Suena tan raro...

—Suena maravilloso.

—¿Estás segura, nenita?

—¿Quién está seguro de nada? Yo sólo estoy segura de lo que siento en este momento.

Torcieron a la izquierda en Glen Burnie y bordearon la bahía de Chesapeake, dejando pronto la ciudad a su espalda. Un parpadeante letrero de neón: MOTEL, *Plazas libres*, les hizo detenerse.

—Espera un minuto, vuelvo en seguida —dijo Danny.

Bajó del coche, entró en un ruidoso bar y pasó a la oficina.

La parpadeante luz y el ruido inmovilizaron a Kathy en su asiento.

Se sintió aturdida. Una carretera solitaria, un bar lleno de gente...,
gritos..., canciones...

Regresó Danny, seguido por un hombre viejo, calvo y bajito. La
cogió de la mano, y ambos anduvieron tras el hombre, que echó a andar
arrastrando sobre la gravilla los pies calzados con zapatillas. Se detuvo
ante una fila de habitaciones y puso una llave en la puerta.

—Estoy corriendo un riesgo, muchacho. Los militares son muy duros
con esta clase de cosas.

El viejo hacía que todo pareciese algo sórdido, pensó Kathy. *Corriendo
un riesgo. Esta clase de cosas.* ¿Qué chica cree que soy? Un sudor pegajoso le cubrió las manos. Se abrió la puerta. Danny encendió la luz y
cerró tras de sí.

La habitación era fría, húmeda, sucia. La luz del letrero proyectaba
intermitentemente su fulgor rojo. Los faros de los automóviles que
pasaban veloces por la carretera iluminaban la pared. A través de las
delgadas paredes llegaba el estrépito de la gramola automática del bar:

> *Hay una sala de strip-tease*
> *adonde a la pandilla le gusta ir.*
> *para ver a Queenie, la reina de la función...*

Los hambrientos meses de espera, el estallido de pasión en la colina,
las palabras tanto tiempo reprimidas que había pronunciado..., habían
desaparecido ya. Miró al hombre alto y curtido que estaba en el centro
de la habitación. Permanecía erguido y llevaba un uniforme verde. No,
no era Danny..., no era él. Danny llevaba una chaqueta blanca, encorva-
ba los hombros un poco al andar. Ella trataba de corregirle... Danny no
era moreno..., tenía piel clara.

Él encendió un cigarrillo. No era Danny, no lo era; Danny no fumaba.
Él era joven y sus ojos estaban llenos de alegría. No eran los ojos
graves y serios de este hombre.

«¿Qué he hecho, qué he dicho? Esta habitación..., esta sucia habitación.»

> *Quítatelo, quítatelo,*
> *gritaban los chicos de atrás,*
> *bájatelo, bájatelo...*

Quiero irme a casa. Quiero irme con mi madre..., oh, Señor, se me
está acercando. Rechinó los dientes. Quiere llevarme a la cama. Se sintió
desvanecer de terror. ¡Huye! No, era imposible. El estaba a su lado, alargaba las manos hacia ella...

—Está bien, Kathy, comprendo. Ven. Te llevaré a casa.

Kathy se sentía como borracha. Nada era real. Se cerró de golpe la
portezuela de un coche. Sonó un motor. Se desvanecieron el estrépito y
la canción.

> *Queenie, reina de todos ellos,*
> *Queenie, algún día te desplomarás...*

Rodaban de nuevo por la oscura carretera. Kathy bajó la ventanilla para aliviar el sofocante calor. Recuperó lentamente sus sentidos. No se atrevía a mirarle ahora. ¿Qué estaría pensando? No quería ver su expresión herida. Qué situación tan violenta había creado. Intentó hablar, pero no encontró palabras.

La carretera seguía el contorno de la bahía. Una lluvia de estrellas cubría el sereno firmamento. La luna quedaba oculta tras una fila de cipreses. Después divisaron las olas que rompían con dulzura en la arena, plateada por la luz de la luna.

—Danny —dijo ella, en voz baja.

Él no respondió.

—Estoy avergonzada. Estoy muy avergonzada.

Se le desbordaron las lágrimas. Él detuvo el coche y permaneció inmóvil mientras ella lloraba.

—No ha sido muy agradable, lo siento. Nunca hubiéramos debido... Quizá sea mucho mejor que haya sucedido así.

—No sé qué es lo que me ha pasado. No lo sé.

—No tienes que explicar nada.

La voz de Danny sonaba triste y fatigada. Le dio su pañuelo; ella se secó los ojos, se sonó la nariz y lanzó un profundo suspiro de alivio.

—Lo siento.

—Shhh.

—Tienes un aspecto magnífico con el uniforme, no te lo había dicho.

El no quería hablar más. La súbita caída del cielo al infierno lo había dejado vacío.

—Ya estoy bien —dijo Kathy.

Danny hizo girar la llave de ignición y, entonces, sintió la mano de ella en la suya.

—No nos vayamos, todavía no.

—Kathy, será mejor que no empecemos otra vez.

—Resultaba tan extraño —susurró ella—, como si ni siquiera te conociese. Es curioso, nunca te había imaginado de uniforme. Siempre te recordaba con el mismo aspecto que tenías en la escuela, cruzando el vestíbulo. Fumas muchísimo.

—Supongo que he cogido muchas costumbres malas. Quizás he cambiado.

—¡No, no realmente, Danny! ¿Recuerdas la noche en que tú y yo y Salli y Virg vinimos por aquí y estuvimos nadando a la luz de la luna...? Creo que fue el verano pasado. Ven, vamos a dar un paseo por la playa, se estará bien.

Se apeó del coche antes de que él pudiera protestar. Llegaron a la arena, y ella se agachó, se quitó los zapatos y se echó a reír.

—Me gusta andar sobre la arena.

—Oh, por amor de Dios, esto es estúpido.

—Venga, quítate las botas. Es estupendo.

—No seas niña.

—¿Sabes a quién te pareces?

—No, ¿a quién?

—A Danny.

Es curioso, pensó él, por primera vez en la noche ella parecía Kathy.

Primero, la mujer excitada, apasionada, luego, una asustada chiquilla. Ella correteaba por la arena y había un timbre de felicidad en su voz. Y en aquel momento no había ninguna guerra ni existía ningún marine. El era Danny Forrester y ella era su novia... como había sido siempre.

—Kathy, vuelve aquí antes de que me enfade.

—Oh, sí, ¿la gran estrella del rugby tiene miedo a que se le meta arena en los piececitos?

—Vas a ver.

Se sentó, se quitó las botas y echó a correr junto a ella.

—Me voy al agua.

Kathy corrió por la orilla, donde la arena estaba dura y sus huellas se borraban en seguida. Una pequeña ola le mojó los pies y se apartó de un salto.

—Está fría.

Se levantó la falda y entró en el agua. Danny se sentó en la arena y se la quedó mirando.

—Oh, por amor de Dios, deja de comportarte como una cría.

—Es estupendo, ven.

—Un cuerno.

—Cobardica.

—Sal ya, ¿quieres? No voy a estarme aquí sentado toda la noche.

Se remangó las perneras del pantalón, fue hasta la orilla y retrocedió de un salto cuando ella le salpicó agua. Kathy se echó a reír.

—¿Está el agua demasiado fría para el gran defensa lateral?

—Vas a ver.

Se le acercó, chapoteando; ella le salpicó con el pie y le puso perdido de agua.

—¡Te la vas a ganar! Me has empapado el uniforme.

—Primero tendrás que cogerme.

Corrió por la playa, riendo. Zigzaguearon, jadeantes, y finalmente se detuvieron en la arena seca. Él la empujó por detrás, suavemente, como hacía siempre que jugaban.

—Te voy a hacer comer arena.

Ella se retorció y trató de librarse de su presa.

—¡Danny! ¡Danny! No..., no... ¡Me rindo..., me rindo! —rió.

Danny la sujetó de espaldas contra la arena hasta que le fue imposible moverse. Sentándose a horcajadas sobre su estómago, la mantuvo inmovilizada.

—Y, ahora, un buen puñado de rica arena.

—Danny..., no.

Sus ojos se encontraron. Quedaron inmóviles. Lentamente, él aflojó su presa. Ya no hacían falta palabras. La playa estaba en silencio..., cada uno sólo podía oír su propia y tensa respiración. Los ojos de Danny formularon la pregunta. Ella asintió y lo atrajo junto a sí.

Danny se abrochó los pantalones y fue hasta el coche. Sacó una manta del maletero y volvió a la playa, donde ella permanecía tendida. Se arrodilló a su lado y la miró. A la débil luz de las estrellas, su cuerpo parecía una estatua de marfil. Su piel tenía una sedosa tonalidad mate, sus cabellos formaban grandes ondas en torno a su cabeza. Sopló una leve brisa. Kathy rebulló, suspiró y se movió ligeramente. Danny se inclinó sobre ella y la tocó para cerciorarse de que era real. Extendió suavemente la manta sobre ella.

—Sí, querido.

Ella volvió a suspirar, cerró los ojos y le abrió los brazos. Apretó contra su pecho la mejilla de Danny y le pasó suavemente los dedos por el hombro. Lo atrajo hacia sí con fuerza.

—Oh, Kathy, Kathy.

—Cariño.

—Hay una cabaña abandonada al otro extremo de la playa.

—De acuerdo.

—Voy a sacar el coche de la carretera.

Los primeros rayos de luz cayeron sobre él a través de la ventana sin cristales. La cabeza de ella se apoyaba en su pecho. Bajó el brazo y siguió con el dedo la larga y graciosa línea de su espalda. Su tacto resultaba maravilloso. Estrechó aquel cuerpo contra el suyo y le besó la mejilla.

—Kathy —dijo con suavidad.

Ella sonrió y lo abrazó.

—Es casi de día, Kathy. Será mejor que nos vayamos ya.

Ella se incorporó, se puso de rodillas y se inclinó para besarle los labios.

—Eres muy hermosa. Me gusta mirarte.

Ella enrojeció.

—¿Te importa?

—No si eso te hace feliz, cariño.

Danny se apoyó contra la pared, y ella reposó en sus brazos. El paseó la vista por la destartalada y polvorienta cabaña de una sola habitación.

—No ha sido una boda muy suntuosa precisamente. Ni iglesia, ni flores, ni regalos. Te he defraudado.

Ella le cogió la mano, la besó y se la apoyó en el pecho.

—Te tengo a ti. Y he tenido una luna de miel que ninguna chica ha tenido jamás.

—Kathy.

—¿Qué?

—¿Te he hecho daño?

—No mucho. Yo... yo hablé con el doctor Adams. Me informó de muchas cosas. Supongo que soy una desvergonzada.

—Qué granuja, no me has dado una oportunidad.

—Yo sabía lo que quería. Oh, Danny, soy muy feliz. Te has mostrado muy comprensivo.

—La suite real del «Waldorf» para el señor y la señora Forrester.

—Y el desayuno en la cama.

—Desde luego, el desayuno en la cama.

—Danny.

—¿Qué?

—Tengo hambre.

Se vistieron de mala gana y caminaron lentamente hasta el coche.

Ella se acurrucó en el brazo libre de Danny, cerró los ojos, y el coche enfiló la carretera.

—Voy a hacerte feliz —dijo ella.

—Estáte callada, mujer.

—¿Estoy buena, Danny?

—¿Qué forma de hablar es ésa?

—¿Estoy buena? Quiero estarlo para ti.

—¿Quieres cerrar el pico?

—Dímelo, quiero saberlo.

—Bueno, supongo que podrías sacar tres pavos en un tugurio.

—¡Danny!

—No debía haber dicho eso. Cualquiera puede ver que tú eres de las de cinco pavos.

—¿Danny?

—¿Qué quieres ahora?

—¿Soy realmente guapa? Mira mi pelo. Está todo mojado y fibroso. Yo quiero estar siempre guapa para ti.

—Duérmete, ¿quieres?

—Danny.

—¿Qué?

—¿Estoy tan buena como aquella chica de San Diego?

El coche dio un rápido viraje que casi le hace estrellarse contra un poste. Kathy sonrió como una gatita.

—Lo he sabido todo el tiempo. Lo supe cuando vi que no me escribías. No importa... Te tengo a ti ahora.

—Nunca habrá otra mujer, Kathy..., nunca nadie más que tú.

En un restaurante para automovilistas de las afueras de la ciudad, tomaron un plato de huevos con tocino y una taza de café. Al llegar al límite de la ciudad, el mágico hechizo de la noche se convirtió en una fría realidad de lo que les esperaba.

—Kathy.

—¿Sí, querido?

—Vamos a pasar un mal rato.

—Lo sé.

—¿Estás asustada?

—Un poco.

—No te separes de mí.

—No pueden impedírnoslo, Danny. No pueden.

El coche se detuvo ante la casa de Kathy, y descendieron lentamente. Cogiéndose de la mano y apretándosela con fuerza, él le guiñó un ojo mientras subían los escalones. Ella sonrió, correspondió al guiño y abrió la puerta.

Se hallaban allí los dos matrimonios. Sybil Walker y Martha Forrester estaban sentadas, sollozando. Los dos hombres estaban de pie, ojerosos a consecuencia de la larga noche en vela. Cuando los muchachos entraron en la habitación, se produjo un instante de electrizado silencio.

—Kathy, querida..., ¿estás bien?

—Sí, mamá.

—¡Oh, gracias a Dios! —exclamó Martha—. Temíamos que hubierais tenido un accidente.

Otro período de silencio, mientras observaban a sus hijos.

—¿Dónde infiernos habéis estado? —rugió finalmente Marvin Walker.

—Dios mío, mira qué aspecto tienes, Kathy.

—Podemos explicarlo —dijo suavemente Danny.

—¡Ya lo creo que lo vais a explicar! —Los jóvenes enamorados retrocedieron un paso, con las manos fuertemente unidas todavía—. Casi nos volvemos locos.

—¿Qué habéis hecho, Kathleen? —preguntó su madre, segura ya de que su hija estaba viva e ilesa.

—Si bajáramos todos la voz —sugirió Henry Forrester—, creo que llegaríamos al fondo de esto mucho antes, Marvin.

—¡Y un cuerno bajar la voz! Es mi hija, Henry, no lo olvides. ¡Es mi hija!

—Kathleen, ¿lo... lo has hecho?

No hubo respuesta. Martha Forrester gimió.

—Oh, qué vergüenza, Danny. ¿Cómo has podido? —sollozó.

—¡Hijo de puta! —El padre de Kathy, congestionado por la ira, agitó su puño ante la nariz de Danny.

—¿Qué has hecho, hijo?

—Esperad un momento. Esperad todos un momento —dijo Kathy—. No comprendes, mamá. Yo lo quiero... Por favor, papá.

—¡Vete a tu cuarto, Kathleen!

—¡No!

—Jovencita, vas a ser castigada de tal modo que no lo olvidarás nunca. En cuanto a tí..., ¡yo me encargo de que las autoridades militares se ocupen de ti!

—¿Cómo has podido hacernos esto, Kathleen?

—¡Basta, maldita sea! —rompió Danny su silencio—. Nos queremos. Vamos a casarnos.

—¡Casaros! ¡Bastardo! Y tú..., ¿para eso es para lo que te he educado..., para pasar la noche en los matorrales?

—No comprenden, Danny..., no quieren escuchar.

Se hizo en la habitación un profundo silencio, sólo roto por los histéricos sollozos de la madre de Danny.

—Marvin, Sybil..., será mejor que nos calmemos y tratemos el asunto como seres humanos. Estos chicos van en serio. ¡Maldita sea, Martha! Deja de lloriquear o lárgate de aquí.

—¿Cómo te atreves a hablarme así?

—Cierra el pico. He visto tus lágrimas y esta escenita demasiadas veces como para que me impresione. Tu hijo se ha metido en un lío. ¡O tratas de ayudar o te largas!

Ella se dejó caer hacia atrás en su asiento, con una intensa palidez en el rostro.

Marvin Walker estaba lívido de furia y permanecía en pie, lleno de agitación. Los padres miraban fijamente a sus hijos.

—¿Qué tienes que decir, hijo? —preguntó Henry, más tranquilo ya.

—Nada..., ni tampoco presentar ninguna excusa —respondió Kathy.

—Así es, papá.

—¿No... no os arrepentís? —preguntó Sybil.

Kathy meneó la cabeza.

—No hemos hecho nada de lo que arrepentirnos.

—Tenías razón, Sybil. Me dijiste hace tiempo que pusiera fin a esto..., y no te escuché. Henry, creo que será mejor que tú y tu hijo salgáis de mi casa.

Kathy abrazó fuertemente a Danny.

—No me quedaré aquí... Llévame contigo, Danny.

—¿Estás decidida, Kathy?

—Sí —murmuró ella.

—Yo no participaré en esto —dijo Henry.

—No necesitamos tu ayuda —replicó Danny.

Kathy se dirigió hacia su madre y se arrodilló ante ella.

—Yo lo quiero, mamá. Lo he querido desde hace muchísimo tiempo. Yo..., no deseo lastimarte; pero, ¿no puedes comprender mis sentimientos?

Se puso en pie y miró con ojos suplicantes a su padre.

—Vete —dijo él.

—Vuelvo en seguida, Danny. —Y echó a correr escaleras arriba.

Danny los miró con ojos llameantes.

—Gracias —escupió—, son ustedes magníficos. No nos importa que todo el mundo esté contra nosotros. Saldremos adelante.

—Detenla, Marvin —exclamó su madre.

—Están fanfarroneando, Sybil. Deja que se vaya. Volverá arrastrándose. Él no tiene ni un centavo.

Danny fue hasta el teléfono.

—Western Union, por favor... Quiero enviar un telegrama al sargento 1.º Pucchi, Primera Compañía, Segundo Batallón, Sexto Regimiento..., Camp Eliot, California... Sí, eso es. Urgente. Tengo doscientos dólares en la cartilla. Telegrafía inmediatamente a Western Union, Baltimore. Haz que Mac recaude otros doscientos en el pelotón y alquila un apartamento o habitación en Dago. Consíguele a mi mujer un trabajo en North American... Firmado, Danny.

Confirmó el texto y dio el número de Walker para el cobro. Arrojó un billete sobre la mesita del teléfono.

—Esto para el telegrama.

Kathy bajó la escalera con una maleta y un abrigo echado sobre el brazo.

—Hijo, hijo... —rogó su padre.

—¿Lista, cariño? —le guiñó un ojo.

Ella correspondió animosamente a su guiño.

—¡Kathleen! ¡No! ¡No nos dejes!

Ella se volvió desde la puerta.

—¿Cuál es la respuesta, mamá? —preguntó Kathleen con intensa frialdad.

—Lo que quieras.

—¿Papá?

La arqueada espalda de Mervin Walker se encorvó más aún.

—Tú ganas, Kathleen... Dios nos ayude.

Henry se acercó a la muchacha y la rodeó con el brazo.

—Bien venida a la familia, Mrs. Forrester... ¡Maldita sea, estoy contento!

—Gracias, papá —dijo ella.

Intercambiaron sus promesas en una iglesia desierta y sin flores, con la sola presencia del padre de Danny y de Sally Davis. El resto de su permiso se lo pasaron en un apartamento alquilado para ellos por la tía soltera de Kathy.

Se aferraban desesperadamente al momento, tratando de aplacar la agitación que bullía en su interior por medio de sus acciones exteriores, pero cada nuevo amanecer era saludado con paralizante terror. Un día menos..., un día menos...

Kathy se incorporó en la cama de un salto. Tenía frío, un sudor pegajoso le cubría el cuerpo y el corazón le latía con violencia. Danny rebulló un instante y, después, alargó la mano y la atrajo junto a sí, y ella se calmó entre sus brazos.

No podía dormir, pero su marido estaba cansado y no debía dejar que se diera cuenta. Era la cuarta noche seguida en que se despertaba aterrorizada. Deslizó la mano bajo el pijama de Danny y lo abrazó con fuerza. ¿Cuál era el precio que ella debía seguir pagando y qué pecado habían cometido?

Danny abrió los ojos, le besó suavemente la mejilla y le acarició el pelo, y ella volvió a sentirse tranquila y feliz por el momento.

El tiempo continuaba corriendo...

Estrechó la mano de Wilbur Grimes y condujo de nuevo a Kathy al coche.

—Buena persona el entrenador. Espero que no te importe que haya venido a verle.

—Claro que no, querido.

Danny puso el coche en marcha, y ella recogió los pies bajo su cuerpo y se acurrucó contra él.

—Es una pena que Virg se haya ido; podríamos haber salido con él y Sally. Habríamos vuelto a los sitios de antes y lo habríamos pasado bien.

—Habría sido divertido.

—Enciéndeme un cigarrillo, por favor.

—Fumas demasiado, Danny.

—Ya me estás regañando. Igual que una esposa. Vuelve uno a casa después de un duro día de trabajo..., y se encuentra allí cinco críos alborotadores y la señora que empieza a refunfuñar.

—Cierra el pico o te la ganas.

—Kathy, ¿dónde has aprendido a hablar así?

—Tú me has enseñado.

Continuaron su camino, tratando de vencer el penoso sentimiento que los embargaba. Los muros se estaban cerrando. La mano invisible estaba alejando a Danny. Una idea insensata, pero inquietantemente clara..., desertar, dar el salto.

—¿Danny?

—¿Huh?

—Quiero ir a San Diego contigo.

El no respondió.

—Sé que parece absurdo, pero podemos hacerlo. Puede que tengamos un mes, incluso dos.

—No —respondió Danny—, lo que pasa es que..., no intentes venir conmigo, por favor.

—¿Por qué?

—¿No lo comprendes, Kathy? Sería una situación terrible.

—Pero, querido...

—Espera, Kathy. Creo que los dos sabemos lo que estamos pensando. Es inútil que intentemos engañarnos a nosotros mismos. No queda tiempo. Pero, cariño, si te llevase a San Diego..., sería horrible. Estarías sola en una habitación, acaso igual que la de aquel motel. Permanecerías allí sola, esperando, preguntándote si cada noche sería la última...

—No tengo miedo.

—Sé que lo prometimos, pero tenemos muchas cosas de las que hablar. Debemos intentar planear algo para el futuro. Va a ser duro, pero un día de éstos todo acabará y habrá valido la pena. Hasta entonces, tu hogar está aquí. Quiero recordarte aquí..., a salvo. Sería como romper..., la burbuja. Si te llevase allá, habría otra pareja desesperada más en una ciudad desesperada.

—Comprendo —dijo ella—. Voy a dejar la escuela y buscaré trabajo. Con lo que tú envíes, podré instalar un pequeño apartamento. Quiero un lugar que sea nuestro, para cuando tú vuelvas.

—¡No!

La aspereza de su voz sobresaltó a Kathy.

—¡Danny!

—No quería gritar. Eso queda descartado, por completo. Si tu familia se volviera demasiado desagradable, mi padre te ayudaría. Siempre tendrás un hogar en su casa.

—Pero ¿por qué, Danny? Creía que te entusiasmaría la idea.

Los pensamientos de Danny volvieron a dos semanas atrás. Una solitaria habitación en un tercer piso sin ascensor. Una muchacha pálida y triste. Sola..., sola con el fantasma de Nort. Si ocurriese algo, si él no regresaba, ella no debía estar sola.

—¿Por qué? —repitió Kathy.

—No me preguntes..., no me preguntes.

El aeropuerto permanecía como aletargado a las cuatro de la madrugada. Unos cuantos fatigados viajeros dormitaban en los duros bancos de madera. Danny se inclinó y le revolvió el pelo a su hermano. El chico abrió a medias un ojo y pasó el brazo en torno a Danny.

—Vuelo Sesenta a Chicago, Cheyenne, Salt Lake y Los Ángeles. Puerta Diez.

—Papá, no sabes cuánto me has ayudado...

—Que tengas un buen viaje, hijo. Escríbenos.

—Sí, señor.

Henry sonrió ante el respetuoso tratamiento.

—No te preocupes por Kathy, hijo. Yo cuidaré de ella.

Se estrecharon las manos con fuerza. Su padre retrocedió mientras la joven pareja se adentraba en la noche. Aullaba el viento sobre la pista. El plateado monstruo esperaba ante la puerta. Se detuvieron, y ella se puso rígida. *No debe verme llorar..., no debe.* Hizo un esfuerzo por sonreír.

—Algún día te compensaré por todo esto, Kathy.

Ella asintió con la cabeza, por miedo a echarse a llorar si hablaba. Danny la estrechó brevemente durante sólo un instante y, dándose la vuelta, echó a andar. Al llegar a la puerta, se volvió a mirarla y, luego, desapareció.

Una ráfaga de viento, un rugido ensordecedor, y las plateadas alas desaparecieron engullidas en la oscuridad de la noche.

—¡Danny! ¡Danny! ¡Te quiero!

Suavemente, Henry Forrester rodeó con su brazo a la muchacha y la condujo hasta el coche.

VII

Yo dormía con un ojo abierto, un viejo truco de marine. Había visto a muchos de ellos regresar después de un permiso. A veces tardaban una semana, a veces un mes, a veces no se reponían nunca. Les venía bien tener alguien con quien hablar cuando llegaban. Yo siempre esperaba levantado cuando debía regresar uno de mis muchachos.

Aquella noche, un marine alto y bien plantado pasó ante la garita del centinela en la puerta de Camp Eliot. Caminó lentamente por la larga y mal iluminada calle, entre las filas de silenciosos barracones, levemente encorvado bajo el peso de su macuto de oficial. Se abrió la puerta y se detuvo un momento en el umbral. Un ronquido, un gruñido, el rebullir de un durmiente agitado. Los resonantes pasos de un centinela en el exterior. Con pasos lentos se dirigió a su litera y se sentó. Estaba vacía, y él también se sentía vacío por dentro. Encendió un cigarrillo y permaneció allí, sin moverse.

—Hola, Danny —susurré.

—Hola, Mac.

—¿Has tenido un buen permiso?

—Sí.

—Eh, vosotros, a ver si os calláis. ¿Es que no puede uno dormir en este antro?

—Vamos a los lavabos a charlar un rato. No puedo dormir. —Estaba mintiendo. Quería hablar.

Llevé a Danny hasta los lavabos y le di una palmada en la espalda.

—Treinta kilómetros mañana, y estarás como nuevo.

—Sí..., seguro.

—¿Todo bien?

—Sí, sí. ¿Han recuperado el dinero los muchachos?
—Sí.
—Siento haberte creado tantos problemas, Mac.
—No ha sido ningún problema, hombre.
—Me he casado, Mac.
—¿Con la rubita?
—Sí.
—Que me ahorquen, eso es estupendo.
—Sí, claro.
—No vayas a compadecerte a ti mismo, Danny.
—Estaré perfectamente, Mac. No te preocupes por mí. Es sólo que no tengo ganas de dormir ahora.
—Coño, casi lo olvido. Tengo aquí una carta para ti.
—¿Una carta? Es extraño, salí anoche mismo.
—Llegó hace un par de días.
Le entregué el sobre especial de correo aéreo. Una triste sonrisa se dibujó en su rostro.
—Su padre. Me huele mal..., me tiene a raya ahora.
Rasgó el sobre. Danny estaba demasiado nervioso para leer, así que se la leí yo.

Querido Danny:
Apenas si sé qué decir ni por dónde empezar. Quería que esta carta llegase al campamento antes que tú, porque sé lo turbado y lo molesto que debes de sentirte.
En primer lugar, no voy a excusarme por mis actos la mañana en que trajiste a Kathleen a casa. Dudo que tú te hubieras comportado de forma diferente en las mismas circunstancias. Kathy es hija única, y supongo que nos hemos mostrado excesivamente protectores hacia ella. Hemos tratado de darle todo cuanto estaba a nuestro alcance, incluyendo nuestra guía y nuestros consejos. Fue una sorpresa, por decirlo de manera suave. Una sorpresa demasiado grande comprobar que, en los siete últimos meses, ha pasado de la adolescencia a la plenitud de su feminidad. Yo hubiera debido verlo y haberla ayudado en su problema, pero ninguno de nosotros sabía lo que sucedería cuando tú vinieses.
No soy tan obstinado como para no poder sentarme a la luz de un nuevo día y tratar de resolver este problema por medio de la razón. Sybil y yo hemos hablado mucho sobre ello. Sólo hay una realidad a la que enfrentarse ahora: mi hija te quiere; y su felicidad sigue siendo lo más importante para mí.
Danny, cuando estalló la guerra, yo me sentía distante y condescendiente. No tenía hijos que fueran a luchar y sabía que no viviría para ver el día en que Baltimore quedara expuesto a las bombas enemigas. Para mí, aquello sólo significaba algo concerniente a los bonos de guerra y al banco de sangre, una ayuda superficial en el mejor de los casos, pero nada más. Sí, me sentía feliz por el hecho de pensar

*que la guerra no me afectaría. Qué necio fui. No es posible
escapar a una guerra, para ninguno de nosotros. Y yo estoy
en ella, como lo está también mi hija. Vosotros tenéis vuestra propia vida y debéis tomar vuestras propias decisiones.
Humildemente reconozco que yo no puedo llevar tu uniforme.*

*Tú y Kathleen tenéis un hueso duro que roer. Supongo
que lo sabéis. Pero creo que los dos poseéis redaños para
salir adelante. Siempre te he apreciado, y no desapruebo a
mi yerno. Sólo sus métodos.*

*Tienes muchas cosas en qué pensar. Debes librar una gue-
rra para los viejos bastardos como yo. Lo menos que puedo
hacer es proporcionarte la tranquilidad de saber que tu mujer está segura y que estamos contigo plenamente.*

*Sybil proyecta ir de compras con Kathleen para adquirir
esas cosas que les gustan a las mujeres. Una especie de re-
trasado regalo de boda.*

*Espero que la disuadas de esa idea de dejar la escuela.
Sé que opinas lo mismo que yo. La Universidad es otra cosa.
Ya nos ocuparemos de ello el año que viene. No quiero in-
fluir en tu matrimonio en ningún sentido, pero quizá puedas escribirle acerca de esta cuestión concreta. Es muy obs-
tinada, ¿sabes? Sale a su madre.*

*Bueno, hijo, me gustaría tener noticias tuyas de vez en
cuando. Algo personal, entre nosotros. Si te quedas sin dinero (comprendo que estas cosas ocurren en el servicio militar), no tengas el menor reparo en pegarme un sablazo en
cualquier momento.*

—Que me ahorquen —dijo Danny—. Creo que me voy a acostar,
Mac. A ver si duermo una horita antes de la diana.

Dobló la carta, sonrió y volvió al interior del barracón.

Danny se recuperó rápidamente. Guardaba en un rincón de su corazón el recuerdo de su permiso y sólo lo sacaba en las horas de soledad.

Durante aquellos días, yo presencié la lenta transformación del pelotón en un buen equipo de radio. No como el viejo Cuerpo, claro. Yo
aún podía transmitir en clave con los pies más rápidamente de lo que
ellos podían hacerlo con las manos. Pero habían adquirido una com-
petencia que sacaba el mayor partido posible del viejo material.

Danny no era un operador brillante, pero era seguro. Se podía confiar en él. Yo estaba satisfecho, sabiendo que no habría problemas mientras tuviera él los auriculares. Marion poseía la misma fría eficiencia,
y no tardé mucho tiempo en seleccionarlos a ellos dos para nuevos
servicios y responsabilidades. Se tarda en ascender en el Cuerpo de
Infantería de Marina, pero cuando llegasen los galones, estos dos serían los primeros en dar el salto.

Poco después del regreso de Danny, empezamos la lenta y tediosa
tarea de ir preparando el equipaje para partir. Ninguno de nosotros
deseaba salir de los Estados Unidos, no obstante lo cual fue bien re-

cibida la noticia de que estábamos destinados a ultramar. Cuanto antes nos fuésemos antes volveríamos.

Todos teníamos la impresión de que se reservaba algo especial para el Sexto de Infantería de Marina. Al fin y al cabo, formábamos una unidad valerosa; nuestro nombre gozaba de gloriosa reputación desde hacía décadas.

Empezamos a embalar todo el material. En cada caja se pintaba un cuadrado blanco con las cifras 2/6 para identificar a nuestro batallón. (Siempre se utilizaba el color blanco para el segundo batallón.) En los montones de cajas pintábamos también las dos misteriosas palabras *Spooner* y *Bobo*. *Spooner* sería nuestro destino, y *Bobo*, nuestro barco.

Al poco tiempo, el campamento era una montaña de cajas rotuladas *Spooner Bobo*, y por lo que a los otros batallones del Sexto se refería, *Spooner Lolo* y *Spooner Mumu*. Luego, comenzó la labor de carga y transporte.

Dentro de la mejor tradición de la Infantería de Marina, encontré que mis hombres eran auténticos maestros en la tarea de escurrir el bulto. Había que estar buscándolos continuamente para obligarles a trabajar. Eran capaces de hallar las excusas más endiabladas y los escondites más ingeniosos que se pueden imaginar. En este aspecto armonizaban a la perfección con el viejo Cuerpo. El pelotón se sintió doblemente irritado cuando se le impuso la obligación de cargar para toda la compañía. Los infantes no realizaban ningún trabajo de carga; los cocineros, tampoco; las demás secciones, sólo algunos muy escasos.

Cada vez que llegaba un camión para ser cargado, Burnside y yo teníamos que andar a la caza de hombres. Finalmente, requisamos una tienda de ocho plazas, metimos en ella a todo el pelotón y entre Burnside y yo los teníamos continuamente vigilados. Al aumentar el ritmo de trabajo, los distintos grupos se mantenían activos en turnos que cubrían las veinticuatro horas del día.

Spanish Joe Gómez, viejo maestro en el arte de la trapacería, consiguió salir del campamento y en San Diego compró y trasladó al campamento veinte galones de tinto de Dago, utilizando un jeep «prestado». Durante tres días con sus tres noches el pelotón anduvo tambaleándose de un lado a otro entre carga y carga. Cuando se acabó el vino, Joe volvió a la ciudad y, pese a la vigilancia de los centinelas del campamento, regresó con más veneno del de a veinticinco centavos el galón. Bebieron hasta agarrar una borrachera terrible. Sólo Marion se mantuvo lo bastante sereno como para organizar un grupo de trabajo.

Durante toda la noche, mientras esperaban a que llegara otro camión para llevarse el equipo, permanecieron tendidos en los deshechos catres de la tienda del grupo de trabajo, bebiendo tinto de Dago. El amanecer encontró el suelo moteado de vómitos color carmesí pálido. Una noche de beber vino, y a la mañana estaban ardiendo de sed. Un trago de agua para apagar la sed, y estaban de nuevo borrachos. Me alegré al ver la última caja a bordo del último camión y camino de los muelles. Volvimos a los barracones, recogimos nuestros efectos personales y esperamos.

Y en ese oportuno momento se nos hizo efectiva una paga. Nos dieron permiso de salida y la oportunidad de despedirnos al mejor estilo de la Infantería de Marina. El batallón salió a emborracharse.

Luego, volvimos tambaleándonos al campamento y esperamos. No emprendíamos la marcha. Otro permiso de salida..., otra espera..., otro permiso. Cada día, permanecíamos aguardando nerviosamente el momento de partir, y cada noche nos encontraba en San Diego brindando por eternas amistades.

Al final de la semana no quedaba ya dinero para bajar a tierra. No había un centavo en todo el batallón. Entonces empezamos a telegrafiar a casa en petición de dinero para comprar artículos indispensables..., lo que, naturalmente, significaba una última juerga.

Casi como anticlímax, subimos a bordo de camiones y autobuses y nos dirigimos hacia los muelles, en la ciudad. Todas las cajas con el rótulo de *Spooner Bobo* estaban allí para recibirnos. Había que cargarlas en el barco. Eso significaba unos días más, y comenzaron de nuevo los problemas con los grupos de trabajo. Sólo que aquí había más sitio para escabullirse.

Subí entonces al *Bobo*. Si alguna vez un marine ha sentido deseos de ahogar sus penas, ése era yo. Llevaba en el Cuerpo más tiempo del que quería recordar; en mis tiempos había estado en un montón de transportes de tropas. Ninguno de ellos eran trasatlánticos de lujo..., pero el *Bobo* era el más mugriento, inmundo y apestoso barco que jamás haya transportado plátanos o vacas a La Habana. Rogué mentalmente porque se tratase de una travesía corta. Hice un esfuerzo por ocultar mi desagrado ante aquel ataúd flotante tripulado por la marina mercante, pero no era fácil. Aunque llevábamos más de una semana dándole de lo lindo a la botella, cuando lo vimos sentimos el impulso de ir a emborracharnos de veras.

Andy, Speedy, L.Q., Macuto y Danny recalaron en el primer bar de Broadway, decididos a ir de tasca en tasca hasta el otro extremo de la larga calle. Yo no quería perderlos de vista, pero se produjo un nuevo asalto en el eterno combate Burnside-McQuade, y me dieron ganas de meterlos a los dos debajo de la mesa. Así que perdí contacto con el pelotón en el segundo bar y me limité a desear que a la mañana siguiente estuvieran todos a bordo del barco.

Los guerreros de uniforme verde oscuro se hallaban sentados, con ojos legañosos, en torno a una mesa de un salón de Crescent City, en las afueras de San Diego. Ninguno de ellos podía decir coherentemente cómo habían llegado allí. Una matizada luz proyectaba suaves sombras sobre las paredes del local. En un estrado, una soñolienta pianista dejaba correr sus dedos para llenar la estancia de acariciantes melodías.

—Una pena que el viejo Mary no esté aquí.

—Sí, una pena.

—Sí.

—Brindemos por el viejo Mary.

—Buena idea.

—Sí.

—Eh, Andy..., ¿todavía sigues?

—Sí, ésta es la ronda 23 para mí. La 18 para el resto de **vosotros.**

—Eh, L.Q., ¿vas a echarte a llorar otra vez?

—No quiero llorar, pero... tengo que hacerlo... No lo puedo evitar...

—Cristo, L.Q., si tú lloras, voy a llorar también yo. No llores, muchacho —sollozó también Andy.

—L.Q., Danny, muchachos, no permitiré que os agarre ningún japonés. Sois los mejores amigos que jamás he tenido. Hemos de estar siempre unidos.

—No tienes que llorar sólo porque estemos llorando nosotros, Macuto.

—No puedo evitarlo..., es que os quiero tanto...

—Eh, Andy, ¿por qué lloras?

—No hay ninguna ley que lo prohíba.

Cabezas vueltas, unas veces con expresión de desagrado, de compasión otras, y de regocijo las más, hacia los cinco rudos marines que vociferaban sentados a la mesa.

Llegaron las bebidas.

—¿Por quién diablos íbamos a brindar?

—Por el viejo Mac.

—No, íbamos a brindar por nuestro amigo el teniente Bryce.

—Al diablo Bryce.

—Brindemos todos por nuestro bello amor.

—Sí.

—Eh, L.Q., toma mi pañuelo y suénate la nariz.

—Gracias, compañero.

—Aprisa, L.Q., ya hemos terminado.

—¿Cuántos hace ése, Andy?

—Ochenta y seis para mí... ochenta veintitrés para vosotros.

—Caray.

—¿Alguien sabe qué hora es?

—Aún nos quedan quince minutos. ¡Eh, camarera, otra ronda!

Andy se dirigió cautelosamente hacia la pianista, habló un momento con ella y regresó tambaleándose a la mesa.

A los pocos instantes, sonaron los acordes de «Los ojos de Texas están sobre ti». Miraron a Speedy, que hizo una profunda inspiración, se incorporó trabajosamente y se puso en posición de firmes. Los otros se levantaron y permanecieron bamboleándose hasta que hubo terminado la canción.

Luego, la muchacha sentada ante el piano tocó «Te llevaré de nuevo a casa, Kathleen» y volvió los ojos hacia Danny. Éste bajó la cabeza, y una lágrima se le deslizó por la mejilla. Sintió en los hombros el compasivo palmear de cuatro manos.

—Andy, viejo amigo..., ha sido todo un detalle..., sabiendo lo que odias a las mujeres.

—Anímate, Danny..., no hay japonés que pueda contigo, muchacho, muchacho.

—Eso es lo más bonito que he oído en mi vida.

Eran las tres de la mañana cuando les volví a encontrar. Estaban haciendo instrucción por el centro de Broadway. Por fortuna, la patrulla de tierra no andaba por allí. Speedy Gray se hallaba sentado en el bordillo de la acera gritando órdenes, y los otros cuatro se tambaleaban de un lado a otro, sobre las huellas de los coches, con todo el aspecto de unos reclutas en su primer día de instrucción. Se movían en todas direcciones.

—Un dos, un dos, izquierda, ar —tartamudeaba el tejano.

—Por amor de Dios, muchachos, salid de la calzada —exclamé.

—Hola, Mac. Cabeza variación derecha..., ar.

—Maldita sea, venid aquí antes de que la patrulla de tierra os meta a todos en el calabozo.

Empezó a formarse un grupo de gente para contemplar los ejercicios. Un paisano que estaba a mi lado decidió echarme una mano.

—¿Por qué no hacéis lo que dice vuestro sargento, muchachos? —exclamó.

—No se preocupe —repliqué airadamente—, si quieren hacer instrucción, pueden hacer instrucción.

—Sólo intentaba ayudarle —dijo el paisano.

—Éste es un asunto exclusivo de los militares, ¿sabe?

Speedy se había puesto en pie, con la ayuda de una farola oportunamente situada, y se apoyó contra el paisano.

—Ningún maldito paisano va a decirnos lo que tenemos que hacer —dijo, dando unos golpecitos con el dedo a la corbata de seda del hombre, y rió, aparentemente regocijado.

—No vuelvas a hacer eso —gruñó el hombre.

Speedy levantó las manos, le encasquetó al hombre el sombrero hasta los ojos y le hizo volverse de un empujón. Andy, que se le había acercado por detrás, le soltó un puñetazo que le hizo caer, inconsciente, en mis brazos. Deposité al pobre hombre en la acera con todo cuidado.

—Vámonos zumbando de aquí.

Corrimos a lo largo de varias manzanas. Luego, nuestra velocidad disminuyó al tener que arrastrar a Macuto, que decidió que no quería seguir. Poco después, nos encontrábamos recuperando el aliento en el vestíbulo del lujoso hotel «Lincoln».

—¿Por qué le has pegado a ese paisano? —pregunté a Andy.

—Coño, Mac, no puede uno divertirse si estás tú cerca —se enfurruñó.

—Vámonos a algún bar —sugirió Speedy—. Venga, L.Q., deja ya de llorar.

—Los bares están cerrados —dije—. Os voy a llevar de vuelta al barco.

Gimieron. Danny se levantó y miró al otro lado del vestíbulo. Una telefonista se hallaba de guardia en un mostrador junto a una fila de cabinas telefónicas.

—Eh, esperad un momento, esperad un momento. Voy... voy a telefonear a Kathy. Venid, muchachos, quiero que conozcáis todos a mi gatita.

Fue tambaleándose hasta el mostrador.

—Eh, señora —dijo—, quiero hablar con Kathy.

—¿Sabe el número, marine?

—Kathy, en Baltimore...

—Kathy ¿qué?

—Kathy Walker..., quiero decir, Forrester. El teléfono es Liberty 6056 ó 5065. Su viejo se llama Marvin. Marvin Walker.

—¿Sabe la calle, señor?

—¿Qué es eso de *señor*? No soy más que un puñetero soldado raso.

—Rebuscó en la cartera, estaba vacía—. A cobro revertido, Marvin es amigo mío.

—Diga —gruñó una voz soñolienta.

—Conferencia desde San Diego. ¿Aceptará usted que se le cargue el importe?

—Quién infiernos llama a las cinco de la... ¿San Diego? Sí, desde luego.

—Le pongo, señor.

—Bueno, muchachos, dejad ya de empujar. ¡Hola, Marvin!

—¡Danny!

—Hola, Marvin, viejo amigo. Déjame hablar con mi mujer.

—Estás borracho.

—En efecto.

—¿Quién es, papá?

—Tu marido, ¡ése es el que es! Está borracho perdido, y parece como si tuviera consigo a todo el Cuerpo de Infantería de Marina en la cabina telefónica.

—¡Danny! Danny querido.

—Hola.

—Danny... ¡Danny!

—Escucha, cariño. ¿Recuerdas los muchachos sobre los que te he escrito? La mayoría de ellos están aquí. El viejo Mary está leyendo la Biblia, así que no puedes conocerle. Quiero que conozcas... Dejad de empujar, coño.

—Eh, amiga, yo soy Macuto.

—Hola, Macuto.

—De uno en uno.

—Hola, Kathy. Siempre estoy mirando tu foto. Eres preciosa.

—¿Quién eres tú?

—Speedy.

—Oh, hola, Tex.

—Venga, Andy, di algo.

—No quiero.

—Cariño, el bueno de Andy odia a las mujeres, y L.Q. está llorando. Tú no querrías hablar con L.Q. cuando está llorando.

Saqué a todos de la cabina a empujones y cerré la puerta.

—Hola, Kathy, soy Mac, el sargento de Danny.

—Hola, Mac.

Dos palabras, y comprendí el hambre que anidaba en el corazón de Danny. Sonaba como la voz de un ángel.

—Escucha..., los chicos están un poco... bebidos. He intentado disuadirles de que hicieran esto.

—Comprendo.

—Kathy.

—Sí, Mac.
—Tienes un chico estupendo; todos lo queremos.
—¿Os... os vais a marchar pronto?
—Sí.
—Oh.
—Mira, Kathy..., no te preocupes.
—Cuida de él, ¿eh?
—Haré lo que pueda.
Volví a meter a Danny en la cabina y le murmuré al oído:
—Di algo bonito, bastardo.
Una cierta serenidad pareció atravesar su niebla alcohólica.
—¿No estás enfadada conmigo, nenita?
—No, claro que no.
—Kathy, Kathy... Te quiero.
—Yo también te quiero, cariño.
—Adiós, Kathy.
—Adiós, Danny..., buena suerte a todos.

TERCERA PARTE

PRÓLOGO

No es fácil encontrar comodidades en un barco de transporte de tropas, a menos que uno sea oficial. Yo he estado en muchos de ellos, pero jamás vi ninguno peor que el *Bobo*. Quienquiera que fuese el que transformó aquel carguero no se había roto demasiado la cabeza. Los dormitorios tenían que haber sido diseñados por sádicos. Había cuatro agujeros, dos a proa y dos a popa. Cada uno de ellos tenía una profundidad de dos cubiertas. Nosotros estábamos en el fondo del pozo. Hasta seis y siete literas de lona estaban dispuestas en vertical, tan próximas unas a otras como si fuesen láminas de hojaldre en una fuente. Uno tenía que tumbarse boca arriba o boca abajo. Bastaba con volverse de lado para chocar contra la litera superior.

La iluminación era casi nula; la ventilación, irrisoria..., si se la pudiera considerar divertida. El espacio entre las filas de las literas era tan estrecho que se veía uno obligado a caminar de lado, por pasillos abarrotados de mochilas y macutos, hasta su lastimoso pedazo de lona. La sección cubierta de cada bodega estaba llena de cajas. Era terrible, incluso para un veterano como yo.

Una mañana, vimos por fin unas colinas verdes que asomaban por el horizonte. El horrible viaje había terminado. El odiado *Bobo* penetró en la bahía y contemplamos, intimidados, las onduladas colinas, las extrañas casas de brillantes colores y la serena belleza de la tierra. ¡Habíamos llegado a Spooner, Nueva Zelanda!

Estábamos unos cuatro mil en Nueva Zelanda, y el país era nuestrc Para el rancho solíamos tener carne, huevos, helado y toda la leche que un hombre podía coger. Y la gente nos abría sus casas.

Ésa era una de las cosas maravillosas que tenía el ser marine. La sensación de una tierra nueva bajo los pies. Mientras caminabas por Lambdon Quay con un compañero, impecable el verde uniforme y refulgente el correaje, les veías volverse y sonreír. El extraño aroma de guisos exóticos y los nuevos y maravillosos aromas de cerveza y tabaco; la curiosa forma de hablar y el extraño dinero, y los honrados comerciantes que daban a los desconcertados marines un franco apretón de manos. La belleza de las onduladas colinas, el suave verano, y la singularidad de los edificios victorianos, en armonía con la plácida y pausada forma de vida. Nos sentíamos felices en Nueva Zelanda. Tan felices como puede serlo un hombre a diez mil kilómetros de distancia de su casa. Y mis muchachos eran duros y dispuestos. Los «Putas de Huxley»..., todos los miembros del Sexto de Marines eran como clavos.

Los componentes de mi pelotón se estaban convirtiendo rápidamente en radiotelegrafistas, como los motoristas del viejo Cuerpo. Sus manos eran certeras cuando manejaban los pulsadores. Nuestra red de radio asombraba a todo el regimiento. Mary conocía su oficio. Si al menos yo pudiera conseguir que dejaran de transmitir mensajes obscenos...; algún día nos interceptarían, y se nos iba a caer el pelo.

La piel se nos estaba volviendo amarilla a consecuencia de las dosis diarias de quinacrina, pero yo me mantenía atento para impedir que la tirasen en vez de tomarla. Diez años antes, estando en Manila, yo había pasado la malaria, y me habría encantado tener quinacrina, volviese amarillo o no.

I

La noticia circuló rápidamente por todo Wellington, y las aceras estaban flanqueadas de sonrientes espectadores cuando pasó el Sexto.

—¡Eh, inglés!

—No somos ingleses. Somos neozelandeses.

—Déjame ver ese penique. Caray, fíjate qué tamaño tiene.

—¡Eh, yanqui! —llamó una chica desde la ventana de una oficina.

—Échame tu nombre y tu número de teléfono, encanto, y te llamaré.

—Estupendo, yanqui..., y tengo varias amigas.

—Eh, muchachos, ¿sois del Quinto Regimiento de Marines?

—No, somos el Sexto.

—Lleváis la misma trenza.

—Esos tíos se están aprovechando de nuestra gloria —dijimos de los muchachos que luchaban entonces en Guadalcanal para salvar a Nueva Zelanda. Sí, se alegraban al vernos. Los tentáculos del imperio japonés se estaban extendiendo para atenazar a su país. Todos los hombres y mujeres habían sido organizados para luchar hasta el fin. Sus propios hombres se hallaban a mucha distancia. En Oriente Medio.

El Quinto de Marines había llegado y partido para Guadalcanal. Después habíamos llegado nosotros y los neozelandeses habían lanzado un suspiro de alivio. Una pandilla de yanquis presuntuosos y consentidos..., pero nos querían.

Y después del *Bobo,* ¡cómo les queríamos nosotros a ellos!
—¡A formar, maldita sea! ¡Paso ligero!

Estábamos en nuestra primera marcha por Nueva Zelanda. Un kilómetro hasta la puerta del campamento, luego tres y medio por la carretera y vuelta a la derecha para subir por un camino de tierra que serpenteaba en un ascenso de casi siete kilómetros. Lo llamábamos la carretera de la Pequeña Birmania. Desde la cumbre, a 460 metros de altura, podíamos ver las ondulantes colinas verdes moteadas por pequeñas granjas y, más a lo lejos, el océano.

Corríamos luego sobre las colinas, atravesando barrancos y desfiladeros, saltando alambradas, siguiendo los caminos del ganado, resbalando y cayendo sobre boñigas de oveja. Cruzábamos el bosque y acabábamos a espaldas del Camp McKay y Paekakariki, que podíamos ver a lo lejos, debajo de nosotros. Después, descendíamos por un peligroso despeñadero, arrastrándonos sobre la espalda, hasta llegar al campamento.

En días alternos, invertíamos el curso de la marcha, trepando primero por el despeñadero existente detrás del campamento y atravesando las colinas, las pistas y las granjas de ovejas hasta llegar a la cumbre de la Pequeña Birmania. Luego, descendíamos a lo largo de siete kilómetros hasta la carretera y regresábamos a la puerta del campamento.

La marcha a Pequeña Birmania tenía sólo veinte o veintiún kilómetros, según la ruta que se siguiese, pero a mí me parecía la peor que había realizado jamás. Era el mes de noviembre, pleno verano en Nueva Zelanda, y hacía calor. El largo ascenso a la Pequeña Birmania era endiablado. El avance cuesta arriba, tan lento, extraía todo el vigor de nuestras piernas, y el peso del equipo acababa haciéndose casi insoportable. Venía luego el sudor. Un sudor que dejaba completamente empapados a los hombres de pies a cabeza y les hacía maldecir por lo bajo. El sudor de los pies irritaba las ampollas y escocía.

En la cumbre, donde el camino recuperaba la horizontalidad, nos deteníamos a tomar las raciones C. Había que vigilar el agua. El camino de vuelta al campamento era largo, y no había sitio en nuestra unidad para rezagados. Un marine sudoroso que bebe demasiado y vomita no puede caminar.

Si la subida a Pequeña Birmania era dura, el descenso era peor. Al ir colina abajo, cada paso supone recibir un impacto. Las piernas actúan como frenos durante casi siete kilómetros, y el peso de la mochila le golpea a uno en la espalda a cada paso. Las marchas colina abajo eran de las que hacen que se le doblen a uno las rodillas y parezca que las piernas se le vuelven gelatina.

Píldoras de sal. Nunca pude imaginar cómo una pequeña píldora podía remplazar a treinta y siete litros de sudor. Chúpalas despacio, o vomitarás. Y olvídate del agua. La sal te da sed, y demasiada agua te hará doblarte como un acordeón.

Los días en que transportábamos equipo pesado tirábamos con fuerza de los carros hasta que se nos agrietaban las manos. Lanzábamos nuestros cuerpos contra ellos para impedir que se precipitasen fuera del camino, al abismo. Las radios suponían un peso adicional que remolcar. En el descenso, clavábamos los talones en el suelo para no ser arrastrados.

Los días en que íbamos sólo con mochilas de combate, Burnside marcaba un paso criminal. Era un fanático de las marchas. La caja de cerveza que se había bebido el día anterior le rebosaba por todos los poros hasta que parecía como si estuviese flotando. Al llegar a la puerta del campamento, en el momento de salir gritaba: «¡Paso ligero!» Corríamos cien metros, andábamos a paso vivo y corríamos otros cien hasta que llegábamos al pie de Pequeña Birmania.

Un día, fuimos desde el campamento hasta la cumbre de la carretera sin detenernos. Y continuamos colina abajo hasta el pie de la carretera y seguimos corriendo hasta llegar al campamento, directamente a la zona de instrucción.

—¡Ahí van los «Putas de Huxley»!

Huxley tenía el tiempo que había deseado; tenía las condiciones que necesitaba y no nos ahorraba esfuerzos. Y luego empezamos a adelantar a otras unidades agotadas y exhaustas a lo largo de la ruta. «Marines de pastaflora», gritaban nuestros muchachos mientras los rebasábamos.

Por razones que sólo él conocía, Huxley continuaba intentando hacer un marine del jefe de nuestra compañía, el teniente Bryce. Había una intensa rivalidad entre el grupo de Información y nuestro pelotón. En días alternos, Bryce participaba en nuestras marchas. Los demás días, iba con los muchachos del sargento Paris. Se apostaron muchas cajas de cerveza a ver quién le hacía hincar el pico antes. Cuando Bryce estaba con nosotros, acelerábamos el paso hasta ver que empezaba a arrastrarse y, luego, Burnside avivaba el ritmo en los dos últimos kilómetros de la subida. Si Bryce no estaba aún de rodillas, esperábamos a que tuviera esa expresión de lejanía que le hacía parecer como si fuera a citar a Shakespeare y, después, iniciábamos un paso ligero. Bryce sabía que tendría que vérselas con el comandante si se quedaba rezagado, y a veces se ensañaba con nosotros para que lo dejáramos en paz.

Huxley obligaba a marchar a todos los componentes del batallón. De vez en cuando, se hacía marchar con nosotros a cocineros, músicos y otros servicios auxiliares. La mayoría no lo resistían muy bien. Los dejábamos esparcidos acá y allá a lo largo de la ruta para que volviesen por sí mismos, renqueando, al campamento.

—¡Firmes!
—Todos presentes y en orden, señor.
—Descansen.

El teniente Bryce abrió el documento y leyó la habitual felicitación de cumpleaños que el comandante dirigía al Cuerpo. Su carta se hacía eco de los conceptos de gloria, deber y honor y recordaba grandes gestas del pasado y la tarea que reservaba el futuro. De acuerdo con la tradición, se declaró un día de descanso y se repartieron dos botellas de cerveza a todos los hombres. Tras un vibrante *Semper Fidelis*, se disgregó la formación, y entramos en nuestro año número 167.

El camión de basura terminó su recogida de grandes cubos de desperdicios de cada rancho de compañía. En la parte posterior, aferrados como si se estuvieran jugando en ello la vida, mientras el camión rodaba por el accidentado camino de tierra, iban Faro y L.Q. Jones. Con las sacudidas del camión, los contenidos de los cubos caían sobre los dos hombres. Al poco rato, se encontraban hundidos en basura hasta el tobillo, y, poco después, los cubos empezaron a resbalar por el pulido suelo de hierro del camión. Resultaba difícil mantenerse sujeto, y mucho más tratar de ser tan ágil como un bailarín de ballet para sortear los cubos, por no hablar de las duchas de barro que caían sobre ellos.

—Radiotelegrafistas..., ja, ja, me río yo —gruñó L.Q.

—Quiero volver a la reserva.

—Beee..., beeee —hizo burlonamente Speedy Gray desde la cola para el rancho.

—Beeeeee —repitió Macuto a Burnside, que estaba por delante de él.

—Beee —dijo L.Q.

—Beeee —dijo Faro.

Estas llamadas al sargento Burnside daban a entender que tenía más de cabra que de humano cuando les hacía marchar por aquellos escarpados senderos de montaña. Burnside se volvió con rapidez al oír el último balido y los cuatro alborotadores miraron al cielo con aire distraído. Después del rancho, Burnside entró en su tienda cuando ellos recogían su equipo para la marcha acostumbrada.

—Creo que os he estado obligando a hacer marchas demasiado duras, muchachos —dijo.

Lo miraron con suspicacia.

—Sí, señor —continuó—. Siento que penséis que este viejo sargento tiene más de cabra montés que de marine.

—Bueno, Burnside, sólo estábamos bromeando.

—Sí, hombre, nos encantan las marchas.

—No, no —dijo Burnside, levantando las manos en un gesto que quería ser piadoso—. Quiero daros un descanso a vosotros cuatro. Ya no tenéis que hacer más marchas.

—Oh-oh..., tiene algo escondido en la manga.

—Resulta que el cocinero ha estado hablando conmigo esta mañana.

—Me parece que tenemos fregado de cacharros, muchachos.

—Oh, vamos, no pensaréis que Burnside les va a hacer fregar cacharros a sus chicos, ¿verdad? Ya tenéis suficiente trabajo de ése cuando os toca hacer servicio en el rancho.

—¿De verdad nos va a dejar el día libre, sargento?

—Bueno, es todo un detalle por parte de Burnside.

—Parece ser que la trampa del fondo de la letrina está atascada —continuó Burnside—, así que me dije a mí mismo, bueno, les he estado imponiendo marchas demasiado duras a esos chicos. Además, un día en la letrina puede ser refrescante. Conque fui y os presenté voluntarios para vaciar la letrina y soltar la trampa. En realidad, incluso os voy a dejar que utilicéis el carro de comunicaciones para transportar el material. Pero, por favor, muchachos, limpiad el carro cuando terminéis.

Fue hasta la salida de la tienda y se volvió.

—En cuanto a los demás, creo que subiremos poquito a poco a Pequeña Birmania, iremos al bosque y nos echaremos allí junto a un arroyo para hacer un poco de práctica de TBX. Ta-ta.

—¡La letrina!

—Siempre me estás metiendo en líos, hombre blanco. Tú y yo hemos terminado.

—Sigue, maldito renegado, échame a mí la culpa.

—Aquello huele peor que el queso de Limburg —gimió Speedy.

—Es como extender una tonelada de estiércol —dijo Macuto.

Caminaron lentos y muy tristes hacia la parte posterior de la zona destinada a comedores y se pusieron cada uno una pinza de la ropa en la nariz. La letrina era una construcción vieja de forma semejante a la de un pozo. En ella se vertían todas las basuras y aguas fecales. En el fondo, a unos cuatro metros y medio de profundidad, había una reja de hierro que filtraba los desperdicios y los conducía a un canal subterráneo. Por lo general, bastaba una manguera de agua para arrastrar cualquier obstrucción; ahora, sin embargo, el atasco se había producido por una enorme acumulación, tan compacta que había llegado a alcanzar metro y medio de altura.

Levantaron la tapa de madera de la abertura. El fétido olor les hizo retroceder. Llenándose de valor, volvieron a avanzar y escrutaron hacia abajo.

—Echaremos a suertes para ver quién baja.

—Bueno, yo soy demasiado corpulento para caber por ese agujero, así que tendré que ayudar desde aquí a ir sacando los cubos —sonrió Macuto.

Todos los ojos se volvieron hacia L.Q. Jones.

—No me miréis así, muchachos..., además, siempre habéis dicho que soy un dandy.

—Tú fuiste quien ideó eso de balarle a Burnside, L.Q.

—Actuemos de forma democrática, muchachos. Vamos a tratar la cuestión.

—Claro que vamos a actuar como tú quieres, L.Q. —dijo el tejano—. Votemos... Yo voto por Jones.

—Ugh —dijo el indio.

—Eres el candidato ganador —dijo Macuto, entregándole un traje de goma y una máscara antigás.

Fue un largo día de trabajo en la letrina. Tuvieron que sacar y transportar cien cubos antes de que L.Q. pudiera llegar hasta la trampa. Por fin, logró abrirla. Cuando subió triunfalmente por la escala y se quitó la máscara, los otros parecieron atacados de una tos violenta, como si anduviera suelta una mofeta.

—Limpia el carro —dijo Macuto—. Yo tengo tres días de servicio más que tú. Además, soy regular, y tú eres de la reserva. No podemos soportar el olor ni un minuto más.

Se marcharon a toda velocidad, dejando que L.Q. terminara la tarea.

El maloliente marine regresó a su tienda. Mientras caminaba por la pasarela, los hombres le abrían paso. Al fin, entró en su alojamiento.

—¡Cristo! ¡Fuera de aquí!

Alguien le tiró un casco, obligándole a salir agachado de la tienda. Instantes después, una mano arrojó a sus pies una toalla, una pastilla de jabón y un cepillo de fregar.

—¡Y no vuelvas hasta que huelas a rosas!

> *Querida mamá:*
> *No se me permite decirte dónde estoy. Pero encuentro que tengo mucho más entusiasmo y energía...*

—Adelante, soldado de primera Jones. ¿Ha escrito usted esta carta?

—Sí, señor.

—Puede retirarse, soldado de segunda Jones.

II

Andy Hookans cruzó, sin prisas, la estación de ferocarril de Wellington. Había perdido el primer tren de regreso al campamento y faltaba casi una hora para el siguiente.

Salió a tomar un poco el aire. Al otro lado de la calle vio un letrero: CANTINA DEL EJÉRCITO DE SALVACIÓN. *Son bienvenidos los miembros de las Fuerzas Armadas.* Entró y se sentó en una banqueta al extremo de un largo mostrador.

—¿Qué deseas, yanqui?

—Café, por favor.

El corpulento sueco pasó revista a la muchacha de proa a popa mientras ella le llenaba la taza. No estaba mal, no estaba nada mal. Alta, delgada aunque no flaca..., piel blanca, como la mayoría de las chicas del país..., pelo corto, una rubia muy atractiva. Ella le puso la taza sobre el mostrador.

—¿Algo más? —preguntó, sonriendo.

—Sí.

—¿Qué?

—Que hables conmigo.

—Oh, me temo que no puedo hacerlo. Va contra las reglas confraternizar durante el trabajo, ¿sabes?

—No parece haber mucha actividad esta noche.

—Las aglomeraciones son unos minutos antes de la hora del tren. Una taza rápida de café para los americanos, ya sabes.

—¿Sí? Me llamo Andy.

Ella se volvió para marcharse.

—Ahora que lo pienso, quisiera un bollo o como llames a esas cosas.

—Puedes cogerlo tú mismo.

—Es muy bonito este país.

—Me alegra que te guste, pero, como es natural, nada puede compararse con América.

—La verdad es que admite muy bien la comparación.

—Bueno —dijo ella, asombrada—, eres un tipo raro.

—Cierto, pero no me has dado la oportunidad de decírtelo.

—Esperamos caeros bien. Os debemos tanto, con los japoneses encima y nuestros muchachos tan lejos...

—¿Sueles estar aquí con frecuencia?

—Hago un turno regular dos veces a la semana. Bueno, ya te he dicho que no puedo confraternizar.

—No puedo confraternizar, *Andy* —la corrigió él.

—Tengo otro cliente. Discúlpame.

—No te entretengas demasiado. Quiero hablarte de lo sorprendente que soy.

Se la quedó mirando cómo se alejaba a lo largo del mostrador y servía a un aviador neozelandés. A Andy le desagradaban estas maniobras de aproximación. No obstante, suponía que eran necesarias. Pero le gustó lo que vio, y sólo disponía de unos pocos y valiosos momentos para intentar conseguirlo. El que nada arriesga nada gana. Mientras ella continuaba con su trabajo, él se las arregló para decirle alguna frase de vez en cuando.

—¿De qué parte de América eres?

—De Washington.

—Oh, ¿la capital?

—No, el Estado de Washington, es distinto.

—Claro, he ido a la escuela, no creas. Washington está en la costa occidental de los Estados Unidos y produce grandes cantidades de madera —recitó.

—Y yo cortaba la mitad de esa madera antes de alistarme.

—Vaya, qué interesante..., un leñador.

—Maderero. (No te escapes ahora otra vez, encanto.)

—¿Y es verdad que cortabas árboles en uno de esos campamentos?

—Los derribaba, los cortaba y los hacía flotar río abajo. (Muy bien, apóyate en el mostrador y empieza a interesarte.) Mi nombre en realidad es Bunyan, pero la modestia me hace ir por la vida con el nombre de Hookans. (Agradable sonrisa.) A propósito, no he oído bien tu nombre.

—Pat, Pat Rogers.

—Una vez conocí una chica que se llamaba Pat. (Y menuda zorra asquerosa que era.) Una chica encantadora. Era de Spokane, y de chico estuve muy enamorado de ella. (Todo el mundo en la ciudad se acostaba con ella.)

—Sí, hay Pats en todas partes. El mundo es un pañuelo —dijo ella. (Aguda observación, ¿eh?)

—Oye, Pat, en interés de la armonía entre los aliados y los préstamos y arriendos y mi moral, ¿qué tal si salimos juntos un día? (Adelante, muchacho.)

—Me temo que no podría. (Vamos, encanto, no se lo pongas difícil al viejo Andy.)

—No he salido con nadie desde que estoy aquí. Supongo que no hago amigos con facilidad. Me gustaría mucho ir una noche a bailar y al cine. Quizá me ayudara a olvidar que añoro tanto mi país. (Por no decir nada de pasar una noche en la cama contigo.)

—Muchas gracias, Andy, pero me temo que habré de renunciar a esa parte de mi contribución de guerra. Ha sido un placer conocerte. (Bueno, no se anda con rodeos. Me pondré patético y, luego, saldré.)

Le dirigió una débil sonrisa y puso cara de niño revoltoso sorprendido en una travesura e implorando piedad. Pat suspiró, se encogió de hombros y se volvió para atender a la súbita afluencia de marines en busca de una rápida taza de café. Él apoyó los codos en el mostrador, hizo descansar la barbilla sobre el dorso de las manos y adoptó una expresión de tristeza. Reparó entonces en que la muchacha llevaba anillo de boda. (¡Casada!) Se puso la gorra y se volvió para marcharse. Ella se le reunió al extremo del mostrador.

—Andy.

—¿Sí?

—Disculpa que sea voluble, es una de las prerrogativas de la mujer. Ir al cine y al baile parece estupendo y hace siglos que no salgo. ¿Puedo aceptar?

(Ya lo he oído todo, hermanita. ¿Suspirando por tu hombre que está en el Oriente Medio? Apuesto a que no has salido desde anoche.)

—Ya lo creo que puedes aceptar. No tienes más que indicarme adónde quieres ir. Tengo permiso el jueves. Estaré en tierra a eso de las seis, ¿qué te parece?

—Tendré que buscar alguien que haga mi turno, pero me las arreglaré. (Estoy seguro de ello..., al viejo Andy le gustan las tías casadas, con experiencia.)

—¿Dónde te recojo?

—En el Hotel del Ejército de Salvación para Mujeres. En la plaza Nelson, un poco más arriba de Lambdon Quay. (Hotel del Ejército de Salvación..., oh bien, siempre puedo tomar una habitación.)

—Hasta el jueves y gracias, Pat. (Sí, hasta el jueves en la cama, chavala.)

—No me importa un carajo..., no me importa un maldito carajo. Ski se tambaleó y golpeó la barra con la cara.

—Más vale que acabes con esto, Ski, o te mandarán a la compañía de músicos.

—Me importa un carajo. Ya no hay nada que me importe.

—¿Vienes o tendré que obligarte? —preguntó Danny.

—Tú eres mi amigo, Danny. Tú eres mi amigo y me quieres, aunque ella no me quiera. Un 4-F..., un apestoso 4-F.

—Ya basta. Acabarás mal si no dejas de reconcomerte.

—Me importa un carajo.

—Ya has estado dos veces en el calabozo. Una vez más, y Huxley te largará.

Un día, varias semanas después de su llegada a Nueva Zelanda, vi a mi pelotón bajo un prisma diferente.

Burnside y McQuade habían sostenido otro de sus desafíos la noche anterior. El incansable andarín comenzaba a tambalearse. Habíamos hecho la Pequeña Birmania y estábamos a mitad del ascenso. Y entonces Burny ordenó un descanso y se derrumbó a un lado del camino, bajo un árbol, empapado de sudor.

—¿Qué, Burnside, cansado?

—Sí, ¿cómo vamos a batir el récord del Segundo Batallón si abandonas a las cuatro millas?

—Vamos a darnos prisa, Burny, el tren de la libertad sale esta noche.

Entonces lo vi claro. Cualquier hombre del pelotón podía marcar ahora la marcha. El pesado equipo que llevaban no significaba nada. Ni siquiera durante los descansos se molestaban los hombres en quitarse de la espalda la mochila. Y cantimploras que salían llenas del campamento volvían a él medio llenas. El pelotón estaba endurecido. Huxley iba consiguiendo lo que se había propuesto.

Al terminar las marchas, corríamos todos hacia las duchas heladas. El agua caliente era un lujo que no nos estaba permitido. Las agujas de frígida agua se llevaban el sudor y la suciedad, y había un permiso en el que pensar. Una noche en un bar o con una chica en Wellington. Los hombres bebían y dormían con sus parejas y corrían a coger el tren que salía a medianoche. El tren estaba siempre abarrotado. A veces, tenían que pasar el viaje durmiendo en la red del equipaje o en el suelo. El tren paraba en Paekakaraki a las dos de la mañana. Desde allí, caminábamos durante 3 km por la carretera hasta Campo McKay y caíamos exhaustos en nuestras literas a las tres. A las seis nos levantábamos para realizar otra marcha durante el día y disfrutar otro permiso durante la noche.

Diana, lista y paso ligero durante 1 km antes del desayuno. Limpiar el equipo, formar..., marcha a Pequeña Birmania.

Practicábamos comunicaciones. Por radio, por teléfono, por bengalas, por cohetes, por paneles, por semáforo, por señales aire-tierra, por mensajeros. Practicábamos la clave una y otra vez. Desmontábamos y montábamos los TBX hasta que podíamos hacerlo a ciegas.

Pat reía mientras subían la colina que se alzaba ante Lambdon Quay en dirección al Hotel del Ejército de Salvación para Mujeres.

—Lo he pasado muy bien, Andy. Me alegro de haber usado contigo mi prerrogativa.

—Yo también. Tenemos que repetirlo.

—Si quieres... ¿Crees que yo haría una buena maderera?

—Tú harías una buena cualquier cosa —jadeó él, haciéndola aflojar el paso—. Me quedo sin aliento cuando no llevo una mochila a la espalda. Harías una buena compañera de marcha de Burnside. Creo que las mujeres andáis cuesta arriba más de prisa que en llano.

Se pararon en la cancela que daba entrada al sendero que llevaba al hotel. Andy la abrió, cogió a Pat del brazo, y subieron. Cerca de la puerta de entrada a la gran mansión convertida en hotel, ella se volvió.

—Buenas noches, Andy. Ha sido muy agradable.

Le tendió la mano. Él la atrajo hacia sí y la besó. Ella lo rechazó con fuerza.

—No lo eches a perder —dijo.

—Oh, venga, Pat, abrevia el número.

—¿Cómo?

Él volvió a agarrarla, pero ella se resistió.

—¡Basta, por favor!

Andy la soltó y le dirigió una sardónica sonrisa.

—Eres igual que las demás —dijo—. Jugando fuerte para conseguir... Oh, de verdad, ésta es la primera vez que bailo en varios años... Bobadas.

—Creo que será mejor que te vayas, Andy.

—¿Qué has estado haciendo con los marines en la ciudad? ¿Llorar a tu marido mientras él suda en África del Norte?

Ella irguió la espalda.

—Mi marido —dijo—, cayó muerto en Creta hace dos años.

Andy se volvió, cabizbajo, mientras ella se dirigía rápidamente hacia la puerta.

Era un tranquilo y suave domingo de Nueva Zelanda. El Segundo Batallón tenía encomendado el servicio del campamento. Después del desayuno y de los oficios religiosos, los hombres regresaron a sus tiendas. Limpiaron su equipo, lustraron el cuero, lavaron prendas y plancharon uniformes para los próximos días de permiso. Vino luego una sesión de charla. Se hablaba de la patria y de mujeres. Rumores sobre los marines en Guadalcanal y rumores sobre el lugar adonde iban. Marion fue a la oficina de la Compañía a contar una historia. El indio y Macuto jugaban a lanzar herraduras en la calle de la Compañía. El resto, excepto Andy, Danny y Ski, jugaban a béisbol sobre el duro suelo del patio de desfiles.

Danny se calzó las botas y llenó un par de cargadores.

—¿Qué vas a hacer, Danny?

—Me voy a las montañas. El granjero que vimos en la última marcha me dijo que hay jabalíes por allí.

—¿Ah, sí? ¿A qué distancia?

—Unos dieciséis kilómetros.

—Cristo bendito, ya caminas bastante durante seis días a la semana. ¿Por qué tienes que volver allá en tu día de descanso?

—No me siento a gusto cuando no estoy caminando.

—Espera un momento... Iré contigo.

Se dirigieron a la salida de la tienda.

—¿Quieres venir, Ski?

El Alfeñique miró distraídamente al techo de la tienda y no respondió.

—Será mejor que llene mi cantimplora y hable con Mac. Cristo, estoy preocupado por Ski.

—Yo también. Pero supongo que sólo el tiempo puede arreglarlo.

—Malditas mujeres.

Cruzaron los abiertos cobertizos en que estaban los comedores y llenaron sus cantimploras en un grifo. Después fueron a la cocina y le pidieron al cocinero unos bocadillos y un poco de café soluble.

—¿Danny?

—Dime.

—¿Te has excusado alguna vez con alguien?

—Vaya una pregunta idiota, claro que sí.

—¿Muchas veces?

—Claro.

—Quiero decir, arrepentirte de algo e ir y decir que lo sientes.

—Pues claro.

—¿Incluso decírselo a una mujer?

—¿A qué viene este tercer grado?

—Sólo es curiosidad.

Andy Hookans entró en la cantina del Ejército de Salvación y buscó con la vista a Pat Rogers. Estaba en su lugar habitual, detrás del mostrador. Se quedó mirando cómo jugaban a ping-pong unos neozelandeses hasta que la costa quedó libre. Entonces se adelantó y ocupó una banqueta. Ella lo vio y se volvió. Andy enrojeció.

—Pat, por favor —dijo—, quiero hablar contigo un momento.

—Haz el favor de marcharte, yanqui. No quiero tener nada más que ver contigo.

—Mira —dijo él—, si no me dejas que te diga lo que he venido a decirte, saltaré este mostrador, te arrastraré por el pelo y te obligaré a escuchar.

—¡Calla! Estás haciendo una escena.

—Dentro de diez segundos voy a saltar y a cogerte. Por favor, dos minutos es todo lo que pido.

Ella paseó la vista por la sala y vio ojos vueltos en su dirección. Suspiró con disgusto.

—Te advierto, yanqui, que no quiero que me busques más líos. Sólo hago esto para evitar una escena.

Salieron de la cantina a las sombras proyectadas por una pequeña farola. Andy empezó a tartamudear, con la cara roja y voz nerviosa. Levantó los ojos hacia los de ella.

—Pat..., nunca me he disculpado con nadie en mi vida. Y nunca he pedido excusas por nada.

Ella se volvió para alejarse.

—Pero te estoy diciendo a ti que lo siento. Nunca me he arrepentido de algo que haya dicho o hecho..., pero ahora me siento mal, mal de verdad, y no podía descansar tranquilo hasta hablar contigo.

Hubo un largo silencio.

—Es todo lo que quería decir —murmuró.

—Ha sido muy amable por tu parte, Andy, te lo agradezco. Todos cometemos errores.

—No espero que quieras volver a salir conmigo, y no te lo reprocho..., pero, quisiera que aceptaras esto. —Le entregó un paquetito—. No pienses lo que no es... Yo... yo sólo quiero mostrarte..., bueno, ya sabes lo que quiero decir.

—Acepto las excusas, pero me temo que no podría aceptar el regalo.

—Cógelo, por favor. Quiero que lo cojas. No te molestaré más.

Ella abrió el paquete, envuelto con toda pulcritud, y vio un par de diminutos y bien elegidos pendientes.

—Oh, son preciosos.

—Entonces, ¿los llevarás alguna vez?

—Sí, los llevaré..., es un gran gesto por tu parte, Andy. Sé que no ha sido fácil para ti hacer esto.

Él extendió la mano.

—Gracias, me voy.

Echó a andar con paso vivo, maldiciéndose a sí mismo por la primera humildad sincera que jamás había mostrado.

—Andy —llamó Pat.

—Sí.

—¿Por qué no entras a tomar una taza de café? Termino mi turno dentro de poco y podrías acompañarme a casa.

III

Marion Hodgkiss era un marine feliz. Nunca se repartía correo sin que hubiera para él una carta o un paquete de Rae. Sobre todo, libros y más prendas de punto de las que jamás podría llevar.

Nosotros nos sentíamos orgullosos de Marion; no todas las unidades podían presumir de tener un escritor. Cada minuto franco de servicio se lo pasaba en la oficina de Pucchi, produciendo relatos que luego publicaban revistas americanas. Nos sentimos doblemente orgullosos cuando rechazó un ofrecimiento de relaciones públicas a fin de poder quedarse con la unidad.

Aunque todo parecía seguir igual entre él y Spanish Joe, yo no podía evitar la impresión de que, en el fondo de sus fogosos ojos negros, Gómez mantenía y alentaba un incendio latente. Algo me decía que habría complicaciones graves entre ellos antes de que terminara nuestra estancia allí.

Durante la media hora anterior a la cena solíamos jugar al rugby en el patio de instrucción. El sargento Herman, el encargado de Intendencia, había metido una pelota con el equipo. Había tenido el detalle de reservarle sitio..., junto con sus cinco maletas personales de camisas, camisetas, calcetines y otras prendas que había «tomado prestadas» durante su desempeño del cargo en Intendencia. Se decía que proyectaba abrir una tienda de Ejército y Marina cuando se licenciara del Cuerpo. Tenía un comienzo excelente. Herman, como cualquier hombre del Cuarto Batallón, se desangraba literalmente cada vez que entregaba una pieza de equipo. Era como si perdiese un hijo.

Llegaron los ascensos. Todos menos Spanish Joe y Faro fueron promovidos a soldado de primera, y Danny fue ascendido a cabo. Hubo la ceremonia habitual..., saludos, lectura del documento, desfile.

Danny cosió la última puntada de su nueva sardineta, y un ansioso grupo de hombres la miró por encima de su hombro. En la Infantería de Marina es costumbre «hacer honor» a un nuevo galón para tener buena suerte. Cada hombre de la unidad le pega en el brazo al ascendido, una vez por cada grado. Como Danny era cabo, tenía que recibir dos puñetazos en el brazo para asegurarle larga vida en aquella graduación. Para cuando llegué hasta él, tenía el brazo fláccido. Yo recordé la vez en que me habían nombrado especialista técnico y recibí seis golpes por barba de toda la compañía. Di mis dos puñetazos a Danny, que los recibió con un suspiro de alivio por ser los últimos y, conforme a la costumbre, nos invitó a todos a tomar una cerveza en la cantina.

L.Q. Jones se ajustó el pañuelo de campaña y se dirigió hacia la litera de Speedy Gray. Se estaban preparando para salir con dos chicas de Wellington. El tejano se lustraba los zapatos con un movimiento lento, casi estático, del que sólo él era capaz.

—Vamos, Speedy, date prisa. El tren va a salir en seguida.

—Tómatelo con calma, muchacho. Nos reuniremos a tiempo con esas tías.

—Eh, Tex..., ¿son las mismas de la última vez?

—Sí.

—Tengo entendido que las zorras de Wellington las llaman hermanas.

—Bueno, no entremos en la manoseada historia de la vieja O. y su hermana —dijo L.Q.

—Mira —dijo Macuto—, yo ya me estoy cansando de estas extranjeras. Fui con una tipa la otra noche. Tardó casi una hora en quitarse la maldita ropa.

—Sí, son un incordio.

—Qué no daría yo por encontrarme un buen par de combinaciones de seda. No hay sitio suficiente para maniobrar en esos lavabos.

—Cerrad el pico, bastardos —dijo Danny—. La foto de mi mujer está en la pared.

—¿Cómo es que no vas a ver a la vieja Olga con L.Q., jefe?

—La última vez nos quedamos hasta después del toque de queda. Tuvimos que escabullirnos por todo Wellington, tratando de llegar a la estación, y después ir hasta Peakak en un vagón de ganado. Y lleno de ovejas, además.

—Eh, Speedy..., ¿vienes o no?

—Tranquilo, muchacho, tranquilo.

—El caso es —continuó el indio— que aparecimos en Peakak media hora antes de la diana y lloviendo a cántaros. Llegamos al patio de instrucción, y, ¿a quién nos encontramos? Al sargento Pucchi.

—Sí, ya me acuerdo —dijo Andy—. L.Q. estaba jadeando y sudando a chorros. «Hermosa mañana —le dice a Pucchi—, se me ha ocurrido dar un paseo por las colinas.»

—Sí, y Pucchi olfatea y dice: «Oveja. Vaya, L.Q., me sorprendes.»

—L.Q., ¿dónde conocisteis a esas mujeres?

—Bueno, éste puede echar una bandera sobre la cara de Olga y lanzarse luego a buscar la vieja gloria.

—Muy bien —dijo L.Q., con el rostro encendido—. ¿Y qué si son las últimas rosas del verano? Mientras vosotros, bastardos, languidecéis en una tasca bebiendo cerveza caliente, L.Q. Jones se está tomando un whisky con soda y con cubitos de hielo, hielo auténtico. Olga es la única tía de Nueva Zelanda que tiene nevera, y su viejo está cargado. Maldito sea, Speedy, ¿vienes o no?

—No me presiones, muchacho, no me presiones... Yo soy un artista.

Andy descorrió el pestillo de la puerta que conducía al Hotel del Ejército de Salvación para Mujeres.

—Vamos a pasear un poco colina arriba, no tengo ganas de acostarme aún.

Subieron por la empinada cuesta hasta un punto en que la calle pavimentada terminaba para los vehículos y, luego, siguieron la escalera que ascendía en zigzag hasta la cumbre. Se detuvieron junto a una barandilla de cemento situada al borde del precipicio. Andy miró la oscurecida y soñolienta ciudad que se extendía abajo. A lo lejos, podía ver el borroso perfil de los barcos que abarrotaban el puerto.

—Caray —exclamó Andy, conteniendo el aliento—. Esto es espléndido.

—No tanto.

Se apoyaron en la barandilla y contemplaron el paisaje que se desplegaba a sus pies. Andy encendió dos cigarrillos al mismo tiempo y le dio uno a Pat. Después, la ayudó a sentarse en la barandilla, de modo que quedó con la espalda apoyada en una farola.

—Una vez vi una película en que el protagonista nunca dejaba de encender dos cigarrillos así. Siempre he deseado que alguien lo hiciera también para mí.

—¿Tienes frío?

—Ha refrescado un poco.

Él desplegó su capote verde, que llevaba doblado al brazo, y se lo echó sobre los hombros.

—Gracias, muy amable.

Dieron unas chupadas, con aire satisfecho, a sus cigarrillos.

—Tiene gracia —dijo Andy—. Antes yo creía que Nueva Zelanda estaba al lado mismo de Australia. Se suelen tener ideas absurdas sobre algunos sitios. Es como la mayoría de la gente de aquí, que se cree que América es un lugar en el que se pueden coger dólares de los árboles y todo funciona con motor.

—Las chicas del hotel... En realidad, no debería decirlo...

—Sigue.

—Bueno, la mayoría de ellas esperan cazar un yanqui. Y vosotros tampoco ayudáis mucho. Con nuestros hombres tan lejos, y esos uniformes, y la forma en que tiráis el dinero...

—Supongo que somos bastante presuntuosos.

—Sí, y no estamos acostumbradas a tantas atenciones.

—Es terrible la forma en que se trastoca todo en una guerra, Pat. La gente no se da cuenta de lo que ha pasado aquí. En América hablábamos de un esfuerzo total. Ahora comprendo lo que significan esas palabras. Vosotros habéis sufrido una paliza terrible.

—No ha sido agradable, Andy... Creta, Grecia y ahora África del Norte. La página de bajas estuvo llena durante semanas cuando nos atraparon en Creta.

—Quiero decir, Pat, que aquí todo el mundo ha perdido a alguien. Supongo que es muy duro..., pero lo que me gusta de vosotros es vuestro ánimo, esa energía. La forma en que aceptáis las cosas, sin alteraros, con serenidad, y hacéis otro agujero en el cinturón. Hay gente estupenda aquí... Pat, ¿qué clase de tipo era tu marido?

—¿Don? Oh, un chico corriente. Éramos primos lejanos..., teníamos el mismo apellido, Rogers. Sólo llevábamos casados seis meses cuando embarcó...

—Lo siento. Cambiaré de tema.

—A ti te gusta Nueva Zelanda, ¿verdad, Andy?

—Sí. Me gusta la forma en que todo el mundo se toma las cosas con calma y sabe adónde va y qué está haciendo. Me agrada el hecho de que no haya aquí pobres ni ricos de verdad. Todos son iguales, incluso los maoríes.

—Nosotros nos sentimos orgullosos de los maoríes. Después de todo, ocupamos su país.

—Déjame decirte una cosa, Pat: es malo que nosotros estemos aquí. Mucha gente habla de que desearía ser como los americanos. Eso no está bien, tú tienes la idea adecuada.

—Andy, ésa no es forma de hablar.

—Oh, diablos, supongo que me siento lo bastante orgulloso de llevar este uniforme. No hay en el mundo nadie como mis compañeros..., pero siento que no me debe nada, ni yo le debo nada tampoco.

—¿Qué ocurre, Andy? A veces me das miedo, la forma en que hablas..., lo que piensas de las mujeres.

—Es una larga historia, y no muy interesante.

Dio una última chupada a su cigarrillo, lo apagó e hizo una bola con el papel.

—¿Pat?

—Sí.

—¿Soy tan mal chico?

—Bueno, debo reconocer que durante las tres últimas semanas te has portado mucho mejor que en nuestra primera cita. —Y rió.

—¿De verdad?

—Me alegro de haber podido cambiar de opinión, Andy.

—Escucha, quiero pedirte una cosa. No quiero que te enfades. O sea, pedírtelo de una manera decente, ¿comprendes?

—Santo Dios, ¿de qué se trata?

—Estamos celebrando el Día de Acción de Gracias americano, y yo tengo un pase hasta el lunes. Podríamos ir tú y yo a alguna parte..., con habitaciones separadas y todo eso, no pienses mal. Me gustaría alejarme del campamento, de Wellington y de la Infantería de Marina e irme un par de días a Isla Sur, por ejemplo.

Ella sonrió.

—Parece atractivo, Andy.

—¿Vendrías? ¿De veras?

—He estado pensando —dijo ella—. En estos últimos meses he estado sintiendo una añoranza terrible de mi casa. No he estado allí desde hace más de un año. Mis padres tienen una granja en las afueras de Masterton.

—¿De veras? ¿Eres granjera?

—Supongo que, en el fondo, sí. Me marché cuando murió Don..., no parecía poder acomodarme. Quería valerme por mí misma, ya sabes. Y cuando supimos lo de mi hermano Timmy..., bueno, me dieron ganas de no volver jamás... La cuestión, Andy, es que en Nueva Zelanda no hay muchos sitios donde poder huir.

—No hay en el mundo mucho sitio para huir de una cosa como ésa, Pat.

—Me gustaría ir. Sí, sería estupendo, Andy. Quiero verlos y quizá me fuera útil tener tu ayuda. Me pregunto si *Tony* y *Ariki* estarán todavía en forma.

—¿Quiénes son?

—Los caballos..., el de Timmy y el mío. *Ariki* es un nombre maorí, ¿sabes? Cuando éramos pequeños, mi padre solía llevarnos dos veces a la semana al cine a Masterton. Tom Mix, el cowboy americano, era el héroe de mi hermano. Y puso a su caballo el nombre de *Tony*. Pero, Andy, vaya un permiso que iba a ser para ti, con mis padres y todo el clan Rogers. Están extendidos por todas partes en las colinas del sur.

Él la ayudó a descender de la barandilla.

—No, Pat, de verdad, suena maravilloso..., casi como...

—¿Como qué?

—Nada.

—¿Qué estás pensando?

—Iba a decir... casi como ir a casa.

Andy se revolvió intranquilo cuando el tren llegó a Masterton. Por centésima vez, se ajustó la ropa y tiró su cigarrillo al suelo, donde ya había encontrado su fin toda una cajetilla. Bajó del vagón y miró nerviosamente hacia el alargado cobertizo que se elevaba en el andén de la estación. Sonrió al ver a Pat corriendo hacia él. Vestía pantalones vaqueros de algodón, botas de montar y un jersey basto y grande, quizá de su padre. Tenía el pelo recogido en trenzas y aparecía con un aire fresco y maravilloso.

—Estoy horrible —dijo—. No he tenido tiempo de cambiarme. Vamos, he estado reteniendo al coche del correo. Mr. Adams está sobre ascuas.

Lo cogió de la mano y corrió a través de la estrecha estación hasta un voluminoso vehículo aparcado junto a la cuneta. En la parte superior, a lo largo de la rejilla para equipajes, un letrero decía: CORREO REAL. Mr. Adams, el anciano proveedor de los correos del rey, miró con aire disgustado su enorme reloj de bolsillo. Volvió la cabeza y señaló la insignia oficial de su gorra.

—Vamos retrasados exactamente 14 minutos y 22 segundos, Miss Rogers. El valle entero se pondrá furioso.

—No le hagas caso, Andy. Mr. Adams lleva sacando ese reloj y gruñendo desde que yo tenía cuatro años.

Andy echó su mochila a la rejilla de equipajes, donde cayó entre dos grandes cajas.

—Vámonos. Me llamo Adams, jefe del servicio postal...

—Hookans, Andy Hookans.

Se estrecharon la mano.

—*Humpf*.

Pat y Andy escalaron las numerosas cajas y sacos de comestibles abandonados por todo el coche. Mr. Adams comprobó sus listas para asegurarse de que había realizado todas sus compras con destino a las esposas de los granjeros del valle. Sus dos pasajeros encontraron un espacio vacío en la trasera, junto a dos jaulas de gallinas.

—Creía que esto era un coche correo.

—Bueno, ¿y qué es lo que parece? —bromeó ella.

Mr. Adams se sentó al volante y empezó a revisar los instrumentos del salpicadero, como si se dispusiera a pilotar un «Constellation» por un cielo peligroso.

—Deberías haberle visto cuando todavía tenía el viejo «Ford» de arranque con manivela.

Con una comprobación final de la hora y un suspiro de consternación, el Correo Real emprendió la marcha por las calles de Masterton. La ciudad presentaba muchas semejanzas con la calle mayor de una película del Oeste. Las tiendas de ambos lados tenían pisos altos que sobresalían al exterior, sostenidos por postes de madera y formando una especie de soportales. Había pocos automóviles por las calles. Los transeúntes caminaban con paso rápido. Por todas partes se veían bicicletas, el medio de transporte más popular.

Una vez que hubieron cruzado la ciudad, el coche aceleró a lo largo de una bien construida carretera de cemento que se internaba en el campo. Había onduladas colinas verdes y suaves lomas con bosquecillos de pintorescos árboles, perezosamente tendidas al sol en el cálido y tranquilo día.

Pasaban ante granjas y rebaños, y todo era tan plácido como si se hallara posando para una fotografía. Mr. Adams se detenía en cada granja y entregaba la correspondencia y una bolsa de compra a las mujeres que esperaban en la puerta. Luego, con sus modales pomposos y oficiales, cortaba sus parloteos echando una mirada a su reloj. El Correo del Rey debía cumplir su horario.

En una pequeña escuela de una sola aula, subió al coche una pandilla de pecosos niños que alborotaban, gritando y riendo. Él lanzó una mirada severa y enojada a los chiquillos, que se limitaron a reírse de su enfado.

Pat se acurrucó en el brazo de Andy para hacer sitio a los niños. Las plumas de las gallinas sobresalían de la jaula y golpeaban contra ella; una repentina curva de la carretera hizo caer sobre ellos una andanada de objetos y de niños.

Se detuvieron. Había una oscilante cancela y una carretera de tierra apisonada en la que se veían las dobles rodadas que se habían ido formando a lo largo de muchos años. A unos trescientos metros carretera arriba se veía una casa de tres pisos de recia construcción y tejado de piedra que lucía una reciente capa de resplandeciente pintura blanca. Tenía una enorme chimenea a un lado, y las ventanas se hallaban embellecidas con el toque femenino de unas cortinas con volantes.

Cruzó la carretera un ganso descarriado. Se oían balidos de ovejas a lo lejos. La zona que se extendía en torno a la casa mostraba los signos de vida y actividad propios de una granja. Había un bosquecillo y un cobertizo de herramientas lleno de arneses de cuero, arados y utensilios. Y, por todas partes, el olor a heno recién cortado.

Más allá, un granero y un corral, en el que enormes caballos de tiro descansaban de sus faenas habituales. Toda la finca reposaba en una colina con una suave inclinación.

En la cumbre, había una masa de árboles que daban una grata sombra al lugar. De vez en cuando, se filtraba por el follaje un rayo de sol que proyectaba oscilantes sombras bajo la leve brisa.

Al pie de la pendiente se extendían los campos, arados y rectos, y una amplia pradera cercada para el ganado.

Andy jugueteó con el cerrojo de la cancela. Sobre ella había un arco y un cartel pintado que decía: *Enoch Rogers*. La cancela crujió y se abrió.

—¿Te gusta? —preguntó Pat.

—Sí —murmuró él—. Sí.

Galoparon por la pradera, haciendo detenerse sus monturas cerca del punto en que Enoch Rogers había arreglado la valla. Andy saltó de su caballo y ayudó a Pat a desmontar. Dio unas palmaditas a *Tony*.

—Buen muchacho, *Tony*. Sabía que no dejarías que nos ganara ese penco.

—Debes de caerle bien, Andy. De ordinario, no admite a los extraños —dijo Enoch.

Era un hombre delgado, incluso huesudo, de más de 1'80 de estatura. Tenía el rostro apergaminado y lleno de arrugas, pero con la hermosura aún característica de la gente de Nueva Zelanda. Un sombrero de paja, grande y raído, ocultaba un abundante y desgreñado cabello entrecano. Se sacó del mono un pañuelo y se enjugó el sudor que le cubría la cara. Tenía las manos callosas y se le marcaban las venas en los brazos.

—Bien, Patty, ¿le has enseñado a Andy todos nuestros caminos? —movió de un lado a otro la curvada pipa que colgaba perenne de su boca.

—Me ha estado haciendo galopar sin piedad, señor —dijo él—. Nunca he sido muy bueno montando a caballo.

—Lo haces bien, muchacho.

—Gracias, señor.

—Patty me dice que eras leñador.

—Sí, señor.

—¿Lo eres ahora? Ven conmigo, muchacho. Quiero enseñarte una cosa.

Se guardó en el bolsillo las tenazas y el martillo y pasó por entre dos tablas de la valla. Andy apoyó una mano en un poste y saltó por encima.

—Timmy solía hacer eso —dijo Enoch en voz baja—. ¿Vienes, Patty?

—No, voy a ayudar a mamá con el té —respondió ella, montando en *Ariki* y cogiendo la brida de *Tony*—. Ya lo llevo yo, Andy.

Se alejó.

—Es muy sensible respecto a esto —dijo Enoch—. No se lo puedo reprochar a la pobre chica, después de todo lo que ha pasado. Pero ella ama la tierra, como la amamos todos los Rogers, eso lo sé. Su escapada a Wellington no demuestra lo contrario.

Caminaron a lo largo de la cerca durante un kilómetro y, después, bajaron por una abrupta pendiente hasta un riachuelo rápido y poco profundo. La vieja tabla que servía para cruzarlo crujió bajo su peso. Al llegar al otro lado, continuaron andando hasta llegar a un pequeño bosque de una a dos hectáreas. Más allá se alzaba una herbosa loma, y subieron a ella.

Desde allí se veía la plácida tierra que se extendía a lo largo de muchos kilómetros.

—Esta tierra fue comprada para mi hijo Timmy —dijo Enoch, encendiendo su pipa—. Supongo que ahora pertenece a Patty. Incluso tengo apartadas varias ovejas y carneros de excelente calidad y todo un juego de herramientas.

Andy se sintió sobrecogido. Desde el borde de la loma alzó la vista hacia el cielo. Una masa de nubes de formas extrañas pasaba por lo alto. Tuvo la sensación, como suele ocurrir cuando está uno en la ladera de una montaña y levanta la vista hacia arriba, de que la misma tierra se elevaba hacia el cielo, de que nada estaba mal y nada podía estar nunca mal. Como en un agradable sueño, se dejó llevar por Enoch hasta la linde de los árboles.

Clavada en un pequeño roble, vio un hacha oxidada. Estaba cubierta de musgo. Enoch la miró y dijo, en voz baja:

—Mi hijo hincó ese hacha antes de marcharse. Me dijo que algún día volvería y desbrozaría esta tierra.

Andy extendió la mano hacia el mango en el gesto automático de un maderero.

—Me temo que está helada, Andy.

Enroscó sus grandes manos en torno al mango y estiró; el hacha crujió y acabó cediendo. Enoch retrocedió un paso mientras Andy pasaba los dedos por la hoja, se escupía en las palmas de las manos y atacó el árbol. Golpes suaves y poderosos, y la dentellada de su hacha reverberando en las colinas como la música que tantas veces había oído en los bosques del norte.

El roble gimió, y Andy apoyó todo su peso contra él y lo hizo caer a tierra. Se incorporó y se enjugó el sudor con la manga.

—Tienes un buen par de manos, muchacho..., un hombre como tú será el que algún día desbrozará este terreno.

Andy hincó el hacha en el tocón, y se volvió y echó a andar de nuevo hacia la granja.

Mrs. Rogers puso delante de Andy la bandeja rebosante de trozos de pollo frito.

—Patty me dijo que te gustaba el pollo preparado así, y supongo que ya estaréis cansados de nuestro carnero.

—Caramba, Mrs. Rogers, no debía usted haberse tomado tanta molestia —dijo él, sirviéndose un muslo.

—Espero que haya salido bien. Es la primera vez que lo hago. Y he tenido que telefonear por lo menos a cinco personas para conseguir una receta.

—Mrs. Rogers —dijo Enoch—, tráenos un poco de cerveza, por favor.

—Mr. Rogers —dijo Mrs. Rogers—, no pienso acercarme a ese armario. Esta mañana sin ir más lejos ha estallado otra botella. Es peligroso para el cuerpo y para el alma.

—Aj, mujer —gruñó él, levantándose de la mesa.

Se abrió de pronto la puerta y entraron seis personas. Un hombre, inequívocamente perteneciente al clan de los Rogers, su rechoncha esposa y sus cuatro rechonchos hijos.

—¡Tío Ben! —exclamó Pat.

—Patti, querida, hace siglos que no te veíamos.

Mrs. Rogers se inclinó hacia Andy.

—Prepárate, muchacho, va a haber un ataque en toda regla esta noche.

—Bueno, ¿dónde está el marine yanqui que escondes, Patty?

Mrs. Rogers se balanceaba en su vieja y crujiente silla. Enoch se llevaba a los labios la gran jarra de cerveza, movía su pipa y miraba al fuego. Andy descansaba en una cómoda silla tapizada y Pat estaba acurrucada en la alfombra de lana a sus pies. Las danzantes llamas de la chimenea proyectaban oscilantes sombras por la acogedora estancia. Techos con las vigas al descubierto, paredes revestidas de madera hasta una altura de dos metros y un estante por toda la habitación en el que se alineaban grandes jarros de estaño, utensilios de bronce forjado y alguna fotografía con marco ovalado de un miembro del clan. Sobre la chimenea, un letrero: *Dios bendiga nuestro hogar.* Y cabezas de los jabalíes que se habían atrevido a poner en peligro su rebaño. Todo daba una impresión de reciedumbre, como Enoch y como su tierra. Bebió su jarra y eructó.

—¡*Míster* Rogers!

—Santo Dios, ¿es que no puede un hombre eructar en su propia casa, mujer? Como decía, Andy, la vida es aquí sencilla, no como en América.

Alargó la mano y acarició a su perro.

—Una buena parcela de tierra, una buena mujer y un buen perro. Un hombre tiene mucho trabajo que desarrollar. Nosotros, los Rogers, no podemos comprender a la gente de la ciudad, nunca la comprenderemos. Todas esas prisas y esas tonterías. Aquí, en las montañas, es la única forma de vivir.

—Supongo que nos encontrarás aburridos —dijo Mrs. Rogers—. Siento que hayas tenido que soportar a toda la familia, pero Patty llevaba mucho tiempo lejos y a veces la vida es aquí perezosa y necesitamos una buena razón para reunirnos. A las mujeres les gusta charlar, y a los hombres tomar un trago.

—Es gente muy agradable. Espero haberles caído bien.

—Todos tenían que venir a echarle un vistazo al tipo que ha pescado a Patty.

—¡Papá!

—Y encima un marine americano.

—Contén tu lengua, Mr. Rogers. Vas a conseguir azorar al pobre chico.

—Nada de eso, Mrs. Rogers. Cuando les dije a Dugger y a Ben cómo derriba un árbol este chico, se fijaron, ya lo creo que se fijaron.

La llama de la chimenea se iba haciendo más pequeña.

—Nuestra suerte no es nada buena, Andy. Muchos de nuestros muchachos se han ido para no volver más, y otros están viviendo la relajada existencia de Londres y otras ciudades parecidas. No querrán volver a castrar el ganado. Y algunos se han casado con esas malditas chicas griegas. Ah, sí, vamos a necesitar sangre nueva aquí.

La silla de Mrs. Rogers dejó de oscilar. Enoch se puso en pie, y el perro se situó rápidamente a su lado. Se acercó a su esposa y le apoyó, con suavidad, la mano en el hombro.

—Ven, será mejor que vayamos a acostarnos y dejemos solos a los chicos un rato antes de que se consuma el leño.

Fueron hasta la puerta y les dieron las buenas noches.

—Pobre Andy —dijo Pat—. Te has desenvuelto muy bien. Ya te dije que no resultaría fácil.

—Son personas maravillosas, Pat. Eres muy afortunada. Espero haberles caído bien.

—Les caerás bien mientras puedas derribar un árbol y beber cerveza con ellos. No debes hacerles caso a papá y mamá. Están intentando casarme antes de que me convierta en una vieja solterona.

Andy se deslizó de la silla hasta el suelo, junto a ella, y le pasó el brazo por los hombros. Pat se acurrucó con aire soñoliento.

—Nunca imaginé que hubiera un lugar como éste, ni personas tan agradables como tu familia.

Le tocó la mejilla, y ella levantó la cara.

—Pat, cariño.

Ella se apartó, y él la soltó.

—No debemos, no debemos —dijo Pat.

Andy se incorporó y le ayudó a ella a levantarse.

—No te enfades conmigo, Andy.

—No te preocupes. Comprendo... Buenas noches, Pat.

Fui hasta la litera de Andy y le di un puñetazo en las costillas.

—Eh, estúpido, ven a mi despacho —dije.

Andy se puso las botas y me siguió fuera de la tienda. Se oyó el toque de llamada mientras recorríamos el trecho que había hasta el pabellón de la radio y entrábamos. Encendí la luz y me senté en el banco junto al pulsador. Casi instintivamente, Andy apoyó el dedo en el pulsador y emitió en Morse: .——. .—— .—. —————. . .—. ... Vi cómo su mano tecleaba *Pat Rogers*.

—¿Qué ocurre? —preguntó Andy.

—Te encuentro muy cambiado últimamente, estás que no das pie con bola en los problemas del campamento. No has hecho nada desde aquel 72 de cuando Acción de Gracias.

—Ya he estado con el capellán. Todo irá bien ahora.

—Y un cuerno has estado con el capellán. Lo he comprobado.

Andy farfullaba, irritado. Yo permanecí junto a la puerta, decidido a conseguir que se corrigiese. No era el mejor radiotelegrafista del mundo, pero se podía confiar en él.

—Tengo una chica —gruñó al fin.

—Y qué, todos tenemos chicas.

—Ésta es diferente.

—Lo sé, todas son diferentes.

—¿De qué diablos sirve hablar?

—¿Qué es lo que te consume, Andy?

—¿Por qué no lo olvidas?

—Sabes que no lo voy a hacer.

—Mac..., estoy loco por ella. Creía ser más sensato que todo eso, pero no puedo dejar de pensar en ella.

—Dime una cosa, Andy. ¿Qué es lo que tienes contra las mujeres?

Se levantó, fue hasta la ventana y encendió un cigarrillo con lentitud.

—Es una larga historia, y poco interesante.

—Quizá si te la sacas del pecho puedas ver las cosas bajo una luz más clara.

Volvió a sentarse y jugueteó con el pulsador, discutiendo consigo mismo si me lo contaba o no.

—Mi viejo murió cuando yo tenía tres años —susurró finalmente—. Se mató tratando de deshacer un atasco de troncos. —Apretó los dientes y volvió la vista a otro lado—. Las autoridades me separaron de mi madre cuando tenía cuatro años. Nos encontraron a mí y a mi hermano pequeño en un hotelucho de mala muerte..., llevábamos dos días encerrados allí..., el pañal de mi hermano no había sido cambiado... a ella la encontraron borracha... Mi madre se estaba acostando con todos los leñadores de los bosques del norte...

—No tienes que continuar.

—Ha sido idea tuya, Mac. Me escapé de mi hogar adoptivo para ir a los campamentos madereros. Tenía doce años entonces. Fregué suelos, limpié dormitorios, serví mesas. Yo era un golfillo de doce años escuchando a aquellos tipos contar obscenidades de las mujeres. A los dieciséis años, estaba apilando madera y yendo a la ciudad una vez al mes y bebiendo y acostándome con putas..., ¡putas como mi madre!

Y entonces se desbordó el veneno represado durante tantos años.

—Se comportaban como si se lo estuvieran pasando en grande y lo único que pensaban era en cómo podrían robarte y sacarle a uno la pasta que tanto le había costado ganar. Se tumbaban y te decían que eras un tío estupendo y gemían... ¡las muy falsas! —exclamó. Se calmó un poco—. Mi hermano menor no tuvo tanta suerte. Era un niño flaco y débil y tuvo que quedarse en el hogar adoptivo..., pero, Cristo, aquel crío tenía todo un cerebro en la cabeza, Mac, igual que Marion. Era listo, le gustaba leer y estar aprendiendo siempre cosas nuevas. Tenías que ver lo que podía hacer con un motor. Yo ahorré un montón de pasta para poder enviarlo a la Universidad.

Se encorvaron los hombros de Andy, y pareció muy cansado. Le tembló la voz.

—Era un buen chico, no se metía en líos. Yo procuraba que se portase bien. Luego, se lió con esa tía..., una auténtica zorra. Alguien la dejó embarazada, y ella le echó la culpa a él. Tuvo que casarse con ella. Y un chico como él, con una inteligencia como la que tiene. Viviendo con ella, trabajando por treinta pavos a la semana en una mercería. Sólo tiene dieciocho años, Mac...

No era una historia bonita. Yo podía comprender lo que sentía.

—¿Y cuál es la conclusión? —pregunté.

—No lo sé, Mac. Estoy confuso.

—¿Quién diablos te crees que eres, Andy..., Dios? No puedes ir por la vida pensando que todas las mujeres son unas zorras.

—No, no lo pienso —replicó con rapidez—. Ella, no. Ella no es así, Mac —apartó la vista, avergonzado—. Intenté aprovecharme de ella, pero me rechazó. Y sigo volviendo a pesar de todo.

—Nada de lo que yo diga va a eliminar todo el odio que has ido acumulando, pero si quieres a esa chica vas a tener que poner las cartas sobre la mesa. Continúa hasta el final, o vete.

—Yo quiero decirle lo que siento por ella, de verdad. Pero algo en mi interior me lo impide.

—¿Qué es, por los clavos de Cristo?

—¡No quiero acabar lastimado, eso es lo que ocurre! Ski tenía una buena chica, ¿no? De verdad, Mac, quiero amarla..., lo que significa mucho más que, sólo, acostarme con ella. Pero cosas como ésa no duran muchos años, no. Acabará de la misma manera que todas.

—¿Crees que podrías vender tu historia a Danny o a Marion? Confiar en las mujeres es parte de su vida. Un tipo no va por ahí con la mente podrida. Es preciso tener confianza para vivir, Andy. En el fondo tú sabes que ella no te va a herir, pero vas a tener que averiguarlo de la forma más difícil.

—Estoy asustado, Mac.

—¿Y Pat?

—¿Cómo sabes su nombre?

—Leo el Morse.

—Ah, no lo sé. Está como derrotada. Ha perdido un marido y un hermano en la guerra. Está tan asustada como yo, pero de otra manera. ¿Nunca has sentido tú eso, Mac?

—No —respondí—, no de la misma forma. Yo he conocido montones de chicas buenas. Pero supongo que un viejo lobo de mar como yo está casado con el Cuerpo. De vez en cuando siento un punzante deseo de seguir el rito de la pipa y las zapatillas... Quizá cuando acabe mis treinta años, o cuando termine la guerra...

Sonó la voz de Andy, como si estuviera en otro mundo.

—Su padre tiene una granja cerca de Masterton. Nunca has conocido personas como ésas. Es curioso, Mac, cuando crucé la cancela, desde la carretera, me pareció que yo había conocido toda la vida aquel lugar. Que cada árbol y cada edificio me decían algo... El hombre me enseñó un terreno que pertenecía al hermano de Pat... Yo estaba allí, sobre una loma, mirando hacia el valle... Me pareció oír una voz que me decía: «Dónde has estado, Andy, te estábamos esperando...»

IV

A medida que se aproximaba para nosotros el momento de entrar en combate, se fue haciendo más intenso nuestro adiestramiento para la lucha cuerpo a cuerpo. Pasábamos varias horas al día practicando la forma más rápida de matar con un rifle, una pistola o una bayoneta..., o un palo o una piedra si hacía falta. Todos los problemas planteados incluían ataques por sorpresa a centinelas para agudizar nuestros reflejos y mantenernos en alerta constante. Luego, fue elegido un pelotón selecto para que nos atacara en cualquier momento. En la cola para el rancho, en los lavabos, en nuestras literas durante la noche, saltaban sobre nosotros en cualquier momento.

La utilización del canto de la mano, golpes con los codos o las rodillas, el empleo de la frente para embestir... nada se pasaba por alto. Nos colocábamos en círculo, con la cara hacia el interior y los ojos vendados. Un hombre se movía por el exterior del círculo y le echaba una llave en el cuello a uno de nosotros, y teníamos que liberarnos o quedar casi estrangulados.

—Vosotros sois más grandes, más fuertes y más rápidos que esos bastardos japoneses. Emplead vuestro entrenamiento de rugby, jugad sucio, sacadle los ojos, pegadle una patada en los huevos, derribadlo y acabad con él.

Se nos animaba a atacarnos unos a otros, sólo por diversión. Tipos menudos, como Ski y Faro, aprendieron a superar por medio de la rapidez y el conocimiento de los puntos débiles su falta de corpulencia.

Continuamente estábamos atentos a un posible ataque por sorpresa...

18 de diciembre de 1942:　DE CAMPAMENTO MCKAY A TODOS
　　　　　　　　　　　　　LOS COMANDANTES DE BATALLÓN

Dado que en un próximo futuro el Sexto Regimiento efectuará su incorporación al frente, el oficial de Intendencia desea llamar la atención acerca de lo siguiente: habrá un excedente de varios miles de cajas de cerveza americana en el almacén seis de los muelles de Wellington. Se sugiere que dicha cerveza sea distribuida a los oficiales y soldados a precio de coste y que no se imponga ningún límite a las compras. Se desea que no quede nada de cerveza cuando el regimiento se marche...

Apenas si se podía uno mover en el interior de nuestra tienda, debido a los montones de cajas de cerveza. Habíamos utilizado cada centímetro cuadrado de espacio hasta que se nos agotaron el espacio y el dinero. Estábamos sentados, bebiendo nuestras cervezas y hablando de lo que hablan los hombres cuando beben: de mujeres... y de mujeres.

Entró Marion en la tienda y, sorteando con habilidad los obstáculos, fue hasta su litera, echó sobre ella su manuscrito y cogió su rifle «Reising» para limpiarlo.

L. Q. Jones guiñó un ojo a Speedy Gray y Andy, que ya se habían sentado junto a Marion.

—Estábamos hablando —dijo Speedy.

—No sería nada constructivo —replicó Marion, mientras miraba el interior del cañón de su rifle y lo limpiaba con una baqueta.

—Yo no les dejaba hablar así de tí, yo defiendo tu buen nombre —dijo L.Q.—. He apostado hasta mi último centavo a que iba a ir de permiso contigo.

—Speedy y yo le hemos apostado a L.Q. a que no podrías beberte una botella de cerveza —anunció Andy.

—Págales, L.Q. —dijo Marion—, ya sabes que no bebo.

Interrumpí la carta que estaba escribiendo cuando L.Q. comenzó su actuación. Rogó y suplicó mientras Andy y Speedy reían con disimulo. Marion se mantenía firme. L.Q. cayó de rodillas y empezó a lamer las botas de Marion y, como último recurso, cogió su cinturón de cuero y pidió que Marion lo colgara del techo de la tienda antes que traicionar su «amistad».

—Páganos, L.Q. —dijo Speedy, con un guiño—. El tipo es incapaz de hacerlo.

L.Q. sacó su cartera con aparatosos gestos de consternación. Nos congregamos todos a su alrededor, empujando a Marion a la trampa.

—El bastardo olvida la noche en que estaba de juerga en Dago y yo me la jugué por él al pasar lista. El muy bastardo lo olvida —gimió, entregándole a Andy un billete de diez chelines—. Olga pensará que la he dado plantón.

—Por lo que he oído de Olga, creo que es mucho mejor así —dijo Marion.

—Ése es el insulto final —sollozó Jones—, nuestra amistad acaba de desvanecerse como un globo que se pincha, puf... puf, ¿lo oyes? —y se dejó caer en su litera, murmurando.

Marion dejó de limpiar su rifle y suspiró.

—Dadme una maldita botella.

—¡Bien, muchacho!

—No haría esto por ningún otro, L.Q. Espero que estés contento.

Cogí una botella, la abrí con la hebilla del cinturón y se la eché a Marion. Éste tenía una expresión huraña. Nos apiñamos a su alrededor, casi encima de él, mientras se llevaba la botella a los labios. Dio un trago, y su rostro se contorsionó en una mueca de desagrado.

—Nunca lo conseguirá.

—Se admiten apuestas.

—Vamos, Mary, puedes hacerlo.

Marion bebió dos tragos y casi se atraganta. Contuvo el aliento, cerró los ojos e inclinó la botella. La mitad se le escurrió de la boca y le cayó en la pechera de la camisa. L.Q. lanzó un grito de triunfo al vaciarse la botella. Marion la tiró al suelo, tosiendo con violencia. Volvió a su rifle. Andy y Speedy realizaron una supuesta devolución de dinero a L. Q.

—Escucha, L. Q., sólo una serpiente de cascabel se negaría a darle a un hombre la oportunidad de recuperar su dinero —dijo Speedy, arrastrando las sílabas.

—Nadie podrá decir que L. Q. Jones es una serpiente. Una libra esterlina por el cabo, mi mejor camarada.

Le puse otra botella delante a Marion antes de que pudiera protestar.

—¡Estáis conchabados! —exclamó, mientras L. Q. le ponía la botella en la boca.

Acabó la segunda con muchas menos dificultades, miró con satisfacción el vacío recipiente y lo arrojó al suelo con displicencia.

—Os diré lo que voy a hacer —dijo L. Q.—. Voy a daros una oportunidad. Apuesto todas mis ganancias a que Mary no puede beberse otra.

—Acepto la apuesta —exclamó Marion.

Nos dispusimos todos a contemplar la escena, satisfechos. Por fin le íbamos hacer emborracharse a Marion. Las cuatro botellas siguientes se vaciaron con rapidez y Marion se vio pronto embarcado en las vívidas aventuras del Peligroso Dan McGrew en el Yukón.

—¡Atención! —ladró Andy, mientras el comandante Huxley se inclinaba para entrar por la abertura de nuestra tienda. Nos cuadramos todos rápidamente, excepto Danny, que cogió a Huxley cuando tropezó con una caja de cerveza. Marion se tambaleó en dirección a Sam Huxley antes de que yo pudiera empujarle bajo un catre. Apestaba.

—Vaya, si es mi viejo amigo Sam..., ¿qué, visitando a la plebe?

Huxley casi se cae fuera de la tienda. Recuperó el equilibrio y miró con ferocidad al tambaleante genio.

—Bueno, no hay que ponerse tan serio..., tú eres un hombre, y yo soy un hombre, y tengo que tratar contigo unos cuantos asuntos, ¿comprendes?

Emitió un largo y sonoro eructo en la cara de Huxley.

—¡Hodgkiss, está borracho!

—No me diga que le hicieron comandante con tan agudas observaciones. —Apoyó las manos en los hombros de Huxley—. En serio, amigo mío —murmuró, con vista extraviada—, les obliga a hacer marchas demasiado duras a estos hombres..., en serio, amigo. ¿Sabes cómo llaman a esta unidad? Los «Putas de Huxley»... vaya un nombre endiablado.

Cayó contra el comandante, que lo enderezó con el brazo extendido.

—Parece que este hombre es víctima de una conspiración —dijo Huxley.

—Para ser sinceros, señor, lo cierto es que le hemos abierto alguna que otra botella —dijo Speedy.

—*Hummmmm.*

—¡Escribiré un libro desenmascarando a esta maldita unidad! —proclamó Marion, balanceándose y levantando un dedo. De pronto, se desplomó en el suelo.

Huxley echó hacia atrás la cabeza y rugió:

—¡Sor Mary!

Luego, nos lanzó a todos una severa mirada.

—Si esto sale alguna vez de esta tienda, os degrado a soldados rasos y os meto en la banda de música, y a éste lo dejo en letrinas durante toda la guerra.

—No diremos ni una palabra —prometió Andy.

—Somos hombres de honor —añadió Speedy con todo respeto.

—Más vale así —dijo Huxley—. Cuando éste se serene, mandadlo a mi tienda. Relaciones públicas quiere que escriba un artículo sobre las cualidades del mando.

Lanzamos un suspiro de alivio cuando Huxley salió de la tienda.

Andy y Macuto levantaron el postrado cuerpo y lo echaron sobre su litera.

—Está completamente cocido.

—Bueno, por fin la acabó agarrando Sor Mary.

—Eh, Mac, está vomitando.

—¿Y qué quieres que haga yo? Déjale que vomite.

—Pero está vomitando en su litera.

—Entonces, lo rociaré luego con colonia.

Continuamos descorchando botella tras botella con las hebillas de nuestros cinturones hasta que dimos buena cuenta de dos cajas enteras y empezó a trabársenos la lengua. Speedy, el cantante de baladas del pelotón, rompió a cantar, y nosotros lo coreamos.

Tengo seis centavos, seis estupendos centavos,
tengo seis centavos para toda la vida,
tengo dos centavos para gastar y dos para prestar.
y dos centavos para mi mujer... QUERIDA MUJER,
no tengo amigos que me lloren,
ni bonitas muchachas que me engañeeeen,
feliz como un marine en día de paga,
mientras volvemos a casa... BORRACHOS COMO CUBAS...

—¿Por qué no mantienes cerrada la boca, L. Q.? Ya estás desafinando otra vez.

—Sería mejor que no te dieses tanta importancia, Speedy.

—Cierra el pico, yanqui, o vamos a acabar a tortas tú y yo...

—Toma otra cerveza y no hables tanto.

—Eres un tío estupendo, L. G.

Faro empezó a balancearse en su catre. Hombre de costumbres habitualmente tranquilas, se convertía en una dinamo humana cuando bebía. Por fortuna, solía advertirnos con un minuto de antelación balanceándose y murmurando antiguos cantos indios. Luego, se desataría el infierno. Andy lo vio el primero.

—El indio se está excitando.

El canto de Faro se hizo más fuerte.

—Oh-oh.

Empezamos a retroceder hacia la salida.

—No podemos largarnos dejándole a Mary ahí. Ese pielroja le arran-

cará el cuero cabelludo..., además, está expuesto a romper algunas
botellas de cerveza.

—Ya sé, atemos al indio a su litera.

—Buena idea; tengo una cuerda en mi mochila.

—Aprisa, cógela.

Nos movimos con rapidez mientras Faro levantaba la cabeza y lanzaba
inexpresivas miradas en nuestra dirección.

—Andy —ordenó Danny—, acércate y sujétalo.

—Y un cuerno, le he visto borracho otras veces.

—¿Tienes miedo?

—Sí.

—Oh, bueno, ya somos dos.

L. Q., que estaba un poco más borracho que los demás, propuso un
plan temerario.

—Yo atraeré su atención. Danny. Tú eres jugador de rugby. Agárrale
por la espalda. Speedy, ten preparada esa cuerda.

—Buena idea —dijo Macuto, que quedaba excluido del plan.

Antes de que pudiera cambiar de opinión, empujamos a L.Q. al centro
de la tienda. Miró al indio y, luego, se volvió y nos estrechó la mano a
cada uno.

—*Semper Fidelis* —dijo Macuto—. Te darán la Cruz de la Marina,
por esto, L. Q.

Rechinó los dientes y avanzó.

—¡Ponte en pie, indio!

Faro se levantó de un salto y lanzó un aullido como hacían sus antepasados al disponerse a entrar en combate. Danny echó a correr y saltó
hacia él. Falló por completo al indio y cayó en su lugar sobre L. Q.
Ambos fueron a parar sobre una litera, que se derrumbó bajo su peso.

—Te has equivocado de persona, maldito imbécil —gritó Macuto,
mientras Faro se lanzaba contra ellos.

—Rápido —gritó Andy—, ¡la cuerda..., la cuerda!

Speedy interrumpió a Andy echándole encima la cuerda y haciéndole
caer al suelo.

—¡A mí no, a mí no! ¡Coge a ese indio!

Faro venía contra mí. Aullaba como un coyote. Olía la sangre del
hombre blanco; iba a vengar a su tribu. Esto exigía una acción rápida.
Alargué la mano y cogí una botella.

—Toma una cerveza —dije.

—Gracias, Mac —respondió el indio.

La abrió y se la llevó a los labios. Para entonces, los comandos se
habían desenredado y saltaban en masa sobre él. El único trago de cerveza que había entrado en su boca fue proyectado sobre mí. Tras quince
minutos de violento combate cuerpo a cuerpo, conseguimos atarle a su
litera. Le volvimos la cabeza, la única parte movible de su cuerpo, y
le pusimos una botella de cerveza entre los labios.

—Cuando acabes, canta, muchacho —dijo Andy.

Faro sonrió, nos dio las gracias por nuestra consideración y bebió.

Luego, entró Burnside en la tienda, tambaleándose y gritando:

—¡He vencido a McQuade! ¿Lo oís? Le he ganado a ese pelagatos
por veintiocho botellas a veintitrés...

Lo levantamos de donde había caído y lo echamos en su litera.

—¿Sabéis una cosa? —dije—. Éste es el mejor pelotón del Cuerpo. Vosotros sois como mis propios hijos...

—*Tú eres mi luz, mi única luz* —cantó el indio.

—Andy, dale otra botella de cerveza a Faro, está cantando.

—Deberíamos desembarcar directamente en Truk con este pelotón, justo en medio de la Flota Imperial.

—O en Wake.

—O en Frisco.

—Dame otra botella.

—¿Sabéis una cosa? —tartamudeó L.Q.—. Deberíamos continuar juntos, incluso después de ganar la guerra.

—Sí, deberíamos mantenernos juntos.

—Estoy de acuerdo.

—Hagamos un pacto para reunirnos después de la guerra.

—¿Qué te parece, Mac?

—Estupendo.

—Pongámoslo por escrito, L.Q., y el que rompa el pacto es un maldito bastardo.

—Sí.

—¿Qué te parece, Mac?

—Contad conmigo, aunque tenga que subir la colina para reunirme con vosotros.

L.Q. cogió una hoja de papel y se sentó en su litera. Nos congregamos a su alrededor, armados de botellas de cerveza. Su litera gimió bajo el peso.

—Que traiga alguien la linterna para que pueda ver.

—¿Cuándo nos reuniremos?

—Un año después de que termine la guerra. Al año justo de terminar.

—¿Estáis de acuerdo?

—Sí.

—Ya lo tengo —dijo L.Q.—. Nos reuniremos todos en Los Ángeles, en Pershing Square, vestidos de hadas.

—Estupendo.

—Sí.

L.Q. cogió el papel y una pluma y empezó a escribir. Nos inclinamos sobre él y eructamos.

> *22 de diciembre de 1942. Éste es un pacto sagrado. Los abajo firmantes somos los apestosos bastardos de los «Putas de Huxley». Convenimos por el presente en reunirnos un año después de terminar la guerra en la ciudad de...*

—*Tú eres mi luz, mi única luz...*

—Dale otra cerveza al indio.

L.Q. continuó escribiendo, declarando que cada hombre debería llevar a la reunión un animal representativo de su Estado. Un cerdo de Iowa, una tortuga de Maryland, un coyote, una vaca de cuernos largos, un puma, un toro para Spanish Joe y una cabra para Burnside, ya que era una cabra montés. Yo debía llevar un perro dogo, pero con Ski nos vimos en un aprieto, ya que no se nos ocurría qué animal habitaba en Filadelfia. Finalmente, nos decidimos por una mofeta en memoria de los oficiales.

El documento ordenaba además que cada uno fuese vestido con el traje de su región. El indio debía ir pintado con pinturas de guerra, y L.Q. llevar una boina y gafas oscuras. A mí se me permitía ir de uniforme. Luego, L.Q. concluyó el pacto con estas palabras: *Si alguno muere y no puede ir, nos emborracharemos a su amada memoria. Y el que rompa este pacto es un maldito bastardo, por su palabra de honor.*

Escribimos todos nuestras copias y nos las fuimos pasando para firmarlas.

—Ahora —dijo L.Q.—, sellemos el pacto con sangre.

Cogimos el puñal de Spanish Joe, nos pinchamos en un dedo y pusimos la sangre junto a nuestras firmas. Con las lágrimas corriéndonos por la cara, nos estrechamos las manos, nos juramos camaradería eterna en aquel sagrado momento... y, todavía eructando, iniciamos otra ronda de cervezas.

—*Tú eres mi luz, mi única luz...*

V

¿Adónde iríamos desde allí? La fría realidad cayó sobre nosotros. Los Terribles Cuatro se encontraban en el puerto de Wellington, esperando al Sexto de Marines. Los transportes eran muy queridos para los marines: el *Jackson, Adams, Hayes* y *Crescent City.* Los cuatro habían llevado al primer grupo a Guadalcanal. Los cuatro habían derribado «Zeros» japoneses como si fueran bolos.

La última botella de cerveza había desaparecido, se había disipado la última resaca. A la hora de levantar el campo experimentaba uno la agitada sensación de querer embarcar lo antes posible y entrar de una vez en acción para eliminar la sensación de náusea que le atenazaba a uno el vientre. No estábamos allí para disfrutar del paisaje y de las mujeres, ni era ésa la razón por la que nos habíamos alistado en el Cuerpo.

Como de costumbre, me las vi negras para conseguir que mi pelotón participara en los grupos de trabajo. Esta vez, habían rodeado la tienda de cencerros y alarmas, de tal modo que, con sólo tocar la lona de la entrada, se armaba un estruendo de todos los diablos. En cuanto yo iba a buscarles se escabullían por la parte trasera o por los lados.

Al fin, cruzamos la plancha del *Jackson*, saludamos al vigía y al pabellón y fuimos a los alojamientos. Constituyó una sorpresa maravillosa después de la ratonera del *Bobo*. La compañía del cuartel general había tomado sitio en la primera bodega, directamente enfrente del sector destinado a la marinería.

—Echa un vistazo a esto, la Marina usa camarotes de primera.

—Sí, es muy diferente de aquella pocilga.

—Eh, Mac, Macuto se ha mareado.

—¿Qué quieres decir? Todavía estamos amarrados al muelle.

—Se ha mareado al subir por la plancha, igual que la última vez.

—Ese granjero no tiene más que mirar a un barco y ya está vomitando.

—¡Oye, fíjate en este colchón!

Nos instalamos muy de prisa, en espera de que fuesen cargados todos los barcos y zarpásemos rumbo a alta mar.

Los servicios religiosos de Navidad se celebraron en un almacén de los muelles de Wellington. Después de cantar villancicos y escuchar los sermones del capellán Peterson y el padre McKale, volvimos todos con la aguda melancolía típica del soldado que se encuentra fuera de casa. Andy, Danny, Marion y los demás estábamos silenciosos y meditabundos. Yo, lo único que deseaba, era despertarme y encontrarme con que ya había pasado la Navidad. Nadie tenía ganas de hablar, todos permanecían taciturnos, sumidos en sus propios pensamientos. Danny leía una vieja carta, Marion tenía abierta la cartera y contemplaba la fotografía de la chica pelirroja. Incluso Ski, que no tenía sino recuerdos amargos, estudiaba la descolorida fotografía de Susan. Era malo pensar, podría echar a perder las operaciones. Pero, ¿qué otra cosa podía hacer un hombre en Nochebuena?

Los cocineros prepararon una cena de pavo con todos los complementos, pero no sirvió de gran cosa. El hambre que teníamos no era de comida. Como es natural, un veterano como yo no sentía morriña. Sólo deseaba que concedieran permiso a los hombres para poder cocerme yo también. L.Q. trató de sacarnos de nuestro ensimismamiento, pero el caso es que sus gracias no parecían divertidas. En ocasiones como ésta, podía uno sentir el hambre terrible y desesperada que se experimenta en el servicio militar.

Ski abrió su carta y la leyó una vez más. Era la última que había recibido de su hermana. Le narraba el fracaso absoluto de su sueño de hacía sólo un año. Susan había sido expulsada de la casa de su padre y estaba viviendo en un hotel con su marido. Su madre se hallaba delicada de salud, por causa de él sobre todo. Y su hermana, una niña todavía, estaba ya saliendo con soldados y pensando en dejar la escuela y ponerse a trabajar en los astilleros.

—Vamos, Ski —dijo Danny—, acaban de tocar a fajina. Han preparado una cena estupenda, con pavo y toda la pesca.

Sonó el silbido del contramaestre por el sistema de megafonía del barco.

—Atención, atención. Se concede permiso para desembarcar a todos los hombres de graduación de suboficial o superior.

—¡Que te ahorquen! —gritó un hombre de graduación inferior.

Por lo que a mí se refiere, la cosa llegaba justo a tiempo. Me estaba volviendo loco. Calculaba que Burnside y yo podríamos emborracharnos por todo el pelotón. Me quité el mono lo más rápido que pude y me puse el uniforme. Acababa de abrocharme el último botón de mi guerrera, cuando se me acercó Andy, con aire casi fúnebre.

—No hay nada que hacer, Andy. Acabaré estallando si no salgo de este agujero.

—Sólo pensaba que quizá..., bueno, ya te conté cómo estaban las cosas entre Pat y yo.

Se volvió. No es que yo me estuviera ablandando, pero, después de todo, pensé, un buen sargento tiene que cuidar de sus muchachos.

—Andy —llamé.

Andy giró sobre sí mismo a gran velocidad. Una amplia sonrisa iluminaba su rostro. Me quité la guerrera y se la tiré. Andy me rodeó con sus brazos.

—¿Quién infiernos quiere ver a un fornido sueco comportándose de manera sentimental con uno el día de Nochebuena? Venga, lárgate de aquí antes de que cambie de idea.

Me fui a mi litera, irritado conmigo mismo por mi explosión de sentimentalismo.

Entró el suboficial Keats y nos llamó a Marion y a mí.

—¿Has visto a Gómez, Mac?

—No, señor.

—¿Y usted, Hodgkiss?

—Esto..., no, señor.

—Me lo imaginaba, se ha escabullido. Cuando vuelva, sea la hora que sea, quiero verle. Se va a pasar toda la travesía en el calabozo.

—Sí, señor.

—Cabo Hodgkiss, usted parece ser el único hombre de la compañía en quien puedo confiar. Quiero que haga usted la guardia del alcázar desde las veinte hasta las veinticuatro —dijo—. Aquí tiene una lista de los hombres que tienen permiso para desembarcar, y quiero que se les controle a cada uno en el momento de subir a bordo. Si trata de subir alguno de los no autorizados, debe mandarle al calabozo.

—Sí, señor.

El suboficial se volvió para marcharse. Yo le seguí hasta la escotilla y le di unos golpecitos en el hombro.

—Sé lo que vas a pedirme, Mac, y la respuesta es NO.

El viejo Jack Keats era un veterano chusquero y sabía lo que sentía un recluta el día de Nochebuena en un puerto extranjero. No hacía tantos años que él y yo habíamos sido cabos juntos en Shanghai. Se frotó pensativamente la mandíbula.

—Por los clavos de Cristo, Mac, si los llevas a tierra, vuelve a traerlos antes de que Hodgkiss acabe su guardia, o nos veremos metidos en un buen lío.

—Feliz Navidad, Jack —dije.

—Vete al infierno, Mac.

Reuní al pelotón en los lavabos y cerré la puerta.

—Escuchad, bastardos, os reuniréis todos conmigo delante del edificio del Parlamento a las veintitrés cincuenta, y Dios proteja al que no sea puntual. Recordad que Mary termina su guardia a medianoche y tenemos que volver a bordo. ¡Faro!

—Ugh.

—Tú vendrás conmigo. No quiero que le arranques a nadie el cuero cabelludo esta noche.

—Bueno, Mac, tengo una pequeña squaw...

—Nada de danzas de guerra para ti. Te vienes conmigo.

—De acuerdo, jefe —dijo con resignación.

Cuarenta y cinco segundos después no había ni un solo radiotelegrafista a bordo del *Jackson*. Ojalá pudieran montar sus radios con tanta rapidez, pensé.

Encontraron un banco en el Jardín Botánico. Andy encendió un par de cigarrillos y dio uno a Pat.

—Vaya una Navidad, ¿no, Andy?

—En los Estados Unidos solía nevar.

Ella rió.

—Aquí todo el mundo se prepara para ir a la playa. Supongo que vivimos completamente al revés.

—Me alegra haber podido verte.

—Ha sido todo un detalle por parte de Mac darte su pase. Es un tipo extraño.

—El viejo marine..., tipos como él son los que constituyen la auténtica columna vertebral del Cuerpo.

—¿Adónde crees que vais?

—Ni idea.

—Ha sido agradable teneros aquí a los americanos.

—Pat.

—Sí.

—¿Te... te alegras de haberme conocido?

—No lo sé, Andy.

Andy se aflojó la guerrera demasiado ajustada que Mac le había prestado y la miró a los ojos. Ella tenía un aire abstraído, como si su mente retrocediera a otras despedidas. Su hermano y su marido. También a ellos les había dicho adiós, y ahora estaba asustada.

—Quiero decir —continuó—, que te aprecio mucho, y quizás es por eso por lo que siento que nos hayamos conocido.

Tensó los músculos para dominar el temblor de su cuerpo.

—Pat..., mira, no sé cómo decir esto, pero quiero que sepas que me alegro de haber venido a Nueva Zelanda y de haberte conocido. Estoy confuso..., quizá sea una buena cosa que nos vayamos..., quizá pueda aclarar así mis ideas.

—Sí, es mejor para los dos, Andy. Antes de que nos veamos envueltos en algo que no queremos.

—Sí —dijo él—, es cierto. Todo está desquiciado..., el mundo entero. No puede uno adquirir compromisos cuando no sabe qué va a pasar de un día para otro. Sobre todo con un grupo tan viajero como los marines.

—¿Crees que volverás alguna vez a Nueva Zelanda?

—No sé..., quizá cuando me marche y pueda pensar con serenidad y tú también. Tal vez volvamos. Con los marines, nunca se sabe.

—¡Basta, Andy! Es hablar por hablar. Los dos sabemos que no volverás... Guerra..., guerra..., ¡maldita guerra!

—Pat, cariño, estás trastornada.

Ella cerró los ojos.

—No es nada.

—¿Querrías hacer algo especial por mí?

—Sí.

—Mira, sé que sólo somos amigos y todo eso. Pero, ¿querrás escribirme? De forma regular, quiero decir. Yo nunca he recibido cartas de una chica con regularidad, como mis compañeros... Quiero decir, nada que nos vincule a ninguno de los dos, sólo cosas sobre la granja y tus padres y sobre ti misma. Sería muy agradable recibir cartas así.

—Te escribiré, Andy —murmuró ella—, si quieres.

—Yo también te escribiré, Pat, y algún día...

—No..., nada de algún día, Andy. Eso se ha terminado ya para mí.

—¡Cristo! Ya es casi medianoche. Pat, ¿me acompañarás hasta el muelle?

Ella asintió, y caminaron rápido y en silencio por las desiertas calles. Desde el tranvía, fueron hasta la puerta que se abría en la verja del muelle, junto a la garita de la guardia.

—Me alegro de haberte conocido, Pat, y en lo más profundo de mí espero volver a Nueva Zelanda. Quizá podamos... —se interrumpió—. Adiós, Pat.

La besó en la mejilla. Por un instante, la atrajo con fuerza hacia sí y, después, la soltó.

—Adiós, yanqui, buena suerte.

Andy franqueó la puerta en dirección al barco. Los tacones de sus botas resonaban con reverberantes ecos por entre los desiertos tinglados, mientras su figura se desvanecía poco a poco en la oscuridad.

Pat Rogers agarró los barrotes de hierro de la verja y sollozó de manera incontenible.

—Adiós, querido —exclamó.

Cinco minutos antes de la medianoche, mi pelotón subió, tambaleándose, por la plancha. Saludé a Marion y me presenté.

—Especialista técnico Mac.

Me devolvió el saludo y tachó mi nombre en la lista.

—Coronel Huxley —exclamó L.Q.

—Almirante Halsey, *Bull* Halsey —eructó Macuto.

—Jefe Caballo Loco, gran guerrero que venció a rostros pálidos en Little Big Horn...

—Cierra el pico, indio..., ¿quieres despertar a todo el barco?

—Yamamoto —dijo Speedy—. He perdido mi barco.

—El Temerario Fosdick, la mosca humana —dijo Danny.

El Alfeñique subió el último.

—Solamente Bill —gimió, y se desmayó.

Los llevé abajo y les pasé revista. Estaban presentes todos..., menos Spanish Joe. Había saltado a tierra antes de que se nos diera autorización.

Marion miró al reloj; faltaban sólo dos minutos, y Joe no estaba allí. Paseó de un lado a otro por el puente, reflexionando sobre si debía dar aviso para que se lanzase una alerta. De pronto, distinguió una sombra en el muelle. Se movía con sigilo junto a uno de los tinglados. Marion bajó a la oscuridad para observar. La sombra corrió a toda velocidad desde el tinglado hasta el costado del barco y se detuvo. ¡Era Spanish Joe! Miró unos momentos a su alrededor y, después, con la agilidad de una pantera negra, saltó a una de las enormes maromas que mantenían amarrado al barco. Con lentos y silenciosos movimientos, Joe fue avanzando poco a poco por la maroma. Cuando llegó al final de la cuerda, extendió una mano, agarró la barandilla y extendió luego la otra mano. Siempre con la misma lentitud asomó la cabeza por la barandilla, apoyando en ésta la nariz y miró a ambos lados. En ese preciso instante, Marion cruzó el puente a todo correr, sacó su pistola y se la puso a Joe entre los ojos. Y, según es leyenda en el Cuerpo, Spanish Joe Gómez levantó las dos manos y quedó colgado de la barandilla por la nariz.

Después de la horrible travesía que habíamos tenido en el *Bobo*, el *Jackson* resultaba una maravilla. El alojamiento era bueno, y había tres comidas diarias. Abundantes y bien cocinadas comidas de la Marina. Había duchas de agua fresca, lujo singular, y todo a bordo era mantenido limpio y ordenado, como si sintieran auténtico orgullo por el barco.

Existía una relación de gran cordialidad entre los marineros del *Jackson* y los marines. La tarea de aquéllos no resultaba muy atractiva, transportar hombres hasta el enemigo. Quizá se sentían partícipes en la aventura y comprendían que tenían vidas que proteger. El historial de los Terribles Cuatro era magnífico. Eran los primeros transportes americanos de la Segunda Guerra Mundial y habían detenido innumerables ataques aéreos. Habían llevado la guerra hasta el enemigo por primera vez el 7 de agosto de 1942. Y sentían especial afecto hacia los marines. Nosotros también nos sentíamos seguros en sus manos y ningún marine mencionaba jamás a los Terribles Cuatro sin experimentar un sentimiento de cordialidad en lo más profundo de sí.

Establecimos grupos de trabajo que se encargaban de pintar lavabos, fregar cubiertas, cubrir las tareas del comedor y realizar guardias. El pelotón de transmisiones tenía la misión de subir los alimentos desde las cámaras frigoríficas, dos cubiertas más abajo, hasta las cocinas. De vez en cuando, gruñían que ellos eran radiotelegrafistas, pero Burnside y yo nos ocupamos del asunto en persona, y todo se desarrolló bien. Durante tres horas al día, bajábamos las empinadas escalas, nos echábamos al hombro sacos de patatas de cincuenta kilos y los subíamos lentamente a la cubierta superior.

A mí me encantaba la vida a bordo de un buen barco. En los viejos tiempos, gran parte de la labor de un marine se realizaba en la mar. Era agradable y reposado acodarse en la barandilla después de la cena y fumar un pitillo. Muchas veces llegué a olvidar por un momento quién era y adónde iba. Pero el pelotón no tardaba en acercárseme y yo miraba a mi alrededor y veía los nidos de ametralladoras y los marineros apostados junto a los cañones de 37 milímetros y volvía a la Tierra.

Cuando nos encerraban por la noche, empezábamos la partida de póquer, la partida de póquer que nunca empezaba en realidad ni en realidad terminaba nunca. La cubierta, los jugadores y el lugar concreto podían cambiar, pero la partida de póquer continuaba sin interrupción. Limpiábamos el equipo y escribíamos cartas; luego, antes del toque de silencio, nos reuníamos en la bodega y Speedy empezaba a cantar y los demás le coreaban. A todos les gustaba cantar, y lo hacían muy bien, excepto L.Q., que desafinaba de mala manera. Cuando se encontraba en un estado de ánimo realmente plácido, Speedy tocaba la guitarra que le había prestado un marinero y nos cantaba una o dos baladas con su voz clara y sonora. Sentía uno un hormigueo de excitación por todo el cuerpo cuando Speedy cantaba:

> *Dicen que te vas de este valle,*
> *y yo echaré de menos tu voz y tu sonrisa,*
> *pero acuérdate del Valle del Red River...*

—¡Tierra!

Salté de mi litera y subí a cubierta. La mañana era calurosa. Los barcos redujeron su velocidad hasta casi dejarse llevar por la corriente y se fueron aproximando a la calcinada isla de oscuras colinas que teníamos delante. Se hizo un silencio mortal. Empezamos a pasar ante docenas de buques que permanecían anclados y sin nadie a bordo. Algunos estaban oxidados y llenos de agua, como barcos fantasmas. Navegamos serpenteando entre ellos hacia la tierra que semejaba desprovista de toda vida. Se echó sobre nosotros una fina niebla. Constituía un espectáculo fantástico ver los buques inmóviles y silenciosos y el telón de fondo de montañas fantasmales y yermas, como si hubiéramos llegado al fin del mundo.

—¿Dónde estamos? —pregunté.

—En Nueva Caledonia. Estamos entrando ahora en el puerto de Noumea. Espectral, ¿verdad?

—Como una isla del diablo, diría yo.

Atravesamos los canales minados y provistos de redes y penetramos en el puerto. ¡Entonces la vi! La Armada de los Estados Unidos. Acorazados, portaaviones, cruceros, destructores se encontraban anclados ante mi vista. De modo que era allí donde se escondían.

Se oyó el silbato del contramaestre:

—Atención, atención. Todos los marines que vuelvan a sus alojamientos. Preparaos para un ejercicio de desembarco con mochilas de transporte.

El ejercicio fue un desastre. A nosotros se nos asignó la elevada red del costado medio del barco. Parecía estar a más de cien metros de altura sobre el agua. Hubo dos fracturas de pierna en el traslado a las lanchas de desembarco que aguardaban abajo. La pesada carga de literas superiores e inferiores, mantas enrolladas, municiones y radios estuvo a punto de hacernos atravesar el fondo de la barcaza. Fuimos a la deriva durante una hora y regresamos al costado del barco.

Faro se quedó inmovilizado en la red, exhausto, y tuvo que ser izado a bordo por Huxley, que se encontraba en el puente, gruñendo a la vista de la enloquecida masa que tenía debajo.

Era brutal y estúpido introducir de aquella manera a una pandilla de novatos en las peligrosas redes. Fue una suerte que no se produjesen media docena de bajas mortales. Pero, cuando todo hubo terminado, nos sentíamos contentos porque mochilas más livianas y redes más bajas nos parecerían un juego de niños después de aquello.

La ducha estaba abarrotada después del ejercicio, así que me lavé la cara con el agua de mi cantimplora y me fui arriba. Se estaban bajando a una barcaza varias piezas de equipo y, luego, se echó la escala de cuerda. Dos hombres, un capitán y un hombre alistado, estaban subiendo a bordo. El teniente LeForce y el sargento Paris, del servicio de Información, los esperaban en cubierta.

—Capitán Davis, División de Información —se presentó a sí mismo—, y mi ayudante, sargento Seymour.

—Le Force, y éste es mi jefe, sargento Paris. Cuando quede a bordo el material, disponga alojamiento para el sargento. Por favor, venga conmigo, capitán Davis. El comandante Huxley le está esperando.

Paris me vio y vino hacia mí.

—Éste es Seymour, de Información. Acaba de llegar de Guadalcanal.

—Me alegro de tenerle a bordo —dije, observando al pálido y delgado marine.

—No puede decir que lo está tanto como yo —sonrió con algo de sorna.

—Mac es un jefe de transmisiones, señor. ¿Tiene alguna litera sobrante en su sección para Seymour? Yo estoy abarrotado.

—Creo que sí —dije.

El sargento primero Pucchi se dirigió a la escala de cuerda, mascullando por lo bajo.

—Eh, Pucchi, ¿adónde diablos vas?

—A tierra.

—Pero si vamos a zarpar en cuanto los otros barcos terminen los ejercicios.

—Sí, ya lo sé. Y yo voy a pasarme toda la maldita guerra en esta maldita isla.

—¿Cómo es eso?

—Los muy cabrones han dicho que se puede prescindir de los sargentos primeros. Tengo que quedarme aquí para llevar los archivos.

—Eres un bastardo con suerte —dijo Paris.

—No me gusta nada el asunto —gimió Pucchi—. Será la primera vez en seis años que no estoy con la compañía.

—Bueno, no te preocupes. Haré que Herman te reserve una cinta.

—Déjate de bromas, Paris. ¿Crees que yo quiero escurrir el bulto?

Miró hacia las calcinadas y desiertas montañas y parpadeó.

—Espero que los compañeros no piensen que tengo miedo..., no ha sido idea mía.

—Mala suerte, Pucchi —dijo Paris, dándole una palmada en la espalda.

—Sí —convine.

—¿Hay algo en esa deprimente isla? —preguntó Seymour, señalando la calcinada masa de tierra.

—Una colonia de leprosos y una puta. Hasta tiene que intervenir la Policía Militar para mantener orden en la cola..., eso si no te importa acostarte con una puta de cincuenta años que tiene tres críos en la cama con ella. El lugar no sería tan malo si alguien plantase un árbol.

A Pucchi se le llenaron los ojos de lágrimas. Saltó la barandilla para bajar por la escala.

—Buena suerte, muchachos —murmuró y bajó hasta el bote que lo esperaba.

—Hay algunos que no saben bien la suerte que tienen. —Seymour escupió. Era un sarcástico bastardo—. ¿Dónde están los dormitorios, Mac?

El calor fue aumentando a medida que el convoy avanzaba en dirección norte, hacia el ecuador. En la bodega tenía uno que desnudarse para encontrar alivio. El convoy se movía lento y con decisión entre el sonido de los motores.

El único movimiento eran las sofocadas voces y los gestos de los jugadores de póquer en la bodega durante la noche. Yo mataba el tiempo, esperando a que alguien se quedara sin pasta para poder participar en el juego, cuando advertí que el oficial Keats estaba en la escotilla intentando atraer mi atención. Me dirigí hacia él.

—¿Qué pasa, Jack? —pregunté.

Siempre lo llamaba por su nombre de pila cuando estábamos solos. Keats me llevó a un rincón oscuro, con aire muy misterioso. Yo trataba de imaginar qué podía estar marchando mal.

—¿Se ha enterado Huxley de que salimos del barco en Nochebuena? —pregunté.

Miró a su alrededor para cerciorarse de que nadie nos veía; luego, se metió la mano bajo la camisa y sacó una botella.

—Es para el pelotón, Mac. Feliz Año Nuevo.

—¡Whisky escocés! ¡Escocés auténtico! Cristo, había olvidado que hoy era Nochevieja... Vamos a entrar en 1943... Gracias, Jack.

—Feliz Año Nuevo, Mac. Espero que el capitán del barco no eche de menos la botella.

Fui a mi sección, desperté a mis muchachos y me llevé un dedo a los labios para que no se difundiese el secreto. Seymour, el agente de Información, se despertó al instante y se puso en pie con un movimiento felino. Le pedí que se uniera a nosotros. Fuimos todos en silencio a los lavabos y cerramos la puerta. Enseñé la botella.

—Cortesía del oficial artillero —dije—. Feliz Año Nuevo, muchachos.

—¿Año Nuevo?

—¿Qué es?

—Escocés.

—Que me ahorquen.

Pasé la botella. Marion dejó saltar su turno y vigiló cuidadosamente el trago de Spanish Joe, quitándole la botella de los labios y pasándola al siguiente.

—Bueno, Marion, creía que querías que bebiese también tu parte.

Nos tocó a tres traguitos a cada uno. Estábamos todos completamente despiertos y el sofocante ambiente de la bodega no invitaba a dormir, así que empezamos a charlar.

—Nochevieja —dijo L.Q.—. ¿Sabéis dónde estaría yo ahora? En el coche de mi padre, con una mujer y yendo a una fiesta. Los compañeros de la Escuela Superior, ya sabéis. Tomaríamos una o dos copas para animarnos, bailaríamos hasta las dos o las tres de la mañana y buscaríamos un rincón oscuro que fuese acogedor. Las chicas se irían a dormir al piso de arriba y nosotros lo haríamos en el sofá y en el suelo. Luego, hacia las seis, subiríamos a los coches y nos iríamos a un restaurante de los que abren toda la noche y desayunaríamos grandes raciones de huevos con jamón mientras amanecía.

—Algo así solíamos hacer nosotros —dijo Danny—. Los viejos nos daban plena libertad una vez al año..., ya sabéis, siendo de la misma pandilla y eso.

—La Nochevieja hay que pasarla en un burdel —dijo Spanish Joe—. Las chicas suelen ponerse tiernas, y puedes acabar sacando más por el mismo precio.

Marion enrojeció y Spanish Joe se interrumpió con un gesto de excusa. Me pregunté si sería espontáneo o intencionado.

—Deberíais pegaros una buena juerga. No hay nada como un baile de Nochevieja —dijo el mareado Macuto.

—Es lo que solemos hacer donde podemos —dijo Burnside—. Singapur, Reykjavik, Río..., todo es igual para un marine.

—A mí me gusta pasar la Nochevieja en una sala de fiestas, con música fuerte, atracciones y a diez dólares el cubierto —dijo Seymour, mostrando el último trago que quedaba en la botella—. Yo siempre bebía esto antes —dijo—, pero un hombre debe beberlo despacio, sorberlo, paladearlo plenamente. No mezclarlo nunca. Dejarlo resbalar sobre los cubitos de hielo. El buen escocés no hay que beberlo con prisas.

Nos volvimos a mirar al delgado hombre de demacrado rostro. Resultaba difícil decir su edad. O cualquier otra cosa acerca de él. Su buen gusto era evidente, pero no resulta fácil distinguir al rico del pobre o al culto del ignorante cuando todos visten el mismo mono de faena.

—¿Tú eres el tipo de Información, de Guadalcanal? —preguntó L.Q.

—Sí —respondió casi en un susurro—. Estuve en Guadalcanal.

—Fue duro, ¿no?

—¿Duro? —respondió, dejando la botella—. Sí, lo fue.

—Cuéntanos.

—Bien, os lo contaré.

Se sentó en un lavabo y entornó los ojos. El barco aceleró el latir de los motores, haciendo vibrar el casco.

—En el primer desembarco contra el Japón —empezó Seymour—, la Primera División de Marines atacó Guadalcanal, y el Segundo Regimiento y los paracaidistas atacaron las islas que se extienden por el canal Skylark... Tulagi, Gavutu y Tanembogo, acurrucadas las tres en una ensenada de la isla Florida. Llegamos con raciones para unas veinte horas. —Se le quebró de pronto la voz—. Os voy a decir una cosa, muchachos, yo he estudiado campañas militares, montones de ellas...

—¿Eres universitario? —pregunté.

—Cornell, promoción del 38 —sonrió con amargura—. Puede que haya batallas más grandes y sangrientas que Guadalcanal, pero cuando se escriba la historia, Guadalcanal será siempre la primera.

Seymour empezó a contar su larga y terrible historia, que yo sabía acabaría formando parte del folklore de nuestro país. El principio era triste, con un puñado de hombres valerosos en una diminuta posición, enfrentados al poderío del Imperio japonés.

Cogió un cigarrillo y unió las manos para impedir que temblasen. Nos inclinamos todos hacia delante, pendientes de sus palabras.

—La Marina nos dejó allí y se fue. El Ejército y el viejo Doug se quedaron esperando.

—Al diablo con ellos.

—Puedes decirlo bien alto —exclamó Seymour.

Y nos habló de los frenéticos esfuerzos japoneses por arrojar a los marines al mar. Gigantescos ataques aéreos, y sólo unos cuantos aviones destartalados para hacerles frente, aviones anticuados en todo, salvo en los redaños de sus pilotos. Aviadores como Joe Foss, Carl y los «Bastardos de Boyington» para detenerlos. ¡Y vino entonces el Tokio Expres! La flota imperial para cañonearlos a bocajarro, sin que se interpusieran en su camino más que un puñado de lanchas torpederas construidas con madera chapeada.

Refuerzos japoneses desembarcaron más allá de las líneas de los marines, mientras éstos permanecían esperando. Y las batallas. Tenaru, Matanikau..., pero sus líneas no cayeron. Los japoneses se amontonaban como leños en los ríos, pero continuaban llegando. Nacían a cada minuto nuevos héroes de la Infantería de Marina. Un hombre ciego recibía instrucciones de un hombre paralítico sobre hacia dónde disparar una ametralladora.

—Contraatacábamos donde podíamos. Enviábamos nuestras patrullas a desorganizarlos. Salían quizá cincuenta, y regresaban, si acaso, cinco. Luchábamos de noche, sobre todo en la jungla, en las orillas de los ríos, con los puños y las bayonetas. Gritaban en la oscuridad. Los marines que no caían bajo las balas, caían abatidos por la malaria o la ictericia.

Seymour apagó su cigarrillo y se dibujó en sus ojos una expresión extraña.

—Yo los he visto tendidos allí, en la hierba, junto al río, con cuarenta de fiebre, tan débiles a consecuencia de la disentería que no podían mantenerse en pie, pero se aferraban a sus posiciones mientras pudiesen apretar un gatillo.

Por fin llegó ayuda. Una unidad de Guardias Nacionales que luchaban como marines, el inolvidable 164º Regimiento. Muchas veces, cuando llegaban refuerzos, tenían que esperar a que descargase primero un grupo de desembarco japonés.

El Octavo de Marines, enfermo desde Samoa, había sido obligado a retirarse, nos dijo Seymour.

—El Sexto jamás se retirará —dijo Burnside.

Y luego llegó la terrible noche en que el Tokio Express atacó por sorpresa a cuatro cruceros y los hundió. Seymour contó la ulterior advertencia de la Marina para que se procurase atraer a los japoneses a mar abierta, en lugar de hacerlos entrar en el Canal. Los japoneses lo sabían y se mantenían próximos a tierra.

—Estábamos maltrechos, enfermos, derrotados. El Tokio Express se nos venía encima en pleno orden de batalla y sólo estaban las pequeñas lanchas torpederas para intentar detenerlo.

Encendió otro cigarrillo.

—Fue el 15 de noviembre cuando la voz del Señor llegó: Ching Lee, a bordo del *Washington*, llevó la flota al Canal y sorprendió allí a los japoneses. —Bajó la voz y continuó—. La Armada japonesa no volvió más y, por fin, pudimos salir de nuestras trincheras y nuestros pozos de tirador y perseguirlos.

Reinó el silencio durante unos momentos en el lavabo, lleno de humo. Andy lo rompió:

—¿Cómo están las cosas ahora?

—Va a ser una guerra larga, muchacho. Mira el mapa. El terreno es horrible, y siempre habrá japoneses ahí. La Primera División está yendo, o va a ir, a Australia, y el Segundo y el Octavo de marines están fuera de combate. Os quedan cincuenta kilómetros por recorrer.

—Isla Wake, aquí fuimos.

Seymour tiró el cigarrillo a una taza de retrete, fue hasta la escotilla y descorrió el cerrojo.

—Decid a vuestros nietos que los marines fueron los primeros. O quizá no tengáis que hablarles del asunto. Quizás estén luchando aquí ellos también.

> *Llamaron al Ejército para que viniese a Tulagi,*
> cantó Seymour,
> *pero Douglas MacArthur dijo que no.*
> *Dijo, no hay razón, no es el momento,*
> *además, no hay ningún U.S.O.*

Seymour se volvió y salió.

VI

La cargada lancha de desembarco iba acercándose lentamente a tierra. Los Terribles Cuatro permanecían anclados. Estiramos el cuello y nos inclinamos hacia delante para contemplar la isla que se alzaba frente a nosotros. Parecía el cartel anunciador de una agencia de viajes del tan cacareado paraíso del Pacífico. Playa de dorada arena, kilómetros y kilómetros de oscilantes palmeras sobre un fondo de suaves colinas. Más al interior, una hilera de escarpadas montañas.

—Sí que parece bonita, muchacho.

—Sí. ¿Tendrán preparada una banda de música para recibirnos?

Al aproximarnos a la playa, en un vistazo fugaz, divisamos una especie de estela roja en el aire, a muchos kilómetros de distancia.

—¿Qué era eso, Mac?

—Balas trazadoras de ametralladora.

Se repitió el relámpago rojo.

—Deben de ser las líneas de allá delante.

La lancha encalló en la arena y el patrón movió los seguros e hizo caer la rampa. Nosotros rebosábamos de curiosidad y nos fuimos derechos hacia un solitario marine que estaba en la costa. Tenía el rostro amarillo a consecuencia de la atabrina y reseco por la deficiente alimentación.

—Eh, amigo, ¿qué ciudad es ésta?

—Estás en el Canal, muchacho —respondió—. Perdona, pero no he entendido el nombre de la unidad.

—El Sexto de marines.

El marine se volvió y gritó a un par de compañeros que se dirigían hacia la playa:

—Eh, Pete, llama a los de la banda. Por fin ha llegado el Sexto.

Dio media vuelta y se alejó.

—Bueno, no era muy cortés el tío, ¿verdad? Me pregunto dónde estará la taberna más próxima.

—Bien, a formar, paso ligero.

Llegamos a una zona de cocoteros en las proximidades de Kokum. Los árboles estaban en todas partes. Se extendían en todo lo que alcanzaba la vista, dispuestos en pulcras y bien ordenadas filas. Ésta debía haber sido la plantación de los hermanos Lever.

Como es natural, tardé una barbaridad de tiempo en lograr bajar a tierra el equipo y plantar el campamento. Los hombres dejaron caer al suelo sus mochilas y se dispersaron en busca de noticias. Antes de que pasara mucho tiempo, la zona hormigueaba de nativos que se mostraban tan curiosos como los marines. Eran altos, delgados y con la piel muy negra. Sólo llevaban un taparrabos y tenían los brazos y el pecho cubiertos de tatuajes azules. Los largos cabellos negros se hallaban teñidos de rojo en las raíces. Llevaban pendientes y tenían los dientes muy aguzados. Presentaban un aspecto extrañísimo y sorprendente.

Con unas pocas palabras de chapurreado inglés, comenzaron los intercambios. Por un cigarrillo, un nativo escaló una alta palmera en pocos segundos y dejó caer una docena de cocos. Unos cuantos centavos, y un montón de ropa sucia fue llevado al río.

Speedy entregó un mono de faena a un nativo bastante feo e indicó que necesitaba ser lavado. El nativo extendió la mano, y Speedy depositó sobre ella una moneda de seis peniques neozelandeses. El nativo miró la moneda, escupió en el suelo y se la devolvió.

—No quieren ese dinero.

—Mericano, mericano —dijo el nativo—. No inglés.

—Parece que no quieren saber nada de sus antiguos explotadores —dijo Marion.

Los intercambios continuaron y no tardamos en llenarnos hasta los topes de agua de coco. Y poco después íbamos a la enfermería aquejados de dolor de estómago.

Mirando hacia un árbol alto, Andy cogió un par de ganchos de los utilizados para subir a los postes telefónicos y dejó fuera del negocio a los nativos. Siempre que la palabra «japonés» surgía en medio de la sesión de comercio internacional, de inmediato, el nativo levantaba dos, tres, cuatro o más dedos, se pasaba la mano por el cuello muy despacio, para indicar lo que le habría hecho el japonés y escupía en el suelo. Las dos palabras que mejor pronunciaban eran «¿me das?», con la palma de la mano extendida.

A medida que pasaba el día, fue desembarcado el equipo, se levantó el campamento y comenzaron a extenderse rumores de todas clases.

—Esta noche van a desembarcar cien mil japoneses procedentes de Rabaul.

—He oído que Henry Ford va a regalar un coche nuevo a cada marine que haya estado en Guadalcanal.

—Vamos a atacar las líneas enemigas, derrotar a los japoneses y volvernos a los Estados Unidos para desfilar por la Market Street de Frisco.

—Los japoneses saben que ha desembarcado el Sexto y van a traer quinientos aviones esta noche.

La extraordinaria maravilla de desembarcar en Lunga, en Guadalcanal..., Guadalcanal, el primer lugar donde atacaron. Guadalcanal, la leyenda. «Mira, allí está la Ranura, allí está el Canal Skylark, y más allá Florida y Tulagi.» ¿Dónde está Henderson Field? ¿Dónde está Tenaru? Sí, nos encontrábamos allí, justo en el lugar en que se escribía la historia. Un millón de preguntas y de relatos ponían fin a todo pensamiento.

Spanish Joe reunió a todos los hombres del pelotón, exceptuándonos a mí y a Burnside.

—A un kilómetro de aquí hay un cobertizo repleto de rifles «Garand» —dijo—. ¿Quién viene conmigo?

—¿Y munición?

—Hay de sobra también.

—Cuenta conmigo —dijo Andy—. Y tiremos a la basura esos malditos rifles «Reising».

—Vamos —dijo Macuto.

—¿Y tú, Mary? —preguntó Danny.

Esperaron con impaciencia, mientras él consideraba la situación. Miró su arma, que se estaba cubriendo de herrumbre al haberse mojado en el desembarco. Miró luego hacia las líneas del frente.

—Contad conmigo —dijo Marion.

Al anochecer, Burnside y yo éramos los únicos de la compañía que todavía llevábamos «Reisings». Miré mi herrumbroso cañón y suspiré de envidia.

Cayó el crepúsculo sobre el todavía excitado campamento. Yo pasé por entre mi pelotón.

—La contraseña para esta noche es Philadelphia —dije.

Se les iluminaron los ojos..., una auténtica contraseña en una auténtica zona de combate. Se elegían como contraseñas palabras que tuviesen dos o más veces la letra «l». Se suponía que los japoneses tenían dificultad para pronunciarla, ya que no existe en su idioma.

La oscuridad encontró al campamento envuelto todavía en nerviosas conversaciones. Los rumores, los descubrimientos de la nueva y extraña tierra y las preguntas continuaban aún en los labios de todos. No tardó, sin embargo, en extenderse un gran silencio, consecuencia de la fatiga del día.

L.Q. Jones acarició su nuevo rifle «Garand» y se dirigió a su puesto de guardia. La oscuridad era intensa, y también el silencio. El sonido de las olas al romper en la playa lo turbaba... «¿A qué distancia estará el frente? —pensó—. ¿Habrá japoneses por aquí? Cristo, menudo silencio. ¿Qué ha sido eso?» Un ronquido de Burnside nada más.

Levantó la tapa que cubría la esfera luminosa de su reloj. Aún quedaban tres horas. Mató un mosquito de una palmada y después sacó la redecilla que llevaba dentro del casco y se la puso sobre la cara. Otro mosquito le picó a través de la ropa...; luego, una docena más. ¡Cristo, qué silencio!

Quedaban dos horas y cincuenta minutos. ¿Qué era eso? ¡Algo se movía! L.Q. se echó boca abajo y avanzó hacia el sonido con lentitud y cautela. Quizá debiera ponerse en pie y gritar... Cuidado, muchacho, son muy astutos. Primero, investigar, después gritar. Con gran rapidez alargó la mano en la oscuridad y agarró el objeto que se movía.

Andy se levantó de un salto con un cuchillo en la mano y con la otra agarró a L.Q. por la garganta. Se miraron uno a otro.

—¿Por qué me agarras el dedo del pie, maldito bastardo?

L.Q. se echó a temblar. Hizo un esfuerzo por sonreír y murmuró una excusa. Luego, suspiraron ambos con alivio, y dijeron a un tiempo:

—Creí que eras un japonés.

Quedaban dos horas. Hay que estar loco para dejar a un tipo solo de guardia así. *¡Qué ha sido eso!* Maldita sea, esta vez se había movido algo. Se deslizó rápidamente tras un árbol y bajó el rifle. En un sendero, dirigiéndose al campamento, vio el borroso perfil de una figura. Pequeño... delgado..., mira esa silueta, ¡un japonés!

—¡Alto! —chilló—. ¿Cuál es la contraseña?

—¿Contraseña?

—Contaré hasta tres.

—Eh, espera un momento, soy un marine.

—Uno...

—Es una ciudad. Dayton... Baltimore... Florida...

—Dos...

—¡No dispares! Soy un marine... San Diego... Albany... Chicago...

—Tres.

¡BLAM!

Faro se dejó caer al suelo.

—*¡Philadelphia!* ¡Eso es, Philadelphia!

El disparo despertó a todo el campamento, y en una fracción de segundo se organizó una auténtica ensalada de tiros. BLAM... RAT-A-TAT...

BLAM... ¡POU! Balas de rifle hendían el aire, estallaban granadas y los hombres corrían en la oscuridad de forma alocada mientras sus armas escupían fuego en todas direcciones.

—¡*Philadelphia!*

Sam Huxley salió corriendo de su tienda y tocó un silbato. El tiroteo cesó tan bruscamente como había empezado.

—¿Qué diablos os pasa? Os estáis comportando como una caterva de asustadizos reclutas. El frente está a 15 km de distancia, por allí. ¡Bryce! Compruebe si se ha producido algún herido. ¡Y ahora a dormir, maldita sea!

L.Q. no dejó de ofrecer sus excusas mientras arrastraban al aterrorizado indio hasta su tienda y lo depositaban en su saco de dormir.

Una hora más... Aunque salte sobre mí todo el ejército japonés, no moveré ni un músculo... ¡Qué era eso! El alarido de una sirena taladró el aire.

—¡Ataque aéreo —gritó L.Q.—, ataque aéreo!

Cilindros de luz se recortaron en el cielo mientras los hombres se congregaban en un refugio construido con apresuramiento. Oyeron el lejano ronquido de un motor.

—Máquina lavadora Charley —murmuró alguien.

—Sí.

La luz iluminó a un solitario avión japonés. Abrieron fuego las distantes baterías de Henderson Field. Se formaron en el cielo varias nubecillas de humo, por encima y por debajo del lento y pesado avión.

Hissss... Bam.

—¡Está tirando bombas!

—¿Qué esperabas, que tirase monedas acaso?

—Viene todas las noches —dijo el sargento Seymour—, sólo para no dejar dormir a nuestras tropas.

—¿Ha hecho alguna vez blanco en algo?

—Una vez destruyó unos lavabos. Pero eran lavabos de oficiales..., no importó demasiado.

Fatigados e irritados por su propia precipitación en disparar, los «Putas de Huxley» fueron a acostarse. Por eso, estaban dormidos cuando sonó la diana.

El menudo, delgado y entrecano general se paseaba ante el gran mapa mural con un puntero en la mano. El general de brigada Pritchard, hombre de aspecto paternal, ostentaba ahora el mando de todas las fuerzas en Guadalcanal. Ante él se sentaba una colección de comandantes, tenientes coroneles y coroneles, fumando cigarrillos, puros y pipas. Dejó el puntero sobre su mesa de campaña, se frotó los ojos y se volvió hacia los hombres que tenía delante.

—Estoy ansioso en extremo por poner en marcha este avance —se volvió hacia el pequeño grupo de oficiales de Infantería de Marina que se encontraba junto a la entrada de la tienda—. La división combinada de Ejército de Tierra e Infantería de Marina será única en esta operación. Y puedo añadir que el Pentágono y la Marina nos están observando con sumo interés. Ésta es la primera verdadera ofensiva de la guerra. Como ya he señalado, hay muchas cosas que serán nuevas y experimentales y que tendrán mucha influencia en futuras operaciones. Tendremos un terreno de pruebas, por así decirlo. Bombardeo naval en apoyo del avance de las tropas terrestres, apoyo aéreo y reconocimiento aéreo sobre objetivos próximos, por citar unos cuantos ejemplos.

Cogió el puntero y se golpeó con él la mano con gesto de nerviosismo.

—¿Alguna pregunta? ¿No? Muy bien, caballeros. Cualquier otra información ulterior les será suministrada por los canales ordinarios. Partimos a las 6,45 del día diez. Buena suerte a todos ustedes.

Se elevó de entre los oficiales un murmullo de conversaciones mientras salían y se dirigían a los jeeps. Sam Huxley permaneció junto a la puerta hasta que hubieron salido todos, excepto Pritchard y su ayudante. Huxley se ajustó el casco y se acercó a la mesa de campaña. Pritchard levantó la vista de un mapa.

—¿Sí?

—Comandante Huxley, Segundo Batallón, Sexto de Marines, señor.

—¿Qué desea, Huxley?

—¿Puede concederme unos momentos, mi general?

—¿Algo que no esté claro, comandante?

—Todo está perfectamente claro, señor.

—¿De qué se trata, pues?

—General Pritchard, ¿sería una inconveniencia que hiciese una sugerencia?

Pritchard dejó la lupa sobre la mesa y se recostó en la silla de lona, que quedó apoyada en sus patas traseras y balanceándose suavemente.

—Siéntese, comandante. Una sugerencia nunca se considera una inconveniencia en mi unidad.

Huxley continuó en pie. Hizo una profunda inspiración y se inclinó sobre la mesa.

—General Pritchard, mantenga al Sexto de Marines apartado del frente.

El general casi se cae hacia atrás. Se agarró a la mesa y apoyó la silla sobre las cuatro patas.

—¿Qué?

—He dicho, señor, que no utilice en esta operación al Sexto de Marines.

—Está usted muy equivocado, comandante. Éste no es asunto para un simple oficial.

Huxley movió nerviosamente las manos durante unos momentos.

—¿Puedo hablar con libertad, señor?

El general tabaleó sobre el mapa con sus arrugados dedos, miró al huesudo hombre que tenía delante y dijo:

—Desde luego, Huxley, diga lo que piensa.

—Yo creo —dijo Huxley—, que nuestros oficiales de mayor graduación se hallan en un estado de constante intoxicación y no comprenden la situación. O quizá la comprenden y han decidido intoxicarse.

—Le ruego que vaya al grano.

Huxley cerró los puños.

—General —exclamó—, el Sexto de Marines es demasiado bueno como para desperdiciarlo en este tipo de operación.

—¿Cómo dice?

—¿Conoce usted la historia de esta unidad, señor? —continuó con rapidez—. General, usted ostenta el mando de todas las fuerzas de la zona. Usted conoce la situación. Están planeando ataques más allá de las Salomón.

—¿Qué tiene eso que...?

—Usted tiene abundantes tropas del Ejército de Tierra. Dos divisiones y el embrión de otra para este avance sobre Guadalcanal. Yo le ruego, mi general, que nos dé una isla a la que atacar más al norte del frente. Este Regimiento es formidable para los ataques. Hemos trabajado de firme y estamos bien adiestrados. Merecemos una mejor oportunidad.

Pritchard sonrió levemente.

—Conozco muy bien la historia del Sexto de Marines, comandante —dijo—. Yo fui capitán en la última guerra. Un cabo de Infantería de Marina me estuvo siguiendo a través de Belleau Woods con su bayoneta apuntada a mi culo.

Su conciliador humor no le pareció muy divertido a Huxley.

—Entonces, denos una isla, señor. Usted puede hacerlo. Recomiende que se nos reserve para una misión de desembarco en la próxima operación.

Los suaves modales del general cambiaron.

—Dígame una cosa, Huxley. ¿Cree, de verdad, que sus hombres son demasiado buenos como para caminar a través de la jungla durante cincuenta kilómetros, sacarlos de sus cuevas, volar fortines y chapotear en el fango? ¿O no hay en ello gloria suficiente para usted?

—No es lo nuestro, señor. Usted tiene soldados de sobra...

—En otras palabras, Huxley, el trabajo sucio es para los soldados. Usted preferiría tener un poco más de sangre.

El rostro de Huxley se tornó carmesí. Se le atropellaron las palabras en la garganta.

—Yo responderé por usted, Huxley —dijo Pritchard—. Cree que es demasiado bueno para luchar junto a nosotros, ¿verdad? ¿Cree que su regimiento vale tanto como mi división?

—¡Así es! Hay un millar de islas ahí afuera. Si la Infantería quiere andar paseándose durante seis semanas, es cosa suya. Nunca terminaremos esta guerra, sobre todo si toma usted una de las pocas unidades decentes que tiene y la desperdicia. Nosotros somos luchadores, queremos una cabeza de playa.

—¿Qué tal si dejamos que sea Washington quien decida lo que va a durar esta guerra?

—¿Puedo retirarme, señor?

—¡No! ¡Siéntese, maldita sea!

El menudo general se irguió hasta su 1'70 de estatura y paseó de un lado a otro ante la silla en que estaba sentado Huxley.

—He sido demasiado indulgente con usted, Huxley. Usted no sería tan tolerante con uno de sus propios oficiales. La guerra es un asunto sucio, comandante, y una de las peores cosas que ustedes los marines van a tener que hacer es recibir órdenes de la Infantería. Si tanto desean que les vuelen la cabeza, les encomendaremos el asalto de alguna finca.

»No estoy de acuerdo, ni lo estaré nunca, con su psicología de cómo librar esta guerra. Utilizando este regimiento de Infantería de Marina, salvaré más hombres, tanto suyos como míos. Vamos a avanzar hasta Esperance y lo vamos a hacer con lentitud y con seguridad. No utilizaremos hombres donde podamos utilizar artillería, aunque tengamos que esperar un mes a que la artillería llegue allí. Ningún marine sediento de sangre va a decirme cómo debo llevar mi campaña. Le he advertido, comandante, y se lo vuelvo a advertir, que no quiero que los marines se pongan a hacer carreras. Ustedes conservarán su flanco intacto y avanzarán con nosotros. ¡Y ahora, vuelva a su unidad!

Sam Huxley se levantó, temblando de ira, mientras Pritchard volvía a su mesa. Levantó éste la vista.

—Parece como si fuera a estallar, comandante. Vamos, dígalo.

—Estoy pensando, general Pritchard, que puede usted coger todo el maldito Ejército de Tierra y metérselo ya sabe dónde.

Y salió a grandes zancadas de la tienda.

El ayudante del general, que había permanecido silencioso durante el arranque de ira de Huxley, se precipitó hacia el general.

—No dejará usted que ese hombre conserve su mando, ¿verdad, señor?

Durante unos momentos, Pritchard pareció sumido en profundos pensamientos. Finalmente, dijo:

—Si destituyo o someto a consejo de guerra a ese marine, la conmoción será tremenda. Cualquier cooperación que tengamos o esperemos recibir de la Marina saltará hecha pedazos. Gracias a Dios, sólo tenemos un regimiento de marines. Vamos a tener complicaciones antes de que termine la guerra. Nuestras formas de pensar son muy diferentes.

—Mis simpatías —dijo el ayudante— están con los hombres que tienen por oficiales personas así.

—No sé —respondió Pritchard—. No sé. Son una casta extraña. Ni usted ni yo conoceremos nunca sus verdaderas motivaciones. Pero, si yo estuviese en el frente, luchando por mi vida, y pudiese elegir quién querría tener a derecha e izquierda, pediría un par de marines. Supongo que son como las mujeres..., no puede uno vivir con ellas; pero, bien sabe Dios que no se puede vivir sin ellas.

El comandante Wellman, el sereno y eficiente oficial ejecutivo del batallón, que se mantenía de ordinario en un segundo plano, miró con inquietud hacia el exterior de la tienda cuando el jeep de Huxley se detuvo con un estridente chirriar de frenos.

—¿Cómo ha ido, Sam? —preguntó Wellman.

—El día diez comenzamos el avance —respondió, intentando ocultar el efecto de su choque con el Ejército de Tierra—. El Segundo y el Octavo de marines cubrirán el flanco derecho a lo largo de la costa, mientras la Infantería toma posiciones en el interior. Ésta presionará contra las montañas para cortar la retirada.

Wellman desplegó un mapa, encendió su pipa y siguió los movimientos verbales de Huxley.

—Calculan tres días para que ocupen su posición —continuó Huxley.

—¿Tres días? —Wellman se encogió de hombros—. ¿Qué están utilizando, un regimiento?

—Una división.

—¿Una división?

—Sí, una división. —Wellman se rascó la cabeza—. Llegarán a la base de la montaña. El día trece, nosotros relevaremos a los regimientos Segundo y Octavo y empezaremos a avanzar hasta llegar al río Kokumbona, a unos dieciséis kilómetros de distancia.

—¿Y los japoneses?

—Atrincherados en cuevas y fortines... Habrá que irlos eliminando, y la cosa será lenta.

—Estupendo. ¿Armamento pesado?

—Varios cañones de 108 milímetros. Pistol Pete, los llaman. La zona está llena de pozos de tirador y nidos de ametralladoras.

—Sigue.

Nuestro flanco izquierdo alternará con elementos de la división americana. Pritchard ha preparado todo un cóctel. Lo llama «división combinada de Ejército y Marina».

—Oh, Cristo. Supongo que tendremos que pincharles el culo con las bayonetas para que puedan mantenerse a nuestra altura.

—No —corrigió Huxley—, vamos andando a Esperance, no corriendo.

—Espera a que los muchachos oigan que son soldados.

—Desde Kokumbona vamos a Punta Tassafaronga, y eso es todo. Prevén que alguna unidad del Ejército se ocupe del resto.

—¿Qué dicen los de Información?

—Que habrá entre dos y diez mil, no lo saben. La mayoría de ellos están concentrados a lo largo de nuestro sector, en la costa.

—¿Cuánta resistencia opondrán?

—Tal vez intenten desembarcar sobre nosotros más al norte, en las Salomón. No sabemos.

—¿Marina?

—Podrían intentar algo de eso también. Depende de si han dado por perdida la isla o no.

—¿Aviación?

—Podemos esperar acciones intensas por esa parte. Pero tenemos buenos aparatos en Henderson Field ahora: F4U y P-38 del Ejército.

—¿Cuánto tiempo, Sam?

—No se sabe. Quizá una semana, un mes o tal vez más. Convoca a todos los oficiales a una reunión para las catorce horas. Que venga ahora Keats. Quiero examinar el equipo de comunicaciones..., que se repartan raciones extra y se preparen las mochilas de combate.

—¿Y el material para afeitado? —preguntó Wellman, conocedor de la insistencia de Huxley en que la tropa cuidase su aseo.

—No tendremos agua suficiente. Vamos a tener que celebrar un concurso de patillas cuando esto haya terminado.

Huxley encendió un cigarrillo con aire pensativo.

—El Sexto es una punta de lanza, Wellman. Espero que no llegue a embotarse demasiado en esa jungla.

Habíamos tirado nuestras máscaras de gas y utilizado las cajas para un nuevo recambio de calcetines y raciones. Salimos de Kokum y Punta Lunga a lo largo de la carretera que discurría paralela a la interminable plantación de cocoteros. Aunque el día era caluroso y la marcha sería larga, los hombres iban charlando animosos. Como de costumbre, Huxley marchaba al frente de la compañía del cuartel general, dejando atrás a su pequeño ordenanza Ziltch. Cuando pasábamos ante campamentos del Ejército y los soldados se alineaban al borde de la carretera para vernos pasar, nosotros nos erguíamos y les lanzábamos miradas despreciativas. Gracias a los almacenes tan mal custodiados, el Ejército nos había pertrechado con el equipo de combate más moderno. Un jeep del Ejército se dirigió a la cabeza de la columna. Nos detuvimos, y el coronel del Ejército inició una conferencia con el comandante Huxley.

Keats vino hasta nosotros desde el lugar de la conferencia.

—Alguien ha robado una pistola del 45 con cachas de nácar, propiedad de ese coronel, y no nos van a dejar ir al frente hasta que se la devuelvan. No os estoy acusando a ninguno de vosotros, pero nos han dado diez minutos para «encontrarla», de no hacerlo en ese tiempo, habrá problemas. Bien, el tipo que la haya tomado prestada que haga el favor de devolverla y nadie dirá nada.

Miramos todos a Spanish Joe. Éste sonrió y entregó la pistola, explicando que se la había encontrado tirada en el suelo. Reanudamos la marcha todos, salvo el teniente Bryce, que se las había arreglado para instalarse en uno de los jeeps de transporte.

La inquietud, y una creciente tensión, se mezclaban con el sudor producido por aquel ardiente sol tropical a medida que nos íbamos acercando al frente. Luego, los vimos..., el Segundo y el Octavo de Marines que regresaban. La mayoría de ellos eran unos chiquillos, como nuestros muchachos..., pero ahora parecían viejos. Viejos hambrientos, demacrados, fatigados. Mientras pasaban los camiones, nosotros mirábamos sus ojos inyectados en sangre y sus enmarañadas y grasientas barbas. Hablaban poco. Sólo un débil saludo o una broma forzada.

—Así que por fin ha venido el famoso Sexto.

—Sí, ya os podéis volver a casa vosotros, ahora está en marcha una unidad de combate.

—Espero que no os importe dormir en el maldito suelo.

—¿Qué tal están las cosas en el frente? ¿Hay allí algún USO?

—Ya lo averiguaréis.

Eh, ¿qué ciudad es ésta? Debemos de estar acercándonos a Hollywood, los del Octavo de Marines siguen haciendo de actores de cine.

—Nunca creí que me alegraría ver al Sexto, pero, desde luego, es un bello espectáculo. Eh, mirad a todos esos guapos y elegantes muchachos americanos.

Los camiones seguían pasando. Los pálidos hombres de miradas aterrorizadas..., de miradas vacuas e inexpresivas. Luego, nos sentimos cansados, cansados y sudorosos. Deseábamos ir a la playa a bañarnos..., pero pasaría mucho tiempo antes de que pudiéramos hacerlo.

Refrescó el tiempo y empezó a llover. Los dos últimos kilómetros..., no miréis atrás, o veréis el aspecto que tendréis dentro de un mes. Mirad hacia delante, hacia las herbosas laderas, la jungla, las cuevas. Mirad hacia delante..., detrás no hay nada.

VII

19 de enero de 1943

¿Cuánto tiempo llevábamos en el barro? ¿Sólo seis días? Estábamos metidos en el barro hasta el cogote. Atardecía y la lluvia tardaría poco en llegar para hacer más barro. En esta barranca nos llegaba casi hasta la rodilla. Las colinas eran viscosas y resbaladizas, el aire estaba cargado con el pútrido olor a japoneses muertos. Se podía oler uno a kilómetros de distancia. El concurso de patillas tenía un buen comienzo, sólo que el barro impedía observarlas bien. Formaba una capa tan gruesa y consistente sobre la cara y el cuerpo y los maltrechos pantalones que no sólo parecía el uniforme del día, sino nuestra misma piel.

El avance había sido lento, el funcionamiento de la radio casi nulo. Sólo utilizábamos un aparato, un TBX, para comunicar con el Regimiento. El nombre en clave del regimiento era Topeka; nosotros éramos Topeka Blanco. Debido al paso de caracol y al terreno, el pelotón del teléfono se encargaba casi exclusivamente de las comunicaciones. Mis muchachos eran utilizados como bestias de carga. Ayudaban a los del teléfono cuando era necesario. En particular, realizaban varios viajes cada día hasta el depósito de provisiones de la playa, remontando las lustrosas lomas, tres kilómetros hasta la costa. Y regresaban bajo el ardiente sol transportando bidones de agua de veinte litros, que arrastraban entre maldiciones hasta el puesto de mando. Aquella era una línea vital. Cargaban pesadas cajas de municiones, raciones C, raciones D, las chocolatinas que sabían a pescado pero que contenían vitaminas suficientes para mantener a un hombre durante un día. Caminaban, renqueaban y se arrastraban a lo largo de los tortuosos kilómetros de ida y vuelta al depósito como una hilera de hormigas, fatigados y exhaustos, pero sin dejar de volver a por otra carga.

Al anochecer, se introducían en los agujeros excavados en el fango para dormir hasta el momento de su turno de guardia..., para intentar dormir, con enjambres de insectos a su alrededor y el odiado anofeles zumbando y picándoles. Y ni aun cuando los mosquitos clavaban su aguijón y les chupaban la sangre, los marines podían levantar un brazo para ahuyentarlos.

No habíamos visto ningún japonés, ninguno vivo. Sólo los muertos, con su terrible hedor. Los fusileros los dejaban allí para que nos hicieran compañía. Pero los vivos estaban allí. Podía uno sentirlos por todas partes, atisbando desde las copas de los árboles..., desde la maleza..., vigilando todos nuestros movimientos.

De noche, en el agujero, se acurrucaba uno junto a su compañero para detener los temblores. ¿Malaria? Diablos, no, sólo temblando por la humedad y por el barro que se le metía a uno por las botas. Demasiado cansado para pensar, ni siquiera en casa. Resultaba difícil dormir..., la jungla estaba viva de silencio. Se necesitaba tiempo para poder distinguir un cangrejo de tierra de un japonés. Una noche, Doe Kyser vació todo un cargador de su metralleta contra un matorral, cuando sólo se trataba de un cangrejo de tierra. Al cabo de algún tiempo, ya no le importaba a uno que le pasaran por encima. Nos limitábamos a sacar el cuchillo de manera automática, apuñalarle y echarle fuera del pozo. Si lograba uno amontonar más cangrejos que el pozo de al lado, podía ganarse un par de cigarrillos en una apuesta.

Sed..., siempre el ansia de agua. Nuestra agua estaba salada y hacía que el estómago se revolviese. De vez en cuando, se tenían visiones de grandes jarras de cerveza fresca flotando en el aire. No había nada que hacer más que lamerse los labios con la reseca lengua e intentar olvidarlo.

¿Cuánto tiempo llevábamos en el barro? Sólo seis días.

Llegamos al nuevo puesto de mando y esperamos a que la lluvia nos hundiese a más profundidad.

—Bien, muchachos, a cavar.

—¿Dónde infiernos vamos a cavar? Ya estamos metidos bien adentro.

—En las laderas, donde está seco, idiota.

El teniente Bryce se acercó al Alfeñique, que estaba removiendo la tierra con un pico mientras Danny manejaba la pala.

—Ski —dijo Bryce.

—Sí.

—Cuando acabes tu hoyo, cava también el mío —desplegó una camilla que llevaba—. Y hazlo de modo que quepa esto.

Zvonski tiró el pico y se incorporó.

—Cávese usted su maldito agujero, teniente. Yo he estado transportando bidones de agua durante once horas.

—No cites mi graduación al hablarme —siseó nerviosamente Bryce—. Aquí no hay graduaciones. ¿Quieres que te oiga un francotirador?

—Desde luego.

—¡Haré que te formen consejo de guerra por esto!

—Y un carajo. Sam dice que todos cavemos nuestros propios hoyos. Así que empiece a cavar... y no lo haga demasiado cerca de aquí.

Bryce dio media vuelta y se fue. Ski se dirigió a donde estaba el suboficial Keats.

—Bryce se ha traído una camilla de la enfermería para dormir en ella, Jack —dijo.

—El maldito..., ocúpate de tus asuntos, Ski —respondió y echó a andar detrás de Bryce.

Se oyó en lo alto el silbido de un obús. Cayó y estalló en la ladera opuesta.

—Oye, ¿no está el Décimo disparando hoy a una hora muy avanzada?

—Puede ser que sólo estén ajustando distancias.

Un segundo obús cayó en lo alto de la loma esta vez, a unos doscientos metros de distancia.

—Malditos bastardos, ¿es que no saben que estamos aquí?

Huxley corrió a la centralita.

—Ponme inmediatamente con el oficial artillero. Están cayendo demasiado cerca.

Hizo explosión otra granada, haciéndonos caer a todos en el barro. Ésta estalló en nuestro lado de la colina.

—Oiga —rugió Huxley, mientras otra granada caía casi encima de nosotros—, aquí Topeka Blanco. Sus hombres están tirando demasiado cerca de nuestro puesto de mando.

—Pero, señor —respondió la voz del otro extremo de la línea—, no hemos disparado desde esta mañana.

—¡Santo Cristo! —aulló el comandante—. ¡Cuerpo a tierra, es Pistol Pete!

Nos dispersamos, pero los «108» japoneses nos encontraban en sus puntos de mira. Nos enterrábamos en el fango, detrás de árboles y rocas.

Nuestros pozos de tirador no habían sido cavados todavía. Estallaban las granadas a nuestro alrededor, retemblaba el suelo y volaba por todas partes barro y metralla.

Andy y Ski divisaron una pequeña cueva en la ladera y se precipitaron hacia ella. Entraron y aplastaron la espalda contra la pared. Allí, enfrente de ellos, se hallaba sentado un soldado japonés. Estaba muerto. Sus ojos habían sido devorados por los enjambres de gusanos que reptaban sobre su cuerpo. El hedor era espantoso.

—Yo me largo de aquí —dijo Ski.

Andy lo contuvo con un empujón.

—Quieto, Ski. Nos están asando a cañonazos. Anda, baja la cabeza y vomita.

La onda expansiva de una explosión hizo moverse al japonés, que cayó al suelo, partido en dos a causa de la putrefacción. Ski bajó la cabeza y vomitó.

Spanish Joe se arrastró por el fango hasta llegar junto a Marion. Le echó el brazo por los hombros y lo sujetó.

—¿Por qué no te has quedado donde estabas? Tenías menos peligro allí.

—Yo... yo... quiero mirar a alguien —gimió.

Huxley estaba en pie, escrutando el cielo. Era el único hombre que se mantenía erguido. Chapoteó por el fango como si sus pies fuesen un par de ventosas.

—Pasad a la otra ladera —gritó a un grupo.

Se dirigió hacia la centralita, gritando órdenes mientras tanto.

—Ponme con el Décimo... oficial artillero... Le Force, sube a ver si puedes localizarlos. Aló, aquí Topeka Blanco... Pete se está cebando

en nosotros..., ¿podéis mandarnos ayuda? Un observador va a subir en seguida.
—¡A tierra, Sam!
¡BUM!
—Aló, aquí Huxley, Topeka Blanco..., unos dos mil metros a nuestra izquierda. Aló, aquí Topeka...
Era de noche cuando salimos. Había durado dos horas. Nos metimos en nuestros hoyos y nos dormimos, sin molestarnos siquiera en apuñalar cangrejos de tierra.

L.Q. Jones se acuclilló en medio de un matorral y miró el reloj. Quedaba una hora. Dio una cabezada y abrió con fuerza los ojos. Aguanta..., sólo una hora y puedes irte a dormir..., sólo una hora. Cristo, me duele el costado..., no puedo mantener los ojos abiertos..., no dormir... ¡maldita sea! Hay que vencerlo.
Ojalá pudiera dejar de sudar y de temblar. Debe de ser el frío de la humedad. Cincuenta y ocho minutos más. No te sientes..., quédate de rodillas, así. No puedes dormirte de rodillas..., si empiezas a dormitar, te caerás y despertarás. Ojalá dejasen de movérseme las tripas. He cagado ya nueve veces esta noche. Debo de estar enfermo.
Se le cayó el rifle al suelo, y volvió a abrir desmesuradamente los ojos. No puedo dormir, maldita sea, no puedo... Hay japoneses por todas partes..., no puedo dejar que sean atacados estos muchachos..., tengo que vigilar..., tengo que vigilar. La respiración se le tornó pesada y espasmódica, y tenía los ojos hinchados a consecuencia de las picaduras de mosquito. Sacudió la cabeza para despejarse. Tenía la ropa empapada en sudor.
Transportando municiones colina arriba todo el día..., nunca he estado tan cansado, si no hubiera barro no sería tan malo. Cuestas demasiado resbaladizas..., cuánto tiempo más... cincuenta y dos minutos. Espero que el reloj de Danny esté bien... Oh Dios...
Cuarenta minutos..., pronto serán treinta y puedo dormir...
Mary tenía un corderito..., su lana era tan blanca como la nieve..., no, su lana era negra como el fango..., y Mary no sabía que el corderito estaba enfermo. Tengo que recordar eso y contárselo a los muchachos. Tengo que... ¿Qué ha sido eso?
—Alto —exclamó L.Q.—. ¿Quién va?
—Marine.
—¿Contraseña?
—Lola.
—¿Quién es?
—Forrester.
—¿Qué haces? Me quedan treinta minutos.
—Parecías hecho polvo cuando te caíste hoy colina abajo con la caja de municiones.
—Estoy perfectamente. Vuelve dentro de media hora, Danny.
—Anda, vete a dormir. Yo no puedo pegar ojo de todas formas.
—¿De veras?
—Sí.

—Creo que voy a ir a la enfermería. Tengo una cagalera horrible.

—Yo veintiuna veces hoy —dijo Danny.

L.Q. consiguió llegar a duras penas hasta el puesto de socorro, a tres kilómetros de distancia hacia retaguardia, y entró en la tienda tambaleándose. Pedro Rojas encendió la débil linterna.

—Cristo, siéntate, L.Q.

—Yo... tengo cagalera.

—No es eso todo lo que tienes, mi buen amigo.

Le metió a L.Q. un termómetro en la boca, le enjugó la frente con un trapo empapado en alcohol y le echó una manta sobre los hombros. Leyó el termómetro y escribió algo en una ficha.

—¿Qué diablos estás haciendo, Pedro?

—La has pescado.

—¿Malaria?

—Sí.

—Estás loco.

—Muy bien, estoy loco..., pero tú vas a ser evacuado a retaguardia.

L.Q. se puso en pie, tambaleándose.

—¿Quieres que los muchachos piensen que soy un gallina?

—Me trae sin cuidado lo que piensen, tú eres un marine, ¡enfermo!

—Pedro —rogó L.Q.—, no me entregues. Dame unas píldoras de quinina y me curaré.

—Nanay.

Agarró al practicante, con las lágrimas corriéndole por las mejillas.

—No puedo dejar mi unidad —exclamó—. No puedes mandarme a retaguardia... No me importa morir, pero tú no me harás volver. Estamos trabajando como bestias allá arriba. Si me voy, los demás tendrán que transportar mayor carga...

Pedro se desasió de las manos de L.Q. y lo llevó a un catre.

—Tómate tres pastillas de estas ahora y otras tres cada cuatro horas...

—No me mandarás a retaguardia, ¿verdad, Pedro?

—Está bien, quédate aquí esta noche. Puedes volver al frente por la mañana.

—Telefonea a Mac, Pedro. Dile que estoy aquí... y que volveré mañana allí.

Engulló las píldoras, se tendió en el catre y cayó en un sueño sudoroso y agitado.

Pedro lo tapó y descolgó la linterna. ¿Qué les pasaba a estos marines? ¿Qué clase de gente eran? ¿No sabían cuándo estaban muy enfermos? Al diablo. Si podía pisparle píldoras de quinina a Huxley, podía dárselas a L.Q. Pero ¿por qué se metían todos con el pobre Pedro? Éste era ya el quinto hoy.

Divito, el conductor del jeep, llevó a toda velocidad su vehículo hasta un punto situado a seiscientos metros del puesto de mando. A nosotros nos maravillaban Divito y los otros conductores, que parecían capaces de hacer milagros con los pequeños coches de reconocimiento de cuatro cilindros. Era una suerte para nosotros. Nuestras lí-

neas habían avanzado otros mil metros, y el camino hasta el nuevo
puesto de mando era criminal en verdad. Hacia el interior, en las colinas, uno se hundía en el fango hasta la rodilla y la maleza era espesa
y peligrosa. Nuestra nueva posición estaba más cerca de la costa, lejos
del barro y de los nublados, pero expuesta al sol abrasador.

El jeep se hundió hasta los tapacubos bajo el peso del material que
íbamos cargando. Llamé a Andy y Danny, que estaban preparando el
TBX, y sostuvimos una conferencia deliberante para decidir dónde podrían colocar esta última pieza. Calculaban que si sujetaban las antenas y el generador sobre la capota, Divito tendría sitio para manejar
los cambios, aunque apenas si cambiaba de marchas en todo el recorrido. Estaban introduciendo la batería en el jeep cuando se acercó el
teniente Bryce.

—¿Qué diablos estáis haciendo?

—Cargar el TBX, Bertram.

Allí le llamábamos Bertram, lo cual nos producía una gran satisfacción.

—Bueno, lo siento mucho, Mac, pero creo que tengo prioridad sobre la radio —dijo.

—¿Quieres decir, Bertram, que pretendes que la llevemos a cuestas mientras tú vas en el jeep?

—Como jefe de la compañía, es mi deber velar por que todo el material llegue a su destino.

—Conozco el camino —escupió Divito.

—Haced el favor de retirar la radio sin más historias.

Ziltch, el ordenanza, estaba cerca, escuchando. Fue hasta donde se
encontraba Huxley y, de puntillas, le cuchicheó algo al oído, al tiempo que señalaba hacia nosotros. Cuando Huxley comenzó a acercarse,
Bryce tiró su mochila dentro del jeep y trató de hacer que nos apresu-
rásemos en descargar la radio.

—Buenos días, Sam. Te he reservado sitio —mintió Bryce.

Huxley le hizo una seña a Bryce para que le siguiese y se lo llevó
fuera del alcance de nuestros oídos.

—Saca tu maldita mochila de ese jeep, Bryce.

—Pero, Sam, sólo estaba intentando reservarte sitio. Ya sabes cómo
son esos tipos. Me ha costado una barbaridad mantener el transporte
de las provisiones como es debido; la forma en que tratan de escurrir
el bulto es vergonzosa.

—Saca tu maldita mochila de ese jeep —repitió Huxley—. ¿Cuándo
se te ocurrió la brillante idea de que tú eras más importante que un
TBX?

22 de enero de 1943

Huxley calmó al comandante de la Compañía E y descolgó el teléfono de campaña.

—Aló, Topeka, aquí Huxley. La Compañía E ha llegado a un punto
en torno a K4 del mapa. Los japoneses están atrincherados en cuevas.
Tenemos que rebasar y rodear la zona... ¡Diablos, no! No podemos sa-

carlos a cañonazos, se encuentran demasiado adentro. La Compañía E está que trina..., dos de sus hombres resultaron muertos cuando los nipones fingieron rendirse y fueron a ayudarles a salir de las cuevas...

—Dígales que... —le interrumpió el jefe de la Compañía E.

—Tranquilo —dijo Huxley—. Sí, necesitamos zapadores con dinamita o algo. Tendremos que volarlos. Que vengan aquí antes de que anochezca... ¿Qué? Bien, de acuerdo, intentaremos algo.

—¿Qué ha dicho, Sam?

—Van a mandar lanzallamas.

—¿Lanzallamas? No sabía que los teníamos.

—Es la primera vez en toda la guerra que los usan. Han estado esperando una situación como ésta para probarlos.

Diez fusileros de la Compañía E se aproximaron con cautela al comienzo de la colina. Una ametralladora barrió a todos los francotiradores de las copas de los árboles. Tomaron posiciones a ambos lados de la boca de la cueva.

—Salid —gritó Huxley. No hubo respuesta—. Vamos, salid, sabemos que estáis ahí dentro.

Silencio..., luego, un estampido.

—¡Cuerpo a tierra, granada!

Se dejaron caer mientras estallaba el proyectil.

—Fuego de cobertura —ordenó Huxley.

Los marines concentraron sus disparos en la cueva. Huxley hizo seña al equipo de lanzallamas de que avanzase. El hombre número uno comenzó a arrastrarse con lentitud bajo la pesada carga del depósito que llevaba sujeto con correas a la espalda. Se situó entre dos fusileros. Huxley le indicó con un gesto que disparase a discreción.

El hombre del lanzallamas hizo señas a todos de que se echaran hacia atrás y apuntó el extremo de la larga manguera hacia la boca de la cueva. Brotó un chorro de fuego que envió una vaharada de calor hacia los hombres al introducirse en el hueco.

Se oyó un aullido y salió un soldado japonés convertido en una antorcha humana. Avanzó cinco metros y se derrumbó luego en humeante montón.

23 de enero de 1943

La posición del batallón de Huxley se encontraba ahora en el centro de la línea que unía el flanco del Ejército con el interior, permaneciendo los marines a lo largo de la costa. Nuestro puesto de mando estaba dentro de una cordillera en forma de herradura y de laderas rocosas y áridas. El puesto de mando, generalmente situado a retaguardia, constituía ahora el punto más avanzado en dirección al río Kokumbona, el objetivo del día siguiente. Nuestras compañías de fusileros se hallaban extendidas a lo largo de una pendiente, a unos cincuenta metros por detrás del saliente de la posición del puesto de mando.

Debajo de nosotros había un pequeño riachuelo que corría hacia el mar. Al otro lado del riachuelo se extendía un espeso bosque que suponíamos estaba infestado de japoneses. En el puesto de mando teníamos un excelente punto de observación. Podíamos observar al enemigo abajo sin ser vistos.

Al atardecer, varios aviones de reconocimiento sobrevolaron los bosques que se extendían ante nosotros para tomar fotografías, y un destructor echó el ancla ante la playa a fin de proporcionar el apoyo adicional de sus cañones. Nosotros instalamos nuestras radios y cavamos en el pedregoso suelo.

Yo di la buena noticia a mi pelotón.

—Esta noche podéis quitaros las botas.

—Vaya, eso suena como recibir dinero de casa sin haberlo pedido.

Al irse quitando las botas un olor terrible se elevó sobre el vivac. Hacía más de una semana que no nos habíamos visto los pies. Yo estiré mis calcetines, y se desintegraron hechos jirones. Desprendí con la uña la capa de barro seco de un centímetro de espesor y miré entre los dedos de los pies. Tal como había sospechado por el dolor que sentía, se estaban volviendo verdes a consecuencia de excrecencias fungosas.

—No te rasques eso —advirtió Pedro—. En seguida vengo a ponerte una pomada, Mac.

Por lo menos, conseguimos atajar los hongos que nos estaban saliendo en las orejas, pero los pies tardarían mucho en curar. Y también tardaría en hacerlo la diarrea que nos hacía perder peso y se llevaba todas nuestras energías hasta el punto de que muchas veces sólo nos movíamos por un puro esfuerzo de voluntad. Y la malaria que se estaba manifestando, y la ictericia que nos ponía amarillenta la piel. Nos alegraba que no pudiéramos vernos unos a otros la cara bajo las pobladas barbas y las capas de barro y sudor endurecidos.

En honor al acontecimiento que supuso el quitarnos las botas, nos duchamos con cascos medio llenos de agua. Resultó muy refrescante. Burnside y yo incluso omitimos los habituales gruñidos sobre el desperdicio del líquido.

—Me gustaría limpiarme los dientes antes de morir.

—Y pensar que mi madre solía reñirme porque yo no quería bañarme una vez a la semana...

Nos instalamos en torno a nuestros pozos y empezamos a charlar.

—Eh, muchacho, he oído decir que, según Dugout Doug, ha terminado toda resistencia japonesa en Guadalcanal. Algún tipo de retaguardia lo oyó por onda corta.

—Muy bueno el amigo Doug. Le darán otra medalla por eso.

—¿Habéis conseguido algún buen recuerdo hoy?

—Danny y yo estuvimos cazando anoche, pero esos fusileros no dejan gran cosa.

—Me han dicho que algunos de los tipos de la Fox Company pueden atinarle a un japonés a cincuenta metros de distancia y despojarle antes de que caiga muerto al suelo.

—Yo he cazado los míos —dijo Spanish Joe, mostrando una botella con dientes de oro.

—Si quieres ir por ahí con tus alicates arrancándoles los dientes a los japoneses muertos, es asunto tuyo. Para mí, apestan demasiado.

—¿Tiene alguien un porro?

—¿Qué te crees que es esto, un USO?

—A mí me queda uno —dije—. ¿Quién tiene una cerilla?

—Yo, no; he dejado de fumar, es malo para la salud.

Encendido el cigarrillo, lo fuimos pasando a la redonda, dando cada hombre una chupada mientras los demás observaban con atención. Cuando me volvió a mí, tuve que pasarle un alfiler por el extremo para no quemarme los labios.

—Me gustaría estar en una cama de sábanas limpias, con una tía acurrucada junto a mí.

—Olvídalo, el sexo es un tema reverente por aquí.

—Hace una semana que no hago nada.

—He oído que la malaria nos vuelve estériles.

—Me gustaría averiguarlo.

—No sabrías qué hacer si se te presentase la oportunidad.

Andy sacó un mazo de naipes grasientos y desastrados. Cada uno de ellos estaba doblado o roto de tal manera que aun el jugador más inepto los podía reconocer. Repartió.

—Éste es el auténtico clásico, caballeros, manos de cinco cartas.

—*Hmmmm* —dijo L.Q.—, yo abro.

—Tranquilo —dijo Forrester—. Ya me debes seis millones trescientos mil cuatrocientos seis dólares con ocho centavos.

—Supongo —dijo L.Q.— que tendré que echar mano de otros bienes. Abro con el puente del Golden Gate.

—El Golden Gate en cuarenta y ocho, la cola del pan en cuarenta y nueve.

—Veo con el acorazado *South Dakota*.

—Yo veo con mi fábrica y subo con todos mis burdeles en Carolina del Sur.

—Creo que es un farol. ¿Qué tienes, L.Q.?

—Pareja de doses.

—Supongo que lo tuyo no era farol, tú ganas.

Faro se acercó corriendo hacia nosotros, lleno de excitación.

—¡Comida! ¡Comida caliente!

—¿Comida caliente?

—*Mama mia* (1).

Nos apresuramos a ir a nuestros pozos para coger nuestros cubiertos, y pronto nos instalamos ante la primera comida que teníamos en nueve días. Jamón en lata, patatas deshidratadas, melocotones y café caliente... auténtico café caliente. Estábamos desbordantes de júbilo.

—Melocotones..., ¿cómo diablos han conseguido melocotones?

—Me han dicho que el cocinero se los ha tomado prestados al Ejército.

—Bendito Ejército.

—Bendito cocinero.

—*Hmmmm*, este filete necesita un poco de salsa tabasco, si no te importa, Mac.

—Encarga caviar, muchacho, y pasa los martinis.

(1) En italiano en el original.

—No se beben martinis con el filete, ignorante patán.

—Fijaos en mi técnica —dijo L.Q., levantando en su tenedor una loncha de jamón. Ahuyentó con rapidez las moscas que la cubrían y se la metió en la boca. Luego, escupió una mosca.

—Eso es toda una ciencia.

—Incluso puedo hacerlo —alardeó L.Q.— sin una sola mosca.

Andy dio un manotazo a un mosquito.

—No me importa compartir la comida con las moscas, pero que me ahorquen si les dejo nada a estos bastardos mosquitos.

—Yo he oído decir que un mosquito aterrizó en Henderson Field y lo llenaron con cien galones de gasolina antes de darse cuenta de que no era una fortaleza volante.

—Eso no es nada —dijo Macuto—. Anoche aterrizaron sobre mí dos de ellos. Uno le dio la vuelta a mi chapa de identidad y le dijo al otro: «Otro maldito con sangre tipo O. Vamos a buscar un A.»

—Claro, deben de ser los mismos que se vinieron sobre mí.

—Oye, anoche cogí cuarenta y seis cangrejos de tierra. Creo que es el récord de la compañía. Pásame la taza de enjuagar los dedos, por favor.

Tat-a-tat, rat-a-tat, rat-a-tat, rat-a-tat... Saltó el barro en el borde de la loma.

—¡Japoneses!

—Los apestosos bastardos hijos de puta... ¡No he tomado el café!

—Han debido de enterarse de que estábamos comiendo caliente.

Nos dispersamos a nuestros pozos, cogimos nuestras armas y nos precipitamos hacia el borde.

Danny y el Alfeñique estaban atrincherados en la parte posterior, cerca de un extremo de la herradura, donde ésta comunicaba con una compañía de fusileros mediante una hilera de centinelas. Cogieron sus «Garands» y se dirigieron a la loma para reunirse con el resto de nosotros. De pronto, Ski se detuvo.

—Mira —dijo a Danny.

—¿Qué?

—Allí, viniendo por entre la hierba.

—Malditos hijos de puta..., atrayéndonos hacia la loma, mientras deslizan a un hombre a nuestra retaguardia.

Se echaron a tierra y permanecieron inmóviles y en silencio. Una encorvada figura corría por entre las altas hierbas, a cien metros de ellos. Danny experimentó un extraño cosquilleo en el cuerpo..., un japonés vivo, no muerto y putrefacto. Éste se estaba moviendo, moviéndose hacia él y Ski. Sintió cómo se le vertía el sudor en los ojos a medida que el hombre se acercaba..., dos brazos, dos piernas... ¿por qué quiere matarme? Quizá tenga una novia, una novia japonesa como Kathy. Yo no lo odio. Levantaron sus rifles..., quince metros..., apuntaron, fácil, éste será fácil..., justo en el corazón... ¿Y si mi rifle no dispara? ¡*Crac!* ¡*Crac!* ¡*Crac!* El japonés se desplomó.

—Le has dado —dijo Ski—. ¿Has visto caer a ese bastardo?

Danny se puso en pie de un salto e insertó la bayoneta en su rifle.

—Cúbreme.

Avanzó con suma cautela por entre la hierba, que le llegaba hasta la rodilla. Se acercó al cuerpo del soldado caído. De la boca del hombre brotaba un hilillo de sangre. Danny se estremeció. Tenía los ojos abiertos. La mano del japonés hizo un último y débil gesto. Danny hundió el acero en el vientre del japonés. Un gemido, una violenta contorsión de su cuerpo... Le pareció a Danny que su vientre se cerraba con fuerza en torno a la bayoneta. Danny tiró del rifle. Estaba atascado. Lo disparó, y se sintió salpicado por una lluvia de sangre y entrañas del japonés. *Los ojos continuaban abiertos.* Levantó la ensangrentada arma y, con la culata, golpeó con furia una y otra vez, hasta que ya no hubo ojos, ni cara, ni cabeza.

Volvió tambaleándose a donde estaba Ski, se sentó y limpió su bayoneta con la parte superior de su mono.

Cesaron los disparos en la loma. Andy se dirigió hacia Danny.

—Supongo que esto te pertenece —dijo, entregándole una bandera de combate japonesa—. La tenía en su casco. Buen golpe, Danny.

Cogió en silencio la bandera, con los ojos fijos en ella.

—¿Qué le ocurre?

—Déjalo —dijo Ski—. Déjalo ahora.

VIII

—¿Dónde está el padre McKale? Lo necesitan en el cuartel general —dijo el operador de la centralita.

—Con la Compañía H, disparando morteros, como de costumbre... Enviaré un mensajero.

—¿Cómo es que no hemos salido esta mañana, Mac?

—No podemos, el Ejército se ha retirado.

—¿Qué les pasa, se han encontrado un francotirador?

—Dos, y han escapado abandonando sus ametralladoras y todo lo demás. Van a destacar uno de nuestros batallones para cubrir el agujero.

—¡Correo!

No, no era un sueño. Manos incrédulas, temblorosas, rasgaron los sobres. Silencio. Observar los ojos. Para entonces yo sabía ya lo que decían sus cartas. Una sonrisa por entre los labios cubiertos de barro, una inclinación de cabeza, leer una y otra vez.

Querido L.Q.:
> *Hemos puesto en venta el coche. Pero no nos importa si eso ayuda a que vengas antes.*

Querido hijo:
> *Tu madre y yo lo hemos pensado bien. A los dos nos gustaría comprar una casa en la ciudad y retirarnos. Treinta*

años en la granja son suficientes. Así que, cuando vuelvas, es tuya.

Querido Andy:
Nos han dicho dónde estáis. Créeme, seguimos todos tus movimientos y estamos contigo en espíritu. Queremos mucho a nuestros yanquis. He ido dos veces a la granja. El caso es que ahora no parece tan duro ir. La esperanza brota eterna.
Hace mucho calor, estando en pleno verano...

Mi querido Sam:
He sabido por el coronel Daner dónde está tu regimiento. Por favor, querido, procura no correr riesgos innecesarios. Sé que tus muchachos se portarán como es debido.

Querido hijo:
En Baltimore no ha sido Navidad en absoluto. Me pregunto si en realidad sabemos lo que estáis pasando.

Queridísimo Marion:
He encontrado trabajo como vendedora en unos grandes almacenes. Me encanta. Tus padres se han portado maravillosamente conmigo...
Te quiero,

Rae

Querido Connie:
Detesto tener que decírtelo, pero todos tememos por la vida de mamá. Se está hundiendo a pasos agigantados. El médico cree que tendría una posibilidad de vivir si lo deseara...
La Navidad nunca significó gran cosa para nosotros, pero al menos nos teníamos el uno al otro.
Salgo ahora con un chico, tiene veintinueve años y es soldado. Tengo que dejar la escuela y ponerme a trabajar. Tío Ed se las ve y se las desea para llegar a fin de mes, y con las facturas del hospital y tú fuera de casa está resultando realmente duro.
Susan se fue de la ciudad, nadie parece saber adónde. De verdad, no me importa después de lo que te hizo...
Tu hermana,

Wanda

—¡Eh, mirad, Macuto tiene un cartón de cigarrillos!
—Cállate, bastardo.
—¡Cigarrillos!
—Está bien, no os amontonéis. Me quedaré con dos paquetes y vosotros podéis repartiros el resto.
—¿Qué tienes ahí?
—Un cinturón monedero.
—Justo lo que necesitabas.
—Siempre me están mandando cinturones monedero. ¿Qué diablos se creen que soy, el tesorero?
—¡Una tarta!
—Dura como la piedra.
—Es mejor que masticar ración D. Coge el machete y vamos a partirla.
—¡Chicle!
—¿De verdad?
—Mira, una corbata tejida a mano.
—Querrás decir un pañuelo de campaña, ¿no?
—Esto es una corbata.
—¿Qué vas a hacer con ella?
—¿Qué supones? Voy a llevarla.
—¿Aquí?
—Sí, seré el marine mejor vestido del regimiento.

Al entrar en funcionamiento la línea telefónica con Topeka, yo cerré la radio para la noche. Hice una llamada de control por el otro TBX al destructor anclado frente a la costa y cerré también esa emisora. Se me acercó el sargento Barry, el jefe de la sección telefónica.
—¿Puedes dejarme un hombre, Mac?
—¿Para qué?
—Está cortada la línea con la Compañía How. Cassidy va a inspeccionarla, y necesito a alguien que le cubra.
—¡Macuto!
—Sí.
—Vete con Cassidy a lo largo de la línea a How y deja de escupir en el suelo ese jugo de tabaco. Es antihigiénico.
—Está bien, muchacho —dijo, mientras volaba otro escupitajo.
Brown se fue a su pozo, cogió su rifle y se colgó un par de granadas de los tirantes.
—Tienes que darte prisa —dijo Barry a Red Cassidy—. Volved antes de que anochezca. La contraseña es Pelele.
—Ésa es la línea que corre delante de nuestra loma —dije—, así que tened cuidado.
—¿Cómo diablos tendieron una línea delante de nosotros? —preguntó Macuto.
—No es fácil, pero nos las arreglamos. Vete atento a los empalmes que pueda haber, Red. Los japoneses nos han estado interviniendo las líneas con ellos. Yo estaré en la centralita. Hazme una llamada de comprobación cada doscientos metros.

Cassidy, un irlandés robusto y pelirrojo, se metió un cigarrillo entre los labios, cogió el cable y echó a andar por la loma. Macuto caminaba varios pasos detrás de él, escrutando la maleza y las copas de los árboles mientras avanzaban. Siguieron el blanco cable de Topeka Blanco y no tardaron en salir de la zona del batallón.

—¿Cómo diablos tendieron esta maldita línea aquí fuera? —repitió Macuto.

—Rebasamos el objetivo y regresamos a la loma después de que la línea había sido tendida —explicó Cassidy.

—Cristo, menudo silencio que hay por aquí.

Cassidy trató de conectar con Topeka Blanco y lo consiguió. Pero no pudo establecer contacto con la Compañía How. Continuaron avanzando hasta llegar al arroyo que corría bajo la ladera opuesta de la loma en que se encontraba el puesto de mando. Lo cruzaron chapoteando, establecieron de nuevo contacto telefónico y se dirigieron después hacia el pequeño terreno lleno de árboles y maleza que había a la izquierda.

Corriente abajo, a la derecha, se hallaba el gran bosque lleno de japoneses.

Cassidy corrió a lo largo del cable, dejando que se le deslizara entre los dedos.

—Tengo la impresión de que no estamos solos, muchacho —dijo Macuto.

Otra llamada de prueba. Seguía sin salir la Compañía How.

—Cassidy, mira.

Macuto señaló el cable, cortado con toda limpieza delante de ellos.

—Han debido de salir del bosque y lo han cortado.

—Empálmalo.

Se hallaban cerca del pequeño grupo de árboles. Cassidy cogió el extremo cortado y peló el cable para hacer la conexión.

¡Crac! ¡Tuang!

—Francotirador. ¡Cúbrete!

Macuto se acurrucó tras un árbol. Cassidy se zambulló tras él.

—¿Le ves?

—No.

—Será mejor que traiga aquí ese cable para poder hacer el empalme.

Cassidy dio un paso y cayó de rodillas.

—¿Qué pasa, Red?

—He debido de torcerme el tobillo al zambullirme aquí.

Macuto lo arrastró lo más rápido que pudo, lo puso a cubierto y le quitó la bota.

—¿Duele?

—Muchísimo.

—Está roto. Coge mi rifle y vigila bien ese bosque.

—¿Adónde vas?

—Tengo que traer aquí ese cable para empalmarlo.

Macuto salió corriendo. ¡Crac! ¡Tuang! ¡Rat-a-tat crac! ¡CRAC! Agarró el cable y rodó de nuevo hacia el especialista en teléfonos.

—Malditos piojosos —jadeó—. ¿Los has visto?

Miraron los dos hacia la jungla, al otro lado del riachuelo. Todo estaba inmóvil y en silencio.

—A esos bastardos nunca se les ve.

—Pues están allí, muchacho. —Macuto enrolló la cinta aislante en torno a los cables—. ¿Cómo diablos se prueba esto, Red?

El irlandés apretó los dientes.

—Pon una tuerca en cada cable... y empalma al teléfono de pruebas...

—¿Te duele el tobillo?

—Está empezando a hincharse.

Macuto estableció comunicación con el puesto de mando y, luego, con la Compañía How. El circuito estaba completo por fin.

—Espera un momento, Macuto —dijo el puesto de mando—. Sam quiere hablar contigo.

—Hola, Macuto, aquí Sam Huxley.

—Hola, Sam.

—¿Dónde estaba el fallo?

—En el grupito de árboles del otro lado del arroyo. Han debido de acercarse y cortarlo porque es la única parte de la línea que pasa cerca de ellos. No pueden tomar una derivación mientras nosotros estemos aquí... Por cierto, ¿quién diablos tendió esta línea? Es seguro que la volverán a cortar en cuanto anochezca. Sería mejor tender otra línea distinta con How.

En el puesto de mando, Huxley consultó con el artillero y con el sargento Barry.

—No podemos tender otra línea. Está oscureciendo, y entre nosotros y la How hay un barranco que quizás esté lleno de japoneses.

—Y no es sólo eso —gimió Macuto—. Además, tengo aquí un herido.

—¿Qué ocurre?

—Cassidy se ha roto el tobillo. Parece como si el hueso fuese a atravesarle la piel. Le duele mucho.

Un torrente de pensamientos cruzó la mente de Huxley. Se debía mantener abierta la línea. No había tiempo, ni ahora ni al amanecer, para tender otra antes del ataque al bosque. Aquel cable debía dirigir una cortina de fuego de mortero desde el arroyo hasta el bosque. Al amanecer, la artillería del Décimo de Marines y la del destructor tenían que bombardear el bosque, y los aviones de Henderson Field rematarían la labor. Los dos muchachos estaban casi encima de la línea de fuego.

Huxley entornó los ojos, apretó los dientes y sintió en la nuca el aliento de los hombres que se apiñaban tras él.

—¿Podéis proteger esa línea contra otra rotura? —preguntó ásperamente a Macuto.

—Desde luego, si no nos rebanan el pescuezo antes, Sam.

Tomada la decisión, Huxley la puso en práctica con rapidez. Fueron sincronizados los relojes y ordenó que se hiciera una llamada de comprobación cada media hora.

—Tenéis que permanecer ahí hasta el último momento. Largaos a las cinco cinco ocho..., eso os dará dos minutos —dijo.

—Nunca podremos subir esa pendiente, Sam. Tendremos que intentar seguir el arroyo hasta la playa.

—Buena suerte.

—Sam, dile a Speedy que no se preocupe por lo que me debe.

Huxley depositó el receptor en su estuche y se volvió hacia los ansiosos rostros que le rodeaban.

—Están atrapados —dijo—, pero pueden mantener la línea abierta a los morteros... Bueno, dispersaos, maldita sea. No os quedéis mirando. No hay nada que podamos hacer.

—¿Qué tal el tobillo? —susurró Macuto.

—Ya no lo noto —respondió Red Cassidy.

—Menudo silencio que hay.

—Me muero de ganas de fumar un pitillo.

—A mí me gusta mascar tabaco —escupió—. ¿Quieres un poco?

—Me hace vomitar.

—Sí que hay silencio... ¿De dónde eres tú, Red?

—De Detroit.

—Duerme un poco, anda... Yo estoy despierto del todo.

—No puedo dormir. Supón que intentaran atacarnos.

—Nunca se sabe con ésos... Yo soy de Iowa. De Black Haw County, una de las mejores tierras de labranza del mundo. Mi viejo se va a retirar después de la guerra..., transmitiéndome a mí más de 80 ha...

—*Ouuuuuuuuuu*, Dios.

—¿Qué pasa?

—Nada, es que intentaba mover la pierna..., está bien, siempre que no la toque.

Se incorporaron, apoyados cada uno en la espalda del otro, sosteniendo el rifle en el regazo.

—Sí, señor, ochenta hectáreas...

—Menudo silencio...

Habían transcurrido tres horas.

—Será mejor que no hagamos más comprobaciones durante un rato, se están acercando al riachuelo en nuestra busca —dijo Macuto, y dejó el teléfono.

Ayudó a Cassidy a colocarse boca abajo. Clavaron la vista en la negrura que se extendía ante ellos. Al otro lado del arroyo, se oían crujidos entre la maleza.

—No dispares, aunque lleguen al arroyo —cuchicheó Macuto—. Intentaré sorprenderlos...

Una aguda voz gritó en la oscuridad:

—¡Marine, tú morir!

—Bastardos.

—Estáte quieto, Red.

—*¡Marine..., tú morir!*

—Amarillo hijo de...

Macuto le tapó la boca a Cassidy con la mano.

—Sólo están intentando hacerte disparar, quédate quieto.
—*Sucio marine, tú morir, marine, tú morir..., estar perdido, cobarde marine..., tú morir.*
—Voy a enseñarles a esos apestosos... Voy por ellos.
Macuto agarró a su compañero y lo inmovilizó contra el suelo.
—Estátate quieto, maldita sea, o tendré que ponerte fuera de combate.
—Lo siento..., ya lo estoy...
—¡MARINE... TÚ MORIR!

Marion agarró con fuerza su rifle y apretó los dientes para contener las lágrimas. No podía oír las voces procedentes del arroyo, pero había otras voces que llamaban hacia la loma.
—Ayudadme, compañeros... Soy un marine... Soy un marine..., socorro... los japoneses me han cogido... *You... Youuuuuui.*
Marion se mordió el labio y se estremeció.
—Alto, ¿quién va?
—Marine.
—¿Contraseña?
—Pelele —dijo Spanish Joe, mientras se deslizaba junto a Marion.
—¿Qué haces aquí, Joe?
—Esos japoneses me están cabreando con esos gritos.
—¿Y qué crees que me pasa a mí?
—¿Crees que son realmente Macuto y Cassidy gritando?
—Vuelve a tu puesto, Joe.
—Voy a dar un escarmiento a esos piojosos bastardos.
—Eso es precisamente lo que quieren que intentes...
—Ayudadme, compañeros..., sargento, ayúdame...
—Vuelve a tu puesto, Joe.
—Necesito... compañía.
—Vuelve a tu puesto, maldita sea —gruñó Marion.
Joe se alejó y Marion avanzó de lado por entre la hierba. Distinguió una borrosa figura tendida en la loma, detrás de él y a la izquierda, y se dirigió hacia ella.
—Joe, te he dicho que vuelvas a tu...
En ese instante, el japonés saltó. Fulguró en la oscuridad la hoja de un cuchillo. Marion cayó bajo el peso del japonés, levantó la mano con desesperación, esquivó una cuchillada y rodó por el suelo. El japonés se le echó encima como un gato salvaje. Marion golpeó con la rodilla entre las piernas del japonés. Éste soltó un gruñido y cayó hacia atrás durante una fracción de segundo. Marion se abalanzó sobre él para explotar su ventaja. Forcejearon salvajemente sobre la roca. El japonés empujaba con todo su peso el cuchillo, que avanzaba con lentitud, pero seguro, hacia la garganta de Marion. La mano de éste se aplastó contra el rostro de su enemigo, empujándole el cuello hacia atrás. El japonés clavó los dientes en la mano de Marion, que tuvo que abrirla, sangrando... Levantó los dedos hasta los ojos del japonés y los hundió con ferocidad en ellos. Cayó a tierra el cuchillo y el japonés se desplomó de rodillas, llevándose las manos a los ojos. Marion se abalanzó

contra él por detrás, le pasó el brazo por el cuello y apretó con fuerza. El hombre pataleó y se retorció desesperadamente. Marion estrechó su presa, gruñendo y tensando todas las fibras de su ser. Apretó una y otra vez hasta que, al fin, el cuerpo del japonés pendió fláccido y soltó lo que era ya un cadáver. Después, se dirigió a la centralita del puesto de mando.

—Relevadme..., un japonés... me ha atacado.

Cayó de rodillas.

—Estás sangrando del hombro.

—Un rasguño..., sólo un rasguño...

—¡Faro, llévale al botiquín inmediatamente!

Doc Kyser lavó la sangre y ofreció a Marion un trago de coñac.

—Has tenido suerte, Mary. Sólo te ha arañado.

Marion sonrió débilmente. El médico miró su mano cerrada y ensangrentada.

—Vamos a echar un vistazo a esa mano, hijo.

—Qué...

—Abre el puño.

Fueron necesarios dos enfermeros para abrir la ensangrentada mano de Marion. Él se la quedó mirando con aire de incredulidad. Había allí trozos de carne y de músculo.

—Lávame la mano —exclamó Marion—, lávala pronto.

IX

25 de enero de 1943

El sargento Barry estaba inclinado sobre mí. Abrí los ojos y me puse en pie con un respingo. Se hallaban todos reunidos en torno a la centralita.

—He debido de adormilarme —dije—. ¿Algo nuevo?

—No han contestado las cuatro últimas veces.

—Quizás es que han tenido que guardar silencio por causa de los japoneses.

—Dentro de unos minutos más clareará el cielo —dijo, consultando su reloj—. El bombardeo tiene que empezar dentro de cinco minutos.

Un observador artillero de la Armada y el observador del Décimo de Marines fueron hasta la parte alta de la loma. Danny se me acercó.

—¿Has visto algo allá abajo, Danny?

—Nada, por lo menos no hay japoneses en el riachuelo.

—¿Sigue abierta la línea con la Compañía How?

—Sí.

—Quizá es que se mantienen al acecho. ¿Cómo estará Cassidy?

Huxley corrió hacia nosotros, seguido por Ziltch.

—¿Qué noticias hay?

—La línea con How sigue abierta, pero no podemos contactar con Macuto.

—En cuanto empiece el bombardeo, llámalos otra vez. ¿Está el observador de How en el puesto de observación?

—Sí, y también los otros dos.

—¿Tienes un teléfono allá arriba?

—Sí.

—Voy allá. Te telefonearé dentro de unos dos minutos, antes del ataque. Ordena al Décimo y al destructor que cesen el fuego. Si conectas con Macuto, dile que se largue a las cinco cincuenta y ocho.

Huxley y Ziltch se dirigieron hacia el borde de la loma.

¡BLAM! ¡BLAM! ¡SUISH, BUM! ¡BLAM! ¡BLAM! ¡BUM!

—Aquí el puesto de observación. El Décimo de Marines está sobre el objetivo. Haced que el destructor baje su fuego doscientos metros, están ahora en medio del arroyo.

—Recibido —dije—. Pon en marcha el generador, L.Q.

¡BLAM! ¡BLAM! Empezó a elevarse una nube de humo sobre la loma. Gimió el generador. Accioné los discos y sonaron los chasquidos en los auriculares: TOW V DFS 1 0532K.

¡BLAM! ¡BLAM! ¡SHUUUSH BLOM!

—Mueve la manivela.

DFS V TOW 2 0533 200 MÁS BAJO... Y el destructor bajó el tiro y sus granadas cayeron en el bosque.

—Topeka Blanco llamando a Brown. ¿Estás ahí, Macuto?

—¿Qué hay, amigo? —llegó por el teléfono una débil voz.

—¡Está allí, está allí!

—Deja de gritar y diles a esos bastardos que dejen de disparar contra mí, están disparando a más de doscientos metros del bosque.

—Ahora van afinando. ¿Estás bien?

—Sí, desde luego.

—¿Qué tal Cassidy?

—No tan mal..., hemos cazado a cuatro japoneses, y deberías ver los recuerdos.

—Espera un momento..., aló, puesto de observación... aquí Topeka Blanco..., decidle a Sam que Cassidy y Brown siguen vivos.

—Aló, Topeka Blanco, aquí Sam en el puesto de observación. Llama a Henderson Field y dile que supriman la cobertura aérea. No podemos correr el riesgo de perder ahora a esos chicos. Todos los cañones están sobre el objetivo. Contacta con How y diles que necesitamos unas pasadas de ametralladora antes de saltar..., pásame con Macuto. Aló..., ¿Macuto?

—Dime, Sam.

—Me alegra oír tu voz, hijo.

—A mí también, Sam.

—¿Cómo van las cosas por ahí?

—Parece como si el bosque entero fuese a saltar en pedazos, el estruendo es infernal.

—¿Podéis subir a la loma?

—No creo. Yo tendré que llevar a Cassidy a cuestas..., nunca lo haría en dos minutos.

—Está bien, entonces ve al arroyo y corre a la playa cuando cese la artillería... Topeka Azul está alertado para que te busque. Buena suerte.
—Vale.
—Aló, Sam, aquí Topeka Blanco. Tenemos a Henderson Field al teléfono.
—Operaciones al habla.
—Aquí Huxley, Topeka Blanco..., suprime la cobertura aérea. Tenemos varios hombres atrapados justo en la zona del objetivo.
—Recibido.

¡BLAM! ¡BLAM! ¡BLAM! ¡BLAM! Caían las granadas en el bosque y estallaban, haciendo volar árboles y tierra. El estruendo se hacía más ensordecedor a cada salva. Corrimos hasta lo alto de la loma, junto al puesto de observación y nos detuvimos allí. La jungla se hallaba envuelta en llamas y humo y sacudida por violentas explosiones. Se aproximaba la hora H. Los fusileros permanecían a lo largo de la loma, esperando la orden de ataque.

Tan súbitamente como había comenzado el ruido, un repentino silencio descendió sobre el bosque. Murmuré un Avemaría. Nos inclinamos hacia delante, mientras el reloj señalaba las 5'58.

Macuto Brown salió de un pequeño grupo de árboles, a mucha distancia de nosotros. Llevaba un rifle en la mano derecha y el cuerpo de Red Cassidy sobre el hombro izquierdo. Trotó con pasos espasmódicos y vacilantes hasta el arroyo, donde tropezó y cayó. Se incorporó y corrió, agachado, por el centro del arroyo, directamente bajo nosotros. *¡Crac! ¡Crac! Rat-a-tat...*
—¡Maldita sea, todavía los tienen ahí!
—¡Aprisa, Macuto! ¡Rápido!

Se encorvó bajo su carga y corrió tambaleándose para alejarse de la lluvia de fuego que le llegaba desde el humeante bosque. Le gritamos desde nuestra posición.
—Ha rodeado la loma..., ¡lo ha conseguido!

Se elevó una aclamación general.

Huxley cogió el teléfono de campaña.
—Ponme con la Compañía How.
—Aquí How.
—Aquí Huxley. ¡Achicharradlos!

Las granadas de los morteros de How describieron un arco sobre nosotros y cayeron en el arroyo. Nuestra loma restalló de fuego de ametralladora. Las trazadoras rojas se entrecruzaban en el aire al rociar las copas de los árboles allá abajo. Huxley dio el teléfono al observador de How que dirigía el fuego en su gradual aproximación a la linde del bosque.

¡Las seis!

Retembló la jungla bajo el impacto de las explosiones. Callaron las ametralladoras. Sólo los morteros continuaron rugiendo. El comandante de la Compañía George se levantó, con su 45 en su mano derecha. Se llevó la mano izquierda a la boca y señaló hacia la hondonada.
—Vamos, «Putas...», aquí arriba nunca conseguiréis un Corazón Púrpura. ¡Seguidme!

A todo lo largo de la loma, los «Putas de Huxley» se levantaron blandiendo sus rifles. Los japoneses respondieron con una andanada de disparos.

Descendimos hacia la hondonada, disparando nuestros rifles y lanzando escalofriantes gritos. ¡Había comenzado el asalto! Los gritos se tornaron ensordecedores cuando cruzamos el arroyo y nos internamos en la jungla.

26 de enero de 1943

—Supongo que es inútil esperar más.

—Topeka Azul no les ha visto el pelo.

—No renuncies a la esperanza. Quizá se hayan perdido en la jungla. Es fácil.

—Pobre granjero.

—Oh, bueno, otro día otro dólar.

Estábamos en la playa. No había ni rastro de Macuto ni Cassidy. Había una probabilidad entre un millón de que estuviesen vivos. Habíamos vadeado el río Kokumbona y había terminado la mitad del avance. En el interior, el Ejército mantenía un anillo de acero en torno a la base de la montaña, impidiendo la huida a los japoneses. Dieciséis kilómetros más hasta Punta Tassafaronga y tendríamos cercado al enemigo.

—Cristo —dijo Faro—, tengo que cagar otra vez.

—La disentería.

—Los indios somos unos tipos muy regulares —dijo, echando a correr hacia la trinchera.

—Necesito dos voluntarios, Andy y Danny, para cavar un agujero para los oficiales.

—Pero si cavamos uno ayer —protestó Andy.

—Está lleno, necesitamos otro nuevo.

—Siempre dije que era verdad lo de los oficiales —gimió, mientras cogía el pico.

L.Q. recibió el mensaje que llegaba por el TBX. Se quitó los auriculares y gritó:

—¡Situación roja!

—¡Situación roja, ataque aéreo! —circuló la noticia a lo largo de la línea.

Nos apoyamos, con toda comodidad, contra los árboles que flanqueaban la playa, para contemplar el espectáculo. Un lejano sonido de motores, y empezaron a aparecer manchitas negras en el horizonte, al otro lado del canal, sobre Tulagi. Al ir haciéndose más grandes, nos pusimos a contarlas.

—Uno..., dos..., tres..., cuatro...

—Veintinueve..., treinta... ¡Cristo bendito, cuarenta!

Huxley levantó sus prismáticos de campaña.

—Esta vez será mejor que os pongáis a cubierto. Hay muchísimos.

—¿No tenemos que disparar contra ellos, Sam?

—No estamos haciendo instrucción en Eliot, hijo. Deja que se ocupe de ellos Henderson Field.

—Bueno, ¿adónde van? —preguntó Speedy al ir acercándose cada vez más los aviones japoneses.

Podíamos ver los círculos rojos pintados en sus costados y en las puntas de sus alas. Lentos y firmes bombarderos Mitsubishi avanzando en línea recta hacia nosotros, rodeados de rápidos y zumbantes «Zeros».

—¡Mirad!

—¡Ahí vienen! ¡«Corsairs» marines!

—Estaban arriba, esperando, todo este tiempo.

Los «Corsairs» marines, los F4U de alas invertidas de gaviota que los japoneses llamaban «Muerte Susurrante». Al poco tiempo, el cielo estaba surcado por trazadoras y aviones.

Una columna de humo..., un avión dio un bandazo y perdió altura..., otro se incendió. Cuando el aparato japonés cayó en barrena sobre el canal Skylark, se elevó sobre la playa una intensa ovación.

Un lento bombardero se incendió, se desintegró y sus pedazos se dispersaron.

—¡Cuerpo a tierra!

Un «Zero» se separó de la formación y rugió sobre la playa. Pasó a gran velocidad, a sólo seis metros de altura, mientras sus ametralladoras vomitaban un torrente de balas sobre nosotros. Nuestra ametralladora replicó al fuego, aunque sin fortuna. Speedy vació su rifle y, después, desafiante, lo arrojó contra el avión mientras éste realizaba otra pasada.

Los bombarderos, ahora sobre nosotros, arrojaron su carga y continuó la lucha aérea.

—Oh, Cristo..., tres japoneses contra ese marine solo.

—Bastardos asquerosos, tres contra uno no es justo.

Una larga columna de humo negro brotó de la cola del «Corsair», que se precipitó al mar.

Al fin, se marcharon. Los restos de la formación japonesa se retiraron renqueando, mientras los P-38 del Ejército caían del cielo sobre ellos a su paso sobre Tulagi.

Speedy Gray se puso en pie y se estiró. Marion dejó a un lado su libro de bolsillo y ajustó la cinta que sujetaba sus gafas.

—Tengo que ir a la ametralladora —dijo Speedy, arrastrando las sílabas—. Turno de guardia de dos horas.

Marion volvió a coger su libro y movió la cabeza, mientras el tejano miraba por encima de su hombro y deletreaba las palabras de la portada:

—¿Para qué diablos estás leyendo eso? ¿Fi-losofía Oriental?

Marion sonrió.

—Un día de éstos, Speedy, dejaremos de luchar. Estoy pensando que tal vez sea buena idea saber entonces cómo tratar con ellos.

Speedy se rascó la cabeza.

—Yo pensaba que los fusilaríamos a todos o los encerraríamos.

—¿A setenta y cinco millones de personas? Me temo que no es buena solución. Estaríamos frustrando nuestros propios objetivos.

—Bueno, a lo mejor se hacen todos el harakiri.

—Eso también lo dudo. Debemos encontrar la respuesta en alguna parte. Tiene que ser algo que coincida con su cultura. Si empleáramos tu método, seríamos iguales que las personas contra las que luchamos.

—¿Qué cultura, Mary? No son más que una pandilla de monos.

—Todo lo contrario. Su civilización se remonta a una época en que todos los buenos tejanos vivían en cuevas.

—Bueno, esas historias son demasiado profundas para mí. Yo te digo que hay que matarlos a todos. Hasta luego, tengo que hacer el relevo de la guardia.

Marion volvió la página.

Speedy saltó al interior de la trinchera situada en un bosquecillo junto a la playa. El hombre que estaba de guardia salió de ella.

—La contraseña es «Lila» —dijo Speedy.

El muchacho de pelo color de arena y cara pecosa comprobó la ametralladora. Describió con ella un arco, enfilando la vista por el punto de mira. Dominaba con ella todos los accesos a la playa. El sol poniente fulguraba como una gigantesca bola de fuego. Rozó el horizonte frente al Cabo Esperance, y su enorme círculo silueteó las inclinadas palmeras y la arena dorada. El agua del canal Skylark se tiñó de naranja. Una belleza silenciosa y serena como en Texas, en el Golfo. Por un momento, pensó incluso en que le gustaría volver allí algún día y tenderse en la playa y contemplarla otra vez. Sus pensamientos se vieron interrumpidos al posársele un mosquito en la frente. Consultó su reloj y se acomodó de nuevo.

En la playa, distinguió una forma que se movía. Hizo girar la ametralladora y aguzó la vista. Allí había alguien. Movió dos veces el cerrojo, preparando el arma para hacer fuego. La figura se movía de una forma lenta y vacilante a través de la arena. El sol poniente hacía difícil distinguirla. Speedy entornó los ojos y esperó. Fue acercándose más.

—Alto, ¿quién va? —ladró.

No hubo respuesta.

—Alto, he dicho. ¿Quién va?

—Soy un marine, maldita sea —gruñó desde la playa una ronca voz.

—¿Cuál es la contraseña?

—Deja de jugar a soldaditos, Speedy..., soy tu viejo camarada Macuto.

—¡Macuto! —Speedy corrió hacia él como no había corrido nunca en su vida—. Macuto..., creíamos que estabas muerto.

Cogió el cuerpo inconsciente de Red Cassidy de los hombros de Brown, se lo echó a la espalda y estrechó la mano de Macuto.

—Perdona mi férrea presión —murmuró Macuto, cayendo de rodillas, exhausto.

Gray le ayudó a ponerse en pie y medio le arrastró hasta el puesto de mando, gritando con toda la fuerza de sus pulmones:

—¡El granjero ha vuelto! ¡El viejo Macuto lo ha conseguido!

—Llamad inmediatamente a una ambulancia.

—Doctor, doctor... Traed en seguida a Kyser.

—¡Macuto!

Nos echamos todos sobre él.

—Dejad de besarme, malditos y babosos bastardos.

—¡Macuto ha vuelto!

—Deberíais haber visto los recuerdos que tuve que tirar.

Tendieron a los dos en sendas camillas. Speedy cogió la mano de Macuto.

—Bueno, apartaos, apartaos, maldita sea, dejadles respirar.

—Estoy agotado.

—Ya te dije que lo conseguiría.

Doc Kyser y Sam Huxley se inclinaron sobre Brown, cuya voz se iba debilitando. Kyser estudió sus exhaustos ojos inyectados en sangre y su hinchado rostro.

—Agua —murmuró.

—No demasiada, hijo..., sólo mojar los labios.

—¿Tiene alguien tabaco de mascar?

—Toma, Macuto.

—Eh, doc... Yo estoy muy bien. Será mejor que le eches un vistazo a Cassidy. Tuve que arrearle. Me quiso atacar... Le he estado llevando durante dos días..., tiene muy mal la pierna.

Kyser miró la hinchada y descolorida pierna de Red.

—Aprisa con esa ambulancia —gritó—. Telefonead al hospital de la base para que se preparen a intervenir quirúrgicamente... ¡Aprisa, maldita sea!

El médico miró a Sam Huxley. Los ojos de Huxley formularon la pregunta. Kyser movió la cabeza.

—Terrible —murmuró Huxley.

X

28 de enero de 1943

El jeep del batallón se detuvo con un chirrido de frenos. Huxley se apeó de un salto y se precipitó a la tienda del puesto de mando.

—Trae aquí a esos hombres en seguida —dijo a Ziltch.

Paris, el sargento de artillería McQuade, de la Compañía Fox, Pedro Rojas y yo convergimos en la tienda al mismo tiempo.

—¿Dónde infiernos está ese cretino de Burnside? —ladró McQuade.

—En la tienda de primeros auxilios —respondí—. Se ha puesto muy enfermo.

—Lástima, quería darle una buena lección —gimió el rubicundo artillero.

—Parece como si hubieras perdido tu afición a la cerveza, Mac —le dije.

—He estado a dieta, Mac —respondió.

—Será mejor que nos presentemos —dijo Paris—. Huxley parecía tener verdadera prisa.

—No veo dónde están las prisas, hace ya cuatro días que estamos aquí.

Entramos en la tienda y nos presentamos.

—Presentándonos para la patrulla, Sam —dijo McQuade.

Huxley levantó la vista de su mapa.

—Dije a Keats, Kyser y LeForce que me enviasen cuatro hombres, no los jefes de escuadrón.

—Lo sé, Sam —dije—, pero mis muchachos están reventados y...

—Y mis hombres —intervino Paris— también están un poco cansados...

—¿Qué es lo que os pasa? ¿Jugando a héroes? ¿Queréis que pierda al mismo tiempo a todos mis jefes de escuadrón? ¿Es demasiado peligrosa esta patrulla para vuestros corderitos? No importa, no tengo tiempo para cambiar ya. ¿A quién más tienes, Mac?

—Forrester y Zvonski.

Miró a McQuade.

—Un equipo BAR, Rackley como explorador, dos hombres para ayudar con las radios y un par de fusileros..., Hawk y Kalberg.

—Tráelos a todos. ¿Dónde está Harper? Él tiene que abrir la marcha.

En ese momento entró el pequeño meridional, junto con los otros. El teniente Harper, de la Compañía Fox, se presentó, mientras masticaba alterado una bola de goma de mascar.

—Sácate ese chicle —dijo Huxley.

El teniente Harper se lo puso detrás de la oreja, y todos nos congregamos en torno al mapa.

—Aquí está la hondonada —dijo Huxley—. El Ejército tiene un anillo en torno a la base de las montañas que se elevan hacia Esperance. Nuestra posición actual está aquí. —Señaló un punto situado a unos diez kilómetros de Punta Tassafaronga—. Los japoneses tienen todos sus hombres concentrados en esta zona. Los están sacando en submarino cada noche.

—Yo creía que estábamos avanzando demasiado despacio para cogerlos —dijo Harper.

—Eso no era culpa nuestra —exclamó Huxley—. Debemos ir allá lo más deprisa que podamos y coparlos antes de que se larguen todos. Tenemos una buena idea de dónde se esconden, pero estamos a dos velas en lo que se refiere a su fuerza y a su armamento. Vosotros tenéis que ir allí y reconocer la zona. Identificar su posición, averiguar cuántos son y qué tienen..., de armamento pesado sobre todo.

Harper y Paris asintieron.

—Mirad esto —dijo Huxley, mostrándonos varias fotos aéreas de reconocimiento—. Mac.

—Sí.

—Cuando la patrulla se aproxime a la zona japonesa divídíos en dos grupos. Uno se queda atrás e instala la radio grande. El otro se adelanta para observar y utiliza las radios portátiles para transmitir la información al primer grupo. Transmitídnosla luego a nosotros y largaos de allí zumbando. Atacamos mañana.

Asentí.

—Recordad bien que necesitamos esta información para lanzar nuestros ataques aéreos y de artillería. Largaos a toda velocidad de allí y no os metáis en ningún lío, si podéis evitarlo. Volved por la playa. Os estaremos esperando. La contraseña será «Cola Larga». ¿Alguna pregunta? De acuerdo, entonces. Podéis depositar aquí vuestras cosas de valor. Quitaos anillos, hebillas y otros objetos brillantes. Presentaos al oficial de Intendencia y coged equipo de camuflaje, cantimploras extras, munición..., y pintaos la cara de negro. Salís dentro de cuarenta minutos. Buena suerte.

Dejamos nuestros objetos de valor y salimos.

—¡Ziltch!

—Sí, señor..., quiero decir, sí, Sam.

—Haz venir inmediatamente a Bryce.

—Sí, señor..., quiero decir, Sam.

Entró en la tienda el teniente Bryce.

—¿Me llamabas, Sam?

—Sí. Harper va a salir de patrulla dentro de cuarenta minutos. Quiero que vaya con él.

La sangre huyó del rostro de Bryce. Estaba muy pálido.

—Pero el puesto de mando, Sam... He estado trabajando como una fiera para instalar...

—Siéntese, Bryce —dijo—. ¿Un cigarrillo? —ofreció Huxley—. Dígame una cosa, Bryce, ¿conoce la diferencia entre un Jersey, un Guernsey, un Holstein y un Ayrshire?

—No.

—Macuto Brown, sí.

—No veo qué tiene eso que ver...

—¿Qué sabe usted de historia gaélica?

—No gran cosa.

—Entonces, ¿por qué no se reúne un día con el artillero McQuade? Es un experto. Y habla también el idioma.

—Yo no...

—¿Qué sabe usted de astronomía?

—Un poco.

—Coméntelo con Wellman, obtuvo una beca.

—Esto es muy desconcertante.

—¿Y Homero, ha leído alguna vez a Homero?

Se le iluminó el rostro a Bryce.

—Desde luego que he leído a Homero.

—¿En el original griego?

—No.

—Hable entonces con el soldado primero Hodgkiss. Le encanta leer el griego antiguo.

—¿Tendría usted la bondad de ir al grano?

—El grano es lo siguiente, Bryce. ¿Qué le hace a usted pensar que es tan condenadamente superior? ¿Quién le dio a usted la brillante idea de que tenía un rinconcito en el conocimiento del mundo? Hay en este batallón soldados rasos que saben bastante más de lo que usted sabrá jamás.

—Éste no es el momento adecuado...

—Es adecuado por completo. Usted es el tipo más pretencioso y egoísta que he conocido jamás. Su complejo de superioridad apesta. He visto la forma en que trata a los hombres, como un gallo pomposo. Pero si es que les ha obligado a hacer de todo, menos limpiarle el culo.

—¡Comandante Huxley!

—Cállese, no he terminado. Supongo que no se le habrá ocurrido nunca que el mando de una Compañía de Cuartel General es el puesto más inútil que puede encontrar un oficial. Usted es peso muerto, Bryce, peso muerto.

—He hecho las cosas lo mejor que he podido —gimió.

—Bryce, nosotros nos sentimos orgullosos de nuestros oficiales en el Cuerpo. Nuestros hombres han recorrido un duro camino desde soldados rasos o a través de Annápolis. Yo necesité ocho años de estudio en la Universidad de Ohio y en la Marina para obtener mis galones. Han sido precisos diez años para que llegase a comandante. Sería capitán todavía si no estuviésemos en guerra. Pero, por desgracia, tuvimos que rebajar los requisitos exigidos debido a situaciones que no podemos controlar. Desde la ruptura de hostilidades, hemos aceptado centenares de hombres como usted y les hemos encomendado misiones y cargos. Gracias a Dios, la inmensa mayoría de esos hombres han aceptado sus tareas y, lo que es más, han descubierto el espíritu que anima al Cuerpo de Infantería de Marina. Serán unos oficiales excelentes. Y lo mismo digo de los millares de reclutas. Todos han aprendido que hay un precio que pagar por llevar un uniforme verde... Dígame, Bryce, ¿por qué se alistó usted en el Cuerpo?

—Preferiría no contestar a eso, Huxley.

—¿Quizá le gustaba el uniforme azul, grandes actos sociales..., un pasaporte para la notoriedad?

Bryce dio unas nerviosas chupadas a su cigarrillo.

—Desearía ser trasladado de este batallón, Huxley.

—Nada en este mundo me proporcionaría mayor placer. Pero ¿a quién voy yo a recomendarle? ¿Para qué sirve usted? ¿Tanques? ¿Artillería? ¿Aviación? ¿Anfibios? ¿O quizás un cómodo puesto de relaciones públicas? Entérese bien de esto. No hay puestos cómodos en la Infantería de Marina. Ya sea usted oficinista de la compañía, músico, cocinero o cualquier otra cosa, siempre es, ante todo y por encima de todo, un fusilero. Disparar y marchar, Bryce. Nuestra artillería. Nuestra artillería no avanza cuando sus cañones están en peligro, se atrinchera y los protege como cualquier marine. Nuestros tanques están protegidos por la infantería, y no viceversa. Cualquier hombre del batallón es capaz de mandar un pelotón de rifles. ¡Pero si hasta nuestros músicos llevan camillas durante la batalla! Disparar y marchar, y la seguridad de que es uno invencible..., eso es lo que llaman espíritu combativo. Usted no lo comprendería.

—No, no lo comprendería —exclamó Bryce—. Sangre, gloria, whisky y mujeres. Ése es el grito de guerra de la Infantería de Marina. Cuanto más chapotean en sangre, mejor. Social, espiritual y moralmente, no son ustedes más que asesinos profesionales..., contra todo concepto de ideales democráticos.

—Los ideales son una gran cosa, Bryce. No hay duda de que cada uno de los hombres que están aquí tiene algunos ideales. Sin embargo, y por desgracia, esta guerra, y esta isla, y el objetivo del día siguiente no son ideales. Son muy reales. Matar japoneses es real, y vamos a matarlos y a reservar nuestros ideales para futura referencia. Cuando salgamos de esta isla, Bryce, voy a destinarle a usted a un pelotón de fusileros. Más vale que se convierta en un buen oficial. Y ahora, preséntese de inmediato a Harper y únase a esa patrulla.

A una indicación del explorador, un joven delgado y enjuto de Tennessee, nos dejamos caer, jadeando, entre la maleza. Permanecimos tendidos, empapados de sudor y respirando ansiosamente. Aunque llevábamos poco peso, el viaje a través de la jungla había sido agotador. Nos habíamos mantenido alejados de todo sendero. El día era abrasador, y nuestro espeso maquillaje negro lo hacía parecer más caluroso aún. La tensión de guardar silencio fue haciéndose mayor al ir encontrando indicios de una zona de vivac japonesa. Nos habíamos estado pasando las radios de uno a otro cada pocos minutos para mantener alta nuestra velocidad.

Ni siquiera Bryce protestó cuando le requerimos para que hiciera su turno. Me humedecí los labios y miré a mi alrededor. Ningún enemigo todavía. Cada paso que diéramos a partir de aquí iría acompañado por la previsión de ser abatido por un francotirador. Harper y su explorador habían elegido bien el camino. Hasta el momento, habían sorteado todo incidente.

Apareció de nuevo Rackley, el explorador, con tres bandoleras de municiones sobre sus huesudos hombros. Nos hizo seña de que nos reuniésemos todos a su alrededor. Nos dejamos caer de rodillas en torno al mapa de Harper. El explorador susurró:

—Hay una loma, unos doscientos metros más arriba, cuyas pendientes bajan hasta una zona de hierba alta. Más allá hay un campo abierto con grandes piedras. Después un bosque y una zona de cuevas repleta de japoneses.

—¿Se les puede ver desde la loma?

—No, imposible. Tendremos que cruzar el campo y agazaparnos detrás de alguna de esas rocas.

Restalló el chicle en la boca de Harper, mientras éste reflexionaba.

—Subiremos a lo alto de la loma y nos dividiremos en dos grupos. Paris, McQuade, un equipo BAR y una de las radios portátiles bajarán conmigo. Tan pronto como consigamos información la comunicaremos a la loma. Mac, instala la radio grande y retransmite a Topeka Blanco.

—De acuerdo.

—¿Alguna sugerencia? Bien, vamos a la loma.

Rackley cogió su rifle y echó a andar delante de nosotros, abriendo la marcha. Lo seguimos en silencio y con sigilo. Desde lo alto de la loma, miramos más allá del campo hasta el bosque en que permanecían escondidos los japoneses que quedaban en Guadalcanal. La pendiente que bajaba de la loma era resbaladiza, y sería arriesgado descender por ella. Tomamos posiciones con gestos rápidos y silenciosos. Yo instalé la radio grande un poco atrás y ellos sacaron las portátiles, colocaron más antenas y se hicieron susurrantes llamadas de prueba unos a otros. Ordené que Danny bajara con el grupo de observación y que Ski se quedara conmigo para transmitir información.

Rackley se agachó y empezó a bajar. Casi de inmediato perdió pie y resbaló, rodando hasta la mitad de la cuesta. Le vimos llegar al fondo y zigzaguear por el campo, de roca en roca, hasta casi llegar al campamento japonés. Levantó la mano e hizo una seña.

Harper yacía tendido en la hierba. Miró hacia abajo.

—Bien, adelante, radiotelegrafista.

Danny se acercó a cuatro patas al borde, Ski lo agarró y lo retuvo. Me dirigí rápidamente hacia ellos para ver qué pasaba. Ski me miró a los ojos, sin pronunciar palabra. Luego, habló.

—Deja a Danny aquí arriba —susurró—. Ya voy yo.

Y se lanzó hacia abajo.

—Maldita sea, Mac, me lo habías asignado a mí —dijo Danny.

—Es mejor así, Ski lo quiere así —dije—. Mantente en contacto con él.

Uno a uno, los miembros del grupo de observación fueron atravesando el campo hasta la linde del bosque. Harper fue el último. Antes de partir, me llamó.

—Si algo nos ocurre allá abajo, tú quedas al mando, Mac. —Bryce no replicó, estaba demasiado petrificado—. Si nos atrapan, transmite la información a Topeka Blanco y mantén la posición. No envíes a nadie abajo, a menos que recibas órdenes mías.

Me dio una palmadita en la espalda y bajó.

Harper, Paris, McQuade y Rackley yacían tendidos detrás de una enorme roca.

—Decidle al radiotelegrafista que baje sus antenas.

Rackley retrocedió hacia Ski.

—¿Cuántos ves, Paris?

—Yo diría unos seiscientos..., ¿no crees, McQuade?

—Sí, algo así.

—Yo cuento catorce ametralladoras y dos 108. Parece que hay un coronel allí..., debe de ser el mandamás.

—Da la sensación de que todo el campamento está borracho de saké. Deben de saber que son los elegidos.

Harper abrió su mapa. Paris trazó una X en él.

—M-7 exactamente. Larguémonos de aquí.

Se deslizaron hacia donde se hallaba Ski.

—¿Estás en contacto con Mac?

Ski asintió.

—¿Cómo se habla con esa cosa?

—Aprieta el botón del micro. Dime cuándo quieres escuchar.

—Aló, loma... Aquí, Harper.

—Adelante, Harper, aquí la loma, adelante.

—Seiscientos japoneses, quince ametralladoras, una docena o cosa así de morteros, dos Pistol Petes, resto en armas ligeras, munición abundante. El coronel parece ser alguien importante. Campamento desorganizado, propicio para un ataque por sorpresa. La posición exacta es M-7.

Danny repitió el mensaje y Harper dio el conforme.

—Transmite eso a Topeka Blanco y preparaos para avanzar. Manteneos en contacto con nosotros hasta que volvamos ahí.

Había empezado a llover con gran intensidad.

—Tenemos suerte, esto nos cubre. Bien, radiotelegrafista, ve tú primero con esa radio.

Ski se agachó al salir de detrás de la roca.

¡Crac! ¡Crac! ¡Crac!

Cayó rodando y volvió corriendo a guarecerse tras las rocas. Tenía una expresión de vivo dolor en el rostro.

—¡A tierra! —ordenó Harper—. Nos han visto.

En cuestión de segundos, el campamento japonés era un hervidero de gritos.

—No disparéis hasta que los tengamos encima.

Una línea de japoneses se lanzó a la carga desde el bosque, precedidos por un oficial que blandía un sable.

—¡Banzai! ¡Banzai!

Los marines sudaban, apuntando con sus armas a la horda de japoneses.

—¡Fuego! —ordenó Harper.

—¡Banzai!

Una rociada de balas brotó de detrás de las rocas, segando una oleada de japoneses. Otra oleada la siguió, aullando salvajemente.

—¡No desperdiciéis un solo tiro!

—¡BANZAI!

Otra descarga, y retrocedieron entre maldiciones.

Pedro Rojas, el enfermero, se arrastró junto a ellos. Le estaba sangrando el hombro.

—Echa un vistazo a Ski, le han dado.

Pedro hizo rodar a Ski, que quedó tendido boca arriba. La lluvia caía sobre su cara, contorsionada de dolor. Pedro le rasgó la pernera del pantalón.

—Virgen Santísima —murmuró, y se santiguó con espanto.

—¿Dónde le han dado?

—Justo en la rodilla.

—Aquí la loma..., ¿qué estáis haciendo, muchachos, jugar al póquer?

—Aquí, Harper. Estamos en dificultades. Pero no creo que intenten atacar otra vez.

—Podemos cubriros si salís de uno en uno.

—Aquí, Harper. No podemos... El radiotelegrafista está herido. —Se volvió hacia McQuade—. ¿Qué te parece, Mac?

—Nunca conseguiremos llevarle allá arriba. Puede estar esa loma ahora tan resbaladiza como un cristal.

Intervino Rackley.

—Será mejor que esperemos al anochecer. Ellos no están en una posición de tiro demasiado buena, y no nos atinarán si nos mantenemos agazapados.

Harper hizo chasquear su chicle. Miró a cada hombre y después a Ski.

Grito de guerra 259

—Alguien tiene que quedarse aquí y mantener una retaguardia. Tú, el del BAR, dame tu arma. Necesitaré también todas las granadas.
—No, Harper. Tu misión es hacer volver a la patrulla. Me quedaré yo —dijo McQuade.
—Es una orden, y no se hable más —replicó Harper.
—Escucha...
—Dejad ya de jugar a marines vosotros dos y largaos de aquí —dijo Ski desde el suelo. Una intensa palidez le cubría el rostro, pero tenía los ojos abiertos. Se volvieron hacia Pedro.
Pedro se inclinó sobre él.
—Tienes la rodilla rota, Ski.
—No creerás que no me doy cuenta.
Pedro se dejó caer a cuatro patas, meneando la cabeza.
—¿Qué ocurre, Pedro?
—Me han herido cuando bajaba..., sólo en el hombro..., ponedme unas sulfamidas y un vendaje prieto y estaré perfectamente.
McQuade lo apoyó contra la roca y empezó a trabajar.
—Esos hijos de puta se están empancinando de saké a fin de reunir el valor necesario para atacarnos de nuevo —dijo Rackley, escrutando a través de la lluvia.
Paris y Harper se acercaron a Pedro.
—¿Puede contenerlos Ski?
—Tiene dolores terribles..., es un tipo estupendo...
—¿Puede contenerlos?
—Con la ayuda de Dios —dijo Pedro.
Arreció la lluvia. Del bosque se elevaban salvajes gritos. Los hombres atrapados permanecían resguardados tras la roca, esperando que llegase la oscuridad.
Llegó otra llamada.
—Aquí la loma... ¿Cuál es la situación?
—Aquí, Harper. Estamos esperando a que anochezca. Saldremos de uno en uno. El radiotelegrafista nunca lo conseguirá. Se va a quedar para cubrir la retaguardia.
Harper se mordió los labios. Ski parpadeó y sonrió, percibiendo el aprieto en que se encontraba el oficial.
Cesó la lluvia. Tendióse sobre ellos la grisácea luz del crepúsculo. Movieron a Ski muy suavemente hasta un punto en que podía permanecer sentado y mirar a través de una grieta de la roca. Harper le entregó el BAR, las granadas y su pistola.
—¿Sabes disparar esto, Ski?
Ski asintió. No sentía dolor. Harper destrozó la radio de un culatazo y después enterró el aparato. Era ya casi de noche. Se intensificaron los gritos del bosque. Los japoneses habían logrado casi excitarse lo suficiente para atacar de nuevo.
—¿Algo..., algo que yo pueda hacer...?
Ski entreabrió los labios.
—¿Tiene... tiene alguien un rosario? El mío lo tengo en el bolsillo. No... no puedo cogerlo.
Pedro le dio el suyo, besándolo primero.
—Gracias, Pedro..., dile a Danny que no se preocupe. Ya no me im-

porta nada. Susan... Susan..., bueno, será mejor que os vayáis.
—¿Te duele, Ski?
—No, no siento nada.
Agarró el rosario. Gotas de sudor le perlaron la frente.
—Sal tú, Pedro —dijo Harper.
—Yo iré el último. Quiero decirle lo que debe hacer si le vuelve el dolor.
Harper hizo una seña a Paris. Éste dio una palmada a Ski en el hombro, luego se tendió, avanzó unos metros reptando sobre el barro y echó a correr hacia la colina. Uno a uno, fueron saliendo los otros... los hombres del BAR, Rackley el fusilero, McQuade.
—Están a punto de cargar —murmuró Harper—. ¡Maldita sea, yo no voy a abandonar a este chico!
Pedro agarró del brazo al oficial.
—Ski no está asustado. ¿Dónde están sus redaños, Harper?
—Oh, Dios —exclamó, y echó a correr hacia la loma.
—¿Estás cómodo, Ski? —preguntó Pedro.
—Sí.
—Rezaré por tu alma todas las noches.
—Reza por tu culo. Yo sé adónde voy.
Pedro desapareció en la negra noche. Ski quedó solo.
Deben de estar ya todos a salvo, en la loma, pensó... no he disparado este maldito BAR más que una vez..., espero poder acordarme..., me está volviendo el dolor...
Su húmedo dedo se deslizó hacia el gatillo cuando empezó a moverse la hierba ante él. *Santa María... madre de Dios..., ruega por nosotros... ahora y en la... hora... de nuestra muerte...*
—¡Marine! ¡Tú morir!

Ayudé a Pedro a volver.
—Vámonos de aquí zumbando —dijo Harper.
—Están empezando a atacarle.
—¡Marine! ¡Tú morir! —llegó hasta nosotros el obsesivo eco.
—Espero que no le cojan vivo.
Danny agarró un BAR y corrió hacia la loma. Lo sujeté y le hice volverse.
—¡No podemos dejarle allí abajo! —gritó—. ¿Qué clase de bandada de gallinas es ésta? ¡Yo voy abajo!
Lo abofeteé hasta dejarle la cara blanca. Cayó hacia atrás, sollozando.
—¡Él lo sabía, Danny! Sabía que no iba a volver. ¡Es usted un marine, Forrester! Pórtese como tal.
—¡Marine! ¡Tú morir!
—Vámonos, muchachos.
Me volví y miré una vez más a la oscuridad de abajo...

CUARTA PARTE

PRÓLOGO

Todo había terminado, menos los gritos. Pero mi pelotón no tenía muchas ganas de gritar. No teníamos la fuerza ni las ganas necesarias para hacerlo. Después de Guadalcanal, las cosas no volvieron a ser iguales. Ya no eran unos muchachos. La habían visto y la habían tomado, y sabían que habría más en el futuro.

Sin embargo, la oportunidad de darnos largos baños en el mar inyectó nuevo vigor en nuestras fatigadas venas. Permanecíamos allí tendidos voluptuosamente y dejábamos que las olas se fueran llevando capa tras capa de mugre y suciedad..., y el resto hacía lo mismo con nuestro cerebro. Lavamos nuestros andrajosos pantalones, nos limpiamos los dientes y «tomamos prestadas» varias ropas a un oficial de Intendencia del Ejército. Pero sólo cuando nos dieron humeantes tazas de café caliente comprendimos que, de verdad, había terminado.

Los hombres del Batallón adoraban a Sam Huxley. Es decir, hasta el día en que anuló el transporte enviado por el Ejército y les ordenó marchar a lo largo de veintisiete kilómetros hasta su campamento. Pero lo hicieron, bajo un sol abrasador, e incluso se las arreglaron para adoptar un aire marcial al pasar ante los campamentos del Ejército. Fue la ira la que lo consiguió, ira contra Sam Huxley, y la determinación de no desmoronarse mientras aquel bastarlo continuase en pie, y marchando él también...

Yo caí de rodillas una vez, tratando de ahuyentar la sensación de desvanecimiento que estaba a punto de hacerme perder el sentido. Jadeé y miré a la sombra del otro lado de la carretera y traté de arrastrarme a cuatro patas hasta allí..., ¡yo, Mac, el viejo veterano!

Danny me quitó la mochila, me apoyó contra un árbol y me secó la cara. Permanecimos allí sentados, acechando, tratando de reunir la energía suficiente para coger nuestras cantimploras. No soltábamos juramentos..., nos faltaba el aliento.

Cuando estuvimos de nuevo en el campamento, Huxley nos reintegró a la completa disciplina militar. Los marines ociosos siempre se buscan líos. Cavábamos zanjas, recogíamos colillas, soportábamos inspecciones, practicábamos el Morse y hacíamos cualquier cosa que nos mantuviera ocupados. Habíamos vivido como cerdos mientras había sido necesario, pero ahora no lo era ya.

Siempre había rumores, más de cien diarios y a cual más disparatado. Oímos decir que el *Sexto* iba a tomar otra isla de las Salomon, aunque el sentido común me decía que aún no nos encontrábamos en condiciones de luchar. No nos había agradado la idea de arreglar el follón organizado por la Primera División y el *Segundo* y *Octavo de Marines*. Nosotros sentíamos que debíamos tener nuestra propia isla que tomar y dejar que ellos arreglasen *nuestro* follón. También sabíamos que otras unidades jamás dejarían que el *Sexto* pasara sin que hubiéramos hecho un desembarco.

Llegó, por fin, el 19 de febrero y se formó un grupo de trabajo para el que yo no tuve que aportar mi pelotón. Los Terribles Cuatro estaban fondeados en el canal Skylark, listos para transportarnos fuera de él. Subimos a bordo, estrechamos la mano a viejos amigos y oímos el maravilloso anuncio de duchas de agua caliente para todos los hombres, que serían seguidas por un rancho especial con todos los accesorios.

Después, el contramaestre hizo sonar su silbato.

—Atención, atención..., el capitán leerá un mensaje a todos los *marines*...

El capitán leyó toda una serie de comunicados de felicitación emitidos por una selección de los generales y almirantes que deseaban expresar su reconocimiento a sus muchachos.

—Vaya, ¿de verdad somos tan buenos?

—Sí, voy a acabar meándome de la emoción.

Sonó un rumor sordo y prolongado y se produjo una excitada agitación cuando el *Jackson* levó anclas. Fulguraron destellos de señales enviadas a los otros barcos del convoy. Un pequeño destructor zigzagueó delante de nosotros, tejiendo su irregular rumbo. (Me pregunto si un marinero de hojalata habrá navegado alguna vez en línea recta.) Hubo un estremecimiento y un bandazo cuando el *Jackson* se situó en su lugar en el convoy.

Mis muchachos se alinearon en la barandilla para echar una última mirada a Guadalcanal. La isla tenía un aire tranquilo y sosegado, como el día en que la vimos por primera vez. Como un exótico decorado de Hollywood. Pero tenía el cuerpo de una diosa y el alma de una bruja.

Adiós, maldita bastarda, pensé.

Y en ese momento, los altavoces sonaron de nuevo.

—Atención, atención..., el capitán desea comunicar el siguiente mensaje. Nuestro punto de destino es Wellington, Nueza Zelanda.

¡*Wellington*! Se elevó una clamorosa ovación. Menudearon los apretones de manos y las palmadas en la espalda. Íbamos a volver a la tierra que adorábamos. Yo no pude por menos de sentirme conmovido, aun después de tantos años de ir de un lado a otro en el Cuerpo.

Me acerqué a Andy y le pasé el brazo por los hombros. Él miró al mar, entornó los ojos y quedó sumido en sus pensamientos. El fresco aire de la noche pareció danzar al aumentar la velocidad del barco.

—Es lo que ordenó el médico —dije.

—Empieza a refrescar, Mac —respondió—. Creo que será mejor que me vaya abajo.

I

Nos precipitamos de nuevo a la barandilla como una pandilla de excitados escolares que han ido de excursión y la vimos aparecer en el horizonte... ¡Nueva Zelanda! Sus suaves y verdes colinas y las extrañas casas, pintadas de colores diversos que las adornaban, parecían exactamente iguales. Y también, como aquella mañana en que el *Sexto* la había visto por primera vez desde el *Bobo*, parecía la tierra más hermosa del mundo. El puerto y las colinas circundantes nos recordaban algo a San Francisco. El convoy penetró en la Bahía Oriental, en dirección a los muelles, y nos llegaban retazos de la música interpretada para recibirnos. La banda de la División atronaba con el *Semper Fidelis*.

Guardias de honor del *Segundo*, el *Octavo*, el *Décimo* y el *Decimoctavo Regimientos* formaron en posición de firmes cuando la maroma tocó el muelle. La banda interpretó entonces el himno de la Infantería de Marina. La mayoría de los hombres lo habían oído mil veces, pero nunca dejaba de hacerles correr un estremecimiento por la espina dorsal. Luego, empezaron las bromas y las pullas cruzadas entre el barco y el muelle.

Muelle: ¿Cómo habéis tardado tanto? ¿Os habéis tropezado con un francotirador?

Barco: Ya podéis reforzar la guardia y volver al campamento, han vuelto los *Maimas*.

Muelle: Dicen que el *Sexto* va a recibir una citación especial. Una caja de desinfectante para cada hombre.

Barco: Hizo falta una unidad de combate para terminar lo que empezaron los *Marines* de Hollywood.

Muelle: Me temo que todas las mujeres están ya ocupadas, muchachos... Será mejor que os vayáis al campamento y probéis vuestro nuevo frasco.

En el *Sexto de Marines* teníamos un cierto complejo de inferioridad. Seguíamos llevando nuestra identificación, la *fourragère*, desafiante sobre el hombro izquierdo, pero los regimientos *Segundo* y *Octavo* habían visto muchos más horribles meses de combate que nosotros. En el fondo de nuestro corazón, sabíamos, como es natural, que el *Sexto* era el mejor de los tres... y de toda la Infantería de Marina. No aceptábamos sin más ni más ciertas bromas. Muchos fueron los dientes que se perdieron en la pasarela. Para empeorar las cosas, los otros regimientos decían a los ciudadanos que nuestra *fourragère* era en realidad una condecoración de voluntarios.

El *Segundo de Marines* se había instalado en Camp McKay, nuestro antiguo acantonamiento, a unos tres kilómetros más allá de Paekakaraki. El Octavo Regimiento se hallaba estacionado en Paekak, mientras que el Decimoctavo de Ingenieros y el Décimo de Artillería estaban más cerca de Wellington, en Titahi Bay y Plimmerton.

Nuestro nuevo campamento, Camp Russsell, tenía una situación menos privilegiada que Camp McKay. Mientras que McKay estaba en terreno elevado, nosotros estábamos en las tierras llanas próximas al océano. Al descender del tren, nos encontramos con que aún se estaban realizando, con febril velocidad, las obras para terminar Camp Russell. No tardaríamos en vernos invadidos por el invierno, los vientos antárticos y las lluvias. Pero el nuevo campamento estaba pulcramente dispuesto, hecho a medida para nuestro Regimiento.

Había mucho trabajo que hacer, y todos nos dedicamos a descargar los camiones que transportaban equipo del *Jackson*. Fueron traídos del almacén nuestros macutos. Era como saludar a viejos amigos. Manos ansiosas los abrieron y hubo sonrisas al aparecer objetos olvidados hacía tiempo. Plantamos tiendas, tomamos catres, almohadas y mantas de repuesto y discutimos por el emplazamiento de las tiendas.

Rancho, un poco de aire puro, un pitillo y una ducha. La maravillosa sensación de pisar tierra firme en un lugar que uno casi llamaba hogar.

Los lavabos no estaban cubiertos todavía. Mientras los visitábamos, pasaban de un lado a otro por la carretera los camiones de los constructores neozelandeses. Muchos de ellos iban conducidos por mujeres. Las saludábamos desde nuestra posición de sentados, y ellas correspondían al saludo.

Recogimos leña aprovechando pedazos de madera abandonados. Los oficiales se apresuraron a organizar una guardia en torno al único depósito de combustible que había en el batallón. El combate había terminado, y los oficiales volvían a ser llamados «señor».

Sonó el toque de retreta en el todavía desorganizado pero fatigado y feliz campamento. Dormimos soñando en los brazos abiertos que nos esperaban en Wellington para recibirnos.

Andy abrió la puerta y entró en el vestíbulo del Hotel del Ejército de Salvación para Mujeres. Fue saludado con gran calor por la mujer con uniforme del Ejército que se encontraba sentada en recepción.

—¡Mr. Andy! Bien venido de nuevo.

—Hola, Mrs. Cozzman —dijo él.

—Todas nos sentimos muy excitadas por el regreso de nuestro *Sexto de Marines*. ¿Cómo está usted?

—Muy bien, señora.

—Me alegro de que estén bien. Santo Dios, esos otros *marines* que tenemos ahora aquí son una pesadilla de alborotadores.

—Han estado mucho tiempo lejos de la gente, ya se asentarán.

—A mí me parece que la mayoría de ellos deberían volverse a Dios en lugar de al *whisky*.

—Sí, señora... ¿Está Mrs. Rogers?

—Oh, Mrs. Rogers... Se fue la semana pasada.

Andy palideció.

—Ha tomado un piso en Dumbark Street. En lo alto de las colinas, cerca de Aota Bay. A sólo unos minutos de aquí en tranvía. Vamos a ver, ¿qué he hecho con la dirección? Ah, aquí está.

—Gracias, Mrs. Cozzman.

—Dios le bendiga, Andy. Venga a vernos.

—Sí, señora, vendré... Buenas noches.

La subida a la colina fatigó a Andy. Se detuvo para recobrar el aliento y luego se dirigió hacia una gran casa de tejado color marrón. Examinó la fila de buzones: Mrs. Patricia Rogers, n.º 3. Estaba tembloroso. Abrió la puerta y no tardó en llegar al apartamento 3. Llamó suavemente con los nudillos y se abrió la puerta. Un joven marinero neozelandés estaba ante él. Por un momento, ambos se miraron con fijeza. El rostro de Andy enrojeció en un rápido acceso de ira, y se volvió para marcharse.

—¡Andy Hookans! —llamó el marinero.

Giró sobre sí mismo y encontró una mano extendida hacia él.

—Oh, claro, no me reconoces con este atuendo..., estoy ahora en la Marina Real.

—Yo...

—Henry Rogers, primo de Pat. Nos conocimos el verano pasado en la granja. Estoy ahora de permiso de fin de semana, el último antes de entrar en acción... Bueno, venga, muchacho. No te quedes ahí.

Se estrecharon la mano. Andy se sentía muy ridículo. Entró en el piso.

Pat se levantó de su silla cuando entró él en la habitación y se apoyó en una mesita. En su rostro se mezclaban una expresión de angustia, una contenida sonrisa, un asomo de lágrimas y una larga e incrédula mirada. Andy bajó la vista al suelo.

—Hola, Pat —dijo, en voz baja.

—Andy —murmuró ella.

—Recién llegado del Canal, ¿eh? —dijo el marinero—. Apuesto a que las habéis pasado canutas...

Se interrumpió en seco al notar el azorado silencio de Pat y Andy.

—Bueno, será mejor que me largue, sé que no me necesitáis aquí —guiñó un ojo a Andy.

—No..., no te vayas —dijo Andy—. Puedes quedarte.

—Tengo que ir al bar con los amigos. Ya es tarde. Gracias por la comida, muchacha. Encantado de volver a verte, Andy.

—Telefonéame si consigues otro permiso, Henry.

—Lo haré, Patty. Adiós.

—Adiós.

—Hasta la vista, Henry, siento haberte echado a perder tu...

—Quédate aquí..., conozco el camino.

Volvió a guiñarle un ojo a Andy y salió.

—¿No quieres sentarte, Andy? —dijo Pat.

Se sentó, turbado, en el borde de una silla tapizada.

—Tienes una casa muy bonita, Pat.

—Era de una amiga que vivía en Masterton. Su marido fue trasladado aquí. Luego marchó a ultramar, y ella regresó a su casa.

—Una suerte...

—¿Quieres una taza de té?

—Gracias.

—¿Qué tal te ha ido?

—Ski ha muerto, Red Cassidy perdió una pierna.

—Oh...

—A mí me ha ido bien.

—Pareces un poco más delgado.

—Estaré bien dentro de un par de semanas. El calor y todo eso.

Pat le llenó la taza hasta el borde. Al levantar él la taza, le tembló la mano y se derramó un poco de té sobre la pierna.

—¡Maldita sea!

—Oh, Andy, ¿te has quemado? No debía haberla llenado tanto.

—No, es sólo que me tiemblan todavía las manos. Estaré perfectamente dentro de unos días.

Dejó la taza. Se miraron uno a otro, sin saber cómo aliviar la tensión.

—Vamos a dar una vuelta, o al cine, o algo —dijo él.

—Voy a coger el abrigo.

Una vez instalados, se concedieron permisos de diez días en tres turnos, con autorización para viajar a cualquier lugar del país. Se nos advirtió que nos comportásemos como embajadores de buena voluntad.

El sargento de artillería McQuade, el sargento de Estado Mayor Burnside y el soldado Joe Gómez entraron en un bar de Levin, Nueva Zelanda. Su estado de ánimo había cambiado poco en seis días. Otros siete *marines*, acompañados por chicas, entraron también y se instalaron en uno de los amplios compartimientos. Los tres amigos observaron mutuamente sus vasos de cerveza para no quedarse atrás en la carrera de diez días.

Un *marine* de los recién llegados con una corpulencia excepcional miró hacia la barra y reparó en las *fourragères* de Gómez, Burnside y McQuade. Guiñó un ojo a sus compañeros.

—¡Eh! ¿Tiene alguien una barra de desodorante? —rugió.

—¿Cuántos son? —murmuró McQuade, mirando en el espejo que tenía delante de la barra.

—Siete —contó Burnside—. Y están con mujeres.

—Oye, ahí hay unos tipos con silbatos..., acaso nos toquen una melodía —exclamó otro del grupo, refiriéndose al adorno metálico que remataba el extremo de la trenza.

—Parecen el Octavo de Marines de Hollywood —susurró Burnside.

—¿Hago yo los honores? —preguntó McQuade.

—Oh, déjalos —dijo Spanish Joe—. Somos más que ellos..., además, los pobrecillos lo han pasado mal en Samoa.

El alborotador del grupo llenó su vaso de cerveza y se puso en pie.

—Propongo un brindis por el Sexto de Marines. Venga, todos juntos, muchachos.

Y cantaron:

Soy un atrapapiojos del Sexto de Marines,
no puedo mantener limpio mi rifle,

y no quiero tener un BAR,
sólo que me den chocolatinas.

—Se la han ganado —dijo Spanish Joe, con voz sibilante.

Bebió de un trago el resto de su cerveza para que no se la birlasen Burnside o McQuade. Los dos sargentos volvieron a llenar, con indolencia, sus vasos y continuaron bebiendo.

—Llámanos si te ves apurado —dijo McQuade.

Los siete *marines* rieron burlonamente cuando Spanish Joe se dirigió a su compartimiento. Acercó una silla y apoyó los codos sobre la mesa.

—Hola, muchachos —dijo, mostrando sus grandes y blancos dientes en una amplia sonrisa.

—Lárgate, atrapapiojos.

Spanish Joe alargó la mano hacia el tipo corpulento y le enderezó el pañuelo de campaña.

—¿Es que no os enseñan pulcritud? —preguntó Joe, con tono suave.

—Nosotros no tenemos bonitas *fourragères* —respondió el marine.

—Oh, vamos, muchachos, no os lo toméis así. Vosotros sois casi igual como aliados.

—Mira, muchacho, sólo estábamos divirtiéndonos un poco. No queremos líos. Tenemos aquí a nuestras chicas, como ves.

—Oh —dijo Joe—. Plan completo, ¿eh?

—No te precipites..., éstas son buenas chicas.

—Ohhhh —exclamó Joe—, buenas chicas. ¿Os lo hacen todo?

Comenzó la reyerta. Spanish Joe asestó el primer golpe. Los tres primeros, en realidad. Los derribó rápidamente y arrinconó a los otros cuatro en un extremo del compartimiento, donde no podían quitarse de encima a las asustadas muchachas, que no cesaban de gritar. Hasta que cayó una silla sobre la cabeza de Joe no intervinieron Burnside y McQuade para acabar con los otros. Sacaron a rastras a Joe por encima de los siete postrados cuerpos hasta la puerta.

—Cristo, el viejo Spanish Joe se está reblandeciendo —dijo McQuade.

—Sí, parece que el Canal le chupó energías a este chico.

—Diablos, es la primera diversión auténtica que hemos tenido en este permiso.

—Vamos a llevarle. Nos quedan cuatro días más.

Speedy Gray, Macuto y el indio salieron a toda velocidad del campamento, mientras Gómez, McQuade y Burnside entraban en él tambaleándose.

Speedy apoyó la espalda contra el extremo de la vieja cama y dejó caer al suelo una botella vacía que repiqueteó al chocar contra otra. Macuto estaba acurrucado en una silla de madera, balanceándose. Lanzó un chorro de jugo de tabaco por encima del alféizar de la semiabierta ventana. El alféizar estaba lleno de escupitajos.

—Cerdo —dijo Speedy.

—Oh, cállate. Lo limpiaré antes de que acabe el permiso.

La habitación de la planta baja de la gran casa de huéspedes de

Wellington estaba atestada de botellas vacías. La cama no había sido hecha desde hacía tres días, y los hombres estaban sin afeitar. El establecimiento era su «hogar» para unas veinte chicas que hacían su trabajo en la capital. Valiéndose de una combinación de contactos infalibles y de sus triunfantes modales, Macuto había logrado alquilar la habitación del bajo para los diez días de permiso. Habían tomado dos habitaciones, la otra justo enfrente, al otro lado del pasillo. Pero ésta estaba reservada para las horas de placer con una o más de las ocupantes del hogar.

—Es un permiso estupendo —dijo Speedy, cerrando los ojos.

—Sí.

—Espero que el indio venga pronto con las botellas. Acabamos de terminar la última. Tendré que afeitarme y salir yo a buscar unas cuantas si no vuelve.

—Sí.

—El indio dijo que volvería antes de marcharse a Otaki. Le prometí a la buena de Meg llevarle un indio. Se sentiría decepcionada si se larga.

—Sí. —Escupitajo.

—Cerdo.

—Buena chica esa Meg. Buena chica. Hecha de hierro.

Sonaron unos golpecitos en la puerta.

—Entra en nuestro humilde domicilio.

Entró Faro Resplandeciente, encorvado bajo una carga de botellas. Speedy se incorporó en la cama con lentitud, y estudió la habitación en busca de un lugar en el que instalar los refuerzos. Mientras colocaba las botellas en el lavabo, iba leyendo las etiquetas:

—Aguardiente de Bistro, *Manhattan Cocktail*..., ¿es esto todo lo que habéis podido encontrar? Estoy harto de esa basura.

—Es lo mejor que había.

—Bueno, tomad el relevo, muchachos. —Speedy se dejó caer de nuevo en la cama.

—¿Dónde está la chica, dónde está la chica? —preguntó ansiosamente el indio.

—No ha vuelto aún del trabajo. Tranquilo, hay de sobra para todos.

Faro abrió una botella, bebió un trago y la pasó.

—Si no viene, tendré que irme a Otaki sin verla —dijo—. Tengo apalabrada una *squaw* para el resto del permiso.

—Oh, tienes que quedarte —gimió Speedy—. Le prometí a Meg un indio, nunca se ha acostado con un indio.

—Pero ha tenido casi todo lo demás.

—Sí, pero ella quiere un indio.

—De acuerdo —dijo Faro—. Lo haré por vosotros.

—Esto es un verdadero amigo.

—¿A qué hora viene?

—Tranquilo, hombre, tranquilo.

—¿Hay probabilidades de coger purgaciones?

—Muchísimas.

—Diablos, yo no quiero correr riesgos.

—¿Dónde está tu espíritu de aventura?

—Meg va a ser feliz esta noche. Le he traído un indio...

Speedy se llevó a los labios la botella semivacía y cerró complacido los ojos.

Danny, Marion y L.Q. salieron a toda velocidad del campamento mientras Speedy y Macuto entraban en él, tambaleándose.

Su viaje hacia el norte, a lo largo de las cordilleras Tararua y Ruahine, estuvo lleno de panoramas maravillosos. Con el fin de aprovechar mejor el tiempo, cancelaron su prevista excursión a Isla del Sur y se dirigieron a un lugar en que aún estuviese abierta la temporada de la trucha. Profundos fiordos, impetuosos torrentes, verdes montañas y abruptos precipicios pasaban ante sus ojos mientras el trenecillo avanzaba trabajosamente hacia la Bahía de Hawke. Era evidente que el buen Dios había puesto demasiadas bellezas en Nueva Zelanda y demasiado pocas en otras partes del mundo. Hundidos en las profundas butacas de cuero de sus compartimientos de primera clase, permanecían con la mirada fija en el panorama de formas, colores y esplendor que desfilaba ante ellos.

En cada parada —Featherton, Carterton, Masterton, Eketahuma, Pahiatua, Woodville, Dannevirke—, se apeaban apresuradamente, como hacían los nativos, y andaban por los largos andenes de cemento de las estaciones. Allí, alineadas a lo largo del mostrador, tazas de té y badejas de pastas esperaban la llegada del tren. Un rápido gesto para cogerlas y dejar en el mostrador una moneda de seis peniques, y volvían de nuevo a su vagón. En la parada siguiente se devolvían las tazas vacías y se cogían otras nuevas de los mostradores. Era una agradable costumbre viajar tomando sorbos de té mientras se contemplaba el paisaje.

Llegaron a Waipukurau, pequeña ciudad por cuyas proximidades pasaban los ríos Wiapawa, Makaretu, Tukituki y Mangaonuku. Sus corrientes rebosaban de oscuras e irisadas truchas, y las cercanas montañas estaban llenas de ciervos rojos y blancos, uapitíes, alces, antílopes himalayos y rebecos. Y las aves de las lagunas y marismas: ánades silvestres, patos, cercetas, cisnes negros, gansos canadienses, codornices californianas, calamones y perdices. Era el mes de marzo y el aire era fresco.

Se echaron las mochilas a la espalda y con los rifles al hombro y sus recién comprados aparejos de pesca, bajaron del tren.

Su alojamiento era un pequeño albergue en la montaña, a unos kilómetros de Waipukurau. Era rústico, pero lujoso, y armonizaba con las montañas que lo rodeaban. Una enorme chimenea y una pared de troncos con una muestra de cabezas de catorce pointers, grandes edredones sobre las camas y alfombras circulares de nudos..., hacían que la habitación fuese el sueño de un viejo cazador.

Estaba próxima a terminar la temporada de pesca, así que había pocos huéspedes. Los cazadores utilizaban como base el albergue de Mr. Portly, si bien desarrollaban su actividad lejos de él. Una unidad de caballería de la Guardia Territorial acudía todas las noches al bar. El local estaba bien abastecido de whisky escocés y de cervezas que no eran fáciles de encontrar en las abarrotadas ciudades. Esto carecía de importancia para Marion, que hacía sus brindis con zarzaparrilla.

A pocos kilómetros del albergue, Hale Hendrickson, una combinación de granjero, cazador y pionero, había erigido una pequeña granja. Su mujer, su hija y su hijo menor esperaban el regreso del Oriente Medio del hijo mayor. Otros dos hijos habían muerto en combate. Hendrickson puso tres de sus caballos a disposición de sus nuevos amigos marines. Hombre de gustos selectos, prestó también a Marion su nutrida colección de discos clásicos y varios volúmenes de su bien surtida biblioteca. Una noche, Danny yacía tendido en el mullido colchón, leyendo. Marion se ajustó las gafas y se inclinó sobre la mesita escritorio. Sobre ella, había un montón de hojas desparramadas en desorden. Terminó el disco que estaba sonando en el gramófono. Marion lo retiró.

—Bonita música. ¿Qué era? —preguntó Danny.

—Es de *Los pescadores de perlas*, de Bizet.

—¿Qué es *Los pescadores de perlas*?

—Una ópera.

—Creía que *Carmen* era lo único que había escrito Bizet.

—Todo lo contrario —dijo Marion—, escribió *suites*, sinfonías..., muchas clases de música.

—Tengo que aprender música algún día.

—Ha sido muy amable Mr. Hendrickson al prestarnos estos discos. A propósito, esta noche tenemos que ir todos a cenar a su casa.

—Ya.

—Será mejor que tengas cuidado, Danny. Creo que su hija te ha echado el ojo.

—Tonterías... ¿Qué tal va tu historia?

—Bien. En seguida te dejo leer el primer borrador.

Marion rebuscó entre el montón de discos.

—Pon ese concierto de Grieg. Me gusta. Armoniza muy bien con el paisaje.

—De acuerdo.

—Es curioso —dijo pensativo Danny mientras sonaban los primeros acordes—, yo pensaba antes que Glenn Miller y T. Dorsey eran los únicos músicos del mundo. Cuando estaba en la Escuela Superior, Glenn Miller salía en la radio tres veces a la semana. Era como un ritual escucharle. Nos entusiasmaba cuando cantaba «Batelero del Volga» y el «Coro del yunque».

—A mí también me gusta Miller —dijo Marion.

—Me pregunto si podré volver a bailar al son de esas piezas. Parece que eso era todo para lo que vivíamos, bailar, jugar a bolos y cosas de ésas. A Kathy le gusta la música clásica. Solía meterse conmigo porque a mí nunca me interesaba. Yo bromeaba mucho con ella...

Marion hizo girar su silla hasta quedar frente a Danny.

—Parece que ha pasado mucho tiempo, ¿verdad?

—Durante las dos últimas semanas he sentido de una forma muy intensa la melancolía típica del soldado. Creo que ésta ha sido la primera vez que hemos tenido un par de minutos para pensar en el hogar.

Marion se levantó y fue hasta la chimenea. Cogió un trozo de papel y puso sobre él unas virutas. Encendió una cerilla, y el papel quedó envuelto en una llama que arrojaba movedizas sombras contra la pared.

Atizó la crepitante madera y echó un grueso leño. Luego, se incorporó, sacudió sus manos y se quedó mirando las llamas.

—¿Marion?

—¿Sí?

—¿Has probado alguna vez a pararte a pensar qué estamos haciendo aquí? Quiero decir, al otro lado del mundo.

—Muchas veces.

—Sé que soy un marine y que hay una guerra. Pero matar..., no está bien, Marion.

—Parece absurdo cuando se dice así, ¿verdad?

—Sólo espero que estemos luchando por una causa justa.

—Hay que sentirlo así, Danny, o no podría uno luchar.

—Supongo que sí..., de todos modos, es demasiado profundo para los cabos. Me pregunto si nos mandarán a casa después de la próxima campaña.

—Las cosas van tomando mejor aspecto. El Ejército avanza a lo largo de las Salomón y Nueva Guinea. Supongo que pronto estarán listas la Primera y Tercera Divisiones de Marines.

—Hay demasiadas islas, demasiadas malditas islas por aquí.

L.Q. entró a grandes zancadas en la habitación y se tiró sobre la cama, rebotando varias veces en el mullido colchón.

—Se acabó, maldita sea. Es la última vez que monto a caballo.

—¿Qué ha ocurrido?

—Sólo lo he hecho por pasar el rato con esa chica Hendrickson, a mí me asustan los caballos. Ese maldito granjero no tiene más que enormes caballos de labranza, son unos asesinos. Me han tirado seis veces. Dios, me duele todo el cuerpo.

Marion y Danny se echaron a reír.

—Un corazón pusilánime nunca ganó a una bella dama —dijo Marion.

—Bella dama..., un carajo. Esas malditas tías son como amazonas. De todos modos, ella tiene echadas sus redes para ti, Danny. ¿Qué diablos pasa conmigo? ¿Me huele el aliento o algo? Siempre me tengo que tropezar con gente rara.

—Vamos, L.Q., será mejor que te des una buena ducha fría.

—¡Un cuerno! —exclamó L.Q.—, no puedo quedarme ni un minuto más en este agujero. Me pone malo.

—Creí que querías paz y tranquilidad.

—Sí, pero no muerte. Cazar y pescar, dijo el agente. Me he roto el último par de caquis con los anzuelos. Uno de esos tipos de la Guardia Territorial me ha dicho que hay una ciudad fabril, Pahiata, que está llena de tías..., y no hay marines allí.

—Yo pensaba que lo habías decidido en Wellington, con Speedy y Macuto.

—¿Sabes lo que pasó? Voy a decirte lo que pasó. A esa Meg le gustó tanto el indio que ya no quería ni verme. Y lo que hice fue terminar con esa... comedora de manzanas. Palabra, oye, comía manzanas en la cama.

—Deberías sentirte agradecido entonces. Los otros tres están en la sala de venéreas del Silverstream Hospital.

L.Q. cargó su mochila lo más rápido que pudo.

—No soporto esto —murmuró—. Danny, muchacho, hazme un favor. Tengo un depósito de tres libras a cuenta de esta habitación. Voy a fingir que tengo el virus y quizá Mr. Portly me devuelva la pasta.

Marion volvió la cabeza y sonrió, mientras Danny se encogía de hombros y abría la puerta.

—Espera un momneto, Danny. Voy a echarme un poco de agua por la cara para que parezca que he estado sudando.

Danny cogió a L.Q. del brazo y lo condujo hasta el vestíbulo, donde Mr. Portly, semirreclinado en un sillón, estaba leyendo el *Free Lance*. Levantó la vista y vio a Danny que meneaba la cabeza con tristeza.

—¿Qué pasa, muchachos? —preguntó Mr. Portly.

—Pobre L.Q., pobrecillo L.Q.

—Eh, Danny, ¿qué le ocurre a tu amigo?

—Tiene el virus, Mr. Portly.

Al oír estas palabras, L.Q. empezó a temblar tan violentamente como un hombre con un ataque de *delirium tremens* ante una fila de botellas llenas.

—Virus... ¿qué virus?

—Malaria, Mr. Portly.

L.Q. hizo castañetear los dientes, produciendo un ruido que Marion pudo escuchar desde su habitación.

—¡Santo Dios! —exclamó Mr. Portly.

—Guadalcanal —murmuró Danny, dando unas palmaditas cariñosas a L.Q.

—Pobre hombre.

—Será mejor que se vuelva a Wellington antes de que..., de que...

—¿Antes de qué?

—Antes de que...

Danny se acercó a Mr. Portly y se señaló la cabeza.

La familia Hendrickson rió de buena gana cuando Danny les contó la historia del fingido ataque de malaria de L.Q. y su apresurada marcha del albergue. Después de cenar, la familia y sus dos invitados se retiraron a la sala de estar y, al poco rato, Marion y Mr. Hendrickson discutían acaloradamente sobre James Joyce. Danny escuchaba con cortesía mientras la discusión se iba haciendo cada vez más intrincada. Se sintió aliviado cuando Nonie Hendrickson le invitó a salir para tomar un poco el aire.

Ella se echó sobre los hombros un chal de punto, y ambos caminaron en la serena noche a lo largo de la cerca que iba desde la casa hasta el granero.

—Padre no tiene demasiadas oportunidades de hablar de música y de libros. Debes perdonarle.

—Espero poder discutir con él un día de todos estos temas.

—Pobre L.Q., es una pena que tuviera que irse.

—Quizá si te hubieras portado un poco mejor con él se habría quedado.

—No es mi tipo —respondió Nonie.

Danny se detuvo, apoyó un pie en la parte baja de la cerca y se

apoyó en ella. Contempló durante unos instantes la áspera belleza de
la granja en la desolada extensión.

—Debisteis de pasarlo mal en Guadalcanal.

—No peor que vuestros muchachos en Creta.

—¿Has perdido algún compañero?

—Uno, un buen amigo. —Encendió un cigarrillo y pensó en Ski—. Sí
que hay tranquilidad aquí. Me alegro de haber encontrado este lugar.
Nadie se echó a reír.

—Tanta tranquilidad que a veces le vuelve a una loca.

Se giró y observó a la muchacha, que apoyó la espalda contra un
poste. Era muy delgada, rubia y erguida como una torre. Alta y de
rotundos senos, incluso un poco fornida. Una mujer tenía que ser
fuerte para llevar aquella vigorosa vida. Su rostro y su vestido eran
sencillos. No resultaba difícil arañar bajo la áspera superficie y ver
que era una muchacha aburrida y solitaria. Quizá incluso sentía como
si estuviera siendo robada. No sabía lo afortunada que era, pensó Danny.

Sus ojos se encontraron.

—Bueno —susurró ella, suave e invitadoramente.

—Estoy casado —dijo Danny.

—Yo estoy prometida. Llevo tres años prometida. Él es prisionero
de guerra.

Danny se apartó de ella.

—No soy muy guapa, ¿verdad? —preguntó la muchacha.

—Lo suficiente.

—Pero no soy guapa como las chicas americanas. Yo solía recibir revistas de allí antes de la guerra. Pero tienen tanto...

—Algunas personas no saben cuándo están bien, Nonie. Se forman
ideas extrañas. Hay muchísimas chicas que se cambiarían por ti.

Danny sintió su mano en el brazo y el calor de su aliento en el
cuello. Se puso rígido.

—Bésame, por favor —pidió ella.

Él sintió un impetuoso deseo de cogerla entre sus brazos, pero
negó con la cabeza.

—Tenía razón —dijo ella—. ¿Sabes? Éste es mi mejor vestido.

—Te equivocas, Nonie. Deseo mucho besarte, pero no creo que pudiera detenerme.

—No me importa —murmuró ella.

—A mí sí.

En su rostro se dibujó una dolida expresión.

—Escucha, Nonie, no es por ti. Sería igual con cualquier otra chica
del mundo por lo que a mí se refiere. Quiero que sea así.

Comprendió que ella se sentía avergonzada. Ya antes había sido in-
fiel al muchacho que estaba en el campo de prisioneros. Estaba intentando serlo otra vez..., él no la deseaba.

Cruzaron por la mente de Danny las palabras de Milt Norton sobre
las guerras y las mujeres. *No importa de qué ni de dónde vienen...,
en tiempo de guerra es una vieja pauta...*

II

L.Q. lanzó un suspiro de alivio cuando se detuvo junto al mostrador de la estación de ferrocarril y pidió una taza de té. Miró al reloj de pared. Faltaban pocos minutos para la llegada del tren. Volvió la vista por encima del hombro y reparó en un hombre de edad madura que lo estaba mirando con fijeza. Aquel hombre iba vestido con pulcritud, llevaba un traje azul a rayitas grises. Sus sienes canosas hacían juego con su bigote gris. Llevaba grandes gafas de montura de concha, comunes en Nueva Zelanda, y sombrero hongo. Tenía sobre el brazo un pesado gabán de lana y un bastón bruñido en la mano. Finalmente, L.Q. sonrió y lo saludó con una inclinación de cabeza.

—Buenas tardes, yanqui —dijo el hombre—. Perdona la intromisión, pero no reconozco esa trenza que llevas en el brazo.

—Se llama *fourragère*. El Sexto de Marines, mi unidad, la ganó en Francia durante la Primera Guerra.

—¿Sí? No solemos ver muchos americanos por aquí. ¿De vuelta de Guadalcanal?

—Sí, señor.

—Fue terrible aquello, ¿no?

—Sí, señor.

—Me llamo Busby —dijo, extendiendo la mano—, Tom Busby, representante de la Dunmore Machinery Company, Limited. Tenemos una nueva máquina de fabricar ladrillos, los hace macizos o huecos y es tan sencilla que podría manejarla un niño. Sin golpes ni vibraciones —dio a L.Q. un golpe amistoso en las costillas—. Pero a ti no te interesa eso, ¿verdad? ¿Qué diablos te trae a Waipukurau?

—Tengo un permiso de diez días, señor.

—Es un hermoso país éste, muy hermoso. ¿Cómo has dicho que te llamas?

—Lamont Jones. Mis amigos me llaman L.Q.

—L.Q., buen nombre —se estrecharon la mano—. Supongo que te diriges ahora al campamento.

—No, aún me queda casi una semana. Mis compañeros están en el Albergue de Mr. Portly. Yo voy a Pahiatua.

—¿Pahiatua? ¿Qué diablos vas a hacer allí?

—Procurar divertirme un poco, señor.

—Ve a la taquilla y cambia ahora mismo tu billete.

—¿Qué?

—Vas a venir conmigo a mi casa, muchacho. En Pahiatua no hay nada.

—Pero..., pero...

—No se hable más, L.Q. Dile al hombre que te dé un billete para Palmerston North.

—Pero, Mr. Busby, no puedo irrumpir en su casa así como así.

—Tonterías. ¿Qué clase de persona crees que sería yo si dejara a un amigo americano ir a Pahiatua? Mi casa es tuya, hijo. Venga, vamos.

—Pero...

—Vamos, muchacho, hay Sheilas de sobra en Palmerston North si es eso lo que te preocupa..., chicas de sobra.

—No sé qué decir.

—Llámame Tom, L.Q. Y ahora vamos a darnos prisa antes de que llegue el tren.

Durante el largo viaje hasta Palmerston North, la conversación fue agradable. Tom Busby dejó de hablar y escuchó con atención cuando L.Q. habló de Los Ángeles. Al llegar a la estación, L.Q. parecía preocupado.

—Vamos, L.Q., mi mujer Grace no es tan mala.

Fueron recibidos por una mujer menuda y rolliza, de poco más de cuarenta años, y un chiquillo de unos doce, de aspecto frágil. Tom y su mujer intercambiaron circunspectos besos británicos, y el vendedor le revolvió el pelo a su hijo cuando éste cogió el maletín para llevárselo.

—Te traigo una sorpresa. —Se volvió hacia L.Q., que permanecía con aire azorado detrás de él—. Te presento a L.Q. Jones, recién llegado de Guadalcanal. El muchacho está de permiso y se iba a ir a Pahiatua.

—¡Un yanqui de verdad! —exclamó Ronnie Busby—. ¿Se va a quedar con nosotros?

—Ha... ha sido idea de su marido, Mrs. Busby.

—Bueno, de vez en cuando se le ocurre alguna buena. Vamos, debes estar hambriento. El coche está al otro lado de la calle.

—¿Todavía funciona la vieja *Betsy*? Lo estamos pasando mal con ella. Escasez de recambios, ya sabes.

—¿Y qué te parece Nueva Zelanda, L.Q.? —preguntó Grace.

—Maravillosa, Mrs. Busby.

—¿Puedo llevar tu rifle, L.Q.?

—Claro, chaval.

Se instalaron en un «Ford» de 1935. Grace oprimió el botón de arranque. No sucedió nada.

—La maldita batería otra vez —barboteó Tom Busby.

—La maldita batería otra vez —repitió Ronnie.

—¡Callaos los dos!

—Pruebe el claxon, Mrs. Busby. Quizá el arranque esté atascado —dijo L.Q.

—Oh, hace ya casi un año que no tenemos claxon.

L.Q. encontró el interruptor de las luces en un desconcertante salpicadero con el volante a la derecha. Se encendieron los faros.

—No es la batería —dijo—. Meta la tercera. Voy a ver si puedo moverlo.

Accionaron la llave de contacto y el motor se puso en marcha.

—Asombroso, sencillamente asombroso. ¿Eres mecánico, L.Q.?

—No, pero supongo que la mayoría de nosotros enredamos de vez en cuando en los motores.

—Bueno, ésta ha sido buena idea. Lo primero que haré mañana será dejar que te metas bajo el capó para arreglar algunas de las chapuzas de mi marido. Es un niño con un martillo en la mano..., ¡y pensar que vende maquinaria!

—Cállate, Grace, vas a ahuyentar al muchacho.

—Me encantará hacerlo —dijo L.Q.
—¿Lo ves, Tom? ¿Qué te dije?
—Sé cantar el himno de Infantería de Marina —dijo Ronnie.

L.Q. abrió los ojos y paseó la vista por la acogedora habitación de la casita de Park Road. Penetraba el sol en su interior. Se sentó en la cama y se estiró. Sonó un golpecito en la puerta.
—Adelante —dijo.
Grace, Tom y Ronnie Busby irrumpieron en la habitación. L.Q. se tapó con las mantas. Grace llevaba una amplia bandeja y la depositó sobre su regazo.
—Oh, vamos, Grace. Me siento ridículo desayunando en la cama, sobre todo si estoy en pijama.
Tom Busby rió discretamente.
—Tendrás que acostumbrarte al ruibarbo, L.Q., estamos en plena temporada del ruibarbo, ¿sabes?
—Escuche, puedo levantarme y comer en la mesa.
—Tonterías.
—Oiga, ¿qué hora es?
—Casi la una. Has dormido como un niño.
L.Q. miró la bandeja, rebosante de apetitosos alimentos, y se rascó la cabeza.
—Son ustedes muy amables —dijo.
—Bueno, vámonos —dijo Grace—. Dejad comer al chico.
—Date prisa, L.Q., tengo una partida de bolos en el campo del club dentro de una hora. Es un gran deporte para conservar la línea —dijo dándose unas palmaditas en el estómago—. He telefoneado a todos los amigos para decirles que tengo un marine. Quiero lucirte un poco, L.Q.
La puerta se cerró y L.Q. permaneció unos instantes meneando la cabeza.
Más tarde, L.Q. miró a la sonriente multitud de mujeres del Palmerston North Tennis Club.
—Agárreme la mano, Grace. Parecen una bandada de buitres.
—Mira la morena del extremo de la mesa. Se llama Gale Bond. Ésa es la que Tom ha elegido para ti. Vendrá luego a cenar.

L.Q. alineó a los chiquillos en el solar.
—Bien, muchachos, ¿conocéis las reglas del juego? No es como el cricket.
—Sí, L.Q.
—Muy bien, elijamos puestos.
—Yo quiero ser el lanzador.
—No, yo quiero ser el lanzador.
—L.Q. dice que el lanzador es el jugador más importante.
—Un momento —dijo L.Q.—. Todos son importantes. Ahora vamos a ver quién batea primero. Utilizad este mango de escoba..., quiero decir, este bate.
El marine se inclinó sobre Ronnie y le cuchicheó al oído:

—¿Recuerdas lo que te dije?
—Sí. L.Q.
Se volvió hacia su equipo.
—Bien, muchachos, vamos a hablar unos momentos ahí en medio, daos prisa —exclamó con voz aguda, mientras le guiñaba un ojo a L.Q.
—Empezad el juego —ordenó L.Q.

El «Ford» ronroneaba suavemente, los grifos ya no goteaban y el hogar de los Busby lucía varias lámparas y aparatos remozados. Gale Bond y la familia Busby estaban en el andén de cemento con su marine.
—No dejes de escribirnos, L.Q.
—Lo prometo, Grace.
—Y, recuerda, en cuanto tengas un permiso, coge el tren. No necesitas telefonear ni poner un telegrama, lo único que tienes que hacer es presentarte aquí.
—De acuerdo, Tom.
Ronnie agarraba con fuerza el guante de béisbol de L.Q. y permanecía detrás de su padre para ocultar sus lágrimas.
—Gracias por la caña y el carrete, L.Q.
—Encantado de deshacerme de ellos, Tom.
—Espero que no sea la temporada del ruibarbo la próxima vez que vengas.
—Enviaré un poco de té, Grace, y para ti también, Gale. Tenemos barriles enteros en la cocina. Ni siquiera lo tocamos.
—Cuídate, L.Q. —dijo Grace, abrazándolo mientras se acercaba el tren.
Él estrechó la mano de Tom.
—No sé cómo podré agradecerles todo...
—Vamos, vamos, muchacho... Bien, buena suerte, L.Q.
Besó a Gale Bond y, luego, la volvió a besar. Después, se arrodilló junto al sollozante chiquillo.
—Eh, Ronnie, creí que querías ser marine. Ellos no lloran.
—Yo... me entrenaré de firme, como tú me has enseñado. Y algún día jugaré con los «Dodgers».
L.Q. cogió en brazos al pequeño y lo abrazó con fuerza mientras se detenía el tren en el andén. Subió rápidamente, corrió a un asiento y agitó la mano mientras ellos se acercaban a la ventanilla.
El tren se alejó de Palmerston North. Grace Busby cogió el pañuelo de su marido y se secó los ojos, secó luego los de Ronnie y se lo pasó a Gale, que se lo pasó a Tom Busby, el cual se sonó ruidosamente la nariz y volvió a guardárselo en el bolsillo.

Andy se estiró en el sillón y apagó su cigarrillo.
—Pat.
—¿Sí?
—¿Te importa que nos quedemos aquí charlando esta noche? No tengo muchas ganas de salir.
—Como quieras.
Entró desde la cocina, secándose las manos con un trapo. Se qui-

tó el delantal y lo dejó a un lado. Después, se volvió hacia Andy. Frunció el ceño.

—Santo Dios, Andy, tienes mala cara.

—No... no me siento muy bien... Noto el estómago un poco raro.

Movió la cabeza y abrió los ojos. Los tenía legañosos. Empezaron a formársele gotas de sudor en la frente.

—Estás enfermo.

Se encogió al recorrerle el cuerpo un escalofrío. Pat le puso la mano en la frente.

—Tienes fiebre. Llamaré a un taxi. Será mejor que vayas al hospital.

—Ni hablar, no voy a ir a ningún hospital.

—No pongas las cosas difíciles.

—Es sólo que me está empezando la malaria. He visto a un montón de compañeros cogerla. Me la sacudiré en un día, tan pronto como baje la fiebre.

Se encogió al sentir otro escalofrío. Luego, se le cubrió la cara de sudor.

—Has estado enfermo desde tu vuelta. Te he venido observando.

—Me quedan seis días de permiso, Pat, y que me ahorquen si pienso pasarlos en un hospital.

—Te estás portando como un testarudo sueco.

Andy se puso en pie tambaleándose y se apoyó en la pared para no caer.

—En mi guerrera —dijo—, tengo unas píldoras de quinina. Las cogí de la enfermería..., dame tres...

—No puedes, Andy.

—Por los clavos de Cristo, deja ya de discutir, mujer. No voy a ir a un hospital. Llama a un taxi. Volveré a mi hotel. La sudaré allí y me pondré bien. Te telefonearé dentro de un par de días.

—¡Andy!

Cayó hacia delante y ella lo sujetó con los brazos.

—Debo de haberla cogido bien. Me da vueltas la cabeza, Pat. Llévame a mi hotel.

Pat se pasó el brazo de él por el hombro y lo guió lo mejor que pudo.

—Ven, voy a acostarte en mi cama.

—Sólo... llévame... a mi hotel...

—No pienso dejarte allí solo en tu estado. ¿No quieres ingresar en un hospital?

—No. Me quedan... seis días... y que me ahorquen...

—De acuerdo entonces.

Cayó sobre la cama, tiritando con enorme violencia.

—Tápame..., tápame con algo. Me estoy quedando helado..., tápame... Dame tres pastillas de quinina cada cuatro horas... mucha agua...

Respiraba con gran trabajo, y se le cerraban los ojos. Pat forcejeó para quitarle la ropa y meterlo bajo las sábanas.

—¡Lárgate, Ski, lárgate! Ninguna mujer lo merece —se agarró la rodilla y se revolvió entre las mantas—. No te preocupes, Ski... Andy volverá y te sacará de ahí. ¡Ski! ¡Vienen por entre la hierba!

La lámpara de la mesilla de noche iluminaba la habitación con una débil luz. Pat cambió de postura en la improvisada cama que había formado con sillas y almohadones junto al lecho donde estaba Andy. Se estiró y lo miró. Ahora dormía tranquilo. Le apoyó la muñeca sobre la frente…, había desaparecido la fiebre. Se sentó en el borde de la cama, puso alcohol sobre un paño y le enjugó la frente suavemente, el cuello y los hombros. Andy abrió los ojos con lentitud. Le zumbaba la cabeza a causa de la quinina.

Se apoyó en un codo, sacudió la cabeza y se dejó caer hacia atrás con debilidad. Tenía el rostro muy pálido. Levantó la mano y tocó la suave almohada que había bajo su cabeza. Sus ojos giraron y observaron la habitación. Los cerró un instante, suspiró agitadamente y volvió a mirar. La vio. Llevaba un camisón bajo la larga bata…, le estaba ofreciendo una taza de té. Se frotó los ojos. Tenía un gusto agrio en la boca, todo parecía borroso.

—¿Cómo te encuentras? —preguntó ella con suavidad.

—¿Cuánto… cuánto tiempo he estado aquí?

—Casi tres días.

Andy hizo una profunda inspiración.

—No he debido de ser un compañero muy divertido.

—¿Cómo te encuentras? —repitió ella.

—Hecho polvo.

—¿Puedes incorporarte? Bebe esto. Voy a prepararte un poco de caldo caliente.

Andy se sentó muy despacio y sacudió la cabeza de nuevo para ahuyentar el zumbido. Por instinto se buscó la chapa de identificación. Había desaparecido.

—¿Mi chapa?

—Te la he quitado. Tenía miedo de que te asfixiaras.

Él se subió las mantas sobre el cuerpo.

—Tuve que desnudarte…, estabas empapado.

Andy se llevó la taza a los labios y la miró. La falta de sueño había dejado profundos círculos bajo sus ojos.

—Lo siento, Pat.

Ella sonrió.

—La verdad es que llegaste a asustarme.

—¿He hablado mucho?

Ella asintió.

—Cristo, apuesto a que me odias.

—Me alegro de que todo haya terminado, Andy. ¿Quieres un cigarrillo?

—Sí.

—Toma.

—Coge uno de los míos.

Iba recuperando sus sentidos poco a poco. Dio una profunda chupada al cigarrillo. Pat se sentó en el borde de la cama. Ninguno de los dos habló. Se miraron prolongada y fijamente uno a otro. Andy apagó el cigarrillo en el cenicero que ella sostenía.

—Pobrecillo —murmuró ella—, lo has pasado muy mal.

—Siento haberte hecho esto, Pat.

—Me alegro de no haberte dejado ir al hotel. Me habría vuelto loca de preocupación.

Andy miró la fila de medicinas que se alineaban sobre la mesilla de noche y las sillas en que ella había mantenido su vigilia.

—Será mejor que te prepare algo que comer —murmuró ella.

—Espera un momento, Pat. Nadie ha hecho nunca por mí nada como esto.

—No tiene importancia, Andy —respondió.

—Pareces cansada. ¿Has dormido algo?

—He dado alguna que otra cabezada. Estoy bien.

—Pat.

—Sí.

—Me ha parecido, un par de veces que abría los ojos, que alargaba la mano y tocaba algo... cálido..., te tocaba a ti. Supongo que estaba soñando.

—No estabas soñando. Me asustaban tus escalofríos. —Alargó la mano y le acarició el desnudo pecho—. Estaba asustada por ti.

Él la cogió la mano, se la llevó a los labios y la besó. La atrajo hacia sí y ella apoyó la cabeza sobre su pecho.

—Querido —exclamó—, estaba muy asustada.

Andy acercó la cara hacia la de ella y la besó. Pat cerró los ojos mientras sus grandes manos le acariciaban los cabellos, las mejillas, el cuello.

—Oh, Andy..., Andy...

Volvieron a besarse, y ella lo abrazó con fuerza. Él trató de soltarle el lazo de la bata.

—No, Andy. No, estás demasiado débil.

—Estoy perfectamente.

—Estás enfermo todavía, Andy...

—Pat, Pat...

Ella se abrió la bata y lo abrazó.

Andy abrió los ojos, tanteó la cama en busca de la muchacha y se sentó de un salto. Luego, volvió a echarse sobre las almohadas cuando entró Pat en la habitación con una bandeja en las manos. Le arregló las almohadas y le puso la bandeja en el regazo.

—Será mejor que tomes algo.

Andy sopló en la cuchara y sorbió la sopa poco a poco. El calor le produjo una sensación agradable en todo el cuerpo. Ella se sentó en el borde de la cama y bajó la vista al suelo. Le pasó a Andy la mano por el pelo y le acarició la mejilla. Andy hundió el tenedor en la ensalada y comió vorazmente.

—Me siento horrible —dijo ella.

Él dejó la cuchara.

—¿Te arrepientes, Pat?

Las comisuras de los labios femeninos se le curvaron en una léve sonrisa, y unas chispitas asomaron en sus ojos.

—Claro que no me arrepiento, tonto —dijo—, pero me siento perversa por estar tú enfermo.

Andy engulló otro bocado de ensalada.

—No te preocupes por eso. Nosotros, los marines, somos recios como secoyas, en especial nosotros, los suecos.

Ella se levantó y se volvió a medias.

—Supongo que piensas que soy igual que... que esas chicas de las que hablabas.

—Oh, vamos, Pat.

—En realidad, no me importa, ¿eh?

—No hables así.

—Oh, no importa, Andy. No necesitas fingir por mí. No lo espero.

—Eso no es propio de ti, y tú lo sabes.

—Sí que lo es. ¡Ahora sí!

Andy se secó los labios y dejó su vaso en la bandeja. Luego, apartó la bandeja a un lado. Cogió a Pat de la mano y la atrajo hacia sí.

—Escucha, Pat, cariño.

—No tienes que decir nada, Andy, de veras. —Lo besó en la mejilla y se separó de él—. Sé lo que sientes acerca de las mujeres. Oh, Andy, cuando te marchaste fue como morir por segunda vez..., sólo que esta vez fue peor.

—No sabía...

—Claro que no lo sabías, querido. Cuando regresaron los otros marines y supe que tú volvías, yo... yo... Vas a pensar cosas horribles de mí, pero no me importa. Cogí este apartamento —Pat Rogers se puso rígida y miró hacia la ventana—. No voy a seguir manteniendo lámparas en la ventana ni a esperar que lleguen más barcos a la bahía. Esta guerra me ha hundido. Tú estás aquí ahora, y estarás aquí durante algún tiempo. Voy a decirlo con toda claridad, Andy. Te deseo, pienses lo que pienses. No me importa. Hace tiempo que me decidí. Cuando vuelvas a marcharte, será el final.

Se dejó caer en la cama, cerró los ojos y se mordió el labio.

—No me gusta que hables así, Pat.

Ella tenía los ojos húmedos.

—Me estoy declarando a ti, ¿sabes?

La tomó entre sus brazos y la estrechó contra su pecho. Pat tenía los ojos cerrados, los labios sobre su cuello y los brazos alrededor de él.

—Tú eres distinta a todas las demás mujeres. Pat. Debes de saberlo.

—No tienes que adularme, cariño. Estás aquí, estás aquí, estás curado y te tendré durante algún tiempo. Es lo único que me importa ya. Hoy, este momento..., al diablo con los barcos en la bahía, al diablo las esperas, al diablo el vivir con miedo. Soy ahora una mujer pecadora y no me importa..., no, Andy, no.

—Oh, cállate.

La besó y echó la manta sobre ella. Pat se acurrucó en sus brazos y suspiró con satisfacción.

III

Se abrió la cortina de nuestra tienda y entró el sargento primero Pucchi, seguido por un marine de mediana estatura y facciones poco atractivas.

—Tienes que presentarte aquí, a Mac. Es el jefe de transmisiones —dijo Pucchi—. Mac, éste es tu nuevo radiotelegrafista.

Me puse en pie, y el tipo dejó caer su macuto. Los otros miembros del pelotón, que mascaban chicle y limpiaban el equipo, levantaron la vista. Hubo un silencio. Luego, el sustituto se presentó a sí mismo.

—Me llamo Levin. Jake Levin. Así que éste es el alojamiento, ¿eh?

—Me llamo Mac.

—Encantado de conocerle, sargento —su voz tenía tono de familiaridad—. ¿Hay algún saco libre para mí? —Se le notaba que adoptaba un aire desenvuelto para tratar de hacer ver su veteranía.

—Puedes disponer del mío —dijo Speedy—. Me voy a vivir con el pelotón de teléfonos. —Y salió de la tienda.

Levin se encogió de hombros y fue presentándose a los demás. Sólo Marion le acogió con cordialidad dándole un apretón de manos.

—Bien venido a esta unidad, Levin.

—Gracias, muchacho.

El recién llegado se sentó en el catre de Speedy y continuó charlando.

—¿De dónde eres?

—De Brooklyn.

—Lo imaginaba.

—Tuvimos un viaje malísimo. El barco era horrible... Y lo que yo digo, habrá que sacar el mejor partido posible de la cosa, qué diablos.

—¿Cuánto hace que saliste del campo de instrucción?

—Dos meses. Como digo —continuó—, creo que me las apañaré. Por lo menos, no me presenté voluntario a esta cosa, así que tendré que salir del paso.

—¿Qué quieres decir?

—Que fui reclutado, eso es lo que fui, reclutado.

—Algo apesta aquí —dijo Macuto.

—Yo tengo las botas puestas —dijo Faro, mientras se dirigía hacia fuera. Los otros salieron. Yo los seguí.

—Santo Cristo, Mac, ¿tenemos que admitir a ese bastardo bocazas?

—Tranquilos —dije—. Todos los sustitutos hacen mucho ruido al principio. Sólo intentan causar impresión. Se sienten violentos.

—Sí, pero un maldito recluta forzoso en la Infantería de Marina...

—La guerra es un infierno —gemí.

—No me gusta ese judío —escudió Speedy.

—No me gusta que hables así, Speedy —advertí—. Puede que el chico sea bueno. No lo cuelgues antes de que ponga el pie en la tienda.

—Vamos al depósito de intendencia. ¿Tienes tu tarjeta de ración?

—Sí, vamos. Estoy harto.

Yo volví a la tienda. Levin estaba sacando sus cosas y se incorporó.

—¿Qué les pasa a ésos? Es muy poco cortés la forma en que se han largado todos.

—Levin —dije—, los componentes de esta unidad llevan mucho tiempo juntos. Algunos hace diez años o más. Es como un club privado.

—No entiendo.

—Espera un momento, Levin —dije—. Sé que has oído hablar mucho de la forma de ser de los marines. Pero tienes que ganarte el derecho a obrar así. A nosotros nos gusta ser lo que somos.

—No es culpa mía que me hayan reclutado.

—Te resultarán mucho más fáciles las cosas si decides no andar por ahí compadeciéndote a ti mismo. Te voy a dar un consejo, Levin. Esos chicos se han ganado su reputación y a ti aún te queda mucho por demostrar. Son un grupo excelente, son grandes veteranos, mientras que tú eres aún un novato.

Levin quedó en silencio y bajó la cabeza.

—Sólo estaba intentando ser amistoso. No soy ningún fanfarrón. Sólo intentaba ser uno más.

—No andes por ahí proclamando que te han reclutando para la Infantería de Marina, o no levantarás cabeza. No me gusta verte empezar a andar por el camino equivocado —proseguí.

—Cambiaré de modales —dijo.

—Así lo espero. Vamos a hacerte trabajar hasta dejarte rendido. Si te esfuerzas al máximo cada minuto del día, tendrás un amigo en esta unidad. Si no, maldecirás el día en que te parió tu madre.

Salí.

—Cristo —exclamó Levin, con voz sibilante—. Creí que ya había salido del campo de instrucción. ¿Dónde diablos me he metido?

—No dejes que Mac te asuste, Levin —dijo Marion—. Además, ya tienes un amigo.

—Gracias, cabo.

—Olvídalo. Es sólo que somos celosos. ¿Sabes? El chico al que sustituyes era un tipo estupendo. Salvó a una patrulla en Guadalcanal.

—Cristo —susurró Levin.

—Le van a mandar a su hermana la Cruz de la Armada.

—¡Dios!

—Ven. Voy a enseñarte el campamento.

—Es usted una gran persona, cabo.

Salieron de la tienda.

—Dime, ¿has estudiado alguna vez algún autor clásico? —preguntó Marion.

—¡Levin!

—¿Sí, sargento?

—Te he designado para el turno de guardia de medianoche en la centralita.

—Sí, sargento.

—Y no pienses que puedes levantarte tarde después. Al toque de diana, tienes que llevar a cabo una misión especial en un problema de campaña, llevando el generador. Y quiero que durante las dos próximas semanas acciones la manivela del generador cada vez que entre en funcionamiento.

—¡Levin!
—¿Sí, cabo?
—Tenemos un grupo de trabajo, hay que cavar nuevas letrinas hoy.
—Sí —dijo, dirigiéndose hacia el cobertizo de las herramientas.

Macuto cogió un cubo de creosol y una lata de lejía. Se metió en la boca una pastilla de tabaco y se sentó pausadamente. Se trataba de una tarea para dos hombres.
—Venga —dijo Macuto—, date prisa, o nunca conseguirás limpiar esas letrinas.
—Habríamos terminado si me hubieses ayudado.
—¿Ves este galón? ¿Qué significa?
—Que eres soldado primero.
—Exacto. A trabajar.
—Está bien, Macuto.

—¿Tienes un hombre para un servicio de traspaleo de basura, Mac?
—Tengo el hombre que necesitas.

A las dos de la mañana, un fatigado soldado montaba su soñolienta guardia junto a la pila de leña del oficial.
—¡Pssst!
—¡Alto! ¿Quién va?
—L.Q. y el indio.
—¿Qué queréis?
—Vamos a coger un par de troncos para la estufa.
—Y si hacen una revisión se me cae el pelo.
—Buen chico.
—¿Qué esperabas de un reclutado?
—De Brooklyn, nada menos.
—Oh, está bien. Pero daos prisa antes de que el sargento de guardia haga la ronda.

Yo estaba decidido a hacerle trabajar hasta dejarlo exhausto, pero Levin aguantaba todo. Pasada la conmoción inicial, el pelotón acabó aceptándole. El precio de Spanish Joe por su amistad fue la tarjeta de la ración de cerveza de Levin. Cuando, al fin, le dejé ponerse a la radio, me encontré con que era un operador excepcional, y, como es natural, lo acogimos con los brazos abiertos cuando descubrimos que también era un barbero formidable. Banks, del centro de mensajes, nos había estado haciendo verdaderas carnicerías desde hacía más de un año, y a 25 centavos el servicio además. Como miembros del pelotón, teníamos derecho a corte de pelo y afeitado gratis, expliqué a Levin.

L.Q. fue el primero en aceptar a Levin. Éste llevaba casi un mes lavando los platos en la cocina y le habían prolongado por más tiempo aún la tarea.

—Eh, Levin, ¿quieres librarte de fregar platos? —preguntó L.Q.

—Tengo que cumplir el tiempo asignado.

—Sí, pero te han puesto dos semanas más sólo por fastidiar. Le he oído al cocinero comentar que trabajas tanto que va a procurar mantenerte allí para siempre.

—No me importa.

—Te voy a decir lo que puedes hacer. ¿Sabes el jabón que usan para la vajilla de los oficiales?

—Sí.

—Bueno, pues hazte un arañazo en una mano y sumérgela en una solución de ese jabón... La mano se te infectará y tendrán que quitarte de la cocina.

—Yo no haría eso.

—Puedes dejar restos de jabón en los platos de los oficiales. Así, les dará diarrea a todos.

—Gracias, de todas formas.

Lo decisivo fue cuando Levin ganó el campeonato de béisbol del Regimiento para la Compañía del Cuartel General en una épica batalla con la Compañía K del Tercer Batallón. Tres de nuestros jugadores habían caído enfermos de malaria, otros dos resultaron lesionados y tres fueron expulsados del campo por insultar a los árbitros, Huxley y el capellán Peterseon, con motivo de decisiones claramente injustas para nosotros. Levin llevó sobre sus hombros el honor de los «Putas de Huxley», por no decir nada de la cerveza que habíamos apostado. Nos dio la victoria y se introdujo en nuestros corazones.

Sólo Speedy Gray, el tejano, se mantuvo retraído después del partido. Se mostró desagradable a conciencia con Levin. Pero el fanatismo era algo que, a diferencia de los colores de una salamandra, no podía cambiar de la noche a la mañana.

L.Q. yacía tendido en su catre antes de la diana. La mañana se presentaba fría. Era en aquellos preciosos minutos que precedían al momento de pasar lista cuando más odiábamos al Cuerpo. En el primer estremecimiento de estar despierto e intentar dormir un minuto más, sintió una llamada de la naturaleza. L.Q. se maldijo a sí mismo. Inútil resistir. Se levantó, tambaleándose, y encendió la estufa, tarea generalmente reservada para Levin. Pero esta mañana Levin estaba de guardia, y L.Q. era el primero en levantarse.

Con los ojos medio cerrados, serpenteó por entre las todavía oscuras tiendas hacia las letrinas. Medio helado y murmurando contra su suerte, se sentó y movió la cabeza. Acertó a mirar hacia la izquierda. Un estremecimiento de horror le recorrió el cuerpo. Junto a él, casi hombro con hombro, vio una franja dorada. Miró a la derecha..., se veían allí las dos franjas de plata de un capitán. En la oscuridad, se había equivocado de letrina.

Los dos oficiales volvieron la vista hacia el soldado primero que ocupaba el asiento central y le miraron con arrogancia y frialdad. L.Q. sonrió y se revolvió con azoramiento. El capitán dio unos golpecitos con el pie y el teniente suspiró con repugnancia. L.Q. se puso rojo de vergüenza. Se pasó toda la mañana preocupado, pero los oficiales decidieron no dar parte de él por haber penetrado en sus sagrados dominios.

Divito, el conductor del *jeep*, entró corriendo en nuestra tienda.

—¡Está aquí! —gritó.

Nos precipitamos afuera y *entonces* lo vimos. Nos acercamos mirándolo con expresión de incredulidad. Había llegado nuestro nuevo *jeep* de radio TCS. Instalada en el asiento posterior del *jeep*, había una radio preciosa.

—¡Cristo! Mirad esa radio.

—¡Andy! —grité—. Quita tus manazas de la capota. ¿Quieres mancharla?

Dimos varias vueltas en torno al vehículo, observando que los neumáticos estaban en perfectas condiciones y que la pintura era reciente. Nadie se atrevía a mirar el transmisor y el receptor. Temíamos que se desvaneciera como si fuese un espejismo. Al fin, escrutamos el interior. Me temblaba la mano cuando la extendí hacia los diales.

—Menudo aparato..., menudo aparato.

—Cristo, como los que tienen los del Ejército.

Me senté, como un rey en su trono, en el asiento del operador.

—¿Qué os parece? El transmisor está alimentado directamente desde el motor.

—¿Quién hace la primera prueba, Mac?

—Pues..., seguiremos el orden de antigüedad en el Cuerpo.

—¡Eso no es jugar limpio!

—Bueno..., voy a ver si funciona.

—Venga, montad el TBX y estableced contacto con esta preciosidad.

Encendí un puro, cosa que siempre reservaba para ocasiones especiales, y me recosté.

—Vamos a dar una vuelta, Divito..., quiero probarla —dije.

Querido Marion:
   Me alegro de que recibieras el paquete en buenas condiciones. Hay otro en camino. No eres tú el único genio. La dirección estaba tan complacida con mis ventas que he sido ascendida a subjefe de departamento. En realidad, es mucho mejor que pasarse ocho horas de pie detrás del mostrador,

y tengo muchas más responsabilidades... Y un aumento de cinco dólares.

He intentado leer el libro de que me hablaste, pero, con sinceridad, creo que soy una completa estúpida, aunque supongo que no es lo mismo sin que estés tú para explicarme todas las cosas que no entiendo. Ojalá estuvieras aquí para leérmelo. He escuchado todos tus discos, y muchos de ellos dos veces. El que más me gusta es la obertura de Romeo y Julieta, *de Tschaikowsky (probablemente lo he escrito mal). Sólo que nosotros no tendremos el mismo triste final que ellos.*

IV

El verde de nuestros uniformes se confundía con el verde del prado. Tres mil hombres del Sexto de Marines formaron en posición de firmes. Presentamos armas cuando pasó ante nosotros y ocupó su puesto la guardia de la bandera, seguida por la banda de la División. Nos cuadramos con un redoble de tambores y un floreo de música cuando el general de división Bryant, el jefe de la división, brigadier Snipes, su ayudante y el coronel Malcolm, jefe del Sexto, y sus oficiales se situaron ante la línea de quince héroes.

En filas de a tres, relucientes e impecables marines se extendían por el campo en hileras rectas como flechas. Y allí estaba la bandera de nuestro Regimiento, con un anillo de plata en el asta conmemorando cada expedición. Los anillos cubrían casi toda la longitud del asta: República Dominicana, Shanghai, Haití, Islandia... La bandera estaba orlada de borlas de oro y de su extremo pendían cordones rojos y dorados. En el centro, sobre fondo rojo, el globo dorado, el ancla, el águila y las palabras: SEXTO REGIMIENTO, USMC.

Del águila dorada, encaramada en el extremo del asta, caían los gallardetes de combate: Nicaragua, Belleau Wood, Chateau Thierry, Bahía de Guantánamo y uno nuevo, Guadalcanal. Aquellos trozos de tela y madera contaban toda una historia.

—¡Descansen!

Obedecimos al unísono. Uno a uno, los oficiales de Estado Mayor de la Segunda División de Infantería de Marina se situaron ante sus héroes oficiales. El ayudante leía la citación al valor y el general Bryant prendía la medalla, estrechaba la mano y saludaba.

—*Teniente coronel Samuel Huxley, Infantería de Marina. Con su valor al mando de un batallón de fusileros contra fuerzas enemigas en Guadalcanal, en las Salomón británicas, demostró en numerosos casos ingenio y valentía superiores a lo exigido por el cumplimiento del deber...*

—*Farmacéutico de primera clase Pedro Rojas, de la Reserva de la Marina. Formando parte de una patrulla contra fuerzas enemigas en*

Guadalcanal, hizo caso omiso de su propia herida para ayudar y con-
fortar a otro miembro herido de la patrulla..., de acuerdo con las más
nobles tradiciones del Servicio Naval...

—*Y por su valentía, superior a lo exigido por el cumplimiento del*
deber, concedemos a título póstumo la Cruz de la Marina al soldado
Constantine Zvonski...

—¡Regimiento, atención!

—¡Vista al frente! ¡Presenten armas!

Desfilamos ante ellos rindiendo tributo a su valor y se inclinaron los
estandartes de la compañía. Ellos correspondieron al saludo. Y al paso
del Tercer Batallón, la banda interpretó el himno de la Infantería de
Marina.

—Vamos a felicitar a Pedro —dijo el indio, una vez que hubimos
roto filas.

—Sí —dijo Andy.

—¿Por qué diablos? —escupió Speedy.

—Se lo ha merecido —dijo Andy.

—Ah, claro, dan las malditas medallas a los oficiales y a los sanitarios.

—No seas estúpido, Speedy —dijo Faro.

—Ese maldito mexicano no se la merecía más que Macuto. ¿Qué hay
de Macuto?

—Bueno —dije yo—, si diesen medallas a todos los que las merecen,
necesitaríamos una casi para cada uno de los tipos de este regimiento.

—Sí, pero eso no importa. Si el mexicano tiene una, Macuto debería
tener otra. ¿Y qué me dice de Red Cassidy?

Entró Macuto en nuestro círculo.

—Ven, Speedy —dijo.

—¿Adónde vas?

—A invitarle a Pedro a una cerveza —respondió.

Apenas si había una noche en que no me levantasen de mi litera durante la madrugada.

—Eh, Mac —susurraba una voz en la oscuridad—. Spanish Joe tiene
el virus.

—Llamad a un sanitario.

Me levantaba medio dormido, encendía la lámpara de carbón y me
dirigía hacia la litera del *marine* enfermo. La escena parecía repetirse
cien veces.

—Eh, Mac, el indio tiene el virus...

—Eh, Mac, Macuto tiene el virus...

—Eh, Mac. Ven en seguida. Danny ha agarrado el virus. Está ahora
en pleno delirio, gritando algo acerca de que no le gusta matar conejos.

Los rostros se les llenaban de sudor, se contorsionaban de angustia
y se revolvían y gemían para ahuyentar la pesadilla. Luego, llegaba el
dolor de vientre y empezaban a temblar como un perro cagando. Se
consumían rápidamente. Era terrible verles, y yo detestaba tener que
estar junto a ellos y no poder ayudarlos. Lo único que podía hacer era
darles quinina y dejarlos allí tendidos, temblando y gimiendo acerca de

su casa y de cosas parecidas hasta que cedía la fiebre. Después desper-
taban con la cara blanca como el papel y círculos negros bajo los ojos,
demasiado débiles para soportar las malditas campanas de la quinina que les volteaban en la cabeza.

El noventa y cinco por ciento de la Segunda División pasó la malaria
en un momento u otro. Yo mismo tuve diez recaídas. La mayoría la pasaron cinco o seis veces.

Cada regimiento tenía una pequeña unidad sanitaria, pero se abarro-
taba en seguida, y el hospital de la división sólo podía utilizarse para
un caso grave. La base tenía un gran hospital en Silverstream, cerca de
Upper Hut, repleto de enfermeras de la Marina. Era un sitio precioso.
Grandes salas limpias y un centro recreativo y de la Cruz Roja. Pero
tenía uno que estar casi muriéndose o ser oficial para entrar allí. Finalmente, yo lo conseguí en mi octava recaída.

Las enfermeras de la Marina eran poco más que meros adornos en
su mayoría..., bellas mariposas sociales. Los sanitarios hacían el 99 por
ciento del trabajo. Como grupo, eran arrogantes y nos daban órdenes
con más brusquedad que los oficiales. Pero no puede uno tenerlo todo,
y no esperábamos sino ponernos lo bastante enfermos como para mere-
cer ir a Silverstream, a pesar de las enfermeras.

Al estar ocupadas todas las camas del hospital, improvisadas o no,
con hombres enfermos de malaria, cada batallón instaló un cobertizo
lleno de catres para tratar los casos más leves. Pero incluso esto resultó
insuficiente, y lo que nos hacían era darnos unas cuantas píldoras y
decirnos que nos volviéramos a nuestras tiendas a sudar.

En una tienda, con 40 de fiebre y sacudido por escalofríos y dolores,
un hombre aprende lo que significa la palabra camarada..., bañar a un
muchacho enfermo y darle de comer y ayudarle. Tipos que se amaban
unos a otros de una forma que ninguna mujer podría comprender. Tipos
que habían atravesado juntos el mismísimo infierno y podían tratarse
mutuamente con una ternura que ni siquiera una mujer podría imitar.
Yo permanecí muchas noches tendido en mi catre, con la cabeza apoyada
en el regazo de L.Q., o Danny o Macuto, mientras intentaban hacerme
tomar a la fuerza un poco de zumo de fruta. «Venga, jodido cabrón, abre
tu maldita bocaza antes de que te la meta de costado.»

En noches así yo abría los ojos, estremecido aún por los escalofríos,
y había en el hornillo un fuego hecho con madera robada, y la lluvia
tabaleaba en la lona de la tienda y era bueno levantar la vista y ver
un rostro sonriente. Me pasaban un paño frío por la cara, y bebía algún
líquido que habían robado para mí. Pedro o algún otro de los fatigados sanitarios entraba en la tienda en alguna de sus últimas rondas
para tratar de hacer que me sintiera cómodo. Aquellos marineros trabajaban las veinticuatro horas del día intentando aliviar, en cuanto estuviera en su mano, los sufrimientos de los *marines*.

Cuando se terminó la quinina en píldoras, se nos administraban dosis
de quinina líquida. Era casi imposible digerir aquello. Yo pensé a veces
que prefería morir de malaria antes que beberla.

La cosa siguió repitiéndose durante aquellas semanas en Nueva Zelanda, dejando una estela de hombres débiles y quebrantados en cada
uno de los sucesivos ciclos de malaria. Cuando comenzasen los duros

ejercicios, resultaría más costoso que en ningún otro momento hasta
entonces. La nostalgia y la soledad se hacen presentes con rapidez cuando uno no se encuentra bien. Nos emborrachábamos un fin de semana
sólo para contraer la malaria y poder escapar a las fatigas de la milicia. La malaria nos daba, al menos, un descanso de dos semanas.

No sólo éramos los mejores cantantes y jugadores de béisbol del regimiento, sino que jamás hubo en el Cuerpo un grupo de hombres más
estrechamente unido que la Compañía del Cuartel General. Cierto que
manteníamos nuestra rivalidad con los de Información y los de Sanidad,
pero formábamos una auténtica piña. La amistad era contagiosa. Los
incorporados por traslado a la Compañía se quedaban asombrados.

Como nuestra compañía era más pequeña que las otras, necesitába-
mos sólo la mitad de sitio en nuestro comedor. L.Q., hombre de ini-
ciativa y gran organizador, ideó un plan. Lo expusimos a las otras secciones de la compañía y fue acogido con entusiasmo. La idea era dividir
por la mitad el recinto destinado a comedor y construir un lugar de
recreo para nuestro propio uso. Sin molestarnos en esperar la autorización oficial, expedimos patrullas de exploración y robamos paneles de
madera y tablas dondequiera que las encontrábamos. El proyecto se
puso en marcha casi de inmediato.

Nos dedicábamos todos a él después de las horas ds servicio. Spanish
Joe era muy valioso en los grupos de «adquisición», capaz de olfatear
una bolsa de clavos o un trozo de madera en los lugares más remotos
y mejor custodiados del campamento. Cuando hubimos dividido por
la mitad el comedor, «nos agenciamos» una panzuda estufa y varias
tablas con las que se construyeron una mesa de ping-pong, varias sillas
y mesas escritorio.

Huxley se irritó al principio por los robos, pero acabó aprobando
el proyecto con la condición de que pegásemos en el futuro los mate-
riales utilizados.

Celebramos una reunión deliberante y, después de una elocuente alo-
cución de L.Q., decidimos construir el mejor club de Nueva Zelanda.
Cada hombre aportaría una libra de su paga al mes y la depositaría en
la caja fuerte de Pucchi. Marion, Paris, Pedro y yo fuimos nombrados
administradores. Las cuotas eran estrictamente voluntarias, pero se advirtió a cada jefe de pelotón que procurasen obtenerlas de sus hombres
en el momento de la paga.

Después de la primera cuota, se desvaneció todo escepticismo. Un
grupo recorrió Wellington en busca de muebles de segunda mano, y
la sala del club quedó provista de seis mullidos sofás y una docena de
cómodos sillones. Se compró un gran aparato de radio, e instalamos una
antena que nos permitía recibir emisiones de cualquier parte del mundo.
Después, adquirimos un gramófono y cientos de discos. Cuando Marion
protestó y recibimos una petición de los melómanos, compramos también varios álbumes de música buena. Lámparas, alfombras, papel de
escribir, escabeles, otra estufa, varios cuadros de desnudos, máquinas
de escribir y muchos otros objetos fueron llegando después de cada
paga.

L.Q. tenía un tío que trabajaba en uno de los estudios de Hollywood. De él recibimos un paquete de doscientas fotografías de casi todas las artistas de Cinelandia, dedicadas personalmente a la Compañía. Cubrían todo el espacio de la pared.

Compramos hule para las mesas del comedor e instalamos bastidores de especias. Luego llegó nuestra mayor gloria. Construimos un bar en un rincón del club. Era el mejor bar del país, por lo menos era el único que tenía barra para apoyar los pies. Lo adornaban paredes de pino barnizado, el mejor y más grande espejo que podía comprarse con dinero y una estatua de la mujer más sexy que el país podía ofrecer.

Huxley rompió toda tradición permitiendo que la compañía comprase en una sola unidad su ración de cerveza. Como había muchos que no bebían y siempre estaban de permiso algunos hombres, gran parte de nuestra asignación no era adquirida nunca. Al comprar todas las raciones de una sola vez, nos beneficiábamos de varias cajas adicionales. Al principio se temió que el disponer cada noche de cantidades ilimitadas de cerveza pudiera originar problemas. Estábamos deseosos de conservar el privilegio y nos controlábamos unos a otros e imponíamos límites y fuertes multas o prohibiciones temporales a los grandes bebedores. La cerveza era vendida con un margen de beneficio que nos permitió reducir las cuotas a seis chelines mensuales.

No había en todo el cuerpo nada semejante a nuestro club. Lo protegíamos celosamente. No podía entrar ningún hombre que no fuese de los nuestros. Estaba establecida una guardia durante las veinticuatro horas del día, y dos hombres eran liberados del servicio cada mañana para ocuparse de la limpieza. La escapada de las monótonas tiendas para acudir al acogedor ambiente del club proporcionó a los hombres de la compañía algunos de los momentos más felices que pasaron en su servicio militar. Después de una dura marcha, era maravilloso lavarse y entrar en aquel pequeño dominio privado, construido sobre una roca de camaradería. Los hombres podían charlar, escribir, beber, jugar a cartas, escuchar las actuaciones del mando desde los Estados Unidos o, para divertirse, sintonizar con Rosa de Tokio. Ésta nos dio que pensar una noche. Dijo que el reloj del Parlamento de Wellington iba atrasado dos minutos... Era cierto.

En invierno, el club ofrecía el atractivo especial de dormitar en un sillón junto al fuego. Nos ayudaba a olvidar que éramos hombres solitarios. Pero algunas noches, justo antes del toque de retreta, el gramófono hacía sonar alguna canción sobre el hogar, entonces cesaban las conversaciones y descendía sobre nosotros un silencio mortal. Yo podía ver los ojos de mis muchachos, ávidos de hogar, llenos de melancolía y anhelantes de lo que iba pareciendo más y más lejano a cada día que pasaba. Quedaban en silencio mientras las notas y las palabras se les clavaban como flechas en el alma. Silenciosos, mientras pugnaban por deshacer el nudo que se les formaba en la garganta.

Luego, cuando sonaba el toque de retreta, salíamos lentamente del club y, caminando bajo la lluvia, nos íbamos a dormir a la fría tienda. Al día siguiente teníamos marcha.

Todos los días que hacía buen tiempo estábamos en el campo,
y muchos de los lluviosos también. Una noche, Faro y Levin fueron
llamados a la Compañía de Armas Especiales para realizar un ejercicio
de campaña antes del amanecer. Estaban interesados en la forma en
que manejábamos nuestras radios portátiles. Tenían la misión de ayudar a rechazar la supuesta invasión del Primer Batallón cerca del
océano.

En la todavía oscura, fría y húmeda mañana, ambos se pusieron
unos ponchos sobre las radios y se dirigieron hacia la zona de armas,
al otro extremo del campamento.

Permanecieron toda la mañana metidos en los pozos llenos de agua,
mientras un viento helado barría las colinas en que se hallaban empla-
zados los cañones de 37 milímetros para rechazar la invasión. Tenían
orden de resistir y retirarse a otra posición defensiva.

—Bueno, por lo menos estas maniobras están terminando —dijo el
indio, tembloroso—. Seguro que cojo la malaria.

—No ha terminado, Faro. Tenemos que retroceder.

—Ya veo que no has estado en muchos de estos ejercicios.

—¿Qué quieres decir?

—¿Ves aquella colina?

—Sí.

—Dentro de unos cinco minutos, aparecerá por allí el Primer Batallón a paso de carga.

—¿Y...?

—Pues que levantas las manos, te rindes y eres un prisionero, así
que te mandan de nuevo al campamento.

—Pero no tenemos que hacer eso.

—Mira, Levin, tengo los pies empapados. Estoy cogiendo un resfria-
do. Si tú quieres andar corriendo por las colinas todo el día, eso
es cosa tuya. Yo voy a ser capturado.

—Yo prefiero no hacerlo.

—No diré nada.

—Prefiero no hacerlo de todos modos.

Cuando el oficial dio por fin la señal de retirada, Levin se levantó
y estuvo a punto de desplomarse. Había estado casi tres horas sin
moverse en el agua helada. Faro se adelantó y levantó las manos.

—Abandono, prisionero.

Un cabo le puso un brazalete con la mención PRISIONERO DE
GUERRA, y regresó renqueando por el barro al campamento.

Levin llegó cuatro horas después. Tiró su empapado equipo, se
desabrochó las botas y se quitó los saturados calcetines. Tenía los pies
gélidos y entumecidos. Los acercó al fuego que ardía en la estufa. Suspiró al sentirlos revivir.

Entré en la tienda.

—Eh, Levin, ¿qué infiernos estás haciendo?

—Calentarme los pies, Mac. Casi se me hielan.

—¡Maldito bastardo, apártate de ese fuego!

—¿Por qué?

—¡Se te gangrenará la piel!

Se dejó caer, exhausto, en su catre, secándose. Luego, se puso en pie de un salto y se rascó los pies.

—¡Pican! —gritó y se hundió los dedos en la carne.

Rascó hasta que le corrieron lágrimas por las mejillas. Le ayudé a ponerse las botas y le llevé a la enfermería. Parecía sufrir terriblemente, y rogaba a los sanitarios que lo rascasen. Ellos se quedaron mirándole con aire desconcertado; finalmente, Pedro corrió a buscar a Doc Kyser.

—¡Me pican, me pican! —gritaba él una y otra vez.

Kyser, irritado porque lo habían sacado de una partida de póquer, entró como un vendaval en la enfermería. Se abrió paso por entre los asombrados sanitarios, agarró los pies de Levin y los frotó con vigor hasta que volvió a ellos la circulación. Desapareció el furioso picor y Levin se levantó de la camilla y estrechó, agradecido, la mano del doctor.

—Un principio de congelación —dijo Kyser—. No le hagáis usar los pies en un par de días. No lleves calcetines de color y pasa revisión mañana por la mañana. Y, por amor de Dios, mantén los pies lejos de cualquier estufa. Sentirás esto durante meses..., no tienes más que darte masaje cuando empiece el picor.

Ayudé a Levin a volver a la tienda.

—Cristo —dijo—, lo siento, Mac.

—¿Por qué?

—Por la forma en que me he comportado. Los compañeros pensarán que soy un gallina.

—Bueno, no te preocupes por eso. Deberías haber tenido más sentido común.

Permaneció con aire disgustado. Le ofrecí un pitillo.

—Será mejor que vayas en el *jeep* del TCS hasta que el médico te dé el visto bueno para el servicio normal.

—No..., no les gustará a los demás que yo maneje la radio del *jeep*.

—Escucha, Levin —dije—, si eso te hace sentirte mejor, sé lo que ha hecho hoy el indio. Esos tipos llevan años dejándose capturar. Nadie se está quejando de tu trabajo. Podrías incluso ganarte un galón dentro de un par de meses.

—Pero..., pero Faro y Joe no tienen ninguno todavía.

—Y será probable que no lo tengan nunca y, si lo consiguen, lo perderán en el primer permiso que les concedan.

Dio en silencio una profunda chupada a su cigarrillo.

—Escucha, Levin, sé que te has estado partiendo el lomo para demostrar tu capacidad. Puedes estar tranquilo. Has pasado la prueba.

—No, aún no. No, hasta que haya estado en combate como ellos.

—¿En opinión de ellos o en la tuya?

—Déjame en paz, Mac.

—¿Por qué te exiges tanto, Levin? ¿Es porque eres judío?

Palideció. Me acerqué a él y le pasé el brazo por los hombros.

—No quería ofenderte. Supongo que al cabo de algún tiempo puede uno leer la mente de un hombre. ¿Te ha estado hostigando Speedy?

—No sé por qué le caigo mal. He hecho todo lo posible por ser su amigo. No quiero meterme en líos, Mac, pero como hay Dios que lo voy a machacar si no deja de meterse conmigo. No me importa que me formen consejo de guerra. Sé que los demás muchachos sólo están bromeando, pero Speedy no.

—Speedy no es mal chico. Quizá un día de éstos vea la luz.

—Dice que estamos haciendo la guerra por causa de los judíos. Dice que los judíos son cobardes... Voy a machacarlo, Mac... Sólo lo he estado aguantando porque no quiero líos.

—Levin, esa clase de convicciones no se las puedes quitar a un hombre por la fuerza. Anda, vamos al club.

Permanecíamos en medio de la bahía y nos irritábamos. Mañana, tarde y noche, subíamos y bajábamos por las redes, enseñando a los soldados a llevar a cabo una invasión. Tres veces al día, lanzábamos al agua el equipo de desembarco y remontábamos la playa. Teníamos la extraña sensación de que era Huxley quien nos imponía aquella tarea.

Más allá de la estrecha playa había un pretil de 1,5 m de altura y, al otro lado, una calle de la ciudad de Petone. En nuestros primeros desembarcos, avanzábamos a la carga por la playa, saltábamos el pretil y nos íbamos derechos a los bares. Nos tomábamos una cerveza, llamábamos por teléfono a nuestras chicas para excusarnos por no salir con ellas y volvíamos a la carga a la playa. Los nativos se lo pasaban en grande viéndonos jugar a invasores. Para el segundo día, el pretil estaba lleno de amas de casa, niños y mirones en general que gritaban, vitoreaban y aplaudían cuando saltábamos de las lanchas para sumergirnos en el agua casi hasta la cintura y zigzagueábamos playa arriba.

—¡Muy bien, yanquis!

—Que os den morcilla —murmurábamos por lo bajo.

También esperándonos, el segundo día había una maciza línea de Policía Militar con la misión de mantener nuestras invasiones limitadas a la playa. Cuando los marines de permiso acudían a mirar, resultaba humillante.

—Eh, ¿no tiene un aspecto estupendo ese pelotón?

—Estupendo, estupendo, ya lo creo que sí.

—Eh, muchachos, ¿cómo es que no lleváis vuestros silbatos?

—¿Tienes un número de teléfono? Yo la mantendré caliente esta noche.

Eso hizo entrar en acción a la Policía Militar para impedirnos ir tras ellos.

Subíamos de nuevo a bordo, nos cambiábamos la ropa, empapada y llena de arena, y, antes de poder empezar una partida de póquer o descabezar un sueñecito, sonaba el sistema de megafonía, y ya estábamos otra vez en danza. «Atención, marines, a vuestros puestos de desembarco.»

El cuarto día intentamos un desembarco nocturno y sufrimos una docena de bajas. Tres lograron ir al Silverstream Hospital. Unos pocos tuvieron la suerte de coger la malaria y fueron evacuados. El resto continuamos subiendo y bajando por las redes y yendo a la playa con puntual monotonía.

El final de las maniobras a bordo del *Feland* tuvo matices caóticos. Los soldados olvidaron todo lo que les habíamos estado enseñando durante una semana. Supongo que nosotros también nos olvidamos de algunas cosas, pues la idea de vernos libres unos de otros para pasar una noche en Wellington fue lo que realmente echó a perder el desembarco.

Danny había estado durante horas llevando una pesada radio portátil y manteniendo comunicación con el Control de Playa. No pudo quitársela de la espalda ni siquiera un minuto, ya que los oficiales manejaban sin cesar su propia radio para deshacer el embrollo que se había armado en la playa. Las lanchas de desembarco llegaron a destiempo y en los lugares indebidos, el equipo se amontonaba en puntos inadecuados, y la Compañía de Armas Pesadas desembarcó por delante de las tropas de asalto. Los ingenieros agregados a nosotros, que debían retirar supuestos obstáculos, llegaron con dos horas de retraso, y la artillería estaba volando nuestro propio puesto de mando. Las escuadrillas de apoyo aéreo disparaban contra los barcos de transporte en la bahía, el cañoneo naval caía sobre un hospital en lugar de hacerlo sobre los objetivos. Llegaron raciones C, en vez de plasma sanguíneo, y los heridos fueron lanzados al agua, en vez de serlo las latas de gasolina vacías. Esto era típico de unas maniobras de la Marina. De cualquier forma, los japoneses nunca lograrían anticiparse a nuestras intenciones.

Exhausto y en acción continua, Danny sintió que la radio se le iba clavando en los hombros hasta dejárselos entumecidos. Por fin, los LCT y demás lanchas de desembarco llegaron al largo malecón, situado a kilómetro y medio de la playa, y subimos a ellas para regresar al barco. Danny permaneció con los oficiales de Estado Mayor, manteniendo la comunicación, hasta que todo el batallón quedó cargado en grupos de unos sesenta en las lanchas y enfiló de nuevo hacia el *Feland*.

No se había quitado la radio de la espalda en seis horas. Tenía insensible la parte superior del cuerpo. Finalmente, embarcó en la última lancha, todavía en comunicación con Marion, a bordo del barco. La lancha se bamboleó sobre las agitadas olas y se detuvo junto a la red de proa. Detestaban la red de proa, que pendía desde el punto más alto de la cubierta y no ofrecía ningún punto de apoyo. El patrón de la lancha aceleró cuando Danny, el último, subió a la red. La lancha se alejó mientras él comenzaba el largo ascenso a la cubierta. Estaba debilitado por completo. Subió unos cuantos tramos y, luego, cometió el error de mirar hacia abajo, al agua. Vio que la lancha se había marchado.

Hizo un esfuerzo y subió unos pasos más. El peso que llevaba en los hombros empezó a empujarle hacia atrás hasta que su cuerpo quedó horizontal. Tiró rápidamente al agua su casco y la munición y pugnó por enderezarse.

Un sudor frío le inundó el cuerpo cuando le resbalaron un pie y una mano. Se aferró con los brazos a la red y permaneció inmóvil. Miró de nuevo al agua, apretó los dientes y se estremeció al comprobar que las fuerzas le habían abandonado por completo. Parecía como si el agua estuviese ascendiendo a su encuentro. Desesperado, levantó la vista hacia la cubierta y gritó:

—¡Voy a tirar la radio! ¡No puedo resistir...!

—¡Aguanta! —grité—. ¡Agárrate bien y no mires al agua!

Bajé apresuradamente por un lado de la red, y Sam Huxley hizo lo mismo por el otro. Cogimos las correas de la radio justo en el momento en que Danny empezaba a resbalar. Le quitamos el peso.

—¿Puedes hacerlo ahora? —preguntó Huxley.

—Creo que sí. La maldita radio me estaba tirando hacia atrás.

Huxley y yo cogimos la radio, y Danny subió lentamente hasta la cubierta. Cuando lo izaron a bordo, suspiró.

—Has usado la cabeza, hijo —dijo Huxley—. ¿Estás bien?

—Muy bien, señor, sólo cansado.

Respiró profundamente y volvió a mirar por la borda. Luego, palideció y empezó a temblar mientras miraba las frías aguas verdes allá abajo.

Huxley se echó a reír.

—Acción retardada. Llévale a la enfermería, Mac, y que le den un doble de coñac.

Spanish Joe se volvió de espaldas al mostrador de caoba, se apoyó en un codo y rugió:

—No soy tan duro. Hasta Joe Louis puede vencerme.

Giró sobre sí mismo, dejando de golpe sobre el mostrador una gran jarra de cerveza.

—¡Mirad esto!

Los neozelandeses que estaban en el bar se congregaron a su alrededor. Gómez sonrió, mostrando sus marfileños dientes, que contrastaban con el color oscuro de su piel.

—Mirad las cintas del tío —dijo un neozelandés, observando la guerrera de Joe.

Éste abombó su robusto pecho para dar a sus admiradores una mejor vista de las condecoraciones que había comprado hacía poco tiempo en los almacenes del Ejército y la Marina de Mulvaney, en Lambden Quay.

—Has debido de participar en muchas batallas, ¿eh, marine?

La atención estaba centrada en Spanish Joe Gómez. Se miró con aire indolente las uñas y se quitó de una de ellas una diminuta mota de polvo.

—Tengo experiencia. He gastado más macutos que tú calcetines.

Sus penetrantes ojos atravesaron la envolvente bruma de humo de tabaco inglés y el fuerte olor a cerveza de nueve centavos. Alargó la mano y agarró del cuello de la chaqueta a uno de los que miraban.

—¿Ves ésta de aquí, neozelandés?

—Sí.

—Medalla de Plata por el valor en combate..., Guadalcanal.

—Parece impresionante.

Joe abrió un paquete de cigarrillos y lo echó sobre el mostrador.

—Fumad algo decente, muchachos.

El paquete desapareció al instante.

—Estaba yo de patrulla al otro lado del río Kokumbona, cerca de Punta Tassafaronga, ocho kilómetros por detrás de las líneas japonesas —dijo Joe—. Solían utilizarme como explorador, porque, debo decirlo con toda modestia, soy un lince.

Yo estaba en el otro extremo de la barra y, como había oído cien veces a Joe aquella clase de historias, busqué con la vista a Marion. Lo vi solo en uno de los compartimientos y me acerqué a él.

—¿Qué lees, Mary? —pregunté, sentándome frente a él.

Marion dejó a un lado el libro, se quitó las gafas y se frotó los fatigados ojos.

—*Guerra y paz*, de Tolstoi. Muy interesante.

—Parece que Joe está realmente desbocado.

—Perdido de mi patrulla a ocho kilómetros por detrás de las filas enemigas. Menuda situación. Un hombre de menos valor se habría derrumbado. Pero no el viejo Spanish Joe...

Marion sonrió.

—Está lanzado. Pero ha sido buen chico. Lo he tenido en el campamento dos semanas, y eso es un récord. Supongo que tiene derecho a expansionarse.

—Llego aquí, a este claro —continuó Joe—, el calor es horrible, 45 grados a la sombra.

Joe dramatizaba con amplios ademanes, señalando su trayecto con un mapa de botellas de cerveza y ceniceros sobre el mostrador.

—A propósito —dije—, me pidió un billete de diez chelines y cogió una de las camisas de Andy.

Marion sacó su libreta y apuntó.

—No va demasiado mal este mes —dijo—. Sólo debe tres libras y ocho chelines. Me ocuparé de ti y de los otros el día de paga.

—De acuerdo.

—Estaba empapado en sudor. Me sentía cansado y tan hambriento que habría comido cualquier cosa... Miro a la izquierda, y qué es lo que veo...

—¿Qué era, yanqui?

—Un francotirador, me tenía justo en su punto de mira... Me estremezco sólo de pensar en ello.

Joe sacó un pañuelo y se enjugó la frente.

—¿Qué diablos ocurrió?

—Miro a mi alrededor..., y allí —tomó un trago—, y allí, apuntándome desde el borde del claro, veo una ametralladora japonesa.

—¡Cristo!

—Spanish Joe, me digo para mis adentros, cien mujeres desde Chi hasta Dago van a llorar este día. ¡Bajé la cabeza y cargué a la bayoneta contra ellos como un toro enloquecido!

Se aflojó el pañuelo de campaña y se apoyó en la barra, mirando malévolamente a su auditorio.

—Dinos, ¿qué ocurrió?

—¿Qué infiernos crees que ocurrió? ¡Que me mataron, maldito imbécil!

Echó hacia atrás la cabeza y soltó una estruendosa carcajada ante los estupefactos neozelandeses.

—¡Eh, camarero, más cerveza!

Siempre me siento regocijado cuando recuerdo la cara de los oyentes de Joe al escuchar el final de aquella historia. Sonreí y me volví hacia Marion.

—¿Has tenido noticias de Rae?

Asintió con la cabeza.

—Mira, Mac.

Abrió la cartera y me lo echó sobre la mesa.

Lancé un silbido.

—Guapa chica esa Rae, una auténtica dama.

—Ésa del fondo es mi casa, mi habitación está al otro lado. No se ve en esta foto.

—Eres feliz, ¿verdad, Mary?

—Soy afortunado —dijo.

—Dime una cosa. ¿Se han agriado las cosas entre tú y Joe por causa de Rae?

Marion bajó la cabeza y reflexionó.

—No puedo por menos de pensarlo a veces, Mac. Me manda al diablo cuando se enfada, pero siempre vuelve, arrepentido. Nunca menciona su nombre, pero no puedo por menos de pensar...

—¿Qué?

—Es difícil decirlo con exactitud. Pero sé que me va a abandonar.

—Joe tiene una veta de cobardía —dije—. Todos hemos hablado de ello. Detrás de toda esa fanfarronería, no tiene muchos redaños.

—No me refiero a eso, Mac. Vuelve a mí porque yo soy el único amigo que tiene.

—¿Por qué aguantas a ese escurridizo ladrón?

—No lo sé. En algunos aspectos es la persona más despreciable que he conocido jamás. Quizás estoy intentando salvar la poca decencia que le pueda quedar. Supongo que también me siento obligado a tenerle bajo control para el bien de los demás.

—Es astuto —dije—. Todavía no hemos podido sorprenderle en una mentira o con un par de mudas robadas.

Miramos hacia la barra, a través del humo que llenaba el local. Joe estaba tambaleándose.

—¡Más cerveza! —gritó—. Puedo beber más que cualquier persona o animal de este bar... ¿Alguien quiere apostar algo? Y cuando termine me voy a ir con una tía. No saben lo que es amor hasta que son amadas por Spanish Joe.

—¿Es cierto que eras ladrón de ganado antes de la guerra? —preguntó un neozelandés.

—No, es que las malditas vacas me cogían simpatía y me seguían a casa.

Marion sonrió.

—Unos tres vasos más, y Joe caerá redondo.

Paseamos la vista por la sala y, a través del humo, divisamos a Pedro Rojas, que acababa de entrar.

—¡Eh, Pedro! —llamé—. Ven.

Pedro inició una vacilante marcha hacia nosotros por entre las abarrotadas mesas. Se movía con dificultad. Se dejó caer junto a Marion, sacó un pañuelo y se enjugó el sudor que le cubría la cara.

—Ah, mis buenos amigos, señores Mac y María.

—Hola, Pedro.

—Veo que estás otra vez de niñera. —Y movió la cabeza en dirección a Spanish Joe.

El camarero observó mi cerveza y trajo otra ronda de zarzaparrilla para Marion. Pedro frunció el ceño al tomar un sorbo de su jarra de cerveza. Chasqueó los labios.

—Vosotros dos sois muy buenos amigos míos. Resultáis tipos muy comprensivos... para ser marines.

—¿Qué te ocurre, Pedro?

—Pedro está muy triste esta noche. Pedro está muy triste porque es muy feliz —murmuró el sanitario.

—Pedro está muy borracho —dije yo.

—Sí, amigo mío, estoy borracho. Pero estoy borracho con gran tristeza. —Levantó las manos con gesto de disgusto, se aflojó el pañuelo del cuello, bebió la cerveza y volvió a llenarse el vaso—. Ojalá no hubiera venido nunca a Nueva Zelanda.

—Yo creía que te gustaba, Pedro. Es un país precioso.

—Es precioso, María, demasiado precioso. Por eso es por lo que Pedro está triste, porque es muy feliz aquí.

—No te entiendo, Pedro.

Pedro Rojas suspiró y miró la jarra de cerveza. Cogió el asa y la hizo girar lentamente.

—No quiero agobiar a mis buenos amigos con mis preocupaciones, sobre todo si estoy borracho.

Cuando se llevó la jarra a los labios, yo extendí la mano y le hice bajar el brazo.

—¿Qué te ocurre? —pregunté.

Di a Pedro un cigarrillo y lo encendí con la punta del mío. Pedro se inclinó hacia delante, con los ojos entornados.

—Sois buenos hombres. Vosotros comprendéis más profundamente que la mayoría.

—Venga, suéltalo. ¿Tienes una chica que quieres cambiar?

—Nada tan sencillo como eso, Mac. —Bajó la cabeza—. ¿Has estado alguna vez en San Antonio, Mac? —Su rostro adquirió una expresión triste y hosca mientras su mente volaba a más de diez mil kilómetros de distancia—. ¿Has estado alguna vez en los barrios mexicanos que bordean los vertederos de la ciudad?

Movió la cabeza en dirección a nosotros y continuó, en voz baja:

—Sí, estoy triste porque me encuentro en este país. ¿Sabéis que ésta es la primera vez que puedo entrar en un bar o en un restaurante con un hombre blanco? Oh, sí, incluso en San Diego me miran como si fuese un leproso. Aquí, la gente sonríe y dice: «Hola, yanqui.» Y, cuando digo que soy de Tejas..., bueno, ésta es la primera vez que una persona me llama tejano. Estoy borracho. Al diablo con ello.

Apagó su cigarrillo y vació su vaso.

—¿Sabéis lo que ha pasado esta noche? Pedro os lo contará. Voy a un baile del Club de Servicio Aliado, y entran varios marineros de color de un barco, y las chicas bailan con ellos y los tratan como a cualquier otro. Y entonces van unos malditos tejanos y le exigen a la dueña que los muchachos de color abandonen el club. En lugar de ello, las chicas se niegan a bailar con los marines y éstos acaban largándose. Me gusta Nueva Zelanda.

Como es natural, había poco o nada que Marion y yo pudiésemos hacer. Se le había soltado la lengua ya.

—Agua —dijo con amargura a Marion—. El sargento Mac siempre está diciendo que no bebamos demasiada agua. Yo no puedo beberla sin sentirme como un ladrón. He estado a racionamiento de agua desde el día mismo en que nací. ¿Sabéis? En el barrio de chabolas de Las Colonias pagamos treinta centavos por un barril de agua para beber. Nos dicen que somos sucios mexicanos. Oh, sí, nos pondrán agua corriente si cada chabola paga cuarenta dólares. Nosotros no tenemos cuarenta dólares. Y, amigos míos, yo no he visto un cuarto de baño en toda mi vida..., mi familia comparte un cuchitril con otras ocho familias. Bonita forma de vivir, ¿verdad?

Apretó los puños.

—Un hombre tiene que pagar mil dólares por una choza de cartón y arpillera o un gallinero. Y por ello tiene que pagar un veinte por ciento de interés. Y el gran coyote, el dueño blanco, nos hace pagar. Él organiza una pelea a navajazos..., prepara los trabajos...; cuando esto no es posible, organiza disturbios para poder resolverlos y quitarnos nuestro dinero.

»Una vez al año, mi gente obtiene su único trabajo, la recolección en el campo del blanco a 25 centavos la hora. Y los rancheros dejan que miles de emigrantes ilegales de México crucen la frontera y nos dicen: «Debéis trabajar por veinte centavos la hora, o cogeremos a los ilegales por menos...» Y el pobre ilegal cobra su dinero al final de la temporada para volverse a su casa, pero los coyotes le están esperando para matarle y robarle. Y muchos emigrantes ilegales no vuelven nunca..., se quedan en Texas, donde ya no hay sitio para ellos. Pero el coyote se ocupa de que los agentes de inmigración no les expulsen.

Hizo una pausa para tomar un sorbo de cerveza.

—Mi pueblo tiene muchas enfermedades. Los niños mueren de tuberculosis, de disentería y de difteria. Mueren como moscas. Y el coyote prepara el funeral. Una mujer tiene que convertirse en una puta para vivir..., el coyote la instala en una casa. Y vienen hombres como Spanish Joe. Sí, no somos más que latinos sucios, ignorantes y ladrones..., ¡vivimos en la inmundicia!

—Tranquilízate, Pedro.

—A los viejos no les quedan esperanzas. Los jóvenes viven como dice el blanco..., pero lo que Pedro no puede soportar... es ver a los pequeños consumirse y morir. No lo puede soportar. Papá Morales es un hombre bueno. Es un gran médico. Hace mucho en favor de los niños. Y mi querida Luisa es enfermera. Le costó mucho llegar a ser enfermera. No le dejaron ingresar en la Infantería de Marina. Papá Morales le dice que no se preocupe por eso. Dice que tenemos nuestra propia guerra que librar en Las Colonias. Yo le digo que me alistaré en la Marina y aprenderé mucha Medicina y volveré para ayudarle a mantener sanos a los niños. Pido ingresar en la Infantería de Marina para poder aprender muchas cosas, y mi buen amigo el doctor Kyser me deja leer sus libros. Los libros dicen grandes cosas. Y luego Pedro viene a Nueva Zelanda y no quiere volver a Texas. Quiere que su Luisa venga aquí, a una tierra en que no hay sucios latinos.

Bebió más cerveza y movió la cabeza, que le daba vueltas ya.

—Nunca volveré aquí..., la Santa Madre quiere que yo vaya a Texas, a Las Colonias, y cure a los pequeños.

Pedro me agarró el brazo con fuerza.

—Recuerda, Mac, yo no hago la guerra por la democracia. Pedro sólo lucha para aprender Medicina.

V

Pawnee era el nuevo nombre cifrado del *Sexto de Marines*. Pawnee rojo, blanco y azul indicaban los Batallones Primero, Segundo y Tercero. En las maniobras que se realizaban fuera del campamento, tendían a veces treinta o treinta y cinco kilómetros de cable en un solo día. El cable iba marcado a franjas con el color del batallón a que pertenecía, a efectos de identificación y de ser reclamado al día siguiente. El sargento Barry, jefe de teléfonos, siempre andaba lamentándose de la escasez de cable. Nuestra asignación se repartía entre el material grueso y pesado y los nuevos rollos, más ligeros, de cable de combate forrado de goma.

El suboficial Keats se volvía de espalda mientras tendían el cable pesado y enviaba grupos de acción para hacerse con cable ligero de otros batallones. Todos eran el mismo regimiento, razonaban, y dejaban algo para los otros.

No hace falta decir que Spanish Joe era el mejor ladrón de cable de la Segunda División. Una mañana, él y Andy estaban recogiendo, antes del amanecer, cable de combate perteneciente al Tercer Batallón. Llegaron a una cerca. Joe separó los alambres de púas mientras Andy pasaba con bastante trabajo por el hueco con dos rollos robados. Levantaron la vista y se encontraron delante de diez soldados de transmisiones del Tercer Batallón.

—Hola, muchachos —dijo Joe, con una débil sonrisa.

—De modo que vosotros sois los bastardos que habéis estado robando nuestro cable. Debimos imaginar que era el grupo de Mac.

—Hay de sobra para todos —dijo mansamente Spanish Joe.

—Debería haber —rugió el sargento del Tercer Batallón—, ayer tendimos más de quince kilómetros.

Joe se volvió hacia Andy.

—¿Les dejamos que se lo queden?

—Sí —respondió Andy—. La desigualdad es demasiado grande. Ellos sólo son diez. Además, quizá nos denunciaran.

Se alejaron de allí con aire abatido.

—Cristo —gimió Joe—, seguro que el viejo Mac se pone furioso con nosotros por habernos dejado sorprender.

El capitán Tompkins, oficial de Transmisiones del Regimiento atravesó a grandes zancadas la zona de comedores, dirigiéndose en línea recta hacia el barracón de mando del regimiento. El suboficial Keats lo seguía.

—Pero, mi capitán, ¿está seguro de que no ha sido un error? —preguntó.

—Nada de error. Hace tiempo que sospechaba de sus hombres. Esta vez los he cogido con las manos en la masa.

—Yo los amonestaré, mi capitán.

—Ni hablar, Mr. Keats. Voy a tratar directamente con Huxley de esto.

Abrió la puerta de un empujón, avanzó sin vacilar hacia el despacho de Huxley y llamó con impaciencia con los nudillos.

—Adelante.

—¡Desearía hablar con el coronel, señor! —rugió Tompkins.

—Puedo explicarlo —dijo Keats.

—Espere. ¿Qué puedo hacer por usted, capitán?

—La red de hoy del regimiento, señor. Me gustaría que leyese usted algunos de los mensajes transmitidos.

Y arrojó sobre la mesa un puñado de mensajes.

Huxley leyó:

PELOTONES ENEMIGOS ATACANDO POSICIÓN K-3.
NECESITAMOS CAÑONES DE 37 MILÍMETROS.

37 MILÍMETROS OCUPADOS CON CONTRAATAQUE EN POSICIÓN K-5. ENVIAMOS INMEDIATAMENTE AMETRALLADORAS CALIBRE CUATRO CINCUENTA.

Huxley leyó varios más y se encogió de hombros.

—No veo nada malo en estos mensajes, capitán Tompkins.

—No hay nada malo en ellos, señor. Fueron transmitidos por los Batallones Primero y Tercero. Le ruego que vea los mensajes cursados por sus hombres.

Huxley volvió a leer:

HABÍA UN MUCHACHO DE BOSTON
QUE SE COMPRÓ UN AUSTIN NUEVO.
TENÍA SITIO PARA EL CULO Y UN GALÓN DE GASOLINA.
PERO EL RESTO LE COLGABA Y LOS PERDIÓ.

—¿Comprende lo que quiero decir, coronel Huxley? Sus hombres siempre están transmitiendo cosas como ésta por la radio. Gracias a Dios que están en clave.

—Comprendo —dijo Huxley, con expresión grave—. Adoptaré las medidas adecuadas para impedir que esto se repita.

—Gracias, señor. Detestaría tener que informar de ello a la División.

—No volverá a suceder, capitán.

—¿Puedo retirarme, señor?

—Sí, y gracias por haberme informado de esta cuestión.

Tompkins salió, cerrando de golpe la puerta a su espalda.

—Uf —suspiró Keats.

Huxley jugueteó unos instantes con el bloc de mensajes y leyó su contenido con suma atención.

—Maldita sea, Keats, esto es serio.

—Sí, señor.

—Hay que ponerle fin. Es una suerte que Tompkins no haya dado parte a la División.

—Sí, señor.

Huxley miró de nuevo los mensajes y levantó luego la vista hacia el congestionado y rígido suboficial. Se echaron a reír al mismo tiempo.

—Mire, éste es muy bueno..., quiero decir, adviértales, por los clavos de Cristo, que dejen de hacer esto.

—De acuerdo, coronel —dijo Keats, sonriendo.

—Mándeles cavar zanjas o, si no, cancele sus permisos.

—Esto..., ¿cancelar permisos, coronel?

—Bueno, olvídelo. Limítese a subirse por las paredes, despotricar, ya sabe lo que quiero decir.

—Sí, señor —respondió Keats, dirigiéndose hacia la puerta.

—Y, por amor de Dios, suboficial, dígales que suelten el cable del Tercer Batallón. El coronel Norman me puso ayer de vuelta y media a cuenta de eso.

Keats abrió la puerta y se volvió.

—Son un buen grupo, señor.

—Sí —convino Huxley—, el mejor.

Macuto y L.Q. extendieron sobre el catre sus exiguos fondos. L.Q. contó.

—Cuatro chelines sólo. No podemos ir de permiso con eso.

—Desastroso.

—¿Has probado con Burnside?

—Sí, está sin blanca. Lo limpiaron en una partida de póquer en el club de suboficiales.

—¿Y tú, Marion? ¿Podrías dejarnos uno o dos chelines hasta el día de la paga?

Marion les echó media corona.

—Es todo lo que tengo.

—Cristo, hay que arreglar las finanzas. Un par de chicas esperándonos, y todo el mundo afectado de estrangulación pecuniaria.

—¿Cómo dices?

—Que todo el mundo está arruinado, ignorante granjero.

—Estrangulación pecuniaria. Muy bueno.

—Eh —exclamó L.Q.—, tengo una idea sensacional.

—Bueno, pues suéltala. El tren sale dentro de una hora.

L.Q. se dirigió al catre de Levin y se sentó a su lado.

—Levin, mi buen amigo.

—Ya os he dicho que estoy sin blanca.

Le pasó a Levin un brazo por los hombros.

—Compréndelo, Levin, no te pediría esto si no se tratase de una emergencia. ¿Qué tal hacer un par de cortes de pelo y concedernos un pequeño préstamo?

—Tengo los pies llenos de ampollas, L.Q.

—Te instalaremos una cómoda silla, muchacho.

—Bueno, no sé...

—Según mis cálculos —dijo L.Q.—, podemos poner un precio de oportunidad de un chelín por cabeza.

—Pero...

—Es la única forma de conseguir que venga alguien a estas alturas del mes.

—Sí, Levin, si cobramos dos chelines, no tendríamos clientes.

—Yo no busco ninguno.

—Si fueses un verdadero compañero, lo harías sin pensarlo dos veces.

—Bueno, claro, ¿qué diablos iba a esperarse de un recluta forzoso?

—Podéis iros a hacer puñetas —gritó Levin.

—Sí, si fuera un compañero del Canal sería diferente. Tendremos que cancelar nuestras citas.

—No te lo tomes a pecho, Macuto. Ya volveremos a estar con ellas. Dentro de una semana nos darán la paga. Aunque para entonces se estarán acostando ya probablemente con el *Octavo de Marines*.

—Oh, está bien —dijo Levin—, traed unos cuantos tipos, les cortaré el pelo.

—Esto es ser un verdadero compañero —dijo Macuto.

—Sí. Veinte tipos es todo lo que necesitamos. Eso nos bastará si no tenemos que llevarlas a cenar.

—¡*Veinte cortes de pelo!* Estáis locos, además no puedo hacerlos en una hora.

—No te preocupes por eso. Te los traemos, cobramos por adelantado y nos largamos. Todo lo que tú tienes que hacer es cortarles el pelo.

—¡Veinte! Tocarán a retreta, y yo estaré todavía pelando cabezas.

L.Q. estaba ya corriendo entre las tiendas y gritando:

—¡Cortes de pelo a un chelín! ¡Cortes de pelo a un chelín! ¡En el barracón de la radio! ¡Última oportunidad!

Los buscadores de gangas empezaron a salir de sus tiendas.

Estaban entregados a su pasatiempo favorito, meterse con Levin. Macuto, Danny, Speedy, Mary y yo nos hallábamos sentados en nuestros catres, limpiando y sacando brillo como de costumbre.

—Préstame un cinturón de cuero, Levin.

Buscó en su taquilla y se lo dio.

—No olvides dónde lo has encontrado.

—Eh, Levin. ¿Me dejas una camisa?

—Sólo me quedan dos limpias.

—No quiero más que una.

—Toma, y lávala y plánchala antes de devolverla.

—Eh, he oído que los «Dodgers» volvieron a perder ayer.

—No se van a clasificar.

—Apestan.

Levin enrojeció.

—Eh, Levin. ¿Tienes un poco de betún? Se me ha acabado.

—Vosotros siempre estáis sin nada.

—¿Qué has dicho?

—¡He dicho que aquí tienes el maldito betún!

—No hace falta que grites, Levin, no estoy sordo. Ya que estás en ello, préstame tu bayeta.

—¿Sabéis lo que decía Noel Coward sobre los tipos de Brooklyn?

—No, ¿qué decía?

El rostro de Levin se puso púrpura.

—No puedo acordarme. Eh. Levin, ¿qué decía de Brooklyn Noel Coward?

—Mierda —escupió Levin.

—Eh, Levin, ¿te sobra un par de calcetines?

Levin abrió la parte superior de su macuto, lo volcó, y su contenido se desparramó por el suelo.

—¡Cogedlo! ¡Cogedlo todo!

Echó a andar a grandes zancadas hacia la puerta de la tienda, mientras nosotros reíamos.

—No te enfades, judío —dijo Speedy.

Levin giró en redondo y empezó a dirigirse hacia Speedy. Luego, se detuvo y salió de la tienda.

—¿Por qué diablos tienes que decir eso? —preguntó Danny.

—No me mires a mí —dijo Speedy—. Vosotros habéis empezado.

—Sólo estábamos intentando divertirnos un poco. No debías haber dicho eso.

—¿Qué importa? A mí no me gustan los judíos.

Marion dejó a un lado su rifle.

—Creo que será mejor que tengamos una charla, Speedy.

—¿Qué es lo que te ocurre?

—¿Qué te ha hecho Levin?

—Ya he dicho que no me gustan los judíos. En Texas les hacemos la vida imposible.

—No estás en Texas —dijo Danny—. Levin es buena persona.

—Si no te gustan los judíos —dijo Macuto—, es asunto tuyo. No me meto en ello. Pero Levin hace un buen trabajo y es un muchacho estupendo. Ya tenemos bastantes dificultades sin necesidad de que dos tipos del pelotón estén continuamente echándose los trastos a la cabeza.

—Pero, bueno, ¿qué es esto? —tartamudeó Speedy.

—No te gusta Levin porque es judío. No te gusta Pedro porque es mexicano. No te gustan los neozelandeses porque hablan con acento raro. No te gusta la gente de color... ¿Quién te gusta, Speedy?

—Le gustan los tejanos, sólo los tejanos.

—¿Qué infiernos sois vosotros? ¿Una pandilla de negrófilos? —exclamó Speedy, irritado—. No es más que un recluta judío.

—¿A santo de qué vienes ahora dándote tan condenada importancia? No has limpiado una letrina, accionado un generador, cavado una zanja o fregado los platos desde que está él en la unidad. Él ha hecho por nosotros todos los trabajos desagradables.

—Dejadme que os diga una cosa. Son todos unos cobardes. Si Levin no es un cobarde, ¿por qué estáis librando vosotros su batalla? Es un cobarde.

Yo había estado intentando mantenerme fuera de la discusión. No me parecía bien introducir la graduación en aquella clase de disputa. Me acerqué a Speedy, que estaba furioso.

—¿Qué vas a hacer, Mac, ordenarme que lo quiera?

—No —respondí—. Quiero hacerte ver las cosas.

—Tú sí que necesitas verlas. Si es valiente, ¿por qué anda siempre cojeando por el campamento como si fuese un inválido?

—Porque tiene mal los pies.

—Claro y se pasa una semana sentado en el TCS. ¿Se sentó el indio en él? Los dos tenían el mismo problema. ¿Qué tal estaría mandarle a la escuela de tiro...?

—Cálmate —dije—. Cuando llamaron a Spanish Joe para el equipo de boxeo de la División, querían que fuese Levin también. Ha sido durante dos años campeón de pesos welter del Guante de Oro de Nueva York.

Speedy me miró, boquiabierto.

—Pero..., pero no tiene aire de boxeador. ¿Por qué no va con el equipo? —dijo.

—Oh, sí, se hospedan en el «Windsor», y hacen giras por todo el país y viven como reyes. Pero él quiso quedarse por la misma razón por la que Marion rechazó el ofrecimiento del puesto de relaciones públicas. Quiere seguir con la unidad. Calcula que caeremos enfermos de malaria demasiados de nosotros y que hay muchísimo trabajo que hacer. Porque quiere ser un marine, como el resto de nosotros.

—Yo en su lugar —dijo Danny—, hace tiempo que te habría dado una paliza, Speedy.

—Eso es fácil para un boxeador —dije yo—. Pero hacen falta agallas para aguantar lo que él está aguantando. Su pegada es como la coz de una mula. Tienes suerte, Speedy.

El tejano salió de la tienda a grandes zancadas, seguido por su compañero Macuto.

—Macuto —llamé

—¿Qué?

—Déjale reflexionar un rato. Y no quiero que ninguno de vosotros le hable del asunto. Dejadle solo y que él encuentre su propio camino.

Burnside sabía apañárselas para no limitarse a la ración impuesta por el club para la cerveza nocturna. Empezaba por el Club de Suboficiales de Estado Mayor y se pasaba luego por el Club del Cuartel General. Burnside aguantaba bien, y yo sabía que no armaría ningún escándalo, así que nunca hablé de ello al comité. Una noche, Burnside entró bien cargado ya. Se bebió su ración de unos pocos y rápidos tragos.

—Cristo, podría mear un litro y medio —dijo.

Pedro estaba de pie junto a él.

—Eso es imposible, amigo mío.

—Nada es imposible para Burnside y la cerveza —dije yo.

—Yo digo que es imposible. El cuerpo humano no puede contener tanta orina. Lo dice el libro de Medicina.

—Chorradas, Pedro. Lo he hecho muchas veces —dijo Burnside.

—Sólo crees haberlo hecho.

—Sé que lo he hecho.

—Es imposible.

—Sigo diciendo que puedo hacerlo.

—No puedes.

—¿Quieres apostar?

—No apuesto cuando es seguro que voy a ganar.

—¿Te rajas?

—No.

—Apuesta entonces.

—Ya que insistes...

—¿Cuánto?

—Lo que digas.

—De acuerdo, pero vas a perder.

—¿Puedo beber otro vaso antes?

—Bebe hasta reventar. Voy a ganar. Traeré un recipiente graduado de la enfermería.

Salió y volvió.

—¿Preparado?

—¿Alguien más quiere apostar?

Llovió más dinero sobre el mostrador.

Burnside ganó sin esfuerzo.

Todos conteníamos el aliento al irse acercando la noche del baile de la Compañía. Muchas otras unidades de la división habían organizado bailes, pero siempre parecían terminar en reyertas. Parecía como si un centenar o más de marines y una buena carga de cerveza hubieran de acabar siempre con fuegos artificiales. Un comité, presidido por L.Q., alquiló el «Majestic Cabaret», el mejor y único club nocturno de Wellington, con los fondos sobrantes del club. El dinero que faltaba para pagar el precio exigido fue conseguido mediante una valoración y una aportación por parte de los oficiales. L.Q. se lo gastó todo. Contrató a la orquesta del club, almacenó cien cajas de cerveza y Coca-Cola e instaló una barra libre a base de platos preparados por nuestros cocineros. Adquirió pequeños ramos de flores para las chicas y se puso de acuerdo con varios fotógrafos de relaciones públicas para que inmortalizasen la noche. Fue una fiesta magnífica. Todo el mundo, incluso Spanish Joe, se comportó con corrección.

El baile era tranquilo y sosegado, y se tocaban piezas a petición de los asistentes..., una buena cena, conversación agradable y bailar en la pausada y tranquila atmósfera. Los oficiales hicieron su aparición y ocuparon mesas que les habíamos reservado. En esta clase de fiestas, los oficiales y sus acompañantes no solían hacer más que apariciones puramente simbólicas. Pero esta noche, los borrachos habituales faltaban, y la música y el baile eran tan agradables que decidieron quedarse.

L.Q. había desempolvado varios de sus números y puesto letras aceptables a viejas canciones por deferencia a las señoras. Estuvo actuando durante una hora mientras los músicos de la orquesta se tomaban una o dos tazas de té. Bajo su dirección, cantaron todos los asistentes, con el entusiasmo y la alegría de divertirse en un ambiente grato.

Mi acompañante y yo compartíamos una mesa con L.Q. y Gale Bond, que había venido de visita a Wellington desde Palmerston North, y Pat y Andy. Se pusieron en pie de un salto cuando el coronel Huxley se acercó a la mesa.

—Siéntense, por favor. ¿Les importa que me una a ustedes?

Nos sentimos honrados al haber sido elegidos de aquella manera. Le presentamos a nuestras parejas y le servimos un vaso largo de whisky.

—Quiero darte las gracias por esta espléndida organización, L.Q. Estoy orgulloso de la forma en que se comportan los muchachos.

Todo el mundo convino en que era maravilloso y en que todos se sentían orgullosos.

—Es realmente espléndido —dijo Huxley—. Espero que no os importe que anden por aquí los altos jefes.

—En absoluto, señor —respondí yo—. Al fin y al cabo, han apoquinado su parte.

Huxley sonrió. La orquesta empezó a tocar.

—Esto... —dijo el coronel, con tono titubeante—, ¿podría bailar con Mrs. Rogers, Andy?

El rostro del sueco resplandeció.

—Desde luego, señor.

Miró a Pat.

—Encantada, coronel —dijo ella, plegando las comisuras de los labios en una sonrisa.

Nos pusimos de pie mientras Huxley tomaba con galantería del brazo a Pat y la llevaba hacia la pista de baile. Huxley, eso era evidente, sabía desenvolverse en una pista de baile. Evolucionaron a los sones de «Cuando vuelvan a encenderse las luces en todo el mundo».

—Baila usted de maravilla, Mrs. Rogers.

—Llámeme Pat, coronel. No voy de uniforme, y le aseguro que no se lo diré a nadie.

—Está bien, Pat.

Huxley sonrió ante la cordialidad de ella y su familiaridad.

—Debo confesar —dijo Huxley— que tenía motivos ulteriores para pedirle este baile. Quería conocer a la novia de Andy. He oído hablar mucho de usted.

—No me diga que se preocupa por los asuntos amorosos de novecientos hombres.

—La felicidad de cada uno de mis muchachos me interesa, Pat.

—Los conoce a todos, supongo.

—Sí, a todos y a cada uno de ellos.

—Es usted un hombre sorprendente.

—Me agrada Andy. Tiene buena madera.

—Y él lo adora, coronel. Todos sus hombres lo adoran.

—Oh, vamos, Pat. A mis oídos acaba llegando todo lo que se dice en el batallón.

—Pues debe de haber oído mal. Creo que ninguno de ellos se cambiaría a otra unidad, salvo que...

—Salvo que el Señorón les hace trabajar demasiado —dijo, sintiéndose completamente cómodo en su presencia. Ella era inteligente y había charlado bastante, y él disfrutaba con la conversación mientras bailaban—. No ponga ese aire de sorpresa. No me importa que me llamen Señorón..., así no me llaman el viejo.

—Yo me enfadaría mucho si le llamasen el viejo.

—Gracias, Mrs. Rogers.

—No tiene importancia, coronel.

Las otras parejas se mantenían a respetuosa distancia de Huxley y su compañera.

—Apuesto —dijo ella— a que el viejo Mac le ha empujado a todo esto.

—Apuesto a que tiene razón.

—¿Paso la prueba decisiva?

—No sé cómo puede tener tanta suerte ese maderero.

Cesó la música. Pat tuvo la intuición de que él quería decirle algo más.

—¿Podría invitarme a una Coca-Cola? —dijo cogiéndole de la mano y llevándole hacia el bar.

—Pero...

—No se preocupe, coronel. Ya le manejaré a Andy.

—Vamos a dar que hablar, Pat. Me parece que ya lo estamos haciendo.

—Venga, no sea tímido.

Pat levantó su vaso y lo hizo chocar con el de él.

—Por ese endurecido bruto que tiene un corazón de oro puro —brindó.

Entrechocaron los vasos. Huxley encendió un cigarrillo.

—Supongo —dijo blandamente— que a veces me odian, Pat. A veces me odio yo mismo.

—No es demasiado duro cuando pueden ver a su jefe al frente de la columna. Sé para qué se esfuerza usted, y es justo. Tienen que estar en forma, o morirán.

Huxley exhaló una bocanada de humo.

—Lamento ponerme tan íntimo. Me encuentro balbuceando como un escolar. Aunque la verdad es que no sé por qué. No he hecho más que conocerla, y ya me siento perfectamente a gusto. De ordinario, no acostumbro hacer esta clase de cosa, Pat.

—Comprendo —dijo ella—. Hasta un coronel tiene que vaciar su pecho de vez en cuando. Supongo que siente mucha nostalgia, ¿no? Pobrecillo. Debe de ser terrible no poder desahogarse como hacen los demás. Tener que mantener una apariencia firme e impasible, y todo eso.

Hablaba como si él fuese un chiquillo perdido. Él abrió su cartera y se la pasó. Pat estudió la fotografía de Jean Huxley.

—Tiene una cara maravillosa —dijo Pat—. Debe de echarla mucho de menos.

—Es usted una muchacha inteligente, Pat. ¿Le importa que le diga una cosa?

—Dígala, por favor.

—No se ofenda. Es extraño, pero al entrar en esta sala la seleccioné de inmediato, casi como si no tuviera otra opción. Tenía verdaderos deseos de poder bailar con usted. Hace mucho que no hablaba con alguien como lo he hecho esta noche, y me siento agradecido. En muchos aspectos, me recuerda a mi mujer.

Pat dirigió una cálida sonrisa al solitario hombre.

—Es usted muy amable al decir eso, coronel Huxley.

Él le cogió la mano entre las suyas y se la estrechó con suavidad.

—Espero, de todo corazón, que resuelva su problema, Pat.

—Muchas gracias —murmuró ella.

Huxley paseó la vista por la sala y parpadeó.

—Será mejor que la lleve de nuevo a su mesa. La última vez que me enzarcé con un sueco no salí nada bien parado.

Dejó de sonar el despertador. Andy se levantó de la cama, encendió la lámpara y se vistió. Fue al cuarto de baño, se lavó la cara con agua fría, se peinó y se ajustó el uniforme. Entró al cuarto de estar, donde lo esperaba Pat. La besó.

—Todo está preparado para Pascua. Tres días en la granja. Apenas si puedo esperar, Pat. Te veré el miércoles, cariño.

—Andy —dijo ella con sequedad.

—¿Qué, cariño?

Pat paseó inquieta ante él, luego cogió un cigarrillo de la caja que había sobre la mesita. Él se lo encendió.

—Siéntate un momento. Quiero hablar contigo.

—Voy a perder el último tren.

—He adelantado media hora el reloj.

Se volvió y dio unas rápidas chupadas a su cigarrillo, esparciendo una nube de humo por la habitación. Giró sobre sí misma, lo miró e hizo una profunda inspiración. Las líneas de la frente se le marcaron con intensidad. Con gesto nervioso, se estiró de los cabellos que le caían sobre el hombro.

—No vamos a ir a la granja.

—¿Por qué? ¿Tienes que trabajar? ¿No quieren darte vacación?

—No comprendes. Estoy poniendo fin a lo nuestro.

Él pareció desconcertado.

—Creo que no entiendo.

—Hemos terminado —dijo, con la respiración entrecortada.

Andy quedó anonadado. Se puso en pie. Estaba pálido, y había en sus ojos una expresión de aturdimiento.

—¿De qué diablos estás hablando?

—No quiero una escena, Andy, por favor.

—¿Estás loca, Pat? ¿Qué he hecho yo?

Después de la conmoción inicial, ella se dominó. Los latidos de su corazón se apaciguaron.

—Sé lo que debes de pensar de mí. No puedo evitarlo. Es demasiado tarde ya. Pero yo no valgo para esta clase de cosa. Estaba muy equivocada al pensar que podría vivir así. Pienses lo que pienses, tienes razón..., no importa, en realidad ya no importa.

El corpulento sueco se llevó la mano a la frente y trató de aclarar sus ideas.

—Yo no pienso nada de eso —tartamudeó. Levantó la cara. Había en sus ojos una expresión dolida—. No puedo pensar nada de eso acerca de ti. Estoy loco por ti...

—Por favor, Andy —susurró ella—, no te estoy pidiendo una decisión. No estoy intentando arrancarte nada.

—¡Por los clavos de Cristo! —exclamó él—. ¿Crees que puedo permanecer en este país y saber que estás tú aquí y no poder verte? ¡Santo Cristo!

—No grites.

—Lo siento.

—No lo hagas más difícil —rogó Pat—. Podrías decir ahora algo que siempre lamentarías. Estás sorprendido y dolido. Pero los dos sabemos que es para mejor.

—No estoy lamentando nada y no pienso dejarte —Andy la agarró y la estrechó con fuerza entre sus grandes brazos—. Debes saber que te quiero, Pat.

—Oh, Andy..., ¿qué has dicho?

—¡He dicho que te quiero, maldita sea!

—¿Lo dices de verdad? No lo estarás diciendo por salir del paso, ¿eh, Andy?

—Claro que te quiero. Cualquier maldito imbécil podría verlo.

—No lo sabía.

—Lo sabes ahora.

—A una chica le gusta oírlo.

Él la soltó y miró sus ojos. Repitió las mismas palabras, pero esta vez las pronunció con ternura, esas palabras que habían permanecido dormidas en su corazón durante toda su vida.

—Te quiero, Pat. Te quiero mucho.

—Querido —exclamó ella, y se abrazaron.

La habitación pareció girar a su alrededor. Se separó de ella.

—Casémonos, Pat. Sé lo que sientes, pero, maldita sea, los suecos somos duros. No se ha fabricado aún la bala que pueda quitar de en medio a Andy Hookans.

—¡No digas eso!

—Probemos suerte. Tenemos que hacerlo. Saldré adelante. Ahora tengo algo por lo que salir adelante.

—Estoy asustada —dijo ella.

—Yo también.

—Pero no quiero ir a América.

—¿Quién ha dicho nada de América? Éste es mi hogar, y tú eres mi mujer. Eso es lo único que importa. El resto del mundo puede irse al diablo... Creo que necesito un trago.

Por primera vez desde que la conocía, había desaparecido de ella su profunda tristeza. Tenía los ojos brillantes.

—Es una locura, Andy.

—Claro que lo es. ¿Qué dices?

—Sí, Andy, sí.

Ella estaba de nuevo en sus brazos, y Andy se sintió fuerte y seguro al estrecharla entre ellos.

—Mañana iré a ver al capellán. Investigarán tu vida.

—Que investiguen.

—Me siento maravillosamente, Pat.

Ella se separó con suavidad, lo llevó hacia el diván y se sentó a su lado.

—Andy —susurró—, si tenemos un niño, ¿te importaría mucho que le pusiéramos de nombre Timothy, como a mi hermano?

—¿Quieres decir... que vamos a tener un hijo?

Ella asintió.

—¿Por qué no me lo dijiste, cariño?

—No quería utilizar eso para retenerte, Andy.

Él le cogió la mano, se la besó y apoyó la cabeza en su hombro.

—¿Tú..., tú me abandonarías? Oh, Pat, habrías hecho eso por mí.

—Te amo desde hace mucho tiempo, querido —murmuró ella.

Le estaba rodeando con sus brazos, lo atrajo hacia sí y él apoyó la cabeza en sus senos. Luego, cerró los ojos, como si se encontrase sumido en un sueño del que nunca quisiera despertar.

—Yo necesitaba alguien —exclamó ella— que esta guerra no pudiese arrebatarme.

Di a Andy una palmada en la espalda al aproximarnos a la tienda del capellán Peterson. Echamos un vistazo al tablón de anuncios que había ante ella. En una esquina se veía la fotografía de una voluptuosa mujer desnuda. Bajo la fotografía, las palabras: *No, no puedes casarte con ella a menos que se parezca a ésta. Capellán Peterson.* El proceso de contraer matrimonio implicaba una enorme cantidad de papeleo, y centenares de hombres asediaban al capellán. Todo el que se saltara los cauces establecidos era objeto de un severo castigo. En varias ocasiones, fue convocado todo el regimiento para escuchar la sanción impuesta a un marine sorprendido en una boda clandestina. Con frecuencia, el castigo consistía en la expulsión deshonrosa del Cuerpo. Di nuevamente ánimos a Andy, y entramos.

El hombre de redondo rostro, pelo cortado al rape y sonrisa contagiosa me saludó.

—Hola, Mac, ¿qué haces aquí? ¿Espiando para el padre McKale?

—¿Cómo va el negocio? —repliqué a mi viejo amigo.

—Escucha, Mac, hazme un favor. He estado doce años en la Marina, pero jamás oí nada parecido al lenguaje que utilizan estos marines. Habla de ello con los muchachos. Creo que trataré el asunto en mi sermón del domingo. Disculpa, ¿quién es tu amigo?

—Andy Hookans. Uno de mi pelotón.

—Sentaos. Hookans, ¿eh? Encantado siempre de convertir a un buen escandinavo. ¿Eres sueco, Andy?

—Sí, señor.

—Yo también.

Se estrecharon la mano, y Andy se sintió relajado. El capellán abrió un paquete de cigarrillos.

—Hookans —repitió Peterson, mientras rebuscaba entre la masa de papeles que cubrían su mesa—. Me suena familiar ese apellido..., oh, aquí está.

Abrió un papel y lo examinó.

—Capellán, esa foto del tablón de anuncios de ahí afuera es igualita a mi novia.

Peterson sonrió.

—Parece que has venido bien preparado. La verdad es que te has anticipado.

—¿Qué quiere decir, señor? —preguntó Andy.

El capellán nos mostró el papel.

> Querido Svend:
> Un día de éstos, un corpulento sueco llamado Andy Hookans entrará probablemente en tu santuario para manifestar su intención de casarse. He conocido a la chica y es demasiado buena para él. Es un ángel. Agradecería que abreviases lo más posible el papeleo que hace falta para casarlos. En otro caso, mandaré todos mis muchachos al padre McKale.
> Gracias.
>
> Sam Huxley
>
> P.D. El viernes pasado te echamos de menos en la partida de póquer.

—Bueno..., lo de la posdata que quede entre nosotros.

—Sí, señor —dijo Andy, exultante—, sí, señor.

V

En las últimas semanas, Macuto había estado yendo durante sus permisos a Otaki, una pequeña ciudad situada a unos 30 km al norte de Paekakaraki. De talante simpático y gran conversador, había conquistado plenamente el lugar. Macuto Brown acabó siendo conocido como el alcalde de Otaki. Mientras vagaba por las calles de su lugar favorito de descanso, la población, predominantemente maorí, de la ciudad lo saludaba con cordialidad, y él contestaba con la misma familiaridad y sin dejar de mascar su perenne pastilla de tabaco.

Aunque las culturas de blancos y maoríes se hallaban entremezcladas, los nativos se aferraban con gran celo a muchas de sus antiguas costumbres y rituales, sobre todo en las ciudades más pequeñas, como Otaki. Ritos de generaciones tiempo atrás desaparecidas se mantenían vivos en las casas de reunión de las afueras de la ciudad, y la tribu era gobernada por un cabecilla ancestral. Pocos blancos ponían el pie jamás en el último reducto de estas tradiciones nativas. Macuto siempre era recibido con agrado en las casas de reunión. Con ocasión del cumpleaños del anciano jefe, se permitió a Macuto invitar a la ceremonia a unos cuantos de sus amigos. Macuto, incapaz de aprenderse el complicado nombre del jefe, le llamaba siempre primo Benny.

Pese a la popularidad de Macuto en Otaki, yo me sentía un poco reacio a ir a la fiesta. Pocos días antes, un marine había atacado a una muchacha maorí, y los ánimos estaban muy excitados en la ciudad. Macuto nos aseguró que no había ningún peligro. Marion, L.Q. y yo aceptamos la invitación. Marion estaba ansioso por presenciar la ceremonia, con el fin de utilizarla como marco para uno de sus relatos. Macuto le advirtió que sería un insulto rechazar una bebida, así que Marion accedió a probar una. Luego, Macuto dijo que primo Benny podría ofrecer una de sus nietas y que sería un insulto mayor aún rechazar eso. Marion se ruborizó y no dijo nada.

Cuando bajamos del tren y nos dirigimos hacia el bar más cercano, yo me sentía como si estuviera caminando sobre una alfombra de brasas candentes. Luego empezó el coro de viejos, jóvenes, viejas y mujeres de edad madura.

—¡Hola, Macuto!

—¡Hola, amigo!

Una docena de morenos chiquillos echaron a correr detrás de nosotros y se le subieron encima, saludándole. Él se arrodilló, jugueteó con ellos y los hizo salir disparados hacia la confitería más próxima con un puñado de peniques.

Entramos en un bar y tomamos posiciones en un extremo del mostrador para echarnos al coleto un par de litros de cerveza, con zarzaparrilla para Marion. Mientras bebíamos, haciendo tiempo hasta que se abriera la sala de reunión, entró un maorí excepcionalmente corpulento. Su camisa estaba abierta y revelaba un fornido pecho. Tenía un aspecto feroz y empuñaba un machete en su morena mano derecha. Avanzó hacia nosotros con pasos lentos y pausados, balanceando su machete a un lado y otro con aire amenazador. L.Q. retrocedió y tropezó casi con Marion en su deseo de quitarse de en medio. A aquel tipo no le gustaban los marines. Quizás era el hermano de la chica violada.

Llegó ante Macuto y ¡levantó el machete! Y lo dejó de golpe sobre el mostrador.

—¡Hola, Macuto! —exclamó, dando un fuerte abrazo al granjero.

L.Q. se desmayó.

—Hola, muchacho —dijo Macuto—. Toma un trago. Quiero presentarte... Es curioso, juraría que había traído tres amigos conmigo.

Al atardecer, nos dirigimos hacia la casa *hapu*, en el llano que circundaba la ciudad. El exterior estaba tallado y pintado de una forma que me recordaba al poste de un tótem indio. Fuimos recibimos en la puerta por el Ariki de la tribu, primo Benny. Él y Macuto se abrazaron y se frotaron las narices mutuamente, y nosotros seguimos su ejemplo cuando fuimos presentados. La sala central era amplia y de las desnudas vigas de su techo pendía una enorme canoa tipo balsa. Quizás era la misma clase de embarcación que sus antepasados polinesios habían utilizado para llegar a esta tierra ochocientos o novecientos años antes. Sobre las paredes se veían escudos y lanzas. La historia de los maoríes siempre les ha mostrado como excelentes luchadores en el combate cuerpo a cuerpo y maestros de la emboscada y el camuflaje. En la guerra que a la sazón se libraba, un batallón maorí había actuado de punta de lanza de las fuerzas combinadas australianas y neozelandesas en los avances a través de los desiertos de África del Norte. Sus agudos gritos de guerra y su vehemente disposición para el combate les dieron muchas y sangrientas victorias.

Para la fiesta, una mesa grande y baja estaba abarrotada de *kumeras*, anguilas, langostinos, pollos, mejillones, *aruhe* y otros manjares. En el suelo, había esterillas semicirculares tejidas con *harakeke*. Nos quitamos las botas y nos sentamos junto a primo Benny, que estaba pintado, medio desnudo, y engalanado con plumas y cuentas. El *rangatira* estaba sentado conforme al rango tribal con los *ware* o casta inferior al extremo de la mesa.

Macuto bromeaba con el jefe, que era aficionado a mascar tabaco. L.Q. y yo nos sentíamos un tanto intimidados, y Marion tomaba notas a toda la velocidad a que podía escribir. La comida estaba bien enmascarada con un fuerte sabor a hierbas, pero la bebida era dinamita pura, y advertí a los otros para que la tomaran con moderación.

La fiesta se desarrollaba a la luz del fuego. Los bailarines actuaban en el centro de nuestro gran círculo. El *kikipoo* no tardó en hacerme efecto, y experimenté el violento impulso de coger a una de las muñecas de caderas ondulantes y falditas de cuentas y llevármela a las montañas. Fuimos dando cuenta de la interminable serie de platos y bebimos hasta que empezamos a ver doble. Los cantos, los bailes y el batir de los tambores se fueron haciendo cada vez más intensos y más confusos.

Vinieron luego las competiciones de dardos, combates de lucha libre, juegos de todas clases y más bebidas. Un grupo de muchachas se sentaron en el centro del círculo, sosteniendo cada una de ellas un par de pelotas de *poi*. Iniciaron un juego fascinante, pasándose las pelotas una a otra al compás de los tambores. Primo Benny se levantó y comenzó a caminar de un lado a otro, agitando un bastón y urgiendo a las muchachas a que fuesen más de prisa. Un maorí que estaba a mi lado me explicó que se trataba de una representación de su largo viaje en canoa a la Tierra de la Larga Nube Blanca, que era el nombre maorí de Nueva Zelanda. Las muchachas que lanzaban las pelotas de *poi* al unísono representaban a los remeros, y su ritmo era el de las olas. Los tres marines permanecíamos sentados, batiendo palmas mientras las muchachas frotaban las pelotas contra sus faldillas de cuentas y las lanzaban con creciente rapidez hasta que su trayectoria se tornó borrosa, pero sin que se cayera jamás una sola pelota. La Infantería de Marina podría haberlas utilizado como instructoras.

De pronto, las muchachas cayeron exhaustas, lanzando horribles gemidos. Los maoríes explicaron que aquello representaba un período de hambre durante la travesía. Finalmente, primo Benny divisó Nueva Zelanda y todo terminó felizmente.

Entre aullidos de satisfacción, Macuto fue al centro del anillo y se enzarzó con el campeón de lucha de la tribu. Ambos estaban bebidos, pero el maorí era rápido y astuto, y ni siquiera los conocimientos de judo del marine podían derribarle. Acabaron cayendo el uno en brazos del otro, sudorosos y palmeándose mutuamente la espalda.

Fue entonces cuando debí de perder el conocimiento. Todo lo que podía recordar era el batir de tambores y el canto de voces. Me di cuenta de que Macuto y L.Q. se dirigían a una habitación lateral con un par de muchachas mientras el jefe movía la cabeza en señal de aprobación.

Lo siguiente que recordé fue que Marion y yo estábamos en el centro con los pantalones remangados, sin camisa, con lanzas en las manos y bailando con un par de muchachas que ondeaban las caderas con verdadero frenesí.

Sentí que me corría agua fría por la cara. Abrí los ojos con esfuerzo. Batían los tambores... Volví a cerrar los ojos. Sentía como si alguien me estuviera sacudiendo la cabeza. Macuto estaba a mi lado.

—Vamos, Mac, te has caído al suelo, sin conocimiento. Tenemos que darnos prisa para coger el tren.

—¡Ouuuuuu, Dios!

—Vamos, Mac —le oí a L.Q. gritar entre la niebla.

—¿Sigue la fiesta?

—Seguirá durante toda una semana. ¿Puedes levantarte? Tenemos que correr para coger el primer tren.

Mis largos años de adiestramiento en la Infantería de Marina me hicieron ponerme en pie.

—Tendremos que llevar a Marion —dijo L.Q.

Nos despedimos rápidamente de nuestros anfitriones y echamos a correr por un campo abierto, en dirección a la estación. El aire fresco espabiló a Marion y aligeró la carga. Mientras corríamos por el campo, nos llamó desde unos veinte metros más atrás.

—¡Eh, muchachos, esperad!

—¡Venga, Mary, se nos hace tarde!

—No puedo correr hacia delante.

Intentamos arrastrarle. En vano.

—¡Os digo que no puedo moverme hacia delante! —gritó—. ¡Me he quedado inválido!

Le dimos media vuelta, y echó a correr de espaldas hacia la estación.

—¡Muchachos!

—¿Qué pasa ahora, Mary?

—Esperad. Tengo que echar una meada.

Extendió la mano para apoyarse contra una pared de ladrillos. La pared estaba a unos doce metros de distancia. Cayó de bruces. Lo levantamos, lo volvimos de espaldas, y corrimos de nuevo. Saltamos una pequeña zanja y le esperamos. Mary tomó carrerilla con sumo cuidado, saltó y cayó en el barro del fondo.

—Dios, ¿qué les han echado a esas bebidas?

El tren paró en Otaki, y, por una vez, unos marines agradecieron al Gobierno de Nueva Zelanda el hecho de que los trenes funcionaran con retraso. Nos metimos en un vagón de mercancías y nos quedamos dormidos.

VI

En mi calidad de padrino, salí con Andy en dirección a Masterton un día antes de la boda. El resto del pelotón, encabezados por Burnside, irían el día siguiente. Les habían concedido pases de tres días para el acontecimiento. Antes de nuestra marcha, Andy recibió el regalo de la compañía, consistente en una cubertería de doce piezas de plata de ley.

Los muchachos estaban ocupados cepillando y sacando brillo. Debían coger un tren hasta Wellington, hacer noche allí y coger por la mañana el primer tren a Masterton. Era más largo así, pero consideraban que era mejor quedarse en Wellington que intentar hacer el viaje en coche-cama, acostados en sentido transversal a la marcha. Una noche en el coche-cama de un tren de Nueva Zelanda le daba a uno la opción de estrellarse contra la pared o de caer al suelo.

Mientras continuaban con sus apresurados preparativos para emprender la marcha, hicieron una última colecta por la Compañía para obtener préstamos hasta el día de paga. En medio de todo el bullicio, Jake Levin permanecía tendido en silencio en su litera, fingiendo interés en una carta ya leída.

—¿Alguien tiene un alfiler de sobra?

—Por cierto, ¿ha cogido alguien el mío?

—Yo acabo de tomarlo prestado. Iba a devolverlo.

—¿Cuánto dinero tenemos?

—Más de veinte libras.

—Eh, a ver si os dais prisa. Tenemos que estar en Peikak a las cinco.

—Lástima que Danny esté en Silverstream con la malaria.

—Sí, es una pena.

Macuto se acercó a Levin y le dio una palmada en los pies.

—Venga, Levin, mueve el culo.

El muchacho levantó la vista, sonrió débilmente y no dijo nada.

—Por los clavos de Cristo, Levin, date prisa —exclamó L.Q.

—Yo..., a mí no me han invitado —farfulló.

—¿Qué quieres decir que no te han invitado?

—Nadie me ha dicho que vaya.

—¿Qué infiernos quieres? Está invitado todo el pelotón.

—Nadie me lo ha dicho.

Burnside se hizo cargo de la situación y ladró una orden.

—Tú estás en el pelotón, ¿no? Más vale que te des prisa.

—Sí, Andy se llevará un disgusto si no vas.

—Pero..., pero tengo servicio en el comedor.

—Ya he cogido a un tipo de teléfonos para que te releve —dijo Burnside.

—Tengo el uniforme todo arrugado.

—Puedes hacer que te lo planchen en Wellington.

Levin se incorporó y miró a Speedy Gray, al otro extremo de la tienda. Gray se volvió a medias.

—Más vale que te des prisa, Levin —dijo—, o perderemos el tren.

Encontraron alojamiento en una posada, dejaron allí su equipaje y se dirigieron al Cecil Hotel. Spanish Joe fue enviado de ronda en busca de licor. Resultaba que no había licores en Masterton, y era inconcebible que Andy tuviera que pasarse sin ellos en su boda. Marion escoltó a Joe para custodiar el dinero hasta que pudiera llevarse a cabo una transacción y, luego, custodiar el licor hasta la posada. Él era el único hombre a quien podía confiarse una botella llena, y por ello fue elegido como guardián.

El Cecil Hotel estaba arrendado por la Cruz Roja Americana, que había instalado en él un club para sanitarios. El viejo edificio estaba enfrente de la estación del ferrocarril. Había sido adecuadamente decorado y convertido en uno de los mejores clubes del Pacífico. Pero lo mejor que tenía era la ausencia de esa atmósfera de tristeza y autocompasión que infestaba durante la guerra a la mayoría de esos clubes. Este local se hallaba lleno de hombres y de abundantes azafatas. Era una auténtica colmena de actividad. Físicamente, poseía las mismas instalaciones que la mayoría de los clubes —comedor, gimnasio, sala de juegos y duchas—, pero era la actitud mental de la división de Marina lo que le otorgaba su singularidad.

La característica especial del Cecil era su restaurante. Un marine podía obtener allí un plato de huevos con jamón y una taza de auténtico café americano por una suma puramente simbólica. Era un pequeño rincón de América y era muy estimado.

Las muchachas americanas eran más bien feúchas y quedaban postergadas ante las más jóvenes y atractivas modelos neozelandesas. Era un ritual, sin embargo, charlar un ratito con las directoras, que hablaban un inglés deliciosamente libre de acento extranjero.

El pelotón entró en el Cecil.

—No me importa lo que digan de la Cruz Roja —exclamó L.Q.—, siempre pueden recurrir a mí para un par de pavos.

—Sí, ¿pero recibimos algo nosotros cuando estábamos en el frente?

—Cassidy recibió muchísima sangre de ellos.

—Habla con algunos tipos del Segundo y el Octavo, a ver lo que tienen que decir de la Cruz Roja.

—Tiene razón. No sirven para nada. Un año en que tuvimos inundaciones en Iowa...

—¿Y qué? Tienen muchos defectos, ¿no? Bueno, pues lo que yo digo es que si a algún pobre bastardo le viene bien una taza de café gratis, nada malo tiene echarles un par de pavos.

Entraron en el vestíbulo y se dirigieron al tablón de anuncios. Quedaron todos boquiabiertos.

—¿Veis lo que yo veo?

—¡Oh, *no!*

—¡*Dios!*

—Que me ahorquen.

En el tablón se hallaban fijadas fotografías del recientemente formado batallón de marines femeninos.

—Santo Cristo, ¡mujeres en los marines!

—Es la perdición del Cuerpo.

—De todas formas, sus uniformes quedan muy bien.

—Pero ¡*mujeres!*

—Tienes que reconocer que están mucho mejor que sus colegas de Tierra.

—Desde luego, pero de todas formas.

Era una píldora amarga para ellos. Se alejaron con tristeza. Desde luego, estaban de acuerdo en que los uniformes no estaban nada mal y que tal vez las chicas eran un grupo selecto y, por supuesto, superior a las otras mujeres de los servicios armados. Pero seguía siendo una píldora amarga.

Danny Forrester se encontraba dormido en un sillón de una de las salas de lectura. Se puso rápidamente en pie y dio saltos de alegría al ver al pelotón después de una ausencia de dos semanas en Silverstream debido a un grave ataque de malaria.

—¿Qué diablos haces aquí?

—Cuando te largaron, creíamos que ibas a pasarte una temporadita en los Estados Unidos.

—El gran Dan ha vuelto —respondió Danny.

—Entonces, ¿te vienes al campamento?

—He terminado con la malaria. Tengo un permiso de cuatro días.

—Doblemente estupendo. Andy se casa, y nosotros nos vamos mañana a Masterton.

—Magnífico. Me quedan dos días.

—Vamos, muchachos. Hay una pista de baile llena de mujeres esperando mis encantos.

Regresaron a la posada unos minutos antes del toque de queda nocturno. El pelotón había alquilado una de las habitaciones de la transformada mansión. Marion se hallaba tendido en una cómoda cama cuando entraron los demás. Estaba en su posición más habitual..., leyendo.

—¿Habéis conseguido bebida? —preguntó L.Q.

—Tres botellas de ginebra, tres de whisky y una de ron.

—¿De veras? —exclamó Macuto—. A ver.

—Están debajo de la cama y van a seguir ahí —respondió Marion.

—¿No podemos verlas sólo, Mary?

—Podéis verlas, pero no tocarlas, ¿de acuerdo?

Acariciaron, extasiados, las botellas de contrabando. Bajo la severa mirada de Marion, las botellas le fueron devueltas luego.

—¿Dónde está Spanish Joe?

—Creo que me ha robado una —dijo Marion—. Después de encontrar a un contrabandista de licor, me pidió cinco libras. Creo que hizo un trato para reunirse más tarde con él y conseguir un descuento. De cualquier modo, todavía no ha vuelto, y dudo que lo haga.

—Con un pase de tres días, no le vamos a ver.

—Eh, Mary, ¿no podríamos tomar un traguito? Quizás un poco de ron.

—No. Es para la fiesta. Lo decidimos así de antemano.

—¿De dónde has sacado el ron?

—Se lo compré a un marinero inglés.

—Probablemente estará aguado. Será mejor probarlo.

—¡No!

Se desnudaron y se fueron a dormir, sedientos.

El viaje en tren hasta Masterton fue lento y fatigoso. El pelotón ocupaba dos asientos dobles a ambos lados del pasillo, y cada cuarteto montó una improvisada mesa para poder matar el tiempo jugando al póquer. Según avanzaba la mañana, las miradas se volvían cada vez con más frecuencia en dirección al licor que custodiaba Marion.

—Ahora que lo pienso —dijo Macuto, mientras barajaba las cartas—, ese licor de contrabando podría ser veneno.

—Sí, es fácil que tenga algo malo —remachó Burnside.

Marion continuaba contemplando, extasiado, el paisaje, sin hacerles caso. Pasaron varios kilómetros.

—Va a ir mucha gente a la fiesta.

—He oído decir que cientos de personas.

—Sería terrible que fuéramos nosotros responsables del envenenamiento de todo el mundo.

—Sí, no me haría ninguna gracia.

—Si lo ha cogido Spanish Joe, algún fallo debe de tener.

—Jo, qué viaje tan largo.

—Sí.

—Nunca me lo perdonaría si muriese alguien.

Pasaron varios kilómetros.

—Oye, Mary, ¿no podríamos abrir una botella, sólo para olerla? ¿Sólo para cerciorarnos de que el licor está en buenas condiciones?

—En serio, Mary —dijo gravemente Danny—, más vale que lo comprobemos.

Con la idea del whisky envenenado aguijoneando su mente durante más de una hora, Marion admitió que quizá fuese aconsejable realizar una comprobación. Descorchó una botella de ginebra y una botella de whisky, mientras los demás se apiñaban a su alrededor. La botella pasó de mano en mano. Cada uno de los hombres olió su contenido y movió dubitativamente la cabeza.

—¿Qué ocurre? —preguntó Marion.

—No huele bien, muchacho, no huele bien. ¿De dónde ha sacado Joe esto?

—¿Qué ocurre? —preguntó Marion, con inquietud.

—A mí no me huele bien —dijo el indio, meneando la cabeza.

—Me temo que nos metamos en un lío si llevamos esto.

—Es mejor tirarlo —dijo L.Q.

—Quizá sea mejor que yo lo beba..., quiero decir, para una mejor comprobación.

—Bueno... —Marion sopesó la cuestión.

—Yo creo que es mejor que todos tomemos un sorbo y lleguemos a un resultado concluyente —dijo Burnside, con expresión seria.

Antes de que Marion pudiera protestar, la botella fue pasando de boca en boca.

—No se puede apreciar bien sólo con un trago... Será mejor que probemos otro.

La ginebra circuló por segunda vez, seguida por el whisky.

—¿Está bien o no? —preguntó Marion.

—Un instante, Marion, mientras ofrezco un trago a estos muchachos —dijo Danny, señalando con la cabeza a cuatro aviadores neozelandeses sentados detrás de él—. No quiero que piensen que somos poco amistosos.

—Será mejor que probemos ese ron.

—Sí, una vez bebí ron de la Marina inglesa, y estuve con cagalera toda una semana.

Speedy cogió la botella de ron, mientras el indio distraía a Marion desviando su atención hacia el paisaje. Marion perdió el control de la situación al intentar mirar a diez sitios al mismo tiempo. Sólo recurriendo a amenazas directas consiguió salvar tres de las siete botellas originales.

Era un grupo alegre y bullanguero el que recibí en la estación de Masterton. Los metí a todos en dos taxis y los envié al club de la Cruz Roja para que se asearan antes de la ceremonia.

Cuando entramos, estaban cantando a pleno pulmón. Aun borrachos, mantenían una armonía bastante aceptable, aunque no me lo pareció tanto la letra de la canción que habían elegido para ser entonada en aquel local público. El whisky les estaba haciendo su efecto y, cuando conseguí que se lavaran y se ajustaran el uniforme, les metí en la cantina para que se tomasen uno o dos cafés bien cargados.

Entró Andy. Yo había logrado mantenerle sereno y tranquilo, pero su compostura quedó echa trizas cuando me separé de él y fue a reunirse con los demás miembros del pelotón. Andy temblaba con tanta violencia que casi no podía encender su cigarrillo. Le corría el sudor por la cara, y apenas si era capaz de hablar. Lo llevé hacia el mostrador y le di unas palmaditas en la espalda.

—Eh, Andy, tienes mala cara —dijo L.Q.

—Me siento fatal —gimió—. Toda la iglesia está llena.

—Ánimo, muchacho. Estamos contigo.

—¿De qué tienes miedo?

—Yo..., no... Preferiría hacer un desembarco en una playa.

—Bah, no es más que una boda. He visto montones de ellas.

—¿Tienes el anillo, Mac, tienes el anillo? ¿Seguro que tienes el anillo?

—Sí —respondí por centésima vez.

—Eh, Andy, será mejor que tomes un trago.

—Sí, creo que lo necesito.

—No me parece prudente —dijo el aguafiestas Marion—. Pediré una taza de té para ti. Eso será mejor.

—Necesito algo. Lo necesito con desesperación... Ah, hola, Danny, me alegro de que hayas podido venir.

—No podía faltar al acontecimiento —respondió Danny. Aquella ruina era lo que quedaba de los nervios del sueco.

Cuando la taza de té fue depositada sobre el mostrador, el indio remplazó hábilmente con ginebra las nueve décimas partes de su contenido. Con un esfuerzo, Andy consiguió llevarse la taza a los labios y apuró la bebida. Suspiró y pidió otra taza.

—Ya te decía que eso era lo que estabas necesitando —dijo Marion.

Dos tazas más, y Andy no sentía ya ningún malestar. Entrelazó sus grandes manos y los ojos le empezaron a rodar alocadamente. Yo consulté el reloj.

—Será mejor que vayamos hacia la iglesia —dije—. Vosotros, id allá dentro de media hora.

Andy se volvió con expresión sombría hacia los otros. Fue estrechando, uno a uno, las manos de todos. Al llegar a L.Q., éste se derrumbó.

—Adiós, muchacho —dijo, con las lágrimas corriéndole por las mejillas.

Andy abrazó a L.Q., y ambos se echaron a llorar. Los separé y arrastré a Andy hacia la puerta antes de que le dieran a beber más «té».

—Burnside —grité—, te hago responsable de que lleguen allá.

—Déjelo de mi cuenta —respondió el sargento.

Cuando el taxi se separó de la cuneta, descendió sobre ellos un lúgubre silencio.

—Pobre Andy...

—Sí, era buena persona.

—Las cosas nunca volverán a ser igual.

—Hay tiempo para un brindis rápido —dijo Burnside—. Por nuestro viejo compañero Andy.

Tres rondas después, entraron en los taxis y, en un estado de melancólica desesperación por lo que le había sucedido a su hermano, se dirigieron hacia el lugar de la ceremonia. Se apearon ante la iglesia de San Pedro y se mezclaron con la multitud.

Un jeep apareció a toda velocidad por la calle y se detuvo junto a ellos. Salieron de él el suboficial, el capellán Peterson, Banks, Paris, Pedro, Wellman, Doc Kyser y el conductor, Sam Huxley. Habían realizado un veloz viaje a través de las montañas para llegar allí.

Huxley corrió, excitado, hacia Burnside.

—¿Llegamos a tiempo?

Tenía el pelo revuelto a consecuencia del viento y el uniforme desordenado tras el largo viaje. Cuando Burnside abrió la boca para contestar, Huxley retrocedió bajo el impacto de un potente eructo de whisky.

—Debe de gustarles la vista de la sangre —gruñó L.Q. con tristeza.

Los miembros del pelotón, al borde de las lágrimas todos ellos, entraron en la iglesia y llenaron el último banco. Rogers y MacPhersons de todos los tamaños se encontraban allí. Se volvieron y saludaron, con una inclinación de cabeza y una sonrisa, a los recién llegados. Speedy se lanzó·hacia el indio y le arrebató la gorra que llevaba en la cabeza.

—¿No has estado nunca en una iglesia, renegado?

Se hizo el silencio mientras los miembros del coro ocupaban sus puestos. Tomó asiento el organista y el vicario se situó ante el altar. Los potentes acordes del órgano llenaron la vieja iglesia de piedra y cayeron de manera brusca sobre las bocas de los estómagos de los embriagados componentes del pelotón de radio. L.Q., más emocional que los otros, lanzó un ahogado pero audible sollozo mientras Pat Rogers avanzaba lentamente por el pasillo.

Iba vestida de azul y llevaba un velo de encaje antiguo de la familia Rogers. Estaba hermosa de verdad. Detrás de ella, desfilaban media docena de pequeños y rollizos Rogers y MacPhersons. Enoch parecía perdido en su anticuado chaqué. Cuando pasaron ante su mujer, y mientras la música crecía de volumen y reverberaba, Mrs. Rogers se unió a L.Q. en sus sollozos. Luego, lo hizo Danny y, después, el indio y Speedy. Se sorbieron los mocos, con un nudo en la garganta, mientras yo depositaba la banda dorada sobre el cojín de terciopelo. Andy no sentía ninguna pena en absoluto. Lucía una insolente sonrisa en la cara y trató de agarrar a Pat y darle un beso. Tuve que apartarle de un empujón.

Comenzó la ceremonia. Nos llegaban ahogados murmullos desde el fondo de la iglesia.

—Pobre Andy...

—Pobrecillo, pobrecillo Andy...

Contuve el aliento y los maldije. Andy empezó a bambolearse como un péndulo mientras el vicario anglicano hablaba y hablaba. Me alegré cuando, al fin, se volvió para pedirme el anillo. Lo tomé del cojín y se lo di a Andy, que miró el dedo de Pat, pero vio demasiados dedos. Cerró los ojos y trató de ensartarlo. El anillo se le escurrió de la mano y rodó detrás del altar. Animosamente, Andy se agachó, apoyó en el suelo las manos y las rodillas y se arrastró en su busca. Los llantos del fondo de la iglesia se hicieron más intensos. Andy se concentró y, con gran esfuerzo, hizo blanco en el tercer dedo de la mano izquierda.

Tenía una sonrisita estúpida mientras aceptaba los besos de las numerosas Rogers y MacPhersons que se le acercaban en fila india. Pat se mostró adorable y tolerante mientras besaba a todo el pelotón. Aunque le habían echado a perder la ceremonia, no estaba enfadada. Irradiaba felicidad y los perdonaba. Mientras se vaciaba la iglesia, Sam Huxley se detuvo en la trasera. Pat se lo llevó a un lado.

—Ha sido muy amable por su parte hacer todo el camino hasta aquí, coronel.

—Soy feliz, Pat, muy feliz —respondió él.

—¿Vendrá usted a la recepción?

—Me temo que no va a ser posible. Hemos venido sin tener permiso de salida —respondió—. Debemos volver al campamento, pero no podíamos faltar a la boda.

—Coronel.

—Dígame, Pat.

—Si tenemos un chico, ¿le importaría que le pusiéramos su apellido como segundo nombre..., Timothy Huxley?

Huxley la abrazó y la pesó en la mejilla.

—Muchísimas gracias, querida —dijo.

La recepción tuvo lugar en una amplia sala de banquetes de la Casa del Granjero, en Masterton. Si en aquella ciudad imperaba la ley seca, era evidente que las familias Rogers y MacPherson no se habían enterado. O eso, o tenían influencia con la policía local. La mesa de honor y las otras dos más largas que se extendían desde sus extremos estaban cargadas con botellas de todas las formas y clases. Había vinos, cervezas, whiskies, ron y combinaciones que los hombres no habían visto nunca; además, varias cajas de cerveza de fabricación casera se alineaban junto a una pared, preparadas en previsión de que se agotasen las demás botellas.

El pelotón ocupó la mesa de honor al frente de la sala con Pat y Andy y los familiares próximos a aquélla. En la mesa de la derecha estaba el clan MacPherson; en la de la izquierda, el clan Rogers. Varias mesas dispersas daban cabida al resto de los asistentes y, en una salita separada, los niños celebraban su propia fiesta con leche y gaseosa. En un pequeño estrado, los parientes con aptitudes musicales interpretaban piezas de baile.

Los fotógrafos de las familias se afanaban tomando instantáneas, mientras se reunían todos. De la cocina llegaban, bandeja tras bandeja, los manjares. Yo no había visto nunca tanta comida y bebida en un solo lugar. Para los marines trajeron grandes cantidades de pollo con patatas fritas. Los clanes sabían organizar un banquete.

Harn Rogers, el mayor de la familia, y encargado de los brindis, se extendió a lo largo de un bien planeado discurso sobre la feliz unión mientras todos se empapuzaban de comida.

—Caballeros —finalizó Harn su discurso—, llenen sus vasos. Propongo un brindis.

Volvieron a llenar sus vasos y se pusieron en pie todos los presentes. El patriarca del clan Rogers brindó por los novios, y todo el mundo cantó:

«*Y son excelentes muchachos,*
Y son excelentes muchachos,
Y son excelentes muchachos,
Y siempre lo serán...
¡Hip, hip, hurra!»

Era la cosa más abominable que jamás había oído. Apuraron sus vasos, y no habían hecho más que sentarse cuando se oyó ruido en el lado MacPherson de la sala. El mayor de los MacPherson estaba en pie.

—Caballeros, llenen sus vasos. Propongo un brindis.

Y repitieron todos el proceso. Antes de que me diese tiempo a hincarle el diente a un muslo de pollo, se oyó del lado de los Rogers:

—Caballeros, llenen sus vasos.

Los MacPherson no iban a ser menos que sus rivales. Empecé a sentirme como un ascensor. La única vez que me quedé sentado fue hacia la novena ronda, cuando brindaron por el padrino. Me sentí endiabladamente en ridículo cuando cantaron lo de «*es un muchacho excelente*», pero el «*hip, hip, hurra,*» fue lo que en realidad me hizo enrojecer.

Mis hombres estaban ya bastante cargados antes de llegar a la sala, pero no tenían intención de quedarse atrás bebiendo con respecto a los parientes de la novia. (Las señoras hacía tiempo que se habían pasado a la gaseosa.) Al fin, para romper la monotonía, los marines empezaron a proponer también unos cuantos brindis por su cuenta.

Durante las dos horas siguientes bebimos por Pat, por Andy, por el clan Rogers, por el clan MacPherson, por el pelotón, por la Infantería de Marina, por los ejércitos de tierra, mar y aire de Nueva Zelanda, por Sam Huxley, por el capellán Peterson, por el rey, por la reina, por el vicario de San Pedro, por el presidente Roosevelt, por la ciudad de Nueva York, por Wellington, por Masterton, por Isla del Norte, por Isla del Sur, por Australia, por la Segunda División, por el Sexto de Marines, por Ginny Simms, por Rita Hayworth, por Stalin y por todos los aliados y docenas de personajes y lugares menos importantes.

Para cuando la alfombra fue enrollada de nuevo a fin de dejar sitio para el baile, había ya una alegría y una fraternidad exultantes como yo no había visto nunca. No era extraño que los neozelandeses se llevasen tan bien con los maoríes.

Burnside se había escabullido de la sala hacia la mitad de la serie de brindis con una preciosa dama de honor MacPherson. Danny y L.Q., que se estaban recuperando de la malaria, no pudieron aguantar el ritmo de los brindis y salieron, tambaleándose, poco después de haberse marchado Burnside y la muchacha.

Vacilantes y con la visión borrosa, L.Q. y Danny se apoyaron contra un edificio y tomaron aliento.

—Oye, Danny, ¿has visto a Burny salir con esa tía?

—Sí —respondió Danny.

—Mira, será mejor que busquemos al viejo Burny. Si no, está expuesto a terminar como el bueno de Andy.

—¿Dónde crees que estará?

—En un bar.

—No. No hay bares en esta ciudad.

—De todas formas, tenemos que salvar al viejo Burnside de un destino peor que la muerte.

—Sí, tenemos que salvar a nuestro viejo amigo.

Llamaron a un taxi y subieron a él.

—Oiga, amigo, ¿dónde se puede tomar un trago?

—No hay nada que hacer en esta maldita ciudad —respondió el taxista.

—Oiga, ¿ha visto a Burnside?

—¿El sargento con esa cinta en el hombro que ha salido hace poco con la chica?

—¿Tenía aire de macho cabrío?

—¿Qué?

—¿Adónde lo ha llevado?

—Bueno, muchachos, la verdad es que no quisiera entrometerme...

—Lo que te decía, L.Q. Va a acabar como nuestro viejo amigo Andy.

—Hable, hombre. Se trata de una emergencia.

—Bueno, ya que insistís... Fueron más allá de los límites de la ciudad. Al único hotel con bar.

—Aprisa, amigo, o le colgaremos a usted del palo más alto de todo Liverpool.

Fueron en vano los alegatos del taxista en favor de la intimidad de la pareja, y sólo consiguieron aumentar la sensación de urgencia en las mentes de Danny y L.Q. Tras circular a toda velocidad, el taxi se detuvo ante una gran posada. Danny y L.Q. se apearon tambaleándose y aconsejaron al taxista que mantuviera el motor en marcha.

Irrumpieron en el bar, que estaba desierto, a excepción del camarero, que limpiaba vasos en espera de los clientes nocturnos. Danny, con recuerdos de San Diego, saltó por encima del mostrador, cayendo casi sobre la espalda del camarero, y preguntó al sobresaltado hombrecillo:

—¿Qué has hecho con él?

—¿Qué es esto..., un atraco?

—¿Dónde está el sargento? Sabemos que está aquí.

—Sí —rugió L.Q., sirviéndose un litro de cerveza—. Hemos venido a salvarle de un destino peor que la muerte.

—Pero..., pero...

—Hable, buen hombre. No hay tiempo que perder.

—Estáis borrachos.

—No.

—Sí.

—Dice que estamos borrachos, L.Q.

—No le hagas caso, Dan.

—Pero no podéis irrumpir allí. Sed buenos chicos... Tiene una gachi en la habitación.

—Oh, oh, está clara la conjura.

—Aprisa, ¿dónde está? Tenemos que salvarle. Pobrecillo Burny.

—Por favor, muchachos —rogó el posadero. Danny lo agarró y lo zarandeó—. Está en una habitación, al final del pasillo, a la izquierda —admitió el hombre finalmente.

Los dos marines avanzaron zigzagueando por el pasillo y echaron la puerta abajo. El sargento Burnside y la chica estaban en la cama. Ella lanzó un grito y se tapó con las sábanas.

—¡Sargento! Hemos venido a salvarle —gritó Danny.

—Eh, Burnside, estás sin uniforme —observó L.Q.

—¡Oh mataré por esto, bastardos!

La muchacha lanzaba chillidos histéricos, pero Burnside se puso los pantalones, maldiciendo. L.Q. y Danny se estrecharon la mano, celebrando el feliz término de su misión.

—Vamos, Burnside. Escapa mientras aún es tiempo. Tenemos un taxi esperando afuera.

La muchacha volvió a chillar y el posadero asomó la cabeza por la puerta.

—Calma, muchachos, calma. Éste es un establecimiento distinguido.

—¡Os mataré!

—Caramba, Burnside, sólo estábamos tratando de salvarte.

—¡Fuera!

Salieron muy tristes, tambaleándose.

—Desagradecido bastardo —murmuró Danny.

Yo estaba en la estación de autobuses, comprobando cómo iban llegando los miembros del pelotón. Subían al autobús y se quedaban dormidos en el asiento. Apareció Burnside, furioso.

—¿Dónde están Forrester y Jones? ¡Voy a matar a esos bastardos!

Tardé unos momentos en calmar al sargento, en hacerle subir al autobús, y en impedirle que se acercara a sus compañeros inconscientes. Lo dejé mascullando para sus adentros y volví a la estación. Estaban todos menos Marion. Supuse que se habría entretenido en la biblioteca pública o en algún otro lugar de interés cultural.

Pat y Andy tenían que ir a la estación para coger un autobús que los llevaría a una luna de miel de dos días en el norte. Llegó un automóvil. Cuatro corpulentos parientes Rogers bajaron de él, transportando el cuerpo rígido e inconsciente de Andy Hookans. Pat consolaba a su madre, mientras dirigía a sus parientes hacia el autobús adecuado con su equipaje y el de su marido. Depositaron al sueco en el largo asiento trasero. Pat me besó y me dio las gracias por mis esfuerzos.

—¿Estás enfadada, Pat?

—¿Enfadada?

—Quiero decir, por la forma en que se han comportado los muchachos y por haberse emborrachado Andy.

Ella sonrió.

—Cielos, no. Llevo veintiséis años asistiendo a bodas del clan. Aún no he visto a un novio salir sereno.

Enoch carraspeó, mientras Mrs. Rogers miraba con intención hacia él.

—Soy demasiado feliz para estar enfadada con nadie, Mac.

—Buena suerte —dije, mientras ella se despedía de los presentes agitando la mano.

—Buen muchacho ese Andy, buen muchacho —dijo Enoch.

Pero, en el momento en que Pat subía al autobús, llegó un jeep con tres miembros de la Policía Militar. Marion se encontraba entre dos de ellos. Acudí corriendo mientras sacaban a Marion.

—¿Es suyo esto? —me preguntó uno de los hombres—. Estaba metiéndose con todo el mundo en el club de la Cruz Roja.

—Es mío —dije.

—Hubiéramos debido meterle en el calabozo, pero, como es uno de los de Guadalcanal...

—Gracias, muchachos, muchas gracias. Yo me ocuparé de esto.

Marion se tambaleó, se sacudió la guerrera, se enderezó el pañuelo del cuello y se volvió hacia Enoch y Mrs. Rogers.

—Me temo que mi conducta ha sido reprobable. Les escribiré una carta de excusa mañana por la mañana. Me siento muy avergonzado de mi comportamiento —dijo, con tono vacilante, y se desplomó, inconsciente, en mis brazos.

Me despedí lo más rápido que pude y subí a Marion al autobús mientras el motor de éste se ponía en marcha. Luego, me asomé a una ventanilla abierta y agité la mano.

—Buenos chicos, buenos chicos todos ellos —dijo Enoch, mientras salían de la estación.

VII

Huxley puso los pies encima de la mesa, y sus largas piernas hicieron balancearse la inclinada silla. Con atención, estudió el boletín que tenía delante. El comandante Wellman apisonó el tabaco que acababa de poner en la cazoleta de su pipa y lo encendió. Miró por encima del hombro de Huxley. Éste levantó la vista.

—¿Has visto, Wellman?

—Temía que acabaras echándole un vistazo tarde o temprano —respondió Wellman.

—Un informe muy interesante, mucho. ¿Cuántos días tardó ese batallón en llegar a Foxton?

—Cuatro.

—Hmmmm.

—Sé lo que estás pensando, Sam —dijo el ejecutivo.

Huxley volvió a leer el boletín. Un batallón del Octavo de Marines había realizado una agotadora marcha forzada desde el campamento hasta Foxton, a unos diez kilómetros al norte.

—Veamos —dijo Huxley—. Carretera de hormigón..., colinas suaves..., dos comidas al día..., una de ración y otra con cocina de campaña. Sacos de dormir transportados en camión.

Se frotó la barbilla mientras desplegaba el mapa de Isla Norte y movía sobre él el dedo desde McKay's Crossing hacia el norte.

—Tiene que ser una marcha interesante.

—Y muy dura, Sam. Cherokee Blanco perdió muchos hombres.

—Vamos a ver. Los camiones los esperan en un prado de las afueras de Foxton y los traen de nuevo. Más de diez kilómetros..., pesadas mochilas de combate.

Repasó el informe. Cogió el teléfono de campaña, accionó el conmutador de mariposa e hizo girar la manivela.

—Pawnee Blanco —respondió la centralita.

—Póngame con el coronel Malcolm, hotel «Windsor».

—Sí, señor. ¿Lo llamo luego? —preguntó el operador.

—Sí. Recibiré la conformidad de Malcolm. Y que venga Marlin para preparar una unidad de exploración que vaya preparando vivacs a lo largo de la ruta. ¿Algún otro batallón lo va a intentar?

—Pawnee Rojo y Azul están avanzando.

—Lo sabías desde el principio, Wellman.

—Usted lo conseguirá —sonrió el ejecutivo—. Y, a propósito, no va a necesitar una unidad de exploración. Podemos utilizar los mismos vivacs que empleó el Octavo.

Huxley dejó caer los pies al suelo, con un golpe seco.

—No lo creo. Vamos a llegar allí un día antes que ellos.

—Tenía el presentimiento de que intentaría usted hacer eso.

—No será un intento. Le apuesto diez a uno a que establecemos un récord que ni siquiera se molestarán en tratar de batir... *¡Ziltch!*

El pequeño ordenanza apareció en la puerta.

—A la orden, señor —dijo.

—Que vengan de inmediato los mandos de la Compañía y de Estado Mayor.

Sonó el teléfono con tres breves timbrazos. Huxley lo descolgó.

—Oiga, ¿coronel Malcolm? Aquí Huxley. ¿Cómo va todo en Wellington, señor? Me alegro. Oiga, Coronel, quiero dar un paseo hasta Foxton con mis muchachos...

Aquello me olía mal. Huxley había estado esperando una oportunidad así. Quería que alguna otra unidad estableciese una marca para batirla nosotros. Batir marcas a costa de nuestro sudor era su fuerte. El tiempo era malo. Negros nubarrones llegaban del océano y parecía como si fuera a comenzar a llover de un momento a otro. Si íbamos a tratar de batir el récord de Cherokee Blanco hasta Foxton y disuadir así a cualquier otro batallón de que tratara de mejorar nuestra marca, una carretera embarrada no nos facilitaría las cosas en absoluto.

Por lo menos, teníamos un alivio. No nos veríamos obligados a marchar con mochilas de culo. Habíamos recibido un cargamento de radios portátiles SCR del Ejército. Eran pequeños y manejables aparatos que sólo pesaban unos cuantos kilos y funcionaban en un único canal. Resultaban perfectos para asegurar las comunicaciones durante la marcha..., si funcionaban. Por si acaso, pusimos el TBY en el carro de comunicaciones.

Los camiones que transportaban nuestros sacos de dormir y las cocinas de campaña nos adelantaron veloces en dirección al primer vivac. Se había organizado la expedición utilizando todo el equipo de combate.

Empezó a lloviznar cuando llegábamos a la puerta del campamento y torcíamos a la izquierda, por la carretera de cemento que se dirigía hacia el norte. Todos los hombres se apresuraron a sacar cada uno el poncho de lhombre que tenía delante y ayudarle a ponérselo. Las grandes prendas de goma dificultaban nuestros movimientos. Éstas, al arreciar la lluvia, tendieron sobre nuestros cuerpos una manta de calor, y rompimos a sudar. Bajo las ráfagas de lluvia, la larga línea de caminantes semejaba una hilera de jorobados, en cuyas espaldas las mochilas ponían extrañas protuberancias.

Sólo habíamos recorrido un par de kilómetros, cuando el temporal se desató por completo. Huxley barbotaba y despotricaba contra la lluvia y dio orden de avivar el paso. Un fuerte viento arrojaba el agua contra nuestros rostros en violentas y cegadoras ráfagas. Los ponchos batían contra nuestros cuerpos y canalizaban el agua que resbalaba sobre ellos dentro de nuestras botas. Se intensificó la oscuridad, hasta hacer que pareciese como si se nos hubiera echado la noche encima, pero continuamos avanzando.

El agua fue penetrando a través de mis botas y, en cuestión de minutos, empapó mis gruesos calcetines de lana de Nueva Zelanda. Mala cosa aquello. Los pies mojados no armonizan con el cemento. Los hombres los levantaban del suelo y los volvían a bajar, mientras la lluvia y el viento barrían la carretera con creciente furia.

Un descanso; luego, otro. Resultaba contraproducente detenerse. La fría humedad se controlaba mejor moviéndose que permaneciendo quieto. Ni siquiera podíamos encender un cigarrillo a consecuencia del diluvio que caía sobre nosotros.

Bajo el poncho, era casi imposible realizar las pequeñas rectificaciones necesarias para aliviar las zonas doloridas a causa de la presión ejercida por las correas de la mochila o de la canana. Subíamos y bajábamos pequeñas formas del terreno, y la carretera se iba haciendo más y más dura a cada paso que dábamos. Me encontré a mí mismo repitiendo una cancioncilla infantil acerca de *vete, lluvia, vete...*

Descanso para almorzar. El pelotón se acurrucó en un bosquecillo, a poca distancia de la carretera. Con mucho trabajo conseguimos sacar la comida de nuestras mochilas, mientras tratábamos de mantener secas el resto de nuestras ropas. Empapados, y demasiado fatigados para maldecir, nos comimos la insípida ración de carne picada. Era imposible calentar el café, así que lo bebimos frío. Nos hizo volver a la vida.

Kyser se introdujo bajo un poncho que Ziltch y otro marine sostenían sobre la cabeza de Huxley mientras éste estudiaba el mapa del terreno. El doctor se quitó el casco y se sacudió el agua del pelo y de la cara.

—Coronel —dijo—, será mejor que demos media vuelta y volvamos al campamento.

—Hemos hecho ya kilómetro y medio más que Cheroke en el mismo tiempo —dijo Huxley con expresión radiante, sin oír siquiera, por causa del viento, el grito del doctor.

—He dicho —repitió éste— que la malaria será dinamita pura si no abandonamos ahora.

Huxley levantó la vista del mapa.

—¿Qué ha dicho, doc? No lo he oído.

—Nada.

La comida no llenaba apenas, y pocos se decidieron a aliviar el vientre por miedo a quedar empapados del todo mientras se quitaban los ponchos. Los pies se nos estaban empezando a llenar de ampollas, aunque todos teníamos ya encallecidas las plantas, endurecidas después de kilómetros y kilómetros de caminar.

Volvimos a la dura carretera y echamos a andar de nuevo bajo el diluvio. El breve descanso había hecho salir a flote los dolores acumulados durante las primeras horas de la marcha.

Comenzó a instalarse en nuestros cuerpos un frío y húmedo entumecimiento. No sentíamos nada ya, salvo el reconfortante pensamiento de que el Infierno no podía ser peor cuando llegásemos a él por fin. Costaba un triunfo intentar hacer algo más que mantener los ojos pegados al hombre que marchaba delante y tratar de pensar en los Estados Unidos. En un punto en que la carretera pasaba junto a la vía férrea, apareció un tren lanzado a toda velocidad. Pudimos ver a los pasajeros precipitarse a las ventanillas para contemplar al circo ambulante e, incluso, verles menear la cabeza. Casi podíamos oírles decir: «Éstos están chalados, ¿no? Sólo al diablo se le ocurriría, con esa lluvia...»

Pensé que el día no iba a terminar nunca. Los kilómetros iban cayendo, uno tras otro, bajo las empapadas botas de los «Putas de Huxley»..., una colina... otra. *Levantadlos y bajadlos.* Oscuridad, humedad, frío. Una larga hilera de caminantes avanzando pesadamente... El fantasmal perfil de un casco, una espalda encorvada y una extraña protuberancia en el lugar en que el rifle abultaba bajo el poncho.

Las nuevas radios SCR dejaron de funcionar. No se lo podíamos censurar. Por lo menos, irían en el carro de comunicaciones que rodaba a lo largo de la resbaladiza carretera bajo los jadeantes gruñidos de bueyes humanos. Descansamos unos instantes y, uno a uno, fuimos montados en el jeep del TCS durante el tiempo suficiente para ponernos las mochilas de culo y hacer sitio a sesenta libras más de peso en nuestras espaldas. El desplazamiento adicional modificó la forma del poncho y cesó la protección que éste nos dispensaba contra la lluvia. Quedamos empapados por completo.

Cayeron más kilómetros. Nuestra ausencia de sensaciones dio paso a un anhelo de sangre: la de Huxley. El tío seguía mirando su reloj y aumentando el ritmo de la marcha. Yo deseaba, con toda el alma, abandonar. Volvía a repetirse el viejo juego... Tendría que quedarme si Huxley se quedaba, y él lo sabía.

La lenta y sombría columna atravesó Paraparaumu, Waikanai y siguió hasta Te Horo. Los ciudadanos asomaban la cabeza por las ventanas para observarnos y los perros escapaban para refugiarse en los edificios mientrs pensaban «Qué estúpidos son esos marines». Hasta nuestra mascota, *Halftrack*, había tenido el suficiente sentido común como para darse media vuelta en la puerta del campamento y tenderse en el suelo junto a una panzuda estufa.

Algunos hombres empezaron a caer rendidos. El *jeep* ambulancia corría de un lado a otro, a lo largo de la columna, y sus neumáticos nos arrojaban chorros de agua a la cara al pasar. Gimoteantes bultos permanecían en el barro, junto a la carretera, demasiado aturdidos y fatigados como para comprender lo que les había ocurrido.

Nos detuvimos en un prado, cerca de Otaki. Había trabajo que hacer.

—Conectad esa radio con el Regimiento..., tended líneas telefónicas con las compañías avanzadas... instalad los refugios... cavad los un-dos-tres.

Intentamos encontrar nuestros sacos de dormir en los camiones. Aquello era el caos. El área en que nos encontrábamos estaba encharcada hasta la altura del tobillo, y su profundidad aumentaba a medida que continuaba lloviendo. Cerca de la carretera, había tierra más seca. Forcejeamos con el vivo temporal para instalar los refugios. Rezumaban agua como si fuesen coladores. Las estaquillas de sujeción se salían tan pronto como las hincábamos en el blando suelo. Mac estableció turnos de guardia con la radio y otros de vigilancia para impedir que nadie cruzara el puente sobre el río y se fuera a algún bar de Otaki.

Atravesamos el prado en dirección a los camiones de comida. El rancho estaba frío y era inútil intentar calentarlo porque la lluvia lo llenaba todo y convertía la comida en una húmeda masa. No podíamos limpiar los recipientes porque era imposible mantener encendidas las hogueras para hervir agua. Esta comida sería seguida por la disentería.

Hice las últimas rondas sumido en una especie de estupor. Era un milagro que no hubiese caído nadie del pelotón aún. Me introduje en mi refugio a rastras y lo cerré. La semisequedad era un alivio. Me quité las botas y los calcetines, empapados, y revisé las prendas de repuesto que llevaba en la mochila. Me sequé los pies y, por primera vez, sentí un agudo dolor. Las ampollas aparecieron allí al fin. Mi cansancio era demasiado grande como para ponerme a pincharlas entonces. El suelo estaba húmedo. Un hilillo de agua había acertado a entrar ya. Burnside y yo habíamos levantado el refugio de modo que el viento le diese en el centro, en lugar de pasar sobre él, a lo largo. Yo tenía la impresión de que iba a salir volando por los aires en cualquier momento. Me puse unas ropas casi secas, me acurruqué lo más cerca que pude de Burnside y me dormí, muerto de fatiga. Burny estaba ya roncando.

Huxley se dirigió al botiquín de primeros auxilios. Estaba de servicio Doc Kyser. Se hallaba desnudo, quitándose el mono, cuando entró Huxley. Se puso ropa seca y se sentó en el suelo, junto a las voluminosas mochilas de material que los sanitarios habían depositado para aquella noche.

—Hola, Sam.

—Hola, Doc —Huxley se sacudió el agua como un perrillo de lanas—. ¿Cuántos hombres hemos perdido?

—Seis.

Huxley sonrió.

—Vamos a ganarles en eso también.

—Yo no estaría tan seguro. La mayoría de los hombres se hallan demasiado entumecidos como para saber si están enfermos o no. Si mañana continúa lloviendo, es posible que acabes marchando tú solo. Voy a tener trabajo antes de que termine la noche. Esas tiendas saldrán volando por los aires como siga el viento.

—¡Maldita sea! —exclamó Huxley—. Estamos teniendo mala suerte. Intendencia repartió botas nuevas la semana pasada. Aún no están domadas. ¿Cuántos casos de ampollas has atendido?

—Como te he dicho, están demasiado entumecidos como para darse cuenta.

Huxley se volvió para marcharse.

—A propósito, Sam, tu ordenanza tiene fiebre.

El larguirucho coronel trató de aparentar despreocupación mientras se abrochaba el capote para salir de nuevo a la tormenta.

—¿Malaria? —preguntó con tono indiferente.

—No se lo he preguntado. Se ha negado a acostarse.

—Haré que vaya mañana en el jeep de transporte. Llegará.

—Claro que llegará —escupió Kyser—. Todos te seguirán hasta el infierno, Sam, y tú lo sabes.

Huxley salió.

Ya creía que no iba a volver a ver nunca el sol. Después de la tormenta, juré que caminaría hasta Auckland con sólo que dejase de llover. Siete horas de sueño, y los cálidos rayos que la mañana siguiente se filtraban a través de un cielo claro y despejado, nos hicieron sentirnos como nuevos. En lugar del rancho matutino, se nos repartieron dulces barras de ración D para que las fuéramos mordisqueando durante la marcha. Huxley tenía prisa por partir y no quería perder el tiempo con lujos como el de desayunar. Recogimos los aparatos de radio, enrollamos los sacos de dormir, los echamos a los camiones y formamos.

Para las siete de la mañana la Compañía Fox estaba en la carretera, ocupando el punto de marcha hacia el puente. Hasta llegar a la carretera no me di cuenta de mi estado. Los pies me dolían una barbaridad. Un marine tiene un elemento que no puede dejar de atender: los pies. Son sus ruedas, su guerra mecanizada. Yo había cuidado de los míos con esmero, y jamás me habían traicionado. Nunca había dejado de mantenerlos empolvados y limpios, y caminaba con botas ya usadas y domadas. Pero la lluvia del día anterior me había producido ampollas que me ocasionarían muchos malos ratos antes de que finalizase el resto de los 58 kilómetros. Por suerte, pensé, no llevaba puestas botas nuevas, como algunos de los demás.

Cruzamos el puente sobre el río Otaki y llegamos a la ciudad en el momento en que ésta comenzaba a despertar. La atravesamos con rapidez, y volvimos a estar de nuevo en la carretera. El calor del sol aminoraba las molestias de los pies y, después de unos cuantos descansos, las ropas estaban secas ya, a excepción de las botas, que continuaban crujientes, rígidas y húmedas.

Después del tercer descanso, un presentimiento me indujo a probar las pequeñas radios SCR, y resultó que empezaron a funcionar tan súbitamente como el día anterior habían dejado de hacerlo. Volvimos a poner, jubilosos, los pesados TBY en los carros.

A medida que transcurría el día, me di cuenta de que Huxley estaba decidido, de verdad, a establecer un récord. Hizo acelerar tanto la marcha de la vanguardia, que la compañía de retaguardia tuvo que correr para impedir que se alargase la columna. Nos llevó casi hasta el límite mismo de nuestra resistencia. La lluvia de ayer fue sustituida por el sudor de hoy. Por fortuna, el suave sol invernal jugaba en nuestro favor. Iban quedando atrás los kilómetros. El paso que llevábamos era el más rápido que yo había visto jamás para una marcha tan larga como aquélla. A cada descanso, yo me dejaba caer a un lado de la carretera para tomar un trago de agua, fumar un cigarrillo con rapidez y quitarme la pesada mochila por unos minutos. Pero los que me preocupaban eran mis pies. A cada descanso, el dolor se hacía más agudo. Cuando echábamos a andar por la carretera, los primeros diez minutos eran de auténtica agonía. Más tarde, el pavimento acababa entumeciendo los pies. Para el rancho de mediodía, me parecía como si estuviese caminando sobre un lecho de brasas ardientes.

Engullimos las duras galletas y la carne picada y, por primera vez, nos dimos cuenta de que estábamos hambrientos. Encendimos una hoguera y calentamos café. Me sentí de maravilla al beberlo. Sometí mis pies a un rápido tratamiento; las dos ampollas de los talones eran tan grandes como sendas monedas de 25 centavos y estaban próximas a reventar. Practiqué un corte a todo el borde de su alrededor y dejé fluir el líquido. Después, apliqué tintura de yodo, rasqué un par de calzoncillos y los doblé en pequeños parches para almohadillar y secar la zona.

Los vendé muy apretados para que no se moviera el almohadillado, me puse tres pares de calcetines secos y até con fuerza los cordones de las botas.

La columna entera fue cojeando durante veinte minutos después del descanso para comer. Esto resultaba perceptible, sobre todo, en Sam Huxley intentó disimular ante nosotros su cojera avivando el paso. caminar. Le dolían los pies; yo me daba cuenta de ello y me alegraba. Huxley. Era un hombre corpulento y se le hacía doblemente difícil el

Los hombres maldecían y devoraban los kilómetros. Sus pies tamborileaban sin cesar sobre la interminable carretera. El dolor de mis pies casi me insensibilizaba a los otros dolores que se iban extendiendo por mi espalda, caderas y cuello. No tardaron en alcanzar la misma intensidad que los de los pies. Me sentía como un pedazo de hígado crudo que pasase por una máquina de picar carne. Otro kilómetro... otro... y otro más. Empecé a jadear, cosa que me ocurría en muy raras ocasiones cuando marchaba sobre terreno llano. Cerré los ojos y recé. ¡No podía abandonar! ¿Qué pensarían mis muchachos? Algunos eran peores que yo y aguantaban... «Tengo que resistir..., tengo que resistir», pensé.

Cada paso se hacía insoportable. Me daban ganas de pedir a gritos un descanso. Después de cada parada me daba miedo levantarme. Pasó ante mí la historia de mi vida. ¿Cómo diablos había acabado metiéndome en aquello? Habían querido enviarme como instructor a la Escuela de Transmisiones. ¿Por qué lo rechacé...? ¡Soy un imbécil! Un kilómetro más..., otro... Manakau... Oahu... ¡Gracias a Dios!

Nos desviamos de la carretera a un extenso campo

Yo estaba deseando dejarme caer allí mismo, pero había una faena que hacer. El trabajo de un soldado de transmisiones no termina nunca. Habíamos marchado tan bien, que Huxley nos hizo parar antes de tiempo para una larga noche de sueño que nos preparase para el empujón final. Ningún hombre del pelotón había caído aún, pero todos estaban reventados. Era un esfuerzo terrible tragar el rancho y preparar las cosas para pasar la noche. El aire estaba en calma y el sosiego de la noche descendió sobre nosotros.

Al cabo de una hora, habíamos descansado lo suficiente como para sentarnos a charlar y fumar un pitillo antes del toque de silencio. Mientras hablábamos, cortaba ampollas y arreglaba pies. La enfermería estaba superpoblada, y yo era un artista con las ampollas por derecho propio. Extendí las ropas mojadas para que se secasen y me dispuse a conciliar un poco del sueño que tanto necesitaba antes del empujón final.

Speedy se dirigía a cubrir el primer turno de vigilancia en el TCS y se me acercó.

—Oye, Mac...

—¿Cómo van las cosas? —pregunté.

—Creo que ese maldito yanqui está loco de remate. Me alegro de que sólo nos quede un día más de esto.

—Bueno —dije—, cuando todo haya terminado, nos sentiremos orgullosos de nosotros mismos.

—Dime una cosa, Mac, con sinceridad. ¿Hicisteis alguna vez en el viejo Cuerpo una marcha forzada como ésta?

—Montones de veces, Speedy; pero, supongo que siempre la que uno está realizando en cada momento parece la más dura. Yo creo que no olvidaré ésta en bastante tiempo.

—Escucha, Mac. Me quedan unos minutos antes de montar la guardia. ¿Puedo hacerte una confidencia?

—Desde luego, tengo mi emblema de capellán.

—No quiero que se sepa que lo he dicho yo, pero le he visto a Levin quitarse las botas. Tiene los pies ensangrentados. Quizá debieras echarles un vistazo.

—Ya irá a la enfermería si necesita ayuda —dije.

—Mira, Mac —continuó Speedy con aire desasosegado—, le he preguntado a Pedro. Levin no ha aparecido por allí. Tal vez debas hacerle ir mañana en el jeep. Puede usar mi turno.

—Subirá en su propio turno, no más.

—Oh, por amor de Dios, Mac. Tiene las botas empapadas de sangre. Ya sé lo de esas historias, pero...

—Speedy, Levin no abandonará. Tiene que demostrar algo.

—¿A mí?

—Será mejor que lo olvides y vayas a tu guardia.

Huxley nos hizo una jugarreta. Acortó nuestro tiempo de descanso y nos obligó a levantarnos a las cuatro de la mañana. La oscuridad era absoluta, sólo aliviada por la débil luminosidad de las estrellas y de una luna en cuarto menguante.

Aturdidos e irritados, levantamos el campo y, con una barra de chocolate, estábamos en la carretera antes de cuarenta minutos. Su plan era cogernos medio dormidos para que sólo sintiéramos a medias la velocidad de la marcha y el dolor. Dio resultado. Cuando pasamos por la ciudad llamada Levin, estábamos todos sumidos en una especie de estupor, como el resto de la columna. Hubo unas cuantas bromas forzadas sobre la relación entre Jake Levin y Levin Township, pero fue un intento triste de humor.

Sólo el saber que estaba próximo el final de la marcha me mantuvo en movimiento ese día. Me sentía el más desdichado y dolorido de los bastardos y, por primera vez en todos mis años de marine, estuve dispuesto a tirar la toalla. No me quedaban ya energías. Huxley me las había agotado por completo. Yo era como un boxeador machacado a golpes y casi inconsciente, que sólo se mantenía en pie porque sabía que no tardaría en sonar el gong y entonces lo llevarían hasta su rincón. Foxton podía estar después de la colina siguiente o a la vuelta del próximo recodo.

Por primera vez, no íbamos paralelos a la vía férrea. La carretera se internaba en terreno más accidentado después de pasar Levin. El naciente sol iluminó una cuadrilla de autómatas que avanzaban renqueantes por la carretera.

A cada descanso, hacíamos acopio de energías para otro último esfuerzo. Quizá la hora siguiente nos encontrase en Foxton. Luego otro descanso, y otro. Pero Huxley no mostraba piedad. Yo compadecí a los pobres bastardos que alguna vez se pusieran en marcha con la idea de batir nuestro récord. Y los kilómetros seguían pasando. La temprana hora de salida reduciría la parada para el rancho de mediodía, otra innovación de Huxley.

Que intenten vencernos los malditos bastardos, que lo intenten. Que se maten los hijos de perra tratando de superar a los «Putas de Huxley». No creo que un hombre sepa cuánto puede aguantar. Muchas veces, en las horas que preceden al amanecer, había pensado yo que había alcanzado el punto de saturación. Sin embargo, las crisis acababan pasando, y yo continuaba medio galopando a aquel ritmo asesino..., y casi todos permanecíamos aún en pie.

El sufrimiento de Levin me dio un renovado valor. No podía ordenarle que se detuviera. Había que guardar el secreto, aunque ello lo matara.

Hacia las once, empezamos a sentir ya la proximidad de Foxton. La vanguardia de la columna se adelantó, casi a paso ligero, en busca de la ciudad cuyo nombre era sinónimo de Infierno y Cielo. Infierno para llegar hasta ella, y Cielo por estar allí. A mediodía, aparecieron casas a lo largo de la carretera y, al fin, desde la cresta de una colina, la vimos delante de nosotros. Los tres últimos kilómetros no significaban ya nada. Fue casi una sensación de anticlímax cuando atravesamos las calles de la soñolienta ciudad campesina entre los saludos de los habitantes asomados a las ventanas y los congregados a la larga de las aceras. Cruzamos a través de Foxton y salimos de nuevo a la carretera.

Me invadió una sensación de pánico. ¡Huxley era capaz de hacernos seguir hasta Palmerston North! Me parecía imposible. El murmullo de la columna se apaciguó al desviarse a un sendero de tierra apisonada y entrar en un campo vallado, próximo al océano.

Huxley sonrió, lleno de satisfacción, al comprobar el tiempo. Había trabajo por hacer, pero ya no nos parecía tan duro. Todo había terminado y nos sentíamos aliviados y en extremo orgullosos. Instalamos el campamento con lentitud, atendimos nuestros maltratados pies y hubo un muy necesitado reparto de correo.

Maltrecho pero feliz, el batallón se instaló. Spanish Joe requisó varios pollos y un cerdo de una granja cercana y comimos hasta hartarnos. Nos esperaban un día de descanso, unos breves ejercicios y un regreso al campamento en camión. Tras una alegre reunión en torno a la hoguera, los muchachos decidieron que necesitaban tomar un trago en Foxton. Macuto pensaba que sería muy descortés ir andando hasta tan lejos y no fraternizar con los habitantes del lugar. Nuestra zona estaba muy vigilada, pero Macuto se las sabía todas. Se había agenciado varios brazaletes del centro de mensajes y proyectaba cruzar las puertas mientras «probaba» el alcance de los nuevos SCR.

Yo no quería participar en aquello..., sólo quería dormir. Pero les obligué a prometer que vigilarían al indio para impedir que hiciera pedazos el local. Mientras yo me acostaba, ellos estaban ya pasando ante los guardias y realizando fingidas llamadas de prueba por las radios.

Doc Kyser entró cojeando y con expresión airada en la tienda del puesto de mando.

—¿Se ha vuelto loco? —gritó a Sam Huxley.

—Pase, doctor. Le estaba esperando.

—¡Huxley! He presenciado varias de sus expediciones sin decir nada. Pero esta vez, me planto.

—No se plante con mucha fuerza. Quizá tiene los pies doloridos.

El doctor se inclinó sobre la mesa y apuntó su dedo bajo la nariz del coronel.

—¿Está loco? No puede hacerles volver andando a Russell. Hemos perdido veinte al venir... Hará hospitalizar a todo el batallón.

—No se preocupe, Doc —dijo Huxley—. Les he prometido permisos de tres días si podemos batir nuestra propia marca en el regreso al campamento.

—Voy a recurrir a las altas esferas. Ésta es la última sesión de tortura que presencio impasible. Haré que le sometan a Consejo de Guerra, aunque sea la última cosa que haga.

—¡Siéntese, maldita sea! —ladró Huxley.

Kyser se sentó.

—Si no puede soportarlo, lárguese de mi batallón, Doc. Estamos en guerra. Estos muchachos tienen que ser duros. Sí, yo los conduciré, y me conduciré a mí mismo, pero me ocuparé de que sean la mejor unidad de la Infantería de Marina. Ni un solo hombre del Segundo Batallón será un rezagado, ni un solo hombre morirá por ser débil. ¡Lárguese de mi batallón si no le gusta!

El médico dejó caer los hombros hacia delante.

—Santo Dios —murmuró—, ¿qué es lo que le pasa? ¿Qué es lo que le consume por dentro? Usted sabía desde el principio que íbamos a hacer la marcha en los dos sentidos, ¿verdad?

—Sí.

Kyser se puso en pie.

—Tengo mucho trabajo.

Y se volvió para salir.

—Doc —dijo Huxley con suavidad. El médico se volvió y bajó los ojos—. Hay veces en que no me agrado mucho a mí mismo..., ésta es una de ellas. Tengo que hacerlo por estos chicos, Doc... Lo comprende, ¿verdad?

—Sí —dijo Kyser—. Gracias a Dios que la Infantería de Marina está llena de oficiales locos como usted. Quizá no lo lograríamos nunca de no ser así. Tengo que irme.

Quedamos atónitos. La noticia se extendió como un reguero de pólvora. Pensamos que quizá se trataba de una broma de mal gusto. Habíamos caminado bajo la lluvia para él; le habíamos dado su récord..., no parecía que se pudiera creer.

Comprendimos luego que no era ninguna broma. Huxley nos iba a hacer volver andando y en menos tiempo. En la confusa sorpresa del anuncio, fue creciendo una ira tan intensa como yo jamás había visto. Hasta el último instante rogué por que se produjera un cambio de planes. Los hombres recogían, refunfuñando, su equipo.

Sólo había una pequeña compensación: Huxley caminaría también. La vanguardia juró marcar un ritmo de marcha que hiciera caer de rodillas incluso al hombre de hierro.

Este fiero deseo de hacer desplomarse a Huxley era, precisamente, lo que él quería. Sabía que tendría que sumirnos en una furia apasionada para hacernos realizar la tarea.

El primer día de la marcha de vuelta estábamos tan irritados que medio echamos a correr, prescindiendo de toda cautela y haciendo caso omiso de nuestros dolores. El ritmo de marcha era brutal, y cada paso iba acompañado con un juramento obsceno a todo lo largo de la columna. Volaban epitafios, con nuestros pies, hacia el sur. Nunca había visto a unos hombres caminar con semejante furia. Cada descanso estimulaba el loco deseo de andar... andar... andar... Yo no sabía si el pelotón podría continuar así. El golpeteo de las botas sobre el pavimento podría acabar abatiendo nuestro ánimo.

El final del primer día nos encontró con un tiempo de marcha mejor que en el camino de ida. Atravesamos Levin maldiciendo y llegamos a un lugar situado entre Ohau y Manakau. Se levantó una fresca brisa vespertina y empezaron a caer hombres aquejados de escalofríos febriles y vómitos. La malaria empezaba a hacer estragos. Caminamos hasta el anochecer y acampamos, por fin, en un prado de las afueras de Ohau.

Estábamos quebrantados. Un súbito acceso de agotamiento total se apoderó del batallón. Los hombres se tambaleaban, caían y quedaban dormidos en los refugios, como inválidos al borde de la muerte. Sólo un maníaco intentaría superar los kilómetros recorridos aquel día..., a menos que un hermano de Huxley ostentase el mando.

El segundo día fue diferente. Una pesadilla. La explosión emocional se había disipado y ahora quedaba la realidad del agua, de la mochila, de la carretera, del dolor y de los pies..., de lo que quedaba de ellos. Nunca había sufrido yo una tortura física semejante. Gimiendo y cojeando, volvimos a la bastarda carretera después de un desayuno consistente en una barra de chocolate. Cada hombre del Segundo Batallón recurría al último gramo de su fuerza que Dios le había dado. La columna empezó a desintegrarse. Al mediodía, nos estábamos moviendo a paso de tortuga.

Varios más cayeron enfermos de malaria. Spanish Joe se derrumbó, deshecho de fatiga. Durante el descanso, reinó un fantasmal silencio mientras permanecíamos al abrigo de los árboles comiendo nuestra ración. El plan de Huxley iba a fracasar estrepitosamente.

Huxley necesitaba un milagro. Quedaba día y medio. Al paso que llevaba, tendría suerte si llegaba con cincuenta hombres. Su objetivo se vería frustrado.

Reanudamos la marcha. Huxley cojeaba como un inválido. Su cuerpo parecía desproporcionado y temblaba a cada paso. Circuló por la columna la noticia de que se estaba desmoronando. Pero la vanguardia no tenía ya el aliciente ni la energía necesarios para acelerar y dejar que se derrumbara. ¿Estaba fingiendo quizá para mantener intacta la unidad? No, no fingía. Se encontraba en dificultades, y los pasos, que se iban arrastrando lentamente, enviaban oleadas de dolor desde los pies hasta el cerebro, paralizándolo casi a cada paso.

El Señorón va a caer... El Señorón va a caer... El Señorón va a caer... Este estribillo marcaba el ritmo de nuestros penosos pasos. Un sonsonete, un canto silencioso estaba en todos los labios y todos los ojos se hallaban posados sobre Sam Huxley, cuyo rostro estaba contorsionado de dolor. Apretaba los dientes para combatir las tinieblas que se cernían sobre él. *Huxley se derrumba... Huxley se derrumba...* Un kilómetro, otro. Nos aproximábamos de nuevo a Otaki. Nuestra velocidad era casi nula. Cinco hombres cayeron de rodillas en rápida sucesión. Nos detuvimos.

Estábamos acabados y lo sabíamos. Nunca lograríamos hacer el último día. Cincuenta hombres se habían retirado ya y había pasado el momento de luchar. Habíamos rebasado el punto de saturación. No había sucedido ningún milagro.

Sam Huxley no sentía nada en sus largas piernas. Se las pellizcó y frotó durante una hora para recuperar el sentido del tacto en ellas. Miraba su reloj como un gato nervioso, en el lugar donde se hallaba sentado, con la espalda apoyada contra un árbol. Su única orden fue llevar la cocina junto a la carretera. No tenía sentido ponerla tan cerca de la carretera. ¿Qué se proponía? De pronto, se puso en pie de un salto y gritó:

—¡Coged vuestros cubiertos y formad en línea a lo largo de la carretera para el rancho, rápido!

Tambaleándonos, fuimos hasta la carretera, a donde estaba la cocina de campaña. Ochocientos cincuenta hombres, y los oficiales al frente de la línea. Huxley seguía mirando su reloj cada pocos segudos. Luego, sonrió al oírse un ruido de motores que cruzaban sobre el puente Otaki. ¡Huxley había logrado el milagro!

Comenzaron a pasar camiones junto a nosotros. En ellos iban sentados los hombres de Pawnee Azul, el Tercer Batallón regresaba de Foxton. ¡Sentados!

—¡Marines de culo fino! —gritamos en unánime rugido desde el borde de la carretera—. ¡Marines de culo fino!

Los ruborizados hombres del Tercer Batallón callaban, avergonzados de su situación.

—¡Culos finos..., culos finos!

—Oye, ¿qué unidad es ésa?

—Pero si es el Tercer Batallón, hombre.

—¡Tan inútiles como las tetas de un toro!

—¿No son encantadores?

—¿Qué pasa, culos finos? ¿Es demasiado dura la carretera para vosotros?

—Quizá son soldados de Doug.

Los camiones se perdieron de vista. Yo me sentía de maravilla, como si algo me estallara por dentro. Huxley estaba de pie encima de una mesa, con las manos en las caderas.

—Bien —rugió—, ¿llamo a los camiones para que vengan a recogernos, o continúa andando el Segundo Batallón!

—¡Al diablo con el rancho!

Se elevó un clamoreo de entusiasmo.

—Y, cuando lleguemos a la puerta del campamento —gritó Huxley por encima de las voces—, ¡que vean el aspecto que tiene la mejor unidad del Cuerpo!

El sentimiento de orgullo nos aguijoneaba cuando reanudamos la marcha hacia el sur. Se había creado el ambiente adecuado para la fantástica aventura. Comprendíamos que estábamos al borde de una monumental hazaña de la que, desde Samoa hasta Frisco, hablarían los marines durante cien años. El Segundo Batallón se disponía a establecer un récord que jamás sería igualado en ninguna parte.

Al ir proximándonos al campamento, fueron apareciendo lugares y perspectivas familiares. Habíamos demostrado con nuestros pies que aquél era el batallón más grande del Cuerpo.

Rebasamos Paraparamumu y, desde la vanguardia, se dio la señal para que nos irguiésemos y aviváramos el paso. Ochocientos cincuenta hombres alzaron los hombros, y L.Q. Jones cantó:

> *Jaidi taidi, pim pum pam,*
> *venid todos, venid,*
> *Zim zam rey del mar.*
> *los «putas de Huxley» estamos aquí*

Daba escalofríos oír cómo rompía a cantar la columna entera. Cuando llegamos a la puerta principal del campamento, la carretera estaba flanqueada por marines de los regimientos Segundo y Octavo que habían acudido a ver a los locos de la marcha. La carretera estaba llena de jeeps de oficiales, desde tenientes hasta coroneles, de todos los campamentos de la división. Contemplaron boquiabiertos y respetuosos cómo desfilaban ante ellos las hileras de erguidos muchachos que cantaban a pleno pulmón:

> *Nos fuimos a Foxton andando*
> *el otro día,*
> *y por pura diversión*
> *de Foxton volvemos andando también.*

Huxley se hallaba sentado junto a una ventana abierta, con los pies descalzos sobre su mesa. Sonó su teléfono de campaña.

—Huxley al habla.

—Hola, Sam, aquí el coronel Malcolm. Todo el mundo habla de ello en el «Windsor». Tu unidad se ha portado extraordinariamente. El general Bryant va a felicitarte en persona. Extraordinario, Sam, extraordinario.

—Gracias, coronel Malcolm. A propósito, he autorizado permisos de tres días para mis muchachos.

—Estupendo, Sam, ¿cuándo?

—Hoy.

—Pero eso es imposible, Sam. Está previsto que te hagas cargo de la guardia del campamento.

—Eso es problema suyo, coronel.

—¿Qué?

—Ya han salido del campamento.

—Maldita sea. Tú lo sabías. A Norman le dará un ataque si ordeno que sus hombres vuelvan a hacer guardia.

—Discúlpeme, coronel, se me olvidó por completo..., una pena, ¿verdad?

Corría la cerveza, y volvieron a recorrer con sus comentarios, una y otra vez, los kilómetros de distancia a Foxton. Algunos de los muchachos se emborracharon tanto que no sentían ningún dolor y se fueron a bailar la primera noche de permiso. La segunda y la tercera, sin embargo, se las pasaron en la cama con sus chicas o encaramados en taburetes de bar, a suficiente distancia del suelo.

VIII

Septiembre y primavera. Desaparecieron el fango y la lluvia. Se incrementaron las marchas y los ejercicios. Al Segundo Batallón, cualquier cosa que viniera después de la expedición a Foxton, le parecía una bagatela. Los ciclos de malaria disminuyeron tanto en gravedad como en cantidad y se estaban introduciendo nuevas armas tácticas y experimentando con ellas. Un apremiante deseo de emprender la marcha invadió a la división. Cada día llevaba nuevos barcos a la bahía de Wellington. Luego, la olla empezó a hervir. La tercera División de Marines en Auckland y la Primera División de Marines en Australia estaban dando los toques finales a un asalto en tres direcciones contra los puntitos desparramados en los mapas del Mar del Sur.

Se dejó a un lado la rivalidad entre divisiones. A la hora de la verdad, a nadie le iba a importar a qué unidad pertenecía, siempre que fuese marine.

En los últimos días de estancia, comenzaron a regresar del Oriente Medio más y más tropas neozelandesas. La pérdida de sus mujeres, ganadas hacía tiempo por los marines después de sus tres años de ausencia y la irritación del constante contacto con los engreídos, bien vestidos y mejor pagados americanos que habían invadido su país, crearon una tensión inmediata. Los neozelandeses no fueron objeto de una bienvenida triunfal. A menudo, se mostraban desagradables, y no se les podía censurar por ello. Cierto que los neozelandeses no habían tenido mucha consideración con los hombres de Grecia cuando llegaron a Atenas, pero eso era agua pasada. Los marines llevaban ahora la voz cantante, y se iba fraguando la tormenta.

Tras unas cuantas peleas a puñetazos, la situación originó una reyerta a gran escala una noche en el Allied Service Club. Los marines se encontraban en acusada inferioridad numérica, pero, no obstante, administraron una paliza a los neozelandeses. Esto no hizo sino intensificar la fricción. Se corrió el rumor de que el Batallón Maorí iba a echar de Wellington a los marines el siguiente fin de semana.

El general de división Bryant, que estaba al mando de los marines y era hombre de genio moderado, no acogió con agrado la amenaza de los neozelandeses. Se cursó de inmediato la orden de que se diera permiso a toda la Segunda División para asistir al día inaugural de las carreras. Esto resultaba extraño, porque Bryant detestaba los caballos. No era difícil leer entre líneas..., todo marine capaz de andar o de arrastrarse debía ir a Wellington con la hebilla del cinturón apretada.

Se aprestaron para el acontecimiento. Yo me conformé con confiar en la hebilla de mi cinturón. Otros se reforzaron con una pastilla de jabón en un calcetín, perdigones envueltos en un trapo, nudillos metálicos, navajas, sables para estrangular y otros civilizados adminículos para hacer frente a la situación esperada.

Mientras los marines se dirigían a la ciudad, cada intersección estaba custodiada por una patrulla de cuatro hombres de la Policía Militar, dos marines y dos neozelandeses. Veinte mil de nosotros nos dispersamos lentos y con calma en grupos de no menos de cuatro y esperamos la visita del Batallón Maorí y los otros. Pero no vinieron y las complicaciones acabaron desapareciendo al poco tiempo.

El pelotón fue recogiendo sus cosas con tristeza, pues todos tenían la impresión de que jamás volverían a Nueva Zelanda. Había sido una temporada maravillosa. Trabajaron con esfuerzo para cargar los camiones que iban y venían del ajetreado puerto. Lo peor de todo fue desmontar el club. Los muebles fueron regalados a un grupo de monjas, antiguas misioneras de las Salomón que habían sido evacuadas en submarino en los primeros momentos de la guerra. Por último, echamos a suertes las fotografías dedicadas que adornaban las paredes. A mí me tocó la de Myrna Loy. Cuando la sala del club quedó por fin desalojada, todos sintieron deseos de irse cuanto antes. Amaban a Nueva Zelanda y detestaban la idea de una despedida prolongada.

Ésta fue rápida. Nuestro barco, el *J. Franklin Bell*, era un pesado navío que pertenecía a una categoría intermedia entre el *Bobo* y el *Jackson*. Una innovación nos llamó la atención. En lugar de redes, muchos de los nuevos lanchones de desembarco colgaban de enormes pescantes y podían ser arriados al agua cargados de soldados.

El barco se hizo a la mar a toda velocidad. Los hombres se enteraron entonces de que se trataba de una estratagema para coger desprevenido al enemigo. En realidad, la división navegaba hacia la bahía de Hawke, a varios cientos de kilómetros de distancia, para efectuar unas maniobras. Que engañara o no a los japoneses es cosa discutible. En cualquier caso, el desembarco en la bahía fue la más colosal muestra de desastre organizado que ninguno de nosotros había visto jamás. Varios lanchones volcaron en las fuertes rompientes, y se produjeron daños en hombres y en material. Equipos de gran valor desaparecieron bajo las aguas y los intentos de desembarco en botes neumáticos resultaron fallidos en muchos casos. La playa era un auténtico caos y las comunicaciones estaban embrolladas a más no poder. Muchas lanchas resultaron dañadas por el oleaje o naufragaron en bancos de arena y arrecifes submarinos.

Mientras llegábamos a la playa, el general de brigada Snipes paseaba de un lado a otro, contemplando el desastre con sus penetrantes ojos.

Snipes, que originariamente había sido jefe de una unidad de asalto, era un hombre de acción tempestuosa y temperamento frío e impasible. Se decía que nadie le había visto sonreír jamás. En el Cuerpo se había ganado el sobrenombre de «alegre» Snipes. El viejo y fornido veterano de llameantes cabellos rojos se paseaba de un extremo a otro de la playa, maldiciendo a medida que le llegaban informes tras informes de fallos y errores de cálculo. Por fin, la Armada regresó renqueando a Wellington para reponer el material perdido y sanar su herido «*ego*».

El regreso al abandonado campamento volvió a los marines nerviosos e irritables. Los días fueron convirtiéndose en semanas, pero, al fin, fuimos llevados de nuevo a bordo del *J. Franklin Bell*. Los muelles de Wellington rebosaban de material y la bahía estaba llena de buques de transporte que esperaban su turno junto a un malecón. Cargaban y se dirigían al centro de la bahía para esperar con el resto de la división. Macuto, como de costumbre, fue llevado a la enfermería nada más subir a bordo.

Todas las noches se botaba una lancha del *Bell* para transportar a los que tenían permiso de salida. Y cada día uno de los muchachos le daba su pase a Andy. A medida que transcurría el tiempo, y nosotros continuábamos en medio de la bahía, empecé a preocuparme un poco por él. Andy se estaba volviendo quisquilloso y susceptible y adoptaba una postura de retraimiento. Yo me hacía cargo de lo que estarían sufriendo él y Pat, esperando que cada noche fuese la última, con el sufrimiento de no saber cuántos años habrían de pasar antes de que volvieran a verse..., si es que se volvían a ver. Cuando fueron cancelados los permisos, Andy empezó a abandonar el barco utilizando un brazalete del centro de mensajes. Yo contenía el aliento y permanecía despierto hasta que Andy regresaba, compungido, para echarse a dormir, esperando otra oportunidad de bajar a tierra.

Uno a uno se iban vaciando los muelles. Quedaba poco tiempo, quizá sólo una noche, para que abandonásemos el puerto. Mi preocupación por Andy se hacía cada vez más intensa. En el fondo de mi mente, tenía la extraña sensación de que el corpulento sueco estaba planeando desertar. Decidí hablar con él del asunto tan pronto como pudiera cogerle a solas. Lo encontré a popa, mirando hacia la ciudad mientras se ponía el sol.

—Andy —dije, acercándome a él—, quiero encomendarte una cosa.

—No me encuentro muy bien —respondió.

—Vamos, Andy, tienes que hacer tu turno.

Se volvió hacia mí, con el rostro congestionado.

—Di de qué se trata y lárgate.

—Está bien, muchacho, hablemos del asunto.

—Déjame en paz.

—¡Ven aquí, maldita sea! —ordené.

Andy se acercó, sombrío y cabizbajo.

—No puedo soportarlo más, Mac, no puedo soportarlo...

—Si tienes idea de desertar, olvídalo, Andy.

—No intentes impedírmelo —replicó Andy, con voz sibilante—, o te mato.

Fui a ver al suboficial Keats y le rogué que me dejara ir a tierra en el

siguiente viaje de la lancha de control. Keats no preguntó por qué, pero
comprendió por el tono de mi voz que era urgente y dispuso un bote
especial para mí. Cuando me dirigía a la escala, Sam Huxley me dio un
golpecito en el hombro.

—Mac —dijo.

—Coronel Huxley... Disculpe, señor, me ha sobresaltado.

—No fracases, Mac. Es una chica demasiado buena. No quiero verme
obligado a encerrarle...

—Ojalá no tuviera que hacer esto, señor.

—Buena suerte.

Yo iba con mono, pero eso no desentonaba en la ciudad. A mi alrededor había marines vestidos también así por todas partes, paseando
y hablando lentamente con sus chicas, dedicándose amargas despedidas,
tratando de aprisionar toda una vida en cada latido del reloj. Wellington era como una ciudad en duelo. Junto a los muelles se congregaban
muchachas de ojos enrojecidos de tanto llorar, esperando a que llegasen los últimos botes de marines con permiso. Sus hombres se iban y
nunca volverían. Un interludio en una isla de belleza en un mar de
guerra. Las luces de las casas de Wellington habían amortiguado su
fulgor y todos los ojos se volvían hacia el puerto.

Llamé con los nudillos a la puerta de Pat. Se abrió. Pat me saludó con
expresión angustiada.

—Siento sobresaltarte. Debí haber telefoneado.

—Oh, pasa, Mac —dijo. Me di cuenta de que temblaba mientras me
conducía al cuarto de estar.

—Disculpa mi aspecto. Nuestros uniformes de paseo están ya guardados.

—Siéntate, Mac. ¿Te preparo una taza de té?

Traté de iniciar la conversación y, luego, me acerqué a ella y le
apoyé la mano en el hombro. Ella se dejó caer en un sillón y murmuró:

—¿Qué ocurre, Mac? Dímelo.

—Andy... quiere desertar. Va a bajar a tierra esta noche.

Permaneció en silencio. Encendí un cigarrillo y le ofrecí otro.

—¿Qué quieres de mí? —preguntó finalmente.

—Tú sabes lo que tienes que hacer.

—¿Lo sé, Mac? —exclamó, con voz ronca—. ¿Lo sé?

—¿Podrías vivir jamás en paz estando ese otro chico en una tumba
de Creta?

—No tienes derecho a decir eso.

—¿Quieres ver cómo ese corpulento sueco se convierte en una granada explosiva? Le matará a él, y también a ti.

—¿Qué importa? Por lo menos, lo tendré. Oh, Mac, ¿cómo puedes
pedirme esto?

—Porque... tú nunca podrías traicionarle.

—¿Traicionarle en qué? —Se levantó del sillón—. Oh, Dios, sabía
que iba a ocurrir esto. ¿Por qué lo dejé? ¿Dónde está nuestra guerra,
Mac...? ¿Por qué tiene que llevárselo a él?

—¿Qué quieres que diga? ¿Quieres que te diga que todo está mal?

¿Quieres que te diga: escapa con él y deja que se convierta en un desertor? ¿Debo decirte que ya es hora de que dejemos de matarnos unos a otros como animales? —Sostuve su gélida mirada—. Él es un hombre y tiene un trabajo que hacer. No me preguntes por qué. Maldita sea, Pat, tú no eres diferente de millones de mujeres en esta guerra... Adelante..., huye..., vete con él y vive escondida. ¡Al diablo con vosotros!

Fue hacia la ventana, se agarró a las cortinas y apretó los puños hasta que le blanquearon los nudillos.

—Pat, muchas veces yo desearía tener el valor de una mujer. A la larga, supongo que lo que a un hombre se le pide que haga es una pequeñez en comparación con lo que tenéis que soportar las mujeres.

Se volvió hacia mí. Tenía los ojos cerrados. Asintió con la cabeza.

Fui hasta la mesa, me puse el gorro y doblé mi poncho.

—Mac.

—¿Sí?

—Buena suerte... a todos los muchachos. Escríbeme y cuida de él.

Esa noche, Andy llamó a la puerta con golpes rápidos. Ésta se abrió y cayeron uno en brazos del otro.

—Abrázame, abrázame con fuerza.

—Temo hacerle daño al niño.

—Abrázame, querido, abrázame.

—Oh, no te preocupes, cariño. Estoy aquí ahora..., estoy aquí... Tranquilízate, cariño, tranquilízate.

Ella recuperó la compostura y fue a la cocina a preparar un poco de té. Andy la siguió y se apoyó en la jamba de la puerta, preguntándose cómo se lo iba a decir.

—Pat, no voy a volver al barco.

Ella no respondió.

—He dicho que no voy a volver.

—Lo esperaba.

Andy se acercó a ella y le puso sus grandes manos sobre los brazos.

—Podemos hacerlo, Pat. Lo tengo todo calculado. He encontrado en Nagio un sitio en el que puedo esconderme. Luego, escaparemos. Volaremos a Isla Sur..., quizás a Australia. Tres o cuatro años, y podremos volver. He estado pensando..., podemos hacerlo.

—Muy bien, Andy.

—¿Lo dices de veras, cariño? ¿Lo dices realmente de veras?

—Sí.

Pat cogió el tarro donde guardaba los dulces. Colocó varias pastas en una bandeja y sacó el azúcar del armario. Respiraba trémula, temerosa de que se le quebrara la voz. La habitación parecía oscilar. No podía mirarle.

—Tendremos que recoger pronto nuestras cosas, de inmediato.

—Será mejor que no lleve la radio —dijo ella.

—¿Por qué?

—Porque no quiero que oigas noticias de tu batallón.

—¡Pat!

Ella giró sobre sí misma.

—¿Qué apellido pondremos al niño, Andy? Tal vez podamos llamarle Rogers..., no, tampoco. Timmy Huxley Smith. Eso es. Smith es un apellido muy corriente —apretó los dientes—. Espero que tus compañeros sobrevivan, Andy.

—¡Sólo estás tratando de encolerizarme! —gritó él.

—No, iré... Iré —exclamó ella—. Vámonos.

—Maldita sea, ¿qué le debemos a esta piojosa guerra? ¿Qué le debemos a la Infantería de Marina?

—El tenernos uno a otro —murmuró ella.

—No te importo. No te importo nada... Tendrás tu hijo, eso es todo lo que querías.

—¡Cómo te atreves! ¿Cómo te atreves a hablarme así?

—Pat..., no quería decir eso..., no quería decirlo.

—Lo sé, Andy.

—Es que estoy a punto de volverme loco. No quiero abandonarte.

—Si tú quieres, iré contigo.

Andy buscó a tientas un cigarrillo.

—Supongo que fue una locura pedir... Nunca resultaría bien.

Ella se agarró a la fregadera para no caer.

—Será... será mejor que vuelva al barco.

—Voy a coger mi abrigo.

—No, será mejor que vaya solo.

Andy gesticuló en el aire con sus grandes manos mientras pugnaba por hablar.

—¿Me quieres, Pat?

—Mucho, amor mío, mucho.

La rodeó con los brazos y le acarició el cabello.

—¿Me escribirás... siempre?

—Todos los días.

—No te preocupes si no recibes noticias mías. Estando en un barco y todo eso..., y cuídate tú y al niño.

Ella asintió, apoyando la cabeza en su pecho.

—Con un poco de suerte, podríamos volver a desembarcar aquí. Cuando termine la guerra, quiero decir... Volveré lo más de prisa que pueda.

Ella cerró los ojos. Lo abrazó, tratando de acumular cada segundo para una eternidad.

—¿No te arrepientes de lo nuestro, Pat?

—No.

—Yo tampoco. Dime otra vez que me quieres.

—Te quiero, Andy.

Y, luego, sus brazos estaban vacíos. La puerta se cerró de golpe. Él se había ido.

No le quedaban lágrimas a Pat. Permaneció despierta toda la noche junto a la ventana que daba a la bahía. Después, se puso el abrigo y en las horas anteriores al amanecer caminó sin rumbo por las calles de Wellington. La neblinosa aurora la encontró en las colinas Tinokori, sobre el puerto. Una fresca brisa sopló por encima de ella y se ciñó el abrigo sobre el vientre, donde sintió la primera patada de vida de su hijo no nacido.

Bajo ella, en la semioscuridad, se dibujaban los grises perfiles de los barcos. En silencio, uno a uno, fueron saliendo de la bahía a mar abierto, hasta que todos se hubieron ido y el agua quedó desierta.

QUINTA PARTE

PRÓLOGO

El comandante Wellman, el ejecutivo del batallón, entró en el despacho de Huxley. Dejó caer sobre la mesa un expediente de hoja de servicios.

—Aquí está.

Huxley cogió el voluminoso expediente y frunció las cejas al abrirlo y ver la fotografía del capitán Max Shapiro.

—No sé, Wellman, no sé si estaré cometiendo un gran error.

Empezó a pasar las páginas, que narraban toda una historia de traslados, degradaciones, consejos de guerra, citaciones al valor, ascensos. Era un libro de contradicciones.

Wellman se sentó, sacudió el tabaco de su pipa y se la guardó en el bolsillo.

—Este Shapiro es toda una leyenda. Algunas de las historias que he oído de él son en verdad fantásticas.

—Créaselas —dijo Huxley—. Créase todo lo que oiga acerca de ese hombre.

—¿Le importa que le haga una pregunta?

—Claro que no.

—Ese Shapiro es un buscalíos. Le han ido quitando más de una docena de puestos de mando y tiene una lista de consejos de guerra tan larga como mi brazo. ¿Por qué lo ha elegido como sustituto? La verdad es que no tenía que elegirle..., nadie más lo quería.

Huxley sonrió.

—Su expediente sólo cuenta una parte de la historia, Wellman.

—Le llaman «Dos Pistolas». ¿Es un experto?

—Todo lo contrario, es un tirador pésimo. Tiene muy mala vista. Se dice que una vez se tropezó de manos a boca con un japonés, le disparó dos ráfagas a bocajarro y falló todos los tiros.

Wellman se encogió de hombros.

—No entiendo.

Huxley miró al techo, rememorando.

—La primera vez que oí hablar de él fue..., oh, veamos, debió de ser hace diez años. Su padre trabajaba para un político local de Chicago y le hizo ingresar en West Point. Era de los últimos de su clase. Un verano, siguió a una chica a Europa y se casó con ella. Sus padres consiguieron anular el matrimonio, pero fue expulsado de la Academia. Al día siguiente se alistó en el Cuerpo como soldado raso. Su carrera no puede decirse que haya sido ilustre. Durante seis años ha estado pasando de soldado de 2.ª a soldado de 1.ª y viceversa. Calabozo, pan y agua, represiones, nunca ejercieron mucho efecto en un espíritu tan libre. No era gran cosa con los puños, pero no temía enzarzarse en una pelea. En 1937, en Shanghai, cuando Smedley Butler envió al Sexto a defender el Asentamiento Internacional, Shapiro demostró su valor contra los japoneses.

Huxley hizo una pausa.

—El punto de inflexión en su carrera se produjo dos años después. Le había correspondido prestar servicio en casa de un general en Quantico. La hija mayor del general acabó enamorándose del testarudo soldado 1.ª que, sin duda, suponía un cambio con respecto a los fuertes, curtidos y educados marines de tiempo de paz con los que había estado en contacto toda su vida. Bien, sucedió lo inevitable. Poco después, la muchacha comunicó a su padre la noticia de que iba a ser madre del hijo de Shapiro. Había logrado una hazaña que ningún otro marine había sido capaz de realizar. El viejo general montó en cólera, como es natural, pero hizo lo único sensato que cabía hacer. Se casaron en secreto y Max Shapiro fue enviado a la Escuela de Instrucción de Oficiales para obtener una graduación adecuada al padre del niño que era nieto de un general. Dos años después, se divorciaron. A partir de entonces, Shapiro fue siendo trasladado de un puesto a otro y destinado a oscuros despachos o colocado al mando de remotas misiones. Siempre está en deuda con sus hombres. Estos le llaman Max.

—Parece todo un carácter —dijo Wellman, que se hallaba ya sumergido en el estudio de su fantástica hoja de servicios.

Huxley se volvió, con semblante serio.

—Voy a apostar por él. Si puedo controlarle, me dará una compañía de infantes que no tendrá rival.

—Según parece por esto, va a ser difícil de dominar, Sam.

—Lo conseguiré. Si no, tendría muchas dificultades.

—Veo aquí —dijo Wellman—, que ha recibido una segunda Cruz Naval por una patrulla en Guadalcanal.

—Fue más que una patrulla. Salvó la operación Guadalcanal.

Wellman volvió a llenar su pipa y prestó atención.

—Los japoneses estaban ejerciendo una presión tremenda sobre la línea del río Teneru. Desembarcaron miles de refuerzos. Nuestra cabeza de playa parecía a punto de colapsarse. Los hombres de Coleman desembarcaron en Aola Bay, a unos sesenta kilómetros al este de la cabeza de playa. Implantaron un firme reinado del terror tras las líneas enemigas. Rompían sus comunicaciones, destruían sus provisiones y acosaban a los japoneses hasta volverlos locos de miedo.

—Lo recuerdo bien —dijo el ejecutivo—. Aquello dio un respiro a todos los que se encontraban en la cabeza de playa. Pero siga, ¿dónde encaja Shapiro?

—Los hombres de Coleman avistaron una nueva columna de japoneses que se dirigía al frente. Ed Coleman envió a Shapiro con veinte hombres para que hostigase a la retaguardia japonesa mientras él movía el grueso de sus fuerzas paralelamente a la columna a través de la jungla. Era una táctica famosa de Coleman hacerles creer que tenían a los atacantes detrás. En realidad, atrás quedaban sólo unos pocos, el grupo de Shapiro y los demás se encontraban próximos, separados por unos cuantos metros de jungla. Coleman los sorprendió durante un período de descanso y en quince minutos dio muerte a seiscientos. En cualquier caso, la unidad de Shapiro perdió contacto con el batallón. Decidieron quedarse merodeando, en lugar de regresar a sus líneas. Permanecieron en esa situación durante casi noventa días, utilizando armas japonesas y alimentándose de comida japonesa. Dios sabe cuántas veces atacaron y cuántos suministros destruyeron. Se dice que mataron a casi quinientos japoneses. Y sólo eran veintiún hombres.

La historia parecía fantástica de verdad.

—Siguieron aguantando. Malaria, hambre, japoneses... nada podía detenerles. Hasta que sólo quedaron cuatro hombres. Seymour, aquel sargento que subió a nuestro barco camino del Canal..., ¿lo recuerda?

Wellman asintió.

—Vio volver a los cuatro. Eran auténticos esqueletos. Su aspecto había dejado de ser humano. Ni siquiera podían hablar de forma coherente.

Huxley se levantó y fue hasta la ventana.

—Desde luego, sé que estoy cogiendo una patata caliente. —Se volvió—. Pero tengo la impresión de que Shapiro resultará útil cuando pongamos las cartas sobre la mesa.

Mi pelotón se congregó en torno al barracón que albergaba la oficina del Batallón. Estaban todos muy excitados. El capitán Max Shapiro había sido trasladado al Segundo Batallón para tomar el mando de la compañía Fox. El famoso y glorioso «Dos Pistolas» Shapiro, de las tropas de asalto de Coleman, que había ganado su primera Cruz Naval en el ataque a Makin..., y un consejo de guerra. Tenía más condecoraciones y consejos de guerra que los tres siguientes oficiales del Cuerpo juntos. Era una leyenda. Cuando el jeep enfiló nuestra calle, aumentó nuestra excitación por verle.

El *jeep* se detuvo ante la oficina del Batallón, en la carretera de tierra apisonada. Quedamos boquiabiertos de asombro. En él se sentaba un hombre bajo y rechoncho con ensortijados rizos de pelo negro, poblado bigote y gafas de gruesos cristales.

—Cristo, ¿*ése* es «Dos Pistolas» Shapiro?

—Debe de serlo.

—A mí me parece un rabino.

—Desde luego, no parece muy duro.

Shapiro bajó del *jeep* con movimientos desgarbados, encorvado bajo el peso de su macuto de oficial. Pidió instrucciones y se dirigió a la oficina, tropezando en uno de los escalones. Desilusionados, volvimos a nuestras tiendas.

El capitán Shapiro dejó su equipaje delante de la puerta que lucía el letrero de COMANDANTE DEL BATALLÓN, llamó con los nudillos y, sin esperar respuesta, entró. Sam Huxley levantó la vista de los papeles que tenía sobre la mesa. El hombrecillo se adelantó y extendió la mano.

—Me llamo Shapiro, Max Shapiro. Soy su nuevo capitán, Huxley.

Huxley estaba en guardia. Acababa de finalizar el examen de la fabulosa hoja de servicios del capitán. Max retiró su mano bajo la severa mirada de Huxley, se sentó en la mesa del coronel y echó sobre ella un paquete de cigarrillos.

—Eche un pito, Huxley. ¿Qué tal mi compañía?

—Siéntese, Shapiro.

—Estoy sentado. Llámeme Max.

—Vamos a charlar un poco, capitán —dijo Huxley. Shapiro se encogió de hombros—. Tiene usted todo un historial que le ha precedido a este batallón.

—No se deje asustar por eso.

—Todo lo contrario. Le elegí a usted de entre los sustitutos disponibles. Parece ser que tuve campo libre. Nadie más quería tener nada que ver con usted.

—Llámeme Max.

—Creo que será mejor que empecemos por dejar las cosas bien claras. Primero, usted no está ya en las tropas de asalto. Y déjeme decirle que ningún hombre en todo el Cuerpo respeta más que yo a Ed Coleman. Sin embargo, no somos una banda de incontrolados, y nos gusta comportarnos como marines.

—Todo un sermón, ¿eh? Mire, Huxley, no tengo intención de hacerle pasar malos ratos, si usted no me los hace pasar a mí, así que puede ahorrarse la charla.

—En este batallón observamos la cortesía militar. Usted se dirigirá siempre a mí llamándome coronel Huxley. El único momento en que quiero individualismo es en combate, y por eso es por lo que lo elegí. Usted puede convertir a la Fox en el tipo de compañía que quiero. No obstante, mientras se halle bajo mi mando, observará al pie de la letra todas las normas y reglamentos. ¿Me explico con claridad?

—Una birria de unidad.

—En absoluto. Comprendo que nunca podremos alcanzar la talla de las tropas de asalto, pero este batallón no se quedará atrás ante ningún otro del Cuerpo. Podemos superar a cualquiera en cualquier terreno, ya sea realizando marchas, tirando al blanco o, llegado el caso, luchando. También sabemos comportarnos como caballeros, cosa que usted pasó por alto en sus anteriores destinos.

Shapiro enrojeció y soltó un bufido.

—No crea, capitán Shapiro, que va usted a dirigir aquí un circo de tres pistas. Y tampoco me voy a deshacer de usted porque sea una patata caliente. Va a tomar usted el mando de la Compañía Fox y va a hacer de sus hombres los mejores fusileros del mundo, pero bajo mis reglas. —Huxley irguió toda su corpulencia ante el menudo capitán—. Si la disciplina militar no lo atemoriza, vamos a la playa a ver quién es el jefe aquí.

El rostro de Max Shapiro se ensanchó en una amplia sonrisa.

—Que me ahorquen. Ahora habla usted mi idioma. Usted y yo vamos a llevarnos bien. No me importa pelearme ahora con usted, pero admiro su valor —dijo, levantando la vista hacia el rostro de Huxley—. Chóquela, coronel, y le daré una unidad estupenda.

Huxley y «Dos Pistolas» Shapiro se estrecharon la mano con calor.

—Bien, señor, me gustaría conocer a mis hombres.

—Muy bien, capitán. Mi ordenanza lo acompañará a la zona de su compañía.

—A propósito, ¿quiénes son mi sargento de artillería y mi ejecutivo?

—Su sargento es McQuade, un tipo magnífico. Fox se encuentra en período de reorganización, y aún no le he asignado ningún oficial ejecutivo... Vive Dios que tengo el hombre exacto para usted. ¡Ziltch!

El pequeño ordenanza apareció en la puerta.

—Haga venir al teniente Bryce de inmediato.

I

Al amanecer comenzó el mes de noviembre. El transporte *J. Franklin Bell* se hizo a la mar desde el puerto de Wellington y ocupó su puesto en el convoy. A cada hora que pasaba, el agua adquiría una tonalidad azul más intensa y un nuevo buque aparecía en el horizonte. Al segundo día se desvaneció la última posibilidad de que se tratara de unas simples maniobras. Un aire más cálido envolvía al barco a medida que navegaba en dirección norte, hacia el ecuador.

La excitación inicial acabó desapareciendo cuando el convoy adoptó un rumbo en zigzag. Parecía que nos disponíamos a realizar una larga travesía en un lento carguero. Al tercer día, la monotonía se instaló entre nosotros. Hacíamos ejercicio en la cubierta, jugábamos al póquer, escribíamos cartas, cantábamos y limpiábamos y revisábamos una y otra vez nuestro ya inmaculado equipo.

Las abarrotadas bodegas hacían aconsejable permanecer en cubierta el mayor número de horas diarias que nos fuera posible. Al irnos introduciendo en climas más cálidos, el aire se tornó hediondo en los niveles inferiores, y quedamos afectados por el abotagamiento y la lentitud de movimientos que siempre aparecen en un barco de transporte de tropas. Hasta tal punto, que resultaba un auténtico sufrimiento arrastrarse hasta los abarrotados lavabos para darse una pegajosa ducha de agua salada y un torturado y rasposo afeitado.

Era imposible determinar el número de kilómetros que habíamos puesto entre nosotros y Nueva Zelanda en el zigzagueante rumbo hacia el norte. El agua volvió a tornarse verde, indicando la proximidad de tierra. Una isla surgió en el horizonte un abrasador mediodía. Nos apiñamos en cubierta, agradecidos al hecho de que se rompiese la rutina y el aburrimiento de la que nos parecía interminable travesía. Circuló el rumor de que nos estábamos aproximando a las Nuevas Hébridas francesas y a la isla de Éfate, al sur de Espíritu Santo. Pasamos ante la costa de otro típico «paraíso del Pacífico» tendido al sol y tuvimos un atisbo del puerto de Havannah. Yo no había visto nunca nada parecido. Había en él más buques de guerra que calcetines en mi macuto. Los marineros de a bordo identificaron a los acorazados *Colorado* y *Tennessee*, los cruceros *Mobile*, *Birmingham*, *Portland* y *Santa Fe*. Había portaaviones cuyas cubiertas rebosaban de cazas y bombarderos y divisé a la Vieja Mary, el *Maryland*. Me alegró verlo. Yo había cumplido dos años de servicios en él hacía mucho tiempo y me satisfacía el hecho de que hubiese resucitado de su tumba acuática en Pearl Harbor.

Fondeamos en Mele Bay, y empezaron a circular toda clase de bulos y rumores. El teniente general Tod B. Philips, comandante de la Infantería de Marina de la Flota, el mismísimo gran jefe, estaba en tierra con el almirante Parks, de la Quinta Flota. Corrió de barco en barco la noticia de que íbamos a volver a la isla Wake. Se elevaron alaridos de júbilo en el *J. Franklin Bell*. Sin duda alguna, pensábamos, el Sexto de Marines tendría el honor de establecer la cabeza de playa.

Con la isla Wake y el deseo de venganza en nuestras mentes, las Nuevas Hébridas ejercían muy poca fascinación sobre nosotros. Teníamos ganas de ponernos en marcha. Incluso los relatos acerca de la rara colección de enfermeras del Ejército nos ofrecían escaso interés.

Realizamos maniobras antes de partir. Un auténtico ensayo general con todo, en presencia del propio teniente general y de su cigarro puro. Yo me sentí preocupado porque el desembarco se realizó sin un solo fallo. Acudió a mi mente una vieja situación de mis lejanos días de estudiante en el club de teatro. Algo acerca de que un mal ensayo general significaba una buena noche de estreno. Yo habría firmado entonces por un desastre en Hawke Bay.

Mientras los demás evolucionábamos por la playa, Danny, Levin y los que tenían algo que ver con la artillería naval eran transportados a un destructor en Mele Bay con el fin de familiarizarse con su misión.

Los marines se izaron sobre la borda del destructor *Vandervort*. La semana que llevaban a bordo del buque de transporte les daba un extraño aspecto que contrastaba bastante con los pulcros marineros que los recibían. Vestían sucios y malolientes monos. Colgaban de ellos instrumentos de muerte: carabinas, munición, cuchillos de varias clases y otras herramientas de su oficio. Los marineros retrocedieron un paso, intimidados ante la vista de sus barbudos huéspedes. Los marines ofrecían un aspecto maligno. Guardando prudente distancia, los marineros entablaron conversación con ellos y les enseñaron el barco, explicándoles los complicados mecanismos de fuego artillero que sus mensajes desde la playa pondrían en funcionamiento. El *Vandervort* puso proa a alta mar para realizar prácticas de tiro. Los marines se paseaban por cubierta como piratas conquistadores, sin esforzarse lo más mínimo por ocultar su desprecio hacia el papel de la Armada en la operación.

Al llegar a mar abierto y aumentar su velocidad, el destructor comenzó a balancearse. Mientras el *Vandervort* se balanceaba, las caras de los marines fueron adquiriendo una tonalidad verdosa. El atemorizado respeto que los marineros sentían hacia ellos bajó muchos puntos. Contemplaron atónitos cómo todos aquellos marines de perverso aspecto se precipitaban de golpe hacia la barandilla y vomitaban en el océano.

Zarpamos de Port Éfate, llenos de ansiedad. Era el espectáculo más impresionante que yo había presenciado jamás. En torno a los grises barcos de transporte, navegaba la armada más poderosa reunida jamás en el mundo. El *Mary*, orgullosamente al frente, era nuestro buque insignia. A su alrededor, diez mil cañones de la Quinta Flota navegaban hacia el norte, llenando el horizonte de extremo a extremo. Buques por todas partes, grises traficantes de muerte, aproximándose al caparazón defensivo exterior del Imperio japonés.

La compañía del cuartel general entró en la cámara de oficiales para recibir instrucciones. Por fin podíamos tener la confirmación de que regresábamos a la isla Wake.

Sudorosos y vestidos con mono, nos sentamos en el suelo, rascándonos las mejillas, irritadas por los afeitados con agua salada que Huxley exigía a diario. Entró el comandante Wellman, nos ordenó descansar y fijó un gran mapa en una de las paredes. Volvimos a sentarnos.

—La lámpara humeante está encendida —dijo, cargando su pipa.

Con una bayoneta, señaló el mapa. El corazón me dio un vuelco. No era Wake. En su lugar, vi una isla de forma extraña que semejaba un caballo de mar. Sobre ella, su nombre cifrado: HELEN. Un segundo mapa, más grande que el anterior, mostraba una ristra de islas que iban desde unos cuantos metros cuadrados de superficie hasta varios kilómetros de longitud. Pude contar casi cuarenta de ellas. Cada isla tenía un nombre de mujer: SARAH, NELLIE, AMY, BETTY, KAREN, hasta la última, CORA. Era un atolón. La mayoría de nosotros sabíamos pocas cosas acerca de los atolones del Pacífico Central, y nos desconcertaba la leyenda del mapa, según la cual, Helen tenía sólo tres kilómetros y medio de longitud y varios cientos de metros de anchura. ¿Qué clase de objetivo era ése para toda una división de hombres?

—Bien, muchachos —dijo Wellman—, ¿todos cómodos? No contestéis a eso. —Risas—. Esta atractiva chavala es conocida como Helen. No os dejéis engañar por su tamaño. Estamos entrando en Micronesia, en el Pacífico Central. Esta isla es un atolón de coral. Los geólogos nos dicen que estas islas fueron formadas por depresiones producidas en el océano. Islas mayores se hundieron y dejaron en la superficie éstas más pequeñas de duro coral.

—Señor —le interrumpió uno—, veo que ese atolón es como una cadena circular. ¿Qué profundidad tiene el agua entre las islas?

—Se puede vadear de isla a isla con marea alta. Con marea baja se puede pasar sin tan siquiera mojarse los pies. Es decir, del lado de la laguna. Ahora bien, el atolón entero está rodeado por una barrera de arrecifes.

Wellman volvió a encender su pipa y dejó a un lado la bayoneta.

—Los japoneses tienen cinco mil hombres selectos en Helen, o Betio, como se llama en realidad. Los atolones de Micronesia se dividen en varios grupos, las islas Ellice, las Gilbert y, más al norte, las Marshall. Como sabéis, nos apoderamos sin oposición del grupo Ellice, y nuestro próximo paso son las Gilbert. Éstas serán el trampolín hacia las Marshall.

Cruzó la sala, pasando sobre varios hombres sentados, en dirección a un gran mapa del Pacífico.

—Estas cadenas de atolones se hallan situadas entre Hawai y las defensas interiores japonesas. Podemos atajar varios miles de kilómetros lanzándoles este puñetazo directamente a la barriga. Todos conocéis la buena noticia sobre la toma de Bougainville por la Tercera División. Como veis, nosotros venimos desde abajo, en las Salomón, y éste es un ataque central a las Gilbert. Esta operación nos permitirá atacar luego las grandes bases japonesas: Truk, Palau e, incluso, las Marianas. Quizá un día de éstos lleguemos allá.

—¿Y qué hay de Wake, comandante?

—Sé lo que todos sentimos acerca de Wake, pero la estrategia parece dejarla de lado.

—Mierda.

—Wake tiene una importancia relativa ahora para nosotros. Todos queremos tomarla, pero sigamos con Helen.

Wellman explicó el plan de atacar a través de la laguna. Alguien preguntó sobre Bairiki, o Sarah. Wellman nos dijo que éramos marines y que no luchábamos para reducirlos por el hambre, sino para matarlos. Luego nos informó de que una división del Ejército de Tierra capturaría Makin al mismo tiempo que nosotros atacábamos Betio.

—Señor, ¿no arrasaron Makin hace más de un año trescientos hombres de las tropas de asalto?

—Exacto, los hombres de Coleman.

—¿Por qué diablos necesitan toda una división del Ejército para reconquistarla?

—Oh, muchachos —dijo Wellman—, están expuestos a tropezar con una estrecha trinchera al entrar. Ya conocéis la respuesta. (Risas y gritos.)

—¿Hay mujeres..., quiero decir, nativas, comandante?

—Sí, varios miles. Son polinesias, como los maoríes. Son amistosas y han sido súbditas británicas durante años. Hay misioneros en el atolón, pero no es probable que los veamos. De todos modos, creo que el capellán Peterson y el padre McKale están preparando un folleto sobre las nativas. (Más risas.)

—¿Hay mosquitos?

—No de los que producen malaria.

—Menos mal.

Continuaron las instrucciones. Wellman expuso los planes para el terrorífico bombardeo que los japoneses iban a sufrir desde el mar y desde el aire. No descartaba la posibilidad de otro Kiska, un ensayo. En el transcurso de la sesión, yo empecé a sentir la impresión de que estaban sobreestimando la fuerza japonesa en Betio. Parecía estúpido destinar toda una división a aquella diminuta isla. Por la forma en que hablaba Wellman y por el estado de ánimo de los hombres que se encontraban en la sala mientras describía el proceso del bombardeo, decidí que aquello iba a ser un paseo. Por último, el comandante pasó a asignar las posiciones de combate.

—Se ha elegido al Segundo de Marines como Grupo de Combate Uno. Atacarán las Playas Azules Uno, Dos y Tres. Para el supuesto de que necesiten ayuda, se utilizará como división de reserva al Octavo de Marines. —Wellman se preparó para lo que sabía que se le echaba encima.

—¿Y nosotros, comandante?

—Sí, señor, ¿es que el Sexto ha venido sólo a pasear en barco?

Wellman levantó las manos con expresión de desagrado.

—Nosotros somos la reserva del Cuerpo. Reserva para Betio y para el ejército en Makin. Iremos adondequiera que se nos necesite.

—¡El maldito Segundo se lleva todas las oportunidades!

—Nos han robado...

Después del estallido de protesta, el resto de la reunión se desarrolló en un furioso silencio. Nos consumíamos ante la idea de volver a ser unas simples damas de compañía. Abatidos y maldiciendo por lo bajo, pensamos en los largos y duros meses de adiestramiento para nada. Humillados no sólo por otros marines..., el Sexto iba a ser además unidad de reserva para una división del Ejército. Salimos murmurando de la cámara de oficiales. La Compañía Easy esperaba afuera para entrar a recibir sus instrucciones.

—No hay derecho —murmuró Burnside, acercándose a mí, junto a la barandilla.

Encendimos un cigarrillo y contemplamos los centenares de barcos.

—Esto es derrochar el dinero del contribuyente, si quieres saber lo que pienso —dijo L. Q.

—Me he pasado seis meses cuidando a ese maldito jeep TCS y ahora me dicen que vaya a tierra con un TBX. No puedo llevar el jeep —exclamó Danny, compungido.

—Basura, mierda y corrupción —dijo Speedy, arrastrando las palabras.

—Ahora el Segundo y el Octavo no nos dejarán nunca vivir en paz. Oh, claro, el comandante está cuidando a *esta* unidad... Mierda.

—¿Cómo diablos ha dicho el comandante Wellman que se llama ese atolón?

—Lo he olvidado... Ta... no se qué. ¿Cómo era, Mac?

—Tarawa —respondí.

—Sí, eso. Tarawa.

II

El convoy se achicharraba rumbo al norte. Los calurosos días en cubierta daban paso a insoportables noches en las abarrotadas y húmedas bodegas. Nos sentíamos humillados por la misión que se nos encomendaba. Esperábamos que el Segundo de Marines no tuviera complicaciones y que asignasen al Sexto un desembarco alternativo. Durante mi servicio en la sala de radio, descubrí otra pequeña habitación que se usaba para almacenar chalecos salvavidas de miraguano sobrantes. Obtuve permiso para que el pelotón durmiese allí arriba, y ello supuso un maravilloso cambio respecto a las bodegas, en las que era imposible dormir. Los chalecos resultaban unos colchones magníficos.

La Armada podía avanzar sólo a la velocidad del barco más lento, y nuestro rumbo era una línea dentada. El timón de un transporte se atascó y prestó un poco de excitación a la monotonía. El barco estuvo describiendo círculos mientras una decena de destructores acudían a situarse a su alrededor, hasta que consiguió desenredarse y reunirse con nosotros. Además de limpiar una y otra vez nuestras armas, nos aprendíamos de memoria las frecuencias y claves que teníamos asignadas. El nuevo nombre cifrado del Sexto era LINCOLN; nosotros éramos LINCOLN BLANCO. Mis hombres se pasaban la mayor parte del día en la enorme cubierta de señales, que ofrecía una vista panorámica magnífica de las masas de buques que navegaban hacia el norte. Practicaban señales de banderas y hacían guardias con las lámparas intermitentes para contacto entre buques. Estaban prohibidas las transmisiones por radio, ya que las ondas podrían ser captadas por los submarinos japoneses que merodeaban en las proximidades del convoy.

Cada hora traía un nuevo rumor. El último era que los japoneses se habían puesto en marcha..., una hora después circulaba la noticia de que habían desplazado a veinte mil hombres más desde las Marshall. Sin embargo, hasta el último momento ninguno de nosotros abrigó mucho respeto hacia Helen. La actitud del convoy era casi de una calma indiferente.

Luego, esa calma se convirtió en silencio mortal al irnos aproximando a nuestro objetivo. Por el latido de las máquinas y el movimiento de los hombres podía casi notarse que el atolón de Tarawa estaba cerca.

Redujimos la velocidad mientras nos rebasaba otro convoy de dimensiones iguales al nuestro. Era la división del Ejército de tierra que se dirigía a Makin. Ensayo o no, reserva o no, cada hombre limpió de nuevo su arma, se puso en paz con Dios, escribió su carta a casa y esperó. Después, una creciente tensión y un aluvión de rumores contradictorios empezaron a hacernos sentir inquietos por la operación entera.

Las avanzadillas del convoy se detuvieron fuera del alcance de las baterías de Betio. Cruceros de la Quinta Flota iniciaron el bombardeo de la isla, con forma de caballo de mar y bautizada en clave con nombre de mujer. Faltaban tres días para el Día D. Durante la primera noche, el horizonte estuvo punteado de explosiones anaranjadas. Un chorro de luz penetró en la roca de coral y derramó su veneno sobre el ya maltrecho bastión. Al día siguiente vinieron más bombarderos de Phoenix, Ellice y Samoa, seguidos por los pequeños cazas de los portaaviones que asediaban la isla.

El almirante Shibu y sus cinco mil hombrecillos amarillos permanecían cobijados tras muros de cemento y aguardaban, llenos de irritación. Hundidos en recio coral, detrás de paredes de cemento reforzado con acero de tres metros de espesor y troncos de cocotero y sacos de arena, mientras volaban entre los cocoteros tonelada tras tonelada de obuses. Su ira crecía. Esperaban.

Levin fue hasta su amado jeep TCS, que estaba amarrado en cubierta. Lo inspeccionó por centésima vez y suspiró ante la idea de tener que dejarlo allí cuando desembarcase. Se sentó en su borde y se reclinó hacia atrás para echar un vistazo al sol poniente. Speedy se acercó a él poco a poco. Levin se levantó para marcharse.

—Levin.

—¿Qué quieres?

—Quisiera hablar un momento contigo.

—No estoy buscando bronca —escupió Levin.

—Levin —continuó Speedy—, ya que vamos a entrar en combate y..., bueno, qué diablos, démonos la mano y olvidemos historias pasadas.

Una sonrisa iluminó el feo rostro de Levin.

—Desde luego, Speedy, chócala.

Se estrecharon las manos con calor.

—Esto..., Levin, los muchachos hemos estado hablando del asunto y..., bueno..., todos hemos pensado que..., bueno, toma, Levin.

Entregó a Levin una hoja de papel.

Levin forzó la vista para leer a la débil luz: *Los cachondos oledores de sobacos de los «Putas de Huxley»...*

—Es una especie de club que creamos hace tiempo. Consideramos que tú eres ya miembro de él. Todos los muchachos lo han firmado. Puedes firmar mi copia, si quieres.

—Gracias, Speedy. Anda, toma un pitillo.

Estábamos en cubierta mientras los cañones de la Quinta Flota arrasaban las lejanas palmeras con sus incesantes andanadas al amanecer. Explosiones ensordecedoras y líneas de obuses siguiendo una roja trayectoria hasta Betio. El resto de las tropas estaban encerradas abajo, pero yo tenía a mis hombres en el cuarto sobrante que había junto a la sala de radio. Hora tras hora, los buques crujían y tronaban y se balanceaban de forma terrible bajo el impacto de los explosivos que arrojaban contra la diminuta isla de coral.

—Cristo —murmuró Andy—, nada podría vivir después de esto.

—La isla entera está en llamas.

—Cristo.

—Ahí vienen los cruceros.

Una demoledora andanada fue disparada desde el *Portland* y otra desde el *Mobile*. Pequeños destructores se aproximaron para disparar a bocajarro con sus cañones de cinco pulgadas. Con cada salva, brotaban brillantes llamaradas de los cañones de los buques, hasta que despuntó por completo el alba.

Consulté mi reloj mientras fondeábamos en la zona destinada a los transportes. El Segundo de Marines esperaba órdenes del *Maryland*, cuyo nombre cifrado era ROCKY.

Fue aproximándose la hora H, y todos los buques de la flota continuaron disparando, a excepción de los destructores de escolta, que evolucionaban en torno a los transportes, atentos a la presencia de submarinos enemigos. El almirante Parks había asegurado que hundiría a Betio. Yo no se lo habría discutido.

—En cierto modo —dijo Danny—, no puedo por menos de sentir compasión por esos japoneses. Imagina que fuéramos nosotros.

El cañoneo aumentó en intensidad hasta que Betio quedó oculta por una espesa nube de humo.

Después, todo quedó en silencio.

Los excitados hombres del Segundo de Marines subieron a cubierta para ocupar sus puestos de desembarco.

—Espero que la Marina haya dejado algún japonés para nosotros.

—Hay que ver cómo han machacado a la vieja Helen.

—*Atención, atención: Equipo Uno, a las lanchas.*

—Vamos, muchachos, a las lanchas.

—Oye, apuesto a que los del Sexto se están comiendo las tripas.

—Nosotros siempre estamos en el ajo, no esperando.

—Vamos, muchachos, aprisa.

Quince minutos antes del momento en que el Segundo de Marines debía llegar a Playa Azul, fue enviado un pelotón de hombres escogidos, los Exploradores y Tiradores, para despejar el largo muelle de Betio. Éste discurría entre Playa Azul Dos y Playa Azul Tres y emergía de la isla a lo largo de unos quinientos metros, pasando por encima del arrecife hasta aguas profundas. El muelle había sido utilizado para descargar suministros y también como rampa de hidroaviones.

Exploradores y Tiradores, bajo el mando del aguerrido teniente Roy, siguieron el ejemplo de las tropas de asalto. El plan de batalla se desplegó en los minutos anteriores a la hora H. Los grandes buques de guerra se retiraron y sólo dejaron la relativa quietud de los destructores que batían la zona inmediata de desembarco. En la laguna operaban varios dragaminas. El Segundo de Marines estaban en sus lanchas de desembarco y daban vueltas en torno al barco de control como indios cabalgando en torno a una caravana de carretas. Comenzaron luego el peligroso traslado a los botes neumáticos. El primer contratiempo fue notificado a la sala de operaciones del buque insignia *Maryland*. Había que eliminar la cortina de humo. El viento soplaba en la dirección inadecuada.

Tod Philips estaba furioso. Él quería que hubiese una cortina de humo para la oleada de asalto. Pidió un control horario, ya que una escuadrilla de bombarderos pesados debía despegar de Samoa para bombardear Betio con granadas que lanzaban metralla a ras del suelo al estallar. Se produjo el segundo contratiempo. Los aviones estaban sobrecargados y habían sido obligados a volver después de las pérdidas producidas en el despegue.

Mientras el Segundo de Marines continuaba su traslado a los botes de neumáticos, el cielo se convirtió en una sombrilla de bombarderos en picado y cazas que rugían al ras de las copas de los árboles, arrasando y acribillando a Helen de un extremo a otro. De pronto, habiendo realizado sólo la mitad de sus pasadas, los aparatos regresaron a sus portaaviones. Había resultado imposible bombardear Helen con eficacia. Las llamas y el humo eran demasiado espesos para poder ver los objetivos de la isla.

Sin que el enemigo hubiera disparado un solo tiro, comenzó a generalizarse un sentimiento de inquietud en la sala de operaciones del *Maryland*. Mientras los cazas regresaban, la mesa de control radió: HEMOS PERDIDO SIETE BOTES NEUMATICOS CON TODO SU PERSONAL AL TRASLADAR TROPAS DE LAS LANCHAS DE DESEMBARCO.

La noticia de que se habían ahogado más de cien hombres causó fuerte impresión en la sala de operaciones, llena de humo, del buque insignia. Tod Philips partió por la mitad su cigarro. Los desconcertados ayudantes miraron a los generales y al almirante Parks en espera de instrucciones.

—Desplieguen los botes restantes y manténgase alerta —ordenó el general Philips con tono sosegado.

¡No era como Kiska! Un extraño silencio descendió sobre la escena después del rugiente ataque y esperamos, conteniendo el aliento, mientras el Segundo de Marines fortalecía su línea de botes neumáticos para avanzar. ¡Y entonces el cuarto en que estábamos retumbó con una fuerte sacudida! Yo fui lanzado contra un mamparo. Danny cayó encima de mí. Nos pusimos en pie, aturdidos. Los marineros que estaban a nuestro alrededor de hallaban pálidos y con los labios blancos.

¡Los japoneses disparaban!

Nos miramos unos a otros. Estábamos conmocionados. La división iba a luchar.

—No puedo entenderlo —se lamentaba en el mismo momento el almirante Parks a bordo del *Maryland*—. Los hemos estado machacando.

—Maldita sea, Parks —rugió Philips—, nos están disparando con cañones costeros de dieciocho pulgadas. ¡Sáquelos de ahí antes de que alcancen a un transporte!

—Lleven el *Mobile* y el *Birmingham* sobre el objetivo, de inmediato.

—A la orden, señor.

—No lo entiendo —repitió Parks.

El general Bryant, comandante de la división, se inclinó hacia delante.

—Yo se lo explicaré, almirante. Los cañones de la Marina disparan trayectorias horizontales. No disparan bajo tierra.

Philips dio un puñetazo sobre la mesa.

—Santo Dios, ¿se da cuenta de que puede que no hayamos matado ni un solo bastardo japonés durante todo el bombardeo?

—¿Alguna noticia de los exploradores y tiradores de Roy?

—No, señor. Todavía están alerta.

—Será mejor que no los enviemos a ese muelle hasta que hayamos destruido esos cañones costeros —dijo Bryant—. Son cañones ingleses que cogieron en Singapur. Los ingleses hacen buenos cañones.

Un pálido y tembloroso ayudante se acercó a la mesa.

—Señor —tartamudeó—, hemos inutilizado nuestras propias radios durante el bombardeo. Estamos sin comunicaciones.

—¡Use bengalas, cualquier cosa, hombre! Utilice radios de bolsillo. Pero mantenga contacto con el barco de control.

—Señor, el destructor *Ringgold* ha resultado alcanzado en la laguna.

—¿De gravedad?

—Han dicho que resistirán hasta que se queden sin munición o hasta que se hundan.

—Bien. Ordéneles que sigan disparando.

Philips se volvió hacia un sudoroso ayudante.

—Envíe a los Exploradores y Tiradores de Roy. Haga acercarse al *Wilson*.

—Sí, señor.

—No podemos aplazar por más tiempo la hora H. Espero que nuestros muchachos se porten bien, Don.

La reprimida ira de los japoneses se desató sobre el pelotón del teniente Roy en cuanto llegó al extremo del muelle. Los hombres fueron cogidos en medio de un fuego cruzado procedente de los búnkers. Los exploradores y tiradores caían como moscas mientras avanzaban bajo los pilotes en dirección a Playa Azul. Roy se afanaba como un loco para desalojar al enemigo de sus escondrijos. Lanzaba granadas y blandía la bayoneta con su pelotón, con agua hasta la cintura. Expulsó a los japoneses de los pilotes, puso el pie en Playa Azul Dos y se acurrucó tras el muro de costa. Se volvió hacia su operador de radio.

—Dígales que el muelle está despejado.

—Está usted herido —dijo el radiotelegrafista.

—Dígales que el muelle está despejado —repitió Roy, mientras se vendaba el brazo y desplegaba a los diez hombres que quedaban de los 55 con los que había comenzado la acción.

Al fin se dio la señal de dirigirse a las Playas Azules.

Una rociada de balas recibió a los botes neumáticos llenos de marines que se aproximaban al borde de la barrera de arrecifes en que terminaba el muelle. Un grupo de hombres subió al muelle. A los dos minutos, estaban todos muertos.

Un corresponsal tocó en el brazo a un muchacho y le gritó al oído, mientras el lento y torpe bote avanzaba bamboleándose por entre la lluvia de metralla:

—¿Cómo te llamas, chico?

—Martini. Soldado 1.ª Martini, de San Francisco... Soy ametrallador.

—¿Tienes miedo, Martini?

—Diablos, no. ¡Soy un marine!

—¿Cuántos años tienes, Martini?

—Dieciocho, señor. —El muchacho agarró del brazo al periodista—. En realidad, estoy muerto de miedo, pero no puedo dejar que los otros se den cuenta...

Ésas fueron sus últimas palabras. Una granada japonesa hizo explosión dentro del bote neumático.

Cuatro botes se dirigieron en línea hacia la playa Azul Uno, pasando sobre la barrera de arrecifes. Uno volcó bajo un impacto directo, enviando hombres y pedazos de cuerpos sobre las espumosas aguas. Fueron alcanzados otro y otro y, al cabo de un momento, los cuatro habían desaparecido.

—¿Qué está pasando allí? —me preguntó Danny.
—No hemos recibido comunicación de ellos aún, no lo sabemos —respondí.

Tres botes neumáticos avanzaron hacia la Playa Azul Dos. Acabaron enredándose en los rollos de alambre de espino que emergían del agua. Los marines saltaron y fueron ametrallados y muertos antes de llegar a la playa.
—No hemos recibido aún noticias del coronel Carpe —dijo Bryant.
—Déjeme ver esos despachos —dijo Philips.
—Ni una palabra de él, señor, ni una palabra.
Un agudante entró corriendo y entregó un mensaje: _Comandante de Wilson White muerto._
—¡Maldita sea! ¿Qué está haciendo Carpe?
—Señor, el _Ringgold_ ha sido alcanzado de nuevo. Se ha acercado casi hasta la playa, y ha inutilizado varios cañones japoneses.
—¿Ha enviado algún mensaje?
—El _Ringgold_ dice que continuará disparando.
El general de brigada Snipes se precipitó a la mesa y puso un mencaje en manos de Philips. Era del coronel Carpe, en Playa Azul Tres. Carpe estaba dirigiendo la operación desde la playa.

OPOSICIÓN INSUPERABLE. NO PODEMOS RESISTIR. OCHENTA POR CIENTO DE BAJAS. ESTAMOS INMOVILIZADOS TRAS EL MURO DE COSTA. MANDEN REFUERZOS O ESTAMOS PERDIDOS.

—¿Cuántos botes nos quedan?
—Unos veinticinco, señor.
—Traiga al resto del _Wilson._ Utilice primero los botes neumáticos y, después, mándelos en lanchas de desembarco.
—¡Tod! —exclamó Bryant—. Tendrán que vadear a lo largo de kilómetro y medio.
—No tenemos otra opción.

El soldado 1.ª Nick Mazoros, un radiotelegrafista perdido, avanzaba, con agua hasta la cintura, buscando refugio en los pilotes de sustentación del muelle. Se esforzaba por mantener su radio portátil por encima de las saladas aguas. Una rociada de balas silbó a su alrededor, salpicándole. Tropezó en un agujero, cayó de rodillas y, casi de inmediato, se levantó con rapidez. Ráfagas de fuego cruzado se abatieron sobre él. Trató de decidir si tiraba la radio, y buscaba protección bajo el agua, o intentaba llegar con el aparato. Conservó la radio. Mazoros se dejó caer, exhausto, en Playa Azul Dos y fue arrastrándose hasta resguardarse junto al muro de troncos.
El comandante corrió hacia él.
—¿Funciona esa radio, hijo?

—Creo que sí, señor.

—¡Sargento! Tome tres hombres y escolte a este soldado hasta el coronel Carpe, en Playa Azul Tres. Manténganse pegados al muro. No queremos perder esa radio.

—Está herido —dijo el sargento, señalando el brazo derecho de Mazoros.

—No es nada —respondió Mazoros—. Vámonos.

La precaria posición del Segundo de Marines en Betio consistía en quince metros de arena desde el agua hasta el muro de costa en Playa Azul Dos y Tres. En Playa Azul Uno, había avanzado veinte metros tierra adentro y se había atrincherado en pozos de tirador abiertos en el dentado coral. El cuartel general de Carpe estaba detrás del muro de cemento de un búnker japonés capturado con el sacrificio de veinte vidas de marines. El muro costero que ahora protegía a los atacantes muy bien podría acabar señalando su tumba. Saltar el muro para conquistar las posiciones japonesas era una locura. Cada centímetro cuadrado de terreno estaba cubierto por las trayectorias entrecruzadas del fuego enemigo. Saltar el muro significaba la muerte instantánea; quedarse tras él significaba recibir el contraataque. Sólo tenían quince metros para retirarse.

Carpe se apoyó contra el búnker y dio órdenes. La sangre que le cubría la pierna se había secado y estaba empezando a oler a podrido. Tenía que hacer un gigantesco esfuerzo para evitar el inminente desastre que amenazaba al Segundo de Marines.

Llegaban hombres para reforzar la diminuta cabeza de playa. Se repitió la historia de los botes neumáticos. Hundidos a cañonazos, enredados en el alambre de espino, ametrallados antes de llegar a la playa..., pero continuaban llegando. Las lanchas de desembarco encallaban en el arrecife, a casi dos kilómetros de distancia, y dejaban caer sus rampas. Las oleadas de marines se sumergían en el agua hasta el cuello y la vadeaban con los rifles levantados por encima de sus cabezas.

Un piloto, del hidroavión de observación del *Maryland* que se posó en el mar, subió a cubierta por la escala de cuerda. Estaba histérico.

—¡He pasado directamente encima de ellos! —gritó—. Están cayendo como moscas, pero siguen avanzando. Siguen avanzando, y los japoneses los acribillan... andando a través del agua con los rifles en alto.

Continuaron avanzando, caminaban en silencio el último kilómetro hasta la laguna. Un marine se desplomaba y una mancha de sangre se formaba sobre él en el agua..., el cuerpo resbalaba y se balanceaba en las suaves olas..., el rojo intenso de la sangre se diluía en un sonrosado círculo más amplio. Pero continuaban avanzando.

En el abrasador día tropical, las lanchas de desembarco zumbaban de un lado a otro desde los transportes, llevando otro cargamento de corderos al ara del sacrificio. Más marines eran dejados a un kilómetro de distancia, en el traicionero arrecife, y avanzaban vadeando bajo el incesante *staccato* de los cañones japoneses.

Carpe gritó a Mazoros, el radiotelegrafista:

—Maldita sea, hijo, ¿no puedes hacer que funcione eso?

—Lo siento, señor. Le ha entrado agua salada en la batería y se ha estropeado.

Sonó el teléfono de campaña. Carpe lo cogió.

—Habla Violeta —dijo.

—Hola, Carpe, aquí Wilson Blanco. Viene la banda de la división con camillas y plasma.

—¿Cómo está la situación ahí? —preguntó Carpe.

—Mal. Nuestro sector está lleno de heridos. Los sanitarios están haciendo todo lo que pueden.

—¿Qué tal la provisión de municiones?

—Empieza a escasear.

—¿Tenéis baterías de TBY? No podemos establecer contacto con Rocky. Me pregunto si esos malditos bastardos sabrán lo que está pasando aquí.

No hubo respuesta.

—Aló, Wilson Blanco, aló..., aquí Carpe..., aló, ¡maldita sea!

Colgó el teléfono.

—Mensajero, ve a Wilson Blanco y averigua si su comandante ha sido herido.

Un sargento se acercó corriendo a Carpe.

—Hemos visto varias baterías de TBY sobre el muro, señor.

—¿Sobre el muro? ¿Cómo diablos han llegado allí?

—Maldito si lo sé, señor.

Mazaros se puso en pie.

—¿Adónde vas, hijo?

—A coger esas baterías, señor.

—Ni hablar. Ponte a cubierto..., hay escasez de radiotelegrafistas por esta zona.

Antes de que las palabras hubieran salido de los labios de Carpe, siete marines se arrastraban ya bajo el fuego de una ametralladora japonesa hacia el punto en que se encontraban las baterías. Seis cayeron muertos; uno regresó con los preciosos objetos.

III

Estábamos encerrados en la bodega. Nadie dormía en el abarrotado recinto. En la débil luz se oían susurros de hombres acurrucados al borde de sus literas, esperando noticias del Segundo de Marines.

—Deberíamos estar allí, ayudando.

—Pobres bastardos.

Un rifle cayó desde una litera superior, sobresaltando a todos. Un marine se acercó por encima de un montón de mochilas y cajas y se enjugó el sudor del pecho.

—¿Por qué no podemos hacer un desembarco nocturno?

—Esos idiotas del *Maryland* no saben lo que hacen.

—¿Habrán contraatacado los japoneses?

Me dirigí al lavabo y me chapucé la cara con aquella pegajosa agua salada. Me alivió muy poco. Quería dormir, pero no había sueño para nadie. Esperábamos, hoscos y tensos, a que nos llegaran noticias de Playa Azul. Me froté la barba del mentón, pensando con agrado en que, al menos, no tendría que afeitarme por la mañana. Sentía la impresión de que si no salía pronto de aquella maldita bodega, no tardaría en estar demasiado aturdido como para poder andar. Fui a la escotilla. Andy me agarró por detrás.

—Quiero decirte una cosa —susurró.

—¿El qué?

—He estado de mala leche durante toda esta travesía por tener que abandonar Nueva Zelanda.

—Cállate.

—Déjame terminar. Me alegré cuando supe que íbamos a quedar en reserva. Quería poder escribir a Pat y contárselo para que no se preocupase. Ya no pienso igual, Mac. Deberíamos estar en esa playa. Yo no sé nada de granjas, esposas y cosas de ésas. Sólo sé que quiero estar allí y matar unos cuantos japoneses.

—Me alegro de que pienses así, Andy.

—No sé lo que es; lo que sí sé es que, a veces, hay algo más importante que el que dos personas... Yo... yo mismo no entiendo bien lo que quiero decir. Sólo que esta espera me está volviendo...

En la playa, el soldado 1.ª Mazoros repitió al fusilero, por décima vez, sus instrucciones sobre cómo manejar la radio. Su voz se hizo más débil. Había sido herido de gravedad y la vida estaba huyendo de él. Cayó al suelo, muerto. El fusilero cogió con sumo cuidado los auriculares de la cabeza de Mazoros y se los puso.

Al otro lado del muro de costa, el tres veces herido teniente Roy marchaba de blocao en blocao con sus exploradores y tiradores a golpe de dinamita. Al fin, cayó muerto a consecuencia de su cuarta herida.

La blanca luna iluminaba una escena apocalíptica de destrucción. El largo muelle brillaba como un rayo de plata en una noche pegajosa en la que no había ni el más leve soplo de viento. Subió la marea sobre los marines acurrucados tras el muro de costa hasta que no quedó nada de playa. Estaban en el agua. A lo largo de cien metros, los heridos yacían tendidos unos junto a otros, hablando sólo para rechazar ayuda o murmurar una última oración. Nadie gritaba. Al otro lado del muro costero, desparramados entre nidos de ametralladoras y blocaos, cien más se desangraban poco a poco. Pero ninguno de ellos se movía ni pedía ayuda para que acudiesen en su auxilio, pues sabían que un grito haría acudir a docenas de compañeros que quizás encontraran la muerte así. Ninguno gritaba la angustia de la ardiente quemadura en el vientre o el insoportable dolor de una pierna arrancada. Los heridos yacían en silencio, pensando en una tierra lejana..., ninguno gritaba.

Lanchas de desembarco se dirigieron hacia el muelle, llevando sangre dadora de vida y municiones causantes de muerte. Dejaron su cargamento en el borde del muelle, quinientos metros laguna adentro. No hubo petición de voluntarios ya que cada hombre asumió en silencio la tarea de vadear y llevar los suministros por entre el tableteo de disparos de los francotiradores apostados en los pilotes y a través del diluvio de balas y granadas que otros hombres desesperados, los japoneses, lanzaban sobre ellos desde los búnkers.

Sentado en el agua, con la espalda apoyada contra el muro de costa, un corresponsal bizqueaba mientras orientaba su papel hacia la luz de la luna y escribía con un trozo de lápiz: *Cuesta creer lo que veo a mi alrededor. Mientras escribo esto, ignoro si llegaréis a leerlo, pues el próximo amanecer me encontrará muerto. Estoy en la isla de Betio, en un atolón de coral llamado Tarawa, en las islas Gilbert. Al igual que los hombres que me rodean, espero un contraataque. Todos sabemos que vamos a morir, pero no hay confusión, ni gritos, ni ningún signo externo de tensión nerviosa o de resquebrajamiento de nuestra armadura mental. No sabía yo que los hombres pudieran demostrar tanto valor. Nunca, hombres y muchachos han arrostrado el sacrificio con tanta valentía. Bunker Hill, Gettysburg, el Álamo, Belleau Wood..., bien, hoy tenemos un nuevo nombre que añadir: TARAWA. Pues ésta es la hora de la Segunda División de Marines, la Silenciosa Segunda.*

Un ayudante condujo a un marinero de corta estatura, moreno y malencarado, a la sala de operaciones del *Maryland*. Los deprimidos comandantes no le prestaron atención, mientras esperaban, con desesperación, que llegara alguna noticia de Carpe.

—Señor —dijo el ayudante al general Philips—, este hombre es un timonel del *Haywood*. Tiene un plan que quizá pudiera usted utilizar.

Philips levantó la vista hacia el piloto de la lancha de desembarco que había hecho quince viajes a Playa Azul durante el día.

—¿De qué se trata, hijo?

—Señor —dijo el marinero—, los suministros no están llegando.

—Lo sabemos.

—Tengo una idea que podría desalojar a los francotiradores de debajo del muelle y permitirnos usarlo como protección.

Tod Philips había aprendido hacía tiempo que la sabiduría y la improvisación pueden llegar con frecuencia de los grados inferiores. Invitó al fatigado marinero a sentarse y le preguntó por su plan.

—He encontrado en la barrera de arrecifes un punto algo más bajo que el resto. Creo que puedo hacer pasar por allí una lancha de poco calado, si no va muy cargada. La marea está alta, hasta el muro de costa, y eso le dará un impulso adicional. Si tuviese un equipo de lanzallamas podría realizar un par de rápidas pasadas junto al muelle, expulsar de los pilotes a los francotiradores y dar a los marines una posibilidad de avanzar.

—Harán pedazos tu lancha, marinero. ¿Qué tal un bote neumático?

—Un bote neumático sería demasiado lento. Si tuviese una canoa ligera, con sólo tres o cuatro hombres, estoy seguro de que podría coger suficiente velocidad. Podemos lograrlo.

—Vale la pena intentarlo —dijo el general Bryant.

—Están llegando ahora las municiones y el plasma. No podemos desalojar a los japoneses de debajo del muelle, y están acribillando a los marines mientras éstos vadean con los suministros —arguyó el marinero.

—¿Qué hay del fuego japonés desde tierra? —preguntó Philips.

—Es muy intenso, señor. Están centrándolo en el muelle, pero si controlamos los pilotes podremos pasar, por debajo, la mayor parte del material.

—¡Snipes! Traiga al Dieciocho de Marines. Sitúe un grupo de lanzallamas. Tenga preparado un grupo alternativo por si sale algo más con la primera pasada.

—Gracias por la oportunidad, señor. No le defraudaré.

—A propósito —dijo Bryant—, ¿cómo te llamas, marinero?

—Piloto Herman Rommel, señor.

—¿Alguna relación, por casualidad, con Rommel, el mariscal de campo alemán? —preguntó Philips, con tono jocoso.

—El hijo de puta es primo mío, señor.

El marinero salió.

Por unos instantes, todos miraron al fatigado general. Las colillas de veinte cigarros yacían dispersas por la mesa y por el suelo. Tod Philips se hallaba allí sentado, derrumbado en su silla. Cada latido del reloj hacía levantar los enrojecidos ojos. Llevaban seis horas allí.

—No hay contraataque aún. Carpe tiene la nueva radio —dijo Philips. Buscó un cigarrillo con manos nerviosas.

—Tienen algo guardado en la manga, Tod.

—¿Alguna noticia sobre el fuego de mortero por parte de los japoneses?

—Esporádico.

Algunos pensaron que el general había levantado la cabeza y dicho: «Gracias, Dios.» Pero debió de ser un error, pues Tod. B. Philips no conocía más Dios que el Cuerpo de Infantería de Marina. Se puso en pie y dio una orden.

—Póngase en contacto con el Octavo de Marines. Haga que avancen a las seis en punto. Comunique con Carpe y dígale que quiero que todos los hombres salten el muro de costa cuando el Octavo llegue al arrecife. Tendrá que avanzar, o no lo conseguiremos jamás. Snipes, usted irá en la primera oleada y relevará a Carpe. Dígale que está propuesto para la Medalla del Congreso... ¡Vamos, en marcha! Necesito un cigarro.

El hedor de la muerte se hallaba presente en todas partes de Playa Azul Uno. No soplaba ni la más leve brisa para disipar el olor a cuerpos en putrefacción, miembros gangrenados y sangre seca. Cubiertos por capas de polvo de coral, desangrándose, sedientos, exhaustos al máximo, los vivos aferraron sus rifles con incredulidad cuando los primeros rayos de un nuevo amanecer asomaron por el borde del horizonte.

Los silenciosos heridos levantaron sus ensangrentadas cabezas en dirección a la laguna.

¡Venía el Octavo de Marines!

El alba trajo nueva vida para el Segundo de Marines. Alzaron sus maltrechos cuerpos para saltar sobre el muro de costa. El propio coro-

nel Carpe se puso en pie, tambaleándose. Su ayudante telefoneó la orden
a lo largo de Playa Azul:

—Calad las bayonetas..., listos para avanzar.

El Décimo de Marines, que aún disponía de artillería en funcionamiento, tendió un débil e insuficiente fuego de cobertura.

Carpe empuñó su pistola y gritó a la línea de hombres acurrucados
tras el muro de costa:

—¡Vamos a por esos hijos de puta amarillos!

Como muertos surgidos de sus tumbas la víspera de Todos los San-
tos, los restos del Segundo Regimiento saltaron el muro y se lanzaron
al ataque. El almirante japonés Shibu había caído muerto durante la
noche, con su plan de contraataque encerrado en su mente. Tras horas
de vanas discusiones, los japoneses habían sido cogidos desprevenidos.
Su fuego se concentró en los refuerzos que avanzaban a través de la
laguna. Antes de que pudieran desviar la lluvia de plomo, el Segundo
había atravesado el arco de la isla designado con el nombre de Playa
Verde. Con extraordinaria energía, los marines avanzaron cien metros y
cortaron las fortificaciones de la zona. Luego, su impulso se debilitó
y quedaron incapaces de continuar avanzando. Se afianzaron en el precioso terreno conquistado y esperaron a que el Octavo acudiera a llenar
los huecos producidos en sus líneas.

Una bala había rasgado la dura piel del coronel Carpe. Esta vez, se
desplomó, sin poder levantarse. Fue arrastrado hasta el puesto de mando, a pesar de sus protestas. Al fin, consintió en aceptar ser asistido
con tal de que se le dejara estar junto al teléfono para poder mantener
el control de la batalla. En esta situación se encontraba cuando el general Snipes se le acercó cojeando.

—Hola, Carpe.

—¿Está herido, Snipes?

—Me he metido en un hoyo al venir y me he torcido el tobillo. ¿Cuál
es la situación?

—Hemos avanzado unos metros, tenemos el control de Playa Verde.
¿Comó vienen los refuerzos?

—Mal. Les están dando para el pelo otra vez.

A mediodía, lo que quedaba del Octavo de Marines estaba en tierra, y
sólo se habían ganado cincuenta ensangrentados metros más contra el
paralizador fuego del enemigo. A cada metro conquistado, llegaban al
puesto de mando informes de una oposición más intensa aún. Enzarza-
dos en combate, los hombres de América y de Japón luchaban y se ma-
taban mutuamente con la furia, el odio y la pasión de auténticas fieras.
Al final, Snipes comunicó por radio al *Maryland*: VIOLETA A ROCKY:
EL RESULTADO ESTÁ EN EL AIRE.

El ataque había perdido casi todo su ímpetu. Snipes, el antiguo
miembro de las Tropas de Asalto, maestro de la muerte cuerpo a
cuerpo, bufó y escupió ante el valor de su enemigo. Maldiciendo y esperando una súbita inversión de la situación, admitió finalmente:

—Tendremos que pedirles que manden al Sexto de Marines.

Un veterano artillero refunfuñó:

—Y ahora vendrán esos atrapapiojos y jurarán que ganaron la batalla ellos solos.

—Escucha, bastardo —gruñó Snipes—, por mí, como si viene una banda de cazadores de cabezas zulúes arrojando lanzas. Necesitamos ayuda.

—¿Hay noticias de Paxton en Makin? —preguntó Philips.

—Sí, señor. Están avanzando lo mejor que pueden bajo un intenso fuego de francotiradores. Calculan seiscientos japoneses.

—Bien, nosotros tenemos aquí seis mil. Comuníquele que tendrá que valerse por sí solo. Vamos a enviar al Sexto de Marines.

—A la orden, señor.

—Tod —dijo Bryant—, será mejor que desembarquemos por Playa Verde. No me atrevo a intentar de nuevo esa laguna.

—¿Qué opina, Parks?

—Hay campos de minas, alambradas y pozos de lobo para tanques —dijo el almirante.

—Si tenemos que darnos otro baño en la laguna, quizá seamos derrotados —arguyó Bryant—. Esto es lo último que tenemos. Si no relanzamos pronto el ataque, estamos listos. No podemos contar con ayuda por parte de Paxton.

—¡Tiene razón! —exclamó Philips—. El Ejército se pasará una semana rondando a Makin. Envíe a Lincoln Rojo por Playa Verde. Tenga preparado a Lincoln Azul.

Un mensaje de un portaaviones llegó a la mesa del general: AIRE A ROCKY. AVISTADOS VARIOS CIENTOS DE JAPONESES VADEANDO DESDE HELEN HASTA SARAH.

—Será mejor que desembarquemos a Lincoln Blanco en Bairiki, la despejemos e instalemos el resto de la artillería. Si los otros dos batallones del Sexto abren brecha, los japoneses podrían retirarse a Bairiki. Además, necesitamos todas las piezas de artillería que podamos poner en funcionamiento.

—Espero que haya poca resistencia en Bairiki. ¿De quién es Lincoln Blanco?

—De Huxley..., de Sam Huxley.

—Oh, el loco de las marchas.

—Exacto. Establezca contacto con Lincoln Rojo. Avance inmediatamente a Playa Verde. Llame a Huxley y dígale que limpie Bairiki de enemigos e impida cualquier retirada. En cuanto despeje la isla, que instale toda la artillería restante y empiece a disparar. Es el momento decisivo, Don.

IV

—*Atención, atención, Marines, a sus posiciones de desembarco.*

Los «Putas de Huxley» treparon con rapidez por la escala. Un rumor de nerviosas conversaciones llenó la abarrotada cubierta del *J. Franklin Bell* en el calor del mediodía.

—Está bien, maldita sea —ordenó—. A formar y cubrirse. Contestad cuando oigáis vuestro nombre.

—Espero que nos hayan dejado algo.

—¿Has oído? El Primer Batallón lo está pasando mal.

—Callaos.

Sam Huxley caminó hacia nuestro puesto por la cubierta de acero. Sin pronunciar palabra, pasó sus largas piernas por la barandilla y saltó a la lancha de desembarco que colgaba del pescante. Zilth le siguió, aunque con mucha más dificultad bajo el peso de los mapas de Huxley.

—Bien, muchachos —dije—. Primera fila, adelante. Agarrad esas cuerdas hasta que bajemos al agua. ¡Rápido!

Había confusión en cuanto a nuestro destino. Durante una hora, estuvimos describiendo círculos en torno al barco de control. No pasó mucho tiempo antes de que empezáramos a marearnos.

—Si tenéis que vomitar, vomitad dentro. Si lo hacéis fuera, el viento os lo echa a la cara.

La lancha de desembarco penetró en la laguna, saltando v bamboleándose contra las olas. Nosotros nos acurrucamos para tratar de sortear las salpicaduras que se estrellaban contra la rampa. Parecíamos movernos a paso de tortuga kilómetro tras kilómetro.

Yo iba en la parte delantera de la lancha. Ésta pasó de largo ante la humeante isla de Betio, y vi luego el sesgado perfil de Sarah o Bairiki. Constituía un gran contraste con el infierno que quedaba a mi espalda. Palmeras y blancas arenas parecían llamarnos invitadoras.

Un súbito y paralizador pensamiento cruzó de pronto mi mente. Aquéllos podrían ser mis últimos momentos sobre la Tierra. Dentro de diez minutos podría estar muerto. Mientras la lancha cabeceaba, divisé las copas de los árboles de Sarah, y me asaltó la visión de una cruz en la playa de coral con mi nombre grabado en ella. Experimenté una sensación de náusea y, por un instante, sentí deseos de saltar al agua y largarme. Se me llenaron de sudor las palmas de las manos, y me las froté contra el mono en el mismo momento en que un diluvio de agua salada caía sobre mi nuca. ¿Y si nos estuviesen esperando mil japoneses en Bairiki? ¿Y si nos encontrábamos con lo mismo que habían encontrado el Segundo y el Octavo? Estaríamos perdidos..., no teníamos nada detrás de nosotros.

Una idea absurda se repetía una y otra vez en mi mente: No me había limpiado los dientes aquella mañana. Yo no quería morir con mal gusto en la boca. Me fastidiaba, no sabía por qué. Quería limpiarme los dientes.

Mi contenida tensión se desvaneció al prolongarse nuestra terrible espera en la lancha. Yo no quería vengar nada ni a nadie. Lo único que sabía es que yo era Mac y quería vivir. No quería recibir un tiro en el agua... Debía de haber estado loco al pensar en mil enemigos. Quería que se hubieran ido todos.

Empecé a sentir una especie de entumecimiento. Cobarde..., cobarde..., cobarde, me dije a mí mismo. Después de todos estos años... Traté de ahuyentar la sensación, mientras las lanchas se acercaban a Bairiki.

Pero yo estaba invadido por el miedo, un miedo que jamás había conocido antes. Tenía la impresión de que en cualquier momento podía ponerme en pie y gritar todo el terror que anidaba dentro de mí.

La lancha se encabritó con furia, haciéndome caer de bruces y resbalar por el deslizante fondo. La rampa delantera repiqueteó con un estruendo de plomo contra acero. ¡Los japoneses nos estaban disparando!

Sentí que me corría orina por la pierna... Temía que iba a vomitar. El rojo destello de una bala trazadora silbó sobre el agua en nuestra dirección. La lancha se elevó y realizó después un brusco descenso, lanzándome contra la rampa. Me volví. La mitad de los hombres estaban vomitando. Luego vi a Huxley..., estaba pálido y tembloroso. Yo había visto antes hombres aterrados, y había sentido desprecio hacia ellos. Pero ahora el paralizador miedo se estaba adueñando de mí también... ¡No debo dejar que suceda!

—¡Al barco de control! —ordenó Huxley—. Haced que contacten con cobertura aérea y destruyan esa ametralladora.

Antes de que transcurriera un minuto se oyó un rugido ensordecedor. Levantamos los ojos. Cazas de la Marina descendían en picado, disparando los cañones de sus alas. Empecé a ladrar órdenes de manera automática. Una columna de humo se elevó de la playa.

—¡Les han dado!

Cayó la rampa. Me sumergí hasta la cintura en las blanquecinas aguas, ya no tenía miedo.

Avanzábamos con esfuerzo. Zumbaban las balas de rifle sobre el agua, que saltaba a trechos en pequeños surtidores. Los japoneses seguían siendo tan malos tiradores como siempre. Alguien se desplomó de pronto delante de mí. Mientras se formaba un círculo de sangre, pensé por un momento que era Andy. El marine muerto se bamboleó en las olas y rodó de lado. Era un ametrallador de la Compañía How. Pasé a su lado mientras el agua bajaba hasta la altura de la rodilla. Empecé a correr en zigzag. Los pies cedieron de pronto debajo de mí. Me había metido en un pozo. Una mano me agarró por la espalda y me enderezó.

—Vamos, Mac, mantén seca tu pólvora —gritó Macuto, mientras pasaba corriendo junto a mí.

Los hombres de Max Shapiro estaban ya tierra adentro y manos a la obra. Habían avanzado con rapidez y precisión sobre el enemigo. El capitán había forjado un equipo de gran eficacia.

Llegué a la playa y me volví...

—¡Vamos, maldita sea! ¡Montad ese TBX y estableced contacto con Rocky!

Spanish Joe, Danny y yo instalamos, lo más rápido que pudimos, la radio entre dos palmeras. Un breve informe y un musical zumbido rozó la corteza de uno de los árboles. Todos echamos cuerpo a tierra. Yo divisé una forma que corría por el claro que se extendía ante nosotros y vacié contra ella todo un cargador de mi carabina. El japonés cayó y rodó sobre sí mismo media docena de veces. Danny se puso en pie.

—Cúbreme —gritó.

Corrió un par de pasos, se detuvo en seco y volvió. Acudió a sus ojos la visión de él mismo, en pie junto a un japonés en Guadalcanal, sacando su bayoneta..., el surtidor de sangre y entrañas sobre su mono...

—¿Qué ocurre, Danny?

—Nada —dijo, y continuó.

Se agachó rápidamente, tiró lejos el rifle del japonés y lo registró. Nos hizo seña de que fuéramos.

—Todavía está vivo —dijo Danny.

Spanish Joe levantó su carabina. Lo sujeté.

—Espera. Quizá quieran interrogarle. Busca a Doc Kyser y LeForce.

Sonaban esporádicos disparos de rifle mientras nuestros muchachos recorrían la zona eliminando focos de resistencia. Estábamos en un claro de tierra dura, calcinada por el sol. El agonizante japonés yacía tendido de espaldas y la sangre que brotaba de su cuerpo se derramaba sobre el suelo de coral. Danny y yo nos agachamos sobre él. Abrió los ojos. No había en ellos expresión de ira mientras su mano tanteaba un orificio que tenía en el vientre. Sus ojos se encontraron con los de Danny. Debía de ser un muchacho joven, como algunos de mi pelotón. Su rostro era redondo y suave, y tenía el pelo negro y cortado al rape. Me sonrió e indicó que quería beber agua.

Los ojos de Danny no se apartaban de él. Cogió su cantimplora, la destapó y la llevó a la ensangrentada boca del japonés. El líquido se derramó con lentitud. El japonés tosió y brotó una mezcla de sangre y agua de media docena de agujeros abiertos en su pecho. Sin fuerzas casi, inclinó la cabeza en señal de agradecimiento y me preguntó con las manos y los ojos si le íbamos a matar. Negué con la cabeza y él sonrió e hizo seña de que quería un cigarrillo. Encendí uno y se lo sostuve mientras inhalaba. Me pregunté en qué podría estar pensando.

Danny se levantó. El caso era que no podía sentir odio, aunque hubiese querido matar, vengar a los hombres que habían muerto en la laguna. Este japonés parecía ahora tan inofensivo..., otro pobre tipo haciendo lo que se le ordenaban.

Kyser, LeForce y Huxley corrieron al claro, detrás de Spanish Joe. LeForce empezó a bombardearle a preguntas.

—Déjalo —dijo Kyser—. Tiene rota la laringe. No puede hablar, aunque entendiera.

—¿Le habéis registrado?

—Sí, señor.

—Es sólo un soldado raso —dijo LeForce.

—Dentro de unos minutos habrá muerto —dijo el médico.

—Vigílale, Forrester. Cuando muera, métele una bala en la cabeza para más seguridad —ordenó Huxley, y se marchó.

Ardía el sol. El japonés esperaba la muerte con tranquilidad. Rodó sobre sí mismo y se agitó en un espasmo. Sus ojos se cerraron. Danny levantó su carabina, apuntó cuidadosamente y apretó el gatillo.

El Primer Batallón del Sexto había sufrido numerosas bajas en su furioso avance desde Playa Verde. Más allá de la pista de aterrizaje, dejando los búnkers a los ingenieros, empujaron al enemigo hacia el estrecho extremo de Betio.

Los fanáticos hombrecillos amarillos no se rendían. Desesperados, se lanzaban contra el Primer Batallón en línea tras línea de oficiales blandiendo sus sables. Proferían los viejos gritos: «¡Marines morir!» y «¡Nosotros bebemos sangre de marine!».

Al anochecer del segundo día de la invasión, las líneas del Primer Batallón empezaron a doblegarse bajo los repetidos ataques. Fueron reforzadas por marines de una docena de unidades diferentes que se desparramaron y lanzaron una avanzadilla a través de la isla. Los japoneses cargaban una y otra vez, y cada nuevo ataque incrementaba su eficacia. *Lincoln Blanco* radió a *Violeta*: NO PODEMOS RESISTIR. El Cuartel general respondió: TENÉIS QUE RESISTIR. Ésas eran las órdenes. Desde Bairiki, los cañones del Décimo de Marines lanzaban andanada tras andanada sobre el agua en la reducida zona japonesa. Los destructores entraron una vez más en la laguna y arrojaron sus proyectiles contra el apiñado enemigo.

Los japoneses se hallaban cogidos en una tenaza. Intentar retirarse a Bairiki significaba verse interceptados por los ansiosos «Putas de Huxley» que les estaban esperando. Sólo a través de la línea avanzada del Primer Batallón podrían, con más seguridad, abrirse paso.

Los marinos luchaban llenos de furia contra las oleadas de arietes humanos. Cuando empezó a escasear la munición, blandieron sus bayonetas y las hundieron en el muro de carne. Más tarde, descendió la oscuridad de la noche de nuevo, y el tiroteo se tornó esporádico.

El amanecer del tercer día puso fin a otra tensa noche llena de gritos y estratagemas. Los marines mantenían sus líneas. Con la primera luz del alba, los hombres del tercer batallón del Sexto atravesaron Playa Verde y corrieron hacia la pista de aterrizaje para reforzar a los hombres que resistían en sus pozos de tirador abiertos en el coral.

Otro violento ataque japonés, y los hombres de refresco lo segaron de raíz. Otro y otro más fracasaron también. Después, el Tercer Batallón se puso en pie y avanzó para arrojarlos al agua. Perdida toda esperanza, a punto de caer ya su bastión inexpugnable, los japoneses empezaron a quitarse la vida. La batalla de Betio se aproximaba a su fin menos de setenta y dos horas después de haber comenzado.

Las rampas de nuestras lanchas se abatieron al extremo del muelle de Betio. Habíamos estado toda la noche vagando por la laguna, esperando una decisión con respecto a si debíamos intentar un desembarco nocturno para reforzar al acosado Primer Batallón. Llegaban informes de que la línea se iba debilitando pero que se mantenía aún intacta. Luego, antes de que se decidiera enviarnos a nosotros, el Tercer Batallón se hallaba ya camino de Playa Verde. El nuevo día nos encontró describiendo todavía inútiles círculos sobre el agua. Estábamos mortalmente cansados, pero al saltar al agua, que nos cubría casi hasta el hombro, el espectáculo con que topamos nos despertó con brutalidad.

La escena era terrorífica. Mientras vadeábamos desde un kilómetro de distancia, las aguas aparecían llenas de cuerpos mecidos por las olas. Había centenares. Marines del Segundo y Octavo Regimientos. Yo me sentí humillado y presa de náuseas al pasar. Estaban hinchados y deformados hasta resultar irreconocibles. Muchos flotaban boca abajo, y sus cabellos se agitaban en leves ondulaciones.

Otros flotaban de espalda, yertos ya por efecto del *rigor mortis*. Sus rostros estaban tersos a consecuencia del agua y sus ojos miraban sin ver, con la misma expresión que tenían cuando la bala les arrebató la vida. Había otros cuyos ojos habían sido corroídos por la sal, tenían masas movedizas y gelatinosas sobre sus rostros y unos agujeros en los lugares en que antes estaban los ojos. Era pavoroso estar vivo en aquel cementerio acuático en el que inertes cuerpos sin vida danzaban en las crestas de las olas.

Centenares de botes de goma se movían en dirección opuesta hacia las lanchas de desembarco que les esperaban en el límite de la barrera de arrecifes. En los botes de goma yacían muchachos ensangrentados y gimientes: los heridos. Detrás de los botes, en el agua, hirsutos sanitarios y camilleros de la división pasaban ante nosotros a centenares, encontrando al fin refugio en la isla de la muerte.

El hedor era penetrante cuando pusimos pie en Playa Azul. No soplaba la menor brisa en la húmeda atmósfera. Saltamos el muro de costa y presenciamos una devastación indescriptible. Todo eran escombros y humeantes cascotes. A cada paso se veía un marine muerto o un japonés muerto, tendidos en rígidas y grotescas posturas. Yo deseaba levantar la vista, pero mis pies pisarían carne, y no podía.

Nos dividimos para revisar los fortines que habían albergado desde tres hasta trescientos japoneses, trabajando con los ingenieros para hacer salir a cualquiera que aún pudiera estar vivo.

Subí a lo alto de unos sacos de arena colocados sobre una fortificación. Desde allí podía ver Betio de extremo a extremo. Parecía inconcebible que hubieran podido morir allí ocho mil hombres. Podría haber recorrido la longitud de la isla en veinte minutos y haber cubierto de un tiro de piedra gran parte de su anchura. Todo lo que quedaba eran unas cuantas docenas de cocoteros erguidos entre los despojos y que se recortaban como fantasmas contra el cielo. Nuestra victoria era completa. Sólo había cuatro prisioneros, y tres de ellos eran trabajadores coreanos.

Fue instalada una radio. Estábamos todos muy callados. Había a nuestro alrededor hombres del Segundo y el Octavo y de nuestro Primer Batallón. Yo deseaba levantarme y ofrecerles cigarrillos o un poco de agua o, quizá solo hablar, pero no podía. En la pista de aterrizaje, los hombres de la sección de Construcciones Navales habían empezado ya a retirar los escombros con explanadoras para acelerar el momento en que el primer avión posara sus ruedas en el campo del teniente Roy.

Sam Huxley estaba sentado, sin casco, con la cabeza baja y los ojos fijos en el suelo. Tenía el rostro pálido y los ojos llenos de lágrimas. Se acercó a él el coronel Malcolm, comandante del Sexto de Marines.

—Hola, Sam.

—Hola, coronel.

—Vamos, hombre, no te lo tomes tan a pecho.

—No puedo evitarlo. Éramos el único batallón de todo el maldito... Oh, qué más da.

—¿Cuántas bajas has tenido, Sam?

—Cuatro muertos y seis heridos.

—¿Habría sido mejor si hubieras estado en la oleada de asalto?

—Me siento como un estafador. Supongo que piensas que soy un sádico...

—Ni mucho menos. Todos queríamos formar la primera línea de ataque.

—Creo que llevo demasiado tiempo de marine. Ansia de gloria. El general Pritchard me dijo que yo tenía ansia de gloria. Ahora somos el hazmerreír... Los locos de las marchas.

—Sam, el Sexto no tiene por qué sentirse avergonzado. Fue el Primer Batallón el que quebró su resistencia...

—Mientras nosotros estábamos tan tranquilos en Bairiki.

—¿Un pitillo?

—No, gracias.

—El general Philips quiere verte en el puesto de mando dentro de media hora.

—Sí, señor.

—Vamos, hombre, anímate.

—No puedo mirar a la cara a esos chicos..., ni a los míos ni a los otros.

Huxley, el coronel Malcolm y el teniente coronel Norman, del Tercer Batallón, se cuadraron y saludaron al general Philips. Éste les mandó descansar y se sentaron en torno a la mesa de campaña.

—Pueden ustedes estar orgullosos —dijo Philips—. Su Primer Batallón se portó de forma magnífica en su carga de ayer. Nunca los he visto combatir mejor, ni siquiera en Belleau Wood. ¿Tiene alguien un cigarro? Gracias.

Encendió el puro que le dio Malcolm y dio una chupada, con aire de satisfacción.

—Ahora les va a tocar actuar a ustedes.

Una sonrisa iluminó los rostros de Huxley y Norman.

—Coronel Norman, su batallón debe embarcar y dirigirse de inmediato al atolón de Apamama, al sur. Un pelotón de hombres de Jasco está ya en camino para explorar el terreno. No sabemos la resistencia con que se puede encontrar, pero creemos que no será demasiado fuerte. En cuanto tengamos noticias de Jasco, dispondremos lo necesario para su desembarco.

Philips desplegó un gran mapa del atolón de Tarawa.

—En cuanto a usted, Huxley, he oído que sus hombres son aficionados a las marchas —Sam rió la broma por cortesía—. Bien, quizá no se ría cuando haya terminado. Tarawa tiene sesenta y siete kilómetros de islas. Debe usted desembarcar de nuevo en Bairiki y recorrer toda la cadena hasta llegar a Cora, y debe destruir a cualquier enemigo que quede.

—Sí, señor. ¿Alguna idea de su fuerza?

—Es difícil decirlo, Huxley, es difícil decirlo. Nunca tendremos un recuento exacto de los cadáveres de Betio. Tal vez no queden más que un puñado de japoneses..., y puede que haya un millar. Usted tiene el único batallón que queda en condiciones de cumplir esta misión. Debemos obtener informes de los nativos. Recuerde que depende usted de sus solas fuerzas. No tenemos ni un solo hombre de sobra. Podemos darle una docena de aviones y un destructor de apoyo. El depósito de suministros está en Bairiki. Destinaremos un bote neumático para el aprovisionamiento diario de munición y material médico. Quiero que esta misión se realice con rapidez. Viaje sin grandes cargas..., nada de mochilas, sólo agua y municiones.

—¿Qué sugiere el general con respecto a morteros pesados y material de radio y teléfono?

—Dé rifles a los hombres de armas pesadas. Lleve sólo el material de radio imprescindible para establecer contacto con sus fuerzas de apoyo y con el cuartel general en Helen. Use material telefónico ligero. Muévase aprisa. Voy a destinar un pelotón de Jasco para que actúe delante de su batallón. Buena suerte a los dos.

V

Habíamos pasado casi un mes a bordo del *J. Franklin Bell*. Estábamos un poco entumecidos e inseguros al principio. Era una bendición viajar sin impedimenta. Todo lo que llevábamos iba en nuestros bolsillos o en nuestras pistoleras. La expedición tenía un excitante aire novelesco, pero pronto quedó claro que Huxley no tenía intención de convertirla en una gira pintoresca.

Formamos y emprendimos rápidamente la marcha. El capitán Harper, jefe de la compañía George y sempiterno mascador de chicle, tomó la vanguardia de la marcha. Le seguían los hombres de Shapiro, cuartel general, la compañía de armas del comandante Pagan y, en retaguardia, la compañía Easy del capitán Whistler.

Varias islas por delante del batallón, marchaba como explorador un pelotón de Jasco. Eran especialistas en labores de reconocimiento destinados al cuartel general de la Flota y se les enviaba allá donde fueran necesarias sus especiales habilidades. Muchos hombres de Jasco procedían de las tropas de asalto.

Estaba bajando la marea. La única barrera entre las islas era una extensión de agua que llegaba hasta el tobillo. Los muchachos de Harper pasaron vadeando desde Bairiki hasta Belle y enfilaron el sendero que discurría por el lado de la isla que daba al lago.

Avanzamos a lo largo del sendero a paso ligero. A pocos metros estaba el inmóvil lago. Al otro lado, se extendía una maleza poco espesa que a veces se hacía más densa hasta hacerse casi tan impenetrable, como la jungla. Por todas partes se veían bosquecillos de palmeras. Éstas eran más pequeñas que las palmeras cultivadas de la plantación Lever, en Guadalcanal.

Era sorprendente la pequeñez de las islas. Al igual que su bastarda prima, Betio, las islas eran largas y estrechas y discurrían como una cadena con eslabones de agua entre ellas. Su longitud variaba desde varios metros hasta varios kilómetros. La anchura rara vez era superior a unos cientos de metros. Al otro lado del lago, se alzaba el áspero coral, batido por el fuerte oleaje del océano.

El sol producía tantas ampollas como el vivo paso impuesto por Huxley, pero reducíamos necesariamente la marcha ante cualquier signo de vida japonesa. Primero llegamos a un depósito de combustible abandonado que contenía varios miles de litros de gasolina de alto octanaje que el comandante japonés había retirado prudentemente de Betio para evitar su conflagración. De vez en cuando, aparecía una choza de techo de bálago, vacía y abandonada. Por informaciones que recogimos, llegamos a la conclusión de que aquellas islas habían sido utilizadas como club campestre de oficiales.

El paso de isla a isla era ahora fácil, al haberse retirado la marea, dejando el lago seco, una extensión de relumbrante arena cubierta por millones de conchas. El tórrido calor no tardó en suscitar un cierto resentimiento en la columna. ¿Por qué diablos de toda la Segunda División tenía que ser el Segundo Batallón el que tuviera que hacer esto?

Al atardecer encontramos la primera prueba concreta de la presencia de japoneses. Al cruzar de una isla a otra, nos encontramos con un camión japonés atascado en la blanda arena.

—No lo toquéis. Lo más probable será que tenga alguna bomba-trampa.

Huxley apretó el paso. Caminábamos entonces por isla Karen, una larga, de unos diez kilómetros. Al anochecer, parecía como si no fuéramos a encontrar los fugitivos restos de la guarnición enemiga. El número de sus tropas continuaba siendo un completo misterio. En cualquier caso, estábamos corriendo como demonios. Esto no nos consolaba gran cosa, pues la última isla del atolón estaba a sus buenos treinta kilómetros de distancia. Había en ella una colonia de leprosos.

Al día siguiente estábamos avanzando hacia el este en Karen, la isla más exterior en esa dirección, cuando la parte central de la isla presentó un súbito recodo hacia el noroeste. Fue allí donde nos topamos de frente con un pueblo abandonado. Desde esta extremidad de Karen se dominaba una amplia extensión de océano. Varias torres allí existentes evidenciaban que el lugar era utilizado como puesto de observación. La compañía George pasó de largo ante el pueblo y estableció una línea de vigilancia mientras los demás penetrábamos en él para registrarlo.

Nos dividimos en grupos, tras ser prevenidos contra la posibilidad de que hubiera bombas-trampa, y avanzamos de choza en choza en busca de indicios. El poblado se hallaba situado en un claro rodeado de palmeras. Se apreciaban numerosas señales de una precipitada retirada.

Las chozas no eran más que largos e inclinados tejados que llegaban casi hasta el suelo y se hallaban sostenidos por varios postes. Estaban abiertas por todos los lados, pero eran tan bajas que teníamos que agacharnos para entrar. Como es natural, no había puertas ni ventanas y el suelo estaba cubierto de esterillas y pequeños cojines, confeccionados, quizá, por los propios nativos. Encontramos poco que nos fuera útil como elemento de información. El despojo había sido completo. Aquí y allá se veían fotografías de modelos japonesas y, para nuestra sorpresa, también varias de actrices de Hollywood. Al parecer, los marines imperiales se sentían tan atraídos hacia Betty Grable como nosotros.

Unos cuantos pedazos de cuero mohoso, un casco que olía a humedad..., poco más quedaba. Un pozo artesiano había sido abierto en el coral, en el centro del pueblo, pero se nos advirtió que no sacáramos agua de él hasta que Doc Kyser la analizara en previsión de que estuviese envenenada. Spanish Joe descubrió un par de pijamas femeninos, lo que indicaba que un alto oficial había ostentado el mando del lugar y había mantenido una amante allí. Contamos las chozas para hacernos una idea de la fuerza del enemigo, y no nos gustó el resultado. Sumaban varios centenares.

Mientras girábamos hacia el norte a lo largo de Karen, empezó a oscurecer. La compañía George montó la guardia y nos detuvimos. Tan pronto como establecimos comunicación con el pelotón de Jasco y el bote neumático que traía nuestras provisiones, nos dirigimos al océano para darnos un chapuzón. Habría sido preferible el lago, pero la bajamar se había llevado toda el agua. Resultaba peligroso nadar en las rompientes y en el cortante coral. El agua estaba gélida, pero nos hizo revivir.

Temblando de frío y con la piel amoratada, echamos a correr para secarnos. El bote neumático llegó al vivac, descargó y fueron distribuidas las raciones. Mis muchachos se congregaron en torno a la radio para comer.

—Que me ahorquen. Tenemos raciones K.

—Deben de habernos confundido con el Ejército de Tierra que está en Makin.

—Juá, juá.

—Tres cajas. Mira la etiqueta..., desayuno, comida y cena..., bueno, que me aspen.

—El viejo Cuerpo va a ir en camarote de primera.

—Oye, ¿sabes qué día es hoy?

—Claro, jueves.

—No, qué día, quiero decir.

—Bueno, ¿qué día es?

—Es el día de Acción de Gracias.

—Que me ahorquen. Es Acción de Gracias... Mary, dirígenos en oración.

—Vete al diablo.

Quedamos en silencio mientras abríamos las cajas y sacábamos nuestra comida de Acción de Gracias. La revelación nos había sumido en nuestros particulares recuerdos de lo que ese día significaba.

Danny pensó en el gran partido de rugby allá en Baltimore. Un aire frío y pungente, y Kathy allí, en la línea de cincuenta yardas, envuelta en una manta, con Sally Davis...

Una mesa de granjero en Iowa es algo digno de verse el día de Acción de Gracias. En casa de Macuto no se limitaban a poner una tarta de calabaza, ponían una docena de ellas.

—Es bonita esta isla.

—Sí, sí que lo es.

—Oye, Levin, ¿celebran los judíos el día de Acción de Gracias? —preguntó el indio.

—¿Qué te crees, que somos salvajes? —exclamó Levin, con indignación—. Deberías ver todos los parientes que tengo. Quiero deciros una cosa. No habéis vivido hasta que no os habéis calentado con vino Manischewitz.

—Siempre nos hemos alimentado bien en el Cuerpo —dijo Burnside.

—Eh, vosotros, los de radio. Apagad esa hoguera y la lámpara —exclamó un guardia de seguridad.

—Me pregunto cuántos japoneses quedarán.

—Me importa un carajo cuántos sean.

Un manto de oscuridad envolvió al pequeño atolón. Bebimos café frío, encendimos un cigarrillo largo de la ración K y tapamos la brasa con la mano. Miramos hacia el horizonte. El anaranjado cielo aparecía tiznado por las columnas de humo que brotaban de los buques que transportaban al Segundo y el Octavo de Marines. El Sexto se había ido también. Sólo quedaban los «Putas de Huxley» y un destino desconocido. Los barcos de guerra y los aviones se habían marchado en busca de otro objetivo. Estábamos solos. Sentí un escalofrío. En el fin del mundo con nuestro batallón..., ¿qué nos traería el día siguiente?

L. Q. rasgó el velo de nostalgia que nos estaba envolviendo...

—Eh, Speedy, ¿qué tal una o dos canciones antes del toque de silencio?

—Me parece bien.

Fue a su pozo de tirador y cogió su guitarra. Nos estábamos moviendo con poca impedimenta, pero no tanto como para no llevar su guitarra. Nos sentamos en círculo a su alrededor mientras aparecían en el cielo las primeras estrellas. De todo el vivac se acercaron más hombres a escuchar.

—Durante la marcha de hoy —dijo Speedy, rasgueando la guitarra— he estado pensando en Betio, y, mientras caminábamos, empezaron a venirme a la cabeza las palabras... Todos conocéis «Old Smokey»..., bien, esta letra encaja en esta melodía.

> *«De Nueva Zelanda zarparon los marines*
> *a capturar un atolón lleno de japoneses.*
> *En una isla llamada Helen desembarcaron,*
> *y la Segunda División ganó allí honor perdurable.*
> *Atrincherados en el coral, hundidos en la arena,*
> *cinco mil japoneses les estaban esperando.*
> *Llegó el Segundo a Playa Azul, y llegó con fuerza,*
> *llegó el Segundo a Playa Azul, toda ensangrentada.*
> *Se aferró el Segundo al suelo conquistado,*
> *la noche entera estuvo junto al muro de costa, y oró.*
> *Llegó luego el Octavo y vadeó junto a los cadáveres*
> *de sus compañeros, que flotaban sobre el agua.*
> *Atravesó Playa Verde el Sexto, y mató*
> *a todos los japoneses por la matanza causada.*
> *Oh, un millar de cruces nos dicen ahora*
> *que allí yacen mil marines, dormidos en el coral.*

*Escuchad, oh madres, esposas y novias,
no lloréis a los marines que allí dejaron sus vidas.
En una isla llamada Helen desembarcaron,
y la Segunda División ganó allí honor perdurable.»*

Cuando el pecoso muchacho dejó su guitarra, sólo se oyó el romper de las olas en el otro lado de la isla. Yo me dejé caer, exhausto, en mi agujero, y me eché el poncho por encima. Una cama en el «Waldorf» no me habría parecido mejor. Hacía muchos días que no dormía... muchos días.

—*Psst*, Mac.

Me puse en pie de un salto, cogiendo mi carabina.

—Tranquilo, soy yo, Marion.

—¿Qué ocurre?

—Estoy en contacto con el pelotón de Jasco. Han avistado japoneses delante.

Salí de mi agujero. Era noche cerrada. No pude encontrar mis botas. No había previsto esta emergencia y había aprovechado la oportunidad de quitármelas por primera vez en una semana. El afilado coral me hirió los pies mientras la mano de Marion me conducía hasta la radio. Danny, que dormía junto al generador, estaba ya en pie y con los auriculares puestos. Yo le sostuve una linterna mientras escribía:

LB V JAS. LB V JAS. LB V JAS: JAPONESES ESCAPANDO ANTE NOSOTROS EN EXTREMO NORTE DE NELLIE K.

—Pregunta cuántos. Marion, llama al jefe —dije.

JAS V LBI CUÁNTOS K.

LB V JAS: PARECEN SER VARIOS CIENTOS K.

Regresó Marion con Huxley.

—¿Qué ocurre? —preguntó.

Todo el campamento estaba ya despierto ahora y prestando atención.

—Los japoneses están pasando ante Jasco en Nellie. Han visto varios cientos de ellos.

—Diles que se mantengan al acecho y no intenten nada.

—Dale al generador, Mac —dijo Danny.

JAS V LB: NO CONTACTÉIS ENEMIGO. QUEDÁOS AHÍ K.

Danny accionó los botones de recepción, mienrtas Marion sostenía la linterna junto a la libreta de mensajes. Se hizo un silencio mortal en la negra noche. Danny movió suavemente los mandos para captar la señal de respuesta. Volvió el rostro hacia mí.

—Será mejor que repitas eso —dije, accionando el generador.

JAS V LB: ME RECIBES, ME RECIBES K K K.

—Quizás hayan tenido que apagar. Puede que su generador haya atraído a los japoneses —dije.

—¡Atención! —Danny se inclinó sobre el bloc.

LB V JAS: HEMOS SIDO...

Se interrumpió el mensaje. Danny dejó caer su lápiz y todos respiramos profundamente.

—Han sido atacados —susurró Marion.

—No hay nada que podamos hacer —dijo Huxley—. Vámonos a dormir.

El nuevo día me encontró envarado y dolorido, pero descansado. Con mucho trabajo, me puse los calcetines, todavía húmedos tras los chapoteos del día anterior. No tenía otros.

El pelotón se congregó en torno a la radio mientras abríamos las cajas y nos disponíamos a desayunar. No había tiempo para encender una fogata con la que calentar el café, así que la dinamita negra tendría que ser tomada fría.

—He oído que el pelotón de Jasco ha sido exterminado.

—No podíamos alcanzarlos esta mañana. Mala cosa.

—Dame un pitillo.

—No sé qué os pasa a los blancos que siempre estáis sin tabaco.

—Me da mala espina todo este asunto. El atolón se encuentra totalmente expuesto a un contraataque desde las Marshalls. ¿Qué les va a impedir lanzarse contra nosotros?

—¿Qué te parece a ti, Marion?

—Un contraataque parece bastante improbable, pero, desde luego, es algo que no se puede descartar.

—¿Lo veis? ¿Qué os dije? Hasta Marion opina que es posible.

—Dudo que los japoneses estén en condiciones de contraatacar. Nosotros estamos atacando demasiados lugares al mismo tiempo —continuó Marion—. Si salen de las Marshalls para caer sobre nosotros, dejarán abierta de par en par la puerta a las Divisiones Primera y Cuarta.

—¿Por qué eres tan listo?

—Sé leer.

—Si los cazamos en la huida, puede que tengamos despejado el camino hasta Tokio —dijo Speedy—. He oído que Henry Ford va a dar diez mil dólares al primer marine que ponga pie en tierra japonesa.

—No subestimes a tu enemigo —dijo Marion—. Ya deberías haberte dado cuenta de que saben luchar.

—Sí, son una cuadrilla de malditos bastardos.

Intervino entonces Burnside.

—Eh, Mac, ¿vais a estaros ahí sentados todo el día, bastardos? Conectad la radio. El capitán Whistler tiene ya destacada a la compañía Easy en misión de reconocimiento.

—He oído decir que hoy vamos a encontrar varios poblados de nativos —dijo Levin, levantándose y empezando a desmontar la radio.

—Resultará educativo —dijo Marion.

—Me pregunto si las mujeres serán de las que tragan.

—Veo —dijo Marion, yendo en ayuda de Levin— que la conversación está empezando a alcanzar su acostumbrado alto nivel intelectual. Disculpadme.

—Eh, Mary, espera un momento. Dinos cosas sobre los nativos.

—Sí, ¿cómo son estos gilbertianos?

—Según la Enciclopedia... —empezó Marion.

—Escuchadle, ¿queréis?, escuchadle —dijo Levin, con tono respetuoso.

—Según la Enciclopedia —continuó Marion, imperturbable—, estamos en Micronesia. Es uno de los tres grandes archipiélagos del océano Pacífico. Los otros dos son Melanesia y Polinesia.

—Lo que sabe el tío.

—Suéltalo todo, Mary, ¿qué hay de las mujeres?

—Los gilbertianos son grandes pescadores. El mar y las palmeras son prácticamente sus únicos medios de supervivencia. Tienen unos cuantos pollos y cerdos para las ocasiones festivas, pero, como podéis ver, el suelo es muy poco fértil.

—No se parece mucho al condado del Halcón Negro —dijo Macuto.

—Cierra el pico, me estoy instruyendo.

—El atolón ha permanecido muchos años bajo control británico. Exportan copra y aceite de coco a cambio de telas, utensilios de cocina y otros artículos.

—Por los clavos de Cristo, Mary. ¿Tragan las tías, o no?

—Muchos de los más jóvenes hablan inglés gracias a la labor de los misioneros. Tienen rígidos sistemas tribales y poseen idioma y costumbres propios. La vida es sencilla y muy alejada de la cultura occidental. Pocos blancos...

—Mary, te he hecho una pregunta muy sencilla. ¿Tragan...? Oh, al diablo.

—Vamos, será mejor que movamos el culo —dije, interrumpiendo la lección de geografía.

—Eh, mirad. Ahí viene el capitán Whistler con un grupo de nativos.

Formamos un círculo a cortés distancia del capitán y sus hombres. Whistler y varios de sus muchachos habían llegado con cuatro nativos. Éstos eran un cruce entre los polinesios de piel clara, como los maoríes, y los melanesios negros de Guadalcanal. Los jóvenes eran casi negros. Eran hombres sorprendentemente atractivos en comparación con otros nativos que yo había visto por todo Oriente. Medían cerca de 1'80 y eran de recia apostura, delgados de cintura y anchos de espaldas. El pescado y la copra debían de sentarles bien. Su ropa consistía en telas de brillantes colores, ceñidas a la cintura, que les caían casi hasta las rodillas.

—He encontrado a estos chicos merodeando por el campamento esta mañana, señor —dijo el capitán Whistler.

—Son pacíficos —dijo Wellman, encendiendo su pipa y uniéndose al grupo—. ¿Alguno de vosotros habla inglés?

—Oh, sí —dijo uno, mientras miraba a su alrededor con pueril temor—. Mí llamar Lancelot, mí buen cristiano católico. Noche de Dios, noche de paz... ¿Tú querer oírme cantar?

—Ahora, no, Lancelot —dijo Huxley—. Nos interesa más encontrar japoneses. ¿Sabes dónde están?

—Japoneses malos, muy malos.

—¿Sabes dónde están?

—Ellos huir cuando llegar ingleses.

Señaló hacia el norte, a lo largo de la cadena de islas. Los otros tres nativos asintieron y señalaron hacia el norte, parloteando.

—¿Cuántos japoneses huir? —preguntó Wellman.

—A nosotros no gustar japoneses. Malos. Coger pollos.

—¿Cuántos?

Lancelot se volvió hacia sus amigos, con aire desconcertado. Discutieron unos instantes en la complicada lengua nativa.

—¿Repetir, por favor?

—¿Cuántos? Números..., uno, dos, tres, cuatro... ¿Cuántos japoneses?

—Oh... Muchos miles.

Wellman tosió.

—No se excite, Wellman, no son de mucha ayuda.

—Muy contentos de que ingleses volver —dijo Lancelot.

—Nosotros no somos ingleses, Lancelot. Somos americanos.

—¿No ingleses? —dijo el joven, con expresión contrita.

—¿No ingleses? —repitieron los otros tres, como un eco.

—Nosotros buenos amigos de ingleses... Americanos... amigos de ingleses —dijo Huxley, agitando sus dos manos unidas.

—Y un carajo —murmuró Whistler por lo bajo.

—Dios salve al rey, ¿no? —preguntó Lancelot para asegurarse.

—Dios salve al rey, Dios salve al rey —repitió Huxley.

Sonrieron los cuatro.

—Nosotros ir juntos, ¿sí? Ayudar a encontrar japoneses malos.

Huxley se llevó a Wellman a un lado.

—¿Qué opina, comandante?

—Supongo que no hay inconveniente. Parecen buenos chicos.

—Está bien —dijo Huxley—. Os nombro exploradores nuestros. Pero debéis ser buenos chicos; si no, os mando a vuestro poblado. ¿Comprendéis?

—Nosotros coger cocos para americanos. Nosotros llevar cajas. Japoneses malos.

—De hecho —dijo Wellman—, quizá sean útiles en zonas de maleza y con las mareas.

—Sed buenos chicos —repitió Huxley.

—Oh, sí..., nosotros católicos... Ave María, ¿no?

Se volvieron hacia nosotros, sonriendo y moviendo la cabeza. Les hicimos ponerse en marcha. A mí me alegraba el hecho de que íbamos a echar de su atolón a los japoneses.

—Está bien, a formar, maldita sea. Rápido..., a la carretera.

No teniendo ahora a Jasco para las tareas de reconocimiento, era necesario destacar un pelotón de la compañía de vanguardia para que caminase a gran distancia por delante. Habíamos avanzado unos pocos cientos de metros, cuando el capitán Shapiro y su inseparable artillero McQuade se dirigieron, furiosos, a Huxley, a quien empujaron, literalmente, a un lado de la carretera.

—Eh, coronel —bramó Shapiro—, ¿qué es lo que pasa? Ayer puso en vanguardia a la compañía de Harper, hoy a la de Whistler. ¿Está reservando a la Fox la tarea de sepultureros?

—No te acalores, Max.

—Mis muchachos están siendo humillados, coronel.

—Según mis cálculos, Max, esta marcha durará tres días antes de que lleguemos a la última isla, Cora. Mañana te tocará a ti ocupar la vanguardia —guiñó un ojo a Shapiro.

—Entonces, más vale que Whistler no encuentre hoy ningún japonés.

—No te preocupes. Creo que los habrá de sobra.

—Bien, no lo olvide. Mañana tomamos la vanguardia.

Huxley sonrió mientras el corpulento y rollizo sargento y el menudo y rollizo capitán aguardaban en posición. Huxley confiaba en que la Compañía Fox fuese la que estableciera contacto con el enemigo. Había organizado la marcha de modo que resultara así. Esperaba que su maniobra con el impetuoso Shapiro diera entonces sus frutos. El pequeño capitán tenía los 160 hombres mejores y más duros que jamás había visto, aparte de las tropas de asalto. Shapiro se volvió de nuevo hacia él.

—Coronel, tiene que hacerme un favor.

—Lo escucho.

—Sea buena persona, y deje en el puesto de mando a ese tenientillo, Bryce, cuando empiece la acción, o mándelo a Bairiki en busca de provisiones.

—No tan alto, Max.

—Yo me he portado bien, ¿no, coronel? Sé que me asignó como ejecutivo al bastardo por puro cachondeo..., pero sea buena persona.

—Hablaremos de ello esta noche.

VI

El paisaje era muy semejante al del primer día, sólo que encontrábamos más indicios de la huida japonesa. Cada varios centenares de metros se veían grupos de chozas abandonadas en los claros próximos al sendero. Ahora no nos deteníamos a examinarlas ya. Empezamos a sudar al girar de este a noroeste en el extremo de isla Karen. Como salidos de la nada, más compañeros de Lancelot empezaron a aparecer al borde del camino y a unirse a la marcha. Fueron llegando solos y en pequeños grupos hasta que tuvimos más de cincuenta tipos yendo de un lado a otro a lo largo de la columna, charlando en plan de amigos, encantados de la gran aventura. Con los nativos llegaban también perros vagabundos. Estaban flacos y hambrientos; las costillas se les marcaban en la piel. Acabaron dándose el gran banquete con los bocados que marines compasivos les echaban de sus raciones durante las paradas.

Aunque íbamos sin mochilas, llevábamos dos cantimploras de agua, un botiquín de primeros auxilios, un machete, un cuchillo de soldado, una pala, un poncho, una brújula, doscientos cartuchos y cuatro granadas. Íbamos cargados también con el peso adicional de las radios y cambiábamos la carga cada quince minutos con el fin de mantener la máxima velocidad.

Fue un alivio cuando los nativos insistieron en turnarse para llevar las radios y el material pesado. Nos sentimos agradecidos, aunque no podían soportar durante más que unos pocos minutos seguidos el paso de Huxley y la presión de las correas sobre la piel desnuda. El ritmo de su vida era mucho más lento que el ritmo de Huxley en sus marchas.

Nos detuvimos por fin, exhaustos, mientras el capitán Whistler retrocedía corriendo hacia nosotros. Nos dejamos caer a un lado del camino, jadeando, y compartimos con los nativos unos cuantos tragos de agua y varios cigarrillos. Jubilosos por la recompensa recibida, aquéllos se pusieron a trepar por las palmeras cercanas y a dejar caer los cocos. Cuando hubo un montón de ellos en el suelo, empezaron a cortarlos por su parte superior con sorprendente destreza. El lechoso líquido estaba dulce y fresco en la refrigeración natural de las capas de suave corteza. El sabor era delicioso.

Whistler, Huxley, Wellman y Marlin se enjugaron los sudorosos rostros, se quitaron los cascos y encendieron un cigarrillo.

—Será mejor que venga a echar un vistazo, jefe —dijo el adusto capitán de la compañía Easy—. Estamos en el extremo de la isla, y hay unos sesenta metros de agua hasta la siguiente.

—¿Ha hecho cruzar a alguno de los muchachos?

—No, señor. Nos hemos detenido. No quería hacerlo sin permiso.

—Espero que no sea demasiado profundo. A partir de aquí vamos a encontrarnos con toda una serie de travesías similares. La mayoría de estas islas no tienen más de dos kilómetros. Tenemos que recorrer quince de ellas hoy. Vamos a echar un vistazo.

Huxley se volvió hacia el muchacho nativo.

—¡Eh, Lancelot! Ven conmigo.

—Sí, señor, sí, señor —respondió Lancelot.

Fue seguido de cerca por Ziltch, que sólo estaba esperando el momento oportuno para informar al nativo de que él, Ziltch, era el ayudante número uno.

Contemplaron el canal que discurría entre Karen y Lulu. Huxley consideró la situación. El agua estaba demasiado turbia para poder ver el fondo. El libro decía que no sería demasiado profunda, pero Huxley no confiaba del todo en el libro. Si había algún japonés emboscado en la espesa maleza de la orilla opuesta, sus hombres constituirían un blanco excelente mientras pasaban. Se volvió hacia Lancelot.

—¿Qué profundidad?

El nativo deliberó con varios otros, y uno de ellos señaló el pecho de Huxley.

—Cerca de 1'80 —murmuró Huxley.

Se quitó el cinturón del que pendía su pistola y se lo echó en torno al cuello. Sacó la cartera del bolsillo y la depositó en su casco.

—¿No cree que sería mejor enviar a algún otro? —preguntó Marlin.

Huxley no se dignó contestar. Hizo seña a Lancelot de que lo acompañase y señalara la mejor ruta posible. Los nativos cortaron varios palos largos.

—Cuando llegue al otro lado, enviad un pelotón. Yo les haré avanzar y los desplegaré por la isla como fuerza de cobertura. Si encontramos aguas profundas, que los hombres de más de 1'80 formen una cadena sobre el canal y pasen al otro lado las radios, ametralladoras, morteros y material telefónico. Todos los demás sostendrán su equipo con una mano y nadarán con la otra. El que no sepa nadar dependerá de los altos. Nos reunimos después en el otro lado... ¿Alguna pregunta?

—¿Qué tal esperar a que venga el bote neumático para que nos lleve el material pesado, señor?

—No podemos depender de él. Si nos topamos con los japoneses, más vale que lo tengamos todo listo. Además, esta maldita marea nos está frenando en realidad. El bote puede que no llegue hasta el anochecer. No quiero dar a los japoneses la oportunidad de atrincherarse. Hay que mantenerlos corriendo.

Huxley cogió a Lancelot de la mano y se internó en el agua. A los pocos metros, estaba sumergido hasta la cintura. Dos ametralladoras permanecían prestas a disparar contra la orilla opuesta. Huxley fue avanzando con lentitud, tanteando con cuidado antes de cada paso. Cada pocos metros, hundía en el fondo los largos palos a fin de señalar el camino menos profundo. En un momento dado se sumergió hasta la barbilla y se tambaleó. Lancelot recibió la orden de volver a nuestro lado.

El empapado cuerpo de Huxley empezó a emerger. Llegó a la otra orilla y corrió con rapidez a refugiarse tras un árbol: luego, escrutó la maleza que se extendía ante él. Regresó al borde del agua y nos hizo una seña.

—Primer Pelotón, adelante, rápido..., dejad la ametralladora.

Los fusileros se adentraron en el agua, avanzando hacia el primer palo señalador. Los hombres bajos comenzaron la tortura de nadar con un solo brazo mientras sostenían en alto con el otro sus riflos y equipo. Al poco rato llegaban a tierra y se dispersaban bajo las órdenes de Huxley para formar un piquete de protección.

—Todos los hombres de 1,80 —ordenó Whistler—. Seguid los postes señalizadores del canal.

La cadena humana formada en el agua gruñía bajo el peso que pasaba sobre sus cabezas. A su alrededor, vadeaban pelotón tras pelotón. Una granada se soltó de un cinturón sostenido en alto y cayó en el agua, haciendo brotar un surtidor. No resultó herido nadie. Varios muchachos se quedaron sin fuerzas y tuvieron que ser remolcados por otros que se mantenían atentos en el otro lado tras haberse despojado de todo el equipo y haber organizado un grupo de rescate.

Yo me sumergí en el agua hasta el cuello y solté una maldición al recordar que me había dejado el tabaco en los bolsillos del pantalón. Sostuve la carabina y el cinturón con la mano izquierda y empecé a avanzar venciendo la resistencia de la marea. Tenía cuidado de ir poniendo los pies junto a los postes señalizadores. Al fin, llegué a la otra orilla, medio desvanecido de cansancio.

Era una travesía dura. Cada hombre se arrastraba en la playa sacudiéndose como un perrillo, alternativamente frío por el remojón y acalorado por el esfuerzo y el sol.

Al cabo de casi una hora, el empapado batallón caminaba de nuevo por el que parecía interminable sendero, junto al lago. Las islas eran ahora más cortas, fraccionadas en rápida sucesión. Cada hora, o menos, nos veíamos obligados a repetir el proceso del cruce, hasta haberlo hecho otras seis veces más.

A mediodía, estábamos agotados. Teníamos los pies llenos de ampollas. Huxley pensaba que los japoneses, más bajos, lo estarían pasando mucho peor y no quería que aflojásemos la marcha. Nuestra persecución no debía darles descanso ni oportunidad alguna de preparar sus defensas.

—¡Eh! ¡Qué ciudad es ésta!

La carretera describía una curva desde el lago hacia el centro de la isla, y allí se encontraba el primer pueblo habitado. La vista de las primeras mujeres nos hizo babear. Hacía un mes que no veíamos una hembra de ninguna clase y no esperábamos, ni por lo más remoto, el delicioso espectáculo que se presentaba ante nosotros. Eran tan altas como sus hombres, de anchas caderas y fuertes piernas y, como ellos también, sólo llevaban telas de brillantes colores en torno a la cintura. Se acercaron con curiosidad a la carretera al pasar nosotros. Todos los ojos de la columna estaban clavados en ellas. Nunca había visto yo una tal exhibición de pechos desnudos, todos amplios, firmes y florecientes como frutas tropicales.

—¡Cristo!

—Me gustaría recorrer un kilómetro encima de ésa.

Las chicas reían y saludaban con la mano, y nosotros las saludábamos también y babeábamos.

—Cristo, no sabía que esa maldita cosa continuaba ahí. Supongo que todavía soy un hombre.

Si las chicas hubieran sabido que su presencia estaba causando semejante agitación entre nosotros, con seguridad que habrían desaparecido llenas de encolerizada vergüenza. La verdad es que nosotros pasamos prestando detenida atención a todas y cada una de ellas. Afortunadamente, las muchachas no entendían inglés.

Eran, sobre todo, las de catorce a dieciséis años las que causaban la mayor conmoción. Al parecer, el calor tropical las marchitaba hacia los veinte años de edad. Había unas cuantas viejas, arrugadas como rinocerontes, pnzudas y con el pelo blanco.

El paso a través de este pueblo añadió otros veinte nativos a nuestras filas. La rapidez de la marcha no nos molestaba tanto ahora que podíamos esperar entrar en otro poblado. Pasamos por varios más, cuyas dimensiones variaban desde doce chozas hasta un centenar. Y cada vez, los gilbertianos acudían corriendo a la carretera, saludaban, gritaban su bienvenida, intercambiaban sonrisas y cocos por cigarrillos y chicle. A menudo, un hombre más viejo se cuadraba rígidamente y ejecutaba un saludo inglés, manteniéndolo hasta que pasaba todo el batallón. A cada nueva travesía de isla a isla, encontrábamos la marea un poco más baja, hasta que a mediodía pasamos con el agua que nos llegaba sólo hasta la cintura.

Nos detuvimos a las afueras de un pueblo y se hizo circular la orden de que no entrásemos en las chozas ni tocásemos a ninguna mujer.

—¿Dónde estamos, Mac? —preguntó L.Q.

—Al principio de isla Nellie, el pueblo del gobierno.

Dejamos caer nuestros cascos y cinturones junto a la radio, cogimos las carabinas y nos dirigimos hacia el lago. Marion volvió la vista hacia el desparramado batallón y los nativos que trepaban a las palmeras para coger cocos.

—¿No es maravilloso? —dijo.

Me eché a reír.

—Auténtica aventura. Es un lugar precioso este atolón.

—Muy romántico —convine—. ¿Qué tal esas chicas al lado de Rae?

El rostro de Marion se tornó carmesí. Le di una palmada en la espalda.

—Debo admitir que miré —reconoció—, pero no creo que Rae tenga por qué preocuparse.

Al borde del agua, junto a un bosquecillo, había un hombre en cuclillas. En el suelo, a su lado, varios peces a los que estaba quitando las escamas. Parecía diferente de los nativos, con aire más bien de mulato, de piel atezada, con muchas pecas y delgado. Sus cabellos oscilaban entre rojo y blanco, y llevaba una camisa caqui, descoloridos pantalones cortos y sandalias. De sus labios colgaba una curvada pipa. Lucía una cuidada barba en punta. Me acerqué a él.

—¿Le importa que me siente aquí? Quiero decir, habla inglés, ¿no? —pregunté.

—Puede sentarse —respondió—. Es su isla y hablo inglés muy bien, gracias.

Hablaba con tono áspero, sin mirarme, y me hizo sentirme ridículo por mi pregunta.

—No quisiéramos molestarle, pero es que estamos esperando la llegada de un bote.

Me senté y abrí mi ración.

—Me llamo Marion Hodgkiss. Soy de Kansas. Es un Estado de América.

—Sí, produce mucho trigo —el hombre, todavía en cuclillas, dejó a un lado el pescado, se secó las manos en los pantalones y extendió una a Marion—. Yo me llamo Calvin MacIntosh —anunció, vaciando el tabaco de su pipa y guardándosela en el bolsillo del pecho.

—Encantado de conocerle, Mr. MacIntosh —dijo Marion.

—Yo también me llamo Mac —dije—. ¿Quiere probar una galleta con pasta de jamón?

—No, gracias —respondió el hombre con altivez.

Decidí ignorarle. Mary, en cambio, estaba intrigado con su descubrimiento y ansioso por sostener una conversación.

—Supongo que se alegran ustedes de vernos, ¿no?

El hombrecillo no respondió.

—Quiero decir —continuó Marion— que los japoneses les han debido de tratar mal.

—Todo lo contrario —respondió MacIntosh, cogiendo un pez y reanudando su labor de limpieza—. Las tropas del almirante Shibu estaban muy bien controladas y disciplinadas. Oh, sí, se llevaron los cerdos y las gallinas y mis libros y a los hombres blancos; pero, aparte de uno o dos incidentes, hemos sido tratados con severidad pero con justicia. Las mujeres que se llevaron estaban más que dispuestas a irse.

—Yo creo que los soldados regulares, los profesionales, cualquiera que sea el ejército en que estén, son bastante decentes. Éstos eran los mejores que tenía el emperador. Unos soldados excelentes —dije.

—Y nada dados a cometer las atrocidades que nuestro buen gobernador nos advirtió que caerían sobre nosotros —dijo MacIntosh.

—Muy interesante —murmuró Marion.

—Ética —dije yo—. Estos japoneses no eran como los del Canal. Como la diferencia que existe entre tú mismo y un recluta o un sustituto.

—Es desconcertante —dijo Marion—. Yo esperaba encontrar arrasado el atolón.

—No creas todo lo que dicen los periódicos —repuse.

Una vez más, traté de congraciarme con el hosco MacIntosh ofreciéndole un cigarrillo. Él enarcó las cejas y me miró por el rabillo del ojo. Le tentaba, pero era hombre orgulloso. Le puse el paquete delante de las narices y su orgullo fue vencido por sus evidentes ganas de fumar. Encendió el pitillo y pareció relajarse un poco. Se sentó en el suelo, con las rodillas levantadas contra el pecho y rodeándoselas con los brazos, y dio largas y profundas chupadas al cigarrillo mientras tendía la vista sobre el lago. Le metí en el bolsillo los otros dos cigarrillos del paquete sin hacer caso de su débil protesta.

—Los cigarrillos americanos son excelentes —dijo—. Los he probado una o dos veces antes de ahora.

—Mr. MacIntosh, espero que no me considere demasiado curioso, pero ha mencionado usted algo acerca de sus libros.

—Marion es escritor. Ha publicado cuatro relatos.

MacIntosh se miró el frágil y cetrino brazo y dijo, con tono suave:

—Como ve, soy mestizo. Mi madre vive en el pueblo. Tengo esposa y cuatro hijos. Los niños se parecen a mí.

—¿Y su padre?

—Un escocés. Un marinero. Antes de la guerra, los barcos nos visitaban cada varios meses para cargar copra. La adquirían a cambio de útiles de pesca, telas y cosas así. Aquí necesitamos poco y damos poco. Era toda una fiesta cuando llegaban los barcos. No resultaba nada raro que un marinero saltase a tierra, se quedara aquí y se casara con una nativa.

—¿Vive todavía?

—No lo sé. Se llevaron a los blancos cuando vinieron. No lo sé.

—Quizás acabe todo bien.

—Mi padre era un hombre inteligente, un universitario. El mundo lo aterraba. Siendo usted escritor, Mr. Hodgkiss, supongo que conoce el tipo. Tengo entendido que hay muchos libros sobre hombres así que huyen para encontrar un paraíso en el Pacífico. Un lugar al que escapar de las luchas de la civilización.

—Su padre escogió un lugar precioso —dije—. He visto casi todo el mundo, y no podría haber encontrado otro mejor.

—Mi padre me decía que nosotros éramos las únicas personas civilizadas del mundo. Creo que las dos últimas semanas le han dado la razón.

Tuve que sonreír ante su razonamiento. Quizá no estuviese tan equivocado. Después de todo, nosotros estábamos en su atolón con armas, persiguiendo a otros hombres, mientras que él se limitaba a quitar las escamas a sus pescados.

—¿Ha sentido alguna vez deseos de viajar? ¿A Escocia quizá?

El barbudo hombrecillo bajó la cabeza y se mordió el labio.

—Mi padre me decía que nunca saliera de Tarawa. Pero he viajado con frecuencia a su patria a través de él y de los libros.

Dejó caer la mano sobre la arena, y sus largos dedos trazaron unas rayas en ella.

—Aquí estoy protegido. Sé que un eurasiático no tiene ningún lugar..., bien, aquí los nativos me aceptan siempre y cuando me gane la vida. Enseño inglés a los chicos de la misión, pesco un poco. Al principio, no podía entender por qué los funcionarios británicos me trataban como lo hacían, con desprecio. Como si fuese un leproso en Bairiki. Mi padre me dijo una vez que se arrepentía de haberme traído al mundo..., un mestizo. Supongo que soy feliz. Para construir una casa, para comer, no tengo más que trepar a un árbol. Tengo una esposa encantadora. ¿Qué más puede desear un hombre?

—No sabe lo afortunado que es, amigo —dije.

—Eso decía siempre mi padre. Excepto cuando estaba borracho. Entonces me hablaba de las Highlands y de los gaiteros, y se escondía para llorar. Permanecía varios días oculto. Algún día recuperaré mis libros y gracias a ellos podré elevarme de nuevo sobre el horizonte.

—Yo tengo varios libros en mi mochila, en Helen.

—¿Helen?

—La isla principal.

—Betio —corrigió—. Ahora están ustedes en Aboaroko.

—Tengo varios libros. Se los traeré si tengo oportunidad. Me gustaría volver a verle si nos quedamos aquí. Cuando regrese a los Estados Unidos quizá pueda enviarle libros con regularidad.

Se le iluminó el rostro.

—¿Lo... lo haría de verdad?

—¿Qué le gusta leer? —preguntó Marion.

—Cualquier cosa, cualquier cosa. También leo alemán y francés.

Llegó Faro, jadeando.

—Eh, Mac. El oficial te llama. No podemos entendernos con el bote. Andy debe de estar transmitiendo con los pies.

Marion y yo nos levantamos y estrechamos la mano a Mr. MacIntosh.

—¿Le importaría hablar con nuestro coronel? —dije—. Quizá pueda usted darnos alguna información acerca de los japoneses.

—Me temo que no les voy a ser de ninguna utilidad —respondió con aire huraño—. Estaba dormido cuando pasaron. No deseo tomar parte en su guerra.

Los dos marines regresaron a la carretera, hacia donde se encontraba la radio, abriéndose paso por entre la multitud de nativos que llenaba el lugar. Keats estaba alterado.

—No podemos entender al bote —exclamó.

—Hay demasiadas piezas de metal en él —dije—, y quizá producen interferencias.

Keats se rascó la cabeza.

—Estamos preparados para marchar. Mac, tú y Marion tendréis que quedaros aquí con la radio y seguir intentando comunicar con ellos. Cuando lleguen, subid a bordo y hacedles que os lleven a la isla siguiente. Os estaremos esperando. Manteneos en contacto.

A los pocos momentos, el batallón se había marchado, dejándonos a Mary y a mí solos, pero rodeados de una pandilla de nativos. Intentamos contactar con la embarcación. Su señal era débil, y Andy no hacía más que pedir repetición. Cogí un voluntario para que accionase la manivela del generador.

El darle a la manivela resultó tan divertido que Marion tuvo que formar una cola ordenada para que cada nativo tuviera su turno. El bote elevó por fin su señal, y yo les di instrucciones. Estaban a varios kilómetros de distancia, y pasaría por lo menos una hora antes de que llegaran hasta nosotros. Marion y yo desmontamos el aparato, lo guardamos y esperamos mientras tratábamos de excusarnos de comer los cien cocos abiertos que fueron colocados ante nosotros.

Habrían pasado unos quince minutos cuando un chiquillo irrumpió corriendo en el grupo, gritando y señalando hacia el lado de la isla que daba al océano.

—¡Japoneses…, japoneses! —repetía.

Nos pusimos en pie de un salto, cogimos nuestras carabinas e hicimos gesto de que se apartaran a los nativos que se apiñaban detrás de nosotros. Seguimos al chico a través de la maleza. En un pequeño claro, se detuvo y volvió a señalar.

Tres japoneses se hallaban rodeados por una multitud de irritados nativos que empuñaban palos y piedras. Los japoneses estaban desarmados y sangraban a consecuencia de los golpes que les estaban infligiendo. Marion y yo nos abrimos paso por entre la multitud y tratamos de aplacar la creciente ira de los gilbertianos. Un nativo se disponía a arrojar una piedra. Le puse la carabina debajo de la nariz, y sólo entonces comprendieron que íbamos en serio. Lentamente, todavía gritando y agitando sus garrotes, ensancharon el círculo. Nos situamos ante los cautivos. Uno era un muchacho barbilampiño, los otros dos lucían unas descuidadas perillas. Los tres estaban andrajosos y evidentemente fatigados, sedientos y hambrientos. Nos hacieron varias reverencias. Dos de ellos sonrieron apaciguadoramente, el otro permaneció impasible.

—¿Alguno de vosotros habla inglés? —pregunté.

Su respuesta fue una repetición de las reverencias.

—Poned las manos encima de la cabeza —ordené, y señalé—. ¡Las dos manos! Está bien, de rodillas. Cúbreme, Mary, voy a registrarlos.

Les quité las descoloridas y malolientes chaquetas y registré sus bolsillos. Por el rabillo del ojo divisé a un nativo que agitaba un rifle japonés en su dirección.

—Coge ese rifle, Marion.

Sin dejar de cubrirme, se dirigió hacia el nativo y le pidió el arma. El nativo hizo caso omiso. Marion se lo arrebató.

—Vamos a hacer prisioneros a estos hombres —grité a la multitud—. Tenemos que interrogarles.

Se elevó un murmullo, y varios nativos que hablaban inglés asintieron con la cabeza y se lo explicaron a los otros.

—Eh, Mary. Aquí, Caravinagre, es oficial. Le he encontrado unos mapas.

—Estupendo. Espero que estos tipos no nos creen complicaciones hasta que lleguen Danny y Andy.

—Pide una cuerda.

Dos chiquillos fueron enviados a las chozas.

—Bien —ladré—, en pie. Levantad las manos. Vosotros, abrid paso…, apartaos.

Avanzamos con cuidado por entre la multitud, tratando de evitar un choque. Yo caminaba delante de los prisioneros, abriendo paso, y Marion detrás. De pronto, una muchacha echó a correr en mi dirección. Traté de detenerla, pero ella me sorteó y le echó los brazos al cuello al oficial japonés.

La agarré y la aparté. Cayó al suelo, sollozando y gritando histéricamente. La multitud desvió su ira de los japoneses a la mujer postrada. Comenzaron a lanzarle pullas e iniciaron un canto que no presagiaba nada bueno. Varios nativos corrieron hacia ella y la aguijonearon con sus palos.

Marion se volvió para ayudarla.

—No te metas, Mary. No es cosa nuestra.

—Pero no podemos dejar que la maten.

Agarré a un nativo que estaba a mi lado.

—Hablas inglés?

—Sí.

—¿Dónde están las Hermanas, la misión…, viven todavía?

—Hermana vivir. Padre morir.

—¿Dónde están?

Señaló hacia isla Taratai, al norte.

—Coge un bote y llama a las Hermanas. Tráelas aquí rápido o te corto la lengua. ¿Entendido?

—Sí.

—Pues date prisa.

Echó a correr. Me introduje entre la multitud y elegí a dos de los ejemplares más corpulentos que pude encontrar.

—Vosotros, ¿habláis inglés?

Uno lo hablaba.

—Mantened arrestada a esta chica. Llevadla a una choza y retenedla hasta que lleguen las Hermanas. —Los nativos se echaron hacia atrás—. Si no obedecéis, lo vais a pasar mal.

Lancé un disparo al aire. El súbito estampido detuvo los preparativos del linchamiento.

—Ella no buena. Vivir con japonés. Ella no buena.

—Haced lo que digo. Volveré mañana. Más vale que siga viva.

Se la llevaron de mala gana. La mujer continuaba gritando, con el rostro contorsionado en una expresión de sufrimiento.

Me sentí aliviado cuando llegamos con nuestros prisioneros a la playa. Volvieron los dos chicos con la cuerda y atamos de pies y manos a los japoneses y les hicimos tenderse al borde del agua. A varios cientos de metros de distancia al sur, vi el bote que se aproximaba.

—Mary, hazles señales con el heliógrafo.

Mientras Marion se dirigía hacia la radio, el oficial se volvió hacia mí.

—Usted es sargento, ¿no? —dijo.

—Creía que no sabía usted hablar inglés.

—De soldado a soldado se lo ruego. Déjeme su cuchillo.

—¿No es un poco tarde para hacerse el hara-kiri? Si quería suicidarse, ha tenido toda la semana para ello.

—Sólo he conservado la vida por la muchacha. Le ruego... págueme un tiro entonces.

Meneé la cabeza. Lamentaba verme mezclado en el desdichado asunto. La embarcación anfibia se dirigió en línea recta hacia la costa. Su motor rugió al emerger del agua y avanzar sobre el coral.

—Eh, mirad a esos tíos —gritó Andy mientras se detenía el motor.

—Mac, bastardo. ¿Quieres decir que te has estado paseando todo el día y nos has hecho venir a nosotros en este cacharro? —exclamó Danny.

—¿Tenéis un pitillo? —pregunté.

—Desde luego, Mac —dijo Danny, saltando a tierra—. Tenemos toda una caja entera. Suficiente para el batallón. Andy y yo. Hemos separado ya dos paquetes por barba para el pelotón. ¿Qué diablos tenéis ahí?

—Prisioneros. Los nativos los han hecho bajar de los árboles a pedradas.

—Uno es oficial —dijo Marion.

Les desaté las piernas y les ordené subir a la embarcación.

—Entrad y echaos en el suelo. Si intentáis escapar, no os voy a pegar un tiro, pero tendré que golpearos hasta haceros perder el conocimiento..., así que tengamos la fiesta en paz.

Fue cargada la radio y subimos a bordo Marion y yo.

—No te alejes de la costa, piloto. El batallón está en la isla siguiente. Danny, escucha con atención.

El motor se puso en marcha con ensordecedor rugido y el vehículo anfibio giró sobre sí mismo con tal violencia que caímos todos al suelo.

—Mañana no me hagas subir a este maldito cacharro. Le revuelve a uno el estómago —murmuró Danny, con voz quebrada.

Yo había realizado muchos viajes accidentados en mis tiempos. Una vez, incluso, en Oregón, había intentado montar un caballo salvaje durante un rodeo, estando borracho, claro. Pero nunca había visto nada parecido a esto. El vehículo, carente por completo de suspensión, rebotaba y se tambaleaba sin piedad mientras avanzaba sobre el coral y a través de aguas poco profundas. Llegó, finalmente, a una zona de más calado y enfiló hacia el norte.

En la costa, a unos doscientos metros de distancia, divisamos a los nativos del gran poblado, alineados junto a la orilla y agitando la mano. Nos aproximamos todo lo que nos fue posible sin llegar a tocar el coral e intercambiamos saludos con ellos. Luego, continuamos navegando.

A la puesta del sol vi un heliógrafo que nos hacía señales desde tierra. Huxley había hecho avanzar el batallón a lo largo de tres islas, en lugar de una sola. El vivac ocupaba un espacio pequeño, no más de unos cuantos metros cuadrados. Con gran ruido, el vehículo anfibio tocó tierra y se detuvo. Al saltar, se me doblaban las rodillas. El viaje en la batidora me dejó con la sensación de ser un tazón de nata batida.

—Empezad a trabajar y descargad el rancho —nos saludó Huxley.

—Señor —dijo el piloto—, sólo hemos podido traer ración C. Dos por cabeza para mañana. Me temo que no habrá suficiente para esta noche. He hecho todo lo que he podido.

—¿Qué pasa con esa gente de Bairiki? —preguntó Huxley, con un bufido.

—Lo siento, señor —dijo el piloto.

—No es culpa tuya, hijo. Cuando establezcas contacto por radio con Sarah, avísame. Quiero hablar con ellos.

—A la orden, señor.

Entregué los prisioneros a LeForce, fui alabado, descargué las radios y me dispuse a reunirme con el pelotón.

Al borde mismo del agua había dos chozas. El puesto de mando había sido instalado en ellas. Las radios compartían una choza con un centro de mensajes y el botiquín de primeros auxilios, mientras que Huxley y su plana mayor estaban en la otra. La carretera pasaba junto a las chozas, dejando poco sitio para dormir junto a ellas. Al otro lado de la carretera había un gran claro, en el que la compañía se hallaba cavando. El suelo era blando una vez que se atravesaba la capa superior. Yo cavé mi hoyo con Burnside y dejé en él mi equipo; después, volví a la radio para ver si Spanish Joe había establecido contacto con Sarah. Como estábamos a la orilla del agua y no había obstáculos entre Bairiki y nosotros, recibíamos y transmitíamos con toda claridad.

Huxley se dejó caer de rodillas para entrar en el bajo albergue de techo de bálago. Le siguieron Doc Kyser, el piloto del vehículo anfibio y el teniente LeForce.

—Siento que no hayamos podido sacarles nada a los prisioneros —dijo LeForce.

—Yo calculo que serán unos trescientos —dijo Huxley.

—Lo averiguaremos mañana —respondió LeForce.

Huxley se volvió hacia Spanish Joe, que manipulaba la radio.

—¿Estás en contacto con Sarah?

—Sí, señor.

—¿Hay posibilidad de hablar con ellos por micro?

—Creo que sí, señor.

—Diles que se ponga el comandante de la isla.

Spanish Joe se quitó los auriculares, y Huxley se los puso.

—Háganos una señal cuando quiera hablar —dijo Joe.

—Aló, Sarah. ¿Es el comandante? Aquí, Huxley, Lincoln Blanco. ¿Qué pasa con vosotros? He pedido municiones y plasma, y no he recibido ninguna de las dos cosas.

—Lo siento, Huxley. Tenemos aquí un lío terrible. El material ha ido a Helen por error. ¿Cómo están las cosas por ahí? ¿Han encontrado algo?

—Esperamos llegar a Cora mañana al atardecer. Quiero devolver esta noche el anfibio para que podamos tener el material cuando contactemos mañana con el enemigo.

—Aló, Lincoln Blanco. Tendrán que aplazar el ataque hasta que podamos hacer llegar allí los suministros.

Huxley farfulló un juramento. Nos hizo seña de que accionáramos de nuevo el generador.

—Aló, Sarah. Voy a hacer una revisión de lo que necesitamos y a comunicarlo por radio. Quiero que el material esté listo cuando venga el anfibio, y más vale que no haya confusiones, ¿entendido?

—Aló, Lincoln Blanco. ¿Con quién diablos se cree que está hablando, Huxley?

—Aló, Sarah. Me importa un carajo, aunque esté hablando con el mismísimo Doug MacArthur. Tengan listos los suministros..., cambio y corto.

Huxley devolvió los auriculares a Spanish Joe.

El sargento Paris entró en la choza, jadeante.

—Señor, hemos encontrado el pelotón de Jasco.

—¿Están muertos?

—Sí, señor, los diez, junto al océano.

Salimos corriendo detrás de Paris a través del claro y descendiendo hacia la orilla. Se internó entre la maleza, y los vimos. Los muchachos de Jasco yacían tendidos, grotescamente rígidos, como figuras de un museo de cera, en la postura en que estaban al morir. El operador de radio permanecía erguido, con los auriculares puestos y la mano sobre el mando de la destrozada radio. El hombre del generador estaba apoyado contra un árbol, y sus dedos agarraban la manivela del generador. Pasamos entre ellos en silencio.

—Por lo menos, los japoneses no los han mutilado —murmuró Huxley—. LeForce, organice el entierro. Haga abrir unas tumbas junto al claro. Asegúrese de que quedan adecuadamente identificados. Tráigame una lista de las pertenencias personales.

—A la orden, señor —dijo LeForce, de forma casi inaudible.

Me alejé de allí. Después de tantos años en el Cuerpo, debería haberme vuelto inmune a la vista de la sangre, pero siempre que veía un hombre muerto, sobre todo si era un marine, me ponía enfermo. Hice una profunda inspiración y maldije unas cuantas veces para aliviar el golpeteo que me martilleaba el pecho. Pensé en un grupo de personas sentadas en un cuarto de estar, dolientes y llorosas. Siempre me pasaba igual.

Volví los ojos hacia el cielo. Como salida de la nada, llegó desde el océano una monstruosa nube negra y se levantó un fuerte viento. Luego, como si se hubiera elevado una compuerta, el cielo se abrió en un torrente de lluvia.

—Que el capitán Whistler doble la guardia. Esto es tiempo japonés —dijo Huxley.

El teniente Bryce había permanecido agazapado entre la maleza, viendo cómo la última paletada de coral era arrojada por fin sobre las tumbas del pelotón de Jasco y toscas cruces de madera eran hundidas en el suelo.

Se dejó caer, se mordió las uñas y se encogió, sollozando histéricamente. La noche era oscura y lluviosa. Miró a su alrededor. Aquellos hombres muertos..., aquellos cuerpos rígidos...

Voy a morir..., vamos a morir todos. Flotaremos en el agua como los hombres del lago. Huxley quiere que yo muera... ¡Shapiro me matará! ¡Él me matará! Quieren darse muerte a sí mismos como los hombres del lago..., como se matan los enemigos a sí mismos. Tengo que vivir... Tengo que decirle al mundo que los marines viven bañados en sangre. ¡Sangre! ¡Sangre! Una isla..., otra y otra..., nunca terminará. Mañana nos enfrentaremos con los japoneses y moriremos todos. Tengo que vivir. Me esconderé..., sí, eso es. Volveré. Los nativos me esconderán... Diré que me he perdido. Huxley no podrá hacerme nada entonces..., no le dejarán que me toque.

Se arrastró hacia la carretera, apoyándose sobre las manos y las rodillas.

—¡Alto! ¿Quién va?

Bryce se puso en pie de un salto y corrió hacia la carretera.

¡*Crac!* Silbó una bala en el aire.

Bryce cayó a tierra, arrastrándose sobre el barro.

—¡No dispares..., no dispares!

Golpeaba el suelo con los puños y gritaba y escarbaba en el barro como si quisiera cavar un hoyo. Doc Kyser y Huxley echaron a correr en su dirección. El médico gritó a los demás que se quedaran donde estaban.

Huxley saltó sobre Bryce y le sujetó los brazos a la espalda. El hombre se revolvió como un tigre. Rodaron por el suelo. Bryce manoteaba como si sus dedos fuesen garras. Huxley se puso en pie. El teniente, desvanecidas sus fuerzas, se arrastró de rodillas y rodeó con sus brazos las piernas de Huxley.

—No me mate... ¡Por Dios, no me mate!

Rodó sobre el barro, emitiendo sofocadas risitas. Huxley le miró durante unos instantes. Meneó la cabeza y rechinó los dientes.

—Está completamente loco —dijo Kyser.

—Pobre diablo —dijo Huxley—. La culpa es mía.

—Tanto como puede serlo la culpa de que haya guerra.

Kyser se volvió hacia los hombres.

—Traed una cuerda y atadlo. Metedlo en una choza vacía y poned un guardián... Vamos a dormir, Sam.

—Sí, parece que la lluvia está amainando un poco.

VII

A la mañana siguiente el capitán Shapiro y el sargento de Artillería MacQuade marcharon por la carretera seguidos de la Compañía Fox.

—Eh, culo blando —gritó MacQuade a Burnside—. Te llamaré cuando hayamos echado a todos los japoneses.

—Vete al diablo —respondió Burside.

A los pocos minutos, la vanguardia se internaba en el canal hacia la isla siguiente. Yo me dirigí cojeando hacia mi equipo, contento ante la idea de que pronto terminaría la marcha.

Los nativos, que habían tenido el buen sentido de cobijarse de la lluvia y se habían esfumado la noche anterior, reaparecieron en mayor número aún al ponerse en marcha la columna. Era bueno tenerlos de nuevo con nosotros. Este último día iba a ser duro. La vida despreocupada a bordo del barco, nuestros saltos de isla en isla durante el avance sobre Betio y ahora esta marcha al estilo Huxley..., todo ello estaba afectando a los hombres. Fue descendiendo sobre nosotros una solemne tensión mientras avanzábamos en dirección norte, a lo largo del sendero que corría junto al lago.

Atravesamos más poblados, pero la novedad de los pechos desnudos había acabado derivando en pasiva admiración. Lo que ahora nos interesaba era la misión que teníamos entre manos.

Al atardecer llegamos al centro de isla Molly..., Taratai. Nos encontramos con las Hermanas de la Orden del Sagrado Corazón. Huxley nos hizo detenernos el tiempo suficiente para recibir sus bendiciones y señalarles el lugar donde habíamos enterrado al pelotón de Jasco.

Mientras atravesábamos Molly, divisamos nuestro objetivo: el final del atolón de Tarawa, Cora, isla Muariki se iba aproximando, dos islas más allá. La compañía de Shapiro estaba ya cerca de la isla. Se hizo un sombrío silencio mientras los «Putas de Huxley» se inclinaban hacia delante para avivar el paso. El sudor, el peso, eran igual que antes. Pasaban rápidamente ante nosotros las palmeras, y cada paso nos aproximaba más hacia el enemigo que huía. Teníamos ya un ejército mitad marine y mitad gilbertiano. La excitación derivada de la cercanía del momento de entrar en acción me humedecía las palmas de las manos mientras avanzaba hacia el canal que pondría fin a nuestra travesía.

Llegó un mensajero de la Compañía Fox.

—¡Señor, tenemos a Cora justamente delante!

Huxley levantó la mano para que se detuviera el batallón.

—Diga al capitán Shapiro que se presente a mí inmediatamente.

—Ya ha llevado consigo a la Compañía Fox, señor. Se han desplegado y le están esperando a usted.

El rostro de Huxley enrojeció.

—¡Le dije que no cruzase!

Wellman sonrió.

—Sabía usted muy bien que lo haría.

—Está bien. En pie, muchachos. Hemos llegado.

Vadeamos hasta Cora como si camináramos sobre brasas ardientes. Pusimos por fin pie en ella, no sin cierta confusa inquietud..., era una isla cuyo territorio compartían una colonia de leprosos y los japoneses. No había comenzado ninguna lucha. Quizá hubieran decidido echarse a nadar, o quizás habían sido evacuados por un submarino. Permanecimos esperando en tensión mientras la Compañía Fox enviaba una patrulla tierra adentro de la isla.

No aparecía enemigo alguno por ninguna parte. Aquello no me gustaba. Avanzamos rápidos y en silencio hasta la estrecha cintura de la isla. En aquel punto no habría más de cien metros desde el lago hasta el océano. La maleza era muy espesa. Mostraba señales de no haber sido habitada en muchos años. Las escasas chozas estaban llenas de agujeros y despedían olor a moho y a podredumbre. Después de esta angosta parte central, la isla se ensanchaba de pronto hasta una anchura de kilómetro y medio como las varillas de un abanico. La parte ancha que teníamos delante se parecía a la jungla de Guadalcanal. Era tarde ya. Nos detuvimos y establecimos el campamento.

Unos cientos de metros más allá de la estrecha cintura, antes de que terminara el abanico, la Compañía Fox se desplegó desde el océano hasta el lago y cavó sus posiciones.

Pusimos en funcionamiento las tres radios, con Sarah y el vehículo anfibio, con el destructor y con el servicio de protección aérea. Nos instalamos junto al agua del lago. Sarah quedaba al sur, a unas veinticinco millas de distancia en línea recta. El batallón había recorrido más de 75 kilómetros y cruzado 25 islas. Seguía sin verse ningún japonés.

Comimos nerviosamente una lata de cerdo con guisantes, galletas, azúcar en terrones y café frío. Shapiro, McQuade y Paris vinieron al puesto de mando con nosotros.

—¿Qué te parece, Max? —preguntó Huxley.

—Me desconcierta. No hay ni rastro de ellos.

—No me gusta. No me gusta nada —dijo Wellman.

—No he podido encontrar nada, ni siquiera huellas de pisadas —dijo Paris.

Huxley reflexionó mientras daba chupadas a su cigarrillo.

—¿Cuál es tu posición, Max?

—Estamos desplegados a la perfección, desde el lago hasta el océano. La anchura es allí de unos 75 metros nada más. Es justo donde empieza a ensancharse la isla.

—Será mejor que actuemos sobre seguro. Enviaré el resto de las ametralladoras del batallón por si intentan algo. Marlin, haz que el capitán Harper sitúe la Compañía George detrás de la Fox. Max, en cuanto oscurezca manda una patrulla a que explore el abanico.

—¿Hasta qué distancia quiere que vayamos?

—No te incluyas. Tú no sales esta noche, Max.

—Oh, diablos, coronel.

—Manda al teniente Rackley, él tiene ojos en la nuca. McQuade y Paris, id vosotros también. Llegad todo lo lejos que podáis. Captad la configuración del terreno. En cuanto establezcáis contacto con ellos, largaos.

—A la orden, señor —dijeron McQuade y Paris.

—Será mejor que utilicemos una contraseña esta noche.

—¿Qué tal *Helen*? —sugirió Wellman.

—Helen, de acuerdo. Informad a los demás.

Los servidores de ametralladoras de las otras compañías estaban ya rebasando nuestra línea, camino del frente. Shapiro se puso el casco sobre el pelo, que ahora siempre estaba impregnado de barro.

—Si empezáis a luchar, no debéis emplear a la Compañía Fox sin orden mía, ¿entendido, Max? —Shapiro asintió—. Artillero, tienda una línea telefónica hasta aquí.

—A la orden, señor.

Estaba oscureciendo con rapidez. Hicimos una última revisión de nuestras armas, y entonces, como salidos de la nada, mujeres y niños nativos empezaron a penetrar con timidez en nuestro vivac. Al principio, nos asustó la idea de que pudieran ser leprosos, pero se nos aseguró que la colonia no existía desde la marcha de los ingleses, varios años atrás. Los nativos parecían estar de muy buen humor. Era la primera ocasión que teníamos de sentarnos a charlar. Bajo la severa mirada de los oficiales, nos acercamos a las mujeres. Al poco tiempo, un grupo de ellas empezó a cantar, y el campamento entero se congregó a su alrededor. Las primeras sombras de la noche eran iluminadas por una enorme luna blanca que asomaba sobre el lago. Las robustas y atractivas mujeres entonaron una vieja canción, tan antigua quizá como el tiempo mismo. Su primitiva armonía, nacida del puro amor a la música, nos impresionó. Aplaudimos y pedimos más. Aceptaron nuestros ofrecimientos de chiclé y cigarrillos y volvieron a cantar. Cada nueva canción producía una melodía de armonía bellísima. El coro resbalaba sobre las inmóviles aguas, mientras el grupo de andrajosos marines permanecía como en trance. Luego, sus voces se fundieron en una melodía familiar para nosotros, y cantaron con sus propias palabras el cántico que nosotros conocíamos.

> *Oh, venid todos los fieles,*
> *alegres y triunfantes,*
> *Oh, venid, venid...*

Unas voces ahogadas me hicieron ponerme de pie empuñando mi carabina. Burnside se levantó con un cuchillo en la mano. Me costó abrir los ojos, hinchados por las picaduras de mosquitos. Vi que Pedro y Doc Kyser se acercaban por la carretera. Detrás de ellos venían MacQuade y tres camillas. De una de ellas llegaban gemidos. El coronel Huxley saltó fuera de su agujero, seguido, como siempre, por Ziltch.

—La patrulla —murmuró Burnside.

—El de esa camilla es Paris —dije.

—Dejadlos ahí. Pedro, trae el plasma.

Pedro se inclinó sobre el gimiente marine y miró su tarjeta de identificación.

—Tipo O, tenemos varios litros, rápido.

—De acuerdo.

—Ponles sulfamidas y venda a esos otros dos —ordenó Kyser a otro sanitario.

—A la orden, señor.

Reconocí en el angustiado muchacho a un cabo, un jefe de pelotón de Alabama. Estaba muy mal, con un balazo en el estómago. Kyser lo llevó a un sitio en el que tuviera más luz para hacer la transfusión.

—Espero que no nos quedemos sin plasma antes de que detengamos la hemorragia —murmuró Doc.

Paris y los otros hombres aceptaron sin dificultad su tratamiento. El sargento de información se incorporó y sonrió débilmente. Pedro le dio un trago de coñac para reanimarle.

—¿Dónde te han dado? —pregunté.

Levantó la mano derecha. Tenía amputados cuatro dedos.

—¿Puedes hablar, Paris? —preguntó Huxley.

—Estoy bien, señor. —Huxley se arrodilló junto a la camilla, mientras Paris relataba lo ocurrido—. Avanzamos unos doscientos metros hasta donde la isla empieza a ensancharse. En el centro mismo hay un claro y un amplio campamento. Contamos treinta chozas y una torre de observación junto al océano. El campamento tiene numerosas rocas grandes y proporciona buena protección. Lo atravesamos, estaba desierto. Hay unos cincuenta metros de terreno despejado, y luego empieza la maleza.

Es terriblemente espesa. Los japoneses nos estaban esperando ocultos en la vegetación. Ni siquiera los vimos.

Paris hizo una mueca de dolor mientras Pedro le aplicaba un torniquete en la muñeca. Hizo ademán de rascarse la barba con los muñones de los dedos, luego bajó la mano con lentitud y se la quedó mirando.

—Buen trabajo. Tranquilo, muchacho.

—Gracias, señor.

—¿Dónde está el teniente Rackley?

—Muerto —respondió McQuade—. Le dieron en plena cabeza. Tuvimos que dejarle para ayudar a volver a los otros.

—Lástima. ¿En cuánto calcula su fuerza, McQuade?

—Yo diría que tenían por lo menos dos ametralladoras en esa espesura, y disparaban como si les sobrasen las municiones.

Huxley emitió un leve silbido.

—¿Qué anchura tiene allí la isla?

—Mucha. Quinientos metros quizá. El campamento se extiende desde el centro de la isla hasta el océano. Del lado del lago todo es jungla.

Huxley se volvió hacia su plana mayor.

—Wellman, hable por teléfono con Shapiro. Que lleve la Compañía Fox a ese campamento abandonado y tome posiciones a las cinco en punto. Contacte con Harper y ordénele situar la Compañía George en el flanco, avanzar lentamente por el lado del lago y tome posiciones cuando su línea se encuentre con Fox. Dígale que la vegetación es muy espesa.

—¿Y si contraatacan?

—No creo que lo hagan. Tratarán de hacerse fuertes en la espesura, más allá del campamento. Creo que podemos avanzar hasta el campamento con relativa seguridad.

—¿Tiene idea de cómo vamos a atacarles después del claro?

—Nos ocuparemos de eso mañana. Quiero echarle un vistazo a la luz del día —se volvió hacia McQuade—. Será mejor que se quede aquí esta noche.

—Preferiría volver con Max..., quiero decir, con el capitán Shapiro. Está tan furioso que lo más probable es que se lance contra ellos esta noche si no voy yo a calmarle.

Huxley sonrió mientras el hombre se ajustaba el cinturón y echaba a andar hacia la Compañía Fox.

—Artillero.

—¿Sí, señor?

—Comunique por radio con el destructor. Quiero que estén en el lago, lo más cerca de la orilla que puedan. Llame también a Bairiki y pídales que envíen lanchas de desembarco para que podamos transportar los heridos hasta el destructor.

—A la orden, señor.

Un terrible picor me mantuvo despierto toda la noche. No tardaron en hinchárseme las manos bajo el impacto de cien picaduras de mosquitos. A cada picotazo, me incorporaba y veía a Huxley sentado al borde del agua, inmóvil, con las rodillas levantadas y rodeadas con los brazos, cabeceando levemente. A la madrugada, salí de mi hoyo y me dirigí hacia él. El resto del campamento dormía, a excepción del sanitario y el que hacía guardia junto a la radio.

—¿Le importa que me siente, señor?

—Oh, hola, Mac.

Miré a mi alrededor y vi a Ziltch, apoyado contra un árbol a diez metros de distancia, sin perder de vista a su jefe.

—¿Cómo le ha ido al muchacho de la herida en el estómago, señor?

—Ha muerto..., no había plasma suficiente. Tenía una madre viuda con otros tres hijos en el servicio. Uno de ellos se hundió en el *Saratoga.*

Parecía extraño que, con la carga de ochocientos hombres bajo su mando, se preocupase tanto por la pérdida de uno.

—Bonito sitio hemos elegido. Estos mosquitos están insoportables esta noche, señor.

—¿No sería mejor que durmieses un poco, Mac?

—No puedo. Le he visto a usted levantado y he pensado si se encontraría bien.

—Siempre he dicho que serías un capellán excelente..., ve a dormir.

—A la orden, señor.

Volví a mi infestado agujero y me acurruqué junto a Burnside. Por primera vez, sentía compasión por Sam Huxley.

Marion y Faro estaban en el botiquín. Mary no podía abrir los ojos, y el indio tenía la cara deformada. Se les aseguró que su estado era transitorio y que podrían unirse a nosotros cuando estuviéramos listos para avanzar. Marion tenía los ojos tan hinchados que la carne de sus párpados había desbordado por encima de sus gafas, que quedaban, así, incrustadas en su cara.

Se reunieron con el pelotón en torno a las radios y esperaron órdenes. Se oía a cierta distancia rumor de tiroteo mientras avanzaban las Compañías Fox y George.

—Sí, señor, sí, señor. Tendrás tu uniforme azul cuando llegues a San Diego, firma aquí —parloteó L.Q.

—Ojalá no nos dieran tanta comida. Un hombre no puede luchar como es debido atracándose de esa manera. —No había habido desayuno.

Cuatro heridos llegaron andando por la carretera por su propio pie y preguntaron por el botiquín.

—¿Cómo están las cosas por allá? —preguntó Andy.

—Bastante difíciles.

Llegaron luego media docena de camillas tensadas bajo sus ensangrentadas cargas.

—Parece que vamos a tener una larga lista de bajas. Otro par de horas, y podremos reunirnos con la división.

Una monja de blancos hábitos se acercó a Doc Kyser.

—¿Tiene usted el mando aquí? —preguntó.

—Sí, soy el doctor Kyser, hermana.

—Yo soy sor Joan Claude, madre superiora de la Misión. Quisiera ofrecerle nuestros servicios para atender a los heridos.

El ajetreado doctor lanzó un suspiro.

—Disculpe el juego de palabras, hermana, pero es usted la respuesta a una oración. ¿Saben ustedes algo de Medicina?

—Cuidar enfermos es una de nuestras obligaciones, doctor.

—¿Cuántas son?

—Diez.

—Excelente, así podremos enviar al frente a los sanitarios. ¡Pedro!

—Sí, señor.

—Que todos los sanitarios vengan inmediatamente para asignarles nuevo destino. Son ustedes muy amables.

—Nos alegra ser útiles.

Huxley, Marlin y Ziltch se agazaparon detrás de unos árboles al aproximarse a la zona de la Compañía Fox. Los hombres que tenían delante se hallaban diseminados por el campamento japonés abandonado, detrás de rocas, árboles y en protegidas chozas. Zumbaban en el aire las balas que iban y venían de la espesura existente más allá del campamento.

—Mensajero —llamó Huxley.

La petición de un mensajero recorrió la línea hasta que un marine saltó de detrás de una roca y zigzagueó hasta llegar junto a Huxley, perseguido por un reguero de balas.

—¿Dónde está Shapiro?

—¿Cómo diablos voy a saberlo? —respondió el mensajero—. Ese hombre es imprevisible.

—Llévanos a tu puesto de mando —ordenó Huxley.

El mensajero se tendió en el suelo y se arrastró hasta la roca siguiente e hizo seña de que le siguieran. Uno a uno, reptaron tras él. Luego, corrió a cobijarse detrás de otra, y tableteó una ametralladora desde la espesura. Huxley se lanzó a toda velocidad hacia el nuevo cobijo. Pasaron unos instantes antes de que Ziltch y Marlin pudieran seguirles. Marlin se zambulló de cabeza sobre ellos, luego llegó Ziltch. El ordenanza tropezó y cayó en campo abierto. Huxley saltó como un rayo y le arrastró literalmente hasta la protección de la roca.

—La cosa está que arde, maldita sea —bramó Marlin.

—Hay montones de ellos en la maleza —dijo Huxley.

El mensajero señaló una choza de techo de bálago situada a unos cincuenta metros del océano. Estaba rodeada de árboles por el lado que daba hacia los japoneses y ofrecía una barrera natural. Tras los árboles, un pelotón de fusileros protegía el puesto de mando. Se pusieron en pie de un salto, atravesaron a toda velocidad el espacio despejado y llegaron, jadeantes, a la choza. El sargento McQuade se hallaba tumbado de espaldas, con las piernas cruzadas y las rodillas levantadas, fumando un cigarrillo y mirando al techo.

—Lamento interrumpir su siesta, McQuade —resopló Huxley.

—Hola, Sam —dijo McQuade, prescindiendo de formalismos militares en atención a las balas que silbaban en el aire.

—¿Dónde está Shapiro?

—Ha ido a reforzar la línea. Volverá dentro de unos minutos.

Huxley soltó un bufido de impaciencia mientras escrutaba el boscaje que se extendía ante la choza. La Compañía Fox estaba inmovilizada. Atacar a los japoneses cuando ni siquiera podían verlos podría suponer perder toda la compañía. Un mensajero corrió hacia la gruta, cayó, se levantó y entró.

—Casi me dan —jadeó—. Estamos trayendo el teléfono.

—Tended un fuego de cobertura —gritó Huxley a los que estaban fuera—. Haced que se agazapen, hay uno de teléfonos intentando venir. ¿Tienen un mortero aquí sus hombres, McQuade?

—Nos quedamos sin morteros una hora después de empezar.

—¡Maldita sea!

El hombre del teléfono se agachó, con el carrete de cable colgando de la mano mientras esperaba la señal de avanzar hacia el puesto de mando. Se inició el fuego de cobertura. Huxley hizo una señal, y el hombre se lanzó como un tanque a través del campo, desenrollando el cable tras de sí. Se zambulló en la seguridad de la choza, cortó el cable del carrete y cogió el teléfono de campaña que llevaba sujeto al cuello. Con gestos rápidos y precisos peló el cable y conectó los extremos al teléfono. Insertó el conmutador de mariposa y sopló en el receptor. Accionó la manivela.

—Aló Lincoln Blanco, aquí puesto de mando Fox.

—Aló Fox, aquí Lincoln Blanco.

El hombre sonrió y se relajó mientras entregaba el teléfono a Huxley.

—Aló Wellman, aquí Huxley. ¿Qué noticias hay por ahí?

—Hola, Sam. A la Compañía George la están machacando, está teniendo muchas bajas. Aquí, en el botiquín, habrá ahora cuarenta o cincuenta heridos. Harper dice que se ha internado en la jungla e intenta conectar un flanco con la Compañía Fox, pero su posición es vulnerable. Si Fox logra echarlos de esa espesura, Harper podrá avanzar. ¿Puedes adelantar a la Fox, Sam?

—Sería un suicidio. Hay aquí un trecho de terreno despejado, y ni siquiera podemos verlos.

—Espera un momento, Sam. Ahora llega un mensajero de la Compañía George.

—¿Dónde diablos está Shapiro? —murmuró Huxley, mientras esperaba a Wellman.

—Aló, Sam..., ¿sigues ahí?

—Sí, adelante.

—La Compañía George está inmovilizada. Los japoneses los están cazando uno a uno. ¿Quieres que le diga a Whistler que lleve a alguna parte a la Compañía Easy?

—Resiste ahí. Dile a Harper que aguante lo mejor que pueda. Te llamaré cuando podamos idear la forma de desalojar a esos bastardos. A propósito, ¿hay noticias del vehículo anfibio?

—Está todavía a un par de horas.

—¿Qué tal se portan los heridos?

—Magníficamente. No hay gritos ni quejas. Las monjas de la misión están actuando de enfermeras. Están haciendo un buen trabajo, dadas las circunstancias.

Huxley colgó el teléfono justo a tiempo de ver la inconfundible figura achaparrada del menudo capitán de la Fox caminando hacia la choza a varios metros de distancia.

—El maldito imbécil, lo van a acribillar —dijo Marlin.

—¡Cúbrete, Max! —gritó Huxley.

Los hombres que se encontraban en el puesto de mando contemplaron horrorizados la escena. Max Shapiro caminaba por entre el diluvio de plomo con la misma despreocupación que si estuviera paseando por un parque un domingo por la mañana. Huxley se frotó los ojos, sin dar casi crédito a lo que veía. El capitán estaba actuando como si fuese una imagen sagrada o algo inviolable. La leyenda de Dos Rifles Shapiro era reflejo auténtico de la realidad. Su aparición tuvo un efecto mágico e inyectó ánimos a sus hombres. Caminaba de roca en roca y de árbol en árbol, dando a sus muchachos una palmada en la espalda como si les estuviera aleccionando para un partido de rugby. Su mala visión a través de los gruesos cristales de sus gafas se tornó viva y cristalina. Huxley no podía decidir si era sobrehumano o si estaba loco. Ningún ser humano podía ser tan absolutamente temerario. Huxley contempló cómo se paseaba por el claro mientras silbaban las balas a su alrededor.

—Eh, vosotros —exclamó Shapiro—, ¿queréis ganaros un corazón de púrpura?

—Diablos, no, Max.

—Entonces, más vale que mováis el culo, porque hay un francotirador a quince metros detrás de vosotros, en aquel árbol. Apunta bien, hijo, no desperdicies balas.

—De acuerdo, Max.

Entró en la choza, se enjugó el sudor de la cara y cogió un cigarrillo del bolsillo superior de McQuade. Cogió luego de sus labios el pitillo que éste estaba fumando y encendió con él el suyo.

—Hola, Sam —dijo.

—Puede que te creas gracioso, Max, pero si me entero de otra exhibición como ésa...

—Oh, tranquilo, Sam. Esos tipejos no le acertarían a un elefante a tres pasos de distancia.

—¿Has visto a Harper?

—Sí —respondió Shapiro, limpiándose las gafas—. Alguien debería darle una caja de chiclés. Lleva una semana mascando el mismo bocado. Acabarán cayéndosele los dientes.

Sus desenfadados modales parecieron aliviar la tensión.

—Bueno, ¿cómo van las cosas? —preguntó Huxley.

—Nada bien. No podemos conectar con la Compañía George, y los están achicharrando. Son como moscas en esa maleza, quizá todo un batallón, y están largando plomo como si tuvieran un auténtico depósito de municiones. No me gusta..., si seguimos disparándoles a ciegas, van a acabar con nosotros.

—Maldita sea —dijo Huxley—, no tenemos municiones suficientes para mantener eso.

—Tal vez debamos pedir por radio apoyo artillero al destructor —sugirió Marlin.

—No. Estamos ya unos encima de otros. Un pequeño error en una de las andanadas, y nos darían a nosotros, y el apoyo aéreo sería más peligroso aún.

Shapiro asomó la cabeza fuera de la choza.

—Eh, vosotros —llamó a los fusileros situados tras los árboles, que cubrían el puesto de mando—, ¿no os dais cuenta de cuándo os están disparando desde arriba? Rociad las copas de esos árboles de la derecha.

Volvió a meter la cabeza.

—Por lo que a mí me parece, jefe, la vegetación en que se esconden no tendrá más de unos cincuenta metros de profundidad. Si logramos atravesarla, podemos hacerlos retroceder hasta el claro siguiente. Eso aliviará la presión que ejercen sobre Harper y conectará las líneas.

—¿Cómo? —dijo Huxley—. No podemos atacarlos ahí.

—Sam —dijo excitadamente Marlin—, ¿por qué no nos retiramos hasta la mañana y dejamos que el destructor se las entienda con ellos? Quizá podamos reducirlos por hambre en dos o tres días y cogerlos prisioneros a todos.

El rostro de Huxley adquirió una tonalidad purpúrea. Por un momento, pareció como si fuera a escupirle a su oficial de operaciones. Marlin retrocedió.

—Esos nipones están tan fatigados como nosotros —dijo Shapiro—. Tal vez podamos inducirlos a atacarnos.

—No caerán en una trampa así.

—Han estado hostigándonos toda la maldita guerra. Si dejamos de disparar y empezamos a gritar, puede que se lancen a un intento banzai. Si seguimos como hasta ahora, nos quedaremos sin hombres y sin municiones antes de que podamos movernos. Tenemos que hacer algo, y pronto.

Huxley reflexionó. Tenía pocos hombres, y las bajas iban aumentando. Debía hacerlos salir de aquella espesura antes de que oscureciese o exponerse a sufrir un ataque nocturno. Estaban intentando resistir más tiempo que él y mantener su superior posición. Sí, había que hacer algo heterodoxo...

—De acuerdo, Max, vamos a intentarlo.

Accionó la manivela del teléfono.

—Wellman, aquí Sam. Que Harper resista a toda costa. Vamos a intentar atraer a los nipones a campo abierto. Si salen, Whistler debe mover sus muchachos por delante de nosotros a esa espesura. No debe acudir en ayuda de la Compañía Fox, sino rebasarnos y avanzar, ¿comprendido?

—Sí, Sam. Buena suerte.

—Es curioso —comentó Shapiro—. Ed Coleman utilizaba el mismo truco, Sam. Te había subestimado.

Huxley hizo caso omiso del cumplido.

—Mensajero.

—Sí, señor.

—Sal y haz circular la orden de alto el fuego excepto contra blancos visibles. Tienen que limitarse a permanecer allí y empezar a gritar, y diles que griten alto, claro y que sean insultantes. Si los japoneses atacan, que aguanten hasta que lleguen hasta nuestra posición y, entonces, que usen las bayonetas.

—A la orden, señor.

El mensajero cogió su casco y salió corriendo de la choza. La orden circuló de boca en boca por el campo. Detrás de rocas y árboles, los hombres de la Compañía Fox fueron calando las bayonetas y sus rifles quedaron silenciosos. Empuñaron con fuerza sus armas y clavaron la vista en la verde masa de vegetación que se alzaba ante ellos. De pronto, los rifles japoneses dejaron de disparar. El cambio los había cogido desprevenidos; temían una trampa. Se oyó un débil murmullo de farfulladas voces. Max Shapiro salió de la choza e hizo bocina con las manos delante de la boca.

—¡Eh, Tojo! —gritó—. Sois unos piojosos bastardos. ¡Parece que los buitres van a tener esta noche un banquete de carne japonesa!

—¡Asomad la cara, bastardos de tripa amarilla!

—Toma un trago, japonés. —Fue arrojado contra la espesura un coco, al que siguieron decenas de ellos.

—Apunta bien, Tojo. —Un marine asomó la cabeza por detrás de una roca. Una bala pasó silbando cerca de él.

Huxley observaba ansiosamente la escena mientras se lanzaba la andanada de palabras. Luego, todo quedó en silencio. Sólo se veía la nubecilla de humo de un cigarrillo. Sopló una leve brisa por el campo. El fantasmal silencio continuó durante diez minutos. Luego, un extraño canto se elevó de la línea de marines:

> *¿Pensaste alguna vez,*
> *al paso de un ataúd,*
> *que el próximo podrías ser tú...?*

No había alegría en las voces fundidas en el coro que hendía el pegajoso calor de la tarde. Era un canto trémulo y sudoroso que brotaba de los labios de hombres agazapados y enroscados como serpientes.

> *Entran reptando los gusanos,*
> *los gusanos salen reptando...*

El capitán Shapiro dio un paso fuera de la choza y ordenó silencio con un gesto. Varios francotiradores dispararon contra él. Encendió un cigarrillo, escupió en dirección a la espesura y volvió al interior de la choza.

—¿Qué le parece? —preguntó Marlin.

—No sé —respondió Huxley—. Actúan como aturdidos, como si esperasen ser atacados desde otra dirección y nosotros estuviéramos ganando tiempo.

De pronto, se elevó de la espesura un fuerte rumor de voces, una discusión, al ver los japoneses a la Compañía de Whistler avanzar por detrás del campo. ¡Estaban desorientados! Las voces aumentaron en intensidad.

—No disparéis —circuló la consigna por la Compañía Fox.

Se separaron varios matorrales, y un oficial japonés salió al claro, tambaleándose como un borracho. Avanzó con lentitud y cautela dos pasos en dirección a los marines.

—Está cargado de saké —murmuró Marlin.

—Excelente.

Los ojos del pequeño oriental brillaban como los de una rata. El mortal silencio le forzó a gritar para apuntalar su valor.

—¡Marine morir!

Agitó el puño. No obtuvo respuesta...

—¡Marine morir! —gritó con más fuerza.

Desenvainó su espada de samurai y la hizo girar sobre su cabeza. Saltó de un lado a otro, maldiciendo y despotricando. Shapiro le tiró una piedra, y se refugió de nuevo en la espesura. Los ruidos que brotaban de ella aumentaron de intensidad. El iracundo enemigo estaba tratando de enardecerse, eso era evidente.

—Se van calentando..., estad preparados. Mensajero, vuelve donde está el capitán Whistler y que se apreste al ataque.

Una violenta batahola de gritos resonó en la espesura, y, por fin, el iracundo enemigo salió al claro, destrozados sus nervios por la persecución, el miedo y, ahora, la espera. Cargaron detrás de sus oficiales, con sus largos rifles apuntando al suelo y reluciendo las bayonetas, con enloquecidos aullidos en sus labios sudorosos y hambrientos y violencia en los ojos.

Shapiro se situó inmediatamente al frente de la Compañía Fox. La distancia entre él y el enemigo se iba acortando.

—¡Al ataque! —gritó, disparando a bocajarro las dos famosas pistolas contra la enloquecida masa de hombres.

Las tenazas de la muerte inevitable, cerrándose sobre ellos durante una semana, habían convertido a los soldados japoneses en jóvenes maníacos. Los marines saltaron de sus escondrijos y se lanzaron, aullando también, al ataque. El aire se llenó de gritos que helaban la sangre en las venas, mientras los hombres se enzarzaban en mortal combate. Gritos salvajes, sibilante acero y carne golpeando contra carne.

La Compañía Fox actuaba en equipos, en los que cada hombre disponía de otro que le protegiese. Las enfrentadas líneas se combaron bajo el impacto del choque frontal. Exclamaciones contenidas, gritos y gemidos al hundirse las bayonetas en sus blancos. El seco chasquido de un cráneo al ser partido por la culata de un rifle. Furia desbocada mientras los combatientes se abalanzaban unos contra otros.

La Compañía Easy del capitán Whistler rebasó a toda velocidad la escena de la encarnizada lucha y se adentró en la espesura. Los japoneses que quedaban cayeron entonces en absoluta confusión, y disparaban, no sólo contra los marines, sino también contra sus propios camaradas.

—¡Cuerpo a tierra, Sam! —gritó Ziltch.

Un japonés se abalanzó, empuñando un cuchillo, contra la espalda de Huxley. El coronel se tiró al suelo y se escabulló del japonés. El menudo ordenanza saltó sobre él como un gato, forcejeando con violencia sobre el suelo de coral para desviar la punta del cuchillo. Inmovilizó el brazo del japonés, mientras Huxley golpeaba una y otra vez con su pistola la cara del oriental. Con un último y agónico grito, el hombre quedó inmóvil al fin. Huxley apartó la vista del cuerpo y ayudó a Ziltch a ponerse en pie.

—¿Estás bien, hijo?

—Perfectamente, jefe.

—Buen muchacho.

La furia japonesa de hacía un momento se convirtió en horrible matanza. No había ya rival para Shapiro y sus hombres. Los marines continuaron acosándolos hasta acorralarlos, y la carnicería prosiguió. Eran abatidos sin piedad. El suelo estaba abarrotado de cadáveres y los gemidos de los heridos no hacían sino atraer una rápida bala, hasta que hubo muerto el último japonés.

Mi pelotón estaba junto a las radios todavía, atentos a cada palabra que circulaba por el teléfono con el que el comandante Wellman daba órdenes a la retaguardia... La Compañía How, la reserva, estaba reunida cerca de nosotros en pelotones de fusileros. Cuando llegase un mensajero pidiendo refuerzos, avanzaría un pelotón de How.

—¡Hemos pasado! —gritó Wellman por el teléfono—. Desplazad el puesto de mando al campo abandonado.

—Desmontad el TBX, rápido —ordenó el suboficial.

Antes de que hubiera terminado de decirlo, un hombre de la sección de teléfonos había cortado ya las líneas y estaba avanzando. Echamos nuestros aparatos en sus toscas cajas y al momento nos vimos sitiados por voluntarios nativos ansiosos de llevarlas.

—Lo siento —dijo Keats—, no podéis ir allá. Demasiado cerca..., bang, bang. Os quedáis y traéis agua y heridos, ¿eh?

Trotamos a lo largo del camino, jadeando bajo nuestra carga, y llegamos al campo en que la Compañía Fox acababa de combatir hacía unos momentos. Pasando por encima de los cadáveres, nos dirigimos al antiguo puesto de mando de la Fox e instalamos allí el puesto de mando del batallón. No había un solo marine tendido en el campo, sólo japoneses. Nuestros heridos habían sido evacuados todos. A nuestro alrededor había un constante crepitar de disparos y explosiones de granadas mientras las compañías Easy y George recorrían la jungla dando buena cuenta de los últimos focos de resistencia.

—¡Comunicad por radio con Sarah y el anfibio! —gritó Keats.

Montamos un aparato en menos de dos minutos e hice señas al indio de que accionase el generador.

—¡Maldita sea —exclamó Faro—, se ha roto el generador!

—Monta otro, rápido.

—Burnside —grité—, desmonta las otras dos radios. Tendremos que montar una que funcione.

—¡Aprisa, maldita sea, aprisa!

—Faro, Levin. Andy, Danny..., id a quitarnos de encima a esos francotiradores. Mary, échame una mano aquí.

Burnside, Marion y yo abrimos las cajas y cambiamos desesperadamente cables, válvulas y baterías, tratando de encontrar una combinación que funcionara a partir de las tres radios. Keats iba desde el centro de mensajes hasta la centralita, y volvía, en frenético círculo, aguijoneándonos. Por fin, hice señas para efectuar una prueba y me puse los auriculares. Percibí una serie de débiles sonidos. No podía descifrarlos, pero por el espaciamiento de las señales me di cuenta de que procedían de Macuto.

—Ya los tengo, dale otra vez a la manivela.

Repetí el mensaje y pedí una llamada de prueba. Apenas si podía distinguir las letras.

—Sólo las capto una a una. No sé si estamos logrando contacto.

—¡Cuerpo a tierra!

Tiré la radio al suelo y me eché sobre ella, justo a tiempo para sentir la sacudida de la onda explosiva de una granada...

—¡Quitad de ahí esa radio! —rugió Huxley.

—Vamos al lago —grité, cogiendo la caja de la batería—. Mandaré aquí un mensajero cuando estemos en contacto. Vamos, muchachos, hay que mover el culo.

El pelotón recogió el aparato y echó a correr detrás de mí, por entre los disparos de los francotiradores, en dirección a la retaguardia de la Compañía George.

En la orilla del agua montamos la radio e hicimos una prueba con el vehículo anfibio. Estaba bastante cerca, y podíamos oírnos con claridad. Doc Kyser se me acercó, corriendo con gran ímpetu.

—Mac, ¿a qué distancia está el anfibio?

—Aún no lo sé, Doc..., no podemos verlos.

—Si no nos traen pronto plasma, no va a quedar con vida ni uno de los muchachos. Tenemos casi doscientos heridos.

—Estamos haciendo todo lo que podemos —dije.

—¡Tengo las manos atadas! ¡No puedo dejarlos morir!

—¡Silencio, maldita sea! —ordené. En la radio, Levin había captado una llamada de Macuto.

—Quieren nuestra posición —gritó Levin—. Están sólo a un par de millas al sur.

—¡Faro!

—¡Sí!

—Vuelve al puesto de mando y coge nuestra posición exacta.

—De acuerdo. —Y salió corriendo.

Wellman nos vio y se precipitó a la carretera.

—¿Hay noticias del anfibio? Hemos desorganizado a los japoneses, pero no podemos seguirlos, nos hemos quedado casi sin municiones.

—Estarán aquí dentro de una hora.

—¿Antes no?

—Necesitaré primero esos suministros médicos...

—Tendré que pediros que abandonéis la zona —grité a Wellman y Kyser—. Ya estamos teniendo dificultades con la radio, no podemos hacer nada en absoluto con vosotros encima.

Los dos oficiales, estupefactos al principio por la orden, se retiraron sumisos del punto en que Levin trabajaba con sus auriculares.

—¡Mira! ¡Allí está el anfibio!

Cogí los prismáticos de Burnside y los apunté hacia el lago. Sumergido casi bajo el agua, divisé un objeto cuadrado y gris que iba avanzando con lentitud. Calculé que se estaría moviendo a unos tres nudos y se encontraba a unos tres kilómetros de distancia.

—¡Mensajero! —llamó Wellamy al otro lado de la carretera—. Llame al comandante Pagan y haga que todos los hombres de la Compañía se apresten a formar un grupo de trabajo. Quiero que la mitad de ellos descarguen y la otra mitad lleven municiones al frente. Que haya hombres preparados para evacuar a los heridos hasta la lancha de desembarco que espera en el arrecife. Kyser, prepare los casos críticos para su traslado al destructor... ¡Mac!

—Sí.

—Contacta con el destructor y que se preparen para recibir a los heridos. Que la lancha de desembarco se acerque todo lo más que pueda a la orilla.

—A la orden, señor.

Anoté el mensaje y Levin lo transmitió mientras Speedy y Marion accionaban el generador con todas sus fuerzas.

—Silencio —pidió Levin. Apuntó un mensaje y me gritó—: El anfibio pide de nuevo nuestra posición.

—Maldita sea, ¿dónde está ese indio?

En las prisas por salir del puesto de mando y contactar con el anfibio, yo no había observado demasiado bien la nueva posición. La radio estaba instalada en la playa, cerca de un pequeño núcleo de maleza. Yo había dado por supuesto que se encontraban a doscientos metros por detrás de la Compañía George y que el terreno se hallaba despejado. Estaba equivocado.

Me sobresalté al oír un chasquido procedente de la maleza. La caja del transmisor de radio se partió por la mitad y cayó, luego el generador se derrumbó del árbol en que lo habían colocado. Los japoneses estaban disparando a bocajarro sobre el grupo con un arma automática. Nos tiramos todos al suelo y disparamos a ciegas contra los matorrales.

—¡Lárgate de ahí, Levin!

Corrió a refugiarse. La radio estaba destrozada. Volví la vista sobre el agua. El vehículo anfibio estaba más cerca y su velocidad era mayor de la que yo había calculado. Quizá le estaba ayudando la impredecible marea. Marion y yo nos agazapamos a cubierto, haciendo fuego con nuestras armas. Yo no podía ver nada..., los japoneses estaban muy bien ocultos. Por el rabillo del ojo vi a Jake Levin incorporarse y echar a correr. *¡Amarillo hijo de puta!* Demasiado ocupado para perseguirle ahora.

—¡Jefe! *¡Cuerpo a tierra!* —gritó Danny, mientras el indio se precipitaba hacia nosotros desde el puesto de mando. Se tiró al suelo detrás del tronco de un árbol caído.

—No me llames jefe —gritó.

Burnside se me acercó a rastras, mientras cargaba de nuevo su carabina.

—Se han cargado la radio. Las otras no funcionan.

—Dime algo que no sepa —repuse.

—¿Qué vamos a hacer?

—Quizá deba ponerte un tanque en el culo y mandarte encima de ellos.

—No tiene ninguna gracia. Estamos en una situación apurada...

—No puede haber ahí más de media docena de tíos. Tendremos que resistir e impedirles que lleguen hasta los heridos.

Speedy Gray corrió hasta donde estábamos, por entre las ráfagas japonesas.

—¿Qué diablos es esto? —exclamé—. ¿La Gran Estación Central?

—Tenía que verte, Mac. El anfibio se está yendo demasiado hacia el norte. Se está metiendo de cabeza en las líneas japonesas.

—¡Oh, Dios mío!

—¿Qué vas a hacer, Burnside?

—Tenemos que hacerlos venir aquí.

—No puedo verlo ahora. Está a unos doscientos metros.

—Rápido, ¿dónde están las banderas de señales?

—En el puesto de mando.

—Cúbreme. Voy a ir hasta el agua —dije, quitándome la camisa—. Voy a tratar de advertirles.

—No dará resultado.

—¡Tenemos que detenerlos! ¡Están yéndose derechos a territorio japonés!

—¡Cubridme! —gritó una voz a mi espalda.

Era Levin. Había vuelto al puesto de mando para coger un reflector de señales cuando fue destruida la radio. Había previsto el problema. Cerré los ojos, avergonzado al máximo de lo que había pensado momentos antes.

—¡Levin va por la carretera!

—Cubridle.

Levin saltó por encima de la destrozada radio y se agachó al amparo de la barrera de protección que tendimos con nuestros disparos. Se arrodilló en la playa y dirigió el reflector hacia la embarcación. Su dedo marcó puntos y rayas con verdadera desesperación. Agitó el reflector a un lado y a otro para llamar su atención al tiempo que gritaba con fuerza.

Brotó humo de la maleza cuando los japoneses lo vieron.

—¡Levin!

Se dobló sobre sí mismo, sin dejar de accionar el botón del reflector. Cayó de bruces, brotándole sangre de la cara, pero continuó haciendo señales. Las balas acribillaron su cuerpo.

¡El anfibio viró! Giró en redondo. Macuto había recibido el mensaje.

Burnside, Speedy y yo nos pusimos en pie de un salto y corrimos hacia el postrado muchacho que yacía tendido a medias en el agua. Speedy y yo lo cogimos, mientras Burnside permanecía erguido y lanzaba granadas contra la espesura. Lo llevamos a cubierto. Yo me agaché y le rasgué la camisa.

—¡Dios! —exclamó Speedy, volviéndose ante el horrible espectáculo.

—¡Sanitario! ¡Sanitario! ¡Sanitario!

Speedy dejó de vomitar.

—Yo le llevaré...

Levantó a Levin en brazos, apartando los ojos para no ver el estómago, desgarrado de forma tan terrible.

—¡A por ellos! —grité.

Y el pelotón se lanzó detrás de mí, animado de un ansia violenta de matar.

El tejano se aproximó al lugar en que yacía la larga fila de heridos. Un grupo de trabajo descargó el precioso plasma del vehículo anfibio.

Se estaban administrando cien improvisadas transfusiones. Otros hombres corrían encorvados bajo el peso de bandoleras de munición y cajas de morteros y granadas. Una monja, con el hábito salpicado de sangre, atendía a Speedy, tendiendo un poncho en el suelo.

—Trae al médico de inmediato —dijo la religiosa.

Cuando Speedy volvió con Kyser, la monja estaba arrodillada junto al ensangrentado cuerpo de Levy, rezando. Kyser echó un vistazo, meneó la cabeza y se fue a atender a otra monja que le llamaba.

—Lo siento, hijo —dijo la religiosa con tono de consuelo.

—¿Está todavía...?

—Sí, pero sólo por muy poco tiempo —respondió ella.

—Escuche..., él es... es mi compañero..., ¿podría quedarme?

—Sí, hijo.

Speedy se quitó el casco y se sentó junto a Levin. Vació su cantimplora en un andrajoso pañuelo y enjugó el sudor de la frente de Levin. Al sentir el contacto de la fría tela, los ojos de Jake se abrieron con trabajo.

—Hola, Speedy —murmuró con voz débil.

—¿Cómo te encuentras?

—Regular. ¿Qué ha ocurrido? ¿Se ha vuelto el anfibio?

—Sí.

—Eso es estupendo.

—Van a evacuarte dentro de un par de minutos —mintió Speedy.

Levin sonrió. Alargó una mano vacilante y el tejano se la cogió.

—Agárrame la mano..., ¿quieres, Speedy?

—Claro.

—Speedy...

—¿Sí?

Atrajo hacia sí a Speedy hasta que su boca tocó casi el oído del tejano.

—No..., no dejes que los muchachos... Yo quiero una Estrella de David... A mi viejo le daría un ataque si me pusieran una cruz...

Me acerqué a Speedy. Estaba allí sentado, cogiendo la mano de Levin, aunque el rostro de éste se hallaba ya cubierto por el poncho.

—Hemos pasado —murmuré.

Traté de ofrecer a Speedy un cigarrillo. Él levantó la vista hacia mí e intentó hablar. Tenía el dolor reflejado en el rostro.

—No estaba resentido contigo, Speedy. nunca lo estuvo... Erais camaradas.

Speedy estaba temblando convulsivamente.

—Adelante, muchacho. Desahógate, te sentirás mejor después.

Se separó de mí y echó a correr en dirección a una choza abandonada.

Volví la vista hacia la carretera. Llegaba otra camilla. En ella se hallaba tendido Burnside. Tenía los ojos abiertos y vidriosos.

—Burny —susurré.

—Estar muerto —dijo el camillero nativo, que continuó, jadeante, su marcha.

Antes de que hubieran transcurrido veinticuatro horas desde el primer disparo en isla Cora, había tocado a su fin la batalla por la posesión de Tarawa.

Me dejé caer en el suelo, demasiado exhausto para pensar. A mi alrededor estaba sentado el batallón, y sólo se oían apagados susurros, como los susurros de los muchachos que habían estado en Betio hacía una semana. Me parecía como si hubiera una nube suspendida en el aire. Oía todo, pero era como escucharlo a través de una niebla. Se podía oír el golpeteo contra el coral del equipo encargado de cavar las tumbas. *Clanc*, luego el susurro de la arena cayendo de una pala para llenar un hoyo... y otro... y otro. El anfibio iba y venía hasta la barrera de arrecifes, donde la lancha de desembarco esperaba para transportar a los heridos hasta el destructor.

Vi a través de la niebla a Sam Huxley y Kyser, macilentos, hablando con una de las monjas.

—No sé cómo podemos agradecerles todo lo que han hecho.

—Nos alegra haber sido útiles, coronel.

—No sé qué habríamos hecho sin ustedes.

—Los nativos construirán un hermoso cementerio para sus valientes hombres y nosotras nos encargaremos de que permanezca bien cuidado. Se lo prometo. Rezaremos por sus almas.

—Gracias, sor Joan. ¿Qué podemos hacer por ustedes? ¿Qué necesitan aquí? Nos encantaría enviar algo.

—No se preocupe por eso, hijo. Está usted muy cansado.

—Recibirá noticias nuestras, se lo prometo.

—Coronel Huxley.

—¿Sí, hermana?

—Sobre los japoneses muertos..., ¿lo harían sus hombres?

—Me temo que no. Comprendo sus sentimientos, pero estamos en guerra, hágase cargo.

—Muy bien. Los nativos cavarán sus tumbas.

Volví la vista hacia la carretera y vi los restos de la Compañía Fox, que regresaban renqueando. A su frente marchaba Shapiro, con un puro entre los dientes y una expresión de triunfo en el rostro mientras se dirigía hacia Huxley para informar del fin de la resistencia. McQuade iba a su lado, con la camisa hecha jirones y el enorme vientre desbordando por encima de su cinturón.

—¿Dónde está ese culo blando de Burnside? —rugió McQuade—. Ya puede salir de su agujero. La lucha ha terminado.

Keats se acercó a él, le pasó un brazo por los hombros y le murmuró algo. McQuade se paró en seco y giró sobre sí mismo. Permaneció unos instantes inmóvil, aturdido. Keats le dio unas palmadas en la espalda y, luego, se quitó el casco y caminó con lentitud hacia los sepultureros, hacia la larga línea de cuerpos que esperaban ser depositados en su último lecho.

—Mac.

Me puse en pie.

—¿Sí, señor?

—¿Funciona alguna radio? —preguntó Huxley.

—La del anfibio, señor.

—La próxima vez que venga, transmite este mensaje.
—A la orden, señor.

ENEMIGO CONTACTADO Y DESTRUIDO EN ISLA CORA CON
ESTA FECHA. BAJAS JAPONESAS: CUATROCIENTOS VEINTI-
TRÉS MUERTOS. HERIDOS: NINGUNO. CAPTURADOS: NIN-
GUNO. NUESTRAS BAJAS: NOVENTA Y OCHO MUERTOS. DOS-
CIENTOS TRECE HERIDOS. EL ATOLÓN DE TARAWA ESTÁ
CONQUISTADO. FIRMADO, SAMUEL HUXLEY, TENIENTE CO-
RONEL, COMANDANTE DEL SEGUNDO BATALLÓN DEL SEXTO
DE MARINES.

VIII

Los «Putas de Huxley» volvían a ser una fuerza de guarnición. No
bien habíamos puesto pie en isla Bairiki, antes conocida como Sarah,
cuando Huxley nos recordó que éramos marines. En cuestión de días,
habíamos establecido un campamento inmaculado. Cada colilla era recogida, las trincheras eran cavadas en filas rectilíneas, formábamos or-
denadamente para pasar lista, para los grupos de trabajo, para el rancho
y para revista. Nos afeitamos, nos bañamos y todos fuimos volviendo,
poco a poco, al seno de la especie humana. Cuando llegaron de Helen
nuestras mochilas fue como encontrarse con un viejo amigo. Éramos
los únicos marines que había en el atolón y no se había previsto una
revisión de nuestras andrajosas ropas. Se nos ordenó que permaneciéra-
mos siempre vestidos, ya que las moscas contenían una nueva especie
de veneno, la fiebre del dengue.

Cavamos un profundo refugio para una nueva radio, organizamos
equipos de béisbol. L. Q. publicó un periódico diario compuesto por
boletines de las Fuerzas Armadas y nos dispusimos a afrontar, en general, el aburrimiento de la inacción.

Me sorprendió la rapidez con que Tarawa fue convertido en una importante base de ataque. La pista de aterrizaje de Betio fue construida
a toda velocidad y, a diario, surgían nuevas instalaciones a lo largo de
la cadena de islas.

A un hombre menos capaz que Huxley le habría costado mantenernos bajo control. Pero en Sarah nos encontrábamos aislados, con la
única ocupación del rancho asqueroso, los destrozados uniformes y el
duro lecho de coral.

No era éste el caso de la Compañía Fox. La unidad de Shapiro fue
enviada varias islas más allá, junto a una batería defensiva, y muy cerca
de la nueva pista de aterrizaje y del centro de actividad. Lo que los
hombres de Shapiro les hicieron al Ejército y al batallón de construcciones navales nos vengó más que de sobra al resto que nos encontrábamos
en Bairiki.

No bien hubo sido elegido el lugar de acampada de la Fox, los hombres comenzaron a acosar a los de construcciones junto al aeródromo de Lulu. Lo primero que cogieron fueron catres y colchones para ellos. Con el fin de no ser descubiertos, cortaron las patas de los catres y los fijaron en el suelo, de tal modo que, cuando se hallaban cubiertos por un poncho parecían no ser más que un agujero en el suelo. Esto no les importó mucho a los de construcciones navales, ya que apreciaban a los marines, los respetaban y no hicieron ningún esfuerzo por localizar los catres desaparecidos. De hecho, invitaban a los muchachos de la Compañía Fox a frecuentar su comedor. Nunca tocaban a fajina sin que la mitad de los hombres de Shapiro formasen para recibir los zumos frescos, verduras, helado y una amplia variedad de carnes.

Lejos de la vigilante mirada de Huxley, el campamento de la Compañía Fox semejaba más una casa de reposo o un club de deportistas que un vivac de marines. Sólo rara vez se oía la palabra «capitán»; siempre era un afectuoso «jefe» o sólo Max. La norma era un máximo de ocio y un mínimo de trabajo. El trabajo suficiente para mantener las cosas en marcha y distracciones suficientes para rejuvenecer las mentes y los cuerpos fatigados de los hombres.

Shapiro sentía una extraña debilidad por los operadores de radio y acogió con los brazos abiertos a parte del pelotón. Robó catres a los de construcciones navales, una tienda al Ejército de Tierra y les construyó un espléndido cobertizo de radio junto al lago. Se efectuaba una llamada rutinaria de comprobación cada hora, y no había mucho más que hacer. Cuando Shapiro se enteró de que la radio podía recibir programas de onda corta de los Estados Unidos, envió una patrulla de sus mejores hombres para agenciarse un sistema de amplificación y conectarlo a la radio, de modo que los programas pudieran ser oídos por todos los hombres.

Los suministros a todos los campamentos del atolón eran transportados por una flota de embarcaciones destinada al efecto. Como los «Putas de Huxley», esa flota estaba compuesta por hombres olvidados. Cada buque de la escuadra original de transporte había asignado a unas cuantas lanchas de desembarco la misión de permanecer detrás de la invasión y llevar vituallas y provisiones desde los cargueros hasta las diversas instalaciones. Los patrones de estas lanchas eran hombres sin hogar. Max Shapiro descubrió que resultaba conveniente acoger con los brazos abiertos a estas lanchas cuando iban al campamento.

Volvió a despachar un pelotón que requisó varias tiendas y catres e instaló un hogar permanente para los marineros. Su comedor les daba las únicas comidas calientes que podían encontrar en el atolón, y, en compensación a sus esfuerzos, los pilotos de las lanchas siempre procuraban que la Compañía Fox estuviese bien abastecida con cargamentos destinados a los campamentos del Ejército.

Había tantos objetos selectos destinados a los otros campamentos que el transporte y el espacio de almacenamiento no tardaron en convertirse en un problema para la Compañía Fox. A cada día que pasaba se hacía más alarmante el volumen de mercancías desaparecidas. El mando del atolón decidió que sería necesario situar guardias armados con la misión de asegurarse de que las lanchas entregaban intactos sus cargamentos. Shapiro se apresuró a ofrecer su Compañía para proteger a las lanchas de aquellos flagrantes robos. El caso fue que ni siquiera la presencia de marines armados en las lanchas sirvió para reducir las pérdidas; de hecho, éstas aumentaron. Fue entonces cuando el comandante del Ejército relevó, con discreción, a los marines del servicio de protección.

Esto no impidió que los muchachos de las lanchas mantuvieran informado a Max sobre la variedad y destino de sus cargamentos. Cuando sonaba la alarma aérea y todos los buenos soldados y marineros estaban en sus refugios, la Compañía Fox sacaba sus jeeps robados, que mantenía bien escondidos, y corría con ellos hacia los depósitos de provisiones de los otros campamentos.

El misterio de las mercancías desaparecidas no preocupaba gran cosa a los otros campamentos. Fue cuando llegaron al aeródromo de Lulu diez mil cajas de cerveza americana cuando el Ejército y los ingenieros navales se plantaron. Ropa y comida eran una cosa, la cerveza otra completamente distinta, y cesó la amistad.

Era fácil advertir cuándo llegaba un cargamento de cerveza, pues las lanchas de desembarco zumbaban por el lago, describiendo alocados círculos, embistiéndose a veces mutuamente y encallando bajo las manos vacilantes de sus patrones borrachos.

No podían esconder diez mil cajas de cerveza, así que los ingenieros navales construyeron una empalizada de alambre de espino y situaron una guardia de veinticuatro horas diarias en lo alto de una montaña de tres coma dos. Los miembros de la Compañía Fox se encontraron en la embarazosa situación de tener que comprar la cerveza o adquirirla a cambio de alimentos robados con anterioridad. Sólo durante las alarmas aéreas podían surtirse directamente.

En cuanto comenzaba a sonar la sirena, la Compañía Fox entraba en acción. Su anfibio rugía sobre el lago en dirección a Lulu, mientras los cuatro jeeps robados salían de su camuflaje y se precipitaban a toda velocidad hacia el aeródromo por entre la oscuridad de la noche. El campo de aterrizaje constituía el objetivo principal de los bombarderos enemigos, y había pocas probabilidades de tropezar allí con soldados. En el transcurso de la incursión, el genio organizativo de Shapiro saltaba a primer plano. Los jeeps iban desde el depósito de cerveza hasta el anfibio con una precisión que ningún grupo de marines había conseguido jamás a lo largo de ciento cincuenta años. Cuando sonaba el final de la alarma, el anfibio viraba con rapidez hacia Buota, y los cuatro jeeps tomaban una última carga y regresaban en dirección sudeste hacia el campamento. Luego, los jeeps y la cerveza parecían esfumarse en el aire.

Todo esto resultaba desconcertante para los ingenieros navales. Varios comandantes de campo llamaron a «Dos Pistolas» para comunicar el robo de muchos cientos de cajas de cerveza. A cada visita, Shapiro se mostraba todo lo alarmado que se esperaba de él y convenía en que había que hacer algo al respecto. Max suspiraba profundamente, movía la cabeza y lanzaba un juramento contra los culpables. Sugería que se practicase un registro a fondo a los nativos que, después de todo, eran los únicos sospechosos lógicos. Muchas veces, los otros comandantes miraban pensativamente a los refugios antiaéreos de la Compañía Fox, ante los que había una guardia permanente armada con ametralladoras. Insinuar que los marines eran culpables era una cosa. Atreverse a despachar una patrulla para inspeccionar los refugios podría muy bien significar una declaración de guerra. Así, pues, los refugios de la Fox no fueron investigados nunca.

Frustrados y desesperados, los ingenieron navales enviaron a su capellán a la Compañía Fox para hablar de hombre a hombre con su jefe y apelar a sus mejores instintos. Infortunadamente, el capellán aparcó su jeep junto al lago y dejó puestas las llaves de contacto. Tuvo que volver andando a Lulu, rezando por las almas de los marines.

La noche encontraba con frecuencia a los marines dedicados a jugar con sus confiscados vehículos. La marea solía dejar un reluciente lecho de arena al retirarse. Era frecuente que diez o quince hombres se apiñaran sobre un jeep, cargado de cerveza hasta los topes. Se ponían en marcha sobre la arena, aceleraban, frenaban con brusquedad, y el vehículo comenzaba a girar sobre sí mismo, despidiendo hombres y botellas en todas direcciones. Practicaban también otros juegos, como era correr a toda velocidad por la carretera y serpentear por entre las palmeras. Un par de piernas rotas puso fin a aquello. Dos jeeps quedaron atascados en la arena durante una de las sesiones y hubo que abandonarlos después de despojarlos de piezas sueltas para repuestos.

Alarmado por los robos, Shapiro mandó formar a sus hombres y les advirtió que debían poner fin a aquello. No obstante, podían coger cualquier cosa que encontrasen perdida y que no reclamase nadie, para evitar que acabara pudriéndose bajo el sol tropical. Toda cosa así descubierta debía ser repartida, y el jefe, como es natural, debía percibir el cinco por ciento.

A menudo se estaban desarrollando una docena de partidas de póquer. Cuando Dick Hart, el tahúr del batallón, asomó la nariz por el campamento, Shapiro se apresuró a expulsarlo. Bien estaba que los de la Fox se quitaran unos a otros el dinero, pero maldito si iba a permitir que se lo llevara alguien de la Compañía George.

Fue la codicia de Shapiro la que estuvo a punto de echarlo todo a perder. Deseaba ardientemente conseguir un «pato», un vehículo que circulaba tanto por tierra como sobre el agua y que constituía un medio muy popular de transporte a través de los canales que separaban unas islas de otras. Una noche, durante una partida de póquer, habló de ello a McQuade y a varios de sus muchachos. Éstos pensaron que nada era demasiado bueno para su jefe, así que se dispusieron a conseguirle un pato. Si Max quería un pato, lo menos que ellos podían hacer era agenciarle uno. Y encontraron el mejor de todos. De hecho, pertenecía al comodoro Perkins, segundo en la línea de mando en el atolón. Con lágrimas en los ojos, «Dos Pistolas» recibió la ofrenda y lo condujo con sumo orgullo al interior de su camuflado garaje.

El comodoro Perkins se puso tan furioso por la pérdida de su vehículo particular que suprimió el cine de la Compañía Fox. Apenas si supuso ello diferencia, pues los muchachos estaban demasiado ocupados bebiendo cerveza, escuchando la radio de las Fuerzas Armadas, jugando al póquer y persiguiendo chicas nativas como para preocuparse por el cine. A las funciones nocturnas asistía casi exclusivamente un público nativo. Fue entonces cuando Perkins decidió que ya estaba bien y ordenó que una patrulla, mandada por él mismo, rodease y registrase la zona de la Fox, incluidos los refugios antiaéreos.

Pero Shapiro poseía un excelente sistema de espionaje. Dada su gran generosidad para compartir las provisiones con el cercano poblado, había contratado a media docena de muchachos nativos como servicio de infomación. Sus espías, que sabían inglés, se pasaban los días en media docena de puntos estratégicos, recogiendo información. Siempre que los abordaba un soldado o un marinero, respondían convenientemente: «No hablar inglés.» El agente de información favorito de la Fox era un chico de dieciséis años apodado MacArthur, y él fue quien dio el soplo de la inminente incursión. Con la ayuda de los nativos del poblado vecino, la Compañía Fox transportó al pueblo todo su cargamento. Mientras se llevaba a cabo esto, el sargento McQuade mecanografiaba órdenes y las fijaba por todo el campamento. Una de ellas decía:

AVISO: TODO EL QUE SEA SORPRENDIDO ROBANDO MATE-
RIAL O PROVISIONES DE CUALQUIER CLASE SERÁ SOMETI-
DO A CONSEJO DE GUERRA. CAPITÁN MAX SHAPIRO.

Otra:

SE HA PUESTO EN MI CONOCIMIENTO LA DESAPARICIÓN
DE NUMEROSAS PROVISIONES DE LOS CAMPAMENTOS VE-
CINOS. ESTE MANDO AGRADECERÁ CUALQUIER INFORMA-
CIÓN QUE CONDUZCA A LA CAPTURA DE LOS LADRONES.

La patrulla del comodoro Perkins llegó al amanecer. Nerviosos ante la posibilidad de tener que enfrentarse a marines armados, quedaron sorprendidos al encontrar un pacífico campamento del más puro estilo militar. Convergiendo sobre él desde tres lados, vieron en el campamento a los hombres de la Fox practicando ejercicios de instrucción y revista de rifles. Perkins abandonó el lugar mascullando entre dientes. MacArthur fue ascendido a cabo y le regalamos un machete, algo que él siempre había deseado para cortar los cocos.

A diario, el anfibio llegaba desde Biota al campamento central de Bairiki con nuevas historias del audaz bandidaje de los hombres de Shapiro. Constituían excelente materia de conversación para aliviar la rutina cotidiana.

El primer reparto de correspondencia de los Estados Unidos, con centenares de cartas atrasadas, fue como un regalo del cielo, pero, al mismo tiempo, hizo comprender a los hombres lo perdidos y solos que estaban y cuánto iba a durar la guerra. Se hizo presente la melancolía del soldado. Y allí estaban los montones de cartas, apiladas con pulcritud y con la estampilla de MUERTOS EN COMBATE, para recordarnos que tantos de nuestros compañeros se habían ido para siempre. No hablábamos de Levin ni de Burnside, aparte de alguna mención casual una vez que fueron propuestos para sendas medallas. La desagradable dieta, sólo aliviada por los paquetes de la Compañía Fox, contribuía muy poco a revivificar los fatigados cuerpos. El terrible calor y la aburrida monotonía eran perjudiciales para una unidad como los «Putas de Huxley». Estábamos acostumbrados a la acción, y el permanecer en una isla de dos por cuatro anulaba todas nuestras energías. Nos hallábamos inquietos y no tardó en llegar la enfermedad bajo la forma de fiebre de dengue.

Sam Huxley se dio cuenta de la situación. Se esforzó por impedir la desmoralización, aunque la moral nunca pareció ser un problema para los marines. Huxley decidió ampliar la avanzadilla de la Fox enviando cincuenta hombres a la vez a Buota para cuatro días. Un atracón de cerveza, una mirada a las mujeres y una oportunidad de pasearse por el atolón hacían maravillas. Los cuatro días en Buota los rejuvenecían.

Cada grupo regresaba a Bairiki cargado de cerveza y hospitalidad de la Compañía Fox, vestido con ropa de faena de la Marina y lleno de historias disparatadas. Ocurrió un desafortunado incidente. Las monjas de la Misión hicieron circular por los poblados la consigna de que todas las mujeres debían llevar el busto cubierto. Explicaron, para justificar ese hecho, que su exposición provocaba deseos en las personas de la civilización occidental. ¡Una sucia jugada! Sin embargo, unas cuantas y valerosas muchachas nativas conservaron su libertad y ello hizo mucho más fácil el establecimiento de relaciones entre ellas y los marines, ya que las de busto descubierto invitaban a una mejor amistad.

Como en cualquier otra parte, las tropas americanas acabaron maleando a los nativos hasta el punto de que el precio por la realización de tareas domésticas llegó a multiplicarse por diez.

El jeep quedó atascado en el barro de una rodada de la carretera que atravesaba un campamento del Ejército en isla Karen. A la vista de un jeep lleno de marines, los soldados se escabulleron para ir a proteger sus pertenencias. McQuade había cometido el grave error de sacar un jeep a la luz del día. Mientras sus ruedas giraban, hundiendo al vehículo en el fango todavía más, un comandante del Ejército salió corriendo de su tienda.

—¡Maldita sea! —gritó el comandante—. ¡Mi jeep!

McQuade apagó el motor y se echó hacia atrás.

—¿Dice que este jeep es suyo, comandante?

—Ya lo creo que lo es. Te he cogido con las manos en la masa.

—Bien —suspiró el sargento—, encontramos el maldito cacharro abandonado delante de nuestro campamento. No se lo va a creer, comandante, he estado recorriendo de extremo a extremo este atolón intentando encontrar a su dueño..., ¿no es verdad, muchachos?

Asintieron.

—¡Y un carajo!

—Bueno, me alegro de que lo hayamos encontrado, señor. Aquí tiene su jeep.

—Esperad un momento..., venid aquí.

—Lo siento, comandante, tenemos que ir de caza.

—¿De caza?

El furioso oficial miró bajo la capota, y se le llenaron los ojos de lágrimas. Su flamante vehículo había sido maltratado hasta dejarlo casi irreconocible. Corrió a su superior para preparar los oportunos cargos contra los marines. Debían de pertenecer al campamento de la Fox, y el conductor, el sargento gordo, no podría esconder aquel estómago en ninguna parte. La plana mayor del Ejército discutió durante varias horas sobre la posibilidad de presentar alguna acusación. Algunos temían que sólo se consiguiera con ello incrementar las incursiones de los marines. Prevalecieron los corazones fuertes y se decidió que había que darles un escarmiento de una vez por todas. El Ejército tenía el pleno apoyo del comodoro Perkins, y el campamento de Shapiro fue registrado de nuevo. Pero también en esta ocasión se había anticipado el excelente espía, MacArthur, que había sido ascendido a sargento.

—¿Un muchacho gordo...? ¿Un muchacho gordo...? —Shapiro se rascó la cabeza—. No tengo ningún gordo en este campamento, todos son delgados. Si nos dieran ustedes raciones más abundantes, entonces sí que podría tener algún gordo.

A un kilómetro de distancia, en una choza a orillas del océano, el sargento McQuade yacía apoyado en el regazo de una joven nativa que le acariciaba la incipiente calva con suavidad. Otra chica le trajo una botella de cerveza, refrescada en el fondo de un pozo artesiano. La abrió, se la pasó a sus amigas, bebió el resto y emitió un prolongado y sonoro eructo de satisfacción.

IX

Una noche excepcionalmente tranquila, los hombres se hallaban sentados en la playa, escuchando el programa en que participaban los dos favoritos, Bing Crosby y Dinah Shore. Algunos permanecían en el lago, flotando y refrescándose del extremado calor del día, y otros haraganeaban con una botella de cerveza en la mano. Durante la interpretación del éxito más reciente, «Pistol Packing Momma», sonó la sirena de alarma aérea. Apagaron los cigarrillos y se retreparon para oír el resto del programa. Los reflectores y los cañones antiaéreos hicieron toda una exhibición, pero las bombas que caían en el lago interrumpieron el programa con sus sonoras explosiones.

Un ingeniero naval llegó corriendo por la carretera, desde unas instalaciones en construcción cercanas. Irrumpió en la reunión de la playa mientras la batería de cañones de 90 milímetros, situada tras el campamento, aumentaba la intensidad de sus disparos.

—Siento molestaros, muchachos —gimió el ingeniero—. No hemos tenido tiempo de construir un refugio. ¿Podría utilizar el vuestro?

—Desde luego —dijo Shapiro.

—Pero, jefe —cuchicheó McQuade.

—Oh, la oscuridad es absoluta, y el tipo está mortalmente asustado. Justo a tu izquierda, hijo.

—¿Aquí? —sonó en la oscuridad la voz del ingeniero.
—Unos metros más atrás.
—Pero, Max, no hay ningún refugio ahí...
—¿Aquí? ¿Junto a este barril de petróleo?
—Exacto. El barril es la entrada. Agarra la cuerda y déjate caer.
Se oyó un chapoteo cuando el hombre cayó hasta el fondo del pozo.
—Se va a ahogar, Max.
—Quiá, el agua sólo llega hasta la cintura.
—Silencio, muchachos. Va a cantar Dinah Shore.

Andy y Danny se acercaron a la pista de aterrizaje de Lulu para examinar los aviones. Caminaron por la zona de estacionamiento contemplando los bombarderos y los nombres y los dibujos de sus morros.
—Cristo, mira eso —dijo Andy—. Cañones del 75 en el morro.
—Es la artillería volante habitual.
Dieron la vuelta en torno al bombardero, contando las ametralladoras y cañones de 37 milímetros que lo erizaban.
—Deberíamos tener algunos de éstos en el Cuerpo para apoyo terrestre.
—Quizá son demasiado rápidos, o el Cuerpo ya los habría adquirido.
—Los pilotos marines podrían despejar de verdad el camino con estas preciosidades.
—Supongo que sabes que los pilotos marines son los mejores en apoyo terrestre.
—Desde luego, no lo estoy discutiendo.
Su atención se volvió hacia un «Liberator» que acababa de detenerse en el centro de la pista y estaba siendo rodeado por una nube de veloces jeeps. Se aproximaron al enorme monstruo y miraron con curiosidad mientras se abría la puerta. El comodoro Perkins en persona estaba allí para recibir al avión, que llevaba el nombre de *Island Hobo*. Con respeto, Danny y Andy retrocedieron un paso cuando empezaron a salir del aparato toda una serie de altos jefes.
—Tipos importantes —susurró Danny.
—Es el avión correo —murmuró un ingeniero que estaba junto a ellos—. Transporta mensajes secretos, mapas e información a las bases de todo el Pacífico.
—¿Sí?
—Está mandado por un general de brigada.
—¿Quieres decir que un general sólo para un avión?
—Un avión, no..., *el* avión. Y tiene también una tripulación escogida.
Detrás de los altos jefes desembarcaron un par de sargentos de elevada estatura y aspecto impresionante. Llevaban en la manga un brazalete con la palabra «Corresponsal». Los dos marines se adelantaron y asomaron la cabeza por la puerta. Al hacerlo, un corresponsal tropezó con Danny.
—Perdona, soldado —dijo Danny.
—A ver si miras por dónde vas.
—¿Podríamos entrar a echar un vistazo? —preguntó Andy—. Nunca

he visto por dentro un aparato grande como éste. Me gustaría sentarme en una de esas torretas.

El escritor se volvió y miró a la desaseada pareja que tenía delante. Llevaban pantalones azules de la Marina, botas del Ejército, camisas verdes y maltrechos gorros, tenían los ojos legañosos e iban sin afeitar, en contraste con los pulcros e impecables hombres que había por allí. El sargento levantó la nariz y barbotó:

—Fuera de aquí. Estáis estorbando. Claro que no podéis entrar en este avión.

—No hay que ponerse así, hombre. Sólo he hecho una pregunta.

El corresponsal dio un paso hacia atrás, como si aquellas criaturas de aspecto leproso fuesen a tocarle.

—Vosotros sois marines, ¿no? —preguntó una voz detrás de ellos.

Se volvieron y vieron ante sí a un joven de tez curtida y airoso porte, y les sorprendió ver una estrella de plata que relucía en su cuello.

—Sí, señor, somos marines.

—No es fácil adivinarlo con ese atuendo —dijo el general.

Enrojecieron al adquirir consciencia de sus andrajosas prendas.

—Me temo que el sargento se dejó sus buenos modales en los Estados Unidos —continuó el general—. Ya sabéis, marines, que los corresponsales son toda una élite.

Se volvió hacia el sargento.

—Me temo que no se ha enterado usted de la verdadera historia de esta isla. Estos marines tomaron el atolón. ¿Estuvisteis vosotros en la invasión, muchachos?

—Sí, señor.

—Bien, entrad... Cabo Flowers.

—Sí, señor —dijo el cabo, asomando por la estrecha pasarela.

—Estos chicos son marines. Enséñeles el aparato. Muchachos, causasteis sensación en los Estados Unidos con esta invasión. Todos nos sentimos orgullosos de vosotros.

El corresponsal contempló boquiabierto cómo Danny y Andy subían al avión y eran recibidos allí por el cabo Flowers.

—Oye, es todo un tipo —dijo Danny al cabo, una vez que el general se hubo marchado en el jeep de Perkins.

—Ya lo creo que sí. La mayoría lo son. Tipos jóvenes, ya sabéis —respondió el aviador.

—¿Podríamos subir a la carlinga?

—Desde luego, pero no toquéis nada. Oye, ¿estuvisteis vosotros en el desembarco? Apuesto a que fue duro... Yo tampoco soporto a ese corresponsal.

Mientras tanto, Marion observaba en sus horas libres de servicio los aspectos culturales del atolón. Realizó muchas veces el largo viaje hasta Aboakoro, en isla Nellie, donde se hallaba situado el poblado más grande. Exploraba las bellezas naturales, estudiaba las costumbres e incluso intentó aprender la lengua de los nativos. A veces, salía a pescar en las canoas de troncos ahuecados y en otras ocasiones intensificaba su amistad con el eurasiático Calvin McIntosh, y mantuvo su promesa llevándole todos los libros que podía obtener. El desventurado mestizo recibió una alegría inmensa cuando un grupo de asalto de la Fox robó por accidente una caja de libros y se los entregó a Marion.

Por las noches, cuando la marea estaba baja en el lago, Marion rebuscaba entre los millones de conchas de brillantes colores y extrañas formas diseminadas por la arena y recogía las fantasmalmente bellas cimófanas para confeccionar pulseras, collares y pendientes para su madre y Rae. Los ejemplares que eran más hermosos los enviaba a Faro Reluciente. El navajo era un experto en la vieja artesanía de su tribu, la orfebrería. Faro montaba las cimófanas en brazaletes y anillos, impecablemente pulidos y tallados, hechos con piezas de aluminio de aviones abandonados. Confeccionó una especie de recuerdo, un anillo, una pulsera, una cadena de reloj, para cada miembro del pelotón.

El problema de extraer el ser vivo que se refugiaba en las conchas fue resuelto por MacArthur, el muchacho nativo. Marion las introducía en la tierra y conseguía, así, que no adquiriesen el pútrido olor que tenían cuando quedaban expuestas al sol.

MacArthur desarrolló una gran amistad con Marion, que era generoso en compartir los objetos que ambicionaba: chiclé, cuchillos, ropas y cigarrillos que no utilizaba. En los vagabundeos de Marion, MacArthur solía mantenerse cerca para interpretar y explicar las numerosas singularidades que descubría. Durante muchas semanas, el pequeño nativo estuvo insinuando que le gustaría tener un par de botas como las que llevaban los marines. Asedió tanto a Marion en este sentido que acabó recibiendo un par de flamantes botas de cuero. Antes de que transcurriera una hora con ellas puestas, la novedad había perdido su atractivo para MacArthur, que empezó a arrepentirse de haberlas pedido. La naturaleza, el coral y la ardiente arena habían dado su propio cuero a las plantas de sus pies, y esta innovación occidental hacía sufrir terriblemente al pobre muchacho. Sin embargo, temía ofender a Marion y siempre aparecía en el campamento sonriendo y cojeando con las botas.

El día en que Marion le permitió deshacerse de las botas y prescindir por completo de ellas, se hizo un amigo para toda la vida.

El poblado vecino desarrollaba con la Compañía Fox una amistad íntima de verdad, haciendo caso omiso de la orden que prohibía la fraternización. Shapiro era lo bastante sensato como para hacer que sus oficiales y suboficiales vigilaran de cerca a los muchachos que pudieran descarriarse. Todas las noches, varios hombres se dirigían al poblado llevando regalos y se quedaban a charlar, o a participar en una sesión de cantos o a jugar unas partidas de casino, el mutuo juego de cartas. Los marines tenían una suerte pésima jugando a cartas, pero al cabo de algún tiempo averiguaron que la causa de su infortunio radicaba en los chicos y chicas nativos que les hacían carantoñas mientras permanecían sentados en sus cojines. Con muchas muestras de amistad, parloteaban de forma incesante, telegrafiando las cartas a los miembros de su familia. Los hombres de la Fox perdieron muchos paquetes de cigarrillos antes de que aprendieran a tapar sus cartas.

—Pedro.

—Huhhh.

—Despierta, Pedro.

El sanitario se puso en pie, enredándose en el mosquitero y con un cuchillo en la mano.

—Tranquilo, soy yo, L.Q. Ven en seguida a nuestra tienda.

—¿Qué ocurre?

—Danny está enfermo, muy enfermo.

El sanitario cogió su maletín y siguió a L.Q. a través del dormido campamento hasta la tienda de la radio.

Entraron, y Marion accionó la lámpara hasta que iluminó el lugar con brillante resplandor. Andy estaba inclinado sobre Danny, pasándole un paño húmedo por la frente. Se hizo a un lado cuando Pedro se acercó al gimiente muchacho. Pedro le tomó el pulso y le metió un termómetro en la boca.

—¿Qué es, Pedro, fiebre de dengue?

—Sí, pero parece un caso grave.

—Lleva una semana actuando de forma casi inconsciente.

—Tenía que haberse dado de baja. Yo le dije que lo hiciera.

—¡Dios! Maldita sea... ¡Dios!

Pedro sacó el termómetro de la boca de Danny y guiñó los ojos al aproximarlo a la luz.

—Tenemos que traer un médico.

—¿Qué es?

—Tiene cuarenta y medio de fiebre.

—Cristo.

—Envo
ledle en mantas si le dan escalofríos.

Los tres levantaron los mosquiteros de sus catres y cogieron las mantas.

—L.Q., dile al jefe que venga, rápido.

Llevó a la tienda al soñoliento capitán.

—¿Qué es, Pedro? —preguntó Max.

—Muy malo, Max, muy malo. Dengue. Nunca he visto cosa igual.

—Será mejor que le llevemos al anfibio y lo traslademos a que lo vea un médico.

—No me atrevo a moverle en el estado en que se encuentra.

Comenzaron las terribles convulsiones bajo el montón de mantas. El rostro del muchacho se cubrió de sudor. Basqueó, se agitó y gritó al sentir las punzadas de dolor. Fiebre destrozahuesos, lo llamaban los nativos.

—Tiene un aspecto horrible —murmuró Max—. No me gusta. ¿Hay un médico en Lulu?

—Creo que están todos trabajando fuera de la base, en Helen. Doc Kyser es el más cercano.

—Coge un jeep y ve allí a toda velocidad.

—Pero la marea está alta, no se puede cruzar.

—Coge el pato entonces.

—Pero, Max, nos formarán consejo de guerra a todos.

—Me importa un carajo... Yo asumiré toda la responsabilidad.

—Necesitamos recibir instrucciones antes —dijo Pedro—. El viaje llevará varias horas. Llama por radio a Sarah, rápido.

Escucharon con atención mientras zumbaba el generador y la voz de Pedro saltaba a lo largo de la cadena de islas.

Estaba yo de guardia en Sarah cuando llegó la llamada y envié un mensajero en busca de Doc Kyser. Le pasé el micro y los auriculares.

—¿Cómo está?

—Tiene cuarenta y medio de fiebre.

—¿Cuánto tiempo lleva enfermo?

—Varios días.

—¿Dolores en la espalda y el estómago?

—Parece sufrir terriblemente..., ahora está delirando, doctor.

—Sí, es dengue. No podemos hacer absolutamente nada por él.

—¿Qué?

—No sabemos qué hacer, Pedro. Dale aspirina, toma las precauciones normales en caso de fiebre alta y espera a que se pase.

—Pero, Doc, ¿no hay nada que...?

—No sabemos nada acerca del dengue, Pedro. No sabemos qué hacer.

—¿No puede venir aquí?

—Tengo aquí en estos momentos a cincuenta muchachos con fiebre. Trataré de ir mañana. Lo siento.

Pedro devolvió los auriculares a L.Q., se sentó de nuevo en el borde del catre y dijo a los demás que se fueran a dormir. No había sueño posible para Andy, L.Q. y Marion. Los tres y el sanitario se mantuvieron durante toda la noche en soñolienta vela, sobresaltándose a cada nuevo gemido de Danny. Cien veces pronunció el nombre de su mujer, «Kathy... Kathy», por entre labios antes secos y resquebrajados y ahora empapados de sudor. Su voz se iba haciendo más débil con el paso de las horas. Se agitaba y se retorcía y, luego, lanzaba un súbito grito y se sentaba en su lecho, con ojos vidriosos y ciegos. Pedro le obligaba a tenderse de nuevo y procuraba refrescar su cuerpo antes de que le acometiera otro escalofrío.

El amanecer encontró a Danny amodorrado y exhausto. Pedro volvió a introducir un termómetro entre los labios de Danny. Los tres compañeros miraron a Pedro silenciosos e inquietos cuando éste leyó la temperatura.

—Va bien. Ha bajado a 39.

Entró McQuade en la tienda. Iba descalzo y medio dormido.

—Pedro, ¿puedes acercarte un momento a mi tienda? Uno de mis muchachos está postrado con fiebre. Está tratando de hacer las paces con Dios.

Pedro se levantó, tambaleándose, y recogió sus cosas.

—Muchas gracias —dijo Marion.

—Cuando recupere el conocimiento, hacedle beber mucho zumo. Está deshidratado. Volveré después de la revista de enfermería. —Y salió.

—Parece como si hubiera una epidemia —dijo McQuade.

Danny abrió los ojos. Todo le daba vueltas. Intentó hablar, pero sintió como si la garganta se le hubiera cerrado en un sólido bloque.

Levantó la mano; luego sintió que un par de vigorosas manos le alzaban la cabeza y que un hilillo de helado líquido se abría paso en su boca. Tuvo una náusea y cayó sobre el catre. Levantó la vista y distinguió la corpulenta figura de Andy. Parecía como si estuviese detrás de un velo. Danny parpadeó y se agarró el costado y se agitó y pugnó por contener las lágrimas causadas por el punzante dolor.

—¿Qué tal, Danny?

Respondió con un mudo movimiento de cabeza.

—Bebe un poco más de zumo.

Con suavidad, hizo que Danny se volviese y le obligó a tomar otros pocos tragos más. La mano de Danny agarró la solapa de Andy con flojedad.

—Voy a morir.

—No.

—Voy a morir, Andy.

L.Q. estaba asustado del terrible cambio que se había operado en Danny.

—No estás peor que cuando cogiste la malaria en Nueva Zelanda y te mandaron a Silverstream —dijo.

A L.Q. no le gustaba nada la expresión alucinada de los hundidos ojos de su compañero. Danny era la clase de tipo que uno debía tener en un pelotón. Nunca cometía errores. Podía uno sentirse siempre aliviado sabiendo que él estaba cerca.

Danny empezó a llorar.

Resultaba penoso. Le habían visto enfermo otras veces, delirando a consecuencia de la malaria. ¿Pero Danny perdiendo su voluntad, tendido allí, llorando? Un hombretón sollozando de dolor, gimiendo como un perro apaleado. Estaban todos espantados.

—Voy a morir. Nunca he tenido nada igual..., me duele todo.

Lo miraron con azoramiento, tratando de encontrar palabras de consuelo.

—Quiero irme a casa..., quiero abandonar. Otra campaña y otra..., nunca volveremos a casa..., nunca.

—¡Tiene razón, maldita sea! —exclamó Andy—. ¿Cuándo creéis que nos mandarán de vuelta..., en una caja quizá?

—Cállate —dijo L.Q.

—Primero el Alfeñique, luego Bevin y Burnside. ¿Creéis que han terminado? ¡No! El Cuerpo acabará con todos nosotros. Si no tenéis la suerte de recibir un balazo, seguiréis el otro camino..., la malaria, el cólera, la ictericia, el dengue.

—Te estás compadeciendo a ti mismo —dijo Marion.

—¿Qué pasa? ¿Es que los marines no pueden compadecerse a sí mismos? ¿Es que no se les permite a los marines sentir nostalgia del hogar? —gritó Andy.

—¿Por qué no te vas a llorar en el hombro del capellán? —escupió L.Q.

—Seguro, Mac nos vendió una factura de artículos. Todo el mundo nos está vendiendo una factura de artículos.

—Vete a Lulu a llorar con algunos de los soldados. También ellos se compadecen a sí mismos.

Danny se agitó y apretó los dientes al sentir otra punzada de dolor.

—Anda, Mary, dile algo bonito de los malditos libros que lees.

—¿Por qué no te largas, Andy?

—Pobre bastardo. Miradle..., ¿os gusta ver llorar a un tipo así?

—¿Por qué no coges un barco y te vuelves a Nueva Zelanda, Andy? Creo que te estás volviendo cobarde.

—Callaos los dos —dijo Marion, con voz sibilante—. Estamos todos en la misma nave. ¿Qué buscabais cuando ingresasteis en el Cuerpo?

—Sí, *Semper Fidelis*, muchacho —resopló Andy, y salió de la tienda.

Durante tres días mantuvieron una constante vela sobre el febril Danny. Parecía como si ésta no fuera a ceder nunca. Doc Kyser acudió a examinar a los enfermos existentes en el campamento de la Fox y trasladó a Sarah a los casos más leves. En cuanto a Danny, y a los otros de más gravedad, temía que el largo viaje sobre las agitadas aguas dañara a las inflamadas articulaciones. Se sabía poco o nada acerca del virus transmitido por las moscas y los mosquitos.

La temperatura de Danny oscilaba entre 39 y 40 grados. En los ciclos en que subía, comenzaba a delirar, llamando una y otra vez a su mujer. Cada día traía una nueva señal de deterioro de lo que antes había sido una fuerte constitución. El ataque de fiebre de dengue llegaba casi a quebrantar la voluntad de los «Putas de Huxley».

El día de Nochebuena encontró al batallón en una situación más triste de lo que yo lo había visto jamás. El campamento de Sarah parecía un cementerio. Todo el mundo estaba nervioso y susceptible, y ni siquiera los cómicos y los cocineros que prepararon una cena excelente lograron disipar la amargura del ambiente. Los hombres estaban demasiado amargados como para refunfuñar. Un marine refunfuña cuando es feliz. Hay que tener cuidado cuando se mantiene silencioso. Keats me instó a que fuese por unos días a la Compañía Fox ahora que Faro y Spanish Joe estaban de nuevo de servicio. Estaba deseando ver a Danny, así que acepté y me dirigí allí en el primer anfibio de la mañana.

Cuando desembarqué en el campamento de la Fox lo encontré silencioso. Por todas partes se apreciaban señales de la fiebre de dengue. Cualquier alivio que hubieran encontrado en sus anteriores escapadas había desaparecido bajo el severo mando del comandante Wellman y Marlin.

Marion me recibió como a un padre largo tiempo perdido y me condujo al cobertizo de la radio. Entré en la tienda y dejé mis cosas en el suelo. Danny yacía tendido de espaldas a mí. Me acerqué a su catre y me senté en el borde. El movimiento del catre le hizo a Danny gemir y volverse. Quedé horrorizado. En las cinco semanas transcurridas desde que lo viera por última vez, se había convertido en un esqueleto. Sus ojos se hallaban rodeados de gruesos círculos negros y se le marcaban los pómulos en una piel blanca como la cal. Un largo mechón de pelo daba a sus entornados ojos la mirada de un animal salvaje. Yo sabía que estaba enfermo, pero no había sospechado esto. Me dieron ganas de llorar.

En el suelo había un fajo de cartas atadas con pulcritud y, sujeta

en el lado de la tienda para que él pudiera verla, una fotografía de
Kathy, la foto que yo había visto mil veces en los barracones de Eliot,
en McKay, en Russell, a bordo del *Bobo,* del *Bell* y del *Jackson,* y siempre junto a él, en su pozo de tirador o en su mochila.

—Hola, Mac —murmuró Danny.

Me incliné sobre él para que pudiera oírme.

—¿Cómo te encuentras?

—No muy bien.

Pedro Rojas entró con paso cansino en la tienda y me saludó. Pedro
mostraba la fatiga de su incesante trabajo con la Compañía, acosada por
la fiebre.

—¿Cómo está hoy el enfermo? —preguntó, metiéndole un termómetro en la boca a Danny y arrodillándose para inspeccionar la lata de
cuatro litros de zumo de fruta que había dejado por la mañana—. Maldita
sea, Danny, ¿cómo esperas curarte? No has bebido nada de zumo.

—No..., no puedo..., me hace vomitar.

—¿Cómo está? —pregunté.

—Hecho polvo —dijo Pedro, mientras salía.

Lo seguí.

—¿Qué le pasa? —pregunté.

—Maldito si lo sé, Mac. La fiebre sube y baja, sube y baja. El tío
no quiere comer. No ha tomado nada sólido desde hace una semana.

—¿No hay nada que pueda hacer Doc Kyser?

Pedro meneó la cabeza.

—Se pondría perfectamente, igual que todos nosotros, si supiéramos
que íbamos a acabar volviendo a casa.

Sonrió débilmente y salió para dirigirse a otra tienda.

Se me acercó Macuto con una bandeja llena de comida de Navidad:
pavo, patatas dulces, salsa de arándano, relleno, guisantes, helado y
una taza de ponche.

—Hola, Mac, ¿cuándo has venido?

—Estoy sólo para un par de días —respondí—. Danny tiene muy
mal aspecto.

—Sí. Quizá tú puedas ayudarme a hacerle tragar algo de lo que traigo.
Estaría mucho mejor si comiese.

—¿Por qué no coges mis cubiertos y te pones en la cola? Voy a ver
si puedo hacerle comer.

Volví a la tienda.

—Eh, Danny, prueba esto. Pavo y carne blanca.

Se volvió, dándome la espalda.

—Escucha, cabrón —exclamé—. Vas a comer esto o te lo meto por
el culo.

Forzó una débil sonrisa. Le hice incorporarse y durante dos terribles
horas le obligué a ir tomando minúsculos bocados hasta que la bandeja
estuvo casi vacía. Al final, Danny se tendió, pidió un cigarrillo y se dio
unas palmadas en el estómago.

—Estaba bueno. Espero no vomitarlo.

—Más te vale no hacerlo o tendrás que comértelo otra vez.

—Me alegra que hayas venido, Mac. ¿Te quedarás algún tiempo?

—Sí, creo que me quedaré por aquí un par de días.

Rechinó los dientes y cerró los ojos.

—No sé, Mac... Simplemente, ya no sé...

Tomé yo el resto de la comida y encendí un pitillo. Volvieron Marion, Macuto y Speedy, y permanecimos largo rato en silencio. El año pasado fue en un almacén de los muelles de Wellington. Este año, en el centro de ninguna parte. ¿Dónde nos encontraría la próxima Navidad? ¿Cuántos de nosotros continuaríamos juntos? Tendí la vista sobre el agua que se extendía más allá del lago. Era un gran océano. Cada día que pasaba parecían más y más lejanos los Estados Unidos. Speedy miró a su guitarra, pero no tenía ganas de cantar.

Luego, oímos voces; bajas al principio, pero más v más fuertes cada vez. Miré hacia la carretera. No parecía real. Vimos un titilar de velas serpenteando por el camino, y la armonía de los cantantes parecía superior a todo cuanto uno podía esperar oír en la Tierra, tan hermoso era: «*Noche de paz, noche de amor. Todo es sereno, todo radiante...*»

Los nativos del poblado aparecieron con velas en sus morenas manos y los brazos llenos de regalos hechos con hojas de pandáneo tejidas.

«*Duerme en paz celestial...*» Los fatigados marines de la Compañía Fox salieron a la carretera para recibir a sus amigos y entraron juntos en el campamento.

Marion condujo a nuestra tienda a dos nativos, uno joven y el otro viejo. Fui presentado a MacArthur ·· su padre, el viejo jefe Alexander. Nos estrechamos la mano y nos acercamos al catre de Danny. MacArthur puso varios almohadones tejidos bajo la cabeza de Danny y dijo:

—Jefe Alexander querer saber por qué amigo Danny no venir a ver.

—Enfermo, muy enfermo —respondió Marion.

Cuando MacArthur transmitió el mensaje, el anciano meneó la cabeza, se agachó y palpó la espalda y el estómago de Danny, haciéndole parpadear. Posó la muñeca sobre la frente del enfermo y, finalmente, murmuró una orden a MacArthur, que se dirigió corriendo al poblado.

Momentos después, MacArthur regresó, jadeando. Llevaba en la mano una cáscara de coco que contenía un líquido amarillento.

—Beber —dijo MacArthur.

Danny se apoyó en los codos y miró el líquido. Alexander movió la cabeza asintiendo y le indicó con gestos que debía beber.

—Hacer sentir mejor.

Danny tragó el brebaje, con el rostro contorsionado en una mueca por el mal gusto, y volvió a echarse en el catre. Se durmió.

Al poco rato, se formó en el centro del campamento un enorme círculo de marines y nativos, y al anochecer fue encendida una hoguera. Oriente y Occidente unieron sus voces para cantar los himnos de la Navidad.

Los nativos empezaron a batir rítmicamente sobre cajas de madera utilizadas como tambores, y el círculo central se llenó de bailarinas de faldas de hierbas. Todo el mundo seguía el compás con sus palmas, mientras las majestuosas y bronceadas muchachas se balanceaban al unísono. Luego, una muchacha joven, menuda y bien formada, se situó en el centro, y las otras se apartaron. MacArthur explicó que era la «bailarina familiar», la representante del clan Alexander, un honor que sólo le correspondía a una descendiente directa del jefe. Había sido adiestrada con todo cuidado en su arte desde la niñez. Las otras muchachas eran simples comparsas. Con una bola de chiclé en la boca, empezó a danzar con lentísimos giros de caderas. La chica debía de haber recibido lecciones de la propia Salomé, pensé. Mientras las palmas empezaban a echar humo, se quitó el sostén, a fin de gozar de mayor libertad de movimientos. Fue deslizándose por el borde del círculo, moviéndose sus pies como si fueran montados sobre patines, y ondulando vertiginosamente las caderas. Tornó al centro y, mientras los tambores aceleraban su ritmo, pareció como si fuera a partir en diez direcciones al mismo tiempo.

—Ésta es danza de pollo —susurró MacArthur.

Agitando los hombros, inició unas violentas y controladas sacudidas que hicieron retemblar sus pechos. Dio cortos y rápidos saltitos, proyectando las nalgas hacia atrás. Su faldita se balanceaba con violencia. Las palmas fueron haciéndose más y más rápidas, tratando de acelerar su ritmo. Y ella fue aumentando la velocidad de sus movimientos hasta convertirse en una borrosa figura a la luz de la hoguera. Yo pensé que las sacudidas iban a acabar rompiéndola en pedazos, pero ella siguió bailando con un ritmo cada vez más acelerado a medida que las palmas se hacían más fuertes y más rápidas y se escuchaban jubilosos gritos. Danzó y danzó hasta que cayó exhausta al suelo... Los marines no se sentían ya tan solos.

La fiesta alcanzó un jocoso clímax cuando McQuade se adelantó al centro del círculo. Llevaba en torno al pecho tres sostenes confiscados atados unos a otros para rodear todo su perímetro. Su monstruosa barriga colgaba sobre una faldita de hierbas, y llevaba botas y un gran cigarro puro sujeto entre los dientes. Con ayuda de la revivida bailarina del poblado, dieron una exhibición de *hula* jamás contemplada por los ojos de ningún hombre. La danza alcanzó su momento culminante cuando «Dos Pistolas Shapiro», el comendante Wellman y Marlin, ataviados de forma parecida, trataron de emularles con sus parejas nativas.

Noté de pronto que alguien se abría paso por entre la multitud hasta el borde del círculo, donde me hallaba yo con mis muchachos. Me volví y allí, acercándoseme, estaba Danny. Le brillaban los ojos, y había vuelto un poco de color a su rostro.

—¡Felices Pascuas, Mac! —gritó—. ¿Tiene alguien una cerveza?

SEXTA PARTE

PRÓLOGO

Nuestro barco fondeó en el lago. Viajamos a Cora para dar nuestro adiós a Levin y Burnside y recogimos nuestras cosas para abandonar el atolón. Macuto tuvo buenas razones para marearse en este viaje.

El barco, destinado al transporte de marines con permiso, el *Prince George*, no llevaba más cargamento que los «Putas de Huxley». El «Ataúd del Káiser» no tenía nada que le hiciera permanecer con la línea de flotación bajo el agua y durante toda una terrible semana estuvo balanceándose como un corcho a una velocidad de siete nudos. Con frecuencia, al pasar una ola, quedaban fuera del agua las hélices del *George* y, al caer de nuevo sobre el mar, el barco retemblaba y se estremecía de tal modo que nos parecía que se iba a hacer pedazos.

Después de Año Nuevo, atracó en Hilo, en la isla de Hawai, con los acosados «Putas de Huxley».

Al igual que había ocurrido en Guadalcanal, nosotros íbamos cubriendo la retaguardia. En otro tiempo habíamos creído que el Sexto estaba destinado a grandes gestas. Dos años y dos campañas, y todavía estábamos limpiando comedores.

El campamento era un infierno. Gélido durante la noche, abrasador durante el día. Muy poca agua, y racionada. La dieta de Nueva Zelanda fue sustituida por piña hawaiana.

Lo peor de todo era el polvo. Nos asfixiaba día y noche. Era imposible mantener limpias las tiendas ni el equipo. Cinco minutos después de hacer limpieza, el viento volvía a llenarnos de polvo de lava.

El permiso en Hilo no resultaba nada atractivo. La isla estaba habitada principalmente por americanojaponeses. Se había difundido el rumor de que los componentes de la Segunda División eran asesinos a sueldo. Se nos dispensó un frío recibimiento. Había en la ciudad un par de burdeles, pero las largas y nada románticas colas de hombres vigilados por la patrulla de tierra contribuían a formar el tipo de amor que la mayoría de nosotros no buscábamos. De nuevo, la sonrisa y la voz de un compañero significaban algo que nadie más que nosotros podía entender.

La triste ironía era estar tan cerca de los Estados Unidos que casi podíamos tocarlos, saborearlos y olerlos. Resultaba casi enloquecedor oír voces americanas por la radio, leer periódicos americanos y hablar con chicas americanas en el cercano campamento UAO. Pero estábamos tan lejos como siempre, más aún quizá, pues el Cuerpo había tenido sus motivos para elegir este olvidado emplazamiento.

No tardaron en llegar las marchas, los ejercicios de instrucción, las inspecciones, las maniobras..., toda la fatigosa rutina de la vida militar. Llegaban nuevos reclutas desde los Estados Unidos. Barbilampiños jovenzuelos que trataban de dárselas de listos. No nos tomábamos la molestia de ridiculizarlos, pues se sentían intimidados ante los veteranos de Guadalcanal y de Tarawa, convertidos ahora en endurecidos veteranos de veinte y veintiún años de edad. Fue llegando nuevo material y más armas.

Pero la Segunda División se sentía apática y fatigada. Todos queríamos irnos a casa, no había ninguna duda. Estaba, sin embargo, esa inexplicable obstinación que le hacía a cada hombre resistir. Recorríamos los mismos kilómetros, pero era sólo un caminar como autómatas. Sí, hasta el propio Sam Huxley parecía ahora un autómata.

Con el transcurso de las semanas, renació la esperanza de que la próxima invasión fuera la última, de que quizá dejaran al Sexto establecer la cabeza de playa. Y surgió una nueva fuerza impulsora. Un impulso asesino. La Segunda División, olvidada en las montañas de Hawai, desarrolló fuerza, potencia y el ansia de ser los asesinos profesionales de que se nos acusaba en Hilo.

Llegó entonces la noticia de que la Cuarta División de Marines había atacado las Marshalls como continuación a la acción contra Tarawa y que se estaba formando una Quinta División de Marines.

I

Querido Sam:

Estoy terriblemente excitada. Acabo de estar con el coronel Malcolm. Hemos almorzado juntos en el club de oficiales, y me ha hablado de ti. Oh, querido, me siento muy orgullosa. Me ha hecho un relato completo del maravilloso trabajo que has realizado con tu batallón, y tengo entendido que estás propuesto para otra condecoración. También me ha dicho, confidencialmente, que eres el candidato a sucederle como comandante del regimiento. Pero, querido, ¿no podían tus muchachos haber inventado un apodo mejor para el batallón? A mí me parece horrible.

Sé que no debería haberlo hecho, pero el coronel Malcolm me

*ha dicho que estás en Hawai. He tratado de imaginarlo con clari-
dad, pero me temo que no puedo. La idea de que estés tan cerca
se sobrepone, simplemente, a cualquier razón que pueda concebir.*

*¿Te acuerdas del coronel Drake, que se retiró hace varios años?
Tiene una casa en Maui y nos ha pedido una y otra vez que le
visitemos. Es la isla que está justamente al lado de Hawai. Podría ir allí.*

*Por favor, querido, no rechaces mi sugerencia. He intentado
ser una esposa de marine, pero voy a tener que ser egoísta..., tan
egoísta como una mujer que anhela estar con su marido. Has tenido muy poco tiempo libre en los últimos años. Parecía que sólo
habían pasado unos meses desde tu regreso de Islandia cuando te
volviste a marchar otra vez. No me importa lo breve que sea nuestro encuentro, Sam, pero debo verte. Me había dispuesto a resistir
mientras durase la guerra, y no me he quejado, pero todo saltó
hecho pedazos cuando descubrí que estabas tan cerca.*

*Te quiero como te he querido siempre y te echo de menos como
siempre te he echado de menos, con toda mi alma. La idea de
verte lo cambia todo y me ha embriagado de felicidad.*

Tu amante esposa
JEAN

La mano de Jean Huxley temblaba mientras cerraba la puerta de su
habitación y rasgaba la solapa del sobre.

Mi Jean:

   *Observarás por el matasellos que esta carta no ha ido a través
de los canales normales. Se la he dado a un aviador amigo mío
para que la eche al correo en los Estados Unidos.*

   *Vida mía, si alguna vez he tenido que tomar una decisión, si
alguna vez he tenido que encontrar palabras que no quería decir,
es ahora.*

   *Cuando leí tu carta, apenas si podía darle crédito. La idea de
volver a tenerte entre mis brazos, la idea de amarte, aunque solamente fuese durante un día, da respuesta a la oración que he estado rezando cada noche durante dos hambrientos años.*

   *Pero, querida mía, debo pedirte que esperes. Sería imposible
para ti venir a Hawai. Jean, cuando regresé de Islandia y se me
encomendó este mando, tuve que convertir en marines a un puñado de inexpertos muchachos, y no fue tarea fácil. Pero ahora mis
muchachos son marines, los mejores del mundo. Tal vez no me
aprecien, tal vez me odien. No lo sé en realidad, pero sé que hemos atravesado juntos un auténtico infierno. Estos chicos no son
soldados profesionales como yo. Esta cuestión de decirse adiós les
hiere más profundamente de lo que jamás nos herirá a nosotros.
Ellos quieren a sus esposas y a sus madres tanto como nos queremos nosotros. Pero el camino no es para ellos tan fácil como lo ha
sido para nosotros. Deben quedarse y hacer su trabajo.*

   *Bien sabe Dios que no me estoy castigando a mí mismo por
causa de ellos; pero, ¿qué clase de amor sería si tuviera que en-*

frentarme a ellos sabiendo que he robado algo de lo que a ellos se les priva? ¿Podríamos engañarnos? Debo permanecer con ellos, Jean. Soy su jefe. Debes comprender, querida.

Nunca había escrito esto, pero ahora ha llegado el momento de hacerlo. Desde que éramos jóvenes en el Estado de Ohio y tú decidiste ser mi esposa, debes de haber aprendido que yo estoy casado con dos personas, contigo y con el Cuerpo. Muchas veces has tenido que retroceder y resignarte a un segundo puesto y nunca te has quejado de ello. Muchas veces he deseado yo decirte qué valiente soldado has sido. Has tomado un camino largo y difícil..., sí, siempre estamos diciéndonos adiós.

Y muchas veces me he maldecido a mí mismo por haberte metido en todo esto. Nunca he sido capaz de darte el hogar y los hijos que sé que anhelas. Siempre ha sido: «Cuídate, hasta pronto.» Pero, sin tu valor, yo nunca habría podido hacerlo.

Adondequiera que la llamada del deber me ha llevado y en cualquier situación, yo siempre puedo encontrar consuelo en el conocimiento de que hay una mujer esperándome en los Estados Unidos. Una mujer tan maravillosa que seguramente no la merezco. Pero, mientras ella esté allí, ninguna otra cosa me importa.

Y he pensado con angustia en el día en que pueda volver y saber que nunca tendré que abandonarte de nuevo y pueda pasar el resto de mi vida tratando de compensarte de cada día solitario y cada noche solitaria.

Nuestra suerte está echada y por el momento debemos aprovechar todos nuestros instantes de felicidad cuando nos sean dados. No me arrepiento de la vida que he elegido, sólo del sufrimiento que te he causado.

Y así una vez más. Sólo un poco más de tiempo, querida.

Te adoro,
SAM

La carta cayó al suelo, y Jean Huxley, sin expresión, miró por la ventana. Tenía el presentimiento de que no volvería a ver más a su marido.

Algo grande se estaba fraguando para el Sexto de Marines. La noticia llegó durante unas maniobras, cuando se presentó al regimiento el recién desarrollado «búfalo». El búfalo era un tractor anfibio, más grande, más rápido y mucho mejor armado que su predecesor. El Sexto comenzó a adiestrarse en el manejo del búfalo, mientras el Segundo y el Octavo se adiestraban en las montañas. Esto significaba que la cabeza de playa era para nosotros. El ensayo general con todo terminó, como de costumbre, en un absoluto caos.

Contentos con la esperanza de que ésta fuese la última campaña, nos dispusimos a emprender de nuevo la marcha. Estábamos con ánimo combativo. Había entrado ya en vigor un plan de rotación para los miembros del Segundo y el Octavo que habían estado en ultramar muchos más meses que nosotros.

Esperamos, tensos, mientras se levantaba el campamento y batallón tras batallón emprendían el lento y torturador descenso por la ladera de la montaña hacia los muelles de Hilo. Pensábamos que los transportes se dirigirían desde Hilo a Pearl Harbor, y después a lo largo de las islas para la concentración final.

Llegó entonces la frustradora noticia. Cinco LST habían sido volados en Pearl Harbor. En el último momento se nos ordenó permanecer en Tarawa. Era evidente que, en un principio, los «Putas de Huxley» habían sido adscritos a uno de los barcos destruidos. Huxley tomó un avión para Honolulu mientras nosotros nos quedábamos en las frías montañas.

El rígido ordenanza que montaba guardia ante el despacho del general de división Merle Snipes en Pearl Harbor abrió la puerta.

—Señor, el teniente coronel Huxley desea verle.

Cerró la puerta tras Sam, que se detuvo en posición de firmes ante la mesa del general.

Snipes había ascendido hacía muy poco tiempo al mando de la división. Decía la leyenda que nadie había visto sonreír jamás a Snipes.

—Solicitó usted permiso para verme, Huxley. Veo que no ha perdido tiempo en venir aquí.

Sus palabras eran siempre cortantes y precisas, tanto con sus subordinados como con sus superiores.

—Mi batallón está todavía en lo alto de la montaña en Hawai, señor.

—No lo dejaremos allí.

—General Snipes, comprendo que me estoy extralimitando, pero debo hacerle una pregunta. Nosotros estábamos destinados, en un principio, a uno de los LST que volaron, ¿verdad?

—Tiene usted razón. Se está extralimitando.

—¿Debo suponer, señor, que los LST van a constituir la vanguardia de una invasión inminente y que nosotros habíamos sido seleccionados como uno de los equipos de combate que deben establecer una cabeza de playa?

—No veo razón alguna para continuar esta conversación.

—Pero la vamos a continuar.

—¡Qué!

—Supongo también que le ha sido a usted imposible sustituir todos los LST y que mi unidad ha sido adscrita a un transporte de tropas.

—Para ser un oficial de poca antigüedad, hace usted muchas suposiciones, Huxley.

—O sea que tengo razón. Ha cambiado usted nuestra misión. No vamos a ser los primeros en desembarcar.

—Déjenos los cálculos a nosotros —dijo Snipes, con voz gélida— y haga lo que se le ha ordenado. Lárguese de aquí antes de que lo haga comparecer ante un consejo de guerra.

El general empezó a pasar con el pulgar los papeles que tenía sobre la mesa. El corpulento hombre que se hallaba ante él no se movió. Con lentitud, Snipes levantó la vista, entornados los ojos hasta formar dos estrechas ranuras y una expresión helada en su rostro. Entre sus finos y estirados labios asomaron los dientes manchados de tabaco.

—¡Maldita sea, general! Éste es el último asalto. Nos estamos acercando al Japón —continuó Huxley—. Con cinco divisiones de marines aquí, nunca tendremos otra oportunidad.

Snipes alargó la mano hacia su teléfono.

—Adelante, llame a los de la Policía Militar. Usted y su gente se han estado sacudiendo durante demasiado tiempo al Sexto de marines..., nos tienen envidia.

Snipes observó al huesudo oficial que tenía delante.

—Es de dominio público cómo le complicó usted la vida al general Pritchard en Guadalcanal. Se está forjando toda una reputación de buscalíos.

—Eso es mentira, y usted lo sabe. Hemos trabajado de firme. Usted sabe, sin duda alguna, que somos el mejor regimiento del Cuerpo.

—Está bien, Huxley, siéntese y serénese. Quiero enseñarle algo.

Fue hasta una caja fuerte empotrada en la pared, hizo girar los discos y sacó un enorme documento encuadernado que echó sobre la mesa.

—¿Ha visto alguna vez uno de éstos?

—No, señor.

Leyó la portada: *Operación Kingpin. Alto Secreto.*

—Dos mil páginas, Huxley. Mareas, vientos, bajas esperadas, cajas de munición, barriles de gasolina, topografía, costumbres nativas, historia del comandante enemigo, disposición de la flota japonesa, cuántos rollos de papel higiénico necesitaremos..., pregunte lo que quiera, esta todo aquí. —Se inclinó sobre su mesa—. Van a intervenir tres divisiones, Huxley. Sesenta mil hombres. Vamos a tomar una isla que nos servirá de trampolín para bombardear Tokio de forma permanente. ¡Lo oye! Y usted quiere modificar toda la operación..., poner en peligro un millar de vidas y mil millones de dólares. ¿Quién diablos se cree usted que es?

Huxley había palidecido.

—General Snipes —dijo, con lentitud—, puede usted coger ese gran libro y metérselo ya sabe por dónde. Usted sabe tan bien como yo que en cuanto suene el primer disparo puede empezar a olvidarse del libro. ¿Fue el libro lo que conquistó Guadalcanal? ¿Fue el libro lo que mantuvo a esos muchachos avanzando por el lago en Tarawa? Esto no va a ser diferente. Lo que ganará esta guerra para usted, general, son los pequeños bastardos con sus rifles y sus bayonetas, y la sangre y el valor, y vive Dios que yo tengo los mejores de todo el Cuerpo y quiero esa cabeza de playa.

—En otro tiempo, Huxley, le considerábamos a usted un joven con un brillante porvenir. Después de esta campaña, puede esperar pasarse el resto de su vida en el Cuerpo inspeccionando etiquetas de orinales. ¡No toleraré ninguna insubordinación!

Recobraron el color las mejillas de Sam, y se relajaron sus grandes puños.

—General —dijo con suavidad—, al venir aquí sabía que saldría de una de dos formas, o hacia el calabozo, o al frente de mi batallón. Quiero dimitir del Cuerpo. Quiero ser trasladado de inmediato hasta que sea efectiva la dimisión. Si trata de dar largas al asunto, tendrá que formarme consejo de guerra. No pienso volver junto a mis muchachos sabiendo que vamos a coger otra vez la escoba y la pala.

Hizo una profunda inspiración. Snipes se sentó, se ajustó las gafas y abrió el libro *Operación Kingpin.* Encontró la página que quería.

—No hemos podido remplazar el quinto LST que voló. Conforme al plan, los IST deben salir cinco días antes que el resto del convoy. Los LST botarán sus propios búfalos, y los transportes les seguirán una vez que esté afianzada la cabeza de playa. No puede usted hacerse con un LST. Tenemos, sin embargo, un pequeño barco de aprovisionamiento que saldrá primero con ellos. Habrá en él búfalos suficientes para llevar a su batallón. Dentro de un mes, Huxley, deseará usted no haber venido aquí, porque su unidad estará en situación muy comprometida. Voy a enviarle a usted al desprotegido flanco izquierdo. Recibirá sus órdenes tan pronto como Phibspac las apruebe.

Sam abrió la boca, pero le fue imposible hablar.

—Ha venido usted aquí sabiendo que soy el tipo más intratable del Cuerpo. Ahora, ha conseguido lo que quería y se está preguntando a sí mismo «¿Por qué lo hice y por qué ha cedido Snipes?». Lo primero puede contestarlo usted. Yo contestaré a lo segundo. Locos bastardos como usted son los que hacen al Cuerpo de Infantería de Marina. Bien, debe de sentirse usted orgulloso de su victoria.

—Tan orgulloso como puede sentirse un hombre cuando ha cavado las tumbas de trescientos muchachos.

—Tendrá suerte si sólo son trescientos... Y ahora..., largo de aquí.

Huxley se dirigió a la puerta con los hombros encorvados. Apoyó la mano en el picaporte. Sí, se preguntaba por qué. Sólo que había sabido que tenía que venir...

—Sam...

Se volvió, y quedó rota la leyenda de Merle Snipes. Revoloteaba en sus labios una levísima sonrisa, pero su rostro era cordial y humano.

—Sam, a veces pienso que es una forma endiablada de ganarse la vida.

Huxley cerró la puerta a su espalda y salió.

II

Se estaban celebrando servicios protestantes en la cubierta de popa. Yo estaba engrasando mi carabina, revisando una vez más los cargadores y fumando un pitillo cuando Ziltch me llamó al camarote de Huxley. Trepé por la escala y contemplé una panorámica de la flota..., centenares de buques moviéndose con serena lentitud en todo lo que podía abarcar la vista.

Los cantos que tenían lugar a popa parecían fundirse con el suave balanceo del barco:

«Adelante, soldados cristianos,
que vais a la guerra...»

Entré en el sector de oficiales, recorrí el pasillo y encontré a Keats ante la puerta de Huxley.

—¿Qué ocurre? —pregunté.

—Maldito si lo sé, Mac —respondió Keats, llamando a la puerta con los nudillos.

Ziltch nos hizo pasar. Huxley se hallaba apoyado contra el mamparo, mirando por una portilla a la gran flota que avanzaba majestuosamente hacia su sangriento destino. Se volvió con lentitud hacia nosotros, nos indicó que adoptáramos la posición de descanso y encendió un cigarrillo con la colilla de otro. Huxley, el fanático de la disciplina, pareció desasosegado por un momento mientras nos pedía a Keats y a mí que nos sentáramos y desplegaba sobre la mesa su mapa de campaña. Se frotó la mandíbula durante unos instantes.

—Mac —dijo, casi de forma avergonzada—, y tú, Keats, os he pedido que vengáis aquí..., bueno, porque somos viejos camaradas.

—Sí, señor —exclamé—, desde Islandia.

—¿Os han instruido sobre la operación de mañana?

—Sí, señor.

Podíamos ver los oscuros círculos que la falta de sueño había dejado bajo sus ojos. Señaló en el mapa con un lápiz.

—Aquí está, Playa Roja Uno, el cogollo de toda la operación.

Fue hasta la portilla y tiró afuera el cigarrillo.

—Observaréis que nuestro batallón tiene que desembarcar en el extremo del flanco izquierdo. Nosotros seremos la unidad más próxima a las grandes concentraciones japonesas en la ciudad de Carapan. Es indudable que éstas contraatacarán y que nosotros recibiremos el peso principal de ese contraataque.

Keats y yo asentimos. Él regresó junto al mapa.

—Y aquí está Monte Topotchau, un perfecto puesto de observación enfilado directamente sobre nosotros —se golpeó la palma de una mano con el puño de la otra—. Ahí afuera hay mareas y arrecifes peligrosos. Existe el riesgo calculado de que el resto del grupo de combate no pueda desembarcar a demasiada distancia al sur. Eso significa que tendremos que resistir solos y aislados hasta que puedan reunirse con nosotros. Los japoneses desatarán un auténtico infierno sobre nosotros para mantenernos separados.

Se dejó caer en una silla y encendió otro cigarrillo.

—Un auténtico infierno —repitió—. Mac, esas radios tienen que permanecer en funcionamiento mañana.

Entornó los ojos y se recostó.

—¿Cuáles son las misiones concretas?

—Macuto, L.Q., Faro y Andy saldrán con las compañías de fusileros. El cabo Hodgkiss estará en el puesto de mando con el equipo de radios portátiles.

—¿Qué hay del indio?

—No es gran cosa como transmisor en clave, pero puede manejar un TBY en el fondo de un pozo —le aseguré.

—¿Los demás?

—Gómez, Gray, Forrester y yo manejaremos los aparatos con el regimiento y con el buque insignia.

—El regimiento vendrá con Tulsa Azul por nuestro flanco derecho, y debemos mantenernos en contacto con ellos por si se desvían hacia el sur a causa de la marea.

—Sí, señor.

—Y, en cualquier caso, no perdáis nunca al buque insignia

—Nos proponemos usar allí la radio del jeep, señor.

—Excelente. —Plegó el mapa y sonrió con una cierta turbación—. ¿Queréis un trago?

Casi me caigo de la sorpresa. Huxley abrió el cajón de su mesa y sacó una botella de whisky escocés.

—He guardado esta botella durante seis meses, pero creo que la ocasión lo merece ahora. —Se llevó la botella a los labios—. Buena suerte, muchachos.

Pasó la botella a Keats.

—Puede contar con..., buena suerte —dijo Keats.

Yo cogí la botella y la levanté unos momentos.

—No se lo tome a mal, coronel, pero quiero brindar por los «Putas de Huxley», la mejor unidad de todo el Cuerpo.

Momentos después, Keats y yo salimos a la cubierta de paseo y nos apoyamos en la barandilla. Llameaba el firmamento como una gigantesca bola de fuego mientras el crepúsculo del Pacífico daba un color anaranjado al plomizo mar. De la cubierta de popa llegaban voces quebradas y discordantes.

«Más cerca de ti, mi Dios,
más cerca de ti...»

—Parece que la cosa va a ser dura, Mac. Huxley está realmente preocupado.

—Es curioso —dije meditativo—, ha estado viviendo dos años para conseguir esta misión. Debería estar contento si tenemos las bajas suficientes para que pueda ingresar en el club de los batallones diezmados. Bien sabe Dios que eso es lo que quiere.

Cogí un cigarrillo de la mochila de Keats y lo encendí.

—Quizás ahora que lo tiene ya no lo quiere —dijo Keats.

Le di una palmada en la espalda.

—Será mejor que baje a recoger el pelotón. Te veré por la mañana, Jack.

El Agujero Negro de Calcuta no tenía nada que envidiar a la segunda bodega de un transporte de tropas. Me tapé la nariz y me abrí paso por entre la montaña de material para llegar a mi sección. Macuto estaba frotando suavemente una última gota de aceite en su arma. Danny se hallaba tendido en su catre y miraba la fotografía de Kathy. Y L.Q. y Faro charlaban mientras jugaban a cartas. Del gramófono de Marion llegaban los acordes de una pieza de música clásica que llenaban la bodega. Ninguno de los muchachos protestaba ahora contra ella. Parecía ejercer un efecto relajante. Subí a mi litera, en la tercera fila.

—Es bonita. ¿Qué es?

—¿No vas a aprender nunca? La Primera Sinfonía de Brahms.

—Oh, claro. la Primera de Brahms.

Marion dejó a un lado su carta.

—A Rae también le gusta.

—¿Le estás escribiendo?

—Uh-huh.

—Una chica excelente esa Rae. Tienes suerte.

—Es lo que estoy intentando decirle. ¿Mac?

—Dime.

—¿Estás nervioso?

—Sólo mortalmente asustado.

—¿Tienes un cigarrillo?

—¿Cuándo has empezado a fumar?

—En este preciso instante.

Sonó el silbato del contramaestre a través de los altavoces: «*Atención, atención. Todo el personal de Infantería de Marina debe permanecer bajo cubierta. No se permite a nadie salir por ninguna razón hasta que los puestos de combate sean ocupados a las cuatro cero cero.*» Volvió a sonar el silbato. Se nos leyó un mensaje de los comandantes del regimiento, de la división y de la flota. Algo acerca de la gloria del Cuerpo y de añadir nuevas cintas de victoria a nuestra ya gloriosa bandera del Regimiento. Cuando oímos este discurso antes de Guadalcanal habíamos aplaudido como reclutas; en Tarawa nos monstramos más bien escépticos. Esta vez sirvió para que sonaran varias risas.

Me tendí y traté de cerrar los ojos…, era imposible dormir.

La bodega no tardó en quedar sumida en una oscuridad absoluta, a excepción de las débiles luces que entraban por las escotillas. Me di la vuelta y me quité la camisa. Estaba empapada de sudor. Me coloqué la mochila bajo la cabeza a guisa de almohada. Reinaba el silencio, un silencio inquieto y desasosegado. Percibí un rítmico golpeteo. Era el pie de Macuto pegando en la cadena que sujetaba su litera, encima de la mía. Me pregunté qué estaría pensando.

El cuerpo de Macuto estaba resbaladizo de sudor. Hasta la cintura para el Cuatro de Julio, eso es lo que dicen del trigo en Iowa, pensó. Tal vez haga fresco allí esta noche…, antes de que se instale el verano de forma definitiva. Con tiempo caluroso se puede oír crecer el trigo…, basta caminar por el campo y se le oye crujir. Me encantaría pasearme con unos vaqueros limpios, una bonita camisa y, quizás, asistir a un baile cruzado. Estos tipos no saben nada del baile cruzado…, creen que es algo pueblerino…, no saben lo que es la verdadera vida… *Saluda con la mano izquierda y alarga la derecha y ven…, coge a tu pareja, levanta el pie y dale un apretón do si do…, y hazle girar y llévale a pasear… Dale a tu pareja una vuelta, y dale luego otra más…, toma a la chica del rincón do si do, formad un círculo y venid al bar…*

El pie de Macuto seguía el ritmo de la susurrada tonada en la cadena de su litera.

Bajó, pasando por delante de mí. Alargué la mano y le sujeté por el hombro.

—¿Qué ocurre, Macuto?

—Voy a ver a Pedro para que me dé una medicina contra el mareo.

Pedro Rojas dormitaba junto a la mesa, en la enfermería. El cigarrillo que tenía en la mano fue consumiéndose hasta quemarle los dedos. Se sobresaltó. Cogió su cartera, sacó la desvaída fotografía de una muchacha y la observó unos momentos. Luego, se la llevó a los labios y la besó con suavidad.

Ya no soy tan desgraciado para volver a Texas, pensó. Soy un buen sanitario..., el doctor me va a hacer jefe. Mis buenos amigos no conocerán al viejo Pedro cuando vuelva a San Antonio. Yo cuidaré de ellos.

—Pedro.

—Hola, Macuto. ¿Qué le pasa a un marine tan fuerte y robusto como tú?

—Ya sabes, el mareo de siempre.

—¡Macuto! Te he dado ya porquerías suficientes como para llenar este barco.

—Oh, vamos, no me hagas pasar mal rato. Voy a empezar a vomitar otra vez.

—¡Jesús María! Bueno, está bien. Espero que te manden a casa en avión.

—No digas eso.

Tragó la medicina y parpadeó.

—¡Macuto! No dejes de desayunar fuerte, ¿me oyes?

—Sí, te oigo. —Dejó el vaso en la mesa—. Creo..., creo que será mejor que me vaya e intente dormir.

—De acuerdo, hombre.

—Oye, Pedro..., ¿has estado alguna vez en un baile cruzado?

—No, pero conozco varios bailes mexicanos preciosos.

—¿Sí?

—Hombre, Pedro es el mejor bailarín..., mira, siéntate. Voy a enseñarte un paso que si eres capaz de darlo te regalo una botella de alcohol.

Yo necesitaba fumar un cigarrillo. Bajé de la litera y seguí la luz azul en dirección a los lavabos. Me agaché para coger un trago de agua del tonel. Alguien estaba detrás de mí. Me volví rápidamente. Era el indio.

—No quería asustarte, Mac.

—¿No puedes dormir?

—Estaba despierto, sí. Te he visto levantarte...

—¿Qué te ocurre, muchacho?

—Esto parece estúpido, Mac. Quiero decirte una cosa.

—Adelante.

—¿Sabes cómo estoy diciendo siempre que quiero volver a la reserva?

Asentí y vi su rostro sombrío en la penumbra.

—Mac..., Mac, la verdad es que no quiero volver. Quiero quedarme en la Infantería de Marina... como tú. ¿Crees..., crees que yo haría un buen marine?

Había en su voz un extraño y triste tono de súplica.

—Tú serás un magnífico marine.

—¿Lo dices de veras?

—Claro que lo digo de veras.

—¿Sabes? En realidad, no hay nada allá en la reserva. Aquí tengo muchos amigos. Me gusta el Cuerpo... Yo... quiero quedarme.

Le pasé el brazo por los hombros.

—Anda, por los clavos de Cristo, ve a dormir un poco. ¿Sabes? Puede que haya varios ascensos a cabo después de este festejo.

Marion tenía los ojos entreabiertos bajo la pequeña bombilla que había junto a un lavabo, y sus labios se movían mientras repetían las palabras que iba leyendo. Entró Danny en el lavabo.

—Hola, Mary.

—Hola, Danny.

—Estoy sudando como un cerdo. No puedo dormir. ¿Qué lees?

Marion le dio el librito de poemas.

—*Bajo el ancho y estrellado cielo... Cava la tumba y deja que me tienda... Alegre viví y alegre moriré* —Danny levantó la vista y miró con gravedad a Marion—. *Que éste sea el verso que grabes para mí... Aquí yace, donde anhelaba estar... A casa vuelve el marinero, a casa desde el mar... Y a casa vuelve el cazador desde la montaña.*

Le devolvió el libro lentamente.

—No parece una cosa muy adecuada para leer ahora —murmuró.

—Me estaba dando vueltas en la cabeza —respondió Marion.

—*A casa vuelve el marinero, a casa desde el mar, y a casa vuelve el cazador desde la montaña.* Encaja, ¿verdad?

—Sí.

—Un compañero me dijo una vez algo acerca de encontrar la paz de espíritu. Pero uno no puede por menos de interrogarse. La tercera vez en menos de dos años. ¿Quién sabe?

—¿Quién sabe, Danny? Cada hombre de los que están en este barco te daría una respuesta diferente. Su propio pedazo de tierra, su propio sueño, su propia mujer, su propia forma de vida. Ninguno de nosotros tiene la misma respuesta.

—Pero un hombre tiene que saber. No puede estar siempre yendo simplemente adonde le lleva su nariz.

—Una cosa te puedo decir, Danny; no permitas que nadie te diga que fuiste un primo. De todo esto tiene que haber algo positivo a la fuerza. Desde luego, se van a reír de nosotros y te dirán que todo esto fue en vano. Pero no puede ser baldío. Piensa en los tipos como Levin. Para él las cosas estaban muy claras. Ojalá lo estuviesen para nosotros.

—Quiero creer eso, Mary.

—No les permitas decirte que estamos perdidos. Si fuese cierto, habría ocurrido hace tiempo. No olvides que esto es sólo parte de la lucha.

Danny asintió con la cabeza, permaneció inmóvil unos momentos y después, salió de los lavabos.

III

El silbato del contramaestre resonó por los altavoces, rasgando el silencio:

—*Zafarrancho de combate.*

Oímos sobre nuestras cabezas a los marineros que corrían a sus puestos. Me incorporé: las dos en punto.

—*¡Todos en pie!*

—Ah, bonito despertar —dijo L.Q.

—¡Que alguien encienda las malditas luces!

—*¡Luces!*

Me até las botas y sacudí un par de veces la cabeza para ahuyentar el pegajoso hedor. *Bum. Bum.* Los grandes cañones de la Armada estaban machacando el objetivo por cuarto día consecutivo.

—Son los de dieciséis pulgadas.

—Espero que esta vez derriben algo más que cocoteros.

—Espera a que Spanish Joe llegue a la playa. Ojalá las nativas sean aquí tan amistosas como las de Tarawa —rugió—. No te separes de mi lado, Marion. Yo te ayudaré en todo momento.

La masa de sudorosa humanidad se fue poniendo las ropas de faena en el sofocante recinto de la mal iluminada bodega.

BUM, BUM. Un sordo y lejano zumbido.

—Bombarderos pesados.

—*Atención. Desayuno en el comedor.*

BUM... BUM.

Las horas transcurren con lentitud cuando mira uno al reloj cada treinta segundos.

—Esta vez seguro que los están machacando. Quizá tengamos una playa despejada.

Speedy empezó a cantar:

> «*Mándame una carta,*
> *mándala por correo,*
> *mándamela*
> *a la cárcel de Birmingham...*»

El indio se sumó a otro coro.

—¿Os he contado alguna vez la ocasión en que vi a una serpiente pitón comerse un cerdo en el zoo? —preguntó L.Q.—. Bien, pues decidieron que la cosa fuese equitativa, así que engrasaron al cerdo y le dieron a la serpiente cuatro kilos de bicabornato sódico. La cosa más endiablada que jamás he visto... aquella vieja serpiente...

BUM... BUM.

¡Alto! ¡Un momento! ¿Qué es eso? Levantamos los ojos. Podíamos oír el suave chapoteo de agua contra el casco. El agudo zumbido de bombarderos en picado como un enjambre de avispas enfurecidas.

—Ya no tardaré mucho.

—Sobre esos diez dólares que me debes... Estaría dispuesto a llegar a un generoso acuerdo.

Miré mi reloj... BUM... BUM.

—¿Todo el equipo en orden?

—Afirmativo.

BUM... BUM.

Le sostuve la mano al indio para que pudiese encender un cigarrillo. L.Q. se paseaba entre los hombres, dándoies una palmada en la espalda y bromeando. Sus ojos se encontraron con los míos. Estaba muy pálido, pero, con un esfuerzo, logró sonreír.

—Voy a vomitar, Mac —murmuró Andy.

—Todo va a terminar en seguida, en cuanto toquen el silbato. Oye, ¿no va a tener Pat el niño pronto?

—Cristo, lo había olvidado. Eh, muchachos, voy a ser padre..., ¡había olvidado decíroslo!

—Vaya, que me ahorquen.

—No sabía que andabas en esos pasos, Andy.

—Eso echa por tierra la vieja teoría de la malaria.

BUM... BUM.

—¿Qué ocurre, Marion? —pregunté en voz baja.

—Estaba pensando... en Zvonski.

—¡Pues deja de pensar en él!

—Lo siento, Mac.

—*Atención, atención. Marines, a vuestros puestos de desembarco. ¡Rápido!*

—Nos tienen cuatro horas aquí sentados y ahora nos meten prisa.

Escalera arriba a toda velocidad. El aire fresco te golpea en la cara, derribándote casi. Ahora lo ves. ¡Saipán! Allí tendido, humeante y sangrando en el neblinoso amanecer como una fiera herida lamiéndose las zarpas, esperando el momento de volver a saltar sobre sus atormentadores.

Llevé hasta la barandilla a los hombres del puesto de mando y pasé lista. Pasaban los destructores ante el barco, avanzando hacia la playa. Los cañones de cinco pulgadas bombardeaban con furia la costa en llamas.

Marion se me acercó.

—Visita a Rae de mi parte, Mac —dijo.

Lo miré. Nunca sabré por qué le contesté como lo hice. Quizá fue porque Marion tenía la misma extraña expresión que Zvonski cuando se había lanzado sobre aquella colina en Guadalcanal.

—La visitaré —dije.

—Puesto de mando, por la borda —ordenó Keats.

Los japoneses estaban en la cumbre de Monte Topotchau y el fuego de sus cañones cubría Playa Roja Uno. Una lluvia de metralla caía sobre el batallón. El resto de los batallones estaban detenidos en el arrecife mientras la granizada de balas caía sobre el mar. Los «Putas de Huxley» se estaban ganando con mucha rapidez el derecho a ingresar en el club de la gloria. Corría abundante la sangre bajo un mortífero tableteo de explosiones de bombas y surtidores de ardiente metal mezclado con carne y arena. Se afianzaron mientras la playa oscilaba y danzaba con macabro ritmo.

Marion se acurrucó en un pequeño agujero y manipuló su radio. FOX DE TULSA BLANCO: ¿HABÉIS ALCANZADO VUESTRO OBJETIVO INICIAL? CAMBIO.

Una granada cayó con aullante silbido sobre la playa.

Retumbaron los auriculares del aparato de Marion.

TULSA BLANCO DE FOX: SÓLO TE RECIBO DOS Y UNO. REPITE EL ÚLTIMO MENSAJE. CAMBIO. TULSA BLANCO DE FOX, NO TE RECIBO... TULSA BLANCO DE FOX: ME RECIBES...

—Eh, Marion, déjate de bromas.

Marion se sintió girar como un hombre apresado en un remolino y fue arrojado con enorme violencia contra la arena, con la pierna izquierda colgando, sostenida sólo por un obstinado músculo.

Spanish Joe yacía sobre la arena a cincuenta metros de distancia. Oyó una voz que gritaba con angustia entre las explosiones de las granadas. Se levantó de su refugio. Un aullido ensordecedor, una explosión. Joe cayó de bruces.

—Joe, soy yo..., Marion.

FOX A EASY: NECESITAMOS SANITARIOS... ¿OS SOBRA ALGUNO? CAMBIO. El mensaje llegó por los auriculares de Marion.

Aumentó la intensidad del bombardeo, arrojando a los hombres fuera de sus agujeros. Spanish Joe corrió a refugiarse de nuevo, brotándole el sudor por todos los poros del cuerpo. Agarró con tanta fuerza las rocas que tenía alrededor que le sangraron las manos.

—Dios..., ayúdame, Joe.

Spanish Joe aplastó su cuerpo contra las piedras y tembló con violencia. Sus ojos estaban fijos en el lugar en que Marion yacía tendido. Creció la intensidad del bombardeo.

EASY A FOX: NO PUEDO CONTACTAR AHORA CON GEORGE, CAMBIO.

—Oh Dios... ¡Me estoy muriendo..., Joe...! ¡Joe!

La voz era más débil. Gómez sepultó el rostro entre las manos y permaneció acurrucado, inmóvil.

Divito dirigió a toda velocidad el jeep de la radio hacia un macizo de matorrales próximo al centro de mensajes.

—Mac —gritó—, voy a la playa para ayudar con los heridos.

—Lárgate —dije.

—¡Eh, Mac!

—¿Qué?

—Este TBX está averiado —dijo Danny—. ¿Dónde está Spanish Joe con las piezas de repuesto?

—No lo sé, maldita sea.

—¡Mac! —llamó el centro de mensajes.

—¡Qué!

—No podemos contactar con ninguna compañía de fusileros.

—Envía mensajeros a las compañías de fusileros hasta que funcionen esos teléfonos. ¡Barry! —grité.

Se acercó corriendo el jefe de la sección de teléfonos.

—Barry, la radio con el regimiento no funciona. Vas a tener que tender un cable a lo largo de la playa hasta donde se encuentran ellos.

—Cristo, Mac. Están a casi dos kilómetros de distancia, y todo es playa descubierta. Los japoneses están machacando la zona para impedir la reunión de nuestras fuerzas.

—¡Cuerpo a tierra!

SSSSSSSSSSSHHHHHHHHHH

—No tengo suficientes hombres, Mac. Están todos con los cables tendidos con las compañías de fusileros —continuó Barry.

—¡Centro de mensajes! Mandad un mensajero a la Compañía How y decidles que envíen aquí dos operadores de teléfonos de inmediato... ¡Speedy!

—A la orden —dijo el tejano.

—¿Has visto a Marion o a Spanish Joe?

—No he visto a Mary, y he oído que Joe enloqueció, robó una ametralladora y se dirigió hacia la zona de la Compañía Fox.

—Está bien, Speedy..., la red de radios portátiles no funciona. Quiero que recorras las compañías de fusileros y reúnas de nuevo a todo el pelotón en el puesto de mando.

—De acuerdo..., hasta luego —dijo Speedy, cogiendo su carabina y echando a correr hacia el frente.

—¡Danny!

—Sí, Mac.

—Sube al jeep y vigila bien la Kingpin.

—¿Qué hay de esa radio inutilizada con el regimiento?

—Tendremos que echarle un vistazo después. Voy a buscar a Huxley. Barry, en cuanto vuelva cualquiera de tus hombres, mándalos en seguida a la playa, con el regimiento. Diles que hay allí una Estrella de Plata si logran consolidar la línea.

Barry se echó a reír y me dio una palmada en la espalda, mientras yo corría hacia la orilla intentando encontrar a Huxley. El suelo continuaba sacudido por la incesante lluvia de granadas disparadas desde Monte Topotchau.

Al principio no pude distinguir a Huxley. Luego, le vi sentado, sosteniendo algo en los brazos. Estaba llorando como un niño. Era su pequeño ordenanza, Ziltch. Estaba muerto, cubierto de sangre y horriblemente mutilado. Huxley mecía el cadáver de un lado a otro. Había puesto sobre el rostro del muchacho el descolorido pañuelo rojo con la inscripción bordada de *Sam Huxley, Estado de Ohio.*

—¡Cúbrase, jefe! —grité.

Permaneció en silencio. Lo arrastré hasta ponerle a cubierto.

Huxley empezó a gritar.

—¡Se tiró encima de una granada! ¡Están matando a mis muchachos, Mac! ¡Están matando a mis muchachos!

Estaba trastornado. Le forcé a enderezarse y le di un puñetazo en la boca. El golpe lo derribó. Se incorporó con trabajo y quedó allí sentado, sacudiendo la cabeza y parpadeando. Silbó un obús japonés. Me arrojé sobre Huxley y lo sujeté contra el suelo hasta que pasó el obús.

—Gracias, Mac.

—No quería pegarle, jefe.

—Supongo que perdí... ¿Cómo están las cosas? —preguntó.

—Mal. El resto del grupo de combate está a un kilómetro de distancia, y no nos hemos puesto en contacto. La red de las compañías de fusileros no funciona. Sólo estamos en contacto con el buque insignia.

—¿Dónde está Keats? Que se presente de inmediato.

—Yo estoy al mando ahora —dije—. Él ni siquiera ha salido del búfalo.

—¿Qué estás haciendo?

—No deben tardar en llegar los teléfonos con los fusileros. He ordenado que todos los radiotelegrafistas vuelvan al puesto de mando. Vamos a intentar tender un cable por la playa hasta el regimiento. Pero están tratando de agrandar la brecha entre nosotros.

—Perfecto, Mac. Ya eres teniente.

—Discutiremos eso más tarde.

—Hagas lo que hagas, mantén la comunicación por radio con Kingpin. Si los perdemos, estamos listos. Necesitaremos apoyo naval cuando los japoneses contraataquen desde Garapan. Vuelve al puesto de mando. Voy a la tienda de primeros auxilios a revisar las bajas.

—A la orden.

Me levanté y eché a correr sobre la arena. Algo silbó en lo alto, y me arrojé al suelo. Rugió la tierra a mi alrededor con estruendo y sentí que algo me golpeaba en la espalda. Me volví. ¡Era la pierna de un hombre!

—¡Jefe!

Huxley se estaba aplicando ya un torniquete en torno al muñón cuando llegué a su lado.

—Vuelve al puesto de mando, Mac. ¡Ya conoces tu misión! Si no estoy yo allí dentro de diez minutos, dile a Wellman que se haga cargo del batallón.

—¡No puedo abandonarle, jefe!

Me incliné sobre él. La arena estaba resbaladiza con su sangre. Me encontré de pronto ante el negro agujero del cañón de una automática del 45.

—Vuelva a su puesto, marine —gruñó Huxley, mientras amartillaba la pistola.

En la Compañía Fox, L.Q. tiró al suelo sus auriculares y soltó un juramento.

—Eh, L.Q., Max quiere saber si estás en comunicación con el puesto de mando.

—Dile a Shapiro que sólo he podido contactar con la Compañía How, y ahora ni eso.

—No importa, acaba de llegar la línea telefónica.

—Gracias a Dios —dijo L.Q., y se dejó caer contra un árbol, exhausto.

Se produjo un tiroteo de armas cortas al tomar contacto la compañía con una patrulla enemiga.

—¿Tenéis un cigarrillo? Yo he perdido los míos al saltar del búfalo esta mañana.

—Toma, L.Q.

—Gracias.

Se puso el cigarrillo entre los labios. Llegó corriendo un mensajero. Una súbita ráfaga de disparos hizo tirarse al suelo a todo el mundo.

—Venid —jadeó el mensajero—, estamos avanzando para reunirnos con la compañía Easy..., eh, L.Q., eh, qué diablos... ¡Cristo!

—Traed un sanitario. El radiotelegrafista ha sido herido.

—No necesitará ningún sanitario. Le han dado en plena cabeza.

—¡Vamos, adelante!

Speedy Gray se dejó caer de rodillas en la Compañía How y pugnó unos momentos por recobrar el aliento.

—¡Mensajero! —gritó un hombre al teléfono—. Ve al comandante Pagan y dile que vaya al puesto de mando y asuma el mando del batallón. Huxley ha muerto, y el comandante Wellman ha sido herido.

—¡El jefe! Dios... ¿Dónde está ese radiotelegrafista? —preguntó Speedy.

—Allá, detrás de esas rocas, con los demás heridos.

—Hola, muchacho —susurró con voz débil Macuto mientras Speedy se arrodillaba a su lado—. ¿Vienes a despedirme?

—Escucha, Macuto, tal vez pueda llevarte a la playa, y allí Doc Kyser...

—Déjate de historias, Speedy, no trates de engañarme. Tengo en la barriga un agujero lo bastante grande como para meter la mano por él.

—Cristo, Macuto..., ¡Cristo!

—Oye...

—¿Qué?

—¿Has traído a tierra la guitarra?

—Sí.

Macuto rió y, luego, empezó a toser. Speedy le puso a Macuto una cantimplora en los labios y lo echó hacia atrás.

—Esto parece aquella película que vimos en Hawai... Oye, una cosa, ¿cantarás, si puedes, «Valle de Río Rojo» sobre mi tumba? La cantas muy bien...

El bombardeo había amainado hasta quedar reducido a esporádicas salvas. Aumenté el volumen de la radio del jeep para poder captar una señal y me dirigí al centro de mensajes. El comandante Pagan paseaba nerviosamente de un lado a otro.

—¿Qué hay de nuevo? —me preguntó.

—Kingpin nos pedirá apoyo naval para rechazar un contraataque tan pronto como se establezcan.

Se acercó un hombre del centro de mensajes.

—Todas las compañías de fusileros reunidas y tomando posiciones.

—Excelente. ¿Qué hay de esa línea telefónica con el regimiento?

—Hemos perdido cuatro hombres tratando de tenderla a lo largo de la playa, mi comandante. El servicio de información comunica que los japoneses se han infiltrado en la brecha.

—¿Puede llevarles esa otra radio, Mac?

—Hemos encontrado un pedazo de metralla dentro. Nunca podremos arreglarla.

—Supongo que van a tener que aguantar solos —murmuró Pagan.

Volví al jeep, me senté y esperé, preguntándome dónde estaría Speedy con el pelotón. Danny se acercó andando y cayó de bruces al suelo. Se arrastró hasta la rueda delantera, se apoyó en ella y bebió un trago de su cantimplora. Había profundos círculos de agotamiento bajo sus ojos. Se quitó el casco y dejó caer la cabeza hasta apoyar la barbilla sobre el pecho.

—¿Has encontrado a Mary y Joe? —pregunté.

—Marion ha muerto —respondió—. Spanish Joe está en alguna parte, cerca de la Compañía Fox..., dicen que se está volviendo loco con una ametralladora. Ahora tratan de evacuar de la playa a los heridos. Debe de encontrarse allí la mitad del batallón.

Transcurrieron unos momentos. Pagan ordenó que todo el mundo se preparase para trasladar el puesto de mando a un lugar más seguro.

Llegó Speedy, tambaleándose y con los ojos vidriosos. Subió al jeep, apoyó un brazo en el volante y dejó caer sobre él la cabeza. No me atrevía a hablarle, me daba miedo preguntar..., no era posible..., ¡no podía ser!

—Speedy, ¿dónde está el resto del pelotón? —pregunté por fin.

Speedy no respondió.

—Andy..., ¿dónde está Andy?

—No lo sé —sollozó Speedy.

—¿El indio?

—No lo sé.

—¿Macuto?

—Muerto.

—L.Q..., ¿has encontrado a L.Q.?

—¡No sé! ¡No sé! ¡NO SÉ!

—Doctor Kyser, cuatro más en camilla.

—Tenlos un instante hasta que hagamos sitio.

La tienda estaba llena de heridos ambulantes que permanecían silenciosos, esperando su turno. Los de las camillas tenían preferencia. Algunos estaban a punto de perder el conocimiento, otros sufrían terribles dolores, pero todos insistían en que sus heridas eran de poca importancia. Una larga fila de semiagonizantes yacía en parihuelas sobre el ensangrentado suelo.

Kyser cogió una taza de café y la bebió de un trago.

—Traed a los cuatro últimos..., dejadlos ahí.

Caminó con rapidez de una camilla a otra.

—Esos dos están muertos. Ponedles la tarjeta y sacadlos afuera.

Retiró el poncho que cubría el cuerpo de la tercera camilla.

—Santo Dios, ¿qué le ha pasado a este chico?

—Es Spanish Joe, doctor. Intentó detener a un tanque. Saltó sobre él, tiró una granada por la escotilla y se volvió. El tanque pasó sobre él.

Examinó el aplastado cuerpo y movió lentamente la cabeza.

—Hemorragia interna..., imposible salvarle. Llevadle afuera.

Kyser se acercó a la última camilla.

—Herido en la cara y en la pierna —dijo el sanitario.

—Dame una esponja.

El médico limpió la sangre coagulada y el polvo.

—El corpulento sueco..., yo estuve en su boda.

Le abrió un ojo a Andy y lo iluminó con una linterna.

—Pupila dilatada..., pulso irregular. Córtale el pantalón, quiero echar un vistazo a esa pierna.

Observó la carne y el hueso destrozados y le volvió a tomar el pulso.

—Morfina.

Cogió la placa de identificación del muchacho y la limpió para poder leerla.

—Pedro, prepara mil centímetros cúbicos de tipo O. Vamos a tener que cortar por encima de la rodilla. Pedro, contesta, maldita sea..., ¿dónde está? Hace media hora que le mandé llamar.

—Tropezó con una mina, doctor.

—Prepara... prepara a este muchacho. Plasma... amputación...

—¡*Cuerpo a tierra*!

Entró Divito en la tienda.

—Otro búfalo en la playa, doctor.

—Los heridos que podéis andar, ayudad con esas camillas. Los demás, identificaos y subid al búfalo.

—Doctor, deje que me quede a ayudarle.

—Tu brazo tiene muy mal aspecto, hijo. Es mejor que seas evacuado.

—Yo también me quedaré, doctor. Necesita usted ayuda.

—¡Fuera de aquí, maldita sea! Estáis estorbando.

—Yo me vuelvo al frente.

—Vete a la playa y sube a ese búfalo. ¡Es una orden, marine!

—Doctor, está empezando otra vez el bombardeo.

—Vosotros, venga, moveos con esas camillas. Daos prisa y preparad al sueco. Lo más probable es que traigan más heridos.

Afuera, se oyeron gritos y un confuso alboroto.

—¡Venga aprisa, doctor! ¡Alguien se ha vuelto loco!

Kyser se precipitó al exterior. Tres sanitarios agarraban al forcejeante Faro.

—¡Yo no me voy! ¡Yo no abandono a mis camaradas!

Pataleaba y se retorcía con infinita furia intentando soltarse.

—¿Qué le pasa? —preguntó Kyser.

—Se ha quedado sordo del todo. Rotura bilateral... los dos tímpanos, por los cañonazos.

—Dadle una inyección de morfina para calmarle. Si os sigue dando trabajo, ponedle una camisa de fuerza. Y lleváoslo de aquí en cuanto podáis.

Faro se soltó de sus atormentadores y le echó los brazos al cuello al médico.

—¡No deje que me lleven!

Le fue clavada una aguja por detrás, y el sanitario le separó del médico. Kyser se tambaleó levemente unos instantes, se agarró a la lona para mantener el equilibrio y regresó a la tienda.

Andy estaba sobre la mesa. Doc Kyser cogió sus guantes estériles. En el mismo momento, oyó una llamada familiar procedente de la otra sección de la tienda.

—Sanitario, herido grave.

Fue depositada en el suelo la camilla que transportaba el cuerpo de Danny Forrester.

Kathy abrió la puerta del frigorífico y cogió la botella de agua fría. Se proyectó una sombra sobre la cocina. Se volvió, sobresaltada.

—No quería asustarte, querida —dijo su madre—. He visto la luz encendida.

Sybil Walker se ciñó la bata, alargó la mano sobre la mesa y cogió el frasquito de píldoras.

—¿Cuánto tiempo llevas tomando esto?

—Yo... visité al médico hace unas semanas. Dijo que me harían bien.

—¿Por qué no me lo dijiste, Kathleen?

—No quería preocuparte, madre.

Kathy miró por la ventana hacia la oscuridad de la noche.

—Han desembarcado otra vez. Sé cuándo desembarca...

—Estás sólo imaginando, querida.

—No, lo sé, madre.

Sybil se acercó por detrás a su hija y le apoyó una mano en el hombro. La muchacha cayó en brazos de su madre.

—He intentado ser valiente —sollozó.

—Cálmate, niña, cálmate —dijo con voz suave su madre.

—Si Danny muere, no quiero vivir.

—Calla, calla. Sentémonos a hablar, querida.

—No suelo desmoronarme así —dijo, mientras se secaba los ojos—. Pero cuando sé qué él está..., tengo miedo. Sueño que lo veo, todo cubierto de sangre..., intentando venir hacia mí...

—¿Por qué no me lo dijiste?

—Prometimos... resistirlo los dos solos.

—¿No sabes que te queremos, que nos preocupamos por ti cada minuto del día? Anda, ¿qué tal una taza de cacao?

—Parece buena idea.

—¿Te sientes mejor, querida?

—Uh-huh.

—Si quieres, duermo contigo.

—Oh, sí, madre.

IV

No se repetiría esta vez el milagro que salvó a los marines de un contraataque en Tarawa. Los japoneses estaban en Garapan, resueltos a aniquilar a las tropas, hostigadas por la artillería, de Playa Roja Uno.

Los restos del Segundo Batallón del Sexto de Marines formaron una avanzadilla frente a Garapan. La Compañía Fox ocupaba posiciones a lo largo de la espesura, detrás de rocas y a ambos lados de la carretera, y se extendía hasta el borde del agua; era una línea tenue a consecuencia de las fuertes bajas sufridas. Al atardecer, fue cayendo lentamente la oscuridad de la noche mientras la Fox de Shapiro, la Easy de Whistler, la How y la Compañía George del capitán Harper apretaron los dientes, hicieron a toda prisa las paces con Dios y esperaron. Conforme a la voluntad general, Shapiro asumió el mando de las cuatro compañías y recorrió las posiciones, dando ánimos a los hombres.

McQuade y su patrulla regresaron para informar al capitán.

—¿Cómo van las cosas, McQuade? —le saludó Shapiro.

McQuade se sentó, hizo una profunda inspiración y se enjugó el sudor de la cara.

—Me estoy haciendo demasiado viejo para estas patrullas, Max, voy a tener que hacerme un reconocimiento un día de éstos. Nos encontramos en una situación apurada. Hemos llegado a mitad de camino de Garapan, manteniéndonos pegados a la carretera. Los japoneses están al acecho. Hemos visto cuatro tanques y unos dos mil o tres mil soldados. Tienen trompetas, banderas, *samurais* y están prestos a lanzarse contra nosotros —el sargento paseó la vista por el disperso batallón y meneó la cabeza—. No veo cómo vamos a contenerlos. Será mejor que el regimiento mande aquí otro batallón.

—Tengo noticias para ti, McQuade. Estamos aislados —dijo Shapiro.

—El sargento trató de portarse con despreocupación.

—Dame un pitillo.

Shapiro se dirigió al teléfono de campaña y se puso al habla con el comandante Marlin, que ostentaba el mando del batallón.

—Marlin, aquí Max. Acaba de informarme mi patrulla. Vamos a enfrentarnos con un masivo ataque *banzai...*, dos mil o tres mil hombres apoyados por tanques. ¿Puedes darnos algo?

—Magnífico —barbotó Marlin al teléfono del puesto de mando—. ¿Puedes emplear tirachinas? Max, tú eres el siguiente en la línea de mando. Si estoy muerto mañana, espero que te queden suficientes hombres para organizar una partida de póquer.

—¿Tan mal está?

—Es peor que la primera noche en Tarawa, Max. La peor situación en toda la historia del Cuerpo. Mandaré ahí a los heridos que puedan andar y a todo el que pueda sostener un arma. Voy a hacer todo lo que esté en mi mano. Estamos tratando de conseguir ayuda de la Armada, pero tengo entendido que viene hacia aquí la flota japonesa.

Cuando salió la luna, Max Shapiro convocó a sus oficiales y suboficiales de Estado Mayor. Los terribles minutos pasaban con excesiva lentitud para los hombres de la línea, que aferraban sus rifles, con la bayoneta calada, y tenían los ojos fijos en la carretera costera.

Max se arrodilló en el interior del círculo de hombres que se había formado a su alrededor.

—No os voy a largar una arenga altisonante. O detenemos este ataque, o morimos todos. Ningún marine se retira. Si alguno intenta hacerlo, pegadle un tiro. ¿Alguna pregunta?

Movieron negativamente la cabeza con expresión sombría y regresaron a sus puestos. Shapiro hizo entonces algo insólito. Extendió su poncho en el suelo y se echó, utilizando el casco como almohada.

—¿Qué diablos haces, Max? —preguntó McQuade.

—¿Qué diablos crees que hago? Voy a echar una cabezada. Despiértame cuando empiece la juerga.

Una carcajada recorrió la línea mientras los hombres se volvían para ver a su jefe fingiendo dormir. Representaba de maravilla el papel. Fue como un tónico para los fatigados combatientes.

Resonaron las trompetas japonesas. Relucieron cien espadas de *samurai* a la luz de la luna. El enemigo cargó con enloquecido frenesí contra los «Putas de Huxley».

En realidad, los japoneses quedaron cogidos en una trampa. Al amparo de la oscuridad, habían congregado a sus hombres en una cuña para invadir Playa Roja Uno. Dos destructores de la Armada situados ante la costa lanzaron un millar de bengalas, y la noche se convirtió en fulgurante día. El enemigo quedó al descubierto, indefenso, en su ataque. Los destructores se aproximaron casi hasta la misma playa, disparando a bocajarro incesantes andanadas contra las apiñadas tropas. Bajo la serena dirección de Shapiro, que recorría de un lado a otro las líneas, los marines hicieron fuego cuando los japoneses estaban ya casi encima de sus posiciones. A la luz de las bengalas, los japoneses caían como moscas, y la carretera costera no tardó en quedar cubierta de cadáveres. Los atacantes retrocedieron, tropezando con los cuerpos de sus compañeros, en confusa retirada. Desde detrás del batallón, un trío de tanques «Sherman» se lanzó a toda velocidad contra los tanques enemigos y los destruyó.

Max Shapiro volvió a acostarse.

Al amanecer, atacaron de nuevo. El mando japonés estaba decidido a reconquistar Playa Roja Uno, y tenían cinco mil hombres para sacrificar. Esta vez fueron enviados en oleadas para sortear el fuego de los destructores. Los marines los recibieron con cerradas descargas de fusilería, pero eso y el frío acero de sus bayonetas no podía detener al enemigo. Llegaron en enjambre hasta las líneas. Fanáticos hombres amarillos y fanáticos hombres blancos se enzarzaron en combate cuerpo a cuerpo.

La primera oleada había logrado su objetivo, se había producido una brecha, y el Segundo Batallón retrocedió a lo largo de cincuenta metros de terreno empapado de sangre. La segunda oleada de japoneses se precipitó para aprovechar y explotar ese éxito. La situación parecía desesperada.

Mientras los aturdidos marines se preparaban para la muerte que sabían segura, «Dos Pistolas Shapiro» se situó al frente de ellos, con sus dos humeantes pistolas en las manos. Se volvió hacia sus marines, y un grito horrible brotó de sus labios por encima del estruendo.

—¡Sangre! —gritó.

Max Shapiro cayó de rodillas, vaciados los cargadores de sus pistolas. Las tiró contra el enemigo.

—¡*Sangre!* —aulló—. ¡*Sangre!*

Los hombres de los «Putas de Huxley» quedaron petrificados. ¡Se había roto una leyenda! El invencible capitán, el hombre a quien las balas no podían tocar, el hombre al que creían casi divino, yacía allí, retorciéndose de dolor como cualquier otro ser humano. Le brotaba la sangre de la boca, los oídos y la nariz, y rodó, desafiante, tratando de arrastrarse hasta su enemigo para matar con las manos desnudas, con la misma terrible palabra en los labios.

¿Era humano después de todo? ¿No comprendía que era preciso hacer algo para elevar a sus hombres a una tarea que excedía de la capacidad humana? ¿Era su Dios quien le enviaba a sacrificarse a sí mismo? ¿O era Max Shapiro simplemente un loco, lleno de gloriosa locura?

Los «Putas de Huxley» se elevaron a las alturas de su capitán muerto. Ya no parecían seres humanos. Salvajes más allá de todo salvajismo, crueles más allá de toda crueldad, aullaron:

—¡Sangre!

—¡SANGRE...! ¡SANGRE!

El enemigo, compuesto por mortales, huyó.

ALÓ, TULSA BLANCO: AQUÍ, MCQUADE, COMPAÑÍA FOX. LOS HEMOS DETENIDO. LOS HEMOS DETENIDO.

ALÓ, MCQUADE: EN ESTOS MOMENTOS ESTÁN DESEMBARCANDO REFUERZOS EN LA PLAYA...

Después del ataque a Playa Roja Uno y de haber vencido a los contraataques, el resto de la batalla de Saipan careció ya de la excitación inicial para el Segundo Batallón. Después de las primeras veinticuatro horas no quedaban hombres suficientes para constituir una unidad de combate. El resto del Sexto de Marines permaneció todo el tiempo en lo más reñido de la acción. Y así, al final, el regimiento había acudido a su cita con el destino y ocupado su puesto junto a sus predecesores en Belleau Wood, en Guadalcanal y en Tarawa.

La suerte de la operación había dependido del Segundo Batallón, y, como numerosos muchachos en muchas otras islas, habían sido aparentemente vencidos. Pero nadie había ido hasta ellos para decírselo, y fue ese algo adicional que nadie puede explicar lo que les había hecho salir con bien del trance.

El mando del batallón había cambiado de manos cuatro veces en veinticuatro horas. Huxley, Wellman, Pagan y Marlin. Pero en mi libro el jefe era siempre Huxley. Lo que él les había enseñado, aquello por lo que casi los había matado, estuvo allí cuando más lo necesitaron.

Tras la conquista de Saipan, la Tercera División de Marines desembarcó más al sur y reconquistó Guam. Luego, cruzamos el canal para capturar la vecina de Saipan, Tinian. Dijeron que la campaña de Tinian había sido una campaña perfecta. Pero no lo fue tanto. Yo caí herido y fui enviado a Saipan para una transfusión de un par de litros de sangre en el hospital de la base.

Entré en la tienda del capellán Peterson. Peterson se levantó para saludarme.

—¿Cómo está el viejo lobo de mar?

—No van a impedir que me retire a los treinta años —dije.

—Excelente. Recibí tu petición, Mac. Creo que está bien que lo hagas. El padre McKale va a enviar las pertenencias personales de Pedro.

—Me voy dentro de poco a los Estados Unidos. Si supiera la dirección de Gómez, iría allí también.

—Es todo un detalle por tu parte renunciar a tu permiso para visitar a los padres de esos muchachos.

—Es lo menos que podía hacer.

—Haré que envíen las cosas a tu campamento.

—Capellán Peterson..., ¿qué hay de Andy?

El sacerdote meneó la cabeza.

—Sólo el tiempo curará sus heridas. He intentado hablar con él, como tú. Le arreglarán la cara dentro de poco, pero...

—Nunca le devolverán la pierna.

—Es una pena. Tiene una mujer maravillosa y muchas cosas por las que vivir. Cogí esta carta y se la leí. Me la tiró.

Tomé el sobre que me daba, lo abrí y empecé a leer. «*Querido, tienes un hijo...*»

Levanté los ojos hacia Peterson.

—Nació el día D, Mac.

No resulta fácil decir qué aspecto tiene Timmy. El pobrecillo es una mezcla horrible. Neozelandés, americano, escocés y sueco. En cualquier caso, grita como un marine y come como un maderero. Creo que me lo voy a quedar. Tú sabes lo feliz que soy.

Sabemos dónde estás, Andy. Nuestras oraciones te acompañan cada segundo de cada minuto. Sé que pasará mucho tiempo antes de que vuelvas con nosotros, pero recuerda que Timmy y yo sólo vivimos para el día en que tú regreses definitivamente.

Mis padres se han portado de una forma maravillosa. Papá está buscando ya un pony para Timmy. La pobre criatura no puede sostener la cabeza todavía. Mamá se pasa la mitad

*del tiempo desenterrando recetas americanas. Dice que va
a hacerte engordar.*
    *Querido, apenas si puedo esperar hasta el día en que Tim-
my tenga edad suficiente para andar. Lo llevaré a nuestra
tierra y le diré que su papá volverá un día y la limpiará y nos
construirá una acogedora casita y viviremos siempre en ella.*
    *Se acerca el invierno, pero pronto llegará la primavera,
y estaremos aquí como siempre.*

Tu amante esposa,
Pat.

Dejé caer la carta al suelo.
—Volverá —dijo el capellán—. Un amor como el de esa muchacha
es un imán demasiado fuerte para cualquier hombre.
Speedy subió a mi encuentro por la carretera.
—Acabo de enterarme, Mac. Nos vamos mañana.
—¿A casa?
—Sí.
—Creo que me voy a pasar por el hospital a despedirme de Andy.
Speedy me cogió del hombro.
—Yo acabo de estar allí. Me ha dicho que me largue.
Entré en la sala y caminé a lo largo de la fila de hombres sin brazos
o sin piernas hasta llegar al otro extremo. Descorrí la cortina que ro-
deaba su cama y acerqué una silla. Andy yacía tendido de espaldas, invi-
sible su rostro bajo las vendas, que sólo dejaban al descubierto los ojos
y los labios.
—¿Qué hay, muchacho, cómo te tratan aquí?
No respondió.
—Acabo de estar con el capellán Peterson.
—Si vienes a predicar, hazlo con alguien que lo necesite.
—He venido a despedirme, Andy. Speedy y yo nos vamos a casa.
—Está bien, adiós.
—Cristo, te van a dejar la cara como nueva, sin una cicatriz, en menos
de un año. He hablado con el doctor, y...
—Seguro, voy a tener una cara preciosa..., y una pierna preciosa
también. Puedes hacer cualquier cosa con ella. Cortar árboles, trazar
un surco. Quizás, incluso, conseguir trabajo en alguna exhibición.
—Estás muy equivocado. Tienes un hogar, una esposa y un hijo.
—¡Déjala a ella fuera de esto! ¡No tengo nada! ¡Nunca he tenido nada!
—Ella querría que volvieses, aunque te mandaran a casa en un cesto.
—Claro..., claro, me ponen una pierna y luego me rehabilitan. Deberías oír a los tipos que hay por aquí. Escucha, Mac, ¿quieres verme
mover el muñón para que te des cuenta de lo gracioso que resulta?
—¡Basta! No eres el único hombre del mundo que ha perdido una
pierna. Tú has trabajado en los bosques, lo has visto antes.
—Estoy encantado de darla, Mac. Pregunta a cualquiera, a todos nos
alegra hacerlo. ¿Le van a poner al indio un par de oídos nuevos? ¿Quizá
van a desenterrar a Macuto y al jefe.

—Estás resentido, Andy. Cristo, no podemos limitarnos a quedarnos tendidos y morir. No pidieron vivir cuando ingresaron en el Cuerpo.

—Lárgate de aquí.

—No sin antes decirte que eres una rata cobarde. No tienes los arrestos necesarios para que merezcas vivir. No hables del jefe y del pelotón. ¡No estás en el mismo grupo que ellos!

Sentía deseos de coger a Andy entre mis brazos y asegurarle que no lo decía en serio. Su mano avanzó a tientas en el aire, buscando la mía.

—Mac, no estoy enfadado contigo..., tú lo sabes..., no estoy enfadado contigo.

—No he debido decir eso. No es cierto —le cogí la mano.

—Olvídalo. Dile a Speedy que lo siento. Dile que el viejo Andy ha dicho que no se canse demasiado cuando vuelva a los Estados Unidos.

—Hasta la vista, Andy.

—Hasta la vista, Mac, y... si por casualidad pasas por la tienda de Peterson, quizá puedas decirle que me gustaría que me leyese esas cartas... y quizá podría escribir una por mí..., si no es demasiada molestia.

Me encontré con Speedy y observé que llevaba su guitarra. Echamos a andar lentamente hacia el campamento.

—¿Qué tal si pasamos por el cementerio a despedirnos?

Cruzamos bajo el amplio arco de madera blanca en que un letrero decía: CEMENTERIO DE LA SEGUNDA DIVISIÓN DE MARINES. Supuse que no era muy diferente de cualquier otro cementerio del mundo..., excepto para Speedy y para mí. Encontramos la sección del Sexto de Marines y caminamos por entre los montículos de tierra y las cruces. Nos deteníamos un momento ante cada tumba y durante ese momento recordábamos algo, esa clase de cosas que se recuerdan de un camarada. Algún detalle que se le ha quedado a uno grabado en la mente. JONES, L.Q., soldado 1.ª... ROJAS, PEDRO, SANITARIO... HODGKISS, MARION, CABO... GOMEZ, JOSEPH, SOLDADO 2.ª... HUXLEY, SAMUEL, TENIENTE CORONEL... MCQUADE, KEVIN, BRIGADA... SHAPIRO, MAX, CAPITAN... KEATS, JACK, ARTILLERO... BROWN, CYRIL, SOLDADO 1.ª...

Speedy se inclinó sobre la tumba de Macuto y entreabrió los labios.

—Hice una promesa, Mac.

Sus dedos pulsaron una cuerda, pero no podía cantar.

Bajo nosotros, retumbó el suelo, y el aire se llenó de un ensordecedor rugido de motores. Volvimos los ojos hacia el cielo. Escuadrilla tras escuadrilla de «B-29» pasaban volando sobre nosotros como majestuosos y plateados pájaros, camino de Tokio.

—Vámonos de aquí, Mac..., por qué voy a tener que llorar a un puñado de malditos yanquis.

V

Estaban alineados a lo largo de la barandilla del *Bloomfontein*. Ninguno hablaba. Miradas silenciosas, bocas abiertas, mientras nos deslizábamos a través de la niebla. Y, más allá, las dos torres del puente emergieron por entre la bruma.

—El Golden Gate en cuarenta y ocho, la cola en cuarenta y nueve.

La embarcación del práctico dio orden de que se abriesen las redes antisubmarinos para dejarnos entrar. Hacía frío.

Todo aquello era muy distinto a como habíamos imaginado. Un puñado de muchachos cansados y abatidos al final de una larga, muy larga travesía. Y los marines estaban allá afuera todavía. La Primera División había desembarcado en las islas Palau. Continuaban muriendo. Recordé cómo había imaginado yo este momento, con mis muchachos junto a mí... las guerras no acababan así. Quebrantados de cuerpo y espíritu..., y los marines continuaban desembarcando allá.

Me parecía estar oyendo cantar a mis muchachos. Cantaban maravillosamente. Me parecía oírlos con toda claridad, en pie ante la tienda del jefe, en Guadalcanal.

Oh el Sexto de marines, oh el Sexto de marines,
esos intrépidos hijos de puta...

—Hola, Mac.
—Oh..., hola, Speedy.
—¿Pensando?
—Sí.
—Yo también. No puede decirse que sea un regreso sonado, ¿verdad?
—No.

El enorme puente iba acercándose más y más, y luego la niebla pareció disiparse, y lo vimos. Frisco (1)..., los Estados Unidos.

—Es curioso —dijo Speedy—. Ese puente no tiene nada de dorado. Es de color naranja.

—Sí.

—He estado pensando. Tú tienes que ir a muchos sitios en tu permiso. Quizá puedas darme las cosas de Pedro y así iba yo a ver a su familia. No vivo muy lejos.

—Pero él era mexicano, y tú estás de nuevo en casa, Speedy.

—Era mi camarada —murmuró Speedy.

Sacó su cartera y un trozo de papel amarillento por el paso del tiempo.

(1) Abreviatura de San Francisco.

22 de diciembre de 1942. Este es un pacto sagrado. Somos los cachondos oledores de sobacos de los «Putas de Huxley»... Por el presente nos comprometemos a reunirnos en la Ciudad de Los Ángeles un año después de finalizada la guerra...

Speedy lo rompió y se quedó mirando cómo, lentamente, los pedazos de papel caían hasta el agua.

La esposa de Sam Huxley era maravillosa. Pasé dos días en la base de Dago con ella. Después, sentí el corazón tan oprimido que parecía que no había ya sitio en él para la tristeza. Fui a las casas de mis muchachos; resultaba embarazoso al principio, pero las familias se desvivían por hacer que me sintiera cómodo. Deseaban conocer muchas cosas.

Yo quería terminar pronto con aquello. Cuando llegué a casa de Marion en Kansas, Rae había salido, pero yo sabía que algún día cumpliría mi promesa a Marion y me reuniría con ella, algún día. Ella había cogido el dinero que habían ahorrado juntos y le había comprado una hermosa ventana en su iglesia.

Cogí un tren en Chicago con una sensación de alivio, sabiendo que sólo me quedaba una parada más. Al aproximarme a Baltimore, miré por la ventanilla, y el paisaje se me antojó familiar, tal como Danny me lo había descrito una y otra vez.

Afuera, estaba lloviendo. Cerré los ojos y me recosté en el asiento. El traqueteo de las ruedas me fue arrullando y pensé en mis muchachos y en los «Putas de Huxley». Los muchachos de aire juvenil e inmaduro que había hecho torcer el gesto a los veteranos. Y recordaba las palabras de Huxley: «Haced unos marines de ellos...»

Sí, nos llevaron al frente, y las señales indicadoras eran blancas..., cruces blancas. Y seguían llevándolos, a un lugar llamado Iwo Jima. Tres divisiones de marines estaban allí, dentro del radio de acción de la aviación japonesa. En aquellos momentos atravesaban el trance más difícil de todos.

Como cualquier veterano, yo pensaba que jamás había habido una unidad como la mía. Pero en el fondo de mi corazón sabía que no éramos más que uno de los cincuenta batallones de asalto existentes en un Cuerpo que había crecido de manera increíble. Otras unidades habían participado en combates más encarnizados y derramado más sangre. Cinco divisiones de marines, y una sexta en formación. En verdad, el Cuerpo había crecido.

Miré por la ventanilla azotada por la lluvia y divisé en un vistazo fugaz un grupo de grandes edificios rodeados por una amplia extensión de césped. Debía de ser el hospital John Hopkins. Luego, el tren se zambulló en un largo túnel.

—¡Baltimore! Diez minutos de parada.

Di un codazo al muchacho que dormía a mi lado.

—Despierta, Danny. Estás en casa.

Abrió los ojos y se puso en pie. Le ayudé a ponerse el pañuelo de campaña y a abrocharse la guerrera.

—¿Qué aspecto tengo?

—Espléndido.

El tren se bamboleó con brusquedad al frenar. Agarré a Danny para que no cayera. Parpadeó.

—¿Duele? —pregunté.

—No.

—¿Qué tal esa mano?

Sonrió.

—No será de mucha utilidad para hacer pases de los de cincuenta metros. Me han dicho que me seguirán sacando metralla de la espalda durante diez años.

El tren se detuvo. Bajé de la rejilla el equipaje de Danny y me dirigí hacia la puerta. Nos apeamos. Di las maletas a un mozo y le entregué un billete.

Danny y yo nos miramos. Ambos queríamos decir algo, pero ninguno de los dos sabía qué decir. Por nuestras vidas había pasado algo que nunca volvería. Para mí, había terminado simplemente una etapa. Para mí, habría otra estación, otra tanda de muchachos, otra campaña. Nuestras dos vidas, que tan importantes habían sido la una para la otra, estaban ya enormemente separadas.

—¿Seguro que no quieres quedarte un par de días, Mac?

—No, a ti no te gustaría verme por aquí. Tengo que ir a Nueva York para visitar al padre de Levin y volver a la costa. No queda mucho tiempo.

Surgió ante nosotros una multitud que pugnaba por subir al tren. A nuestra espalda, un grupo de muchachos permanecía en pie con sus maletines. Un sargento instructor de Infantería de Marina con uniforme azul se paseaba de un lado a otro.

—Tenéis cinco minutos —ladró.

Se elevó a nuestra espalda un coro de voces.

—Cuídate, hijo.

—Tráeme un japonés, ¿eh?

—Escríbenos.

—No te preocupes, mamá, todo irá bien.

—Nos van a llevar durante unas semanas a un campo de instrucción.

—Las vais a pasar canutas —canturreó un marine uniformado al pasar ante ellos.

Danny y yo nos abrazamos desmañadamente.

—Hasta la vista, muchacho.

—Hasta la vista, veterano.

Danny se volvió y empezó a abrirse paso por el andén en dirección a la escalera. Yo lo seguí a varios pasos de distancia.

Un vendedor de periódicos voceó la noticia del día.

—¡Los marines toman Surabatchi en Iwo Jima! ¡Compre el *News-Post* y el *Sun*! ¡Marines en Iwo Jima!

Tuve un fugaz atisbo de la primera plana que agitaba en la mano. En la fotografía, estaban plantando la bandera en la cumbre de una montaña.

Danny comenzó a subir peldaño a peldaño la escalera. Luego, se detuvo y levantó la vista. Ella estaba allí. En efecto, es el ángel que yo imaginaba para él.

—¡Danny! —gritó ella, por encima de la barahúnda.

—¡Kathy..., Kathy!

Y se abrieron paso por entre la multitud para caer el uno en brazos del otro.

Los vi avanzar hacia lo alto de la escalera. Estaban allí un hombre mayor y un chico. Danny se quitó la gorra y estrechó la mano del hombre. Pude ver el movimiento de sus labios. «Hola, papá... Estoy en casa.»

Vi a los cuatro desvanecerse en las sombras de la destartalada estación. Danny se volvió en la puerta y agitó unos instantes la mano.

—Hasta la vista, Mac.

Y salieron a la media luz del crepúsculo. Había dejado de llover.

—Tren para Wilmington, Filadelfia, Newark y Nueva York... Puerta veintidós.

Bajé los escalones.

—¡Lean todo lo referente a la noticia! ¡Marines en Iwo Jima!

—¡Bien, muchachos! ¡Arriba!

Y recordé las palabras del libro que había cogido del cuerpo de Marion.

A casa vuelve el marinero, a casa desde el mar,
Y a casa vuelve el cazador desde la colina...

Al escribir un libro como *Grito de guerra*, era necesario decidir ya desde el principio si inventar o no los nombres de unidades, buques, batallas y lugares. Como el libro abarca un territorio tan amplio y son tantas las unidades implicadas, habría tenido que inventar toda la historia de la guerra del Pacífico para evitar identificaciones. Para hacer justicia a una historia del Cuerpo de Infantería de Marina consideré que lo más adecuado era apoyarse en una sólida base histórica. La Segunda División de Marines, sus batallas y sus movimientos, son materia de dominio público. Hay muchos casos en que se ha introducido un elemento de ficción en los acontecimientos, en aras de la continuidad del relato y del efecto dramático.

Tras decidir que sería absurdo intentar ocultar el hecho de que ésta era la Segunda División de Marines, y más concretamente el Segundo Regimiento, surgió un problema susceptible de causar futuros malentendidos. Existe la posibilidad de que vivan en la actualidad hombres que ostentaron grados y puestos de mando diversos en el Cuerpo, duplicando grados y puestos de mando ostentados en este libro por personajes de ficción. Por ejemplo: sabemos que sólo hubo un comandante de los marines en el Pacífico, que sólo hubo un comandante de división en Tarawa, y otro tanto cabe decir respecto del Sexto Regimiento, el Segundo Batallón y la Compañía Fox. Los hombres que ostentaron estos mandos no se asemejan en nada a los personajes imaginarios del libro que ostentaron los mismos mandos y en manera alguna pueden ser identificados como las mismas personas. Son fruto de mi imaginación, y sólo yo soy responsable de ellos y de sus actos.

El orgullo que siento por haber servido con la Infantería de Marina será evidente para todo el que lea *Grito de guerra*. Yo admiraba y respetaba a los oficiales de mi batallón. Pero, como soldado 1.ª, poco sabía de sus vidas o de sus motivos personales.

Huxley, Shapiro, Philips, Bryant, Bryce y los demás han sido creados por mi imaginación, y cualquier semejanza con personas reales que ostentaran sus mandos es pura casualidad.

Confío en que esta explicación de las circunstancias aclare cualquier cuestión que pudiera surgir y espero, con toda sinceridad, que nadie se sienta turbado.

LEON M. URIS

Este libro se imprimió en los talleres
de Printer Industria Gráfica, sa
Sant Vicenç dels Horts
Barcelona